KB243754

아서 클라크 단편 전집 1950-1953

아서 클라크 단편 전집 1950-1953

아서 클라크 단편 전집 1950-1953

The Collected Stories of Arthur C. Clarke

아서 C. 클라크

심봉주 옮김

황금가지

THE COLLECTED STORIES OF ARTHUR C. CLARKE
by Arthur C. Clarke

목차 일러두기

원서의 순서대로 나열되었으며, 몇 편은 원서에 발표 년월이 표기되지 않아 위키피디아를 참조하여 기입하였습니다.

1950-1953

　결코 지칠 줄 모르는 서지학자 데이비드 N. 사무엘슨(『아서 C. 클라크 1차 2차 참고문헌』 G.K. 홀 출판사)에 따르면, 나는 1932년 《휴이시》 가을호부터 소설을 쓰기 시작했다고 한다. 그때 나는 학교 잡지의 편집 위원이었는데, E.B. 미트퍼드 영어 담당인 E. B. 미트퍼드 선생님이 편집부 담당 교사였다. 훗날 나는 단편집 『90억 개의 이름을 가진 신』을 그에게 헌정했다. 편집 위원으로서 나의 역할은 이국적인 환경에서 일을 하고 있는 나이 많은 사람처럼 가장해서 편지를 쓰는 것이었는데, 그 작업은 분명 과학 소설적 영감을 주는 것이었다.

　그런데 도대체 과학 소설이란 무엇이란 말인가?

　과학 소설의 정의를 내리려면 적어도 박사 논문에 해당하는 장문의 글을 써야만 할 것이다. 반면 나는 "과학 소설이란 내가 손을 들어 '이것이 바로 과학 소설이다.'라고 가리키는 것이다."라고 말한 데이먼 나이트의 고견에 전적으로 동의하는 바이다.

이미 과학 소설과 판타지 소설을 구분하기 위해서 너무도 많은 피땀을 흘린 상태다. 그래서 나는 기능적인 정의를 하나 제안했다. 과학 소설은 일어날 수 있는 그 어떤 것을 다루는 것인데, 우리 대부분은 그 일이 일어나지 않기를 바란다. 판타지 소설이란 일어날 수 없는 것을 다루지만, 종종 우리들은 그런 일이 일어나기를 바란다.

과학 소설을 쓰는 사람들은 소위 본격 소설(이 진정한 우주의 아주 작은 부분에만 관심을 가지고 있는)이라고 불리는 것을 쓰는 사람들은 걱정하지 않아도 되는 여러 문제들과 마주하게 된다. 본격 소설 작가들은 배경을 설명하기 위해서 많은 지면을 할애하지 않아도 될 뿐 아니라, 가끔 한 문장만 가지고서도 배경 설명을 끝낼 수 있다. "안개가 내린 밤 베이커 가에서"라는 문장을 읽는 바로 그 순간 독자들은 그곳에 가 있다. 온전히 이질적인 배경을 창출해야 하는 과학 소설가들은 이 작업을 하기 위해 엄청난 지면을 할애해야 하는 것이다. 그 대표적인 예가 프랭크 허버트의 역작 『듄』 시리즈이다.

그러니 뛰어난 과학 소설들 중 많은 작품이 단편으로 쓰였다는 것이 놀랍지 않은가. 나는 지금도 스탠리 와인바움의 「화성의 오디세이」가 「원더 스토리즈」 1934년 7월호에 실렸을 때의 충격을 기억하고 있다. 눈을 감으면 프랭크 폴이 그린 독특한 표지가 떠오른다. 다 읽자마자 곧바로 다시 앞으로 돌아가 한 번 더 읽어버린 소설은 그 이전에도 그 이후에도 없다……

아마도 단편 소설이 과학 소설이라는 장르 전체에서 차지하는 위치는 소네트(14행시)가 서사시 전체에서 차지하는 위치와 같다고 할 수 있을 것이다. 이제 우리가 도전해야 할 것은 가능한 짧은 것에서 완벽함을 창출하는 것이다.

그렇다면 단편 소설은 길이가 얼마나 되어야 하는가? 이런 질문을 나에게 한다니 참 유감스러운 일이다…….

이 책에서 독자들은 31개의 단어로 이루어진 가장 짧은 소설을 보게 될 것이다. 가장 긴 것은 1만 8000개의 단어로 이루어져 있다. 이를 뛰어 넘어 우리는 지각하지 못하는 사이에 장편소설로 통합될 수 있는 중편소설(끔찍한 말이긴 하지만)의 영역으로 들어갔다.

이 이야기들이 씌어지는 동안, 세상은 인류 전체 역사 중에서 가장 커다란 변화를 겪었다는 사실을 기억해 주길 바란다. 그래서 본의 아니게 시대에 뒤떨어진 내용이 담겨 있는 경우가 생겼다. 하지만 나는 이를 개정하고자 하는 유혹을 뿌리쳤다. 이 문제에 대해 견해를 얘기해 본다면, 이 작품들 중 약 3분의 1은 대부분의 사람들이 '우주 비행'이란 게 허무맹랑한 이야기라고 생각하던 시절에 씌어졌으며, 고작 후반부 십여 편이 인류가 달을 밟은 이후로 씌어진 작품이다.

멋지지만 현실에서 존재할 수 없는 것들뿐만이 아니라 실현 가능한 미래를 그림으로써 과학 소설가들은 인류 공동체에 훌륭한 기여를 하였다. 그들은 독자들의 정신적 유연함과 시대 변화에 적응하고 심지어 그러한 변화를 환영하는 자세, 즉 한 마디로 말해서 적응성을 진작시켜 주었다. 아마도 이 시대에 이보다 더 중요한 기여는 없을 것이다. 공룡은 환경의 변화에 적응할 수 없었기 때문에 사라졌다. 만약 우주선, 컴퓨터, 그리고 핵무기가 존재하는 환경에 인류가 적응하지 못한다면 우리도 사라지게 될 것이다.

그러므로 과학 소설이 도피적이라고 비난하는 것보다 더 바보스러운 짓은 없을 것이다. 이런 비난은 사실 여러 판타지 문학 쪽을 향한다고 할 수 있지만, 그렇다고 하면 또 어떤가? 어떤 형태의 것이든 도피가 필요한 시대(20세기에 이미 무수한 사례를 볼 수 있었다.)가 있었고, 도피처를 제공해 주는 어떤 형태의 예술도 경멸받아서는 안 되는 것이다. C.S. 루이스(훌륭한 과학 소설과 판타지 소설을 창조해 낸 작가)가 한때 이런 말을 해주었다. "현실도피에 가장 반대한 사람들은 누구인가? 바로 간수들이다."

C.P. 스노는 그의 유명한 에세이 『과학과 정부』에서 "예지능력"이 지극히 중요하다는 것을 강조하며 글을 끝맺은 적이 있다. 그는 인류가 종종 예지력 없이 지혜만 소유해 왔다는 것을 지적했다.

과학 소설은 불균형을 시정하기 위해 많은 일을 해 왔다. 비록 작가들이 항상 지혜를 가지고 있는 것은 아니지만, 최고의 작가들은 예지력을 확실히 가지고 있다. 그리고 이것은 신들에게서 받은 최고의 선물인 것이다.

지난 70년간 써 왔던 거의 모든 단편들을 수집하고 실제로 그 위치를 추적해 준 맬컴 에드워즈와 모린 킨케이드 스펠러에게 많은 빚을 지고 있음을 밝힌다.

아서 C. 클라크
스리랑카 콜롬보에서

2000년 7월

시간의 화살 |Time's Arrow|

1950년 《사이언스 판타지(Science Fantasy)》 여름호에 처음으로 수록
『내일을 향해(Reach for Tomorrow)』에 재수록

「시간의 화살」은 과학 소설 작가들이 '현실'보다 앞서가기 위해 얼마나 힘들게 작업하는지를 보여주는 사례다. 이야기 속에 나오는 상상에 가까운―그 당시에는―발견이 이제는 실제로 일어날 뿐만 아니라, 심지어는 뉴욕의 자연사 박물관에 전시될 수준에 이르렀다. 그러나 난 다른 것들도 현실에서 구현되긴 힘들지 않을까…….

괴물이 말라비틀어진 수로에 내려앉아 황폐한 개펄을 향해 몸을 돌렸을 때, 강은 이미 죽어 있었고 호수는 거의 죽기 직전이었다. 안전하게 걸을 수 있는 장소는 그리 많지 않았고, 걸음을 옮길 때마다 가장 단단한 곳에서조차 자신의 무게 때문에 30센티미터 가량씩 빠져들곤 했다. 괴물은 가끔씩 자리에 멈춘 채 새와 같은 방식으로 머리를 움직이며 재빨리 지형을 관찰하곤 했다. 이윽고 괴물은 지반이 약한 땅 속으로 더 깊게 빨려 들어갔고, 이로 인해 5000만 년 후의 인간들은 이 괴물이 얼마나 오랜 시간 동안 휴지 상태에 있었는지 정확히 파악할 수 있었다.

물은 다시는 되돌아오지 않았고, 이글거리는 태양이 진흙을 구워 바위로 만들었기 때문에 가능한 일이었다. 후에 사막이 지역 전체를 덮어 괴물은 두꺼운 모래층 아래로 모습을 감춰 버렸다. 그리고 나중에, 아주 오랜 시간이 지난 후에 인류가 등장했다.

굉음을 뚫고서 바턴이 소리쳤다.

"저 파울러 교수는 착암기 다루는 게 좋아서 고생물학자가 됐다고 생각하지 않아? 아니면 나중에 재미를 붙였나?"

"안 들려!"

숙련공처럼 삽에 몸을 기대면서 데이비스가 고함쳤다. 그는 저녁 식사를 기대하며 시계를 쳐다보았다.

"선생님께 저녁 식사 시간이라고 말할까? 구멍을 뚫고 있을 때는 시계를 차고 있을 수 없잖아. 그래서 잘 모르고 있는 것 같아."

"그게 먹히려나 모르겠네." 바턴이 소리쳤다. "요즘 우리를 너무 잘 알아서 꼭 10분씩 더 일하게 만든단 말이지. 그래도 그게 이 지옥 같은 땅파기에 약간의 변화를 가져다 줄 수는 있겠지."

지질학자 두 명은 보기에도 활기찬 동작으로 공구를 내려놓고 파울러 교수를 향해 걸어갔다. 이들이 다가가자 교수는 착암기의 전원을 껐고, 상대적으로 조용한 분위기가 감돌았다. 간혹 들리는 압축기 엔진 소리만 정적을 깨곤 했다.

"교수님, 캠프로 돌아갈 시간인데요." 데이비스가 손목시계를 등 뒤에 쥔 채 말했다. "늦으면 요리사가 한소리 할 거예요."

박물관 연합회 회원이자, 영국 학술원 회원이며, 또 지질학회 회원이기도 한 파울러 교수가 이마에 묻은 황갈색 먼지를 전부도 아니고 조금 훑어 내렸다. 아마도 그는 어디에서건 전형적인 공사장 인부로 통할 것이며, 가끔씩 현장을 방문하는 사람들이 그토록 사랑하는 착암기에 몸을 구부리고 있는, 구릿빛의 웃통 벗은 인부를 지질학회 부회장이라고 알아보기는 어려운 일일 것이다.

석화된 개펄 표면으로 사암을 드러내는 작업에 거의 한 달이라는 시간이 걸렸다. 그 당시 수백 평방미터가 드러났는데, 이전까지 고생물학자들이 발견한 것 중에서 가장 섬세하게 과거의 흔적들을 드러내 주고 있었다. 몇 십 마리의 조류와 파충류가 빠져 버린 물의 흔적을 찾아 둘러보고는, 비록 자신의 몸은 사라졌어도 영원히 사라지지 않는 발자국을 남겨 놓았다. 대부분은 정체가 밝혀졌지만, 그 중에서 가장 큰 단 하나의 흔적은 아직 그렇지 못했다. 20톤, 혹은 30톤 정도 되는 야수의 발자국임이 틀림없었다. 파울러 교수는 먹이를 쫓는 야수 사냥꾼의 심정으로 5000만 년의 흔적을 뒤쫓고 있었다. 그는 아마도 이 야수를 거의 따라잡았다는 희망을 품고 있는지도 몰랐다. 왜냐하면 이 미지의 괴물이 이 길을 지나갔을 당시 지면은 틀림없이 불안정했을 테고, 그 시대의 다른 생물들처럼 이 지역에 사로잡힌 채로 근처에 뼈를 남겼을 게 틀림없기 때문이었다.

기계를 이용한다고 해도, 작업은 매우 지루했다. 동력 공구로는 위층만 제거할 수 있었고, 마지막 남은 층은 정교한 수작업을 필요로 했다. 파울러 교수는 조그마한 실수가 복구할 수 없는 피해를 야기한다는 명분 하에 예비 굴착 작업을 혼자 힘으로만 했다.

작업이 시작된 이래로 가장 젊은이들을 자극할 만한 질문을 데이비스가 던졌을 때, 이 세 명의 남자는 닳아빠진 탐사 차량 속에서 거친 도로 위를 덜컹거리면서 본부를 향해서 절반쯤 가고 있는 상태였다.

"이유는 알 수 없지만, 저 계곡 아래쪽에 있는 친구들이 우리를 좋아하지 않을 거라는 인상이 너무도 짙어. 우리가 귀찮게 굴지도 않잖아. 적어도 예의상 한 번쯤은 초대할 수도 있을 텐데 말이야."

데이비스가 말했다.

"물론 전쟁용 연구 설비만 아니라면 말이지."

일반론을 펼치면서 바턴이 거들었다.

"난 그렇게 생각하지 않네." 파울러 교수가 온화하게 말했다. "실은 말이야 내가 초대를 받았거든. 내일 거기에 다녀올 생각이네."

그 폭탄선언이 기대한 결과를 불러일으키지 못한 건 대원들이 보여준 효율적인 첩보 체계 때문이었으리라. 잠시 동안 데이비스는 자신의 의심이 확실하다는 생각을 하면서 헛기침을 하고는 말을 계속했다.

"그럼 교수님 이외에는 아무도 초대받지 못한 거죠?"

교수는 그 말의 요점을 파악하고는 웃어 주었다.

"그렇지. 이건 너무도 개인적인 초대거든. 자네들이 궁금해 죽겠다는 건 알지만, 솔직히 나도 자네들보다 그 곳에 대해서 더 많이 안다고 할 수 없네. 만약 내일 뭔가 알아낸다면, 모두 말해 주지. 하지만 적어도 누가 이 토착 지역을 운영하고 있는지는 알아냈지 않은가."

그의 보조들은 귀를 쫑긋 세웠다.

"그게 누군데요? 추측컨대 원자력 개발 기구인가요?"

바턴이 묻자 교수가 대답했다.

"아마 맞을 걸세. 여하튼 헨더슨과 반스가 책임을 맡고 있지."

이번에는 폭탄선언이 효과적으로 터졌다. 효과가 너무도 강력해서 데이비스는 거의 차를 도로 밖으로 몰 뻔했다. 도로 밖이라고 해봐야 도로와 큰 차이는 없지만.

"헨더슨과 반스라고요? 이 비참한 구렁텅이에?"

"맞네." 교수가 활기차게 말했다. "실제로 반스가 초대를 했네. 이전에 우리를 찾아오지 않은 데 사과를 하고, 일상적인 변명을 늘어놓고는, 잠시 동안 들러 잡다한 이야기를 나눌 수 있겠냐고 묻더군."

"그들이 뭐하고 있는지 말하던가요?"

"아니. 힌트조차 없더군."

"반스와 헨더슨이라고?" 바턴이 생각에 잠겨서 데이비스에게 말했다. "그 사람들이 물리학자라는 사실 말고는 아는 게 없는데. 그들의 속셈이 뭘까?"

"바로 저체온 물리학의 진정한 대가들이지." 데이비스가 대답했다. "헨더슨은 여러 해 동안 케빈디시 연구소의 소장이었지. 그다지 오래되지 않은 일인데, 그는 《네이처》에 편지를 자주 보내곤 했어. 내 기억이 맞는다면, 편지는 전부 헬륨II에 관한 거였지."

물리학자들을 좋아하지 않는다고 기회만 되면 말하던 바턴은 그다지 관심을 보이지 않았다.

"헬륨II가 뭔지 알지도 못해." 새침하게 그가 말했다. "게다가 난 그것에 대해 알고 싶은 생각이 있는지도 모르겠어."

이 말은 한때 힘든 시기에 물리학 학위 과정을 밟았던 데이비스를 염두에 두고 한 말이었다. 힘든 시기는 몇 년간 이어졌지만, 그는 다소 복잡한 경로를 통해 지질학으로 진로를 바꿨다. 그는 자신의 첫사랑을 언제나 상기해 내곤 했다.

"절대 온도 0도에서 몇 도 높은 온도에만 존재하는 액체 헬륨이야. 아주 성질이 특이하지. 그렇지만 그렇다고 해도 그 두 명의 과학자가 여기 이 지구의 구석진 곳에 있을 만한 이유가 되지는 않아.”

그들은 캠프에 도착을 했고, 데이비스는 평상시 하던 것처럼 지프차를 급정거 해 주차장으로 들어갔다. 평상시보다 조금 과격하게 앞 트럭과 부딪치며 그는 귀찮다는 듯이 고개를 저었다.

“타이어가 다 닳았어. 아직 새 거 도착 안 했어?”

“오늘 아침에 헬리콥터로 보급품이 왔지. 앤드류에게서 이번에는 2주일은 사용했으면 좋겠다는 절망적인 편지도 함께 왔더군.”

“좋았어. 오늘 밤에 갈아 끼워야지.”

교수는 그들보다 조금 앞서 걷다가 조수들과 함께 하기 위해 뒤로 왔다.

“보급품을 재촉할 필요는 없었네.” 그가 무뚝뚝하게 말했다 “덕분에 소금에 절인 소고기가 또 나왔잖은가.”

교수가 근처에 없을 때 바턴과 데이비스가 일을 설렁설렁 한다는 말은 부당했다. 오히려 평소보다 더 열심히 일을 했다. 책임자가 자리를 비우면 원주민 일꾼들을 두 배로 더 감시해야만 했기 때문이었다. 그렇지만 상당한 양의 시간을 잡담을 하는 데 썼다는 것은 의심의 여지가 없었다.

파울러 교수팀에 합류한 이래 두 명의 젊은 지질학자들은 계곡 아래 8킬로미터 정도 떨어진 곳에 있는 이상한 건물에 호기심을 갖게 됐다. 일종의 연구 기관인 건 분명했다. 데이비스는 그곳에서 원자력 설비의 거대한 굴뚝을 확인할 수 있었다. 물론 그것만 가지고는 무슨 일이 돌아가는지 알 수 없었지만, 중요성은 확실했다. 세상에는 터보 원자로가 고작 수천 개밖에 없었고, 전부 중요한 일에 쓰였다.

위대한 과학자 두 명이 이곳에서 몸을 숨기고 있는 이유에 대해 수십 가지의 가설을 제시할 수 있었다. 더 해로운 원자력에 대한 연구의 대부분은 문명에서 가능한 멀리 떨어진 곳에서 수행되고 있었고, 어떤 것들은 우주에 연구소가 설치되기 전까지는 완전히 포기된 것들도 있었다. 그렇지만 그것이 어떤 일이든 세상에서 가장 중요한 지질학적 연구가 이루어지고 있는 이곳 근처에서 그런 작업을 한다는 것은 이상한 일이었다. 물론 우연의 일치일 것이다. 확실히 그 물리학자들은 손을 뻗으면 닿을만한 거리에 있는 그들의 동포에 대해서 아무런 관심도 보이지 않았다.

데이비스는 거대한 발자국 중 하나를 골라 조심스럽게 그 주위를 깎아 내고 있었다. 반면 바턴은 이미 모습을 드러낸 발자국에 액체 방풍액을 부어 투명한 플라스틱 속에서 해를 입지 않도록 보존하고 있었다. 지프차 소리를 무의식적으로 들으면서 그들은 다소 얼이 빠진 상태로 일을 하고 있었다. 파울러 교수는 출장이 끝나고 돌아오면 그들을 데리러 오겠다고 약속했었다. 왜냐하면 그들은 다른 차량이 모두 사용 중인 상태에서 찌는 듯한 태양 아래 캠프까지 3.2킬로미터를 걸어 갈 의욕이 없었다. 게다가 그들은 가능한 빨리 새로운 소식이 듣고 싶었다.

"얼마나 많은 사람들이 저곳에 있다고 생각해?"

바턴이 갑자기 묻자 데이비스가 기지개를 켜며 답했다.

"건물을 보면 십수 명 이상은 아닐 것 같은데."

"그럼 원자력 발전국에서 추진하는 것이 아니라 사적인 작업이겠네."

"아마도. 그렇지만 상당한 배경이 뒤에 있는 것 같아. 물론 헨더슨과 반스는 자기들 명성만으로도 그 정도 할 수 있지."

"바로 그것이 물리학자들이 이익을 보는 점이야." 바턴이 말했다. "그들은 전쟁과 관련된 정부 사람들을 만나 신무기를 개발하고 있다는 확신만 주면, 아무런 문제도 없이 엄청나게 많은 돈을 받을 수 있어."

그가 다소 신랄하게 말했다. 왜냐하면 다른 대부분의 과학자처럼 그도 이 문제에 관해 상당히 비판적이었기 때문이었다. 사실 바턴의 견해는 일반적이라기보다는 편향적인 면이 있었다. 왜냐하면 그는 퀘이커 교도였기 때문에 전쟁이 끝나던 마지막 해에 동정적이지 않은 여론에 맞서 투쟁을 해야 했기 때문이었다.

지프차가 굉음을 내며 덜거덕거리고 달려오고 있어 대화가 중단되었다. 그 두 명은 교수를 만나기 위해 달려갔다.

"어떻게 됐어요?"

두 명이 동시에 소리쳐 물었다.

파울러 교수가 신중하게 그들을 바라보았기에, 얼굴 표정만 가지고는 무슨 생각을 하고 있는지 알 수가 없었다.

"잘 있었나?" 그가 마침내 입을 열었다.

"딴청 좀 그만 부리세요." 데이비스가 투덜댔다. "뭔가 알아내신 것이 있으면 말씀 좀 해주세요."

교수는 자동차에서 내려 먼지를 털었다.

"미안하네, 제군들." 그가 다소 당황하며 말을 했다. "난 아무것도 말할 수 없네. 이상."

두 명이 동시에 울부짖는 소리를 냈지만, 그는 그들을 제치고 나아갔다.

"아주 흥미로웠지만, 거기에 관해서는 아무 말도 하지 않겠다고 약속을 해야만 했거든. 나도 정확히 일이 어떻게 진행되고 있는지 알지는 못하지만, 아주 혁명적인 일이긴 해. 아마도 원자력만큼 혁명적인 것이라 할 수 있을 거야. 그렇지만 헨더슨 박사가 내일 이곳에 오기로 했어. 무엇을 알아내야 할지 생각해 보게."

잠시 바턴과 데이비스는 용두사미 같은 결론에 충격을 받아 아무 말도 할 수가 없었다. 바턴이 먼저 기운을 차렸다.

"아마 우리가 하는 일에 그들이 갑자기 관심을 보이는 것엔 이유가 있겠죠?"

교수는 잠시 그것에 대해 생각을 해 보았다.

"확실히 예의상 한 말은 아니었네." 그가 인정했다. "그들은 내가 도움이 될 것이라 생각한 것 같았어. 이제 질문은 그만 받겠네. 아니면 다시 캠프로 일하러 가서 묻던가!"

헨더슨 박사는 한낮에 발굴 현장을 찾아왔다. 그는 눈부시게 하얀 실험복을 제외하고는 다른 것은 거의 입지 않은 다소 조화가 맞지 않는 복장을 하고 있는 다부지면서도 나이가 든 사람이었다. 의상이 기이하기는 했지만 그처럼 더운 기후에서는 분명히 실용적인 면도 있었다.

데이비스와 바턴은 파울러 교수가 그들을 소개할 때 다소 거리를 두고 있었다. 그들은 무시당하고 있다는 느낌을 받았고 방문객이 자신들의 심정을 이해해야만 한다고 마음을 먹었다. 그러나 헨더슨이 명백히 자신들의 일에 관심을 보여주었기 때문에 이내 마음이 풀렸고, 교수는 자신이 원주민들을 감독하기 위해 가 있는 동안 그들을 시켜 그에게 발굴 현장을 보여주게 했다.

물리학자는 눈앞에 드러나 있는 저 먼 과거 세계의 모습에 깊은 감명을 받았다. 거의 한 시간 동안 두 명의 지질학자는 지금껏 발굴된 생명체와 앞으로 발견될 것들에 관해 이야기를 하면서 구석구석 현장을 보여주었다. 이것을 조사하기 위해 다른 모든 작업을 멈춘 상태였기 때문에, 파울러 교수가 따라가고 있는 흔적은 이제 주 발굴 현장에서 뻗어 나간 넓은 도랑에 이른 상태였다. 그 끝에 다다르자 도랑이 끝이 나고 없었다. 시간을 절약하기 위해 교수는 발자국이 나 있는 선을 따라 구덩이를 파기 시작했다. 마지막 탐침이 완전히 잘못됐고, 발굴을 더 진행하고서야 그 거대한 파충류가 갑자기 경로를 바꿨다는 사실을 알게 됐다.

"이 부분이 가장 흥미로운 곳입니다." 다소 시들해진 물리학자에게 바턴이 말했다. "이 녀석이 잠시 주위를 둘러보기 위해서 멈췄던 곳 기억나세요? 위에서 보신 것처럼 이곳에서 무엇인가 표시를 하고 새로운 방향으로 달려갔어요."

"저런 야수가 달릴 수 있다고 생각하지 말았어야 했는데."

"글쎄요, 아마도 서투른 몸짓이었을 것 같아요. 그렇지만 5미터 보폭으로 꽤 멀리 갈 수 있어요. 저희는 가능한 멀리까지 녀석의 움직임을 따라갈 예정이에요. 녀석이 쫓던 것이 무엇인지도 찾게 될지 모르죠. 교수님은 지금도 이 주위에서 희생자의 뼈로 가득 찬 삭막한 전장을 발견하는 희망을 가지고 계세요. 그럼 모든 사람들이 깜짝 놀라게 될 거에요."

헨더슨 박사가 웃었다.

"월트 디즈니사 덕택에 그 상황이 훨씬 쉽게 눈에 들어오는군요."

데이비스는 그다지 힘이 나지는 않았다.

"지금까지는 혼자 북 치고 장구 친 격이지요. 우리 작업 중에서 가장 화가 나는 부분은 가장 흥미로운 지점에 도달하면 모든 게 사라져 버릴 수 있다는 것이죠. 지층이 쓸려 내려가 버렸거나, 지진이 일어났을 수도 있죠. 더 나쁜 경우는 어떤 바보 같은 사람들이 가치를 모르고 흔적들을 완전히 박살내 버리기도 하는 것이죠."

헨더슨은 동의한다는 듯이 고개를 끄덕였다.

"동감이 갑니다. 그런 점에서 물리학자들이 이점이 있기는 하죠. 만약 답이 존재하기만 한다면, 물리학자들은 언젠가는 답을 찾을 수 있다는 것을 잘 알고 있죠."

무척 신중하게 단어를 선택하려고 하는 듯이 그는 머뭇거리며 잠시 말을 멈췄다.

"이렇게 고생스럽고 불확실한 방법으로 추론하지 않고 과거에 일어난 일을 실제로 볼 수 있다면 많은 수고를 덜 수 있겠네요. 이 발자국을 쫓아 지금까지 수백 미터를 오는 동안 몇 달이 걸렸지요? 그리고 당신들이 한 노고에도 불구하고 아무런 소득도 없을 수 있잖아요."

오랜 침묵이 흘렀다. 이윽고 바턴이 아주 신중한 목소리로 말을 했다.

"사실 우리는 박사님이 하고 계시는 일이 더 궁금합니다. 파울러 교수님이 우리에게 아무것도 말씀을 해주시지 않아, 저희는 온갖 추측을 해야만 했어요. 정말 그런 일을……"

물리학자가 다소 성급하게 그의 말을 가로막았다.

"더 이상 추측하려 하지 마세요. 그냥 백일몽에 불과해요. 우리가 하는 일은 완수하기까지는 아주 오랜 시간이 걸리겠지만, 그 전에 우리가 하는 일에 대해서 전부 들을 수 있을 거예요. 우리는 비밀리에 일하지 않아요. 그렇지만 새로운 영역과 관련된 일이 다 그렇듯 확실한 기반이 잡히기 전까지는 아무런 이야기도 하지 않을 예정이에요. 뭐, 만약 다른 고생물학자가 이곳에 가까이 오기라도 한다면 파울러 교수가 곡괭이를 들고 그들을 쫓아내지 않겠어요?"

"꼭 그렇지만은 않아요." 데이비스가 말했다. "아마 그들을 붙잡아 일을 시킬 거예요. 물론 무슨 말씀을 하시는지는 알고 있어요. 너무 오래 기다리지 않았으면 좋겠어요."

그날 밤 캠프 본부에서 늦게까지 전등이 켜져 있었다. 바턴은 솔직히 회의적이었지만, 데이비스는 이미 방문객의 말을 토대로 이론의 상부구조를 정교하게 만든 상태였다.

"많은 부분을 설명을 할 수 있어." 그가 말했다. "무엇보다도 그들이 여기에 있는 이유. 그렇지 않고서야 그들이 여기에 있을 이유가 없거든. 우리는 지난 백만 년 동안 땅에서 일어난 일들을 알고 있고, 어떤 일이 먼저 일어났는지도 알아낼 수 있어. 이 지구에 이곳처럼 자세히 과거를 파헤친 곳은 없어. 그들이 하려는 연구에 딱 맞는 곳이지."

"그렇다고 여기에 과거를 볼 수 있는 기계를 설치하는 게 이론적으로라도 가능하다고 생각해?"

"어떤 식으로 할지는 나도 모르겠어. 그렇지만 불가능하다고는 말하고 싶지 않아. 특히 헨더슨과 반스 같은 인물은 말이야."

"흠. 그다지 신뢰가 가지는 않는군. 그 말이 맞는지 확인할 방법이 있을까?《네이처》에 보낸 편지들은 어때?"

"대학 도서관에 기별을 해 놨어. 아마 이번 주말쯤에 받을 수 있을 거야. 과학자들이 하는 작업에는 언제나 일관성이 있기 마련이니 그걸 토대로 중요한 단서를 잡을 수 있을 거야."

그렇지만 처음에는 실망스러웠다. 사실 헨더슨의 편지는 혼란만 가중시켰을 뿐이었다. 데이비스의 기억에 따르면, 대부분은 헬륨II의 특이한 성질에 관한 것이었다.

"정말 놀랍구먼." 데이비스가 말했다. "만약 상온에서 액체가 이렇게 행동하면 모든 사람이 미쳐 버리겠는걸. 우선 점성이 하나도 없어. 조지 다윈 경이 한때 이런 말을 한 적이 있어. 만약 바다가 헬륨II로 이루어져 있다면, 배는 엔진 없이도 항해를 할 수 있을 것이라고. 항해를 시작할 때 한번 밀어주기만 한다면 반대편에 도달할 수 있을 거야. 비록 순식간에 헬륨이 선체를 타고 올라와 모든 장비가 가라앉아 버린다는 한 가지 난관이 있기는 하지만 말이야. 꿀깍, 꿀깍, 꿀깍……."

바턴이 말했다.

"놀랍군. 그렇지만 도대체 그게 우리 이론하고 무슨 관련이 있는데?"

"그다지 많지는 않아." 데이비스가 인정했다. "그렇지만 다른 게 더 있어. 같은 관에 서로 반대 방향으로 두 개의 헬륨II가 흐르게 할 수 있거든. 소위 하나의 흐름을 관통하는 다른 흐름이라고 할 수 있지.”

“설명 좀 해 줘. 동시에 두 방향으로 물체가 움직인다는 것처럼 말이 되질 않아. 장담하건대 상대성과 관련해서 설명을 할 수 있을 것 같아.”

데이비스가 주의 깊게 편지를 읽었다. 그가 천천히 말을 시작했다.

“설명이 너무 복잡해서 내가 완전히 다 이해했다고 말할 수는 없어. 그렇지만 액체 헬륨이 어떤 상태에서는 부(負)의 엔트로피를 가질 수 있다는 것에 기반을 두고 있어.”

“그냥 엔트로피에 대해서 이해를 못했으니, 난 그다지 머리가 좋지 않나 봐.”

“엔트로피는 이 우주에 열이 분포돼 있는 정도를 측정하는 거야. 시간이 시작됐을 때, 에너지는 전부 별들 주위로 몰려 있었고, 엔트로피는 최소의 상태였어. 모든 것이 동일한 온도에 있게 되어 우주가 죽는 때가 오게 되면 엔트로피가 최대가 되겠지. 우리 주위에는 무수한 열이 존재하지만 사용가능한 것들이 아니야.”

“도대체 왜?”

“음, 아주 균일한 바다에 있는 물로는 수력발전기를 가동할 수 없어. 그렇지만 산 속에 있는 아주 작은 호수에서는 할 수가 있지. 준위의 차이가 존재해야만 해.”

“알겠어. 이제 생각이 났는데, 어떤 사람이 엔트로피를 ‘시간의 화살’이라고 부르지 않았었나?”

“맞아. 에딩턴이 그랬던 것 같아. 어떤 시계든, 예를 들어서 괘종시계는 시간을 쉽게 앞뒤로 돌릴 수 있어. 그렇지만 엔트로피는 오직 한 방향으로만 가지. 시간이 흐를수록 언제나 증가할 뿐이야. 그래서 '시간의 화살'이라고 이름이 붙었지."

"그렇다면 부의 엔트로피는? 맙소사."

잠시 그 두 사람은 서로를 바라보았다. 이윽고 바턴이 다소 진정된 목소리로 말했다.

"헨더슨이 무슨 말을 했지?"

"그가 보낸 편지의 마지막을 읽어볼게. '부의 엔트로피의 발견은 물리 세계에 대한 우리의 생각을 혁명적으로 바꿔 놓는 새로운 개념의 출현이라고 할 수 있다. 이 중 일부는 후에 편지를 보내 자세히 설명하겠다.'"

"그러고 나선?"

"그게 문제야. 더 이상 '편지'를 보내지 않았어. 두 가지 사실을 추측해 볼 수 있어. 먼저 《네이처》의 편집장이 편지를 싣기를 거부했을 수도 있어. 그건 제외할 수 있을 것 같아. 둘째, 결과가 너무도 혁명적이라 헨더슨이 더 이상 보고서를 쓰지 않았을 수도 있어."

"부의 엔트로피―부의 시간." 바턴은 묵상을 했다. "놀라운 일인 것 같아. 이론적으로 과거를 볼 수 있는 장치를 건설한다는 것이 가능한 일인 것 같기도……."

"우리가 뭘 해야 할지 알았어." 갑자기 데이비스가 말했다. "교수님을 한번 찔러보고 그 반응을 살펴보는 거야. 이제 머리에 쥐가 나기 전에 잠자리에 드는 편이 나을 것 같아."

그날 밤 데이비스는 잠을 제대로 잘 수 없었다. 그는 꿈을 꾸었는데, 어떤 도로를 따라 길을 걷고 있었다. 그 도로는 양쪽으로 시야가 닿을 수 있는 최대한 먼 곳까지 뻗어 있었다. 그는 이정표를 만나기 전까지 몇 킬로미터를 걸어가야 했고, 그곳에 도착했을 때, 그것은 이미 깨져 있었고, 화살표 두 개만이 바람이 불면 정처 없이 회전하고 있었다. 돌아가는 화살표에 새겨진 글씨를 읽을 수 있었다. 아주 간단했다. 하나는 '미래로'였고 다른 하나는 '과거로'였다.

그들은 파울러 교수에게 아무것도 알아낼 수 없었는데, 그건 놀랄 만한 일은 아니었다. 학장 다음으로 그는 대학에서 가장 포커 게임에 능숙한 사람이었다. 데이비스가 자랑스럽게 그의 이론을 펼치는 동안 교수는 초조해하는 조수들에게 어떤 감정의 흔들림도 보여주지 않았다.

그가 말을 끝내자 교수가 조용히 말했다.

"내일 다시 그곳에 갈 예정인데, 그때 자네들의 추리에 대해서 헨더슨에게 말해 주겠네. 아마도 자네들을 측은하게 생각할 거야. 혹은 그 문제에 대해서 나에게 조금 이야기를 해줄 수도 있겠군. 이제 일하러 가세."

바턴과 데이비스는 거의 해답을 찾아낸 수수께끼로 머리가 가득 차, 하고 있는 일에 커다란 흥미를 보일 수가 없었다. 그럼에도 불구하고 그들은 성실하게 일을 계속했다. 비록 가끔 자신들의 수고가 쓸데없는 것이 되면 어떨까 하는 생각을 하며 일을 멈추긴 했지만 말이다. 만약 그런 일이 일어난다면, 그 일을 가장 기뻐할 사람들은 바로 그들이었다. 시간이 시작되었던 때로 돌아가 역사가 눈앞에 펼쳐지는 과정을 지켜보는 것을 상상해 보라. 과거의 모든 위대한 비밀이 드러날 것이다. 지구에 생명체가 출현하는 것을 지켜볼 수 있을 것이며 아메바로부터 인간까지 진화의 전 과정을 볼 수도 있을 것이다.

아니야. 사실이라고 하기엔 너무 믿을 수 없는 일이야. 그렇게 마음을 먹고 다시 땅을 파고 문질러 벗기기 위해 돌아가도 30분이 지나면 다시 그 생각이 떠오르게 될 터였다. 그렇지만 그게 정말 사실이라면? 이런 과정이 끝도 없이 이어졌다.

파울러 교수가 두 번째 방문을 마치고 돌아왔을 때, 그는 완전히 풀이 죽어 있었다. 조수들이 그에게서 들은 대답은 헨더슨이 그들의 이론을 경청을 해주었고, 추리 능력에 찬사를 보냈다는 아주 만족스러운 말이었다.

그게 전부였다. 비록 여전히 바턴은 의심스러워했지만, 데이비스의 눈에는 결말이 난 듯 보였다. 이후 몇 주 동안 그도 역시 확신이 없어지기 시작했지만, 마침내 그들의 이론이 옳았다는 것을 둘 다 확인할 수 있었다. 왜냐하면 파울러 교수가 점점 더 많은 시간을 헨더슨과 반스와 보내기 시작했기 때문이었다. 그런 일이 자주 일어날수록 그들은 점점 더 교수를 여러 날 볼 수 없게 되었다. 그는 발굴에 대한 흥미를 거의 잃어버렸고, 모든 책임을 바턴에게 넘겨주었다. 바턴은 마음껏 그 거대한 착암기를 사용할 수 있게 되었다.

그들은 하루 만에 몇 미터나 되는 발자국들을 발굴해 냈고, 그 간격을 통해서 괴물이 최고 속도에 도달해 마치 먹잇감에 다가가려는 듯 힘껏 뛰어오르는 중이었다는 점을 알 수 있었다. 며칠만 지나면 그들은 기적적으로 보존된 채 인류가 관찰할 때까지 기다려 온 영원한 비극의 현장을 발견할 수 있을 터였다. 하지만 이제 모두 쓸모없어지고 말았다. 왜냐하면 교수님이 준 암시와 추상적으로 보여주는 일반적인 태도를 보면 그 비밀 연구가 거의 정점에 도달했기 때문이었다. 그는 그들에게 만약 모든 일이 잘 되면, 며칠 걸리지 않을 것이라 확신을 하면서, 기다림도 끝날 거라고 말했다. 그렇지만 그것을 제외하고는 아무 말도 하지 않았다.

한두 번 헨더슨이 그들을 찾아왔고, 그가 심하게 긴장하면서 일을 하고 있다는 것을 알 수 있었다. 헨더슨은 자신의 작업에 대해서 이야기를 하고 싶어 했지만, 마지막 시험이 끝나기 전까지는 그렇게 할 수 없었다. 그들은 단지 그의 자제심을 존경할 수밖에 없었고, 비밀이 밝혀지기만을 바랐다. 데이비스가 보기에는 파악하기 어려운 반스 박사 때문에 비밀을 지킨다는 인상이 강하게 들었다. 반스 박사는 확인하고 또 확인하기 전까지는 작업을 발표하지 않는 것으로 명성이 높은 사람이었다. 만약 이번 실험이 생각만큼 중요하다면 짜증이 나긴 해도 그렇게 조심하는 건 이해할 만했다.

그날 아침 헨더슨이 교수를 데리러 왔는데, 공교롭게도 차가 거친 도로로 인해 고장이 나 버렸다. 파울러 교수가 헨더슨을 지프차로 데려갔고, 데이비스와 바턴은 불행하게도 캠프까지 걸어가야만 했다. 사람들이 꽤 많이 암시한 것처럼 기다림이 끝나기만 한다면 이런 일 정도야 참고 견딜 수 있었다.

그 나이 많은 과학자 둘이 떠나기 전 그들은 잠시 지프차 옆에서 이야기를 하며 서 있었다. 상대방이 무슨 생각을 하고 있는지 서로 잘 알고 있었기 때문에, 시작은 다소 부자연스러웠다. 언제나 그렇듯 더 솔직한 바턴이 마침내 말을 했다.

"저기요, 박사님. 만약 오늘이 바로 그날이라면 모든 일이 잘 되기를 빌겠습니다. 기념품으로 브론토사우루스의 사진을 찍고 싶거든요."

종종 헨더슨에게 이런 종류의 농담을 던지곤 했기 때문에 그는 자연스럽게 받아들였다. 환하게 웃지도 않고 살짝 미소를 짓더니 대답했다.

"아무것도 확신을 할 수 있는 게 없군요. 아마도 역사상 가장 커다란 실패가 될지도 몰라요."

데이비스는 뚱하게 부츠 속의 발가락으로 자동차 타이어 압력을 확인했다. 그 전에는 본 적이 없는 지그재그 무늬가 나 있는 신형이었다.

"도대체 무슨 일을 하시는지 얘기 좀 해 주시면 안 되나요. 안 그러면 밤에 몰래 들어가 무슨 일을 하고 계신지 알아내겠습니다."

헨더슨이 웃었다.

"지금 임시변통으로 쓰고 있는 것을 보고 뭔가를 알아낸다면 아마 당신들은 한 쌍의 천재라고 할 수 있을 겁니다. 그렇지만 일이 잘 되면 밤에 작은 축하연을 열지요."

"교수님, 언제쯤 돌아오실 예정이세요?"

"대략 4시쯤. 난 자네들이 걸어서 차 마시러 오게 할 수는 없지."

"좋습니다. 희망이 있군요."

길가에 신중한 두 명의 지질학자를 남겨 두고 자동차가 먼지 속으로 사라졌다. 바턴이 어깨를 으쓱해 보였다.

"열심히 일하면 일할수록 시간은 더 빨리 갈 거야. 자 가자고."

바턴이 착암기로 일하고 있던 도랑의 끝은 주 발굴 현장에서 수백 미터는 떨어진 곳이었다. 데이비스는 마지막 발자국이 발견되기를 바라며 마무리 작업을 하고 있었다. 이제는 깊고 넓은 공간이 돼 있었는데, 그걸 따라가 보면 그 거대한 파충류가 어디로 방향을 바꾸었는지 처음에는 달리다가 어디에서 거대한 캥거루처럼 뛰기 시작했는지 명확히 알 수 있었다. 바턴은 급행열차의 속도로 먹잇감을 향해 돌진하는 생명체를 보는 것이 어떤 느낌일 것인지 궁금했다. 이윽고 그는 만약 추측이 옳다면 조만간 바로 그걸 보게 될 거라고 생각했다.

한낮이 될 때까지 그들은 지금껏 가장 많은 양을 발굴했다. 땅이 더 부드러워졌고, 바턴이 기계를 너무 빨리 돌리느라 중요한 관심사를 잊어버리고 있었다. 데이비스가 몇 미터 뒤에 있었고, 둘 다 너무 바쁜 나머지 배고픔이 찾아오고서야 끝날 시간이라는 것을 상기했다. 데이비스는 시간이 생각보다 늦었다는 것을 먼저 알아차렸다. 그는 친구에게 걸어가 말을 걸었다.

"거의 4시 반이야." 그는 착암기의 진동 소리가 사라지자 말을 이었다. "교수님이 늦으시네. 우리들을 데려가지도 않고 먼저 차를 드셨다면 열 받을 텐데."

"30분 정도 더 기다려 보자고." 바턴이 말했다. "무슨 일이 일어났는지 알 수 있을 것 같아. 퓨즈가 나갔거나 다른 일이 있어서 지금 일정이 엉망이 됐을 거야."

데이비스의 마음이 누그러지지 않았다.

"다시 캠프까지 걸어가야 한다면 정말 불쾌해질 거야. 언덕에 올라가 교수님이 오는지 봐야겠어."

그는 부드러운 암석을 헤치고 바턴을 두고 떠나갔다. 그러고는 오래된 하상 한쪽에 있는 언덕으로 올라갔다. 그곳에서 계곡 깊은 곳을 볼 수 있었고, 헨더슨과 반스의 연구소의 쌍둥이 굴뚝이 우중충한 주위를 배경으로 명확히 모습을 드러내고 있었다. 그렇지만 지프차를 따라 움직이는 먼지 구름의 흔적을 아무것도 찾을 수 없었다. 교수님이 아직 캠프로 돌아오지 않은 것 같았다.

데이비스는 씩씩거리기 시작했다. 특히 힘들게 일을 마친 날 3킬로미터 넘게 걸어가야 하다니. 설상가상으로 차를 마실 시간에도 늦어 버렸다. 그는 더 이상 기다리지 않기로 하고 바턴에게로 돌아가기 위해서 언덕을 내려가고 있었다. 그때 무엇인가가 눈에 들어오자 데이비스는 걸음을 멈추고 계곡을 바라봤다.

연구소에서 볼 수 있는 유일한 부분인 두 개의 굴뚝 주위에 열 때문에 일렁이는 듯한 이상한 안개가 생겨나고 있었다. 분명 뜨겁기는 할 텐데, 우리가 아는 뜨거운 것과는 다른 종류였다. 그는 좀 더 자세히 바라보았고, 놀랍게도 직경이 거의 400미터에 달하는 부분을 그 안개가 뒤덮고 있었다.

그리고 갑자기 폭발했다. 빛도, 섬광도 없었다. 갑자기 하늘 위로 파문이 일더니 사라져 버렸다. 안개가 사라졌고, 발전소의 거대한 굴뚝 두 개도 사라져 버렸다.

다리가 갑자기 물로 변한 것 같은 느낌을 받으며 데이비스는 언덕 꼭대기에 주저앉아 입을 벌리고 계곡을 바라보았다. 무시무시한 재앙의 예감이 그의 의식을 휩쓸고 지나갔다. 마치 꿈에서처럼 그는 폭발 소리가 귀에 들리기를 기다렸다.

소리가 들렸을 때는 충격적이지 않았다. 단지 육중하게 긴 여운을 남긴 휘~잉 하는 소리만 신속하게 고요한 대기 속으로 사라져 갔다. 반쯤 정신을 놓은 상태로 데이비스는 착암기 소리마저 멈췄다는 것을 알아챘다. 바턴도 그 소리를 들을 정도였다면 폭발은 생각보다 더 크게 이루어진 것 같았다.

침묵이 내려앉았다. 텅 빈 황량한 풍경을 바라보고 있어도 아무것도 움직이는 것이 없었다. 그는 기운을 차릴 때까지 기다렸다. 이윽고 반쯤 달리듯 친구가 있는 언덕 아래로 비틀거리며 내려갔다.

바턴은 손으로 머리를 감싼 채 도랑에 반쯤 걸터앉아 있었다. 데이비스가 다가가자 그는 고개를 들었다. 비록 그의 모습이 먼지와 모래에 의해서 희미해져 버렸을지라도, 데이비스는 그의 모습이 아니라 눈에 나타난 표정을 보고 충격을 받았다.

"너도 들었어?" 데이비스가 말했다. "연구소 전체가 날아가 버린 것 같아. 빨리 가자!"

"뭘 들었단 말이야?"

바턴이 멍청하게 말을 했다.

데이비스는 놀라 그를 바라보았다. 이윽고 그는 바턴이 착암기를 가지고 일을 하고 있었기 때문에 어떤 소리도 듣지 못했다는 사실을 깨달았다. 재앙의 예감이 더욱 급격히 밀려들었다. 그는 어찌할 수 없는 잔인한 운명 앞에 선 그리스 비극의 인물처럼 느껴졌다.

바턴이 일어섰다. 그의 얼굴이 이상해 보였고, 데이비스는 그가 거의 쓰러지기 직전이라는 것을 알 수 있었다. 그러나 그는 놀랍도록 차분하게 말했다.

"우리는 정말 바보였어. 우리가 헨더슨에게 그가 과거를 보려 한다고 했을 때, 그는 얼마나 우리를 비웃었을까?"

기계적으로 데이비스는 도랑으로 가 5000만 년 만에 처음으로 태양 빛을 쏘이게 된 바위를 살펴보았다. 아무런 느낌도 없이 그는 몇 시간 전에 처음으로 보았던 지그재그 형태의 흔적을 다시 찾아보았다. 마치 그것이 만들어졌을 때, 지프차가 최고 속도로 달리고 있었던 것처럼, 그것은 진흙 속으로 약간 파여 있었다.

의심의 여지가 없었다. 타이어 자국의 일부가 괴물의 발자국에 의해 완전히 사라졌기 때문이었다. 마치 그 거대한 파충류가 필사적으로 도망치는 먹잇감을 향해 마지막으로 뛰어오르려고 하는 찰나에 있는 것처럼 박자국은 깊게 찍혀 있었다.

어둠 속의 산책 |A Walk in the Dark|

1950년 8월《흥미진진하고 경이로운 이야기들(Thrilling Wonder Stories)》에 수록
『내일을 향해』에 재수록

어림짐작으로 최대한 고려해 보건데 전등이 꺼졌을 무렵 로버트 암스트롱은 4킬로미터 정도 걸어온 듯했다. 이럴 수는 없다고 생각하면서 그는 잠시 걸음을 멈췄다. 갑자기 분노가 치밀어 반 미친 상태로 암스트롱은 쓸모없어진 전등을 집어던졌다. 전등은 이 작은 세상을 감싸고 있던 침묵을 깨뜨리며 어둠 속 어딘가에 자리 잡았다. 낮은 구릉 저편에서 금속성 메아리가 들려왔고, 이내 조용해졌다.

최악이었다. 이보다 더 나쁜 일이 일어날 수는 없었다. 그는 자신의 운을 보기 좋게 비웃고, 변덕스러운 여신이 자신을 보호해 줄 거라는 생각을 다시는 하지 않기로 결심했다. 4번 캠프에 있던 유일한 트랙터가 하필이면 샌더슨 기지로 출발하자마자 고장 나리라고 누가 알았겠는가? 그는 미칠 것 같던 수리 작업과 두 번째 시동이 걸렸을 때의 안도감, 그리고 무한궤도 트랙터가 마지막으로 망가졌을 때의 정황을 머릿속에 떠올렸다.

늦게 떠난 걸 자책할 필요는 없었다. 이런 일이 일어날 거라고 예견할 수 없었을 뿐더러, 아직 카노푸스 호가 이륙하기까지는 4시간이나 남아 있었다. 어떤 일이 있어도 우주선을 타야만 했다. 다음 달까지는 이 행성에 착륙할 우주선이 없기 때문이다.

임무가 긴급한 것은 둘째 치고 항로를 벗어나 있는 이 행성에 4주를 더 머무른다는 것은 상상도 할 수 없는 일이었다.

할 수 있는 일은 단 한 가지였다. 샌더슨 기지가 캠프에서 10킬로미터 정도 떨어진 곳에 있다는 것이 일단은 불행 중 다행이었고, 도보로 가기에 그다지 먼 거리가 아니라는 것도 다행이었다. 비록 장비는 모두 남겨 놓고 가야 했지만 그거야 다음번 우주선에 넘겨주면 되었고, 장비가 없어도 일은 그럭저럭 해 나갈 수 있었다. 도로는 울퉁불퉁했고, 100톤에 달하는 바위 분쇄기들이 쏟아 낸 바위 파편들이 발부리에 차이곤 했지만, 길을 잃을 염려는 없었다.

사실 실제적인 위험은 없었고 다만 우주선을 놓칠지도 모른다는 염려만 들었다. 탐사한 적이 한 번도 없는 땅굴과 계곡으로 가득 찬 이곳에서 길을 잃는 위험을 피하려면 천천히 움직여야만 했다. 물론 아주 깜깜한 상태였다. 여기 은하의 끝은 별이 너무 적은데다가 넓게 퍼져 있기까지 해서 그 불빛은 기대하지 않는 게 나았다. 이 외로운 행성의 기이한 선홍빛 태양은 몇 시간 동안 떠오르지 않곤 했으며, 하늘에 있는 다섯 개의 달들조차 특별한 장치 없이는 육안으로 볼 수 없었다. 그들 중 어느 하나도 그림자가 생길 만한 빛이 나지 않았다.

암스트롱은 자신의 불운을 오래 한탄하는 사람이 아니었다. 그는 길을 따라서 천천히 도로 상태를 더듬어 가며 전진하기 시작했다. 카버 통행로에서 길이 굽어지는 것을 제외하고는 상당히 똑바로 난 길이 었다. 전방을 살펴볼 막대기나 다른 뭔가가 있으면 좋겠다고 생각했지만 어쨌든 지금은 오직 자신의 느낌에만 의지한 채 길을 가야 했다.

확신을 얻기까지 처음에는 아주 천천히 나아갔다. 똑바로 걷는 게 이렇게 어려운 일인지 예전에는 알지 못했다. 별들이 내는 희미한 빛으로 자신의 위치를 파악할 수 있었지만, 거친 도로 가장자리에 솟아 있는 바위들 틈에서 자꾸만 비틀거리게 되었다. 지그재그로 오래 걷다 보면 도로 반대편에 다다라 있었다. 그러면 다시 튀어나온 바위에 발부리를 차여 가면서 더듬거리며 길을 찾아 돌아와야 했다.

이윽고 어둠 속을 걷는 것이 익숙해졌다. 자신이 얼마나 빨리 걷는 지는 알 수 없었다. 열심히 걸어서 최상의 결과만을 바랄 뿐이었다.목 적지까지 6킬로미터 정도, 시간은 4시간 정도가 남아 있었다. 길을 잃지만 않는다면 쉬운 일이었다. 길을 잃는다니 상상하기도 싫었다.

일단 요령을 터득하자 생각을 할 만한 여유가 생겼다. 비록 지금의 경험을 즐긴다고 볼 수는 없었지만, 전보다 상황은 훨씬 나아져 있었다. 길에서 벗어나지 않는 한 그는 안전했다. 눈이 별빛에 적응하면 길을 볼 수 있지 않을까 싶기도 했지만, 이제는 꿈 같은 생각임을 알 수 있었다. 이 생생한 느낌에 그는 은하의 중심부에서 완전히 동떨어져 있는 것 같았다. 이처럼 맑은 밤이면 다른 행성은 별들로 빛날 것이다. 우주의 변두리인 이곳 하늘에도 어쩌면 희미하게 빛나는 수많은 별이 있을 수 있었다. 하지만 아무도 굳이 착륙하려 하지 않는, 어처구니없을 정도로 작은 위성 다섯 개와 마찬가지로 전혀 쓸모가 없었다.

조금씩 도로가 변하는 바람에 그는 생각을 멈췄다. 여기에서 길이 굽어졌던가? 아니면 다시 오른쪽으로 나아가야 하나? 그는 다시 가장자리를 따라서 천천히 나아갔다. 그래, 틀리지 않았군. 도로는 왼쪽으로 굽어 있었다. 낮에 봤던 도로의 모습을 기억하려 했지만, 그건 딱 한 번 보았을 뿐이었다. 통행로에 가까이 왔나? 통행로는 가야 할 길의 중간 지점이었기 때문에 그는 통행로에 도달하기를 간절히 바랐다.

전방의 어둠을 응시했지만, 굽이치는 지평선은 그에게 아무것도 말해 주지 않았다. 이윽고 길이 곧게 뻗어 있음을 깨닫고 그의 의식은 차분해지기 시작했다. 아마 통행로 입구가 그다지 멀지 않은 곳에 있을 거야. 아직도 6킬로미터는 더 가야 하잖아.

6킬로미터라니, 이 얼마나 하찮은 거리란 말인가. 카노푸스 호가 6킬로미터를 가는 데 시간이 얼마나 걸릴까? 인간의 능력으로는 시간을 잴 수 없을 것이다. 살면서 얼마나 먼 거리를 여행해 왔던가? 아마 거리를 잰다면 놀랄 정도로 긴 거리가 될 것이다. 지난 20년간 한 행성에서 한 달 이상 머문 적이 거의 없기 때문이다. 그는 올해만 은하를 두 번이나 가로질렀고, 이것은 '유령선의 항해 시대'라고 불리는 현대에도 놀라운 기록이었다.

흩어진 돌에 발이 걸려 곧 현실로 돌아왔다. 광속으로 하늘을 나는 우주선을 아무리 생각해 봤자였다. 그는 자신의 힘만으로 자연과 마주하고 있었다.

마음이 불안한 진짜 이유를 깨닫는 데 그렇게 오랜 시간이 걸렸다니 이상한 일이다. 지난 4주는 충만한 삶이었다. 그러나 트랙터 고장 때문에 짜증내고 걱정하면서 다급하게 출발을 서두르다 보니 그의 머릿속에서 즐거웠던 시간에 대한 기억은 완전히 사라지고 없었다. 게다가 그는 언제나 돌같이 단단한 머리와 엄청난 상상력의 부재를 자랑 삼아 말하곤 하지 않았던가. 지금까지 그는 베이스캠프에서의 첫날밤을 완전히 잊고 있었다. 동료들은 그날 신참을 위해 허풍을 적당히 섞은 이야기로 융숭하게 대접했다.

그때 고참 중의 한 명이 샌더슨 기지에서 캠프까지 야밤에 걸었던 이야기를 해 주었다. 그때 무엇인가가 전등 불빛이 닿지 않는 곳에서 일정한 거리를 유지하며 카버 통행로까지 그를 따라왔다고 했다. 여러 곳에서 그런 이야기를 들은 암스트롱은 그때 별로 관심을 보이지 않았다. 무엇보다도 이 행성은 다른 생명체가 살기에 적당한 곳이 아니었다. 그러나 논리가 항상 모든 문제를 쉽게 해결해 주는 것은 아니다. 옛날 사람들의 허구적인 이야기 속에 진실이 있지 않았던가?

그다지 유쾌한 생각이 아니어서 암스트롱은 더 이상 떠올리지 않기로 마음먹었다. 그러나 그는 아무리 애써도 계속 이 생각 때문에 괴로우리라는 걸 알았다. 가상의 공포를 지배하는 유일한 방법은 용감히 그것과 맞서는 것이다. 지금 그래야만 했다.

그가 내세운 주장의 근거는 이 행성이 완전히 불모의 폐허라는 것이다. 그 고참이 그랬듯이 사람들은 이 근거에 많은 반론을 제기할 수 있었다. 인류는 이 행성에 고작 20년을 살았을 뿐이며, 많은 부분이 탐사되지 않았다. 저 황야에 있는 땅굴이 무척 혼란스러운 장소라는 건 누구도 부인하지 않았지만, 그것이 화산 분화구라는 사실에는 다들 동의했다. 물론 그런 곳에서도 생명체가 가끔씩 기어 나오기는 하지만 말이다. 바르곤 3호의 최초 탐사자를 집어삼킨 거대한 히드라를 생각하며 그는 몸을 떨었다.

모든 게 가능했다. 논쟁을 위해 생명체의 존재 가능성에 대해서 생각해 보기로 하였다. 그것이 뭘까?

광대한 우주에 존재하는 다양한 형태의 생명체는 인간과는 완전히 달랐다. 어떤 것은 알코란의 연기 같은 형태였고, 또 어떤 것은 샨다룬의 움직이는 격자 문양같이 생겨 감지할 수도 없었고, 또 어떤 것은 존재하지 않는 것처럼 물체를 통과하면서 주위에 떠돌아다녔다. 어떤 것들은 호기심으로 가득 찼고, 어떤 것들은 친근하게 굴었다. 먼저 건들지 않는 한 공격하는 생물은 거의 없었다.

그럼에도 그 고참이 그려 준 그림은 끔찍했다. 따뜻하고 조명이 잘 들어오는 흡연실에서 술을 마시며 그것을 웃어넘기기는 쉬웠다. 그러나 여기 어둠 속에서 다른 사람과 멀리 떨어져 있는 지금은 얘기가 달랐다.

비틀거리며 길을 벗어났다가 다시 더듬더듬 찾아 돌아왔을 때는 안심이 됐다. 길은 매우 거칠었고, 주위에 있는 바위와 구별하기가 거의 불가능했다. 하지만 몇 분이 지나 그는 안전하게 길을 찾았다.

그러나 그 즉시 좀 전의 불안한 주제와 다시 마주하자 불쾌해졌다. 생각 이상으로 걱정스러웠다.

한 가지 안심이라면 기지에 있는 누구도 고참의 이야기를 믿지 않았다는 사실이다. 그들이 던진 질문과 농담을 보면 알 수 있었다. 그때는 그도 다른 사람들처럼 마음껏 비웃어 주었다. 무엇보다도 증거가 없었다. 어둠 속에서 보이는 희미한 형체는 이상하게 생긴 바위일 수도 있었다. 이상하게 끽끽거리던 소리에 그 늙은이는 신경이 쓰였겠지만 일에 지친 사람이라면 밤에 그런 환청을 들을 수도 있지 않겠는가? 만약 적대적인 생명체였다면 왜 더 가까이 다가오지 않았겠는가? 그 늙은이는 "그야 내가 켠 불이 무서워서지."라고 말했다. 충분히 그럴듯한 이야기다. 그래서 낮에는 보이지 않는 것이다. 밤에만 기어 나오는 땅속 생물일 수도 있다. 제기랄! 내가 왜 그 늙은이의 이야기를 심각하게 받아들이는 거야! 그는 생각하지 않으려 애썼다. 계속 이러다간 괴물들이 통째로 울부짖는 것을 보게 되리라고 스스로에게 윽박질렀다.

이 허황된 이야기를 즉시 물리칠 만한 논거도 물론 있었다. 매우 간단했다. 진작 생각 못한 게 유감스러울 뿐이었다. 그 녀석들은 뭘 먹고 산단 말인가? 행성 어디에서도 먹고 살 식물을 볼 수 없었다. 악령을 이렇게 쉽게 물리칠 수 있다니 우습다는 생각이 들었지만, 곧바로 크게 웃을 수 없는 자신의 모습을 돌아보면서 그는 마음이 불편했다. 자신의 추론이 옳다면 휘파람을 불거나 노래를 하거나 아니면 기분이 나아질 만한 어떤 행동이라도 취해야 하지 않을까? 그는 이 문제가 곧 자신의 남성다움의 문제라고 생각했다. 반은 수치심에 떨며 자신이 여전히 두려워하고 있다는 사실을 인정했다. 다른 무엇인가가 존재한다는 두려운 생각이 들었다. 그러나 적어도 식량 문제에 대한 그의 추론은 어느 정도 효과가 있었다.

생각을 여기서 멈추고 자신의 논거가 옳다고 믿었다면 차라리 나았을 것이다. 그러나 마음 한구석에서는 여전히 자신의 추론을 뒤집는 생각이 떠올랐다. 생각 끝에 마침내 샌틸 행성의 식물을 떠올렸을 때 그는 큰 충격을 받고 죽은 듯이 그 자리에 멈춰 섰다.

샌틸 행성의 식물이 무서운 것이 아니었다. 그것들은 사실 무척 아름다웠다. 그 존재가 가져온 두려움이란 아무런 식량 없이도 무한정 살 수 있는 생명체에 대한 깨달음이었다. 그들은 그 기이한 생을 이어 가기 위해 필요한 유일한 에너지를 우주방사선에서 얻었다. 우주방사선은 이 행성에도 잔뜩 있었다.

다른 예를 떠올리기도 전에 이내 트랜터 베타에 존재하던 생명체를 기억해 냈다. 그것은 원자력 에너지를 직접 사용하는 유일한 생명체로 알려져 있다. 그 생명체는 이곳과 같은 극도의 불모지에서 살고 있다…….

암스트롱의 정신은 재빨리 두 편으로 갈라졌고 각자 서로 상대방을 설득시키려고 했다. 하지만 이러한 시도는 곧 실패하여 어느 쪽도 설득하지 못했다. 그는 어떤 기척도 내지 않기 위하여 숨을 죽이고 있다는 사실을 깨닫고서야 자신이 제정신이 아님을 알아챌 수 있었다. 그는 화가 나서 여기저기 흩어져 문제를 일으키는 쓸데없는 생각들을 지워 버렸다.

길이 오르막에 접어들고 있었고, 지평선의 윤곽이 하늘 높이 솟아 있는 것 같았다. 길이 구부러지자마자 양쪽에 바위가 서 있었다. 하늘이 거의 다 가려지고 어둠이 한층 더 짙어졌다.

바위벽이 그를 둘러싸고 있다는 사실에 조금 안도했다. 이는 곧 앞뒤 두 방향만 조심하면 된다는 뜻이었다. 게다가 길이 평평해지고 보폭을 유지하기도 쉬워졌다. 무엇보다도 절반 넘게 왔다는 생각이 들었다.

잠시 기분이 좋아졌다. 그러다가 곧 심사가 뒤틀려서 다시 아까의 논쟁에 골몰했다. 카버 통행로의 끝에 이르게 된 그는 그 늙은 고참의 모험이 시작된 곳이 바로 이곳임을 깨달았다.

약 1킬로미터 정도만 가면 다시 탁 트인 땅이 나올 것이고, 줄곧 보호해 주던 바위에서 벗어나게 된다. 이 생각에 더욱 두려워졌고, 완전히 발가벗은 생각이 들었다. 사방 어느 곳에서도 공격해 올 수 있고 그는 완전히 무력한 상태가 되는 것이다…….

지금까지 그는 자제력을 어느 정도 유지해 왔다. 그는 그 늙은이의 이야기에 신빙성을 더해 준 한 가지 사실만은 고집스럽게 떠올리지 않으려고 했다. 캠프에 있던 모든 사람들의 농담을 일시에 멈추고 그 무리를 모두 입 다물게 만들었던 바로 그 하나의 증거. 이제 암스트롱의 의지력이 약해지자 포근했던 캠프 실내에 순간적인 한기를 가져왔던 바로 그 말이 떠올랐다.

그 작은 노인은 한 가지 사실을 계속 고집했다. 그는 보이지 않고 느껴지기만 하는 희미한 형체는 추적하는 소리를 내지 않았다고 했다. 앞발을 질질 끌거나 바위들이 떨어져 나가는 소리조차 없었다는 것이다. 근엄한 자세로 그 늙은이는 이렇게 말했다.

"나를 따라온 그 물체는 어둠 속에서도 볼 수 있고 수많은 잔털 같은 다리가 있어서, 거대한 유충이 크롤크 2호의 바닥에 깔려 있는 카펫을 기어가듯 바위 위를 자연스럽게 움직일 수 있는 것 같았어."

비록 그게 쫓아오는 소리는 내지 않았지만, 그 늙은이가 몇 번이나 들은 소리가 하나 있었다. 소리가 너무도 기이해서 불길한 느낌이 들 정도였다. 미미하지만 계속해서 끽끽거리는 소리가 들렸다.

그 늙은이는 실감 나게 그 소리를 묘사했고, 지금 암스트롱에게는 더욱 생생하게 되살아났다.

"거대한 곤충이 먹이를 아삭아삭 씹는 소리를 들어 본 적이 있나? 그런 소리 같았어. 생각해 보니까 게가 집게발을 부딪칠 때 그런 소리를 내는 것 같아. 뭐더라? 맞아. '키틴질'이 내는 소리 말이야."

그 시점에서 암스트롱은 크게 웃었다. (어떻게 지금 그 일들이 모두 생각이 나는지 이상한 일이었다.) 하지만 다른 사람들은 아무도 웃지 않았다. 방금까지 편하게 웃던 사람들이 갑자기 웃지 못했다. 그는 분위기가 바뀐 것을 느끼고 머쓱해져서 이야기를 계속할 것을 요청했다. 그때 호기심을 억누르지 못한 것이 후회스러웠다.

이야기는 금방 끝났다. 다음 날 의심 많은 기술자들이 모여서 카버 통행로 건너 사람이 살지 않는 곳으로 갔다. 그들은 총을 두고 갈 만큼 그 이야기를 못미더워하지는 않았지만, 총을 사용할 정도로 살아 있는 생명체의 흔적을 찾지도 못했다. 구덩이와 땅굴은 곳곳에 널려 있었고 전등 불빛은 끝 모를 암흑 속에서 꺼져버렸다. 행성은 그들에게 수수께끼를 남겼다.

비록 그들이 생명의 흔적을 찾지는 못했지만 반갑지 않은 사실이 하나 드러났다. 통행로 너머 탐사하지 않은 불모의 지역에 여느 땅굴과는 다른 커다란 땅굴이 있었다. 입구 근처에 반쯤 땅에 묻힌 거대한 바위가 있었다. 그 바위 한쪽은 거대한 숫돌로 사용된 것 같은 흔적이 있었다.

적어도 다섯 명이 그 바위 흔적을 보았다. 아무도 그것이 자연스럽게 생겼다고 설명할 수 없었지만, 모두가 그 노인의 이야기를 받아들이지는 않았다. 암스트롱은 그것을 시험해 봤는지 그들에게 물었다.

거북한 침묵이 방 안에 흘렀다. 그때 키가 큰 앤드루 하그리브스가 말했다.

"누가 재미로 밤에 통행로를 산보하겠어."

그러고는 그걸로 끝이었다. 이후로는 야간에 샌더슨 기지에서 캠프까지 걸어왔다는 기록을 찾아볼 수 없었다. 아마도 그날 그 일 때문에 그런 건지도 몰랐다. 낮에는 하늘의 절반을 가득 덮는 거대하고 이글거리는 태양 빛에 그대로 노출된 채 보호 장비 없이는 살 수 없었다. 게다가 트랙터가 있는데 방사능복을 입고 10킬로미터 정도를 걸어갈 사람은 아무도 없었다.

암스트롱은 통행로를 벗어나고 있음을 느꼈다. 양쪽에 있던 바위벽이 사라지고 길은 더 이상 단단하지 않았으며 그다지 굳어 보이지도 않았다. 그는 다시 열린 들판으로 나오고 있었고, 그 기괴한 앞발을 갈기 위해서 사용했을지도 모르는 불가사의한 돌기둥이 저기 어둠 너머 어딘가에 있을 것이다. 확실한 사실은 아니지만 이 생각을 머릿속에서 지울 수가 없었다.

불안감이 몰려와 그는 정신을 차리려고 애썼다. 다시 합리적으로 생각해 보려 했다. 캠프에서 수행했던 자신의 업무를 떠올렸다. 이 지옥 같은 곳만 아니라면 어디든 문제가 되지 않았다. 잠깐은 딴 생각을 하는 데 성공한 듯했다. 그러나 이내 모든 사고의 흐름이 미친 듯이 한 곳에 모였다. 그는 그 설명할 수 없는 바위에 대한 상념과 여러 끔찍한 가능성들을 마음속에서 지우지 못했다. 그는 끊임없이 바위와의 거리에 대해 생각했다. 지나쳤을까. 오른쪽에 있을까, 아니면 왼쪽에 있을까.

길은 다시 평평해졌고 화살처럼 곧장 앞으로 뻗어 있었다. 위안거리가 하나 있었다. 샌더슨 기지까지는 이제 3킬로미터 정도 남아 있었다. 암스트롱은 얼마나 오랜 시간을 길 위에서 보냈는지 알 수 없었다. 불행히도 그의 시계는 야광이 아니어서 그저 대충 짐작만 할 수 있었다. 운이 좋다면 적어도 두 시간 정도 늦게 카노푸스 호가 이륙할지도 모른다. 그러나 확신할 수는 없었고, 이제 다른 공포가 그를 사로잡았다. 곧 태양이 떠올라 엄청난 양의 광선을 내리쬐기 시작하면 그가 하고 있는 이 걱정들은 모두 헛된 것이 되어 버릴 터였다.

그는 이제 심하게 갈지자(之)를 그리며 걷지 않았고, 바위에 걸리기 전에 길의 가장자리를 예측할 수 있었다. 마치 전등이 있는 것처럼 빠른 속도로 걷고 있다고 생각하면서 기운을 냈다. 모든 일이 잘된다면 30분 안에 샌더슨 기지에 도달할 것이다. 얼마나 짧은 시간이란 말인가? 카노푸스 호에 예약해 둔 특등석에 도달하면 그가 느낀 공포가 얼마나 우스울까 하는 생각이 들었다. 팬덤 드라이브로 움직이는 거대한 우주선을 타고 은하 중심 근처의 항성 집단을 거쳐 마침내 오랜 시간 보지 못한 지구로 다시 귀환할 거라는 생각이 들자 이상하게 몸이 떨렸다. 언젠가는 지구에 꼭 가 봐야지 하고 혼잣말을 했다. 평생 약속을 하곤 했지만 언제나 시간이 없다는 대답뿐이었다. 그런 조그마한 행성이 우주의 발전에 이런 커다란 역할을 했고 심지어는 자기보다도 더 현명하고 지적인 세상을 지배한다니, 이상한 느낌도 들었다.

그런 생각은 두려움 해소에 유익했고, 암스트롱은 곧 평정을 찾았다. 샌더슨 기지 근처에 왔다는 건 거의 확실했고, 그는 중요하진 않지만 친숙한 일들을 주의 깊게 떠올리기 시작했다. 카버 통행로는 이제 저 멀리 있었고 그쪽에 신경 쓸 일은 아무것도 없었다. 언젠가 다시 이 행성에 돌아온다면 낮에 통행로를 둘러보며 자신의 공포를 비웃어 주리라. 이제 20분만 있으면 그는 어린 시절 꾸던 것과 다름없는 악몽 속에 있었음을 깨닫게 될 것이다.

샌더슨 기지의 불빛이 지평선 위로 올라오는 광경은 지금까지 즐겁게 여겼던 일 중 하나이긴 했지만, 여전히 충격적이었다. 이 작은 행성이 굽은 정도는 아주 현혹적이었다. 지구와 같은 크기의 중력을 가진 행성에서 보이는 지평선의 거리와는 다른 거리감을 주었다. 나중에 누군가가 이 행성 중심부에 뭐가 있기에 밀도가 그렇게 높은지 조사해야 할 터였다. 어쩌면 수많은 땅굴이 도움이 될지도 몰랐다. 이 불길한 생각은 목적지가 가까워지자 금세 그 공포감을 상실하고 말았다. 사실 위험에 처해 있다는 생각이 그에게 어떤 흥미와 자극을 주었던 것 같았다. 10분 거리에 있는 샌더슨 기지의 불빛이 눈에 보이는 지금 아무 일도 일어날 리 없었다.

몇 분이 지나자 갑자기 길이 구부러졌고 그의 기분은 180도 바뀌었다. 균열이 있어서 800미터 정도 우회해야 하는 것을 완전히 잊고 있었다. 그렇지만 상관없었다. 그는 고집스럽게 생각했다. 800미터면 기껏해야 10분만 더 걸어가면 되는 것이다.

갑자기 빛이 사라지자 실망감이 밀려왔다. 암스트롱은 길이 둘러가고 있는 언덕이 기억나지 않았다. 낮에는 잘 안 보이는 야트막한 등성이에 불과할지도 몰랐다. 그러나 기지의 빛이 사라지자 믿던 부적이 사라진 것처럼 그는 다시 공포에 떨었다.

비합리적이지만 길이 다 끝나는 이 시점에 어떤 일이 벌어진다면 얼마나 무섭겠나 하는 생각이 밀려들었다. 그는 도시의 불빛이 다시 보일 거라고 필사적으로 생각하면서 잠시 가장 두려운 생각을 한쪽에 밀쳐 두었다. 그러나 시간이 지남에 따라 그 등성이가 생각보다 길다는 것을 알게 되었다. 도시가 다시 보일 때는 분명 더 가까워져 있을 거라는 생각에 힘을 내려고 했지만 이제 논리적인 생각이 이를 가로막았다. 곧 암스트롱은 자신이 카버 통행로의 황야에서도 하지 않았던 짓을 하고 있음을 깨달았다.

그는 멈춰 섰고 주위를 둘러보면서 숨을 죽이고는 폐가 터질 때까지 귀를 기울였다.

그가 기지에서 그다지 멀리 떨어져 있지 않다는 걸 생각한다면 그 침묵은 너무도 기이했다. 등 뒤에서는 아무 소리도 들리지 않았다. 물론 아무것도 없겠지, 하고 화가 나서 혼잣말을 했다. 갑자기 긴장이 풀렸다. 희미하면서도 끊임없이 끽끽대는 소리에 대한 생각은 줄곧 그를 쫓아다녔다.

마침내 들려 온 소리는 너무나 친숙하고 친근했던 나머지 암스트롱은 긴장이 단번에 풀리면서 순간적으로 큰 소리로 웃을 뻔했다. 고요한 대기를 떠돌아다니는 그 소리는 1.6킬로미터 떨어진 곳에서 카노푸스 호를 거치시키는 기계가 내는 소리거나 착륙장 트랙터가 내는 소리였던 것이다. 암스트롱은 몇 백 미터 전방에 있는 등성이를 돌고 나면 기지가 있을 거라고 생각했다. 여행은 거의 끝난 것이다. 곧 이 사악한 평원은 희미한 악몽에 불과해질 터였다.

아주 불공평해 보였다. 그에게 필요한 건 인생의 짧은, 아주 짧은 시간뿐이었다. 하지만 신은 언제나 인간에게 불공평했고 지금 그들은

작은 장난을 즐길 뿐이었다. 암스트롱의 눈앞에 있는 어둠 속에는 결
코 잘못 들을 수 없는, 괴물의 집게발이 덜거덕거리는 소리가 기다리
고 있었다.

조용히 해 주세요 |Silence Please|

1950년 《사이언스 판타지》 겨울호에 찰스 윌리스(Charles Willis) 이름으로 수록
『하얀 사슴의 이야기(Tales from the White Hart)』에 재수록

소음제거기는 이미 시중에 나와 있다. 응용할 수 있는 방법도 여러 가지다. 최근에 나는 주변의 소음을 제거해 주는 이어폰을 사기도 했다. 그러나 이 펜튼 사일런서처럼 다용도로 쓸 수 있는 물건이 과연 나올지는 의심스럽다.

플리트 가에서 제방으로 나 있는 좁고 평범한 길을 따라가다 보면 예기치 않게 '하얀 사슴'이라는 가게를 찾을 수 있다. 어디 있는지 이야기해 봤자 아무 소용이 없다. 실제로 거기 가겠다고 굳게 결심한 사람 중에서 그곳을 찾아낸 사람은 거의 없다. 처음 방문할 때는 수십 번 안내를 받아야 하는데, 이를 잘 넘기면 눈을 감고 본능에 의지하기만 해도 길을 찾을 수 있게 된다. 솔직히 우리는 손님들이 더 오는 것을 원하지 않는다. 특히 우리만의 밤에는 더욱 그렇다. 이미 이곳은 사람들로 북적여 불편한 곳이 돼 버렸다. 위치에 대해 말해 줄 수 있는 것이라곤 신문 인쇄기의 진동 소리로 인해 가끔 건물이 흔들리고 화장실 창문을 열면 템스 강이 보인다는 정도다.

외부에서 보면 여느 술집과 다를 것이 없다. 실제로 주 5일 문을 연다. 일반 술집이나 살롱과 같이 지상에 있다. 갈색 떡갈나무 벽에 광택 없는 유리, 바 뒤에 있는 술병들, 그리고 생맥주를 따르는 손잡이

같은 일상적인 것들로 가득 차 독특함이라고는 찾아볼 수 없다. 사실 20세기의 특권이라고 말할 수 있는 것은 일반석의 주크박스 정도다. 이 기계는 전쟁 중에 미군 병사들을 위로한다는 우습지도 않은 이유로 들여왔다. 우리가 제일 먼저 한 일이 바로 이 기계가 두 번 다시 작동할 위험이 없다는 사실을 확인하는 것이었다.

이제 우리가 누구인지 밝힐 필요가 있는 것 같다. 그렇지만 우리에 대해 설명하는 일은 처음 생각보다 훨씬 더 어려운 일인 듯하다. 왜냐하면 '하얀 사슴' 고객 명단을 완벽히 작성하기가 불가능할 뿐더러 무척 지루한 일이기 때문이다. 그래서 현 시점에서 내가 할 수 있는 일이란 세 계층으로 나누어 말해 주는 것이리라. 먼저 언론인, 작가, 그리고 편집자가 한 부류를 이루고 있다. 물론 언론인들은 플리트 가 출신이다. 여기서 살아남을 수 없는 사람들은 어디론가 도망쳐 버렸고, 가장 억센 사람들만 이곳에 남은 것이다. 작가에 대해서 말해 보자면, 그들 대부분은 이야깃거리를 얻기 위해 다른 작가의 이야기를 듣고 이곳에 왔다가 붙잡혀 버린 사람들이다.

작가가 있는 곳이라면 편집자가 있기 마련이다. 술집 주인 드루가 만약 이 술집에서 벌어지는 문학 사업에 대해 인세를 받았다면 벌써 부자가 되었을 터였다. (그렇지 않아도 그는 충분히 부유하다고 생각한다.) '하얀 사슴'의 한쪽 구석에서 분개한 작가가 굳은 표정의 편집자와 논쟁하거나, 반대로 분개한 편집자가 굳은 표정의 작가와 논쟁하는 건 일상적인 광경이라고 동료 중 한 명이 익살맞게 말해 준 적이 있다.

문단 쪽 일은 대개 그렇다. 나중에 자세히 볼 기회가 있을 것이다.

이제 잠시 과학자들을 살펴보자. 그들은 어떻게 여기 오게 되었을까?

음, 버크벡 대학교가 길 건너에 있고 스트랜드 가에서 얼마 떨어지지 않은 곳에 킹 가가 있다. 이는 의심할 필요 없는 증거이기는 하지만 개인적 추천도 많이 기여했음을 밝혀야겠다. 또한 많은 과학자들은 이미 작가 일도 함께 하고 있으며, 작가들도 과학자의 길을 걷기도 한다. 혼란스럽지만 세상일이란 그런 법이다.

이 조그만 소우주의 세 번째 영역은 '관심 있는 일반인'이라고 부를 수 있다. 그들은 흔히 떠도는 소문에 이끌려 '하얀 사슴'을 찾아왔고, 여기서 이뤄지는 대화와 만날 수 있는 사람들을 너무 좋아한 나머지 우리가 모이는 수요일마다 정기적으로 참석하곤 하는 것이다. 때때로 속도를 못 맞춰 뒤처지기도 하지만 언제나 새로운 일들이 생겼다.

이런 요소로 인해 '하얀 사슴'의 수요일은 결코 지루하지 않았다. 놀라운 이야기들이 오갈 뿐만이 아니라 놀라운 일들도 일어났다. 예를 들자면 어떤 교수가 하웰 가로 가는 길에 가방을 놓고 간 적이 있었는데, 그 내용물이 무엇인가 하면…….사실 그 안을 들여다보지 말았어야 했는데 보고 말았다. 흥미로운 점은…… 러시아 비밀 요원들이라면 쉽게 알 수 있을 것이다. 여하튼 말이 너무 많았는데 간단히 설명할 수도 있다.

말이 났으니 말이지 동료 중에서 아무도 이 사건을 글로 옮겨 적을 생각을 하지 않았다니 놀라지 않을 수 없다. 숲을 보느라 나무를 보지 못한 걸까? 혹은 보상이 적어서일까? 그렇지만 적절한 설명은 아닌 것 같다. 몇몇 친구들은 나처럼 돈이 궁해 드루의 외상 사절 법칙을 신랄하게 비판하고 있었다. 내 낡은 레밍턴 타자기로 이 글을 쓰면서 두려워한 것은 존 크리스토퍼나 조지 휘틀리, 혹은 존 베이넌 같은 이들이 이미 최고의 이야깃거리를 다 써먹어 버렸다는 사실이다. 예를 들면 펜튼 사일런서의 경우가 그렇다.

여하튼 이 사건이 언제 발생했는지는 알지 못한다. 여느 수요일과 다를 바가 없어서 날짜를 명확히 밝힐 수 없다. 게다가 '하얀 사슴'에 있는 무리 속에 섞이면 몇 달이 지나도 누가 누군지 알아차리지 못하기도 한다. 이 일은 아마도 해리 퍼비스에게 일어난 일이었을 것이다. 내가 그를 처음 알게 되었을 때, 그는 우리 대부분의 이름을 이미 알고 있었기 때문이다. 생각해 보면 지금 내가 알고 있는 것보다도 많이 알고 있었던 것 같다.

언제 시작되었는지는 몰라도 어떻게 시작되었는지는 잘 안다. 버트 허긴스가 촉매 역할을 했는데, 좀 더 정확히 말하자면 그의 목소리가 발단이 되었다. 버트의 목소리는 무엇이든 일이 커지게 만드는 힘이 있다. 귓속말을 하는 순간에도 그의 목소리는 하사관이 연대 전체에 구령을 내리는 것처럼 들린다. 그가 가고 나면 대화는 끊기고 말지만, 우리 귓속에 있는 자잘한 뼈로 구성된 기관들이 다시 작동하려면 한참을 기다려야 했다.

그때 그는 존 크리스토퍼에게 화가 나 있었다. 가끔 우리도 겪는 일이었다. 여하튼 버트는 무척 화가 나 있어 살롱에 있는 바 뒤에서 진행되던 체스 게임이 방해를 받을 정도였다. 평상시처럼 체스 두는 사람 주위로 훈수 두는 사람들이 모여 있었고 그때 버트의 고함 소리가 머리 위로 지나갔다. 체스는 시작된 지 얼마 되지 않은 상태였다. 고함의 여운이 사라지자 누군가가 말했다.

"저 녀석 좀 조용히 시킬 수 없나?"

그때 해리 퍼비스가 말했다.

"하나 있긴 하지."

나는 누구 목소리인지 파악이 되지 않아 주위를 둘러보았다. 30대 후반의 키가 작고 단정하게 차려입은 남자가 보였다. 그는 뻐꾸기시계와 검은 숲을 연상시키는 독일식 목조 담배 파이프를 물고 있었다. 옷차림에서 유일하게 전형을 벗어난 부분이었다. 그 파이프가 아니면 아마 그는 공인회계사 모임에 나가는, 말쑥하게 차려 입은 재무부 직원 정도로 보였을 것이다.

"뭐라고요?"

내가 물었다.

그는 아무런 관심도 보이지 않고 파이프를 조심스럽게 맞추고 있었다. 그때 나는 그 파이프가 정성을 들여 조각한 나무 조각이 아님을 알 수 있었다. 거기에는 정교함을 뛰어넘는 뭔가가 있었다. 마치 금속과 플라스틱을 가지고 만든 발명품 같았다. 작은 화학 공장처럼 말이다. 작은 밸브도 여러 개 있었다. 세상에, 저건 저 자체로 온전히 하나의 화학 공장이잖아…….

나는 더 이상 그 남자의 모습을 흘끔거리지 않았지만, 그렇다고 호기심을 숨기려고 하지는 않았다. 그는 승리의 미소를 지어 보였다.

"과학의 힘이지요. 모두 생물물리학 연구실 작품이에요. 담배 연기에 무엇이 함유되어 있는지 궁금해서 이 필터를 만들었어요. 당신도 담배 연기가 설암을 유발하는지, 만일 그렇다면 어떻게 유발하는지 아직도 논쟁이 진행되고 있다는 것을 잘 아시죠? 문제는 부산물이 무엇인지 명확히 밝혀내려면 담배를 많이 피워 봐야 한다는 것이에요. 그래서 저는 담배를 많이 피울 수밖에 없답니다.”

“이런 식으로 계속해서 담배 파이프를 청소하는 게 흡연의 즐거움을 망치지는 않나요?”

“모르겠어요. 아시다시피 전 실험 지원자라서요. 흡연자는 아니에요.”

“아!”

이 한마디가 그 당시에 나온 유일한 대답이었던 것 같다. 이윽고 왜 그 사람과 이야기하기 시작했는지 생각이 났다.

그와 이야기를 하는 동안에도 버트의 목소리 때문에 여전히 귀에 이명이 남아 있었다.

“당신은 버트를 조용하게 만들 방법을 알고 있다고 하지 않았나요? 비유적으로 한 말이 아니라면 우리 모두 당신 이야기를 듣고 싶어요.”

시험 삼아 파이프를 몇 번 빨아 보고는 그가 대답했다.

“저는 지금 운이 나쁜 펜튼 사일런서를 생각하고 있어요. 우리 모두에게 유익한 교훈이 되겠지만 그에게는 슬픈 이야기이죠. 누가 알겠어요? 어느 날 누군가가 완벽한 교훈을 얻어 세상의 온갖 축복을 받게 될지도 모르죠.”

파이프를 빨고, 연기를 뿜고, 다시 빨고, 또 뿜고…….

“자, 이야기해 보세요. 언제 일어난 일이죠?”

그는 한숨을 내쉬었다.

“이 이야기를 하게 돼 유감입니다. 그렇지만 여러분이 계속 졸라

대니 이야기를 하기는 하겠지만, 이야기가 절대 이 벽을 넘어 밖으로 나가면 안 됩니다."

"물론이죠."

"루퍼트 펜튼은 제 연구실에 있는 조교 중의 한 명이에요. 기계 조작 경험이 많고 총명한 젊은이지만 천성적으로 이론에는 약해요. 여유가 있으면 항상 기계 장치를 만드는 데 시간을 보내죠. 아이디어는 훌륭하지만 기본이 되지 않아 작동이 잘 안 되는 게 문제예요. 그렇지만 낙담하는 것 같진 않았어요. 그는 자신이 후세엔 에디슨 같은 과학자로 평가될 거라고, 연구실에 뒹굴고 있는 여러 라디오관이나 이상한 장치들로 돈을 벌 수 있을 거라고 생각했죠. 서툰 솜씨가 문제되는 것도 아니었어요. 사실 물리학자들은 그에게 용기를 심어 주려고 했는데, 이유는 어떤 형태든 열정은 신선한 맛이 있기 때문이죠. 그러나 그가 진전을 보일 거라고는 아무도 확신하지 않았어요. e^x까지 적분하는 법도 몰랐으니 당연하죠."

"정말 그렇게 무식할 수 있단 말이에요?"

누군가 한숨을 쉬었다.

"조금 과장을 한 것이죠. xe^x까지라고 해 두죠. 여하튼 그가 가진 지식이란 모두 실용적인 것들이어서 거의 경험에 의존했지요. 그에게 배선도를 아무것이나 줘 보면 어떤 기계 장치든 만들어 보였을 거예요. 그러나 TV 같이 간단한 것이 아니면 작동법을 이해하지 못할 거예요. 문제는 그가 자신의 한계를 깨닫지 못한다는 데 있었어요. 이는 다들 아시다시피 무척 불행한 일이죠.

제 생각에는 만약 그가 물리학에 뛰어난 학생들이 음향학과 관련된 실험을 하는 것을 보면 뭔가 좋은 아이디어를 얻을 것 같았죠. 여러분 모두 간섭이라는 개념을 알고 있죠?"

"당연하죠."

내가 대답했다.

"이봐요. 저는 잘 모르는데요."

체스에 져 더 이상 경기를 더 할 수 없게 된 사람이 말했다.

퍼비스는 페니실린이 발명된 이 시대에 살 권리가 없는 사람을 보 듯 그를 바라보았다.

"그렇다면 조금 설명하는 편이 나을 듯하군요." 그는 화가 나 있는 우리 쪽을 향해 손을 흔들어 보였다. "아니요. 들어 보세요. 이 이야기 는 간섭을 모르는 사람이라면 반드시 알아야 해요. 시간이 있을 때 펜 튼에게 누군가 이 이론을 설명해 주기만 했더라도……."

그는 부끄러워하고 있는 질문자를 바라보고는 말을 이었다.

"소리의 성질에 대해 생각해 본 적 있는지 모르겠군요. 소리가 공 기 중을 통과해서 움직이는 음파의 연속으로 이루어져 있다고 말하 면 충분히 이해할 수 있겠지요. 그렇다고 바다 표면에서 움직이는 파 도와 같은 파동이라고 할 수는 없어요. 당연히 아니지요. 그것들은 위 아래로 움직이는 파동이죠. 음파는 교차 압축파와……."

"희박화 얘기를 하는 거죠?"

"희박…… 뭐라고요?"

"희박화요. 희박하게 하는 걸 말하는 거 아니에요?"

"아니요. 그런 단어가 있는지는 잘 모르겠어요. 만약 있다고 해도 그런 의미가 아니에요."

퍼비스는 앨런 허버트 경이 자신이 특히 싫어하는 신조어를 살충병 속에 주워 담을 때 보이는 침착함을 보이면서 반박했다.

"어디까지 했죠? 아, 음파에 대해서 설명하고 있었죠. 우리가 어떤 소리를 낼 때, 아주 작은 속삭임에서부터 방금 지나간 것과 같은 거대한 진동의 소리까지 일련의 압력 변화가 공기 중을 통해 전달되죠. 철도 측선에서 기관차를 재편성하는 걸 본 적이 있나요? 지금과 너무도 똑같은 예를 볼 수 있을 거예요. 화물칸이 길게 연결되어 있죠. 한쪽 끝이 쾅 하고 부닥치면 가장 앞쪽의 칸 두 개가 함께 움직이고 그때 선로를 따라서 압축파가 움직이는 것을 볼 수 있죠. 뒤쪽에서는 반대 현상이 발생하고요. 화물칸이 분리될 때 그 반대쪽에는 (반복해서 말하지만) 희박화가 일어나요.

파동이 하나만 있을 때, 음파가 한 곳에서만 나오면 문제는 아주 간단하죠. 그러나 같은 방향으로 움직이는 두 개의 음파가 있다고 추측해 보세요. 이때 간섭이 발생하는데, 이건 기초 물리학에서 실험을 통해서 여러 번 증명했어요. 여기서 유념해야 할 사실은 (여러분 모두 제 생각에 동의할 것이라 생각하는데) 두 음파가 서로 정확히 반 파장씩 어긋난다면 합친 결과는 완전히 0이어야 한다는 점입니다. 한 음파의 압축 펄스는 다른 파의 희박화된 상태 위에 겹쳐지고, 그 결과 아무런 변화도 소리도 없어야 한다는 것이죠. 화물칸에 대해 다시 한 번 생각해 보면, 당신이 마지막 칸을 잡아당기면서 동시에 밀친다고 생각하면 됩니다. 아무 일도 일어나지 않겠죠.

여러분 중 누군가는 제가 말하고자 하는 바가 무엇인지 알고 계실 것이며, 펜튼 사일런서의 기본 법칙에 대해 생각하고 계실 것입니다.

젊은 펜튼은 이 문제에 대해 생각하게 되었습니다. '이 세상은 너무 소음이 많아. 아마 소음 제거기(사일런서)를 만들 수 있다면 한몫 잡 게 될 거야. 그럼 무엇을 해야 할까?'

답을 구하는 데 그리 긴 시간이 걸리지 않았습니다. 그가 영리하다 고 말씀드렸잖아요. 지침이 될 만한 것은 거의 없었죠. 그는 마이크, 특별 증폭기, 그리고 한 쌍의 커다란 스피커를 준비했어요. 주변에서 만들어지는 어떤 소리건 마이크가 잡아낼 것이고, 그 소리를 증폭하 고 반전시키면 초기와 위상이 완전히 다른 소리가 되는 셈이죠. 그러 면 스피커를 통해 빠져나와 초기 음파와 새 음파가 상쇄되고, 그 결과 침묵이 만들어지는 겁니다.

물론 그 이상의 것이 존재하죠. 상쇄된 파의 강도가 처음과 같게 만 드는 조절 장치가 있어야 했죠. 그렇지 않으면 처음보다 더 나쁜 결 과를 불러올 테니까요. 그렇지만 기술적으로 자세히 이야기해야 하는 부분이 있어서 이것으로 귀찮게 만들고 싶진 않군요. 여러분 중에서 많은 분이 네거티브 피드백이 적용된다는 것을 알고 계실 겁니다."

"잠깐만요."

에릭 메인이 소리쳤다. 에릭에 대해서 말하자면 그는 전자공학 전 문가이자 모 티브이 신문 편집장이다. 또한 우주여행에 관한 라디오 극본을 쓰고 있기도 하지만 지금 문제와는 별개였다.

"잠시만. 문제가 있어요. 그런 방식으로 침묵을 만들 수 없어요. 위 상을 조절한다는 것은 불가능한……."

퍼비스는 파이프를 다시 입에 물었다. 잠시 동안 불길한 연기가 뿜 어져 나왔고, 난 순간 맥베스의 제1막이 떠올랐다. 그는 에릭을 쏘아

보며 말했다.

"이 이야기가 사실이 아니라고 말하는 거요?"

그가 싸늘하게 말했다.

"아니, 뭐 그렇게까지 말하려는 것은 아니고……."

에릭의 목소리가 작아졌다. 마치 스스로 침묵하는 것처럼. 그는 주머니에서 낡은 봉투 하나와 손수건 속에서 엉클어진 것 같은 저항기와 콘덴서들을 꺼내 놓고는 뭔가 계산하기 시작했다. 이후 그는 말없이 조용히 있었다.

퍼비스가 말을 이었다.

"제가 이야기하는 것은 펜튼의 소음 제거기가 작동하는 방식입니다. 첫 번째 작품은 그다지 강력하지 않았고, 심한 고음이나 저음은 잘 처리하지 못했죠. 결과가 약간 이상한 쪽으로 발생했어요. 전원을 작동시키고 누군가 이야기하려고 하면 박쥐가 찍찍거리는 것 같은 희미한 소리와 우르릉거리는 소리, 즉 스펙트럼의 양쪽 끝 소리를 모두 들을 수 있었던 것이죠. 그는 곧 선형 회로를 사용하여 이 문제를 해결했어요. (꼭 전문용어를 사용해야 한다니까.) 다음 작품은 꽤 넓은 지역의 소음을 제거할 수 있게 되었어요. 일반적인 방만 한 크기가 아니고 커다란 홀 정도의 소음도 제거할 수 있었어요. 그래요…….

이제 펜튼은 자신의 아이디어가 도용될까봐 두려워 함부로 자신의 일에 대해서 이야기하지 않는, 비밀에 싸인 발명가가 아니었어요. 그는 너무도 이야기하고 싶어 했어요. 이야기를 들어주는 사람이 있다면 학생이건, 연구실 직원이건, 가리지 않고 이야기를 했죠. 그의 놀라운 소음 제거기를 처음으로 본 사람 중 한 명인 젊은 예술가 켄들

(그는 물리학을 부전공으로 하는 사람이었어요.)이 일을 터뜨렸어요. 너무도 당연한 일이겠지만 켄들은 소음 제거기에 깊은 감명을 받았어요. 여러분이 생각하는 것과는 달리 그는 상업적 목적이나 소음으로 고통 받는 사람들의 귀에 축복을 가져다주는 데는 관심이 없었어요. 정말이에요. 그는 완전히 다른 생각을 하고 있었어요.

잠시 딴 이야기를 하도록 하죠. 지금 대학에 잘나가는 음악 단체가 있는데, 최근에는 그 규모가 너무 커져서 걸작이 아닌 교향곡은 취급도 안 할 정도죠. 그때도 그들은 야심 찬 사업을 추진하고 있었어요. 지금은 여러분에게 너무도 잘 알려져 이름을 밝힐 수 없지만 재능 있는 젊은이가 작곡한 새로운 오페라를 공연할 예정이었어요. 그냥 에드워드 잉글랜드라고 해 두죠. 작품의 제목은 잊어버렸지만 비극적인 사랑에 관한 전형적인 가극이었어요. 왜 그런지는 모르겠지만 반주가 있어야만 우스꽝스럽지 않게 들리는 작품이었어요. 상당 부분 음악에 의존했다고 할 수 있죠.

막이 올라가기를 기다리면서 시놉시스를 읽던 기억이 아직도 생생한데, 오페라 가사들이 진지하게 쓴 게 맞는지 지금도 잘 모르겠어요. 시대는 빅토리아 후기였고 주인공은 정열적인 여자 우체국장 사라 스탬프와 음울한 사냥터지기 월터 패트리지, 그리고 이름은 잊었지만 시골 신사의 아들이었습니다. 꼬리를 무는 삼각관계에 마을 사람들의 분노가 더해져 복잡하게 얽히는 이야기죠. 가령 시골 할멈들이 새로 발명된 전보를 접하고는 그것이 소젖을 짜거나 출산을 돌봐 줄 것이라 믿어 문제가 발생하는 식이었어요.

주변 이야기는 무시하고, 어쨌든 치정 드라마를 다룬 그렇고 그런 오페라예요. 시골 신사의 아들은 여자 우체국장과의 결혼을 원하지 않았고, 사냥터지기는 이에 분개하여 복수를 하겠다고 마음먹죠. 비극은 불쌍한 사라가 소포 끈에 목이 졸린 채 부고를 전하는 우편 가방 안에서 발견되면서 최고조에 달해요. 전선공들이 귀찮아하는데도 마을 사람들은 패트리지를 근처 전신주에 목매달기로 결정해요. 교수형에 처해지기 전 그는 아리아를 부르기로 되어 있었죠. 이 부분을 볼 수 없어 안타까웠어요. 시골 신사의 아들은 술독에 빠지게 되고, 뭐 그런 식이에요.

지금 이야기가 어떻게 되어 가는지 궁금하실 거예요. 조금만 더 이야기를 들어주세요. 무대에서 가상의 치정극이 진행되는 동안 무대 뒤에서는 실제 사건이 일어났어요. 펜튼의 친구 켄들은 사라 스템프 역을 하기로 되어 있던 여자에게 퇴짜를 맞은 상태였어요. 그가 복수심이 강한 사람이라고 단정할 수는 없지만, 그래도 언제 복수를 해야 하는지 정확히 알고 있었죠. 사실 대학 생활에 책임이 동반되는 일은 거의 없잖아요. 만약 우리에게 그런 기회가 찾아온다면 누가 그 기회를 버리겠어요?

이제 조금씩 이해하겠다는 표정이시군요. 그 기념비적인 날 서곡이 울려 퍼지지 않을 거라 의심하는 사람이 얼마나 되겠어요? 엄청나게 많은 사람들이 모여들었죠. 대학 총장 이하 모든 사람들이 모였어요. 학장과 교수들은 하찮을 정도였답니다. 살면서 그렇게 많은 사람이 모인 것을 본 적이 없어요. 지금 생각해 보면 거기서 무엇을 하고 있었나 하는 생각이 드네요.

환호 속에 서곡이 끝나고 떠들썩한 청중들 중에서 일부는 야유를 보내기도 했다는 것을 말씀드리고 싶네요. 제 말이 좀 편파적이긴 하지만 사실 그들은 음악이 뭔지 아는 사람들이었어요.

막이 올랐고 시간은 대략 1860년경. 장소는 다더링 슬로레이 광장이었죠. 오전 우편물 중에서 우편엽서를 하나 골라 읽으면서 여주인공이 들어왔어요. 그녀는 젊은 신사의 주소가 씌어 있는 편지를 보고 바로 노래를 불렀어요.

사라의 도입 아리아는 서곡만큼 나쁘지는 않았지만 너무 암울했어요. 우리는 다행히 처음 몇 소절만 들을 수 있었어요…….

켄들이 순진한 펜튼을 어떤 식으로 꾀었는지는 말할 필요도 없어요. 사실 발명가는 자신의 작품이 잘 쓰일 수 있다는 것을 깨닫기만 하면 그걸로 만족하죠. 제 말은, 실험이 매우 성공적이었다는 거예요. 모든 소리가 사라지고 갑작스럽게 쥐 죽은 듯한 침묵이 흐르자, 티브이 프로그램이 갑자기 음소거가 된 것처럼 사라 스탬프도 무대에서 사라졌어요. 어떻게 된 거냐면, 노래하는 가수의 입술은 계속 움직이고 있고, 사람들은 의자에 얼어붙은 듯이 앉아 있었던 거예요. 그녀는 마침내 사태를 깨닫고 말았어요. 다른 상황이었다면 비명 소리가 들렸겠지만, 아무 소리 없이 그녀는 우편엽서 더미가 쌓여 있는 복도로 도망가고 말았고요.

이후 발생한 사태는 믿을 수 없을 정도로 혼란스러웠어요. 몇 분 동안 사람들은 자신들이 청력을 잃었다고 생각했고 곧 자신만이 그런 절망적인 상황에 처한 것이 아님을 주위 사람들을 통해 알게 되었죠. 물리학을 전공한 사람이 다른 사람보다 사태를 더 빨리 파악했던 것 같아요. 왜냐하면 앞줄에 있던 VIP석에 재빨리 전단지가 배포되었기 때문이죠. 부총장은 무대에 올라 청중들을 향해 손짓 발짓으로 질서를 회복하려고 노력하고 있었어요. 지금도 그때 일을 자세히 이야기하다 보면 너무 웃겨 배가 다 아플 지경이에요.

가능한 한 빨리 극장에서 도망 나오는 것을 제외하고는 아무것도 생각할 수 없었어요. 퀜들은 그 기계의 성능에 압도되어 기계를 끄는 것도 잊어버리고 도망을 간 것 같았어요. 어슬렁거리다 붙잡혀 교수형에 처해질까 봐 두려웠던 것이죠. 안타깝게도 펜튼에 관해서는 잘 모르겠어요. 그저 이후 사태에 대해 저희는 여러 가지로 재구성해 볼 수밖에 없었죠.

대강 추측해 보면 그는 극장이 텅 빌 때까지 기다렸다가 기계들을 해체했던 것 같아요. 대학 내에서 커다란 폭발음을 들을 수 있었거든요.”

“폭발이라고요?”

누군가 짧게 소리쳤다.

“물론이죠. 우리가 얼마나 아슬아슬하게 피했는지 지금 생각해도 오싹하기만 한걸요. 극장 안에 사람들이 계속 북적거렸을 때, 상당수의 소음이 더해진 것 같아요. 발명가만이 폭발과 관련된 일을 알고 있을 뿐, 나머지는 수수께끼로 남아 있다고 할 수 있어요. 적어도 그는 성공한 순간 바로 산화해 버리고 말았어요. 학장이 그를 붙잡기 전에요.”

“도덕적 판단은 그만두고, 도대체 무슨 일이 있었죠?”

“펜튼이 이론에 약하다고 말했죠. 만약 그가 소음 제거기와 관련된 문제들을 수학적으로 계산해 낼 수 있었다면, 실수가 무엇인지 쉽게 알아낼 수 있었을 거예요. 문제는 다른 것은 제거할 수 있어도 에너지는 제거할 수 없다는 것이죠. 비록 한 파동을 다른 파동으로 상쇄시킬 수는 있어도 에너지는 그럴 수 없으니까요. 중화된 에너지는 어딘가에 축적되기 마련이죠. 방 안의 먼지를 모두 쓸어 낸다고 해도 카펫 밑에 보이지 않는 먼지 더미가 쌓이는 것처럼 말이죠.

이론적으로 살펴보면 펜튼의 기계는 소음 제거기가 아니라 음파 집중기였다고 할 수 있어요. 전원을 켜는 순간 모든 소리 에너지가 흡수된 것이죠. 그리고 그 공연은 바람이 빠진 것처럼 완전히 오그라들었고요. 에드워드 잉글랜드의 악보를 보았더라면 무슨 말인지 이해할 수 있을 겁니다. 거기에다 청중들이 만들어 낸 소음(정확히 말하면 만들어 내려고 애썼던 소음)이 공황 상태에서 증폭되었죠. 그 총에너지의 양이 끔찍할 정도로 많았을 텐데, 불쌍한 소음 제거기는 그것들을 모두 빨아들여야 했어요. 그게 다 어디로 갔을까요? 저는 회로에 대해선 자세히 모르지만 아마도 전력 장치의 콘덴서로 모였겠죠. 펜튼이 그것을 다시 만지작거리려고 했을 때, 이미 그것은 뇌관이 뽑힌 수류탄과 같은 상태였을 겁니다. 그의 발소리가 마지막 기폭제가 되어 마침내 과부하 걸린 기계가 폭발하고 만 것이죠."

잠시 동안 사람들은 고인이 된 펜튼에게 애도를 표하느라 아무 말도 할 수 없었다. 한쪽 구석에서 10분 동안 중얼중얼 저항 값을 계산하고 있던 에릭 메인이 사람들의 이목을 끌며 앞으로 밀치고 나왔다. 그는 종이 한 장을 그 앞에 집어던졌다.

"이봐, 내가 맞았잖아. 그 기계는 작동할 수 없어. 위상과 진폭의 관계는……."

퍼비스가 그를 밀치고 참을성 있게 말했다.

"제가 설명하고 있던 게 바로 그거거든요. 얘기를 제대로 들으셔야죠. 펜튼이 그걸 그렇게 안 좋은 방법으로 알아낸 건 안타까운 일이긴 해요."

그는 시계를 바라보았다. 어떤 이유에서인지 그는 서둘러 떠나려 하고 있었다.

"이런, 시간이 다 됐네요. 조만간 새로 만든 양자 현미경으로 관찰한 것에 대해 말해 달라고 해 주세요. 더 놀라운 것이 있거든요."

다른 사람들이 논박하기 전에 그는 벌써 출입문에 다가서 있었다.

그때 조지 휘틀리가 숨을 몰아쉬며 말했다. 그의 목소리에는 당황함이 섞여 있었다.

"이봐, 이런 이야기를 왜 우리는 한 번도 들어 본 적이 없는 거지?"

퍼비스가 문지방에서 걸음을 멈췄다. 파이프에서는 다시 한 번 기세 좋게 연기가 뿜어져 나오고 있었다. 그가 어깨 너머로 고개를 돌렸다.

"해야 할 일이 딱 하나 있죠. 우리는 스캔들이 일어나는 것을 원하지 않아요. 죽은 이에 대해 사후에 나쁘게 말하지 말라는 속담 알죠? 게다가 이 모든 일들을 그냥 묻어 두는 편이 더 나을 것 같지 않나요? 모두 즐거운 밤 보내세요."

원주민과의 분쟁 |Trouble with the Natives|

1951년 2월 「비행접시의 3인(Three Men in a Flying Saucer)」이라는 제목으로 《릴리풋 (Lilliput)》에 수록
『내일을 향해』에 재수록

비행접시가 구름을 뚫고 수직으로 하강하기 시작하더니 지상 15미터 높이에 이르자 제동장치를 가동시켰다. 이윽고 풀이 무성한 광야에 여러 차례 충돌한 후 착륙을 마무리했다.

윅스트프슬 선장이 입을 열었다.

"지독한 착륙이었어."

물론 꼭 그렇게 말한 건 아니었다. 인간의 귀에 그 말은 성난 암탉이 우는 듯한 소리로 들렸을 것이다. 수석 조종사 크르트클러그는 제어판에서 세 개의 촉수를 거둬들이고는 네 다리를 쭉 뻗은 다음 편안한 자세로 휴식을 취했다.

"제 잘못이 아닙니다. 자동제어장치가 고장 났기 때문이에요. 도대체 5000년 전에 분해되어야 했을 우주선에 뭘 바라는 겁니까? 만약 기지에 있는 치즈 껍질 제거 충전기가……."

그가 투덜거리며 말했다.

"좋아. 모두 다 안전하게 착륙했으니 더 이상 바랄 게 없어. 크리스틸하고 댄스터에게 이리 나오라고 해. 나가기 전에 그들에게 해 주고 싶은 말이 있어."

크리스틸과 댄스터는 다른 선원들과는 판이하게 다른 종족이었다. 그들은 한 쌍의 다리와 팔만 있었고, 머리 뒤에는 눈이 하나도 없었으며, 그 외에도 다른 동료들이 무시하려고 애쓰는 신체적 차이가 많았다. 이런 분명한 결점은 이번 임무를 그들에게 맡겨야 할 결정적 원인이 되었다. 세밀한 조사 결과 이런 결점으로 인해 그들은 가장 쉽게 인간으로 변장할 수 있었기 때문이다.

선장이 연설을 시작했다.

"지시 사항을 명확히 이해하고 있겠지?"

조금 오만하게 크리스틸이 말했다.

"물론이죠. 이런 원시 종족들과 접촉을 시도해 본 것이 이번이 처음은 아니거든요. 인류학에 대해서 제가 가지고 있는 지식이란……."

"좋아. 그럼 언어는?"

"그건 댄스터의 일이지만, 이제 저도 유창하게 말할 수 있는걸요. 아주 간단한 언어죠. 그리고 무엇보다도 저희들은 수년간 지구인들의 라디오를 연구해 왔거든요."

"떠나기 전에 확인해야 할 다른 사항들은?"

"음, 문제가 하나 있어요." 다소 주저하면서 크리스틸이 이야기를 꺼냈다. "그들이 방송하는 내용을 통해 보면 사회 체계는 아주 원시적인 것 같아요. 그리고 무법천지라고 할 수 있죠. 부유한 사람들은 자신들의 생명과 재산을 지키기 위해 탐정이나 특수 요원 같은 사

람들을 고용하죠. 법에 저촉된다는 것을 알기는 하지만, 저희도 혹
시……."

"뭐라고?"

"음, 만약 저희가 마크 3호 교란기를 몇 개 가져 갈 수 있다면 더욱
안전할 것 같습니다."

"절대로 안 돼! 만약 기지에서 이 사실을 들기라도 한다면 난 즉시
군사 재판에 회부될 거야. 만약 원주민들을 죽이기라도 해 봐. 그러면
나는 우주 경찰, 원시 보호국, 그리고 다른 수많은 기관으로부터 쫓기
는 신세가 될 거야."

"저희가 죽어도 그럴걸요. 무엇보다도 선장님은 저희의 안전에 대
한 책임을 지고 계시죠. 제가 전에 말씀드렸던 라디오 방송 기억하시
죠? 아주 전형적인 가족이 등장했지만 처음 30분 동안 두 명의 살인
자가 등장하잖아요."

크리스틸이 심각하게 지적했다.

"그럼, 잘 알고 있지. 어쨌든 마크 2호기만 허용할 수 있어. 만약 무
슨 문제가 발생한다고 하더라도 너무 많은 피해를 입히지 말게."

"고맙습니다. 안심이 되는군요. 지시받은 대로 30분마다 보고하겠
습니다. 몇 시간 동안 보고가 누락되는 일은 없을 것입니다."

윅스트프슬 선장은 그들이 산마루를 넘어가는 것을 지켜보았다. 그
는 깊게 한숨을 쉬었다.

"도대체 왜 이 많은 승무원들 중에서 하필이면 저 둘이어야 한단
말인가?"

"어쩔 수 없었습니다. 모든 원시 종족들은 자신과는 다른 종족에

대해서 두려움을 가집니다. 만약 저희 모습을 보게 된다면, 말 그대로 정신적 공황 상태가 발생할 것이고, 저희 위치를 파악하기도 전에 폭탄이 머리 위에 날아올 것입니다. 일을 너무 서두르실 필요는 없습니다."

조종사가 대답했다.

윅스트프슬 선장은 근심거리가 있을 때마다 그랬던 것처럼 무의식적으로 촉수를 이용하여 실뜨기 놀이를 했다.

"물론 그들이 돌아오지 못한다면, 나는 도망가서 이곳이 위험한 곳이라고 보고하면 될 거야. 그래, 그게 문제를 덜 일으키는 방법이지."

그는 환하게 웃었다.

"그리고 저희가 그들을 연구하면서 보냈던 시간은 전부 쓸모없어지겠지요."

부아가 치민 조종사가 말했다.

"아주 쓸모없지는 않을 거야."

인간의 눈으로는 도저히 쫓아갈 수 없는 속도로 재빨리 몸을 풀면서 선장이 대답했다.

"우리 보고는 다음 탐사선에 유용하겠지. 그러면 나는 탐사를 다시할 거라고 살짝 암시를 해 두면 되고. 그래, 5000년 정도면 되겠네. 그때까지 이 행성은 충분히 문명화되어 있겠지. 솔직히 의심스럽기는 하지만."

길을 따라서 두 개의 물체가 다가오고 있는 것을 보았을 때, 사무엘 히긴스보탬은 치즈 스낵과 사이다를 놓아둘 자리를 잡고 있었다. 그는 손등으로 입을 훔치고 그의 울타리를 다듬는 도구 옆에 사이다 병을 조심스레 내려놓았다. 그러고는 다소 놀란 표정으로 시야에 들어온 두 사람을 쳐다보았다.

"안녕하시오."

그는 입 안 가득 치즈를 문 채 조심스럽게 말했다.

이방인들은 걸음을 멈췄다. 그중 한 명이 일상적인 표현들로 가득 찬 조그마한 책을 은밀하게 뒤적거렸다. 그 책이 '일기예보 전에 강풍 주의보에 대해서 말씀드리겠습니다.', '손 들어, 넌 체포되었다.', '모든 순찰차는 출동하라!'와 같은 표현들이 실린 책이라는 것을 사무엘은 알 수가 없었다. 댄스터는 책을 보지 않아도 기억할 수 있기 때문에 적절하게 즉시 대답할 수 있었다.

"안녕, 친구." BBC 방송에 나오는 그럴싸한 억양으로 그가 말했다. "가장 가까운 부락, 마을, 조그만 도시, 혹은 다른 문명 지역으로 우리를 좀 인도해 줄 수 있겠나?"

"어?"

사무엘이 말했다. 그들이 입고 있는 옷이 다소 이상하다는 사실을 알아챈 사무엘은 다소 의심스러운 눈초리로 그들을 살펴보았다. 그가 느끼기에 보통은 도시 신사들이 입는 가는 줄무늬의 신사복에 목을 덮는 스웨터를 입지 않았다. 그리고 여전히 그 작은 책을 뒤적이고 있는 다른 사람은 연회복을 잘 차려입고 있었지만, 짙은 녹색과 빨간색으로 된 타이를 매고, 징 박은 구두를 신고 펠트 모자를 쓰고 있었다. 크리스틸과 댄스터는 나름대로 최선을 다했지만, 텔레비전을 너무 많이 본 게 탈이었다. 그 외에 정보원이 없다는 걸 고려하면, 그들의 기이한 의상은 그럴 만했다.

사무엘은 머리를 긁었다. 아마도 외국인일 거라고 생각했다. 시골 촌뜨기도 이렇게 입지는 않을 거야.

그는 길을 가리키면서 정확하게 알려 줬지만, 사투리 억양이 너무 심해 BBC 서부 지역 방송이 나오지 않는 곳에 사는 사람이라면 세 단어 중에 한 단어도 이해하기 어려울 정도였다. 크리스틸과 댄스터가 살았던 행성은 마르코니 무선 전신 회사에서 송출한 최초의 신호가 닿을 수 없는 거리에 있었기 때문에, 더욱더 그의 말을 이해하기 힘들었다. 대충 무슨 이야기를 하는지만 이해하고 물러나면서 그들은 자신들의 영어 실력이 생각만큼 좋지 않을지도 모르겠다고 의구심을 품게 되었다.

이렇게 인간과 외계 생명체와의 첫 번째 만남은 역사에 기록도 남기지 않고서 평범하게 끝나고 말았다.

깊이 생각했지만 별다른 확신이 없다는 듯 댄스터가 말했다.

"아마 안 가르쳐 줬겠지? 가르쳐 줬으면 우리가 조금 편해졌을지도 모르는데."

"아쉽지만 안 했을 거야. 그가 입고 있던 옷이랑 일을 다루는 모양새를 보면 그다지 지적인 능력이 있다거나 높은 계층 사람은 아닌 것 같아. 우리가 누구인지 이해하지도 못했을 거야."

"저기 다른 사람이 온다."

댄스터가 전방을 가리키며 말했다.

"갑자기 움직여서 놀라게 하지 마. 자연스럽게 걸어가서 그가 먼저 말을 걸도록 해야 해."

앞에서 활기차게 걸어오던 사람은 그들을 알아보지 못했다는 듯 아무런 관심도 보이지 않았고, 결국 그들이 정신을 차렸을 때는 이미 저 멀리 사라져 버린 뒤였다.

댄스터가 말했다.

"음! 아무 반응도 없네. 아무런 쓸모도 없는 사람이었을 거야."

크리스틸이 철학적으로 대답했다.

"그래도 저런 버르장머리 없는 사람에게는 어울리지 않는 변명이야."

그들은 길을 따라 저 멀리 사라져 가는, 낡은 하이킹 장비를 걸치고 원자력 이론과 관련된 난제에 정신이 팔려 있는 피트 사이먼스 교수의 뒷모습을 보고 분개하지 않을 수 없었다. 크리스틸은 막연하게 낙관적으로 믿어 왔던 인류와의 접촉이 쉽지만은 않겠다는 의심을 처음으로 하기 시작했다.

산기슭에 위치한 리틀 밀튼은 전형적인 영국 마을이었다. 그러나 지금 그 산을 조금 올라가면 비탈에 무시무시한 비밀이 숨어 있었다. 남자들은 이미 일터로 나가고, 남편을 일터로 안전하게 보낸 여자들은 집을 청소해야 했기 때문에, 여름 아침 마을에는 사람들이 별로 많지 않았다. 결과적으로 크리스틸과 댄스터는 마을 사람을 만나기 전에 이미 마을 한복판까지 들어와 버렸다. 그들은 일을 막 끝내고 우체국으로 돌아가는 우편배달부와 마주쳤다. 그는 일상적인 배달 경로에서 몇 킬로미터나 떨어져 있는 다지슨 씨 농장에 중요하지도 않은 카드를 배달해야 했기 때문에 기분이 썩 좋지 않은 상태였다. 게다가 거너 에번스가 자신의 망령 든 어머니에게 보내는 일주일치 세탁물이 다른 때보다 훨씬 더 무거웠다. 취사장에서 훔친 4통의 소고기 통조림이 들어 있었기 때문에 그럴 수밖에 없었던 것이다.

"실례합니다."

댄스터가 정중히 말했다.

"쉴 틈이 없어." 우편배달부는 으르렁거렸다. "한 바퀴 더 돌아야 한다고."

그러고는 사라져 버렸다.

"정말 끝까지 이러기야. 다들 이런 식으로 행동할까?"

댄스터가 투덜거렸다.

"그냥 조금 더 참아 봐. 우리 관습이랑 다르다는 것 잘 알잖아. 그들의 신뢰를 얻기 위해서는 조금 시간이 걸릴 것 같아. 전에 원시 종족들을 만났을 때도 이런 경험을 한 적이 있어. 어떤 인류학자건 이런 일에 익숙해져야 해."

크리스틸이 말했다.

"흠. 집을 방문하는 것이 나을 것 같아. 그럼 도망치지는 않겠지."

"아주 좋은 생각이야. 그렇지만 사원 같이 종교적인 장소는 피해야 할 것 같아. 그렇지 않으면 문제가 심각해질걸."

다소 의심스럽지만 크리스틸도 동의했다.

나이 많은 과부 톰킨이 운영하는 공영 주택은 경험 없는 탐험가들에게도 아무 문제가 없을 적당한 장소였다. 그 늙은 부인은 문 앞에 서 있는 두 신사를 보고는 다소 흥분이 되어서, 그들의 복장이 이상하다는 사실을 깨닫지 못했다. 그녀는 올해 95살이었지만 그 사실을 잠시 잊고, 기대하지 않았지만 100살 생일을 축하하는 신문기자들이 자신을 방문했을지도 모른다고 순간적으로 생각했다. 그녀는 문 앞에 세워 놓았던 칠판을 집어 들고는 방문객들에게 인사를 하기 위해 즐겁게 문으로 갔다.

"내가 지난 20년간 귀머거리였다는 사실도 기사로 써 줘야만 해."

그녀는 칠판을 들고서는 억지웃음을 지어 보였다.

크리스틸과 댄스터는 절망적으로 서로를 바라보았다. 뜻하지 않은 난관이었다. 왜냐하면 그들이 지금껏 보아 온 문자라곤 텔레비전 방송 프로그램 광고뿐인 데다 그것들을 완전히 해독하지 못했기 때문이었다. 그러나 댄스터는 기억력이 굉장히 좋았기 때문에 난국에 대처할 수 있었다. 서투르게 분필을 잡은 그는 대화가 중단되었을 때 자주 나왔던 문장을 하나 쓰기 시작했다.

그 기이한 방문객들이 슬픈 표정으로 사라졌을 때, 톰킨 부인은 칠판에 씌어 있는 글을 당황스럽게 바라보았다. 댄스터가 실수를 하기도 했지만, 그녀도 그다지 현명하지 못했기 때문에, 글자를 해독하는 데 약간의 시간이 필요했다.

가능한 한 빠른 시간 안에 방송 송출을 다시 시작하겠습니다.

댄스터는 최선을 다했다. 그렇지만 그 늙은 부인은 그 깊은 뜻을 결코 이해하지 못했다.

옆집을 방문했을 때는 조금 운이 따랐다. 문을 두드리자 대화의 대부분을 웃음소리로 채우는 젊은 부인이 응답했다. 그녀는 갑자기 화를 내더니 그들 앞에서 세차게 문을 닫았다. 귀를 먹먹하게 만드는 그녀의 신경질적인 웃음소리를 들은 크리스틸과 댄스터는 허탈감을 느끼면서, 인간으로 변장한 자신들의 모습이 생각보다 효과적이지 않은 모양이라고 의심하기 시작했다.

세 번째에는 스미스 부인을 만났다. 그녀는 사무엘 히긴스보탬처럼 거의 알아들을 수 없는 억양으로 1분에 120단어를 쏘아 대는, 지나치게 이야기를 좋아하는 사람이었다. 댄스터는 최대한 빨리 양해를 구하고 자리를 떠났다. 그는 비탄에 잠겼다.

"라디오에서 하는 것처럼 이야기하는 사람은 정녕 하나도 없단 말인가? 저렇게 이야기하는 사람들이 어떻게 방송을 이해할 수 있지?"

"우리 잘못 착륙한 것 같아."

낙천주의자인 크리스틸조차 한풀 꺾이기 시작했다. 이후 연달아 갤럽 조사원, 유망한 보수당 후보, 진공청소기 외판원, 그리고 지역 암시장 상인 등을 만나면서 그의 우려는 더욱 깊어졌다.

예닐곱 번째 시도에서 그들은 집주인을 만나고자 시도했다. 한 호리호리한 젊은이가 문을 열고 서 있었는데, 그는 끈적끈적한 앞발로 물건을 하나 단단히 쥐고 있었다. 방문자들은 그것을 보자마자 바로 현혹되어 버렸다. 그것은 잡지였는데, 표지에는 분명 지구라고는 할 수 없는 분화구로 가득 찬 행성에서 거대한 로켓이 하늘로 발사되는 장면이 실려 있었다. 배경에는 다음과 같은 글이 씌어 있었다.

"깜짝 놀랄 만한 사이비 과학 이야기. 가격 25센트."

크리스틸은 '너도 나랑 같은 생각인 거야?'라는 표정으로 댄스터를 바라보았다. 마침내 여기서 자신들을 이해해 줄 사람을 발견한 것이다. 그는 날아갈 듯한 기분이었다.

댄스터가 젊은이에게 정중하게 말을 걸었다.

"당신은 우리를 도와줄 수 있을 것 같군요. 여기서 저희를 이해할 수 있는 사람을 찾기가 너무 힘들었어요. 아시다시피 저희는 우주에서 방금 막 지구에 착륙했습니다. 정부 관계자들을 만났으면 합니다."

"오!"

토성의 외곽 위성을 돌아다니며 펼친 모험을 간접 체험하다가 아직 정신이 지구로 돌아오지 못한 지미 윌리엄스가 말했다.

"우주선은 어디에 있나요?"

"저 위 언덕에 있어요. 다른 사람들을 놀라게 하고 싶지 않아요."

"로켓인가요?"

"이런, 아니에요. 로켓은 수천 년 전에 폐기되었어요."

"그럼 어떻게 작동하죠? 원자력 에너지를 쓰나요?"

"그런 것 같아요. 다른 동력원이 있긴 하나요?"

물리학에 약한 댄스터가 대답했다.

크리스틸이 참지 못하고 끼어들었다.

"이봐, 이건 아무 도움이 안 된다고. 우리가 저 사람에게 물어봐야 하는 거야. 우리가 만나야 하는 정부 기관원들이 어디 있는지 물어보란 말이야."

댄스터가 대답을 하기도 전에 집 안에서 우렁차게 큰 목소리가 터져 나왔다.

"지미! 거기 누구야?"

"두 명의…… 남자야." 지미가 약간 의심스럽게 말했다. "적어도 남자처럼 보이긴 해. 그들은 화성에서 온 사람들이야. 내가 항상 말했잖

아. 이런 일이 반드시 일어날 거라고.”

육중한 물체가 움직이는 소리가 나더니, 코끼리처럼 거대한 몸집에 사나운 표정을 한 여인이 어둠 속에서 모습을 드러냈다. 그녀는 낯선 사람들을 노려보고는 지미가 가지고 있는 잡지를 살펴보았다. 그리고 금세 상황을 이해했다.

“너희들, 부끄러운 줄 알아야 해.” 크리스틸과 댄스터 주위를 돌면서 그녀가 말했다. “다 큰 어른들이 와서 이상한 생각을 머리에 넣어 주지 않아도, 이런 쓰레기 같은 잡지를 읽으면서 시간을 헛되이 보내는 아무 짝에도 쓸모없는 아들을 데리고 있는 것만으로 이미 충분히 힘들다고. 세상에, 화성에서 온 사람들이라니. 아마 저 날아다니는 비행접시를 타고 왔겠지.”

“그렇지만 저는 화성에서 왔다는 말은 안 했는데요.”

댄스터가 조심스럽게 대꾸했다.

쾅! 문 뒤에서 격렬한 소리가 나더니, 이윽고 종이가 찢어지고 분노에 찬 고함 소리가 들렸다. 그러고는 끝이었다.

한참 만에 댄스터가 입을 열었다.

“다음번에는 뭘 하지? 왜 우리가 화성에서 왔다고 했을까? 내 기억이 옳다면 화성은 가장 가까운 행성이 아니야.”

“나도 잘 모르겠어. 우리가 다른 가까운 행성에서 왔다고 생각하는 편이 더 자연스럽게 느껴지나 봐. 아마 진실을 알면 놀라 자빠질걸. 화성이라. 전에 보고서를 봤는데, 여기보다 상황이 더 나쁜 곳도 있더라고.”

크리스틸은 분명 과학자로서의 초연함을 잃어버린 것 같았다.

"잠시 거주 지역을 벗어나 보자고. 마을 밖에 사람들이 있을지도 모르잖아."

댄스터가 말했다.

이 말은 사실임이 곧 밝혀졌다. 왜냐하면 그다지 멀리 가지 않아서 어린아이들이, 무엇인지 정확히는 이해할 수 없지만 확실히 나쁜 말을 하면서 자신들을 둘러싸 버렸기 때문이었다.

댄스터가 걱정스럽게 말했다.

"선물을 좀 줘서 달래야 할까? 조금 열등한 종족에게 잘 통하는 방법인데."

"그래, 뭐 좀 가지고 온 것 있어?"

"아니, 나는 네가……."

댄스터가 말을 채 끝내기도 전에, 아이들은 부리나케 도망치더니 옆길로 사라져 버렸다. 도로를 따라서 파란색 유니폼을 입은 커다란 사람이 하나 등장했다.

크리스틸의 눈이 빛났다.

"경찰이다. 아마도 어딘가에 있는 살인자를 조사하러 가는 중일 거야. 그래도 우리에게 시간을 조금 내주겠지."

그다지 희망적이지는 않다는 투로 그가 말했다.

경찰관 힝크스는 다소 놀란 눈으로 이방인들을 쳐다보았지만, 목소리에는 변화가 없었다.

"안녕하시오, 신사 분들. 뭐 찾고 있는 거라도?"

"네, 그래요." 가장 친근하면서도 부드러운 목소리로 댄스터가 말했다. "저희들을 좀 도와주실 수 있나요? 아실지 모르겠지만, 저희들은 지금 막 이 행성에 착륙했는데, 정부 당국자들을 만나고 싶어요.”

“뭐요?”

깜짝 놀라서 힝크스가 말했다. 아주 오래는 아니지만 얼마쯤 침묵이 흘렀다. 힝크스는 지방 경찰관으로서 시골 마을에서 남은 생을 허비하고 싶은 마음이 조금도 없는 총명한 경찰관이었다.

“이제 막 착륙했다고 했소? 우주선에서 말이지?”

“바로 맞혔어요.”

보통 원시적인 행성에서 이런 식으로 말을 했을 때 사람들이 종종 보이곤 하는 불신도, 폭력적인 모습도 보이지 않자 댄스터는 다소 안심이 되었다.

“그래, 그래!”

자신감과 친근감을 고취시키는 억양으로 힝크스가 말했다.(그들이 폭력적으로 굴어도 별문제가 없어 보였기 때문에 그는 그렇게 말했다. 둘 다 너무 말라 보였다.)

“원하는 게 뭔지 말해 보시오. 우리가 할 수 있는 일이 무엇인가 생각해 보게.”

“이렇게 기쁠 수가. 아시다시피 저희는 큰 혼란을 야기하지 않으려고 이 외딴곳에 착륙을 했답니다. 당신들의 정부와 접촉을 하기 전까지는 아주 소수의 사람만이 저희의 존재를 알았으면 합니다.”

댄스터가 말했다.

“그래, 잘 알았소이다.” 그는 상사에게 전갈을 보낼 사람이 주위에 있나 살펴보면서 대답했다. “그런 다음에는 뭘 하고 싶소?”

“지구와 관련된 장기 계획에 대해서는 말씀드릴 수 없어서 유감이군요. 제가 말씀드릴 수 있는 건 지금 우주 안에서 이 지역을 탐사 중이라는 것과 이 지역에 발전 가능성이 열려 있으며, 여러 방면에서 여러분을 도와드릴 수 있다는 것입니다."

조심스럽게 댄스터가 말했다.

"아주 훌륭하군. 나와 함께 경찰서로 가서 총리 각하에게 전화를 하는 것이 좋은 방법이라고 생각이 드오만."

진심 어린 표정으로 힝크스가 말했다.

"정말 고맙습니다."

고마움으로 가득 차 댄스터가 말했다. 비록 경찰관 힝크스가 그들을 다소 뒤처지게 하고 걸었음에도 그들은 절대적인 신뢰를 품었다. 마침내 그들은 마을 경찰서에 도착했다.

"이쪽으로, 신사 양반들."

어두침침하고 가구라고는 전혀 찾아볼 수 없는 방으로 두 사람을 인도하면서 힝크스가 말했다. 그들은 자신들이 생각했던 것보다 원시적인 생활환경이라고 생각했다. 아직 주위 환경을 채 파악하기도 전에 딸각 소리가 나더니 거대한 쇠창살로 된 문을 사이에 두고 그들은 안내자와 격리되었다. 힝크스가 말했다.

"이제 걱정하지 마시오. 모든 일이 잘 될 테니까. 곧 돌아오겠소."

크리스틸과 댄스터는 재빨리 그 절망적인 상황을 파악하고 서로를 바라보았다.

"갇혀 버렸잖아."

"이게 바로 감옥이야."

"이제 뭘 해야 하지?"

어둠 속에서 무기력한 목소리로 누군가가 말했다.

"영어를 이해할 수 있을지 모르겠지만, 평화롭게 잠 좀 자게 조용히 해 줬으면 좋겠어."

처음으로 그들은 자신들 외에 다른 사람이 있다는 것을 알게 되었다. 한쪽 구석에 있는 침대에 피폐한 젊은이 하나가 누워 있었다. 그 자는 적의에 찬 눈으로 그들을 노려보았다.

댄스터가 걱정스럽게 말했다.

"세상에. 저 사람 위험한 범죄자라고 생각해?"

"그다지 위험해 보이지는 않는데."

생각했던 것보다는 좀 더 명확하게 크리스틸이 말했다.

"왜 여기 들어왔지?"

그 이상한 사람이 비틀거리며 일어나 앉더니 물었다.

"보아하니 가장무도회에 갔다 왔구먼. 오! 이런 내 정신 좀 봐."

그는 다시 납작 엎드리는 자세를 취했다.

"이 사람처럼 아프면 가둬 버리길 좋아하나봐!" 인정 많은 댄스터가 말했다. 그는 계속해서 영어로 말했다. "왜 여기 들어왔는지 모르겠어요. 그 경찰관에게 우리가 어디에서 왔는지, 우리가 누구인지 말했을 뿐인데. 그런데 이런 일이 벌어졌지 뭐에요."

"그래, 당신들 누구야?"

"우리는 막 착륙……."

"다시 그걸 말할 필요는 없어 보여. 아무도 우리를 믿어 주지 않는 것 같아."

크리스틸이 말을 막았다.

"이봐!" 그 이상한 사람이 다시 몸을 일으켰다. "도대체 어느 나라 말을 하는 거야? 나도 몇 나라 말을 알지만, 이런 말은 처음이야."

"그래, 저 사람에게 말하는 편이 낫겠다. 경찰관이 다시 오기 전에 할 수 있는 거라고는 아무것도 없거든."

크리스틸이 댄스터에게 말했다.

바로 그 순간, 힝크스 경관은 지방 정신병원의 원장과 진지한 대화를 나누고 있었다. 원장은 환자들이 모두 병원에 있다고 끝까지 주장했다. 그러나 힝크스는 자세히 체크해 보겠다는 약속을 받아내고 나중에 다시 전화를 걸기로 했다.

힝크스는 수화기를 내려놓으며 이게 전부 장난인 건지 궁금해 했다. 그는 감옥으로 갔다가 셋이 친근하게 대화를 나누고 있는 듯해 살금살금 빠져나왔다. 그 자들로서도 마음을 진정시키는 편이 나았다. 힝크스는 아침에 그라함 씨를 감옥에 집어넣으려고 벌였던 전투를 떠올리며 눈가를 어루만졌다.

그 젊은이는 지난밤의 축제가 끝난 뒤 이제 어느 정도 정신을 차렸다. 하지만 결코 어제 일을 후회하지 않았다. (이것은 마치 통과할 생각도 못했는데 최우수로 학위를 받은 것과도 같은 일이었다.) 그렇지만 그는 댄스터가 안 믿으려니 하고 들려준 이야기에 사로잡혀 두려움을 느끼기 시작했다.

이런 상황에서 할 수 있는 최선은 환상에 싫증이 날 때까지 환상이 사실인 척 행동하는 것이라고 그레이엄은 생각했다.

"만약 정말로 언덕에 우주선이 있다면, 다른 사람들에게 연락을 취해서 구하러 오라고 할 수 있지 않아?"

"우리끼리 이 문제를 해결했으면 해요. 게다가 당신은 우리 선장이 누구인지도 모르잖아요."

크리스틸이 위엄 있게 말했다.

그레이엄은 그들 말이 그럴듯하다고 생각했다. 이야기는 모두 이치에 맞아떨어졌다. 그러나…….

"우주를 항해할 수 있는 우주선을 만들어 놓고서 이 끔찍한 시골 경찰서에서 탈출할 수 없다니 믿을 수가 없군."

댄스터는 불편하다는 듯 발을 질질 끄는 크리스틸을 바라보았다.

"물론 여기 나가는 것은 어렵지 않아요. 그렇지만 꼭 필요한 상황이 아니라면 폭력적인 수단은 사용하고 싶지 않습니다. 어떤 사태가 발생할지 상상도 못할뿐더러, 보고서를 쓰는 것이 무척이나 힘들어서. 게다가 만약 여기서 우리가 탈출을 한다고 하더라도, 우주선에 도착도 하기 전에 비행편대가 우리를 잡고 말 거예요."

"여기 이 리틀 밀튼에는 그런 게 없어." 그레이엄이 씩 웃었다. "만약 우리가 저 건너편에 있는 '하얀 사슴'까지만 멈추지 않고 갈 수만 있다면. 내 차가 바로 거기 있지."

"오!"

댄스터가 말했다. 정신이 갑자기 맑아지는 것 같았다. 그는 동료를 바라보고 활기차게 의논하기 시작했다. 이윽고 신중하게 속주머니에서 조그마한 검은 실린더를 꺼내, 처음으로 장전된 총을 만져 보는 처녀처럼 신중하게 기계를 다루기 시작했다. 동시에 크리스틸은 벽 구석으로 재빨리 물러섰다.

바로 이 순간 그레이엄은 지금까지 자기가 들었던 이야기가 진실임을 깨달았고, 간밤에 마셨던 술이 확 깨는 것을 확실히 느꼈다.

아무런 소동도 문제도, 그리고 혼란스러운 전기 불꽃도, 형형색색의 광선도 생기지 않았다. 다만 1미터 거리에 있던 벽의 일부분이 조용히 무너져 내리더니 작은 모래 피라미드로 변했다. 다행스럽게 태양빛이 유치장 한쪽으로 비쳐 들어왔다. 댄스터는 그 신비한 무기를 도로 집어넣었다. 그는 그레이엄을 다그쳤다.

"빨리 나와요. 언제까지 기다려 줄 수 없어요."

아무도 추격하는 사람은 없었다. 힝크스 경관은 여전히 전화로 논쟁을 하고 있었다. 몇 분 후 유치장에 돌아온 그 영리한 젊은 경관은 경찰 생활을 통틀어 가장 놀라운 광경을 목격하게 됐다.

'하얀 사슴'에 있던 사람들은 그레이엄이 다시 돌아오는 것을 보고도 놀라지 않았다. 그들은 모두 그레이엄이 어디서 밤을 샜는지 알고 있었기 때문에, 지방 법원이 그의 사건을 관대하게 처리해 줄 거라고 덕담을 해 줬다.

크리스틸과 댄스터는 불안해하면서 그레이엄이 애정을 가지고 '장미'라고 부르는 덜거덕거리는 벤틀리 자동차에 올라탔다. 비록 녹슨 엔진 덮개 안에 있었지만 엔진에는 아무런 문제가 없었고, 차는 포효하면서 시속 80킬로미터의 속력으로 리틀 밀튼을 벗어났다. 이는 상대적 속도감을 너무도 잘 보여 주는 장면이었다. 왜냐하면 크리스틸과 댄스터는 지난 몇 년간 초속 수백만 킬로미터의 속도로 우주를 여행하면서도 이처럼 긴장감을 느껴 본 적이 없었기 때문이다. 크리스틸이 숨을 고르고 조그마한 휴대용 전송기를 꺼내 우주선을 호출했다.

그는 포효하는 바람 위로 소리쳤다.

"귀환 중입니다. 아주 지적인 인간과 함께 가고 있습니다. 저희는, 이런! 죄송합니다. 막 다리를 지나는 바람에. 10분 후에 도착할 것 같습니다. 뭐라고요? 아닙니다. 물론 아니고말고요. 아주 사소한 문제도 없었습니다. 모두 무사히 잘 진행됐습니다. 그럼 이만."

그레이엄은 승객들이 어떻게 하고 있는지 뒤돌아보았는데, 정말 가관도 아니었다. 왜냐하면 귀와 머리가 단단히 붙어 있지 않아서 날리기 시작했고, 이윽고 그들의 진짜 모습이 나타나기 시작했기 때문이다. 그레이엄은 약간 불편한 심정으로 이 새로운 종족이 코가 없는 게 아닌지 의심하기 시작했다. 사람은 연습을 통해서 어떤 것이건 익숙해질 수 있다. 앞으로 시간이 흐르면 더 많은 연습 기회를 갖게 될 것이다.

물론 그다음 이야기는 당신이 아는 대로다. 그렇지만 최초 지구 착륙의 전 과정과 그레이엄 대사가 온 우주에 인간을 대표하게 된 상황은 상세하게 알려지지 않았다. 우리는 크리스틸과 댄스터의 설득으로 중요한 사항들만 발췌해서 볼 수밖에 없었다. 비록 우리가 외계 업무국에서 일하고 있었음에도 말이다.

그들이 지구에서 이룩한 성과를 놓고 본다면, 우리의 신비롭고도 비밀스러운 이웃인 화성인들과 처음으로 접촉할 때도 상부에서 그들을 선택한 건 너무도 당연했다. 또한 앞의 증거를 통해서 본다면 크리스틸과 댄스터가 이 두 번째 임무를 수행하기를 꺼린 것도 이해할 만했다. 이후로 우리는 그들과 관련된 이야기를 듣지 못했지만, 그다지 놀랍지는 않다.

바다에 이르는 길 |The Road to the Sea|

1951년 봄, 「스핑크스를 찾는 사람(Seeker of the Sphinx)」이라는 제목으로 『두 권으로 엮은 과학모험 전집(Two Complete Science Adventure Books)』에 최초 수록
『열 세계의 이야기(Tales of Ten Worlds)』에 재수록

아주 작은 휴대용 음악 재생기가 발명될 것이며, 그게 얼마 안 가 공공질서를 위협해 금지될 것이라고 예측했던 일을 생각하니 기분이 좋다. 다만 안타깝게도 아직 내 예상의 두 번째 부분은 실현되지 않았다.

첫 가을 낙엽이 떨어지고 있던 그때, 뒤르벤은 황금 스핑크스 곁에 있는 갑(岬)에서 형을 만나고 있었다. 길가에 있는 관목 사이에 우주선을 남겨 두고서 언덕마루까지 걸어가 바다를 바라보았다. 황무지에는 칼날 같은 바람이 불고 있었는데, 때 이른 서리로 인해 위험한 상황이 발생할 수도 있을 것 같았다. 그러나 계곡 아래 있는 아름다운 샤스타는 초승달 모양 언덕에 충분히 보호를 받아 여전히 따스함을 유지하고 있었다. 샤스타의 텅 빈 부두는 창백한 석양빛 아래에서 꿈을 꾸었고 깊고 짙푸른 바다가 부드럽게 언덕 측면을 씻어 내렸다. 젊은 시절을 보냈던 그 오만한 거리와 정원들을 다시 바라보면서 뒤르벤은 결심이 약해지는 것을 느꼈다. 어린 시절의 기억을 되살리게 만드는 소리와 모습들이 존재하지 않는, 도시에서 떨어진 이곳에서 한 나르를 만날 수 있어서 기뻤다.

서두르지 않고 여유롭게 행동하는 옛 방식을 여전히 고수하며 천천히 언덕을 오르는 한나르의 모습이 비탈 저 아래에 작은 점처럼 보였다. 뒤르벤은 비행 장치를 이용해 금세 형을 만날 수도 있었지만 한나르는 달가워하지 않을 터였다. 그래서 거대한 스핑크스 언덕 위 바람을 피할 수 있는 곳에서 형을 기다렸고, 몸을 녹이기 위해서 때때로 주위를 서성거려야 했다. 한두 번 스핑크스의 머리 쪽으로 가서 도시와 바다를 심각하게 바라보는 그놈의 고요한 머리를 응시해 보기도 했다. 그는 어린 시절 샤스타의 정원에서 하늘 저편에 웅크리고 있던 스핑크스의 모습을 보면서, 아직도 스핑크스가 살아 있는지 궁금해했던 기억을 되살렸다.

한나르는 20년 전 마지막으로 봤을 때보다 더 늙은 것 같아 보이지는 않았다. 머리는 여전히 숱이 많았고 색이 짙었으며, 얼굴엔 주름살이 없었다. 샤스타에서의 한적한 삶을 방해할 만한 일들이 거의 일어나지 않았기 때문이었다. 너무도 불공평하다고 뒤르벤은 생각했고, 쉴 새 없는 업무로 인하여 머리가 희끗희끗해진 그로서는 질투의 마음이 일어나는 것을 느낄 수 있었다.

인사는 짧았지만 다정했다. 이윽고 한나르는 풀이 우거진 가시금작화 덤불 위에 놓여 있는 우주선 근처로 걸어갔다. 그는 지팡이로 곡선을 이루고 있는 금속 덩이를 두드리더니 뒤르벤에게 돌아섰다.

"아주 작구나. 내내 이걸 타고 왔니?"

"아니. 달에서 여기까지 올 때만. 프로젝트에서 돌아올 때는 이것보다 백배는 더 큰 대형 정기선을 타고 왔지."

"그 프로젝트는 어디에 있는데? 우리가 알면 안 되는 거야?"

"비밀이랄 건 없어. 우리는 토성 바깥쪽의 우주 공간에서 우주선을 조립하고 있어. 그곳은 태양의 중력우물이 평평해서 태양계 밖으로 우주선을 발사하는 데 거의 추진력이 들지 않거든.”

한나르는 아래쪽에 펼쳐져 있는 푸른 물과 작은 탑들이 이룬 색색의 장관과 느릿하게 움직이는 교통 수단이 보이는 넓은 도로들을 향해 지팡이를 휘둘렀다.

“이 모든 것들을 마다하고, 어둡고 외로운 그 바깥에 무엇을 찾아서 가는 거야?”

뒤르벤은 굳게 입을 다물었고, 입술이 가늘고 단호한 선을 그렸다.

그가 조용히 말했다.

“난 이미 내 생의 절반을 지구 밖에서 보냈다고.”

“그것이 행복을 가져다주던?”

한나르가 냉정히 물었다.

뒤르벤은 잠시 말이 없었다.

“그 이상을 줬어.” 마침내 뒤르벤이 대답했다. “내 힘을 극한까지 쓸 수 있었고, 상상도 못할 일을 성취하기도 했지. 첫 번째 탐사선이 태양계로 귀환하던 날은, 샤스타에서 보내는 한평생에 맞먹는 가치가 있었어.”

“넌 우리 세상을 영원히 떠나서 그 낯선 태양 아래에 여기보다 더 훌륭한 도시를 건설할 수 있을 거라고 생각하니?”

한나르가 물었다.

“만약 그런 욕구가 있다면 그럴 수 있겠지. 그렇지 않다면, 다른 것을 건설할 거야. 그렇지만 무엇인가를 건설해야만 해. 여기 사람들이 지난 백 년간 창조한 건 대체 뭐야?”

"우리는 기계란 것은 어떤 것도 만들지 않고, 별들에 등을 돌린 채 우리가 사는 세상에 만족했다고 해서 우리가 전적으로 게을렀다고는 생각하지 마라. 여기 샤스타에서 우리는 아직 아무도 이룩한 적 없는 삶의 방식을 발전시켜 왔어. 우리는 삶의 기술을 연구해 왔지. 우리의 삶은 노예 없이 이루어진 최초의 귀족 생활이야. 이것이 우리가 이룩한 것이고, 역사는 그것으로 우리를 평가할 거다."

"그건 나도 인정해." 뒤르벤이 대답했다. "그렇지만 형이 사는 이 지상낙원도 우리처럼 꿈을 이루기 위해서 싸워야만 했던 과학자들에 의해 건설되었다는 것을 잊지 마."

"과학자들이 늘 성공하는 것은 아니지. 이미 여기 행성들이 한 차례 패배의 쓴 맛을 보여 줬잖아. 다른 항성계가 그보다 너그러울 까닭이 어디 있겠니?"

적절한 질문이었다. 500년이 흐른 후에도 그 첫 실패의 기억은 쓰디썼다. 20세기가 끝나 가던 무렵 인류는 꿈과 희망을 가지고 태양계 행성들에 발을 내디뎠다. 그런데 행성들은 그저 생명체가 없이 황폐하기만 한 것이 아니라 정말로 지독했다. 음울한 수성의 용암 바다에서부터 명왕성에 얼어붙은 고체 질소 빙하까지, 자신이 살던 세상을 벗어나 별다른 보호 없이 살 수 있는 곳을 찾는다는 것은 불가능했다. 그리고 한 세기에 걸쳐 악전고투한 끝에 인간은 결국 원래 자신들의 세상으로 귀환할 수밖에 없었다.

그렇지만 그러한 꿈이 완전히 사라지지는 않았다. 행성에 대한 기대를 완전히 버린 후에도, 감히 별들을 꿈꾸는 이들이 몇몇은 있었다. 이들의 꿈으로부터 마침내 최초의 탐사선인 트랜스덴털 드라이브 호가 출현했고, 이제 그토록 오래 지체되었던 성공의 축배를 막 들려는 참이었다.

"지구에서 10년 비행 거리 안에 태양과 같은 형태의 항성은 50개가 존재해." 뒤르벤이 대답했다. "그리고 그 대부분에 행성이 딸려 있지. 지금 우리는 왜인지는 몰라도 행성을 가진 것은, G형 파장빛을 가진 별들의 특징임을 알게 되었어. 그러니 지구와 같은 행성의 탐사는 시간문제라고 할 수 있지. 우리가 아주 빨리 에덴을 찾아낼 정도로 특별히 운이 좋을 거라는 생각은 안 해."

"에덴이라고? 새로운 세계를 에덴이라고 부르는 거야?"

"그래. 그게 가장 적당한 말이라고 생각해."

"너희 과학자들이란 얼마나 대책 없이 낭만적인지! 그 이름은 지나칠 만큼 잘 지은 것 같구나. 기억하니? 최초의 에덴에 살았던 생명체들이 모두 인류에게 우호적이었던 건 아니지."

뒤르벤은 쓸쓸하게 웃음 지어 보였다.

"다시 말하지만, 그것도 관점에 따라서지." 그가 대답했다. 그는 이제 막 반짝이기 시작한 샤스타의 등불 빛을 가리켰다. "만약 우리 조상들이 지식의 나무에 열린 열매를 깊이 깨물어 먹지 않았더라면 우린 이런 것을 가질 수 없었을 걸."

"그럼 이제 저것이 어떻게 될 거라고 생각하니?" 한나르가 쓸쓸하게 물었다. "네가 항성들로 가는 길을 여는 날에는 인류가 지닌 모든 힘과 열의가 지구에서 썰물처럼 빠져나갈 거야. 마치 상처에서 피가 쏟아져 나가는 것처럼."

"나도 그걸 부인하진 않아. 그런 일은 전에도 있었고 다시 일어나겠지. 샤스타는 바빌론, 카르타고, 그리고 뉴욕과 같은 길을 걷겠지. 미래는 과거의 잔해 위에 건설되지. 지혜는 그 사실을 정면으로 직시하는 거지, 그에 맞서 싸우는 게 아니야. 나도 형처럼 샤스타를 사랑했어. 너무나 사랑했기에 다시는 저곳을 못 본다고 할지라도 거리에 내려갈 엄두가 나지 않아. 어떻게 될 건지 형이 물었지. 내가 말해 주지. 우리가 하는 일은 그 종말을 앞당길 뿐이야. 20년 전, 내가 여기에 있었을 때에도 나는 형이 말한 그 '삶'의 목적 없는 의례 속에 내 의지가 메말라 가는 느낌이었어. 얼마 안 가 지구의 모든 도시에서 같은 일이 발생하겠지, 모두가 샤스타를 흉내 내니까. 나는 드라이브 호가 결코 빨리 등장했다고 생각하지 않아. 만약 형이라도 항성 탐사에서 돌아온 사람들과 얘기를 나누어 봤다면 내 말을 믿었을 거야. 그리고 수 세기 동안 잠들어 있던 피가 다시 한 번 혈관 속에 끓어오르는 것을 느꼈겠지. 왜냐하면, 한나르 형, 형의 세계는 죽어 가고 있으니까. 지금 가지고 있는 이것을 어쩌면 앞으로도 몇 세대는 유지할 수 있겠지. 그러나 결국에는 손가락 사이로 미끄러져 나갈걸. 미래는 우리에게 있어. 우리는 형을 형이 꾸는 꿈속에 남겨 두겠지. 우리도 역시 꿈을 꾸었어. 그리고 이제 우리 꿈을 실현하러 가는 거야."

　태양이 바다 밑으로 가라앉으며 샤스타를 암흑이 아닌 밤의 손아귀에 맡길 때, 마지막 빛이 스핑크스의 눈썹을 비췄다. 넓은 거리에는 무수히 많은 움직이는 점들이 반짝이는 강을 이뤘다. 높은 건물과 첨탑에서는 다채로운 불빛이 보석처럼 빛났고, 천천히 바다로 나가는 유람선에서 희미한 음악 소리가 바람에 실려 왔다. 뒤르벤은 희미하게 미소를 띤 채 그 배가 굽어진 선창으로부터 떨어져 가는 모습을 바라보았다. 마지막 상선이 짐을 하역한 지 500년도 더 지났지만, 바다가 거기 있는 이상 인간은 아직도 항해를 한다.

더 할 말이 없었다. 얼마 안 가서 한나르는 홀로 언덕에 서서는 고개를 기울여 별을 올려다보았다. 다시는 동생을 보지 못하리라. 이미 몇 시간 전에 한나르의 시야에서 사라졌던 태양은 이제 곧 뒤르벤의 시야로부터도 사라지리라, 우주의 심연으로 빨려 들어가 영영 사라져 버리리라.

샤스타는 해안을 따라 펼쳐진 어둠 속에서 초연히 빛나고 있었다. 앞날의 예감이 무겁게 마음을 짓누르는 한나르에게는 운명의 종말이 이미 샤스타에 닥쳐 와 있는 것만 같았다. 뒤르벤이 한 말에는 진실이 깃들어 있었다. 머지않아 대이주가 닥쳐오리라.

만 년 전에는 다른 탐험가들이 인류가 맨 처음 이룩했던 도시들로부터 새 땅을 찾아 발을 내디뎠다. 그 탐험가들은 새 땅을 찾아내었고, 다시는 귀환하지 않았다. 그리고 세월이 그들의 버림받은 고향을 삼켜 버렸다. 아름다운 샤스타도 마찬가지 운명을 겪을 것이다.

지팡이에 온 몸을 의지해 가면서 한나르는 도시의 불빛을 향해 언덕을 내려왔다. 스핑크스는 저 멀리 어둠 속으로 사라지는 그의 모습을 무감각하게 바라보고 있었다.

5000년 후에도 그것은 여전히 그렇게 앞만을 바라보고 있었다.

상처 입은 가슴으로 비통하게 울며 고향을 떠난 동포들이 두 대륙과 대양 하나를 가로질러 서쪽 멀리로 유배되었을 때 브랜트는 채 스무 살도 되지 않았다. 브랜트의 일족은 세상 사람들로부터 일말의 동정도 받지 못했다. 모두 스스로 초래한 결과이며, 최고 평의회가 가혹한 처분을 내렸다고는 말할 수 없었기 때문이다. 최고 평의회는 그들에게 십여 차례나 사전 경고를 했고, 적어도 네 차례의 최후통첩을 보낸 후에야 어쩔 수 없이 행동에 들어갔다. 마침내 어느 날 거대한 소음방출기를 탑재한 조그마한 비행선이 마을 상공 300미터에 모습을 드러내더니 수 킬로와트에 달하는 거친 소음을 방출하기 시작했다. 이렇게 몇 시간이 지나자 반역자들은 항복을 선언하고 짐을 꾸리기 시작했다. 일주일 후 수송선들이 와서 여전히 완강히 항의 해대는 그들을 지구 반대편의 새로운 고향으로 이주시켰다.

그렇게 법이 강제 집행되었다. 어떤 공동체도 3세대 이상 한 장소에서 살아갈 수 없다는 법이다. 복종한다는 것은 변화를 의미했다. 전통의 파괴를, 그리고 오래도록 정든 고향을 송두리째 뿌리 뽑는 것을 의미했다. 그것이야말로 4000년 전 이 법이 발의된 당시의 의도였다. 그러나 법이 이를 통해 추구하였던 정체의 방지는 그다지 오랜 효과를 거두지 못했다. 언젠가는 그 법을 강제할 중앙 기구가 사라질 것이고, 흩어져 있는 마을은 시간이 삼켜 버릴 때까지 있는 장소에 그냥 있게 되리라. 그들이 유산을 계승한 이전 시대의 문명이 그러했듯이 말이다.

칼디스 사람들이 새로운 고향을 건설하는 데는 꼬박 석 달이라는 시간이 들어갔다. 1.6평방킬로미터의 삼림을 제거하고, 이국적이고도 화려한 과일이 열리는 불필요한 작물을 심고, 강 위치를 고쳐 놓고, 심미안에 거슬리는 언덕을 제거하는 등의 일들이었다. 그 작업이 매우 인상적이었기에 얼마 뒤 그 지역의 감독관이 검사차 찾아왔을 때 모든 것을 용서받을 수 있었다. 그리고 수송선들과 굴착 기계들을 비롯하여 기계 문명이 낳은 온갖 잡다한 구동 장비가 하늘로 두둥실 떠올라 사라지는 모습을, 칼디스 사람들은 크나큰 만족감을 품고서 바라보고 있었다. 떠나가는 기계들의 음향이 아직 희미해지기도 전에 마을 사람들은 한 사람처럼 똑같이 다시 마음을 놓고 최소한 앞으로 한 세기쯤은 아무것도 자신들을 괴롭히지 않기를 간절히 바랐다.

브랜트는 이 모든 모험을 즐겁게 받아들였다. 물론 그의 유년기를 형성했던 고향이 사라진 것은 유감스러운 일이었다. 이제 그는 우뚝 솟아 자신이 태어난 마을을 굽어보던 그 외봉우리 산에 올라가지 못할 것이다. 이 지역에는 산이라고는 찾아볼 수 없었다. 단지 나지막하게 물결치는 구릉과 비옥한 골짜기뿐이며, 이미 더 이상 농경을 하지 않기에 수천 년에 걸쳐 울창해진 삼림만이 그 땅을 차지하고 있었다. 이 지역은 또한 적도에 더 가까워 옛 고향에 비해 따뜻했다. 살을 에는 듯한 북방의 추위는 이제 영영 뒤로하고 떠나온 셈이었다. 거의 모든 면에서 그래도 1, 2년 동안은 칼디스 사람들은 박해받은 듯한 기분에 젖었다.

이러한 정치적인 문제는 브랜트에게는 눈곱만큼도 고민거리가 되지 않았다. 암흑시대부터 알 수 없는 미래까지 이어지는 인류 역사의 흐름 전체이라고 해도 이 순간만큼은 이라드네가 자신에 대해 지니고 있는 감정보다 중요하지 않았다. 브랜트는 이라드네가 지금 무엇을 하고 있을지 궁금했고, 만나러 갈 구실을 생각해 내려고 애썼다. 그러나 그 말은 곧 그녀의 부모님을 만나야 한다는 말이었는데, 그들은 짐짓 브랜트가 별 뜻 없이 찾아온 것처럼 치부해 그를 당혹하게 할 게 분명했다.

대신 존이 어떻게 하고 있는지 파악할 겸, 대장간에 가기로 결심했다. 존에 대해서는 유감이었다. 얼마 전까지만 해도 둘은 좋은 친구였다. 그러나 사랑은 우정 최대의 적이며, 따라서 이라드네가 둘 중 한 명을 선택하기까지는 중립 상태가 유지될 듯했다.

마을은 골짜기를 따라 1.6킬로미터에 걸쳐 자리 잡고 있었는데, 새로 지은 집들이 무질서해 보이지만 의도적으로 배치돼 있었다. 몇몇 사람들이 특별히 서두를 것도 없이 이리저리 배회하고 있거나 삼삼오오 나무 아래 모여 잡담을 나누고 있었다. 브랜트에게는 모두가 지나가는 자신을 주시하고 자신에 대해 이야기하고 있는 것 같았다. 지레짐작한 것이지만, 이 경우에는 완벽하게 맞아떨어졌다. 높은 지적 수준을 지닌 사람들이 채 천 명도 되지 않는 닫힌 공동체를 이루고 살아갈 때는 아무도 사생활을 기대할 수 없는 법이다.

대장간은 마을 끝 공터에 위치해 있었다. 어수선한 광경이 최대한 덜 거슬리게 하려고 거기 둔 것이다. 주위에는 늙은 조핸의 손이 채 가지 못한 부서진 기계며 반쯤 폐기된 장치가 가득했다. 공동체 소유인 세 대의 비행선 중 한 대가 햇살 아래 앙상한 골격을 노출한 채 거기 놓여 있었다. 벌써 몇 주나 전에 즉시 수리 요망이라는 요구와 함께 거기 내팽개쳐진 것이다. 조핸 영감이 언제 고치기는 하겠지만 자기가 시간이 날 때 고칠 터였다.

대장간의 널따란 문은 열려 있어서 환하게 불이 켜진 안쪽으로부터 귀청을 찢는 금속음이 쏟아져 나왔다. 자동 기계가 주인의 의지에 따라 금속을 어떤 새로운 형상으로 빚어내고 있었다. 브랜트는 조심스럽게 바쁘게 움직이는 기계 장치 곁을 지나쳐서 가게 뒤에 있는 다소 조용한 곳으로 들어섰다.

조핸 영감은 무척이나 편안해 보이는 의자에 앉아 일평생 단 한 번도 일을 해 본 적 없다는 듯이 파이프 담배를 피우고 있었다. 뾰족하게 다듬은 수염을 한 단정한 남자로, 유일하게 움직이는 것은 쉴 새 없이 시선을 바꾸는 영리한 눈뿐이었다. 이름 없는 시인으로 보일 만한 외모(실제로 그는 자신이 시인이라고 생각하고 있었다.)이지, 도무지 마을 대장장이 같지는 않았다.

"존 찾고 있니?" 담배 연기를 뻐끔거리며 그가 말했다. "여기 어디서 그 여자 애한테 줄 무언가를 만들고 있을 게다. 너희 둘이 그 애한테 반하는 바람에 이 꼴이다."

브랜트의 얼굴이 약간 붉어졌고, 막 무엇인가 대답을 하려고 하는 찰나에 기계 하나가 관심을 보여 달라는 듯이 큰 소리로 신호를 보냈다. 순식간에 조핸 영감은 방 밖으로 나갔고, 한동안 쾅 하는 소리, 부서지는 소리, 그리고 악담이 문 너머로 흘러 들어왔다. 그러나 조핸은 금세 다시 돌아와 한참 동안 방해받지 않을 것을 확신하는 자세로 도로 의자에 앉았다. 그리고 아무런 방해도 없었다는 듯이 이어 말했다.

"내가 말 좀 하마, 브랜트. 20년이면 그 애도 제 어미하고 똑같은 모습이 될 게다. 그거 생각해 봤니?"

브랜트는 생각해 본 적이 없었다. 그는 약간 기가 죽었다. 그러나 20년이란 세월은 젊은이에게는 영원과도 같으며, 오늘 이라드네를 얻을 수만 있다면 앞일이야 아무래도 좋았다. 브랜트는 대충 그렇게 말했다.

"네 방식대로 하렴." 대장장이는 매몰차게 말하지 않았다. "만약 우리 모두가 그렇게 먼 앞날을 내다봤다면, 인류는 백만 년 전에 멸종했을 거야. 지각 있는 사람들처럼 장기라도 두면서 누가 먼저 그녀를 차지할 것인지 결정해 보지 그래?"

"그럼 브랜트가 속임수를 쓸걸요."

갑자기 모습을 드러낸 존은 문틀이 꽉 찰 정도의 체격이었다. 아버지와는 대조적으로 덩치가 크고 튼실한 그는 손에 종이 한 장을 들고 있었는데, 거기에는 설계도가 가득 그려져 있었다. 브랜트는 존이 이라드네에게 무엇을 만들어 주려고 하는지 궁금했다.

"뭐 만들어?"

브랜트의 물음은 아무런 관심도 없다는 투와는 거리가 멀었다.

"왜 말해 줘야 하는데?" 존이 사람 좋은 목소리로 물었다. "이유를 한 가지만 말해 봐."

브랜트는 어깨를 으쓱했다.

"별로 중요한 것은 아닐 테지. 그냥 예의상 물어 본 거야."

"너무 그러지 마라." 대장장이가 말했다. "지난번에 존에게 예의를 지켰을 때도 일주일간 눈에 멍이 들어 있었잖니. 기억하지?" 그는 아들을 보고 무뚝뚝하게 말했다. "설계도 좀 보자꾸나. 왜 만들 수 없는지 알려주마."

그는 비판적인 눈으로 설계도를 꼼꼼히 뜯어보았고, 그러는 사이에 존은 점점 당혹한 기색을 감추지 못했다. 이윽고 조핸이 어림없다는 듯 콧방귀를 뀌었다.

"그래 어디서 이 부품들을 구할 셈이냐? 다 규격에 맞지 않는 것들일뿐더러, 초미세 품목들이잖아."

존은 혹시 하는 눈으로 작업장을 둘러보았다.

"그렇게 많이 필요한 건 아니에요. 그냥 간단한 거라고요. 제 생각엔 아마 아버지가……."

"……내가 이 녀석을 만들라고 조합기를 엉망으로 뒤집어 헤치는걸 용납해 주지 않을까 했다는 그 말이지? 흠, 어디 두고 보자. 우리천재 아들 녀석이 몸만 우락부락한 게 아니라 머리도 옹골차다는 걸보여 주겠답시고 한 50세기 동안 폐기처분되었던 장난감을 만들겠다고 하는구나, 브랜트야. 넌 이 녀석보다는 좀 나은 짓을 하도록 하려무나. 내가 너희들 나이 때에는 말이다……."

조햄 영감의 목소리는 그의 회고담과 함께 침묵 속으로 꼬리를 감추었다. 이라드네가 기계 정비소의 굉음 속을 뚫고서 사뿐히 들어와입가에 엷은 미소를 띠고서 복도에 서서 바라보고 있었다.

만약 브랜트와 존에게 이라드네에 대해 말해 보라고 한다면, 마치서로 완전히 다른 두 사람에 대해서 이야기하는 것 같으리라. 물론 표면적으로는 닮은 점이 있을 것이다. 둘 다 그녀의 머리가 밤색이고, 눈은 크고 파란색이며, 피부는 가장 희귀한 색, 진주 같은 흰색을 띠고 있다는 데 동의를 할 것이다. 그러나 존에게 이라드네는 곧 깨질것 같아 보호해 주고 소중히 해 주어야 할 사람이었다. 반면 브랜트에게 그녀는 한눈에도 완벽한 자신감과 침착함에 넘쳐 있어 자기가 해줄 수 있는 것이 없다는 사실이 절망스러웠다. 이런 차이점은 존이 키가 15센티미터나 더 컸을 뿐 아니라 허리둘레도 22센티미터나 더 두껍다는 데도 이유가 있겠지만, 대부분은 더욱 근본적인 심리 문제 때문이었다. 사랑하는 사람은 실제로는 존재하지 않는다. 마음의 렌즈를 통해 왜곡을 최소한도로 줄일 수 있는 대상에 초점을 맞추어 상을 투사한 것에 불과하다. 브랜트와 존은 이상형이 서로 완전히 달랐고, 둘 다 이라드네가 자신의 이상을 실현해 주는 사람이라고 생각했다. 그렇다고 이 사실이 그녀를 놀라게 하지는 않을 것이다. 이라드네는 무슨 일에든 좀처럼 놀라는 법이 없었기 때문이다.

"강가에 갈 거야." 그녀가 말했다. "브랜트, 여기 오는 길에 널 부르러 갔는데 외출하고 없더라."

이 말은 존에게는 커다란 상처였다. 그녀는 재빨리 균형을 맞췄다.

"너는 로레인이나 누구 다른 여자랑 나갔을 거라고 생각했지만, 존은 집에 있을 줄 알았지."

존은 부탁한 적도 없는, 또 영 부정확한 말을 듣고 그만 퍽 머쓱해졌다. 그는 설계도를 말아 들고는 어깨너머로 행복한 비명을 지르며 집으로 달려갔다.

"잠시만 기다려. 바로 올게."

브랜트는 불편하게 한 발에서 다른 발로 체중을 옮겨 실으면서 눈을 떼지 않고 줄곧 이라드네를 쳐다보았다. 그녀는 실제로 누구에게 함께 강가에 가자고 청한 것이 아니며, 그는 확실한 지시가 떨어질 때까지는 지금 이대로 있을 생각이었다. 그러나 두 명은 친구가 되지만, 세 명은 그 반대라는 오래된 속담이 생각났다.

존이 돌아왔다. 옆자락에 사선 모양으로 빨간색이 퍼져 나가는 깜짝 놀랄 만한 녹색 망토를 걸친 모습으로 화려하게 나타났다. 아주 새파란 젊은이가 아니고서는 그런 옷을 소화할 수 없어 보였고, 존조차도 썩 훌륭하게 옷을 소화해 냈다고 말할 수 없었다. 브랜트는 집에 돌아가 저보다 더 눈에 띄는 옷으로 갈아입을 시간이 있는지 생각해 보았지만, 그것은 너무 큰 위험을 감수하는 짓이었다. 적 앞에서 꽁무니를 빼는 꼴이며, 미처 재무장을 하기 전에 싸움이 끝나 버리고 말 것이다.

"아주 떼를 지어서 가는구나." 조핸 영감이 집을 나서는 젊은이들에게 일없이 말을 던졌다. "나도 함께 가도 되겠니?"

소년들은 당황한 표정이었지만, 이라드네는 미워할 수 없는 그 가볍고 유쾌한 웃음을 던졌다. 조핸 영감은 바깥쪽 문간에 서서 그들이 나무숲을 지나 풀로 뒤덮인 강가로 내려가는 것을 바라보며 한동안 웃음 짓고 있었다. 하지만 이윽고 눈으로 그들을 쫓던 것을 멈추었다. 인간이라면 누구나 피할 수 없는, 이제는 사라져 버린 젊은 시절의 꿈 속으로 덧없이 빠져들고 말았던 것이다. 그는 재빨리 태양을 등지고 그만 웃음을 거둔 채, 작업장의 혼란 속으로 모습을 감췄다.

북쪽으로 올라가던 태양이 이제 적도를 지났다. 이제 낮이 밤보다 더 길어지고, 겨울은 완전히 힘을 잃을 터였다. 북반구에 자리 잡은 무수한 마을에서는 봄맞이 준비가 한창이었다. 거대한 도시가 소멸한 이후 들판과 숲으로 돌아온 인류는 천 년간 도시 문명이 지속되는 동안 잠들어 있던 여러 가지 고대의 관습도 복구한 터였다. 이런 관습 중 일부는 제3 천년기의 인류학자와 사회 과학자에 의해서 정교하게 복구됐으며 그들의 천재성은 여러 형태의 인류 문화를 안전하게 다음 세대로 전달할 장치들을 만들었다. 그로 인해 춘분(春分)은 여전히 여러 의식을 통하여 환영받았는데, 그 의식은 무척 세련되기도 했지만 여유에서 비롯됐다. 그렇지만 그들의 정교한 노력에도 그 의식은 한때 지구의 하늘을 검게 물들인 연기를 뿜어냈던 산업화된 도시의 사람들보다 원시 시대의 사람들이 보기에 덜 낯설어 보였을 것들이었다.

봄 축제를 준비하는 일은 늘 이웃 마을 간에 갖은 술책과 다툼을 야기하곤 했다. 최소한 한 달은 다른 일은 완전히 손을 놓아야 하지만, 그래도 어느 마을이든 축제를 주관하는 마을로 선정되는 것은 굉장한 영광이었다. 아직 이주의 후유증에서 복구하지 못한 새 정착촌은 물론 이런 책임을 맡을 수 없었다. 그러나 브랜트가 사는 마을 사람들은 최근의 치욕을 씻고 다시 지지를 모을 기발한 방식을 생각했다. 수백 킬로미터 반경 내에는 마을이 다섯 개 있었는데 이들 모두 축제 때 칼디스에 초청을 받았다.

초청장 문구는 아주 신중하게 작성했다. 은근한 암시를 통해 말하기를 주지의 이유로 인하여 칼디스는 바라는 만큼 훌륭하게 의례를 치를 수 없다면서 만약 손님들이 진짜로 훌륭한 축제에 가고자 한다면 다른 곳을 알아보십사고 적어 보냈던 것이다. 칼디스 사람들은 기껏해야 마을 하나 정도가 초대에 응해 줄 것이라고 생각했지만, 도덕적인 우월성보다 호기심이 이웃 주민들의 마음을 사로잡았다. 그들은 모두 기꺼이 초대에 응할 것이라고 답신을 보냈다. 따라서 이제 칼디스 사람들은 책임을 회피할 길이 없어진 셈이었다.

골짜기에는 밤이 없고 잠도 거의 존재하지 않았다. 나무 높이 한 줄로 걸려 있는 인공 태양들이 꾸준히 뿜어내는 휘황한 청백색 광선 탓에 별과 어둠은 간 곳이 없고 반경 수 킬로미터 안의 야생 동물들의 생활은 혼돈에 빠졌다. 낮 시간이 길어지고 밤이 짧아지는 동안 사람과 기계가 400여 명을 수용해야 할 거대한 원형극장을 건설하기 위해 분투했다. 적어도 한 가지는 다행이었다. 이 기후에서는 지붕을 만든다든가 난방을 할 필요가 없었던 것이다. 그들이 그렇게 마지못해서 떠나온 그 땅에서는 3월 말에도 지면 위로 눈이 두껍게 쌓여 있곤 했다.

그 대단한 날에 브랜트는 머리 위 하늘에서 비행선이 강하하는 소리에 일찍 잠을 깼다. 그는 피곤한 몸으로 기지개를 켜고는 언제 다시 잠자리에 들 수 있을 것인가 궁금해 하면서 옷 속으로 기어들어갔다. 숨겨져 있는 스위치를 발로 한 번 치자 바닥보다 3센티미터쯤 낮게 설치되어 있는 푹신한 직사각형의 거품고무 위로 단단한 플라스틱 판이 벽에서 펼쳐져 나와 전체를 덮었다. 침대보는 걱정할 필요가 없었다. 왜냐하면 방 안의 온도가 자동으로 체온에 적합하게 조절되기 때문이었다. 이처럼 브랜트의 생활은 여러 면에서 먼 선조들보다 한결 단순했다. 이는 5000년이라는 시간 동안 끊임없이 이어진, 그리고 거의 잊히고 만 과학의 노력이 이룬 것이었다.

반투명한 한쪽 벽에서 쏟아져 나오는 빛이 은은하게 밝혀 준 방 안은 믿을 수 없을 정도로 너저분했다. 바닥에서 유일하게 말끔한 곳은 침대를 덮은 뚜껑 위인데, 밤이 올 때쯤에는 거기도 다시 치워야만 했다. 브랜트는 뭐든지 내버리는 것을 싫어하고 이것저것 가지고 있고 싶어 하는 성격이 심했다. 뭐든지 아주 쉽게 만들 수 있기에 가치 있는 물건이 거의 없는 세상에서 이런 성격은 몹시 특이했지만, 브랜트가 수집하는 물건들은 제조 과정에 조합기가 필요한 그런 물건이 아니었다. 한쪽 구석에 작은 통나무 하나가 벽에 기대 세워져 있는데 대충 윤곽을 잡은 사람 모습이 부분적으로 조각되어 있었다. 큼지막한 사암과 대리석 덩어리가 방바닥 또 다른 곳에 널려 있었다. 브랜트가 그걸로 작업을 해야겠다고 마음 먹을 때까지 그렇게 널려 있을 터였다. 벽은 모두 그림으로 채워져 있는데, 대부분은 추상화처럼 보였다. 브랜트가 화가라는 것을 추론하는 데는 높은 지능이 필요하지는 않지만, 그가 훌륭한 화가인지 판단하는 것은 쉬운 일이 아니었다.

그는 잡동사니 더미들을 헤치고 나가 먹을 것을 찾기 시작했다. 부엌이라고 할 만한 곳은 없었다. 어떤 역사가들은 부엌이 서기 2500년까지 존재했다고 말하고는 하지만, 그보다 한참 전에 이미 대부분의 가정에서는 스스로 옷을 지어 입는 만큼이나 자주 음식을 만들어 먹고 있었다. 브랜트는 거실로 걸어가 벽에 가슴 높이로 설치된 금속 상자로 갔다. 상자 중앙에는 지난 50세기에 걸쳐 인류 전체에게 아주 친숙해진 열 개 숫자로 된 임펄스 다이얼이 붙어 있었다. 브랜트는 4자리 수를 호출하고 기다렸다. 그렇지만 아무런 일도 일어나지 않았다. 다소 난처한 표정을 지으며 숨겨진 버튼을 누르자 기계의 전면부가 열리더니 일반적으로는 먹음직스러운 아침이 들어 있어야 할 상자 내부가 모습을 드러냈다. 그렇지만 그 안은 텅 비어 있었다.

중앙 음식 장치에 전화를 걸어 이유를 대라고 따져 볼 수도 있겠지만 아무 대답이 없기가 쉬웠다. 무슨 일이 생겼는지는 뻔했다. 음식 공급처가 그날의 과중한 주문에 맞추기에 정신없이 바빠서, 브랜트는 아침을 받아먹을 수 있기만 해도 다행일 터였다. 그는 회로를 새롭게 하여 거의 사용하지 않는 번호로 다시 시도를 해 보았다. 이번에는 부드럽게 웅웅대는 소리와 둔한 덜그럭 소리가 나더니 문이 열렸고, 그 안에는 김이 나는 검은 음료 한 잔과 썩 먹음직스럽게 보이지는 않는 샌드위치 몇 쪽, 그리고 큼직한 멜론 한 조각이 나타났다. 코에 주름을 잡고 이 속도로 가면 인류가 원시시대로 돌아가는 데 얼마나 걸릴 것인가 생각하며 브랜트는 아침 식사 대용품에 손을 대 금세 나온 것을 전부 먹어 치웠다.

그가 조용히 집을 나와 잔디로 뒤덮인 마을 중앙 광장으로 갈 때까지 부모님은 여전히 잠들어 있었다. 아직도 아주 이른 시각이라 공기가 다소 쌀쌀한 듯했지만 날은 화창하고 맑았으며, 마지막 이슬방울이 사라진 후에는 좀처럼 남아 있지 않는 상쾌한 기운이 느껴졌다. 비행선 몇 척이 초원 위에 내려 승객들을 하선시키는 중이었는데 그들은 둥그렇게 모여 서 있거나 비판적인 눈으로 칼디스를 뜯어보며 주위를 어슬렁거렸다. 브랜트가 보고 있는 동안 기계 한 대가 뒤에 희미한 이온화 흔적을 끌면서 엷게 웅웅거리며 기운차게 하늘로 솟아올랐다. 잠시 후 다른 것들도 따라 날아올랐다. 비행선이 실어 나를 수 있는 승객은 수십 명 수준이라 하루가 가기 전에 아주 여러 번 운행해야만 했다.

브랜트는 방문객들을 향해 걸어갔다. 자신 있는 모습을 보여 주는 한편 말도 못 걸 만큼 쌀쌀맞게 보이지는 않으려고 노력했다. 이방인들 대부분은 그와 비슷한 나이였다. 더 나이가 든 사람들은 더 상식적인 시간에 도착할 것이다.

그들은 솔직한 호기심을 가지고 그를 바라보았고, 브랜트도 답례로 관심을 보여 주었다. 그는 그들의 피부색이 자신보다 더 검다는 것과 목소리는 더 부드럽고 높낮이가 덜하다는 것을 알아차렸다. 심지어 그들 중 일부는 사투리 같은 말투를 쓰고 있었는데, 우주 공용어와 즉각적인 통신에도 불구하고 여전히 지역적인 차이가 존재하고 있었기 때문이다. 적어도 브랜트가 보기에는 그들이 사투리를 쓰는 것 같았지만 오히려 자기가 말을 할 때 한두 번 웃음을 띠는 것이 눈에 보였다.

아침 나절 내내 방문객들은 광장에 모여서 숲을 무자비하게 깎아 내어 만든 거대한 투기장으로 나아갔다. 그곳에는 천막이 쳐 있고 깃발들이 휘날렸으며 함성과 웃음소리가 요란하게 울려 퍼졌다. 아침은 젊은이들이 즐기는 시간이었기 때문이다. 점차 사그라들면서도 결코 꺼지지 않는 횃불처럼 아테네는 만 년에 달하는 세월 동안 쇠락해 왔으나, 스포츠의 형태는 올림픽이 처음 개최되었던 이래 거의 변한 바가 없었다. 사람들은 달리고, 뛰고, 씨름하고, 수영을 했다. 그렇지만 지금 사람들은 조상들에 비해 훨씬 더 잘 하였다. 브랜트는 단거리에 퍽 소질이 있어서 100미터 경주에서 3등을 했다. 그의 기록은 8초를 아주 조금 넘었는데, 최고 기록이 7초 조금 못 되는 걸 보면 훌륭한 성적이라고는 할 수 없었다. 세상 그 누구도 8이라는 숫자 근처에도 못 미치던 시대가 있었음을 알았다면 브랜트는 퍽 놀랍게 여겼을 터였다.

존은 아주 승승장구하며 젊은이들, 심지어 자신보다 더 큰 덩치들까지 집어던져 부상자를 눕히는 풀밭으로 보내 버렸다. 그 결과 아침

경기 결과를 집계하자 칼디스는 방문해 온 마을 어느 곳보다 더 많은 점수를 기록했다. 전체를 보면 얼마 안 되는 종목들에서 1등을 한 것이기는 하지만 말이다.

정오가 다가오자 군중들은 아메바처럼 다섯 떡갈나무 풀밭 쪽으로 이동하기 시작했다. 그곳에서는 분자 조합기가 이른 시각부터 수백 개의 식탁에 음식을 차리기 위해 일하고 있었다. 원자 하나까지도 충실하게 재생산될 원형을 준비하는 일에는 상당한 기술이 필요했다. 왜냐하면 비록 음식을 생산해 내는 기술이 뿌리부터 바뀌기는 했어도 요리사의 기술만은 살아남았고, 자연적인 요소는 전혀 개입되지 않는 요리에서의 성공을 이룩하기도 했기 때문이다.

오후의 주요 행사는 길고 긴 시극(詩劇)이었는데, 이 모방 시극은 이미 여러 세기 전에 그 이름이 잊힌 시인들의 작품을 그럴싸한 기술로 짜깁기를 하여 만든 것이었다. 간혹 뛰어난 시구들이 뇌리에 박히기는 하였지만 전반적으로는 지루하다고 브랜트는 생각하였다. 가령 다음과 같은 시구도 있었다.

> 겨울에 내리는 비와 피폐함이 끝나고
> 또한 폭설과 죄악의 시기도 끝이 나……
> (앨저넌 스윈번의 시극 「캘리던의 아틀랜타」 중에서 ─ 옮긴이)

브랜트는 눈에 대해서는 잘 알았고, 눈을 뒤에 남겨 두고 와 다행이라고 생각했다. 한편 죄악이라는 고어는 이미 3000~4000년 전에 폐기 처분된 단어였지만 불길하면서도 짜릿한 여운을 던져 주었다.

어스름이 내릴 때까지 브랜트는 이라드네를 보지 못했다. 이제 춤이 시작됐다. 골짜기 높이에서 둥둥 뜬 불빛이 타오르기 시작하자 숲은 파랗고 빨갛고 노랗게 끊임없이 모양을 바뀌는 불빛으로 넘쳐났다. 둘이, 셋이, 이윽고 수십, 수백 명의 춤추는 사람들이 거대한 원형 극장에 몰려나와 그곳은 웃음소리와 빙글빙글 선회하는 모습으로 가득 찼다. 마침내 이곳에서 브랜트는 존을 멋지게 이길 수 있는 것을 발견하고 순수한 신체적 쾌감에 몸을 맡겼다.

인류 문명의 온갖 색채들을 포괄하는 음악이었다. 어느 시점에는 이 세상이 아직 젊었을 때 원시의 정글에서 들렸을 것 같은 북소리가 대기를 맥박 치게 했다. 그리고 잠시 후에는 4분음의 섬세한 벽걸이 그림이 미세한 전자 기술로 짜여 나갔다. 별들은 하늘 위로 행진하며 희미한 빛으로 내려다보았지만, 별을 보는 사람은 아무도 없고 흐르는 시간을 조금이라도 염두에 두는 이도 없었다.

이라드네를 찾기 전까지 브랜트는 많은 여자들과 춤을 췄다. 삶의 환희로 가득 찬 그녀는 너무도 아름다웠고, 선택할 만한 아가씨들이 그렇게 많이 있는데도 그와 함께 하려고 서두르는 기색이 전혀 없었다. 그렇지만 마침내 그들은 소용돌이치는 사람들 속에서 함께 원을 그리며 돌기 시작했다. 멀리서 존이 우울하게 바라보고 있을 것을 생각하니 브랜트는 보통 유쾌한 게 아니었다.

이라드네가 다소 피곤하다고 했기 때문에 그들은 음악이 잠시 멈춘 틈에 춤추는 사람들 사이를 빠져나왔다. 브랜트로서는 무척 기분 좋은 일이었고, 이윽고 둘은 거대한 나무들 중 하나를 골라 그 밑에 함께 자리를 잡고 앉아, 온전히 마음이 편안해진 순간에만 느낄 수 있는 초연한 마음가짐으로 그들을 둘러싸고 있는 인생의 영고성쇠를 관조했다.

주문을 깨트린 것은 브랜트였다. 반드시 해야만 하는 일이었고, 다시 이런 기회가 오기까지는 오랜 시간을 기다려야만 할 것이다.

"이라드네, 왜 자꾸 나를 피하니?"

그녀는 순진한 큰 눈을 하고서 그를 바라보았다.

"브랜트! 그런 말이 어디 있어. 사실이 아니라는 것, 잘 알잖아. 네가 그렇게 자꾸 질투하지 말았으면 좋겠어. 항상 너만 따라다니길 바라는 것은 지나친 일이야."

"아, 그래. 그렇지." 브랜트는 바보 같은 말을 한 것은 아닌가 하는 생각에 어조가 약해졌다. 그러나 기왕 꺼낸 말이니 계속하든 하지 않든 마찬가지일 터였다. "너도 알겠지만, 언젠가는 우리 둘 중에 한명을 선택해야 해. 그렇게 계속 미루기만 한다면 아마 너의 두 고모님처럼 콧대 높게 말라비틀어지고 말 거야."

이라드네는 경쾌하게 웃더니 자신이 늙고 추해진다는 생각을 어떻게 할 수가 있느냐는 듯이 무척 어이없는 얼굴로 턱을 쳐들었다.

"네가 그렇게 참을성 없이 군다고 해도 나한테는 존이 있으니까 됐어. 너, 존이 나에게 준 것 봤어?"

"아니." 말을 하는 브랜트의 마음은 축 처지고 있었다.

"너 정말 눈앞에 있는 것도 못 보는구나! 이 목걸이 한 거 눈치 못 챘니?"

이라드네는 목에 건 가느다란 금줄에 보석을 무리지어 박은 큼직한 펜던트를 달아 가슴에 드리우고 있었다. 멋진 목걸이긴 하지만, 그렇게 특이한 점은 없어 보였다. 다만 브랜트는 굳이 그 말을 하느라 시간을 낭비하지는 않았다. 이라드네는 불가사의한 웃음을 짓더니 손가락을 목 쪽으로 가볍게 흔들었다. 순간 음악 소리가 주위를 가득 채웠다. 처음에는 춤의 배경 음악과 섞여 들리다가 이내 그 음악을 묻어 버리는 것이었다.

그녀가 자랑스럽게 말했다.

"봤지? 이제 난 어디를 가든 음악과 함께할 수 있어. 존이 말해 줬는데, 수천 수만 시간 분량이나 저장돼 있어서 어디까지 가야 들었던 부분이 다시 나올지 절대 모를 거래. 굉장하잖아?"

"뭐, 어쩌면." 브랜트가 투덜대며 말했다. "그렇지만 그건 진짜로 새로운 것은 아니야. 한때는 누구나 그런 것들을 가지고 다녔다잖아, 지구상 어디에도 조용한 곳이 남아나지 않아서 그게 금지품이 될 때까지는 말이야. 만약 우리 모두가 그것을 가지고 있다면 얼마나 아수라장일지 생각해 봐."

이라드네는 화가 나 그에게서 멀어졌다.

"또 그러는구나. 자기가 못하는 일에 대해서는 뭐든 날 질투하잖아. 넌 언제 나에게 이 절반만큼이라도 근사한 걸 준 적이 있니? 나 이제 가니까 따라오지 마."

이라드네의 격한 반응에 놀란 브랜트는 입을 벌리고 그녀가 가는 것을 지켜보았다. 그러다 뒤늦게 그녀의 이름을 불렀다.

"이봐, 이라드네. 그런 뜻이 아니라……."

그렇지만 그녀는 가고 없었다.

그는 몹시 성질이 난 채로 원형극장을 빠져나왔다. 이라드네가 발칵 화를 낸 이유를 합리적으로 생각해 보는 것은 조금도 도움이 되지 않았다. 그가 한 말은 빈정대는 투긴 했어도 맞는 말이었다. 그리고 때때로 진실은 그 무엇보다 더 짜증나는 것이다. 존의 선물은 천재성이 엿보이기는 했지만 시시한 장난감에 불과했고, 어쩌다 보니 지금 시대에 둘도 없는 것이 된 바람에 흥미를 일으킬 따름이었다.

그녀의 말 중 한 마디가 그의 뇌리에 깊숙이 자리를 잡았다. 이라드네에게 준 것이 무엇이 있었던가? 가진 것은 그림뿐인데 사실 그렇게 뛰어나다고는 할 수 없는 것들이었다. 제일 잘된 작품을 주겠다고 했을 때도 그녀는 그림에는 아무 관심도 없어 했다. 그리고 자신은 초상화가도 아니고 이라드네를 그리려는 시도는 안 하는 편이 나을 거라는 이야기를 알아듣게 말하기란 몹시도 어려운 일이었다. 그녀는 결코 이런 점을 이해하지 못했고, 그녀의 마음을 상하지 않게 하기란 무척 어려운 일이었다. 브랜트는 자연에서 영감을 얻는 것은 좋아했지만, 자신이 본 것을 베끼지는 않았다. 한 점을 완성했을 때는(때때로 그런 일이 일어나기도 한다.), 오직 제목을 통해서만 그림의 원 소재를 파악할 수 있을 뿐이었다.

춤을 취한 음악 소리가 여전히 주위에 울려 퍼지고 있었지만, 브랜트는 입맛이 싹 가셨다. 다른 사람들이 마음껏 즐기는 모습을 도저히 참고 볼 수 없었다. 그는 군중으로부터 벗어나야겠다고 결심했다. 그가 생각할 수 있는 평화로운 장소는 단 한 곳, 저 아래 강가에 갓 심은 형광 이끼가 빛나는 양탄자처럼 깔려 숲 속까지 이어지는 끝자락이었다.

그는 물가에 앉아 흐르는 물에 잔가지를 던지고 떠내려가는 모습을 지켜보았다. 때때로 또 다른 빠져나온 사람들이 근처를 지나갔지만, 그들은 대개 쌍쌍이라 브랜트의 존재는 알아차리지도 못했다. 그는 부러운 눈으로 그들을 바라보며 만족스럽지 못한 자신의 연애를 곰곰이 생각해 보았다.

이라드네가 존을 선택해서 이런 비참한 상황에서 자신을 건져 주었다면 그 편이 차라리 나았을 거라는 생각이 들었다. 그러나 그녀는 둘 중에서 어느 한 명을 더 좋아한다는 내색을 눈곱만큼도 비추지 않았다. 어쩌면 그녀는 조핸 영감을 비롯한 몇몇 사람들이 은근히 생각하듯 둘을 이용해 자기만족을 얻고 있을지도 몰랐다. 물론 진짜로 선택을 못하는 것일 수도 있지만 말이다. 지금 필요한 것은 둘 중 누가 상대가 맞먹어 볼 엄두도 못 낼 만큼 정말로 엄청난 어떤 일을 해내는 것이라고 브랜트는 우울하게 생각했다.

"안녕!"

누군가 뒤에서 조용히 말했다. 그는 몸을 돌려 어깨 너머를 보았다. 여덟 살 정도 되어 보이는 소녀가 머리를 한쪽으로 살짝 기울이고는 호기심 많은 참새처럼 그를 바라보고 있었다.

"안녕." 그가 맥없이 대답했다. "왜 춤추는 것 구경하지 않니?"

"왜 춤추러 가지 않아요?" 아이가 즉시 되물었다.

"지쳐서." 충분한 변명이 되길 바라는 마음으로 그가 대답했다. "혼자 돌아다니면 안 돼. 길을 잃어버릴지도 몰라."

"저 길 잃어버렸어요." 아이가 강둑 위 브랜트 곁에 앉으며 기쁘게 말했다. "전 그런 것이 좋아요."

브랜트는 이 아이가 어느 마을에서 왔는지 궁금했다. 무척 예쁜 아이였는데, 얼굴에 초콜릿만 묻어 있지 않았으면 더 예뻤을 것 같았다. 고독한 시간은 끝이 난 모양이었다.

여자아이는 사람을 당황스럽게 만드는 솔직한 얼굴로 그를 바라보았다. 그 솔직함은 어린 시절이 지나면 사라져 버린다. 다행스런 일이다.

"전 아저씨가 힘들어하는 이유를 알아요." 소녀가 갑자기 말했다.

"정말?" 친근하지만 회의적인 말투로 브랜트가 반문했다.

"아저씨는 사랑에 빠졌어요."

브랜트는 강에 던지려고 했던 잔가지를 떨어뜨리고, 몸을 돌려 참견꾼을 바라보았다. 소녀가 너무도 진지하게 동정 어린 눈으로 보고 있어서, 암울했던 그 모든 자기 연민의 감정이 한순간에 한바탕 커다란 웃음으로 사라질 것만 같았다. 소녀가 퍽 기분이 상한 듯해 브랜트는 재빨리 표정을 다스렸다.

"어떻게 알지?" 그가 아주 심각하게 물었다.

"책에서 다 읽었어요." 소녀가 엄숙하게 말했다. "그리고 전에 영화를 본 적이 있는데요, 어떤 남자가 나왔거든요. 그 남자도 강가에 와서는 아저씨처럼 앉아 있더니 갑자기 강 속으로 뛰어들었어요. 그러니까 엄청 아름다운 음악이 나오고요."

브랜트는 생각에 잠겨 이 조숙한 아이를 바라보며 이 아이가 자기 마을 아이가 아닌 게 다행스러웠다.

"음악을 틀어 줄 수 없어 미안하구나." 그가 엄숙하게 말했다. "그렇지만 어쨌든 이 강은 그다지 깊지 않단다."

"더 나가야 깊어져요." 도움이 되는 대답이었다. "여기서는 아직 아기 강이에요. 숲에서 벗어나기 전까지는 커지지 않아요. 비행선에서 봤어요."

"그럼 그 다음에는 어떻게 돼?" 실제로는 아무 관심이 없었지만, 화제가 비교적 편안한 것으로 바뀐 점이 고마워서 브랜트는 물었다. "바다에 도달할 것 같은데?"

소녀는 어처구니없다는 듯 숙녀답지 못한 콧방귀를 뀌었다.

"그럴 리가 없잖아요. 바보. 언덕 이쪽 면의 강들은 모두 다 대호수로 흘러가요. 물론 호수가 바다처럼 크기는 하지만, 진짜 바다는 언덕 저쪽에 있어요."

브랜트는 새로운 고향의 지리에 대해 상세한 것은 전혀 배운 바가 없었지만 아이의 말대로라는 것은 알 수 있었다. 대양은 북쪽으로 36킬로미터 못 미치는 곳에 있었지만, 중간에 가로막은 낮은 언덕들 때문에 이곳은 대양과 단절된 상태였다. 내륙 쪽으로 160킬로미터쯤 들어간 곳에 대호수가 자리 잡고 있었다. 지질 공학자들이 이 대륙을 새롭게 가다듬기 전에는 사막이었던 땅에 생명을 가져다주고 있는 호수였다.

천재 소녀는 잔가지로 지도를 그리면서 다소 아둔한 학생에게 참을성 있게 이런 이야기들을 해 주었다.

"여기가 우리가 있는 장소예요. 여기 강이 있고, 언덕들이 있고요, 호수는 거기 아저씨 발치쯤이에요. 바다는 여기에 이렇게 쭉 깔려 있고요. 그리고 비밀 하나 알려 드릴게요."

"그게 뭔데?"

"아마 상상도 못하실 걸요?"

"정말 그럴 것 같구나."

소녀는 목소리를 낮추어 비밀스럽게 속삭였다.

"해안을 따라 가다 보면, 여기서 그다지 멀지도 않아요, 샤스타에 닿게 된대요." 브랜트는 놀란 표정을 지으려고 했지만 실패했다. "한 번도 들어 본 적이 없다니 그럴 수가 있어요?"

소녀는 적잖이 실망해서 소리쳤다.

"미안하구나." 브랜트가 대답했다. "아마 도시겠지? 어디서 들어 보긴 한 것 같은데. 하지만 도시란 건 워낙 많잖니, 너도 알다시피⋯⋯, 카르타고, 시카고, 바빌론, 그리고 베를린처럼. 그 이름을 전부 기억할 수는 없잖아. 어차피 이젠 모두 사라져 버린 곳들인데."

"샤스타는 아니에요. 지금도 거기 있어요."

"글쎄, 후기의 도시들 중에는 아직 웬만큼 건물이 남아 있는 곳들도 있고, 사람들도 종종 방문하지. 내 옛날 고향에서 800킬로미터 정도 떨어진 곳에 한때는 꽤 거대한 도시였던 곳이 있었는데⋯⋯."

"샤스타는 그냥 옛날 도시가 아니에요." 아이가 신비스러운 태도로 말을 가로막았다. "할아버지가 말해 줬어요. 할아버지는 그곳에 갔다 왔거든요. 전혀 파괴되지 않았고, 지금은 아무도 갖고 있지 못한 놀라운 것들이 그곳에 남아 있대요."

브랜트는 속으로 미소를 지었다. 지구의 버려진 도시는 이루 헤아릴 수 없는 시간 동안 전설을 잉태하는 장소로 존재해 왔다. 샤스타가 버려진 것은 아마 4000년, 아니, 거의 5000년 전이었을 것이다. 혹시 그 도시의 건물들이 여전히 서 있다면(물론 꽤 가능성이 있는 일인데) 가치가 있는 물건들은 오래전에 깡그리 사라지고 없을 것이다. 아마

할아버지가 어린 손녀를 즐겁게 해 주기 위해 듣기 좋은 동화를 지어 낸 듯했다. 브랜트는 할아버지 마음을 이해할 수 있었다.

브랜트의 불신 따위는 상관하지 않고 소녀는 계속 재잘대었다. 그는 간간이 필요할 때마다 "그렇구나." 혹은 "멋지네."라는 감탄사만 흘리면서 소녀의 말에는 절반만 신경을 쓰고 있었다. 갑자기 침묵이 흘렀다.

그는 고개를 들어 말동무가 이곳으로 내려오는 가로수 길 쪽을 귀찮다는 듯이 바라보고 있음을 알게 되었다.

"안녕히 계세요." 소녀가 갑자기 말했다. "저 다른 곳에 숨으러 가야 해요. 저기 언니가 와요."

소녀는 올 때처럼 갈 때도 갑자기 사라졌다. 가족들이 아이를 찾느라 분주할 것이라고 브랜트는 생각했다. 그러나 그 아이 덕택에 우울했던 마음은 한결 풀렸다.

몇 시간이 지나지 않아, 브랜트는 소녀가 자신에게 그보다 훨씬 더 큰 일을 해 주었음을 깨달았다.

＊

사이먼은 브랜트가 자신을 찾아왔을 때 스쳐 가는 세상 구경에 골몰한 채 문기둥에 기대 서 있었다. 세상은 사이먼의 문 앞을 지나갈 때면 보통 조금 더 속도를 내었다. 왜냐하면 그는 끝없이 이야기를 하는 사람이었고, 일단 희생양을 하나 붙잡기만 한다면 한 시간이고 두 시간이고 놓아 주지 않았기 때문이었다. 지금 브랜트가 한 것처럼 누군가 자진해서 그의 손아귀로 걸어 들어간다는 것은 좀처럼 일어나지 않는 일이었다.

사이먼이 가진 문제는 최고로 명석한 두뇌를 가지고 있으면서 그것을 쓰기에는 너무도 게으르다는 점이었다. 아마 좀 더 활동적인 세대에 태어났다면 이보다는 운이 따랐을지도 모른다. 그가 칼디스에게 할 수 있는 일이라고는 다른 사람을 희생해서 자신의 재치를 키우고, 이를 바탕으로 인기보다는 명성을 얻는 것이었다. 그러나 그는 지식의 보고이며, 그 지식의 대부분이 더할 나위 없이 정확했으므로 마을에 없어서는 안 될 인물이었다.

"사이먼!" 브랜트가 서론은 걷어치우고 단도직입적으로 말했다. "난 이 지역에 관하여 좀 배워야겠어요. 지도를 보고 알 수 있는 것이 별로 없더라고요. 너무 새로운 지도라서……. 오래전에 이곳에는 뭐가 있었지요?"

사이먼은 뻣뻣한 턱수염을 긁었다.

"그다지 지금이랑 많은 차이가 있는 것 같지는 않은데. 얼마나 오래전을 말하는 건가?"

"아, 도시가 있던 시대 말이에요."

"물론 그때는 나무가 이렇게 많지 않았지. 이곳은 농지였을 거야, 식량 생산을 위해 사용된 땅 말일세. 원형극장을 지을 때 발굴해 낸 농기계 봤나? 분명히 오래된 것들이야. 전동 기계조차 아니었잖나."

"그렇죠." 브랜트가 성급하게 말했다. "저도 봤어요. 하지만 이 부근의 도시에 대한 이야기를 해 주세요. 지도를 보니 이곳에서 서쪽으로 해안을 따라 수백 킬로미터 간 곳에 샤스타라고 불리는 장소가 있던데요. 그곳에 대해서 뭐라도 아는 게 있어요?"

"아, 샤스타." 뜸을 들이며 사이먼이 중얼거렸다. "아주 흥미로운 곳이지. 어딘가에 사진이 있었던 것 같은데. 잠시 가서 보고 오겠네."

그는 집 안으로 사라지더니 거의 5분 동안이나 모습을 보이지 않았다. 책의 시대에 살았던 사람이라면 이런 행동이 무엇을 의미하는지 좀처럼 추측할 수 없겠지만, 사이먼은 그 시간 동안 도서관을 광범위하게 검색해 보았다. 칼디스가 소유한 모든 기록은 측면 길이가 1미터인 금속 상자 안에 보관되어 있었다. 상자 안에는 수십억 권에 달하는 출판물들이 원자 이하 수준의 패턴으로 영구 보존되어 있었다. 인류의 지식 거의 전부와, 현존하는 문학 작품 전체가 여기에 간수되어 있었다.

그 상자는 그저 수동적으로 지혜를 저장해 놓은 창고는 아니었다. 왜냐하면 사서가 붙어 있었으니까. 사이먼이 지칠 줄 모르는 기계에 신호를 주어 요구하자 거의 무한대로 연결되어 있는 회로망을 통하여 한 층위 한 층위 검색이 진행되어 갔다. 사이먼이 명칭과 대략의 시기를 정해 주었기 때문에 필요한 정보를 찾는 데는 몇 분의 1초도 걸리지 않았다. 정보를 찾자 사이먼은 긴장을 풀고 가장 약한 자기 최면 하에 정신 이미지들이 뇌리로 흘러 들어오도록 했다. 그 지식은 몇 시간만 그의 머릿속에 남아 있다가(그 정도면 목적에 부합했다.) 사라지게 될 것이다. 사이먼은 잘 정돈된 자기 정신을 아무 상관도 없는 것으로 어지럽게 만들고픈 마음은 전혀 없었다. 그리고 그에게 거대한 도시들이 흥했다 사라지는 그 모든 역사는 어떤 특별한 중요성도 가지지 않는, 여담에 불과했다. 그런 이야기는 흥미롭고 또 어쩌면 유감스러울 수도 있는 일화로서 이제는 되돌릴 수 없이 사라져 버린 과거에 속한 것일 따름이다.

사이먼이 많은 지식을 지닌 얼굴로 다시 나왔을 때까지 브랜트는 참을성 있게 기다리고 있었다.

"사진은 하나도 찾을 수 없더군. 아내가 새로 정리를 하느라고 말이야. 그래도 샤스타에 대해서 내가 기억하는 것은 다 이야기해 줌세."

브랜트는 최대한 편하게 자리를 잡고 앉았다. 아마 한동안은 머물러 있게 될 것 같았다.

"샤스타는 인간이 세운 도시 중에서 가장 끝무렵 도시에 해당하지. 물론 도시가 인류의 문명에서 꽤 늦게 발생했다는 것은 알고 있지? 겨우 1만 2000년 전에야 생겨났으니까. 도시는 그로부터 몇 천 년에 걸쳐 그 수와 중요성이 증가해 마침내 사람이 수백 만 명이나 살기에 이르렀네. 그런 곳에 사는 것이 과연 어떠했을지는 우리로서는 상상하기 어렵지. 몇 킬로미터를 가도록 풀잎 한 장 찾아 볼 수 없는 강철과 돌의 사막. 그렇지만 운송과 통신 수단이 완벽해지기 전에는 그런 곳이 필요했고, 사람들은 무역이나 제품 생산과 같이 그들 삶의 기반을 이루는 복잡한 업무를 수행하기 위해 서로 가까이 살아야만 했다네.

진짜 대도시들은 항공 교통이 보편화되면서 사라지기 시작했지. 저 야만적인 시대에 존재했던 침략의 위협이 사라진 것도 도시를 사라지게 하는 데 일조했고. 그렇지만 작은 도시들은……."

"그 시대 역사는 저도 배웠죠." 확신에 찬 목소리는 아니었지만 브랜트가 끼어들었다. "나도 그 정도는 알고……."

"……작은 도시들은 상업상의 연결점이라기보다 문화적인 연결점으로서 오랫동안 와해하지 않고 명맥을 유지했네. 소도시의 인구는 수 만 명 정도로, 거대 도시가 사라진 후에도 수 세기 동안 존속했지. 그래서 옥스퍼드나 프린스턴, 그리고 하이델베르크와 같은 곳은 지금 우리에게도 의미가 있는 반면 훨씬 더 거대했던 도시들은 이제 이름만 남아 있게 된 걸세. 그렇지만 그런 도시들조차 조합기의 발명으로 인해서 아무리 작은 공동체라도 문명화된 삶을 살아가는 데 필요한 모든 것을 힘 안 들이고 생산해 낼 수 있게 됨에 따라 종막을 고했네.

샤스타는 기술적인 면에서는 더 이상 도시가 필요하지 않았지만 사람들이 도시라는 것이 끝났음을 미처 깨닫지 못했던 때에 생겼네. 그 도시는 의식적으로 만들어진 예술 작품이었던 것 같아. 전체적으로 착상과 설계를 거쳐서 이루어진 곳이고, 그곳에 살았던 사람들 대부분이 어떤 종류의 예술가들이었다네. 그렇지만 오래 지속되지는 못했어. 결정적으로 그 도시를 망하게 한 것은 대탈출이었네."

사이먼은 우주로 나가는 길이 열려 세계가 둘로 갈라져 버린 그 격동의 몇 세기에 관한 생각에 잠긴 듯 갑자기 조용해졌다. 그 길을 따라 인류의 정수가 빠져나가 그만 끝이 난 듯했고 뒤에는 그 나머지가 남겨졌다. 그 이후로 지구상에서는 역사가 끝이 난 듯했다. 천 년, 아니 그보다 더 긴 세월에 걸쳐 이주민들이 쏜살같이 태양계로 돌아와서는 기이한 태양들이며 먼 행성들, 그리고 언젠가는 은하계 전체로 뻗어갈 거대한 제국에 관해 열망과 동경을 품고 이야기해 주곤 했다. 하지만 가장 빠른 함선도 결코 건너지 못할 틈새들이 있었다. 그런 틈새 하나가 바야흐로 지구와 방랑길에 나선 지구의 아이들 사이에 입을 벌려갔다. 그들은 점점 공통점을 상실해 갔으며, 귀환하는 함선이 점점 드물어지더니, 마침내는 외부에서 방문객이 오기까지 여러 세대가 흘러가 걸리기에 이르렀다. 거의 300년 가깝도록 돌아온 함선이 있다는 이야기를 사이먼은 들은 바가 없었다.

사이먼에게 말을 하라고 재촉하는 일은 생소한 일이지만, 브랜트는 이제 말을 붙이는 참이었다.

"여하튼, 난 역사보다는 그 도시 자체에 더 관심이 있어요. 도시가 지금도 그대로 남아 있을까요?"

"이제 그 얘길 하려던 참인데." 흠칫 놀라 백일몽에서 깨어난 사이먼이 말했다. "물론이지. 그 당시 아주 잘 지어졌거든. 그렇지만 왜 관심이 생겼는지 물어 봐도 되겠냐? 갑자기 고고학에 대한 불타는 열망에 사로잡히기라도 한 건가? 아, 알 것 같군!"

브랜트는 사이먼 같은 전문적인 참견꾼 앞에서 무엇을 숨기려고 해 봐야 아무 소용없다는 것을 잘 알고 있었다.

다소 수세적으로 그가 말했다.

"그 오랜 세월이 지난 지금도 거기에 뭔가 찾아 볼 만한 가치 있는 것들이 남아 있을까요."

"글쎄." 사이먼이 의심스럽다는 투로 말했다. "언제 한번 가 봐야겠네. 말하자면 바로 우리 문지방 밖인데 말이야. 그렇지만 자네는 어떻게 할 셈이지? 마을에서 비행선을 빌리기는 힘들걸! 그렇다고 걸어서 갈 수도 없지. 적어도 일주일은 걸릴 걸세."

그렇지만 브랜트가 하려고 하는 일이 바로 그것이었다. 브랜트가 그 후 며칠 동안 마을에 있는 거의 모든 사람에게 조심스럽게 말하고 다닌 것처럼, 힘든 방법으로 하지 않는 일은 할 가치가 없는 것이다. 어려운 상황에서 최선의 것을 만들어 내는 것만큼 훌륭한 일도 없는 법이다.

브랜트는 유례가 없을 정도로 비밀스럽게 여행 준비를 해 나갔다. 계획은 꼼꼼했지만, 브랜트는 자기 계획에 대해 자세히 설명하고 싶지는 않았다. 칼디스에서 비행선을 사용할 권리를 가진 십수 명의 사람들 중 누가 먼저 샤스타를 구경해야겠다는 결정을 내릴지도 모르기 때문이다. 이런 상황이 발생하는 것은 시간 문제였지만, 지난 몇 달간 열에 들떠 벌였던 활동 덕택에 그 같은 탐사는 이루어지지 않고 있었다. 일주일간 여행한 끝에 비틀거리며 샤스타에 도착했는데 10분 만에 여행을 끝낸 이웃 주민의 냉담한 환영을 받는 것만큼 모욕적인 일은 없을 것이다.

반면 마을 사람들 모두, 특히 이라드네가 그가 특별한 노고를 치르려 한다고 인정해 주는 일 또한 중요한 부분이었다. 오직 사이먼만이 진실을 알고 있었고, 그는 투덜거리면서도 당장은 입을 다물어 주기로 한 상태였다. 브랜트는 칼디스 근방에 지대한 관심을 보임으로써 자신의 진짜 목표에서 사람들의 시선을 딴 곳으로 돌릴 수 있었기를 바랐다. 어느 정도 중요성을 지닌 고고학 유적이 몇 군데 있기는 했던 것이다.

2, 3주간 집을 떠나는 데 필요한 음식과 장비의 양이 엄청나게 많아 처음에 계산을 해 보고는 브랜트는 깊은 시름에 잠겼다. 잠시 그는 비행선을 빌려 볼까 생각도 하였지만 그의 요청이 받아들여질 리 만무

했을 뿐더러 그가 추진하고 있는 일을 모두 망치는 결과를 가져올 것이었다. 그렇지만 여행 기간 동안 필요한 것을 모두 짊어지고 가기는 불가능했다.

기술이 덜 발달한 시기의 사람이 본다면 해결책은 너무도 명백했지만, 브랜트가 그 생각을 하기까지는 한참이 걸렸다. 비행선은 모든 종류의 지상 운송 시스템을 없애 버렸지만 단 하나, 가장 오래되고 유용한 것이 남아 있었다. 인간으로부터 어떤 외부적인 도움을 받지 않고도 예나 지금이나 저 스스로 아주 잘 작동하는 그것이 남아 있었던 것이다.

칼디스에 있는 말은 여섯 필이었다. 마을의 크기에 비해 적은 수인데, 말이 사람보다 많은 마을도 있지만 브랜트의 이웃 친척들은 거친 산악 지대에 살았기 때문에 승마를 할 일이 거의 없었다. 브랜트도 생애에 두세 번 말을 탔을 뿐이고 그 시간 또한 아주 짧았다.

종마 한 마리와 암말 다섯 마리는 모두 트레고르가 관할하는데, 그는 동물 이외에는 아무 데도 관심이 없는 우락부락하고 키 작은 사내였다. 칼디스 사람들 가운데 특출한 지성인이라고는 할 수 없지만 개인 동물원을 운영하는 일에 아주 만족해하며 살고 있었다. 동물원에는 모양과 체구가 가지가지인 개들과 비버 한 쌍, 원숭이 몇 마리, 새끼 사자, 곰 두 마리, 아직 어린 악어를 비롯해 보통 멀찌감치 떨어져서 구경하기 좋은 짐승들이 있었다. 그의 평온한 삶에 구름을 드리우는 유일한 슬픔은 아직까지 코끼리를 가질 수 없었다는 것이었다.

브랜트는 예상했던 대로 방목장 문에 기대 서 있는 트레고르를 찾아냈다. 낯선 사람도 한 명 같이 있었는데, 트레고르는 브랜트에게 그가 이웃 마을에 사는 말 애호가라고 소개를 해 주었다. 둘은 옷차림부터 심지어 얼굴 표정까지 서로 묘하게 닮아 있어서 트레고르가 굳이 얘기해 줄 필요도 없었다.

의심할 여지가 없는 전문가가 앞에 서면 어쩐지 신경이 곤두서게 마련이다. 브랜트는 좀 우물쭈물하며 당면한 문제에 대해 대략 설명했다. 트레고르는 엄숙하게 이야기를 듣더니 대답하기 전에 한참이나 뜸을 들였다.

"좋소." 엄지손가락으로 암말들 쪽을 가리키며 그가 천천히 말했다. "어떤 녀석이든 소용이 있을 거요. 다루는 방법을 안다면 말이지." 그는 약간 의심하는 눈으로 브랜트를 보았다. "저놈들도 사람이나 똑같소. 알겠지요. 말이 당신을 맘에 들어 하지 않으면, 저놈들하고 일하기는 다 틀린 거요."

"다 틀린 거지요."

낯선 남자가 척 보아도 즐거운 빛을 띠고 말을 되새김질했다.

"그렇지만 어떻게 다루는지 가르쳐 주실 수 있으시죠?"

"그럴 수도 있고, 그렇지 않을 수도 있소. 승마를 배우고 싶어 하던 젊은이가 하나 있었는데, 꼭 당신 정도 되는. 그 젊은이가 다가가는 것을 말들이 허락하지 않았소. 그 사람이 싫었던 거지. 그걸로 끝이 났다오."

"말들도 말을 합니다." 다른 남자가 불쑥 끼어들었다.

"그렇지." 트레고르가 동의했다. "서로 교감이 되어야 하지. 그렇게만 된다면 아무 걱정 할 필요 없소."

어쨌든 그나마 기계보단 덜 까다로웠지만, 설명은 어지간히 많았다. 브랜트는 다소 화가 났다.

"제가 타려는 것이 아니에요. 말이 필요한 건 짐을 날라야 하기 때문이죠. 설마 그런 일을 싫어하지는 않겠죠?"

은근히 비꼬는 말이었지만 전혀 먹히지 않았다. 트레고르는 진지하게 고개를 끄덕였다.

"그거야 아무 문제가 되지 않지. 고삐를 쥐고 앞에서 이끌기만 하면 되오. 데이지만 빼고 다 가능해요, 데이지는 절대 못 잡을 테니까."

"그럼 제가 한 필 빌려갈 수 있을까요? 말 잘 듣는 놈으로요, 한동안만요."

트레고르는 상반된 두 감정 사이에서 확실하게 결정을 내리지 못하고 있었다. 자신이 사랑하는 동물을 누군가가 원한다는 사실이 기쁘기도 하였지만, 해를 입지는 않을까 하는 걱정이 들기도 했다. 브랜트가 입을지 모르는 피해는 부차적인 문제였다.

"글쎄." 그는 못 미더운 듯이 말을 시작했다. "지금이 다소 곤란한 시기라서……."

브랜트는 암말들을 자세히 살펴보고는 이유를 깨달았다. 망아지를 데리고 있는 암말은 한 필뿐이었지만, 조만간 다른 녀석들도 새끼 딸린 몸이 될 게 분명했다. 여기에 또 한 가지 미처 생각지 못했던 복잡한 문제가 도사리고 있는 것이다.

"얼마나 오래 여행할 생각이오?" 트레고르가 물었다.

"길어야 3주요. 아마 2주 걸릴 거예요."

트레고르는 재빨리 임신 주기를 계산했다.

"그렇다면 햇살이를 데려가시오." 그는 결론을 내렸다. "아무런 문제도 일으키지 않을 거요. 내가 데리고 있어 본 중 제일 품성이 좋은 짐승이지.”

“정말 고맙습니다.” 브랜트가 말했다. “잘 돌보겠다고 맹세할게요. 그럼 말 좀 보여주실래요?”

“내가 왜 이 일을 해야만 하는지 잘 모르겠군.” 존이 햇살이의 매끄러운 옆구리에 짐바구니를 장착하면서 사람 좋게 투덜거렸다. “더군다나 넌 어디에 가는지, 그리고 무엇을 찾으러 가는지도 말해 주지 않는데 말이지.”

브랜트는 뒷 질문에는 설사 대답을 해 주고 싶었더라도 해 줄 수가 없었다. 때때로 이성이 고개를 들면 브랜트도 샤스타에서 가치 있는 것을 찾을 수 없을 것임을 충분히 알았다. 사실 브랜트네 마을 사람들이 이미 가지고 있지 않은 것, 아니면 원하는데 즉시 얻을 수 없는 것을 생각하기란 쉬운 일이 아니었다. 그러나 여행 자체가 증거가 될 것이다. 브랜트의 생각이 미치는 한 최고로 설득력이 있는 증거, 이라드네에 대한 사랑의 증거였다.

브랜트의 준비 과정이 이라드네에게 큰 감명을 주었다는 데는 의심의 여지가 없었고, 브랜트는 자신이 무릅쓰려는 위험을 강조하는 것에도 신경을 썼다. 노숙을 한다는 것은 무척 불편한 일이 될 것이며, 음식도 그야말로 단조로울 것이다. 어쩌면 길을 잃어 다시는 자신을 볼 수 없게 될지도 모른다. 언덕이나 숲 속에 야생 동물이, 그것도 위험한 맹수가 아직 남아 있다고 가정해 보라.

역사적 관습에 냉담한 조핸 영감은 말과 같이 원시적인 동물과 관련된 일을 하는 것이 대장장이에 대한 모욕이라며 이의를 제기했다. 그가 발굽을 살펴보기 위해 몸을 구부린 사이에 햇살이는 그 말에 대한 보답으로 아주 정교하고 능숙하게 조핸 영감을 깨물었다. 그렇지만 그는 브랜트가 여행을 하는 동안 필요한 것을 모두 담을 수 있는 짐바구니 한 쌍을 재빠르게 만들어 주었다. 심지어 결코 놓고 갈 수 없었던 그림 도구까지도 넣을 수 있었다. 트레고르는 대부분 줄로 된 옛날 것 그대로 마구를 만들 때에 기술적인 부분에서 상세한 조언을 해 주었다.

마지막 정비가 완료되었을 때는 아직도 이른 아침이었다. 브랜트는 가능한 남의 눈에 띄지 않게 출발을 하려고 마음먹고 있었는데, 완전히 성공할 수는 없었다. 그가 떠나는 것을 보러 온 사람은 존과 이라드네 둘뿐이었다.

그들은 마을 끝까지 생각에 잠겨 조용히 걷다가 강 위로 놓인 가느다란 금속 다리를 건넜다. 이윽고 존이 퉁명스럽게 말했다.

"가서 바보같이 목 부러뜨리지는 마."

악수를 한 후에, 그와 이라드네를 둘만 남겨 두고 존은 자리를 떠났다. 무척 호의적인 행동이었고, 브랜트는 이를 고맙게 생각했다.

주인의 관심사가 다른 곳에 팔린 사이에 햇살이는 강가에 난 긴 풀을 뜯어먹기 시작했다. 브랜트는 잠시 이 발에서 저 발로 체중을 옮겨 싣고 있다가 마지못해 입을 열었다.

"지금 가는 편이 나을 것 같아."

"얼마나 오래 걸릴 것 같아?"

이라드네가 물었다. 그녀는 존이 준 선물을 하고 있지 않았다. 벌써 싫증이 난 모양이었다. 브랜트는 그러기를 바라고 있었다. 순간 그는 그녀가 자신이 가져다주는 선물에도 똑같이 쉽게 흥미를 잃어버릴 수 있다는 것을 깨달았다.

"아, 한 보름쯤이야……. 일이 잘 되면 말이지만."

그가 무겁게 덧붙였다.

"제발 조심해." 이라드네가 다소 불분명하지만 절반한 어조로 말을 했다. "그리고 성급하게 굴지 마."

"최선을 다할게." 여전히 발걸음을 뗄 생각을 하지 않고 브랜트가 대답했다. "그렇지만 때로는 위험을 무릅써야 하는 법이야."

만약 햇살이가 제 스스로 움직이지 않았더라면 아귀가 맞지 않는 그들의 대화는 한참 더 이어졌을 것이다. 브랜트의 팔이 급격하게 당겨졌고, 그는 힘센 걸음에 의해서 질질 끌려갔다. 다시 균형을 잡고 손을 흔들려고 하는 때에 이라드네가 그에게 달려와 세차게 키스를 하고는, 브랜트가 정신을 차리기도 전에 마을로 사라졌다.

브랜트가 더 이상 자신을 볼 수 없게 되자 그녀는 속도를 늦췄다. 존이 저 앞에 가고 있었지만, 그녀는 그를 따라잡으려고 하지 않았다. 이처럼 화창한 봄날 아침에 어울리지 않게도, 이상하게 엄숙한 기분 이 뒤덮어 왔다. 사랑을 받는 것은 무척 기분 좋은 일이지만, 문득 걸 음을 멈추고 지금 이 순간을 넘어 그 이상을 바라보려 한다면 거기엔 그 나름의 불리한 점이 있다. 스쳐 가는 그 한순간에 이라드네는 자신 이 존에게, 브랜트에게, 그리고 자기 자신에게 공평하게 행동해 온 것 인지 궁금했다. 언젠가 결정을 해야 할 때가 오는 것이다. 영원히 미 룰 수는 없었다. 그러나 그녀는 평생 둘 중 누구를 더 좋아하는지 결정을 내릴 수가 없었다. 그들 중 한 명을 사랑하기는 했는지도 알지 못했다.

어떤 사람이 스스로에게 "나 정말 사랑을 하고 있을까?"라는 질문을 했을 때 그 대답은 언제나 "아니야."라는 것을 그녀에게 가르쳐 준 사람은 아무도 없었고, 아직까지 스스로 깨닫지도 못하고 있었다.

칼디스를 벗어나자 동쪽으로 8킬로미터 가량 숲이 펼쳐지다가 대륙의 모든 부분을 덮고 있는 거대한 평원으로 변해 갔다. 6000년 전에 이 땅은 세계 최대의 사막들 중 하나였으며 이를 개간한 것은 원자 시대의 첫 업적이었다.

브랜트는 숲이 끝날 때까지 동쪽으로 가다가 북쪽의 고지대를 향하여 방향을 꺾을 계획이었다. 지도에 따르면 전에는 언덕 능선을 따라 길이 나 있어서 해안 도시들을 모두 하나의 사슬로 연결하며 샤스타에 가서 끝났다. 몇 백 년이 지난 지금까지 길이 남아 있을 거라고는 브랜트도 기대하지 않았지만, 그 길 자리를 따라가는 편이 쉬울 게 틀림없었다.

지도가 만들어진 후로 강물의 흐름이 길을 달리 잡지는 않았기를 바라며 그는 강을 끼고서 나아갔다. 강은 숲을 관통하는 고속도로이자 안내자였다. 숲이 너무 빽빽할 때는 언제든 브랜트와 햇살이가 얕은 물 속을 걸었다. 햇살이는 무척 협조적이었다. 한눈을 팔 만한 풀밭도 주위에 없어서 거의 자극을 주지 않아도 터벅터벅 잘도 걸어갔다.

정오가 지나자마자 나무가 듬성듬성해지기 시작했다. 브랜트는 인류가 더 이상 지키고 싶어 하지 않은 대지를 삼키며 수세기에 걸쳐 전진해 온 숲의 최전선에 다다랐다. 얼마 안 가 숲은 등 뒤로 접히고 그는 망망한 평원에 나와 섰다.

지도에서 자신의 위치를 확인해 보고, 브랜트는 지도가 작성됐을 때보다 숲이 동쪽으로 상당히 뻗어 나갔음을 알 수 있었다. 그렇지만 옛 길이 이어져 있던 낮은 언덕 쪽으로 북쪽을 향한 한 줄기 길이 분명하게 보였다. 저녁이 되기 전에 도달할 수 있을 것 같았다.

그 순간 예견되지 않았던 기술적인 문제가 발생했다. 오랫동안 못 보았던 최고로 먹음직스러운 풀밭이 주위에 있음을 깨달은 햇살이는 참지 못하고 서너 발 가다가 멈추고, 또 서너 발 가다가 멈추어 한 입 가득 풀을 뜯었다.

브랜트가 쥔 줄은 짧은 편이라서, 말이 고개를 숙일 때마다 획 당겨지는 바람에 팔이 빠질 것 같았다. 그렇다고 줄을 길게 늦추자니 도저히 말을 통제할 수 없을 터였다.

이제는 브랜트도 동물들을 좋아하게 되었는데, 이내 햇살이가 자기의 무른 점을 이용하고 있다는 게 확연해졌다. 그는 1킬로미터 정도를 참으며 길을 가다가 가느다랗고 나긋나긋한 나뭇가지가 많이 있는 나무를 향해 나아갔다. 햇살이는 투명하고 맑은 갈색 눈 끝자락을 통해 브랜트가 얇고 낭창낭창한 회초리를 하나 꺾어 벨트에 과시하듯 차는 것을 걱정스럽게 바라보았다. 갑자기 햇살이가 세차게 뛰기 시작해 브랜트는 거의 보조를 맞출 수가 없었다.

트레고르가 말했던 대로, 암말은 실로 비범한 지능을 지닌 동물이었던 것이다.

브랜트가 처음에 목표로 삼았던 언덕은 높이가 600미터도 채 되지 않고 경사는 완만했다. 그렇지만 그 발치에 귀찮은 작은 언덕들과 계곡들이 수없이 많아서, 그걸 다 건너야 정상을 향한 노정에 오를 수가 있었다. 그 결과 그들이 가장 높은 지점에 도달하기 전에 날은 이미 꽤 어두워져 있었다. 남쪽을 보자 브랜트는 자기가 뚫고 나온 숲, 이제 길을 방해 못할 그 숲을 볼 수 있었다. 위치는 대충 짐작만 해 볼 뿐이지만, 자신의 마을 사람들이 만든 거대한 개활지를 전혀 볼 수 없다는 데 브랜트는 놀라고 말았다. 남동쪽으로는 평원이 끝없이 뻗어 나가며, 바다처럼 평평하게 펼쳐진 풀밭 위로 점점이 나무들이 작은 덤불을 이루고 뭉쳐 있었다. 브랜트는 지평선 근처에서 작은 점들이 기어다니는 것을 볼 수 있었는데 거대한 야생 동물 떼가 이동하는 것이라 생각했다.

북쪽으로는 긴 경사면을 따라 불과 20킬로미터쯤 내려가서 저지대 너머로 바다가 자리 잡고 있었다. 지는 해에 비친 바다는 작은 파도들이 거품이 되어 산산이 부서지는 곳을 제외하고는 거의 검게 보였다.

밤이 오기 전에 브랜트는 바람을 피할 만한 우묵한 자리를 찾아내어 햇살이를 단단한 관목에 묶어 두고는 조햄 영감이 만들어 준 작은 천막을 세웠다. 이론상으로는 무척 간단한 일이겠지만, 이미 다른 많은 사람들이 깨달았던 것처럼, 그 일은 고도의 기술과 인내심을 요구했다. 마침내 모든 일을 마치고 그는 하룻밤을 보내기 위해 자리를 잡았다.

순수한 지성이 아무리 풍부하다 하더라도 도저히 예측할 수 없고 오직 쓰라린 경험을 통해서만 배울 수 있는 것들이 존재한다. 텐트가 세워진 지면의 미세한 경사를 인간의 몸이 그렇게 민감하게 감지하라고 누가 생각이나 할 수 있을까? 그보다 더 불편한 것은, 제멋대로 텐트 안을 돌아다니는 공기 덩어리 때문에 생긴 듯한 이곳과 저곳 사이의 미세한 온도 차이였다. 일정한 온도 차라면 참을 수 있었겠지만, 예측할 수 없이 들쭉날쭉한 데는 미쳐버릴 것 같았다.

브랜트는 선잠을 자다가 대략 열두 번은 깬 것 같았다. 새벽이 왔을 때는 완전히 의기소침해 있었다. 여러 날이나 제대로 잠을 못 잔 것처럼 춥고, 비참하고, 몸이 뻣뻣했으며, 조금만 설득해도 간단히 모든 계획을 걷어치우고 말 듯했다. 그는 기꺼이 사랑을 위해서 위험을 감수할 준비가 되어 있었지만 요통은 다른 문제였다.

그러나 아침의 광휘는 밤 사이의 불편함을 완전히 잊게 해 주었다. 바다에서 올라오는 바람에 의해 소금기를 띤 산 공기는 상쾌했다. 도처에 맺힌 이슬방울들이 풀잎을 고개 숙이게 만들었지만, 가파르게 떠오르는 태양에 의해서 너무도 순식간에 흔적 없이 사라졌다. 살아 있다는 것은 좋은 것이었다. 젊다는 것은 더 좋았고, 사랑을 한다는 것은 최고였다.

그날의 여행을 시작하고 곧 그들은 도로를 찾을 수 있었다. 브랜트가 지금까지 길을 발견 못한 것은 실제 길이 바다쪽 사면을 따라 한참 내려간 곳에 있었기 때문이다. 브랜트는 언덕 능선을 따라 길이 있는 줄 알고 있었다. 도로는 아주 훌륭하게 닦여 있어 천 년 세월도 그리 많은 흔적을 남기지는 않았다. 자연은 그것을 파괴하려고 시도했지만 허사로 끝이 났다. 이곳저곳 몇 미터씩 얇은 흙 담요를 덮는 데 성공했으나, 그러면 곧 자연의 하수인들이 주인을 배반하여 바람과

비가 도로 흙을 깨끗이 씻어 내렸다. 이음매 없는 바다의 가장자리를 따라 거대한 띠 모양으로 1600킬로미터 이상 달리는 도로는 지금도 인류가 유아기 때에 사랑했던 도시들을 이어 주고 있었다.

그 도로는 세계적으로 위대한 길 중 하나였다. 한때 그 도로는 먼 곳에서 온 교활한 눈의 상인들과 교역을 하려고 야만 부족들이 바다로 내려오던 발걸음에 난 소로에 지나지 않았다. 그 후 새롭고 좀 더 영민한 자들이 길의 임자가 되었다. 강대한 제국의 병사들이 언덕을 따라 기술 좋게 길을 닦았으므로 그때 잡힌 길 윤곽이 변하지 않고 쭉 후세에 전해 내려갔다. 그들은 길을 돌로 포장했고, 그들의 군대는 세상에 존재했던 다른 어떤 군대보다 신속하게 이동할 수 있었다. 그리고 그 길을 따라 도시의 이름을 지닌 그들의 군단은 그 도시의 명령대로 천둥처럼 돌진해 갔다. 몇 세기가 지난 후 도시는 최후의 순간 군대를 다시 불러들였고, 길은 그때부터 500년 동안 휴식을 취했다.

그렇지만 다른 전쟁이 다가오는 참이었다. 초승달 깃발 아래 예언자의 군대가 서쪽에 있는 기독교 세계를 향해 폭풍처럼 진군했다. 뒷날에도 여전히, 몇 세기가 지난 뒷날에도 최후이자 가장 거대했던 전쟁의 조류가 이곳에서 바뀌어, 금속 괴물들이 사막에서 충돌하고 온 하늘이 비처럼 죽음을 뿌렸다.

백부장, 성기사, 기갑 사단……, 그리고 심지어 사막까지도 모조리 사라졌다. 그러나 길은 남았다. 인간이 만든 것 중에서 가장 끈질기게 명맥을 이었다. 충분히 여러 시대에 걸쳐 길은 자신의 짐을 짊어져 왔다. 그리고 이제 수천 킬로미터에 달하는 길 위에는 젊은이 한 명과 말 한 필뿐, 더 이상은 통행이 없었다.

언제나 바다를 시야에 두고서 브랜트는 3일 동안 길을 따라갔다. 그는 이제 유랑 생활의 사소한 불편에 익숙해졌고, 심지어 밤에도 잘 견딜 수 있었다. 일기는 따스하고 낮이 긴데다 밤에도 춥지 않았으니 지금까지 날씨는 완벽했다. 그러나 좋은 마법 주문은 이제 끝나려 하고 있었다.

나흘째 되는 날 저녁 브랜트는 샤스타에서 8킬로미터도 채 떨어지지 않은 곳까지 왔다고 판단했다. 도로는 바다 쪽으로 불쑥 튀어나가 있는 거대한 갑을 피해 이제 해안에서 방향을 돌렸다. 이 갑 너머에는 만이 숨겨져 있고 그 만의 해안에 도시가 있었다. 고지대를 지나치면 길은 아마 북쪽으로 크게 호를 그리며 언덕에서부터 샤스타를 향해 내려갈 것이다.

어스름이 내리기 시작하자 브랜트가 오늘 목적지를 볼 가망이 없다는 게 확실해졌다. 날이 요동치기 시작했고 성난 두꺼운 구름이 서쪽에서부터 재빨리 모여들고 있었다. 도로가 마지막 능선을 넘어가느라 천천히 가팔라지고 있었기에, 이제 브랜트는 모진 바람을 얻어맞으며 기어 올라가고 있었다. 몸을 피할 만한 장소를 찾을 수 있었다면 야영을 할 수 있었겠지만, 지나온 언덕은 황량하기만 해 악을 쓰고 앞으로 나아가는 수밖에 없었다.

저 앞쪽 멀리 능선 꼭대기에, 으르렁거리는 하늘을 배경으로 무엇인가 낮고 검은 물체의 윤곽이 보였다. 그게 은신처가 돼 줄지 모른다는 희망에 브랜트는 계속해서 나아갔다. 햇살이는 바람 때문에 머리를 수그리고 브랜트의 곁에서 그와 같은 희망을 가지고 터벅터벅 나아갔다.

처음에는 한 방울, 그리고 후두둑 세차게 떨어지는 빗방울들, 이어서 앞이 보이지 않을 정도의 폭우가 쏟아지기 시작했을 때 아직 1.5킬로미터는 더 가야만 했다. 따끔따끔하게 내리치는 빗발 속에 설사 눈을 뜰 수 있다손 치더라도 보이는 것은 겨우 몇 걸음 앞까지였다. 브랜트는 이미 흠뻑 젖었기 때문에 더 젖은들 불편해질 것도 없었다. 사실 그는 뼛속까지 젖은 채 계속해서 쏟아 붓는 비를 맞으며 피학적인 쾌락을 맛보는 상태에 도달해 있었다. 그러나 몰아치는 바람에 맞서 싸우는 순전히 신체적인 노력 탓에 순식간에 기진맥진해 갔다.

길의 경사가 없어지기까지는 마치 여러 시대가 흐른 듯했다. 브랜트는 마침내 정상에 도착했음을 깨달았다. 그는 눈에 힘을 주고 컴컴한 어둠을 응시했다. 커다랗고 검은 형체가 보였는데, 순간 그는 그게 건물이라고 생각했다. 폐허라고 해도 폭풍을 피할 정도는 될 터였다.

브랜트가 그쪽으로 다가가는 동안 빗줄기가 약해지기 시작했다. 머리 위에서는 구름이 얇아져 서쪽 하늘의 희미해져 가는 마지막 빛이 구름을 뚫고 비쳤다. 그 빛 덕에 브랜트는 전방에 있는 물체가 건물이 아니라 바다를 응시하며 언덕 꼭대기에 웅크리고 있는 거대한 동물의 석상임을 알 수 있었다. 더 자세히 살펴볼 시간은 없었다. 머리 위에서 아직도 성난 듯 울부짖는 바람을 피해 서둘러 그 석상 그늘에 텐트를 쳤다.

몸을 말리고 식사 준비를 하는 사이에 완전히 어둠이 내렸다. 브랜트는 힘들지만 성공적인 노력을 쏟은 후에 찾아오는 달콤한 탈진 상태에서 자기의 작고 따스한 오아시스에서 잠시 쉬었다. 그런 다음 몸을 일으켜 손전등을 들고 어둠 속으로 나아갔다.

폭풍이 구름을 몰고 가 버렸고 하늘에는 별이 반짝반짝 빛나고 있었다. 서쪽에서는 작은 초승달이 태양의 발걸음을 바짝 뒤따르며 저물고 있었다. 어떻게 아는지는 말할 수 없었지만 북쪽으로는, 잠들지 않는 바다의 존재가 느껴져 왔다. 저 아래쪽 어둠 속에 샤스타가 있어 파도가 영원히 그 도시를 향해 밀려들고 있으리라. 그러나 아무리 눈을 가늘게 떠도 아무것도 볼 수 없었다.

그는 거대한 석상의 측면을 따라 걸으며 손전등 불빛으로 조각을 꼼꼼히 살펴보았다. 석상은 붙이거나 이은 곳 하나 없이 반반하고 매끈했으며, 비록 세월에 의해 얼룩이 지고 색이 바래긴 했어도 마모된 흔적은 찾아볼 수 없었다. 연도를 추정하기는 불가능했다. 샤스타보다 더 오래되었을 수도 있고, 불과 몇 세기 전에 만들어졌을 수도 있다. 알 길이 없었다.

차가운 청백색 광선이 흔들리면서 젖어서 번들거리는 괴물의 옆구리를 비추어 가다가 거대하면서도 평온한 얼굴과 텅 빈 눈동자에가 머물렀다. 사람의 얼굴이라고 부를 만했는데, 그 다음에는 더 이상 말이 나오지 않았다. 여성도 남성도 아닌 그 얼굴은 일견 인간의 모든 열정들 앞에 전혀 흔들리지 않을 것만 같았다. 그러다 브랜트는 오랜 세월 폭풍우가 남긴 흔적을 보았다. 그 견고한 광대뼈에 무수한 빗방울들이 얼기설기 올림포스의 눈물 자국을 남겨 놓았다. 그렇다, 눈물일 것이다. 그 도시의 탄생과 소멸이 이제는 똑같이 먼 옛일이 되어 버렸으니.

브랜트는 너무도 피곤해 해가 중천에 떠서야 잠에서 깼다. 그는 텐트를 투과해 반쯤 비쳐 드는 햇빛을 받으며 잠시 누운 채, 감각을 회복하고 자기가 어디에 있는지 생각해 냈다. 생각이 나자 자리에서 일어나 이글이글 현기증 나는 빛을 손으로 가리며 밖으로 나갔다.

스핑크스는 밤에 봤을 때보다 조금 작아 보였다. 그래도 충분히 인상적이었다. 브랜트는 처음으로 자연산 암석의 색이 아닌 가을의 풍부한 황금빛을 볼 수 있었다. 이로써 반쯤 의심했던 대로 이 스핑크스가 선사 시대 문화에 속한 게 아님을 알 수 있었다. 그것은 엄청나게 단단한 합성 물질을 이용해 과학적인 방법으로 만든 것이었다. 브랜트는 이게 건설된 시기가 영감을 불어넣어 준 근사한 원본이 존재했던 시대와 자신의 시대 딱 중간쯤일 거라고 추측했다.

이제부터 찾게 될 것에 반쯤 두려움을 느끼면서, 그는 천천히 스핑크스에게 등을 돌리고 북쪽을 바라보았다. 발 아래로 언덕이 뚝 떨어진 경사를 그리고, 도로는 바다를 만나고 싶어 참을 수 없다는 듯이 긴 내리막을 이루어 죽 뻗어 갔다. 그 길 끝에 샤스타가 있었다.

도시는 햇빛을 붙잡아 그 건설자들의 꿈으로 색색이 물들여서는 다시 브랜트에게 던져 보냈다. 넓은 거리를 따라 서 있는 커다란 빌딩들은 시간의 습격을 받지 않은 것 같았다. 만에서 바다를 꽉 붙들고 있는 일련의 거대한 대리석은 깨진 곳이 없이 그대로였다. 정원과 공원은 잡초가 잔뜩 나 있기는 해도 아직 정글처럼 되지는 않았다. 도시는 굽은 만을 따라 약 3킬로미터에 걸쳐 펼쳐져 있고, 육지 쪽으로의 폭은 그 절반 정도였다. 과거의 기준으로 보자면 아주 작은 도시라할 것이다. 그러나 브랜트에게는 너무도 거대해서 거리와 광장이 풀 수 없는 미로처럼 복잡하게 얽혀 있는 것 같았다. 이윽고 그는 설계상의 근본적인 대칭 구조를 간파하고 주요 도로를 짚어 낼 수 있게 됐으며, 도시의 건설자들이 단조로움과 뒤죽박죽 된 혼란스러움을 둘 다 피하고자 사용한 기교를 알아차렸다.

오랫동안 브랜트는 언덕 꼭대기에서 미동도 하지 않고 눈 아래 펼쳐진 경이로움을 지각하며 서 있었다. 이 모든 풍경 속에 그는 오직 혼자서, 더 위대한 이들의 업적 앞에 먹먹한 심정으로 겸손해진 작디작은 그림자로 서 있었다. 역사의 흐름, 거슬러 올라가면 백만 년, 혹은 그 이상의 시간 동안 이어져 온 인류의 질곡이라는 생각이 그를 압도했다. 그 순간 언덕 꼭대기에서 브랜트는 공간이 아닌 시간을 내려다보고 있었던 것이다. 그리고 그의 귀에는 과거로 흘러들어 가는 영원의 바람 소리가 윙윙거리고 있었다.

도시 외곽에 접어들자 햇살이가 무척 긴장하는 것 같았다. 말은 평생 이런 광경을 처음 보았고, 브랜트도 똑같이 안절부절못하는 마음을 누르지 못했다. 아무리 상상력이 없는 사람이라고 할지라도 수 세기 동안 버려져 있던 건물을 보면 불길한 느낌을 받게 될 것이다. 샤스타에 있는 건물들은 5000년이 넘는 세월의 대부분을 빈 채로 남아 있었다.

도로는 두 개의 커다란 하얀 금속 기둥 사이로 화살처럼 곧게 뻗어 있었다. 스핑크스와 마찬가지로, 두 기둥도 색은 변했지만 마모되지는 않았다. 브랜트와 햇살이는 이 조용한 파수꾼들 아래를 지나쳐, 도시를 방문한 사람들에게 모종의 환영을 전하는 데 쓰였을 법한 길고 낮은 건물 앞에 이르렀다.

멀리서 보았을 때는 샤스타가 바로 어제 버려진 도시 같았는데, 이
제 브랜트는 방치돼 황폐해진 증거를 수천 개나 볼 수 있었다. 건물에
사용된 색 있는 석재는 세월의 녹으로 얼룩이 져 있었다. 창들은 빠끔
히 뚫려 있는, 속이 빈 해골의 눈 같았는데 이곳저곳 기적적으로 유리
조각이 남아 있기도 했다.

브랜트는 첫 번째 건물 바깥에 햇살이를 묶어 두고 깨진 조각들과
두껍게 쌓인 먼지를 뚫고서 입구로 들어갔다. 옛날에는 있었을지 몰
라도 문짝은 찾아볼 수 없었고, 그는 천장 높은 아치 통로를 지나 건
물 길이 전체를 차지하고 뻗어 있는 것 같은 넓은 홀로 들어섰다. 안
쪽 방들로 들어가는 입구가 일정한 간격으로 나타나더니, 갑자기 한
층 더 올라갈 수 있는 넓은 계단이 모습을 드러냈다.

건물을 모두 둘러보는 데는 거의 한 시간이 걸렸고, 떠나는 브랜트
의 기분은 더할 수 없이 맥이 빠졌다. 조심스럽게 탐색한 결과 아무것
도 없었다. 크건 작건 모든 방이 텅 비어 있었다. 그는 말끔하게 살을
바른 해골에 기어오르는 개미 같은 느낌이 들었다.

그래도 밖에 나와 태양빛을 쬐자 원기가 조금 살아났다. 이 건물은
아마도 관공서 비슷한 것이어서 기록 장치나 정보 저장 장치를 제외
하고는 애초부터 아무것도 없었던 모양이었다. 도시의 다른 지역들은
사정이 다를 것이다. 그렇다고 하더라도 탐색해야 할 곳이 너무 방대
해 그는 소름이 끼쳤다.

브랜트는 천천히 바닷가를 향해서 걸어갔다. 넓은 가로와 그 양옆
으로 우뚝 솟은 건물에 경외심이 들었다. 도시 중심부 가까운 곳에서
그는 많은 공원 중 하나를 볼 수 있었다. 대부분 잡초와 관목들이 무

성하게 자라 있었지만, 아직 그럭저럭 풀밭도 많았다. 브랜트는 자기가 탐사를 계속하는 동안 햇살이를 여기 두기로 결정했다. 먹을 것이 풍부하니 멀리 갈 것 같지 않았다.

공원에 있으니 몹시도 평화로워서, 브랜트는 또다시 폐허 속으로 뛰어들기 위해 공원을 떠나기가 싫어졌다. 여기에는 지금까지 보아왔던 것들과는 다르게 생긴 식물들이 있었다. 지금으로부터 오래전 샤스타 사람들이 소중하게 여겼던 식물들의 후손인 야생식물이었다. 이름 모를 꽃과 높이 자란 풀 속에 서서, 브랜트는 고요히 가라앉는 아침 정적을 깨뜨리며 날아온 그 소리를 처음 들었다. 샤스타를 생각하면서 떠올리던 그 소리였다. 비록 이전에 들어본 적이 있는 소리는 아니었지만, 바다에서 들려온 이 소리는 마음속에 가슴 시린 감정을 불러일으켰다. 이제는 다른 음성 하나 들리지 않는 이곳에, 외로운 갈매기들만이 여전히 구슬프게 파도 위에 울부짖었다.

도시를 최대한 겉핥기로 조사한다 해도 여러 날이 걸릴 것이 자명했기에, 가장 먼저 기거할 곳을 찾아야 했다. 브랜트는 거주 지역을 찾아서 도시를 몇 시간이나 뒤진 후에야 샤스타에 독특한 면이 있다는 것을 어렴풋이 알게 되었다. 그가 들어가 본 건물들은 한 채도 예외 없이 모두 일, 오락, 혹은 그와 비슷한 목적으로 설계된 것들이었다. 그러나 들어가 살라고 지은 집은 하나도 없었다. 그 해답은 천천히 떠올라 왔다. 점점 도시의 규칙성을 알아 감에 따라 그는 거의 모든 교차로에 동일한 형태의 나지막한 1층 건물이 있다는 것을 깨달았다. 원형이나 타원형 건물들인데 사방에 여러 개의 방향으로 입구가 나 있었다. 한 입구로 들어가자 커다란 금속 문들이 줄지어 있고 문

옆마다 표시등이 수직으로 나란히 달려 있었다. 그래서 그는 샤스타 사람들이 어디에 거주했는지 알 수 있었다.

처음에는 지하에 집을 둔다는 생각은 어처구니없어 보였다. 그렇지만 편견을 깨고 보니, 정말 사리에 맞고 당연한 것임을 깨달을 수 있었다. 잠자고 먹는 단순한 기계적인 과정을 위해 설계된 건물이 지면 위에 우글우글 모여 있어 태양빛을 막을 필요가 없다. 이런 일들을 모두 지하로 몰아넣음으로써 샤스타 사람들은 귀족적이고 공간이 넉넉한 도시를 건설할 수 있었다. 또한 도시를 작게 만들어 한 시간이면 끝에서 끝까지 걸어서 거닐 수 있었다.

엘리베이터는, 당연한 일이지만, 작동하지 않았다. 하지만 어둠 속으로 빙빙 돌아 내려가는 비상계단은 존재했다. 한때 이 지하 세계는 불빛으로 빛났을 것임에 틀림없다. 그렇지만 브랜트는 계단을 내려가기 전에 머뭇거렸다. 손전등이 있긴 했지만 그는 한 번도 지하로 내려가 본 적이 없었고, 땅 밑 복잡한 무덤 속에서 길을 잃지나 않을까 하는 공포심이 생겼던 것이다. 이윽고 그는 어깨를 한번 으쓱하고는 계단을 내려갔다. 기본적인 주의 사항만 잘 지킨다면 위험한 일은 발생하지 않을 것이다. 그리고 길을 잃는다 해도 다른 출구가 수백 개나 있다.

지하 1층에 내려가자 넓고 긴 복도가 손전등 빛이 닿는 한계까지 뻗어나간 것을 볼 수 있었다. 양쪽으로는 번호가 매겨진 문이 있었고, 브랜트는 열두 개나 시도를 한 후에야 열린 문을 하나 찾았다. 천천히, 심지어 공손히, 그는 역사가 기록되기 시작한 이래 흐른 세월의 거의 절반 동안이나 버려져 있던 작은 집으로 들어갔다.

먼지나 흙이 쌓일 일이 없다 보니 집은 깔끔하고 청결했다. 멋지게 공간이 구획된 방 안에는 가구 하나 없었다. 오랜 시간 천천히 이루어진 대이주 이후 가치 있는 것은 아무것도 남아 있지 않았다. 반영구적으로 고정된 것들 중 일부는 여전히 자리를 지키고 있었다. 익숙한 다이얼이 있는 음식 조달기는 놀랍게도 브랜트의 집에 있는 것과 너무도 비슷해서 그것을 보고 있으니 수백 년 세월이 없어지는 것 같았다. 뻑뻑하기는 했지만 다이얼도 아직 돌아갔다. 그래서 브랜트는 물질화 칸 안에 식사가 있어도 놀랄 것 같지 않았다.

땅 위로 다시 나가기 전에 그는 다른 집들을 몇 채 더 조사했다. 비록 가치 있는 것은 아무것도 찾을 수 없었지만, 이곳에 살았던 사람들과 더욱 친근해지는 느낌이 들었다. 그렇지만 아무리 아름답고 휘황찬란하게 설계되었다고 할지라도 도시에 산다는 것은 야만성의 상징에 속하는 것이었기에, 그들이 자신보다 열등하다고 생각했다.

마지막으로 들어갔던 집에서 그는 사방 벽에 빙 둘러 춤추는 동물들을 그린 프레스코화가 있는, 밝은 빛으로 채색한 방을 보았다. 묘하게 익살스러운 느낌이 흘러넘치는 그 그림은 아이들을 위해서였고, 아이들의 마음을 기쁘게 해 주었을 터였다. 브랜트는 관심을 가지고 그림을 자세히 살펴보았다. 이 그림이 그가 샤스타에서 처음으로 발견한 구상화였기 때문이다. 막 방을 나가려고 했을 때 방 한쪽 구석에 작은 먼지 더미 하나가 눈에 띄었고, 살펴보기 위해 허리를 구부리다가 브랜트는 아직도 알아볼 수 있는 인형의 한 부분을 발견했다. 알록달록한 단추 몇 개를 제외하고는 단단한 부분이 남아 있지 않았는데, 그나마 집어 들자 부스러져 가루가 되었다. 그는 왜 이 조그마한 슬픈 인형이 주인의 손을 떠나 이곳에 남게 되었는지 궁금했다. 이윽고 그는 발소리를 죽이고 외롭지만 햇빛이 비치는 지상으로 돌아왔다. 그는 다시는 지하로 내려가지 않았다.

저녁이 되자 그는 햇살이가 말썽 없이 잘 있었는지 보려고 공원에 가서, 정원에 무수히 흩어져 있는 작은 건물 중 한 곳에서 밤을 보낼 준비를 했다. 여기에서는 꽃과 나무들이 주위를 에워싸고 있어 다시 집에 돌아온 것처럼 착각할 수도 있을 지경이었다. 그는 칼디스를 떠난 이래 보낸 어느 밤보다 더 푹 잤다. 잠에서 깨어나면서 이라드네를 떠올리지 않은 것도 며칠 만이었다. 샤스타의 마술이 이미 정신에 작용을 하고 있었다. 경멸하도록 은근히 배워 왔던 문명의 무한한 복잡성이, 생각 이상으로 빠르게 그를 변화시키고 있었다. 도시에 있으면 있을수록 브랜트는 겨우 몇 시간 전에 처음 이곳에 순진하면서도 자신 만만했던 소년의 모습에서 멀어져 갔다.

둘째 날은 첫날의 인상을 굳혀 주었다. 샤스타는 1년 만에 죽어 버린 도시가 아니었다. 아니, 한 세대도 더 걸렸다. 샤스타의 주민들은 새로운(그렇지만 얼마나 오래전 일인가!) 사회 형태가 진화하여 인류가 다시 숲과 언덕으로 돌아가는 가운데 서서히 이곳을 떠나갔다. 영원히 사라지지 않는 이런 거대한 대리석 조각물을 제외하면, 그들은 아무것도 뒤에 남기지 않고 떠나 버렸다. 설사 뭐든 가치 있는 것이 남아 있었다고 하더라도 지금까지 50세기에 걸쳐 이곳을 찾았던 수천 명의 호기심 많은 탐험가들이 오래전에 가져가 버렸을 것이다. 브랜트는 자신보다 먼저 왔다 간 사람들이 남긴 수많은 흔적을 볼 수 있었다. 온 도시의 벽에 그들의 이름이 새겨져 있었다. 그것은 인류가 지금껏 도무지 저항할 수 없이 혹해 온 영원불멸의 한 형태였다.

아무 성과 없는 탐사에 지친 나머지, 브랜트는 해안으로 내려가 방파제의 커다란 돌 더미 위에 앉았다. 발밑으로 불과 몇 미터 안 떨어진 바다는 몹시 잔잔하고 파란 하늘색을 띠고 있었다. 너무도 맑고 고요해 물 속 깊이 헤엄치는 물고기들이 다 보이고, 어느 곳에는 옆으로 기운 채 가라앉은 난파선이 보였다. 똑바로 위로 자라나 흔들리는 해초들이 기다란 녹색 머리카락 같았다. 하지만 분명 파도가 천둥 치듯이 거대한 방파제를 넘어 철썩일 때도 있을 터였다. 왜냐하면 등 뒤 넓은 흉벽에 수백 년에 걸친 폭풍이 거의 던져 놓은 돌멩이며 조개껍질이 두껍게 쌓여 있었기 때문이다.

기운을 빼는 풍경의 평온함, 그리고 어디 할 것 없이 그를 에워싼 무익한 야망에 대한 잊지 못한 교훈이 모든 실망감과 패배감을 지워 버렸다. 비록 샤스타가 물질적으로 가치 있는 것은 아무것도 주지 않았지만, 브랜트는 여행을 후회하지 않았다. 이곳 방파제에 앉아 육지를 등지고서 눈이 멀어 버릴 것 같은 파란 바다에 어지러워진 그는 이미 해묵은 자신의 고민으로부터 멀리 벗어난 느낌이었다. 그는 아무런 고통도 없이 단순한 호기심만 가지고서, 지난 몇 달 동안 자신을 괴롭혔던 근심과 번민에 대해서 되돌아볼 수 있었다.

그는 천천히 도시로 발길을 돌렸는데, 해안을 따라 조금 걸은 후에 돌아갔기에 새로운 길로 갈 수가 있었다. 얼마 안 가서 그는 무엇인가 반투명한 재질로 된 야트막한 둥근 지붕을 올린 큰 원형 건물 앞에 이르렀다. 정서적으로 탈진 상태에 있던 탓에 브랜트는 별 관심 없이 건물을 쳐다보았는데, 이것도 극장이 아니면 음악당일 것이라 결론을 내렸다. 거의 입구를 지나칠 뻔하다가, 명확히 알 수 없는 충동적인 관심이 일어서 그는 열린 입구로 들어갔다.

안에 들어가자, 천장을 투과해 비쳐드는 빛이 거의 방해를 받지 않은 상태였기에 흡사 밖에 나와 있는 것만 같았다. 건물 전체가 넓은 전시실들로 가득 차 있었고, 브랜트는 그 방들의 용도를 알자마자 갑작스러운 흥분을 느꼈다. 색이 바랜 사각형들을 보면 한때는 그 벽면 가득히 그림들이 걸려 있었던 게 틀림없었다. 그림 몇 점이 남아 있을 가능성도 있다. 그리고 샤스타가 본격 미술에서 어떠한 작품들을 선보여 줄 것인가는 흥미로운 일이었다. 여전히 확고한 우월 의식에 사로잡힌 브랜트는 과도하게 감명을 받는 일은 없으리라 생각했고, 그랬기에 실제로 받은 충격이 더욱 더 컸다.

거대한 벽 전체를 뒤덮은 색채가 작렬하며 승리의 팡파르처럼 그를 후려쳤다. 잠시 그는 마비된 듯 문가에 우뚝 서 있었다. 눈앞에 보이는 형태와 의미를 파악할 수가 없었다. 그런 후에, 서서히, 그는 느닷없이 시야에 피어오른 그 웅장하고도 정교한 벽화를 상세하게 뜯어보기 시작했다.

거의 30미터에 달하는 벽화는 브랜트가 살아오면서 본 것 중에서 가장 경이로웠다. 샤스타는 그의 마음을 놀라게 하고 압도했다. 그러나 도시의 비극은 이상하게도 그를 흔들지 못했다. 하지만 이 벽화는 그의 심장을 직격했고, 그가 이해할 수 있는 언어로 말을 걸어 왔다. 그리고 그와 동시에 과거를 깔보던 마음은 마지막 한 오라기까지 폭풍에 날려가는 나뭇잎처럼 자취를 감췄다.

　시선은 자연스럽게 그림의 왼쪽에서 오른쪽으로 움직이며 긴장감이 최고조에 달하는 과정을 좇게 되었다. 왼쪽에는 샤스타에 철썩이며 다가드는 바다 빛과 똑같이 짙푸른 바다가 있었다. 그 해면을 가로질러 오고 있는 것은 이상하게 생긴 배들로 이루어진 함대였다. 먼 나라를 향해 한껏 부푼 돛과 비스듬히 튀어나온 여러 층의 노들이 그 배들을 움직이게 했다. 그림에는 수 킬로미터에 달하는 공간이 표현되어 있을 뿐 아니라 몇 년의 시간도 내포하고 있었다. 이제 함대가 해안에 다다랐고, 거기 널따란 평원에서 군대가 진을 쳤던 것이다. 깃발, 천막, 그리고 전차는 그들이 포위한 도시의 성벽에 비할 때 왜소하기만 했다. 시선은 아직 유린당하지 않은 성벽들을 훑어가서는, 마치 필연인 듯이 성벽 위에 선 여자에게 가 머물렀다. 대양을 가로질러 자신을 뒤쫓아 온 군대를 내려다보고 있는 여인이었다.

　여인은 전장을 보기 위해 몸을 앞으로 기울이고 있었고, 바람이 불어와 머리카락이 황금빛 안개처럼 머리 주위로 퍼졌다. 얼굴에는 말로 표현하지 못할 깊은 슬픔이 어려 있었지만, 그것이 그 믿을 수 없는 미모를 손상시키지는 않았다. 여인의 아름다움에 브랜트는 넋을 잃은 채 오랫동안 시선을 떼어내지 못했다. 마침내 그 일이 가능해지자 브랜트는 여인의 시선을 좇아 난공불락인 듯 보이는 성벽들을 내려다보았다. 성벽 그늘 아래 병사들이 악전고투하고 있었는데, 그들이 둘러싼 어떤 물체는 원근법 탓에 축소돼 있어 브랜트는 다소 시간이 지난 후에야 그게 무엇인지를 알아보았다. 마침내 그게 쉽게 움직일 수 있도록 밑에 바퀴를 단 거대한 말의 형상이라는 것을 알 수 있었다. 딱히 생각나는 게 없었기 때문에, 브랜트는 곧 성벽 위에 홀로

선 인물 쪽으로 시선을 되돌렸다. 이제 그는 그 그림 전체가 그녀를 중심으로 균형 잡혀 있다는 것을 알 수 있었다. 왜냐하면 시선이 그림의 전개를 따라 움직여 감에 따라, 미래에 이르러 황폐해진 전쟁터인 불타는 도시에서 피어올라 하늘을 검게 물들인 연기, 임무를 마치고 고향으로 돌아가는 함선을 볼 수 있기 때문이었다.

브랜트는 햇빛이 너무도 약해져 더 이상 무엇이 안 보이게 되어서야 그곳을 나왔다. 처음 받았던 충격이 다소 가신 후에 그는 그 위대한 그림을 좀 더 세밀히 관찰했다. 그는 한동안 그림을 그린 화가의 사인을 찾아보았지만 헛수고였다. 제목이나 주석이 달려 있지는 않은지도 찾아 봤지만 그런 것은 아예 없는 게 확실했다. 아마도 그림 속의 이야기가 너무도 유명해서 필요 없는 일이었을까. 그러나 수백 년 세월 사이 샤스타를 방문했던 어떤 다른 나그네가 벽에 새겨 놓은 시구 두 줄이 남아 있었다.

이 얼굴이 수천 척의 함선을 진군시켜
하늘 높은 줄 모르고 솟아 있는 일리움(트로이의 옛 이름 — 옮긴이)의 탑을 불태운 얼굴이란 말인가?

일리움! 기이하면서도 마력이 깃든 이름이었다. 그러나 브랜튼에게는 아무 의미가 없었다. 브랜트는 이것이 역사인지 우화인지 궁금했다. 그는 이전에도 많은 사람들이 같은 문제로 고민했다는 것을 알지 못했다.

빛나는 석양 속으로 나왔을 때에도 눈앞에는 그 슬프고도 영묘한 사랑스러움이 아물거렸다. 브랜트 자신이 한 명의 예술가가 아니었다면, 또 심적으로 그렇게 감수성 예민한 상태에 있지 않았더라면 이 정도로 압도적인 감명을 받지는 않았을지도 몰랐다. 그러나 그가 받은 인상은 이름 모를 거장이 의도한 그대로 그 위대한 전설의 꺼져 가는 불씨로부터 불사조처럼 되살아난 심상이었다. 브랜트는 아름다움이란 생명의 의도에 공헌하는 것으로, 삶에 정당성을 부여하는 주된 요소임을 이 순간 깨달았으며 다가올 앞날의 인생 내내 그 신념을 유지했다.

브랜트는 초승달이 도시의 건물 사이로 이지러지는 것을 바라보며 오랫동안 별 아래 앉아 있었다. 결코 답을 알 수 없을 질문이 계속해서 생겨났다. 이 미술관에 있던 다른 그림은 모조리 없어졌다. 이 행성 위뿐 아니라 우주 전체로 흩어졌을 것이다. 이제 홀로 샤스타를 대표할 수밖에 없는 이 놀라운 그림과 비교해 다른 그림들은 어땠을까?

브랜트는 밤새도록 이상한 꿈을 꾸고 아침이 돼 다시 돌아왔다. 마음속에 한 가지 계획이 자리 잡고 있었다. 터무니없이 거창하고 야심만만한 계획이라 처음에는 그냥 웃어 넘겨 버리려고 했지만, 조바심이 나 견딜 수가 없었다. 브랜트는 거의 마지못한 듯이 작은 이젤을 펼치고 그림을 그릴 준비를 했다. 그는 샤스타에서 독특하고 아름다운 것을 한 가지는 찾아냈다. 아마 그것의 희미한 울림 정도는 칼디스로 가져갈 능력이 있을 것이다.

그 거대한 그림을 한 부분 이상 베끼는 것은 물론 불가능했지만, 베낄 부분은 고를 수는 있었다. 이라드네의 초상화는 한 번도 그리려고 해 본 일이 없던 브랜트가, 이제 정말 살아 있는 인물이었다면 5000년이라는 시간 동안 먼지로 잠들어 있었을 여자를 그릴 참이었다.

그 모순 앞에 몇 번인가 작업을 멈추었지만 마침내는 해답을 찾았다는 생각이 들었다. 이라드네를 그린 적이 없었던 건 자기 기술에 자신이 없고 이라드네의 평이 두려웠기 때문이다. 그렇지만 여기에는 아무 문제가 없다고 브랜트는 자신을 타일렀다. 그는 칼디스에 돌아갔을 때 가지고 온 유일한 선물이 다른 여자의 초상화라는 사실에 이라드네가 어떻게 반응할 것인지는 생각하지 않았다.

사실 다른 누구도 아닌 자기 자신을 위한 그림이었다. 그는 난생 처음 고전 예술을 직접 마주했고, 그것은 두 발이 붕 뜨도록 거세게 그를 휩쓸었다. 지금까지는 재미삼아 미술을 집적여 왔다. 어쩌면 이 이상은 못 될지 모르지만, 그래도 최소한 노력은 해 볼 생각이었다.

그는 하루 종일 꾸준히 그림을 그렸고, 작업에 너무 열중하다 보니 한편으로는 마음이 평온해졌다. 저녁까지 성벽과 전쟁터를 스케치하고 이제 여인을 그릴 차례가 되었다. 그날 밤 그는 단잠을 잤다.

다음 날 아침이 되자 낙천적인 생각은 대부분 꺼져 없어져 버렸다. 식량이 줄어들고 있었다. 어쩌면 작업하기에 시간이 모자랄지 모르겠다는 생각이 그를 불안하게 만들었다. 모든 게 잘못 돌아가는 것 같았다. 색은 딱 들어맞지 않고, 전날까지만 해도 잘 될 것만 같던 그림은 시시각각 불만족스러워지기만 했다.

설상가상으로 이제 겨우 정오가 되었을 뿐인데 햇빛마저 희미해졌다. 브랜트는 바깥 하늘에 먹구름이 끼고 있다고 추측했다. 다시 화창해질 거라는 희망을 품고 그는 아주 잠깐 손을 놓았다. 그러나 화창해질 기미는 보이지 않았고, 그는 다시 일에 착수했다. 지금이 아니면 할 수 없었다. 만약 이 머리카락을 올바르게 그리지 못한다면 아예 그림을 포기해 버릴 수도…… .

순식간에 오후가 지나가 버렸지만, 미친 듯이 몰두했던 브랜트는 시간이 흘러가는 것을 거의 알아차리지 못했다. 한두 번 희미한 소리를 듣고 폭풍이 오는 것은 아닌가 하는 생각을 언뜻 하기는 했다. 하늘이 계속 컴컴했던 것이다.

느닷없이, 전혀 예상치 못하게 자기 혼자가 아니라는 사실을 깨닫는 것보다 더 소름 끼치는 일은 없다. 어떤 충동으로 인해 브랜트가 천천히 붓을 내려놓고, 그보다도 더 천천히 10미터 후방의 큰 출입구 쪽으로 몸을 돌리게 됐는지 설명하기란 쉽지 않다. 거기 선 남자는 필경 아무런 인기척도 없이 들어왔을 텐데, 얼마나 오랜 시간을 바라보고 있었는지 브랜트는 추측도 할 수 없었다. 잠시 후에 두 사람이 더 나타났는데 그들도 문간에서 안으로 들어서려고는 하지 않았다.

브랜트는 천천히 자리에서 일어났고 그의 머리는 소용돌이치고 있었다. 잠시 그는 옛 샤스타의 유령이 나타나 자신을 홀리는 거라고 생각했다. 뒤미처 이성이 돌아왔다. 무엇보다, 자신도 여기 와 있는 처지에 다른 사람이라고 오지 말란 법이 있겠는가?

그가 몇 발 앞으로 나아갔고, 이방인 중 한 명도 그렇게 했다. 몇 미터 거리를 남기고 서서 그 이방인이 몹시 또렷하게, 다소 느린 어조로 말을 했다.

"우리가 방해한 게 아니었으면 좋겠군요."

대화가 그다지 극적으로 시작되었다고는 할 수 없었는데, 브랜트는 그의 억양 때문에 좀 혼란스러웠다. 아니, 정확히 말해 그 사람이 그

렇게 극도로 조심스럽게 발음을 하는 것 때문에 어리둥절했다. 그렇
게 하지 않으면 브랜트가 말을 못 알아들을 거라고 생각한 것 같았다.

"괜찮습니다." 브랜트도 그와 마찬가지로 천천히 말했다. "그렇지
만 놀랍기는 했습니다. 여기서 누굴 만날 줄은 전혀 생각 못했거든
요."

"우리도 마찬가지입니다." 미소를 띠며 다른 사람이 말했다. "아직
도 누가 샤스타에 살고 있을 줄은 정말 몰랐군요."

"여기에 사는 건 아니에요." 브랜트가 설명했다. "저도 당신들과 똑
같이 방문객이랍니다."

자기들만 아는 농담을 주고받듯이 세 사람은 시선을 교환했다. 그
러더니 한 명이 벨트에서 작은 금속 물체를 떼어 내 거기 대고 몇 마
디 말을 했는데, 작은 소리로 말했기에 브랜트는 못 들었다. 브랜트는
그쪽 탐사대의 다른 사람들도 곧 올 것이라는 생각이 들었고 고적한
시간이 이렇게 완전히 산산조각 나자 불쾌했다.

이방인들 중 두 명이 거대한 벽화로 걸어가더니 그것을 자세히 살
피기 시작했다. 브랜트는 그들이 무슨 생각을 하고 있는지 궁금했다.
그 그림에 자신과 똑같은 경외심을 느끼지 않는 사람들과 보물을 공
유해야 한다는 데 약간 화가 치밀어 올랐다. 그들에게는 그저 예쁜 그
림에 불과할 것이다. 세 번째 사람은 브랜트 옆에 남아서 최대한 삼가
는 태도로 브랜트의 모사화와 원본을 비교하였다. 세 사람 모두 그 이
상 대화를 나누려 하지 않았다. 길고 당황스러운 침묵이 흘렀다. 그런
끝에 두 사람이 이쪽으로 돌아왔다.

"자, 에를린, 어떻게 생각해?"

그림을 향해 손을 흔들며 한 사람이 말했다. 지금 한순간은 브랜트에 대해서는 아무런 관심도 없는 듯했다.

"원시 3000년기 말기의 대단히 빼어난 작품으로서 우리가 소유한 그 어느 작품에 견주어도 뒤지지 않아. 후반기 라트바, 동의하지 않나?"

"정확히 그렇지는 않네. 3000년기 후반은 아닌 것 같아. 일단, 그림의 주제가……."

"아, 자네의 그 이론. 하지만 자네 말이 맞을지도 모르겠군요. 말기 것이라고 보기에는 너무 훌륭하지. 다시 생각해 보니 2500년경으로 연대를 잡겠네. 어떤가, 트레스콘?"

"동의해. 아룬이나 그 제자 중 한 명이 그렸을 걸세."

"바보 같은 소리." 라트바가 말했다.

"말도 안 돼." 에를린이 콧방귀를 꼈다.

"아, 그러신가들." 트레스콘이 온화하게 말했다. "나는 그저 이 시대를 30년간 연구했을 따름이고, 자네들은 우리가 일에 착수한 다음 쓱 훑어보았지. 그러니 자네들의 우월한 지식 앞에 나는 고개를 숙이도록 하겠네."

그들의 대화를 듣고 있던 브랜트는 놀라움이 점점 커지며 좌절감이 밀려오는 것을 느낄 수 있었다.

"세 분 다 화가세요?" 결국에는 그가 말문을 열었다.

"물론이오." 트레스콘이 호기롭게 말했다. "그렇지 않고야 왜 이곳에 왔겠소?"

"거짓말 마." 에를린이 언성조차 높이지 않고 말했다. "자넨 수천

년을 산다고 해도 예술가는 못 돼. 단순히 전문가일 뿐이지, 자네도
알고 있지 않나. 비판할 수는 있지만, 실제로 할 수는 없는.”

“다들 어디에서 오셨어요?”

브랜트가 힘없이 물었다. 이 사람들처럼 비범한 사람들은 한 번도
본 적이 없었다. 그들은 노년에 가까운 중년의 나이인데도 소년 같은
활기와 열정이 있어 보였다. 그들의 동작이며 손짓 발짓은 일상적이
라기보다 조금 더 과감했고, 서로 말을 할 때는 너무도 빨리 말해서
브랜트로서는 대화를 제대로 쫓아가기 힘들었다.

누가 무슨 대답을 하기 전에 이를 가로막는 일이 발생했다. 십수 명
의 사람들이 출입구에 모습을 나타냈고, 그 위대한 그림을 처음 보고
는 순간적으로 멈춰 섰다. 그런 후 그들은 바삐 다가와 브랜트를 둘러
싼 세 사람과 만났다. 결과적으로 브랜트는 이제 작은 규모의 군중들
한가운데 서 있게 되었다.

“콘다르, 여기 있소.” 브랜트를 가리키며 트레스콘이 말했다. “당신
질문에 답을 해 줄 사람을 찾았다오.”

이름이 불린 남자가 잠시 유심히 브랜트를 관찰하더니 미완성의 그
림을 보고는 살짝 미소를 지었다. 그러고는 트레스콘 쪽을 돌아보고
묻듯이 눈썹을 치켜 올렸다.

“안 돼.” 단호하게 트레스콘이 말했다.

브랜트는 갈수록 기분이 상했다. 자신이 알 수 없는 일이 발생하고
있다는 데 화가 났다.

“도대체 무슨 일인지 말씀해 주실 수 있나요?”

그가 호소하듯 말했다.

콘다르는 뜻을 알 수 없는 표정으로 그를 바라보았다. 그러고는 조용히 말했다.

"밖으로 나가면 좀 더 쉽게 설명해 줄 수 있을 것 같군요."

일이 되게 하기 위해 두 번 말할 필요가 없다는 듯한 어조였고, 그래서 브랜트는 대꾸도 하지 않고 그를 따라갔다. 다른 사람들도 바짝 뒤를 따랐다. 바깥쪽 출입문에서 콘다르는 브랜트에게 문 밖으로 나가라고 신호를 보냈다.

천둥번개를 품은 구름이 태양을 지워 버리기라도 한 양, 주위는 아직까지 부자연스러울 만큼 어두웠다. 그렇지만 샤스타 전체에 드리워진 그림자는 구름 때문에 생긴 게 아니었다.

브랜트가 도시 위에 떠 있는 우주선의 실제 크기를 가늠하려는 듯 하늘을 보고 서 있는 동안, 십수 쌍의 눈들이 브랜트를 주시했다. 우주선은 너무도 가까이 있어 원근감이 하나도 느껴지지 않았고, 지평선으로 사라지는 매끄러운 금속의 곡선만이 눈에 보였다. 거대한 중량의 물체를 샤스타 상공에 정지시키는 데 사용되는 에너지가 방출되는 소리나 다른 어떤 표시가 있어야 했다. 그렇지만 브랜트가 지금까지 알았던 그 어떤 침묵보다 더 깊은 침묵만이 있었다. 갈매기 울음마저 그쳤다. 마치 자신들의 하늘을 탈취한 침입자에 경외감을 느끼기라도 한 듯…….

마침내 브랜트는 뒤에 선 사람들을 향해 몸을 돌렸다. 그들이 자신의 반응을 기다리고 있다는 것을 브랜트는 알 수 있었다. 이제 그는 왜 그들이 이상할 만큼 호기심 넘치지만 비우호적이지는 않은 태도를 보였는지 이해할 수 있었다. 신들의 힘을 마음껏 자랑하는 이 사람들에게 그는 우연히 같은 언어를 사용하게 된 야만인에 불과했던 것이다. 반쯤은 잊고 만 과거에서 온 생존자, 그들 자신의 조상과 그의 조상이 함께 지구에 살았던 때를 기억나게 하는 존재였던 것이다.

"이제 우리가 누구인지 알겠소?" 콘다르가 말했다.

브랜트가 고개를 끄덕였다.

"당신들은 너무 오랜 시간 모습을 보이지 않았어요. 우리는 거의 잊어버리고 있었지요."

그는 다시 하늘에 떠 있는 거대한 금속 아치를 바라보며, 그 오랜 세월이 흐른 후 그들과의 첫 만남이 인류가 버린 이 도시에서 이루어진 게 정말 기이하다고 생각했다. 그렇지만 트레스콘과 그의 친구들이 샤스타를 너무도 잘 아는 것을 보면 우주에서는 이곳을 잘 기억하고 있는 듯했다.

그리고 잠시 후, 북쪽 멀리 무엇에 반사된 태양 빛이 반짝이는 것이 브랜트의 눈에 들어왔다. 우주선 아래에 있는 하늘의 편린을 무슨 목적이 있는 양 가로질러 가는 것은 거리상의 문제로 작게 보이기는 해도 이 함선의 쌍둥이일 듯한 또 한 척의 거대한 우주선이었다. 그것은 순식간에 지평선을 건너질러 가서 몇 초 만에 시야에서 사라져 버렸다.

그러니까 우주선이 한 척만이 있는 건 아니었다. 그렇다면 얼마나 더 많은 우주선이 있단 말인가? 이 생각은 왠지 그가 방금 뒤로 한 그 위대한 그림을, 그토록 치명적인 목적을 띠고 운명의 날을 맞은 도시를 향해 항해해 가던 침략의 함대를 상기하게 했다. 그와 함께 그의 마음속에는 인류 기억의 동굴 속에서 슬금슬금 기어나온 감정, 한때 모든 인류에게 내려진 저주였던 이방인에 대한 공포심이 스며들었다. 그는 콘다르에게 몸을 돌려 비난조로 말했다.

"지구를 침공하는 거군요!"

잠시 아무도 말이 없었다. 이윽고 목소리에 미미한 분개를 담고 트레스콘이 말했다.

"사령관. 말씀하시지요. 어차피 조만간 설명을 해야 할 겁니다. 지금이 연습을 해 볼 좋은 기회인 것 같군요."

사령관 콘다르는 근심스러운 듯 약간 미소를 띠었는데, 그 미소는 브랜트를 일단 안심시켰지만 이내 더욱 깊은 불안감이 차올랐다.

"젊은이. 자네는 우리를 잘못 생각했소." 그가 엄숙하게 말을 했다. "우리는 지구를 침공하려는 것이 아니오. 단지 사람들을 대피시키려는 거라오."

브랜트에게 관심을 보인 트레스콘은 말했다.

"이번에는 과학자들이 교훈을 얻었으면 좋겠구먼. 그럴 것 같지는 않지만 말이야. 그들은 '사고란 으레 일어나기 마련이야.'라고 말을 하면서, 하나의 실패를 청산하기가 무섭게 또 다른 실패를 초래하지. 지금까지는 시그마필드만큼 대대적인 실패가 없었지만, 진보는 끊임없이 이루어지니까."

"만약 그것이 지구를 덮치면, 그땐 무슨 일이 일어나죠?"

"필드가 통제를 벗어났을 때 통제 장치에 발생했던 것과 같은 일이 일어나겠지. 즉, 이 우주에 균일하게 흩어지는 것이지. 자네들 역시 그렇게 될 거야, 우리가 때맞춰 대피시키지 못한다면 말일세."

"왜지요?" 브랜트가 물었다.

"정말로 기술적인 대답을 원하는 것은 아니지, 응? 그건 불확정성과 관련이 있어. 고대 그리스 사람들이……, 아니면 이집트인들이었는지도 모르지만 하여튼 그들이 어떤 원자의 위치를 절대적으로 정확하게 파악할 수는 없다는 사실을 발견했다네. 원자는 작지만 유한한 확률로 이 우주 어디에든 존재할 수 있지. 시그마필드를 설치한 사람들은 그 사실을 이용해 추진력을 얻어내고 싶어 했지. 시그마필드는 이를테면 원자 위치의 확률을 바꾸어 놓아서, 베가의 궤도를 돌던 우주선이 갑자기 베텔기우스 궤도를 돌아야 한다고 결정할 수 있게 되리라는 거야.

글쎄, 실제로는 시그마필드가 일을 절반 하다 만 것 같네. 필드는 그저 확률을 몇 배로 증가시켜 놓기만 했어, 확률을 조정하지는 못하고 말일세. 이제 시그마필드는 별들 사이를 무작위로 돌아다니며 우주먼지를 집어삼키고 때로는 항성마저 먹어 치우고 있다네. 아무도 그것을 중화시킬 방법을 찾지 못했어. 비록 똑같은 것을 만들어 충돌을 유도해야 한다는 끔찍한 제안이 나오기는 했지만. 만약 실제로는 그렇게 해 본다면 어떤 일이 발생할지 나한테는 뻔히 보이네."

"왜 우리가 걱정을 해야 하는지 모르겠네요. 10광년이나 떨어져 있잖아요."

브랜트가 말했다.

"시그마필드에게 10광년은 극히 짧은 거리야. 수학자들은 흔히 주정뱅이의 걸음이라고 부르는데, 필드는 갈지자로 제멋대로 이동한다네. 만약 운이 나쁘면 내일 이곳에 그것이 도달할 수도 있어. 그렇지만 지구에 영향이 없을 확률은 20분의 1이야. 자네는 몇 년 안에 아무 일도 없었던 것처럼 고향에 돌아갈 수 있을 거야.”

“마치 아무 일도 없었던 것처럼!”

어떤 미래가 오든 간에 옛 생활은 영영 사라지고 없을 것이다. 샤스 타에 발생하고 있는 상황은 이 순간 전 세계에 걸쳐 여러 형태로 일 어나고 있을 것이다. 브랜트는 그 굉장한 거리로 이상한 기계가 쏟아 져 들어와 오랜 세월 쌓인 쓰레기들을 치우고 도시를 주거 가능한 공 간으로 만드는 광경을 휘둥그레 뜬 눈으로 바라보았다. 거의 사멸한 별이 갑자기 마지막 광채를 쏟아 내는 것처럼, 몇 달 동안 샤스타는 세계의 수도 중 하나가 될 것이다. 우주에서 날아온 과학자, 기술자, 그리고 행정 요원들의 숙소로서 말이다.

브랜트는 그 침입자들에 대해서 더 잘 알게 되었다. 그들의 열정, 만사에 드러나는 호탕한 태도, 그리고 초인적인 능력을 발휘하면서 보여 주는 어린아이 같은 즐거움은 아무리 보아도 놀라움을 금할 수 없었다. 사촌 격인 그들은 전 우주를 상속받은 사람들이었다. 그들은 아직 우주의 경이와 신비를 푸는 것에 지치지도 않았고 싫증을 내지 도 않았다. 그 모든 지식을 지녔음에도 여전히 실험 정신을 품고 있 고, 심지어 명랑한 무책임성까지 보였다. 그들이 하는 일 중 다수가 그랬다. 시그마필드는 일례에 불과했다. 그들은 실수를 했지만 별로 마음 쓰는 것 같지도 않았다. 그리고 조만간 사태를 원상 복귀시킬 수 있다는 확신이 있는 듯했다.

샤스타를 덮쳐 온 대대적인 소란, 사실 지구 전체에 덮쳐 온 소란이 지만 아무튼 브랜트는 거기에 아랑곳없이 끈질기게 자기 과업에 매진했다. 작업이야말로 순간적으로 가치가 변하는 세상에서 무엇인가 단단히 고정된 것이었고, 그래서 그는 더욱 필사적으로 그 일에 매달렸다. 때때로 트레스콘과 그 동료들이 찾아와서 적당한 조언을 해 주기도 하였다. 브랜트가 늘 조언에 따른 것은 아니지만, 훌륭한 조언이었다. 이따금씩, 피곤해서 눈이나 머리를 쉬게 하고 싶을 때에는 텅 비어 있는 그 큰 미술관을 떠나 새롭게 바뀐 도시의 거리로 나갔다. 성격이 그래서인지, 비록 이곳에 기껏해야 몇 달밖에 살지 않을 것이지만 샤스타의 새로운 거주자들은 도시를 깨끗하고 효율적으로 만들기에 노력을 아끼지 않았다. 그리하여 샤스타의 첫 건설자들도 놀랄 만한 장관을 이루어 냈다.

나흘째 날이 끝나가던 무렵 ― 이건 브랜트가 한 가지 일에 몰두한 채 보낸 가장 긴 시간이었다 ― 브랜트는 천천히 느려지던 손을 멈췄다. 계속 손을 대 한없이 땜질을 해 나갈 수도 있었겠지만, 그랬다면 더 망쳐 놓기만 했을 것이다. 그간 쏟은 노력에 불만은 없다는 마음으로 그는 트레스콘을 찾으러 다녔다.

브랜트는 그 비평가가 늘 그러듯이 인류가 쌓아 온 예술품 중에서 무엇을 구해야 할 것인지 동료와 말다툼을 하고 있는 것을 발견했다. 라트바와 에를린이 만약 피카소 그림을 한 점 더 우주선에 싣는다든가 프라 안젤리코의 작품 하나라도 더 탈락시켜 버린다면 폭력을 행사하겠다고 위협을 가한 터였다. 그 둘 중 누구의 이름도 들어 보지 못했기에, 브랜트는 자기 주장을 하기에 아무런 거리낌이 없었다.

트레스콘은 그림 앞에 서서, 때때로 원본을 바라보며 아무 말이 없었다. 그의 첫 논평은 전혀 예상하지 못한 것이었다.

"이 여자가 누군가?"

"이름이 헬렌이라고 하지 않았나요?" 브랜트가 대답하기 시작했다.

"내 말은, 자네가 실제로 그린 사람 말이야."

브랜트는 자신의 화폭을 바라보고는 원본을 돌아봤다. 저렇게 차이가 나는데 모르고 있었다니 신기했다. 그래도 그가 성벽 위에 세워 놓은 여인에게서는 의심의 여지없이 이라드네의 흔적이 나타나 있었다. 이 그림은 철저한 모사화라고는 할 수 없었다. 그의 정신과 마음이 손을 통해 말을 하고 있었던 것이다.

"무슨 말씀이신지 알겠군요." 그가 천천히 말했다. "제가 사는 마을에 여자애가 하나 있거든요. 전 사실 그 애에게 줄 선물을 찾아서 여기에 왔답니다. 그녀에게 깊은 인상을 남길 만한 어떤 것 말이죠."

"그렇다면 자네는 시간 낭비를 한 셈이야." 트레스콘이 퉁명스럽게 말했다. "만약 그녀가 자네를 정말로 사랑한다면 벌써 일찌감치 말을 했겠지. 만약 그렇지 않으면, 그녀가 자네를 사랑하도록 만들 수는 없어. 아주 간단한 문제야."

브랜트는 조금도 간단한 문제가 아니라고 생각했지만 그 부분을 물고 늘어지지는 않기로 했다.

"그림을 어떻게 생각하시는지는 얘기 안 하셨잖아요."

브랜트가 투덜댔다.

"가능성은 있네." 트레스콘이 조심스럽게 대답했다. "만약 30년, 어쩌면 20년쯤 꾸준히 힘쓴다면 성취가 있을 거야. 물론 붓질은 투박한데다 저 손은 꼭 바나나 송이처럼 보이게 그려 놨지. 그렇지만 자네는 아주 멋진 대담한 선을 갖고 있네. 난 자네 그림이 그저 똑같이 베껴 그린 것 이상이라고 생각해. 그런 것은 바보도 할 수 있지. 자네가 독창성이 있다는 것을 그림이 보여 주네. 자네에게 더 필요한 것은 연습이야. 그리고 무엇보다도 더 많은 경험이 필요해. 그래, 우리가 그걸 제공해 줄 수 있을 걸세."

"만약 지구를 떠나는 것 말씀이라면, 그건 제가 원하는 그런 종류의 경험은 아니에요."

브랜트가 말했다.

"자네에게 도움이 될 거야. 저 멀리 별들을 향해 여행한다는 생각을 하면 마음이 흥분되지 않나?"

"아니요. 절망감만 들어요. 그렇지만 심각하게 고려할 생각은 안 드네요. 당신들은 지구를 떠나도록 우리를 설득할 수는 없을 거예요."

트레스콘이 약간 무서운 얼굴로 웃어 보였다.

"시그마필드가 하늘에 있는 별빛을 빨아들이는 순간 자네들은 재빨리 이동할 수 있어. 그 순간이 오면 그건 좋은 일이 될 걸세, 이제 보니 우리는 아슬아슬했구먼. 내가 비록 자주 과학자들을 조롱하기는 하네만, 그들은 자네들이 겪고 있는 사회 정체 문제로부터 우리를 영영 자유롭게 해 주었지.

브랜트, 자네는 지구에서 벗어나야만 하네. 행성의 표면에서 한평생을 산 사람 중 누구도 별을 본 적이 없어, 오직 별의 희미한 유령만 본 셈이지. 모든 방향에서 불타오르는 형형색색의 태양이 자네를 둘러싼 가운데 수많은 장엄한 태양계 중 하나에 속해 우주 공간에 떠 있다는 것이 어떤지 상상이나 할 수 있겠나? 난 그래 보았지. 그리고 자네 태양계의 토성과 같은, 하지만 그보다 천배는 더 커다랗게 불타

오르는 여러 겹의 진홍빛 고리를 두른 별을 본 적도 있다네. 그리고
또 아직 태양을 잉태하지도 못한 우주 안개가 하늘 전체에 깔려 눈부
시게 빛나는 은하계 중심부에 가까운 세상에서 밤을 보내는 것이 어떤
것인지 상상할 수 있겠나? 자네들이 보는 이 은하수는 한 줌의 삼등성
을 드문드문 뿌려 놓은 데 불과해. 중앙 성운을 보고 이야기하라고!

　이것들은 다 거대한 것들이지만, 작은 것들도 역시 멋지다네. 우주
가 제공하는 광경을 마음껏 들이키게나. 그리고 만약 원한다면 그 기
억을 가지고 지구로 돌아오면 되지. 그럼 다시 작업을 시작할 수 있
어. 그때가 되어야 자기가 예술가인지 아닌지를 알 수 있을 걸세."

　브랜트는 감명을 받았지만 설득된 것은 아니었다.

　"그 말씀대로라면 우주여행을 하기 전에는 진짜 예술이 있을 수 없
었겠네요."

　"수많은 비평가들 무리가 통째로 그 이론에 근거해 있지. 확실히
우주여행은 예술에 일어난 최고의 사건 중 하나야. 여행, 탐사, 다른
문화와의 만남, 이런 것들은 모든 지적 활동에 크나큰 자극제가 되
네." 트레스콘은 그들 뒤에서 찬란히 빛나는 벽화를 향해 손을 흔들
었다. "저 전설을 만들어 낸 건 뱃사람들이었고, 세계의 절반이 넘는
물류가 그 항구를 통과했지. 그렇지만 수천 년이 지나자 바다는 영감
과 모험을 제공하기에는 너무 좁은 곳이 되어 버렸어. 우주로 나갈 때
가 된 것이지. 좋든 싫든, 시간이 다가오고 있네."

　"전 그러고 싶지 않아요. 이라드네와 정착해서 살고 싶어요."

　"사람들이 원하는 것과 그들에게 좋은 것은 완전히 다른 법이라네.
작업에 행운이 있기를 바라네. 다른 일에도 행운을 빌어 주어야 할 것

인지는 잘 모르겠군. 위대한 예술과 가정 생활의 축복은 양립 불가능해. 조만간 선택을 해야 할 걸세."

'조만간 선택을 해야 할 걸세.'

언덕 마루를 향해 터벅터벅 걸어 올라가는 브랜트의 마음에 그 말은 여전히 메아리치고 있었고, 바람이 대로 위를 쓸어내려 앞에서 불어왔다. 휴가가 끝나 햇살이는 부루퉁해 있었고, 그래서 둘은 경사로 때문에 느려지는 것 이상으로 느리게 움직였다. 그래도 차츰 시야가 트여 가며 하늘과 땅을 가르는 선이 바다 저 멀리 수평선으로 옮아갔고, 도시는 점점 더 색벽돌로 지은 장난감처럼 보였다. 아무 힘도 안 쓰고 미동도 없이 상공에 떠 있는 우주선에 완전히 지배받는 장난감처럼.

브랜트는 처음으로 우주선 전체를 볼 수 있었다. 이제 눈높이와 거의 같은 높이에 떠 있어서 한눈에 그 형태가 들어왔다. 대략 원통형인데, 용도를 짐작 못할 복잡한 다면체의 구조물들이 그 끝에 달려 있었다. 크게 곡선을 그린 뒷부분에도 용도를 알 수 없는 돌출부며 긴 세로 홈들, 그리고 둥근 지붕들이 달려 있었다. 박력 있고 용도가 있는 것들이기는 할 테지만 미적인 요소는 하나도 없어, 브랜트는 혐오감을 가지고 바라보았다.

하늘을 강탈해 버린 이 웅크린 괴물, 이것이 제 옆구리를 스치고 지나가는 저 구름처럼 사라져만 준다면! 그렇지만 그가 바란다고 해서 사라질 것 같지는 않았다. 브랜트는 지금 한 곳으로 모이고 있는 힘들에 비해 자신이나 다른 문제는 전혀 중요하지 않다는 것을 알고 있었다. 지금은 역사가 숨을 죽인 순간, 번개가 번쩍 한 후 최초의 충격음이 터지기까지 숨죽인 그 순간인 것이다. 곧 천둥이 온 세상을 울릴 것이다. 곧 이 세상 자체가 존재하지 않게 되고 그와 그의 종족 사람들은 별들 사이를 정처 없이 떠돌아다니게 될 것이다. 브랜트는 그런 미래와 맞서고 싶지 않았다. 그는 5000년이라는 시간 동안 우주를 장난감 삼았던 트레스콘과 동료들이 생각할 수 있는 이상으로 진정 그 미래가 두려웠다.

수 세기 동안 아무 일 없다가 하필 자신이 살고 있는 이 시대에 이런 일이 일어나다니 불공평했다. 그렇지만 인류는 운명과 흥정을 할 수 없고, 원하는 대로 평화나 모험을 선택할 수도 없다. 모험과 변화가 다시 이 세상을 찾아왔으니 사람은 그것으로 최선의 결과를 빚어내야만 한다. 우주 시대가 열렸을 때 선조들이 그랬던 것처럼. 그때 조상들의 열악했던 첫 우주선들은 폭풍처럼 우주로 밀려 나갔다.

브랜트는 마지막으로 샤스타에 경례를 하고 바다를 등졌다. 태양빛이 눈에 들어오며 앞에 깔린 도로에 환한 안개가 드리워져 있는 듯, 마치 신기루나 잔물결 이는 수면 위의 달 그림자처럼 일렁여 보였다. 잠시 브랜트는 눈이 자신을 속이는 건가 했지만, 곧 환각이 아님을 알 수 있었다.

눈에 보이는 도로와 그 양쪽 땅에 온통 헤아릴 수 없이 많은 거미줄이 드리워져 있었다. 너무도 가냘프고 섬세해서 언뜻 비치는 섬광만이 그 존재를 보여 줄 수 있는 비단 천 같았다. 브랜트는 이미 그 속을 헤치며 400미터쯤이나 걸어왔던 것이다. 그 비단 실들은 연기처럼 가벼워 그의 걸음을 전혀 가로막지 않았다.

아침 내내 바람에 날려 온 거미들이 수백만 마리나 하늘에서 떨어졌던 게 틀림없었다. 브랜트가 창공을 물끄러미 올려다보는 지금도 한 발 늦게 출발한 거미들이 비단 실을 타고 바람결에 스쳐 가면서 흐르는 햇빛을 순간적으로 반사시키는 섬광이 때때로 눈에 들어왔다. 자신들이 어디로 가는지도 모르는 이 조그마한 생명체들은, 지구에 작별을 고할 때가 왔을 때 브랜트가 직면해야 하는 것보다 더욱 외롭고 더욱 까마득한 심연에 과감히 몸을 던졌다. 앞으로 몇 주 동안, 몇 달 동안에 걸쳐 브랜트가 가슴에 새겨야 할 교훈이었다.

스핑크스가 천천히 지평선 아래로 가라앉으며 언덕 능선이 지워 버린 찬란한 샤스타와 함께 시야를 벗어났다. 기나긴 세월 동안 지켜 오던 파수꾼의 임무를 이제 마칠 때가 가까워 온 그 웅크린 괴물을, 브랜트는 딱 한 번만 돌아보았다. 그런 뒤에 천천히 태양을 향해 걸어갔다. 비단 실들이 고향에서 불어오는 바람에 나부끼면서 이따금씩 몹시도 섬세한 손가락이 얼굴을 스치는 기분이 들었다.

1951년 봄 「영원의 파수병(Sentinel of Eternity)」이라는 제목으로 『열 가지 환상적인 이야기들(10 Story Fantasy)』에 최초 수록
『지구 탐사(Collected in Expedition to Earth)』에 재수록

「파수병」은 BBC의 공모전에 응모하려고 1948년 크리스마스경에 쓴 작품이다. (당선되지는 않았는데, 가끔 어떤 작품이 당선되었는지 궁금하다.) 내가 1996년 늦여름에 위난의 바다를 탐사했다고 쓴 걸 보면 참 재미있다. 비록 아직 그 일을 성취하지는 못했지만, 다음 세기가 시작되면 위난의 바다를 탐사할 수 있기를 바란다. 바로 이 부분이 『2001 스페이스 오디세이』의 시작점이기 때문이다.

만약 남쪽 하늘에 높이 뜬 보름달을 볼 기회가 있다면, 오른쪽 가장자리 부분을 자세히 보기 바란다. 곡선을 따라 위쪽으로 계속 눈길을 옮기면 2시 방향에서 작고 검은 타원형 모양을 볼 수 있다. 시력이 정상인 사람이라면 누구나 쉽게 찾을 수 있다. 이 부분이 '위난의 바다'라고 알려진, 거대한 벽으로 둘러싸인 달에서 가장 멋진 평원이다. 직경은 500킬로미터에 달하고, 대부분 거대한 산으로 둘러싸인 고리 모양을 하고 있었다. 1996년 늦여름까지 아직 탐사하러 들어가 본 적이 한 번도 없는 지역이었다.

우리 탐사대는 규모가 상당했다. 두 대의 거대한 수송선이 있어, 800킬로미터 떨어진 '맑음의 바다'에 있는 달 사령부에서 장비와 물자를 실어올 수 있었다. 또한 작은 로켓이 세 대 있어서 표면 탐사선이 갈 수 없는 지역으로 단거리 이동을 할 수 있었다. 운이 좋게도 위난의 바다는 대부분 평지였다. 다른 곳에 흔히 있는 또 매우 위험하기

도 한 거대한 골짜기가 하나도 없었고, 분화구나 산도 거의 찾아볼 수 없었다. 강력한 트랙터를 타고서 어디든 가고 싶은 곳은 아무런 문제 없이 갈 수 있었다고 자신 있게 말할 수 있다.

나는 지질학자, 굳이 용어를 말하자면 월학자(月學者)인데, 달에 있는 바다의 남쪽 지역 탐사 책임을 맡고 있었다. 우리는 한때, 약 수십억 년 전에는 바다였던 지역의 해안을 따라 둘러서 있는 산자락을 지나 일주일에 160킬로미터를 전진했다. 지구에서 생명체가 출현하기 시작했을 때, 이곳은 이미 죽어가고 있었다. 물은 저 거대한 절벽의 측면을 따라 사라져, 달의 빈 심장 속으로 모습을 감추고 있었다. 우리가 이동하는 이 지역 너머 저쪽에는 조수의 간만이 없는 800미터 깊이의 대양이 한때 있었지만, 이제 남은 수분의 흔적이라곤 타는 듯한 태양의 공격을 피해 안전한 동굴 속에 숨은 서리의 형태로만 찾아볼 수 있었다.

우리는 천천히 찾아오는 달의 새벽에 탐사를 시작했다. 밤이 오기까지 지구 시간으로 일주일이 남아 있었다. 하루에 6번 정도 우주복을 입고 흥미로운 광석이 있는지 알아보기 위해, 혹은 후일 이곳을 여행할 사람들에게 길을 안내해 줄 표지를 남겨 놓기 위해 밖으로 나가야 했다. 이 일은 매우 평범한 일이었다. 달을 탐사한다는 건 흥미롭지도 않고 아무런 위험 요소도 없는 작업이었다. 우리는 기압을 일정 상태로 유지해 놓은 트랙터에서 편안하게 한 달이라는 시간을 보낼 수 있었다. 만약 문제가 생기면, 무선으로 도움을 요청하고 다른 우주선이 우리를 구하러 와 줄 때까지 꼼짝 않고 자리에 앉아 있으면 그만이었다. 이런 일이 발생하면 언제나 로켓의 연료를 낭비했다고 무섭게 비난을 하는 사람들이 있기 마련이어서, 트랙터는 정말 비상 사태에만 구조를 요청했다.

방금 달을 탐사하는 것은 흥미롭지 않은 일이라고 했는데, 물론 그건 사실이 아니다. 지구의 완만한 언덕과는 비교도 안 되게 거친 이 웅장한 산맥을 보고 있자면 결코 지치지 않는다. 이미 사라져 버린 바다의 곶과 갑을 돌아보면서 어떤 장엄한 풍경이 펼쳐질지 우리는 결코 알지 못했다. 위난의 바다 남쪽 굽이는 한때 총 20개에 달하는 강이 대양으로 가기 위해 모인 삼각주였다. 아직 달이 생성된 지 얼마 되지 않아 화산이 많던 얼마 안 되는 시기에 집중호우로 인해 산이 쓸려 나가 생겼을 터였다. 이 고대의 계곡은 바로 그 너머 미지의 땅으로 우리를 부르는 초대장과 같았다. 그러나 아직도 우리는 수백 킬로미터를 더 가야 했고, 누군가는 그 높이가 얼마나 되는지 측정을 해야 할 산들을 애타는 눈으로 바라볼 뿐이었다.

트랙터에 승선해서도 우리는 여전히 지구 시간을 지켰고, 정확히 22시에 기지에 마지막 무선을 보내는 것으로 하루 일과를 마쳤다. 트랙터 밖에 있는 바위들은 여전히 수직으로 솟아 있는 태양빛에 달궈지고 있었지만, 8시간 후 다시 잠에서 깨어나기 전까지 우리에겐 밤이었다. 우리 중 누군가가 아침을 준비할 것이고, 전기면도기가 큰 소리를 내며 돌아갈 것이고, 누군가는 지구에서 송출되는 단파장 라디오를 듣기 위해 스위치를 켤 것이다. 사실 베이컨을 굽는 냄새가 선실을 메우기 시작하면, 때때로 우리가 지구에 귀환하지 않았다는 사실을 믿을 수 없기도 하였다. 몸무게가 줄어들고 물건이 아주 천천히 떨어진다는 사실을 제외하고는 모든 것이 익숙하고 평범했다.

취사실로 쓰고 있는 중앙 선실 구석에서 아침을 준비하고 있었다. 라디오에서 내가 제일 좋아하는 선율 「하얀 바위의 데이비드」라는 오래된 웨일스 노래가 흘러나오고 있었기 때문에, 나는 아주 생생하게 그때를 기억할 수 있다. 조종사는 이미 우주복을 입고서 무한궤도 트랙터를 검사하고 있었다. 조수인 루이스 가넷은 통제실에서 어제의 항해 일지를 메우고 있었다.

지구에 있는 가정주부처럼 프라이팬 옆에 서서 소시지가 잘 구워지는지 지켜보면서, 달의 곡선 아래 동서를 가로지르며 남쪽 지평선을 완전히 덮고 있는 산맥을 하릴없이 바라보았다. 트랙터에서 불과 3, 4킬로미터 정도 떨어져 보였지만, 가장 가까운 것조차 36킬로미터 이상 떨어져 있다는 사실을 잘 알고 있었다. 물론 달에서는 멀리 있다고 잘 안 보이는 경우란 없었다. 지구처럼 멀리 있는 물건의 모습을 변형시키거나 때로는 흐릿하게 만드는 연한 안개 같은 게 여기 달에는 존재하지 않았다.

산은 거의 높이가 3000미터에 달했고, 마치 수 세기 전에 지각 분출로 인하여 융해된 지표를 뚫고 하늘 높이 솟구쳐 오른 것처럼 평원으로부터 가파르게 솟아올라 있었다. 가장 가까이 있는 기지조차 가파르게 솟아오른 굴곡에 가려 보이지 않았다. 왜냐하면 달은 매우 작은 세상이어서, 현재 내가 서 있는 곳에서 지평선은 4킬로미터 정도밖에 떨어져 있지 않았기 때문이다.

나는 한 번도 사람이 오른 적이 없는 봉우리를 올려다보았다. 지구의 생명체가 달에 도착하기 전에 이미 그 봉우리는, 바다가 물이 차차 빠지다 마침내 내일의 희망과 아침에 대한 약속도 모두 거둬들이고 무덤 속으로 사라지는 광경을 지켜보았다. 태양 빛이 산마루에 부딪쳐 강한 빛을 발하고 있어서 눈이 상할 지경이었다. 그 위에서는 지구의 겨울밤보다도 더 검은 하늘을 배경으로 별들이 빛을 발하고 있었다.

막 돌아서려는 순간, 서쪽으로 50킬로미터 떨어진 곳에서 바다를 향해 돌출된 거대한 곶의 등마루에서 금속성 광채가 번뜩였다. 그것은 잔인한 산봉우리가 하늘에 있는 별을 끌어내린 듯한 아주 작은 빛의 점이었다. 나는 어떤 부드러운 바위 표면이 태양빛을 반사해 내 눈에 정통으로 쐬주는 것이라고 생각했다. 자주 있는 일이었다. 하현달이 뜰 때 지구의 관측자들은 '폭풍우의 바다'에서 파란 형광빛으로 찬란하게 빛나는 거대한 산맥을 볼 수 있다. 마치 태양빛이 산비탈에서 번쩍이다가 이쪽저쪽으로 껑충 뛰어다니는 것처럼 보인다. 그렇지만 나는 도대체 어떤 종류의 바위가 저렇게 밝게 빛을 낼 수 있는지 궁금해지기 시작했다. 그래서 나는 관찰 탑에 올라가 10센티미터 망원경을 서쪽으로 돌려 보았다.

감질나게 조금만 보였다. 시야는 무척 깨끗하고 분명했으며, 산봉우리들은 채 1킬로미터도 안 되는 거리에 있는 것처럼 보였다. 그렇지만 태양빛을 반사하는 그 물체는 관찰하기에는 너무 작았다. 여하튼 좌우 대칭 형태였고, 그 물체가 놓인 꼭대기는 희한하게도 평평했다. 나는 그곳에 눈을 고정시키고 장시간 그 빛나는 불가사의를 응시했다. 문득 취사실에서 아침 소시지가 아무 쓸모없는 존재로 변해 버리는 냄새가 났다.

아침 내내 우리는 위난의 바다를 가로지르는 진로에 대해서 논쟁했고, 서쪽 산은 하늘을 배경으로 어느새 더 우뚝 다가와 있었다. 우주복을 입고 탐사를 하는 동안에도 무선으로는 끊임없이 토론을 해야 했다. 내 동료들은 달에 어떤 형태의 지적 생명체도 존재하지 않는다고 확신하고 있었다. 지금까지 존재했던 유일한 생명체는 아주 원시적인 식물이나 퇴화가 덜 된 그들의 조상들이었다. 다른 누구 못지않게 이 사실을 잘 알고 있었지만, 과학자는 조롱거리가 되는 것을 두려워하지 말아야 하는 때도 있는 법이다.

마침내 나는 이렇게 말하지 않을 수 없었다.

"들어 봐. 단지 마음의 평온을 위해서라도 나는 거기 가 봐야겠어. 저 산의 높이는 3000미터 정도야. 지구 중력에서는 600미터 높이에 해당한다고 할 수 있어. 20시간이면 충분히 탐사를 마치고 돌아올 수 있지. 난 항상 저 언덕에 올라가 보고 싶었고, 이번이 아주 좋은 기회라고 생각해."

가넷이 말했다.

"목이라도 부러지면 기지에 돌아가서 놀림거리가 될 것 같은데. 이제부터 저 산은 바보 윌슨 산이라고 불리겠지."

"목이 부러지는 일은 없을 거야. 피코 산과 헬리코 산을 처음으로 올라간 사람이 누구지?"

내가 단호히 말했다.

"그렇지만 그때는 한창때였잖아."

루이스가 부드럽게 말했다.

"그래도 내가 산을 오르는 충분한 이유가 된다고 생각해."

나는 위엄을 갖추고 말했다.

그날 저녁 우리는 곳 근처 800미터 지점까지 트랙터를 몰고 간 후, 일찍 잠자리에 들었다. 가넷은 아침에 나와 함께 길을 나섰다. 그는 산을 탔고, 전에도 이런 탐사에 항상 나와 함께하곤 했다. 조종사는 트랙터에 남아 있게 된 것을 무척 기뻐했다.

처음에 절벽들은 난공불락처럼 보였지만, 높이에 대한 감각이 좋은 사람이라면 이런 등산은 참으로 간단한 일이었다. 몸무게가 평소의 6분의 1이기 때문이었다. 달에 있는 산이 진정 위험한 이유는 사람들이 스스로를 과신한다는 데 있었다. 달에서 180미터 높이에서 사람이 떨어지면 지구에서 30미터 높이에서 떨어지는 것과 같은 충격을 받고 죽는다.

우리는 평원에서 1200미터 높이에 있는 넓은 바위턱에서 처음으로 멈췄다. 등산은 그다지 힘들지 않았지만, 갑작스럽게 무리를 해서 그런지 사지가 말을 듣지 않았다. 쉬면서 우리는 절벽 아래 작은 금속 곤충처럼 서 있는 트랙터를 바라보았다. 다시 등반을 시작하기 전에 조종사에게 상황을 알려 주었다.

시간이 지남에 따라서 지평선이 더욱 넓어지고 거대한 평원이 더 잘 보이기 시작했다. 우리는 달의 바다 너머 80킬로미터 떨어진 곳까지 볼 수 있었고, 160킬로미터 이상 떨어져 있는 반대편 산봉우리도 볼 수 있을 정도까지 올라갔다. 위난의 바다처럼 평탄해서 우리가 바위가 아니라 바다라고 상상해 볼 수 있는 곳은 드넓은 달의 평원 중에서도 일부에 불과했다. 단지 분화구 몇 개만이 지평선의 아름다움을 망쳐 놓고 있었다.

목표 지점은 여전히 산꼭대기에 가려 보이지 않았기 때문에, 지구

를 안내자로 삼아 지도에 의존해서 방향을 잡아 나아갔다. 정동쪽으
로는 거대한 은빛 초승달 모양의 지구가 평원 아래 완벽한 상현달의
형태로 걸려 있었다. 태양과 별들은 천천히 하늘을 가로지르다가 조
금씩 시야에서 사라지고 있었지만, 지구는 항상 정해진 위치에서 아
무런 움직임도 없이, 1년이 지나고 계절이 바뀌어도 차고 기울어지는
것만을 반복하고 있었다. 10일이 지나면 지구는 보름달보다 50배나
더 밝은 빛으로 바위를 적셔 주는 빛나는 원반으로 바뀔 것이다. 그러
나 우리는 밤이 오기 전에 산에서 빠져나와야 했다. 그러지 않으면 영
원히 그 속에 갇혀 버릴 터였다.

냉각장치가 강력한 태양에 맞서 작동하고 있었고, 움직일 때마다
발생하는 체열을 잘 처리하여 주었기 때문에, 우주복 내부는 시원했
다. 등산하는 방법이나 최상의 등산로를 결정할 때를 제외하고는 좀
처럼 말을 하지 않았다. 나는 가넷이 무슨 생각을 하는지 알 수 없었
다. 아마도 지금까지 한 일 중에서 가장 바보 같은 일이라고 생각할
것이다. 절반은 동의하는 바였지만, 등산을 하는 즐거움과 지금까지
인류가 한 번도 가 본 적이 없는 길을 간다는 사실, 그리고 점점 더
멀리까지 보이는 풍경이 주는 즐거움 등으로 나는 충분한 보상을 받
고 있다고 생각했다.

50킬로미터 정도 떨어진 곳에서 망원경을 통해 관찰했던 바위 장
벽을 마침내 눈앞에서 보게 된 순간, 그다지 특별하게 흥분한 것 같지
는 않다. 바위 장벽은 우리 머리 위로 약 15미터 위에 평평하게 놓여
있었고, 그 위에는 나를 이쪽으로 오게 만든 그 물체가 있을 터였다.
아마도 오래 전 운석에 의해 산산조각이 난 돌 조각 이상은 아닐 것

이다. 그리고 끊임없이 계속되는 침묵 속에서 그 갈라진 평지는 변하지도 오염되지도 않고 여전히 새로우면서도 밝게 빛나고 있을 것이다.

바위 표면에는 잡을 만한 곳이 없어서 소형 갈고리를 사용해야 했다. 머리 위로 금속 닻을 흔들어 별을 향해 던지자, 지친 팔에서 새로운 힘이 솟아나는 것 같았다. 첫 번째 시도에서는 갈고리가 단단하게 고정되지 않아 밧줄을 당기자 힘없이 딸려 내려왔다. 세 번째 시도에 제대로 걸려서 우리가 무게를 실어도 움직이지 않았다.

가넷은 나를 걱정스럽다는 듯이 바라보았다. 그가 먼저 가고 싶어 한다는 것을 알 수 있었지만, 나는 헬멧 너머로 가볍게 웃어 주고는 고개를 저었다. 천천히 여유를 가지고 마지막 등성이를 올랐다.

우주복을 입었음에도 여기 달에서는 20킬로그램 정도밖에 나가지 않았기 때문에 발을 사용하지 않고 손으로만 번갈아 밧줄을 잡아당겨 올라갈 수 있었다. 가장자리에 이르러 잠시 멈춰 선 후, 동료에게 손을 흔들어 주었다. 그리고 모서리를 기어올라 똑바로 서서 전방을 응시했다.

바로 그 순간까지도 그곳에 특별하거나 기이한 건 없으리라 확신하고 있었다는 사실을 알아줬으면 한다. 나를 여기까지 이끈 건 머릿속에서 떠나지 않는 의문이었다는 게 어느 정도 정확한 설명이었다. 그러나 이제 그것은 의문도 아닌 것이 돼 버렸으며, 머릿속을 맴돌던 생각은 자취를 감추어 버렸다.

지름이 대략 30미터 정도 되어 보이는 고원에 올라섰다. 한 때는 평탄했을 듯한 ― 자연스럽기엔 너무 평탄한 ― 고원이 지금은 헤아릴 수 없이 무한한 시간 동안 운석이 표면에 구덩이를 파 놓은 것처럼 보였다. 이곳에는 사람 키의 두 배 정도 되는 반짝이는 피라미드 같은 구조물이 서 있었다. 이 구조물을 지지하기 위해 평탄하게 다듬어진 듯했다.

처음 이걸 보고는 몇 초간 아무런 느낌이 들지 않았다. 이윽고 심장이 부풀어 오르는 것 같았고, 표현할 수 없는 이상한 기쁨에 휩싸였다. 나는 달을 사랑했고, 아리스타르쿠스와 에라토스테네스가 말하던 덩굴 이끼만이 달에 사는 유일한 생명체는 아니라는 사실을 알게 되었다. 최초 탐사자들이 오랫동안 불신했던 꿈들이 현실이 되었다. 무엇보다도 달에 문명이 있었던 것이다. 그리고 나는 그것을 발견한 첫 번째 사람이었다. 내가 수백만 년이나 늦게 이곳에 도착했다는 사실이 문제가 되지는 않았다. 이곳에 오게 된 것만으로도 충분했다.

정신을 차리고 조사와 분석을 시작했다. 이건 건물일까? 사당일까? 아니면 말로 표현할 수 없는 다른 어떤 것일까? 만약 건물이라면, 왜 쉽게 접근할 수 없는 이런 곳에 이렇게 홀로 서 있는 것일까? 혹 사원이 아닐까 생각하며, 죽어 가는 바다처럼 달에서 점차 약해져 가는 자신들의 삶을 보존하기 위해서 헛되이 신에게 기도를 드리는 기이한 사제의 모습을 그려 보았다.

좀 더 자세히 관찰하기 위해서 앞으로 몇 발자국 걸어갔지만, 조심해야겠다는 생각이 들어 더 접근하는 것은 그만두었다. 고고학에 어느 정도 지식이 있었기 때문에, 이 산을 평평하게 닦고, 여전히 나의 눈을 혼란스럽게 만드는 이 빛나는 유리 표면들을 건설한 문명의 수준이 어느 정도인지 추측해 보려고 애썼다.

만약 이 고대 건축가들이 사용했던 이 기이한 물질이 이집트 인에게도 있었다면 이런 건물을 건설할 수 있었으리라는 생각이 들었다. 구조물이 그다지 크지 않았기 때문에, 인류보다 더 진보된 종족의 작품처럼 보이지는 않았다. 달에 지능을 가진 생명체가 살았다는 사실은 놀라웠지만, 자존심 때문에 더 이상 굴욕적인 상황에 대해서 상상하고 싶지 않았다.

문득 목덜미에서부터 머리털이 곤두서는 듯했다. 참으로 하찮고 사소해서 많은 사람들이 쉽게 알아채지 못할 부분이 눈에 띄었던 것이다. 운석이 고원에 흠집을 냈다고 앞서 언급한 바 있다. 뿐만 아니라 바람이 불지 않아 아무런 방해도 받지 않은 채 우주 먼지가 표면을 몇 센티미터 정도 덮고 있었다. 그러나 우주 먼지와 운석 자국은 그 작은 피라미드를 둘러싼 원 안에서 사라져 버렸다. 마치 보이지 않는 벽이, 세월의 침투와 느리지만 끊임없이 진행되는 우주의 폭격으로부터 고원을 보호하는 듯 보였다.

누군가의 외침 소리가 이어폰을 통해서 들려왔고, 가넷이 오랫동안 나를 불렀다는 사실을 깨달았다. 약간 비틀거리면서 절벽 가장자리로 가 올라오라고 손짓했다. 말문이 열리지 않았다. 다시 먼지에 둘러싸여 있는 원을 향해 나아갔다. 바위 조각을 하나 집어 들어 그 신비롭게 빛나는 물체를 향해서 천천히 던져 보았다. 만약 그 보이지 않는 벽에 부딪쳐 돌멩이가 사라졌다면 그다지 놀라지 않았을 것이다. 그러나 돌멩이는 그 부드러운 구체의 표면에 부딪치고는 천천히 바닥으로 미끄러져 내려갔다.

이윽고 나는 인류의 고대 유물 중 어떤 것도 여기에 비교할 수 없다는 사실을 깨달았다. 이것은 건물이라기보다는 어떤 힘에 의해서 보호를 받으며 영원에 대항하여 싸우는 기계였다. 그 힘이 어떤 종류이든 여전히 작동하고 있었고, 나는 이미 너무 가까이 접근해 있었다. 나는 지난 세기 인류가 발견해 활용하고 있는 모든 방사선에 대해 생각해 보았다. 내가 아는 한에서 판단하자면, 이미 난 치명적이면서도 아무 소리도 내지 않는 원자력 방사선 안에 무방비 상태로 들어간 걸지도 몰랐다.

내 옆에 와 아무런 미동도 하지 않고 서 있는 가넷을 보기 위해 몸을 돌렸던 게 생각난다. 그가 내 존재를 완전히 잊어버린 듯했기 때문에, 나는 방해하지 않고 절벽 가장자리로 걸어가 생각을 정리했다. 절벽 아래에는 위난의 바다가 펼쳐져 있었다. 대부분의 인간에게는 신기하면서도 기이한 곳이지만, 나에게는 무척 친숙했다. 무수히 별들이 박힌 하늘의 요람 속에 누워 있는 상현달 모양의 지구를 올려다보았다. 나는 이 미지의 건축가들이 작업을 끝마쳤을 때, 지구를 덮고 있던 구름의 모양을 상상해 보았다. 최초의 양서류들이 지상을 정복하기 위해서 땅 위로 기어 올라갔던 그 황폐한 해안이 펼쳐져 있었던 고생대 석탄기의 찜통 같은 정글의 시기였을까? 아니면 아직 생명이 탄생하지 않은 황량한 시기였을까?

지금 생각하면 참으로 명백한 진실을 왜 곧바로 생각해 낼 수 없었는지 묻지 말아 주길 바란다. 처음 발견 당시 지나치게 흥분한 나는 이 결정체를 오래전에 달에 존재했던 어떤 종족이 만들었다고 의심의 여지없이 받아들였다. 그렇지만 갑자기 그리고 무엇인가 거대한 힘에 압도되어, 달 또한 이것과 아무 연관이 없다는 생각이 들었다. 마치 내가 달과 상관없듯이.

20년 동안 우리는 소수의 퇴화된 식물을 제외하고는 어떤 생명체의 자취도 찾아보지 못했다. 달에 존재했던 문명은, 그들의 운명이 어떠했는지는 몰라도 그 흔적을 단 하나도 남겨 놓지 않았다.

나는 다시 빛나는 피라미드를 보고는 달과 더 더욱 연관이 없다는 사실을 깨달았다. 그리고 흥분과 육체적으로 무리한 데서 비롯한, 바보 같지만 신경질적인 웃음이 갑자기 온몸을 감쌌다. 왜냐하면 이 작은 피라미드가 나를 보면서 이렇게 말하는 상상이 떠올랐기 때문이다.

"미안. 나도 여기 처음이야."

우리가 그 보이지 않는 장벽을 허물고 수정 벽 안으로 들어가기까지 꼬박 20년이라는 시간이 걸렸다. 우리가 이해할 수 없었던 부분은 마침내 원자력을 이용하여 해결할 수 있었고, 이제 나는 그 산에서 발견한 그 사랑스럽게 빛나는 단편을 볼 수 있었다.

의미 없는 일이었다. 만약 이게 기계라면, 이 피라미드는 우리 인식의 지평을 훨씬 넘어서는 기술, 아마도 초물리학에 속하는 기술을 보유한 이들의 작품일 것이다.

다른 행성에도 발을 들여놓고, 지구만이 지능을 가진 생명체가 살고 있는 유일한 행성이라는 사실을 알게 된 이 시점에도 그 수수께끼는 여전히 풀리지 않고 있다. 운석 때문에 대지에 쌓인 우주 먼지의 두께를 통해서 그 물체의 나이를 측정해 보면, 지구에 살다가 사라진 문명이 이를 건설했을 가능성도 없었다. 아직 지구의 바다에 생명체가 등장하기 전 이미 그 산 위에는 물체가 놓였던 것이다.

지구의 나이가 지금의 절반이었던 시절에, 다른 별로부터 무엇인가가 태양계로 밀려들어 와 여행의 표시를 남겨 놓고 다시 여행을 떠난 것일 수도 있다. 우리가 파괴하기 전까지 기계는 계속 작업을 수행하고 있었다. 그 임무에 대해서 나는 다음과 같이 추측해 보았다.

거의 1000억 개의 별들이 은하계 주위를 돌고 있고, 오래 전에 다른 태양에서 온 종족은 지금 우리가 이룩한 문명의 수준, 혹은 그 이상에 이르렀음에 틀림없다. 천지창조의 여운이 점점 사라지던 태초의 시간에 존재했던 문명과, 탄생한 지 얼마 되지 않아 소수의 세상에만 생명체가 살고 있었던 우주의 정복자에 대해서 생각해 보자. 마치 무한한 세계를 바라보지만 자신과 생각을 공유하는 존재를 하나도 찾을 수 없는 신의 외로움처럼, 우리가 상상할 수도 없는 외로움이 우주를 덮고 있었을 것이다.

그들은 우리가 행성들을 조사하듯이 성단들을 조사했을 것이다. 어느 곳이건 세계는 존재했지만, 그 세계는 텅 비어 있거나 혹은 지능이 없는 미개한 존재들로 이루어져 있었을 것이다. 명왕성 너머에서 최초의 우주인이 우주선을 타고 날아왔을 때, 거대한 화산에서 뿜어 나오는 연기로 가득 차 있던 지구도 그러했을 것이다. 몹시 추운 외행성을 지나면서 그들은 생명체가 살 수 있는 곳이 아니라는 사실을 알았다. 그들은 마침내 뜨거운 태양 주위를 돌면서 몸을 덥히고 그 안에서 이야기가 시작되기를 기다리는 내행성과 마주쳤다.

이 방랑자들은 불과 얼음 사이에서 아주 안전하게 태양 주위를 돌고 있는 지구를 보고, 이곳이 태양의 자손이 탄생하기에 최적의 공간이라고 생각했을 것이다. 여기에 먼 훗날 지능을 갖춘 종족이 탄생한다. 그렇지만 그들은 아직 탐사해야 할 수많은 별들이 있기 때문에 다시는 이곳에 돌아오지 못할 수도 있었다.

　그래서 그들은 생명이 탄생할 수 있는 세계를 감시할 파수병을 전 우주에 흩뿌려 놓았을 것이다. 이 파수병은 아직 어떤 생명체도 자신을 발견한 적이 없다는 사실을 지속적으로 보고하는 봉화와 같은 것이리라.

　이제 왜 지구가 아닌 달에 이 수정 피라미드를 설치했는지 이해할 수 있었다. 그들은 야만에서 벗어나기 위해 몸부림치는 종족에게는 아무런 관심도 없었을 것이다. 살아남을 능력을 가지고 있다는 것을 보여 주어야만, 우주를 가로질러 요람인 지구를 탈출할 수 있어야만, 그제야 우리 문명에 관심을 보일 것이었다. 이것은 지능을 가진 종족이라면 언젠가는 마주해야 할 도전이었다. 이중의 도전이었다. 원자력 에너지를 정복할 수 있어야만 하며 동시에 그로 인한 삶과 죽음의 문제를 해결해야만 했기 때문이다.

　일단 우리가 그 고비를 넘기면, 피라미드를 발견하고 강제로 여는 건 시간 문제였다. 이제 신호가 멈췄다. 신호를 받는 임무를 띤 누군가가 이제 지구로 관심을 돌릴 것이다. 아마도 그들은 우리의 유아기적 문명을 도와주고 싶어 할 것이다. 하지만 어쩌면 그들은 너무 늙었을 것이고, 노인들은 어리석게도 젊은이를 시기하기도 한다.

　은하수를 볼 때마다 저 성운 속 어느 별에서 지구에 사신을 보내올 것인지 궁금해진다. 그러나 시쳇말로 화재 경보를 울린 이상 기다릴 수밖에 없는 일이다.

　그다지 오래 기다릴 거라고는 생각하지 않는다.

달에서 보낸 휴일 |Holiday on the Moon|

1951년 《에어리스(Heiress)》 봄호에 최초 수록

이 이야기는 젊은 여성들을 위한 잡지 《에어리스》의 매력적인 편집장의 강요에 의해서 나온 작품이다. 이 잡지는 찰스 윌리스라는 이름으로 1951년 1월에서 4월까지 4부작으로 나왔다. 반세기가 지난 지금 왜 필명을 사용했는지 기억이 나지 않는다. 아마도 나의 마초 이미지가 손상되는 것이 두려웠나 보다.

환하게 조명이 켜진 커다란 방에서 멋진 경치를 볼 수 있었지만, 아무도 주의해서 보지 않았다. 벽 하나를 통째로 차지한 넓은 창문 너머 2킬로미터 아래에는 작은 고산 마을이 희끗희끗 눈 덮인 산의 산기슭에 자리 잡고 있었다. 거리가 멀었지만 뚜렷하고 자세히 보였다. 마을 너머에는 하늘을 압도할 듯 거대한 산을 향하여 가파르게 경사가 져 있었다. 정상에는 바람에 날리는 하얀 깃발처럼 만년설이 흩날리고 있었다.

장관이었지만, 이 모든 것은 환영이었다. 마틴이 사는 아파트는 런던 시내 중심부에 위치해 있었고, 담장 너머에는 11월의 안개가 축축한 거리를 온통 뒤덮고 있었다. 그러나 마틴 부인은 버튼만 누르면 보이지 않는 영사기를 통해서 그녀가 보고 싶은 광경은 무엇이든 볼 수 있었고, 소리까지 들을 수 있었다. 온갖 영상을 집 안에서 보여주는 텔레비전이 등장하면서 따른 당연한 결과였다. 21세기가 이제 막 시작된 이 시점에서 대부분의 가정은 그들이 원하는 경치를 마음껏 볼 수 있었다.

물론 다소 비싼 감이 있었지만, 가족 구성원들이 세상에 대해서 배울 수 있는 훌륭한 방법이기도 했다. 마틴 부인은 걱정스럽게 주위를 둘러보았다. 바로 그 순간 너무 조용하다는 느낌이 들었다. 주위 모습을 본 그녀는 안심했다. 18살 된 딸 대프니가 패션쇼를 보기 위해서 파리에 방송을 맞췄다.

"엄마! 저 기막힌 자주색 외투 좀 보세요! 내가 원하는 게 바로 저런 거예요."

그녀가 외쳤다.

15살 된 아들 마이클은 숙제를 하고—하는 시늉만 하는지도 모르지만—있었고, 12살 된 쌍둥이들은 옆방에서 할머니가 들려주는 런던 공습 이야기를 듣고 두려움에 떨고 있었다.

옆방에 있는 전화기에서 윙 하는 소리가 나지막하게 들렸다.

"내가 받을게." 클로드가 말했다.

"아니야, 나야." 클로디아가 소리쳤다.

조금 툭탁거림 끝에 이윽고 할머니가 전화를 받는 소리가 들렸다.

"네, 마틴네 집입니다. 바꿔 드리죠. 힐다! 초(超)장거리 전화야."

초장거리 전화! 전에는 없던 말이지만, 이제는 누구나 그 뜻을 알고 있다. 마이클이 하던 일을 멈추고 바라보았다. 대프니조차 겨울 패션쇼를 보다 말고 돌아보았다.

"이런. 아빠야." 클로드가 말했다.

"달에서 전화하려면 분당 10프랑 정도 든다고 들었던 것 같은데."

클로디아가 쉰 목소리로 말했다 .

"아빠가 돈 내지는 않을 거야." 클로드가 말했다.

"쉿, 애들아."

할머니에게서 수화기를 받아 들고는 마틴 부인이 말했다.

"네, 접니다."

잠시 아무 말이 없었다. 이윽고 남편의 목소리가 너무도 분명하면서 가깝게 들려 그녀는 무척 놀랐다. 38만 4000킬로미터 떨어진 곳에서 우주를 건너온 소리였는데도 마치 옆에 서 있는 것처럼 들렸다.

"여보세요? 힐다, 나 존이야. 여보, 잘 들어. 2분밖에 남지 않았어. 나쁜 소식이 있어. 예상과 달리 다음 주에 지구에 돌아갈 수 없을 것 같아. 우리가 세운 계획들이 있는데, 안타까운 일이지. 그렇지만 여기 연구실에 문제가 있어서 지금은 갈 수 없을 것 같아. 그래도 너무 실망하지 마. 그거 못지않게 훌륭한 계획을 하나 세웠거든. 당신이 달로 오면 어떨까?"

"뭐라고?"

부인이 숨을 몰아쉬었다.

남편의 웃음소리가 들리기까지 정확히 3초의 시간이 걸렸다. 무선으로 지구에서 달까지 그 놀라운 속도로 이동하는 데도 3초라는 시간이 걸린 것이다.

"그래, 너무 놀라운 소식이지? 그렇지만 안 될 이유도 없잖아. 우주여행을 하는 건 이제는 할머니 세대에 비행기 여행을 하는 것처럼 안전하니까. 여하튼 3일 안에 애리조나에서 출발해 2주 후에 지구로 귀환하는 우주선이 있어. 3일이면 준비하기 충분한 시간이라고 생각해. 그럼 적어도 여기 연구실에서 10일 정도는 함께 보낼 수 있잖아. 준비는 내가 다 해 놓을게. 그러니까 가능하면 내 말대로 하자고. 대프니와 마이클도 데려오고. 녀석들이 머물 방도 있거든. 쌍둥이를 잘 달래야 하는 어려움이 있겠지만, 좀 더 나이 들면 데려간다고 전해 줘."

"그렇지만, 존…… 난 갈 수…….'

"물론, 올 수 있지. 대프니하고 마이클이 얼마나 좋아할지 생각해 봐. 지금은 설명할 시간이 없지만, 다시는 이런 기회가 오지 않을 거야. 자세한 사항은 전보로 보낼게. 한 시간 후에 받을 수 있을 거야. 이런, 신호가 오네. 이제 끊어야 해. 아이들에게 사랑한다고 전해 줘. 다시 만날 날을 학수고대하고 있을게. 안녕."

마틴 부인은 당황스러운 표정으로 수화기를 내려놓았다. 정말 존다운 행동이었다. 그는 단 한 번도 반대 의사를 표현할 시간을 준 적이 없었다. 그러나 지금은 실질적으로 반대할 이유가 무엇인지 생각해 봐야 했다. 물론 그의 말이 옳다. 우주여행이라. 적어도 달 여행은 충분히 안전하다고 할 수 있었다. 비록 일반인에게는 너무 비싼 여행이기는 하지만. 아마도 그는 자신의 지위를 이용해서 여행 준비를 할 수 있었을 것이다.

그래, 존의 말이 옳다. 놓치기에는 아까운 기회이고, 만약 지금 가지 않으면 다시 그를 볼 때까지 얼마나 오랜 시간이 걸릴지 모르는 일이었다. 그녀는 자신을 간절한 눈으로 바라보고 있는 가족들을 향해 몸을 돌리고는 웃으며 말했다.

"너희들에게 전해 줄 소식이 있단다."

보통 대프니나 마이클에게는 대서양 횡단 정도도 흥분되는 일이었
다. 아이들은 지금까지 기껏해야 두세 번 정도만 대서양을 횡단해 봤
기 때문이다. 하지만 이제 아이들은 런던에서 뉴욕까지 두 시간 정도
의 비행을 그저 하찮은 일로 치부해 버리고, 비행 내내 다른 승객들에
게 달에 대해 떠들면서 시간을 보내고 있었다.

뉴욕을 떠나 대륙을 가로질러 애리조나의 거대한 사막 위로 날아가
는 데 한 시간밖에 안 걸렸다. 아침에 아파트를 나와 채 몇 시간도 지
나지 않아 여행이 끝난 것이다.

하늘에서 내려다본 우주 정거장의 모습은 너무도 인상적이었다. 대
프니는 관측 창을 통해 곧 하늘로 솟구쳐 오를, 호리호리한 가오리 모
양의 괴물 같은 우주선을 지탱하고 있는 거대한 강철 구조물을 보았
다. 어디를 보나 거대한 가스탱크같이 생긴 연료 탱크, 하늘을 향하고
있는 무선안테나, 그리고 도무지 용도를 알 수 없는 건물과 구조물이
있었다.

미로처럼 생긴 우주 정거장 이곳저곳에서 까마득히 작게 보이는 사
람들이 종종걸음으로 이동하고 있었고, 금속으로 된 딱정벌레처럼 생
긴 차량들은 길을 따라서 빠르게 다니고 있었다.

대프니는 우주여행을 당연하게 받아들이는 첫 세대였다. 대프니가
태어나기 12년 전, 그러니까 지금으로부터 30년 전에 인류는 달에 도
달했고, 대프니는 최초 탐사선이 화성과 금성에 도달했을 때의 흥분
을 지금도 기억하고 있었다.

오래 살지는 않았지만 대프니는 수백 년 전 콜럼버스와 중세의 위
대한 탐험가들이 세상을 발견한 이래 인류가 우주를 정복해 나가는

과정을 지켜볼 수 있었다. 첫 번째 정복은 이제 끝났다. 화성과 금성에는 과학자들이 만든 소규모 식민지가 생겼고, 달에는 마틴 교수의 책임 아래 거대한 달 연구소가 생겨 모든 천문 연구의 중심지 역할을 하고 있었다.

하늘을 흐리는 구름도 존재하지 않고, 밤낮을 가리지 않고 별들이 밝게 빛나는 벨벳풍 하늘 아래, 조용하면서도 외로운 달의 평원에서 천문학자들은 지구에서는 항상 방해가 되어 왔던 흐린 대기에 구애받지 않고 완벽한 환경에서 작업을 할 수 있게 되었던 것이다.

이후 두 시간 동안 그들은 우주 정거장 본부에서 시간을 보냈다. 몸무게도 재고 진찰도 받고 또 서류도 작성해야 했다. 이런 절차가 모두 끝나고, 이 모든 일이 정말 꼭 필요한 일인지 궁금해 하고 있을 때였다. 작지만 편안해 보이는 사무실 책상 너머로, 매우 지위가 높아 보이며 풍채 좋고 명랑한 사람이 앉아 있는 게 보였다. 그가 쾌활하게 말했다.

"자, 마틴 부인. 건강 상태가 아주 양호하고, 아무 문제 없이 센타우루스 호를 타고 여행할 수 있다는 점을 말씀드리게 돼 무척 기쁩니다. 이런 검사를 받느라고 놀라지 않으셨기를 바랍니다. 우주 비행은 아무 위험도 없지만, 그래도 만반의 준비를 해야 하기 때문이니까 이해해 주시기 바랍니다.

아시다시피 우주선은 아주 빠른 속도로 이륙하기 때문에 잠시 동안 몸무게가 1톤은 나가는 느낌이 들 겁니다. 그렇지만 심장에 문제만 없다면, 편안하게 누워 계시는 한 아무런 해도 없을 겁니다. 그리고 우주에 나가시면 몸무게를 느끼지 못하실 텐데, 처음에는 이상한 기분이 들 겁니다. 초창기에는 우주 멀미가 생기기도 했지만, 이제는 다 처리 방법이 있습니다. 이륙하기 전에 알약 두 개를 드릴 테니까 드세요. 걱정하지 않고, 즐거운 여행을 하게 되실 거라고 확신합니다."

그는 어지럽게 이것저것 놓인 책상을 보고는 한숨을 쉬었다.

"저도 거기 갈 시간이나 있으면 좋겠네요. 지난 2년 동안 단 한 차례만 지구를 벗어나 봤거든요."

"그분 누구였어요?"

기다리던 버스가 사막 저편으로 먼지를 일으키며 달리고 있을 때 대프니가 물었다.

"우주 함대 사령관이셨어." 어머니가 말했다.

"정말요? 우주선을 통제하면서도 그걸 탈 기회가 없단 말이야?"

마이클이 소리쳤다.

마틴 부인이 웃었다.

"흔한 일이란다. 아빠도 요새는 너무 바빠서 망원경 볼 시간도 없다잖아."

그들은 건물이 빽빽하게 들어선 구역을 떠나 양쪽으로 사막을 제외하고는 아무것도 없는 넓은 도로로 들어섰다. 2킬로미터 정도 떨어진 곳에 그들을 달로 데려다 줄 거대한 유선형의 센타우루스 호가 있었다. 그 거대한 로켓은 바늘 모양의 선수를 하늘로 향한 채, 기중기와 비계로 둘러싸인 콘크리트 갑판에 수직으로 서 있었다. 이렇게 먼 거리에서도 거대하게 보이다니 대프니는 넬슨의 동상만큼이나 크다고 생각했다. 태양 빛으로 인해 금속 옆면들이 빛나는 모습은 아름다울

뿐만 아니라 감동적이기까지 했다.

로켓은 다가갈수록 점점 더 커져서, 마침내 로켓이 있는 곳에 도착했을 때는 거대한 금속 절벽 자락에 서 있는 느낌이 들었다. 거대한 정비탑이 로켓의 측면을 타고 움직이고 있었고, 그들은 세 명을 태우기 적당한 작은 엘리베이터까지 미로 같은 들보 사이를 지나가야 했다. 모터가 작동하는 소리가 들렸고, 지상에서 멀어지기 시작하더니, 우주선의 빛나는 선체가 빠르게 스쳐 지나갔다.

로켓의 앞쪽에 선실까지는 꽤나 먼 거리였다. 대프니는 우주선으로 들어가는 선내 통로에 멈춰 서서 지상 여기저기 서 있는 사람들과 로켓을 올려다보는 하얀 얼룩 같은 얼굴들을 바라보았다. 약간 현기증을 느꼈지만, 이내 냉정을 되찾았다. 그리고 38만 4000킬로미터 떨어진 달까지의 여행뿐만 아니라, 이렇게 30미터 높이까지 올라와 본 것도 처음이라는 사실을 깨달았다.

조종사와 항해사 모두 복잡한 기계와 두껍게 패드를 댄 의자가 있는 작은 선실 안에서 그들을 기다리고 있었다. 무척 편안해서 마이클은 의자에서 방방 뛰었고 꾸중을 듣고 나서야 멈췄다.

조종사가 말했다.

"편안하게 누우세요. 그리고 이 알약을 드세요. 별 맛은 없지만 편안해질 겁니다. 처음 출발할 때는 무거운 느낌이 들겠지만, 다치지는 않을 테고 그다지 오래가지도 않을 것입니다. 그리고 한 가지 더, 제가 말씀드리기 전에는 일어나지 마세요. 이륙까지 10분 남았습니다. 편안하게 쉬십시오."

그렇지만 대프니는 생각만큼 편하지 않다고 생각했다. 10분이 너무

길게 느껴졌다. 눈을 뜨고서 선실을 구경하는데, 도대체 이런 조종장
치를 다루는 법을 어떻게 배울 수 있는지 궁금해졌다. 만약 조종사가
실수해서 버튼을 잘못 누른다면?

옆 침상에 누운 엄마는 안심하라고 미소를 지어 보였지만, 마이클
은 호기심으로 가득 차 누워 있어야 하는 상황을 못마땅해 했다.

손이 놓여 있는 곳 주변에서 전기 모터가 갑자기 작동하기 시작하
자 대프니는 벌떡 일어났다. 이윽고 여기저기서 같은 일이 벌어졌다.
스위치들을 켜자, 강력한 펌프가 울부짖기 시작했고 로켓 심장부에
있는 밸브가 열리는 것 같았다.

그럴 때마다 속으로 '바로 이런 문제가 생길 수 있는 거지.'라고 생
각했지만 로켓은 움직이지 않았다. 마침내 여행이 시작되었을 때, 대
프니는 미처 준비를 하지 못한 상태였다.

이륙하는 시간은 상당히 길게 느껴졌고, 수천 줄기의 폭포가 떨어
지거나 천둥이 치는 것 같은 소리가 들렸다. 한 소리가 다른 소리를
급격하게 뒤따라 나왔기 때문에, 이들 사이에 간격이 없는 것처럼 들
렸다. 로켓이 점화됐지만, 아직 우주선을 들어 올릴 정도의 동력을 확
보한 것 같지는 않았다.

모터가 작동하는 소리가 커지더니 선실이 진동하며, 센타우루스 호
가 수백 미터 반경에 모래 폭풍을 일으키며 사막에서 하늘로 떠오르
기 시작했다. 대프니는 무엇인가가 자신을 두꺼운 침상 아래로 부드
럽게 내리누르는 느낌을 받았다. 불편하지는 않았지만 압력이 증가하
면서 온몸이 녹인 납처럼 흐물흐물해지는 것 같았고, 숨을 쉬려면 상
당한 노력이 필요했다.

손을 올리려고 했지만 몇 센티미터 들어 올리는 것도 힘겨워서 다시 침상으로 떨어뜨리고 말았다. 이후 그녀는 몸을 편안하게 하고 다음에 무슨 일이 벌어질 것인가 기대하면서 누워 있었다. 두려움에 떨었다고는 할 수 없다. 자신을 하늘로 던져 올리는 이 막대한 힘에 매우 흥분해 있었다.

갑작스럽게 로켓이 굉음을 울리더니 거대한 무게가 사라지고 숨 쉬기가 한결 편해졌다. 지금까지 느꼈던 힘이 사라졌다. 이제 지구에서 벗어난 것이다. 잠시 후 마지막 모터가 작동을 멈추자 침묵이 밀려왔고, 무게 감각은 완전히 사라졌다.

조종사는 몇 분째 항해사와 협의하면서 조종장치와 계기를 검사했다. 이윽고 그가 의자에서 몸을 돌려 승객들을 보고 말했다.

"그다지 나쁘지 않았죠? 시속 4만 킬로미터, 즉 이탈속도에 도달했기 때문에, 다시 달에 접근해 로켓의 속도를 늦추기 전까지는 무게를 느끼지 않을 겁니다."

그가 한 손으로 의자를 잡고 몸을 일으키자 대프니는 그의 발이 공중에 떠 있다는 사실을 알았다. 그는 의자에서 손을 놓고 슬로모션 영화처럼 허공에 떠 승객들을 향해 나아갔다. 우주 공간에서는 이런 일이 일어난다는 사실을 대프니도 잘 알고 있었지만, 실제 눈앞에서 보는 건 참으로 신기한 경험이었다. 자신에게도 같은 일이 일어나고 있다는 사실은 더욱 놀라웠다.

대프니가 '위'와 '아래'라는 개념이 아무 의미가 없다는 사실에 익숙해지기까지는 한참이 걸렸다. 대프니는 마침내 벽에 머리를 부딪치거나, 선실 이곳저곳에 심하게 부딪치지 않고서 미끄러져 이동하는 요령을 터득했다. 그렇게 왔다 갔다 하는 게 무척 재미있어서 몇 분이 지나서야 무엇인가를 잊어버리고 있었다는 사실을 깨닫게 되었다. 그리고 가장 가까이 있는 둥근 창으로 다가갔다.

대프니는 바다와 육지가 뚜렷이 보이는 거대한 지구가 우주 공간에 걸려 있을 거라고 기대했다. 지도 가게에서 보았던 거대한 공 모양의 지구를 상상했던 것이다.

그러나 예상과 전혀 달랐다. 실로 아름다워서 숨을 쉴 수 없을 지경이었다. 하늘을 거의 덮고 있는 지구는 초승달 모양을 하고 있었지만 달보다 100배는 더 크고 웅장하고, 눈부시게 황홀했다. 로켓이 지구의 밤에 해당하는 부분을 지났는지, 지구의 대부분이 어둠에 휩싸여 있었다.

별들을 가린 그 거대한 암흑의 원을 뚫어지게 바라보자니, 오래지 않아 여기저기서 불빛 조각들이 보였다. 어둠 속을 날아다니는 반딧불이처럼 빛을 발하는, 인류가 만든 도시를 위에서 바라보고 있는 것이었다.

거대한 초승달 모양의 지구와 그것을 감싸고 있는 암흑의 원반에서 눈을 돌린 것은 한참이 지나서였다. 그녀가 바라보는 순간에도 초승달의 모양은 점점 더 작아지고 있었다. 우주선이 지구의 그림자 속으로 속력을 내서 들어가고 있었기 때문이다. 몇 분 동안 태양의 모습은 완전히 사라졌고, 센타우루스 호가 다시 빛의 영역으로 들어서자 달과 별을 볼 수 있었다.

달! 어디에 있었지? 그녀가 다른 창문으로 자리를 옮기니 달은 지구에서 보던 그 모습으로 여전히 그곳에 있었다. 물론 아직은 그다지 커 보이지 않았다. 여행은 이제야 시작일 뿐이었다. 그렇지만 이틀 동안 달은 점점 커져서 하늘을 온통 가리게 될 것이고, 로켓은 빛나는 산악 지형과 거대한 회색 평원을 향해 항해를 계속해 나갈 것이다. 인류가 별을 탐사하는 초석을 처음으로 세운 바로 그 신비로우면서도 조용한 세계를 향해서 나가는 것이다. 어떤 모습일까? 누구를 만나게 될까? 대프니는 강렬한 흥분 때문에 도저히 잠자리에 들 수 없을 것 같았다.

아주 아름다운 꿈이었다. 대프니는 새처럼 자유롭게 움직이면서 어느 쪽이든 가고 싶은 방향으로 마음껏 날아다니고 있었다. 물론 전에도 이런 경험을 해 봤지만 이처럼 생생한 적은 없었고, 꿈을 꾸고 있다는 자각조차 그 아름다운 환영을 망치지 못했다.

갑자기 덜컹거리는 바람에 잠에서 깬 그녀는 현실로 돌아왔다. 눈을 뜨고 기지개를 켰다. 그리고 완전히 공포에 사로잡혔다. 주위는 깜깜했고 손을 뻗어 봤지만 아무것도 만져지지 않았다. 꿈은 갑자기 악몽으로 변해 버렸다. 그녀는 우주 공간을 떠다니고 있었지만, 도저히 움직일 힘이 없어 자포자기 상태였다.

딸칵 소리와 함께 선실에 빛이 들어왔고 로켓 조종사가 문을 가리고 있던 커튼 사이로 머리를 들이밀었다.

"왜 그러니?" 그가 묻곤 나무라듯 고개를 흔들었다. "이런! 내가 그렇게 얘기했는데."

대프니는 부끄러웠다. 물론 자기 잘못이었다. 침대에 달린 넓은 고무 밴드를 느슨하게 해 놓는 바람에 잠을 자는 동안 천천히 방 안을 떠돌아다녔던 것이다. 지금 그녀는 공중에 떠올라 조금씩 회전하고 있었지만, 어디로 어떻게 움직일지 알 수 없었다.

"시범 케이스로 거기 놔둘까 보다."

조종사는 말은 이렇게 했지만, 빈 침대에서 베개를 집어 들고는 윙크를 하고 말했다.

"잡아 봐."

그녀는 천천히 다시 움직였고, 잠시 후에는 벽에 붙어 몸을 가눌 수 있었다. 마틴 부인과 마이클이 잠에서 깨 졸린 눈을 비비고 있었다.

조종사가 말했다.

"한 시간 안에 착륙할 예정입니다. 잠시 후 아침 식사를 드시고 관측창에 자리를 잡으시면 편안하게 볼 수 있습니다."

아침 식사는 간단하게 끝났다. 중력이 없으니 힘을 쓸 일도 없었을 뿐더러 아무도 식욕이 없었기 때문이었다. 마이클조차 식빵 두 조각과, 탄성이 있는 그릇에 담겨서 살짝만 눌러도 곧바로 입 안에 흘러들어가는 우유만으로 만족했다.

위아래가 없었기 때문에 액체를 엎지르기란 불가능했다. 엎지르면 거대한 방울이 허공을 떠돌다 벽에 부딪쳐 사방에 튀었다.

이제 달은 수백 킬로미터 거리에 있었고, 너무도 거대해서 하늘을 온통 덮고 있었다. 사실 달은 더 이상 하늘에 걸려 있는 공이 아닌, 저 아래 펼쳐져 있는 풍경일 뿐이었다. 마이클은 어디에선가 지도를 구해 곧 도착할 곳의 특징적인 지형을 찾아보고 있었다.

"저곳이 비의 바다인 것 같아."

그가 산으로 둘러싸인 거대한 평지를 가리키면서 주저하듯 말했다.

"그래, 저기 가운데 있는 거대한 분화구가 세 개가 보이지. 이런 바보 같은 이름을 쓰지 않았으면 좋겠는데. 발음을 제대로 할 수가 없잖아. 저 거대한 분화구가 아르키…… 아르키메데스야."

대프니는 지도를 꼼꼼히 보고는 지상을 내려다보다가 반대 의견을 내놓았다.

"저건 바다가 아니야. 그냥 거대한 마른 사막일 뿐이야. 저 안에 있는 언덕하고 산등성이 보이지. 그리고 저 계곡을 봐. 이런! 저 계곡에 빠지지 말아야 하는데."

"글쎄, 지도에는 바다라고 씌어 있어."

마이클이 고집스럽게 말하더니 조종사에게 설명을 요청했다.

"달에 있는 어두운 지역들은 수백 년 전에 '바다'라는 이름이 붙었어. 망원경이 없던 시절이라 그렇게 불렀지만, 이제는 어떤 모습을 하고 있는지 볼 수 있게 됐지. 그래도 그 이름이 너무 익숙해져서 아무도 이름을 바꾸려고 들지 않아. 게다가 어떤 지역은 아름답기도 해. 지도를 보면 고요의 바다, 무지개 만, 꿈의 호수, 그리고 다른 지역들이 많이 있단다. 잠시 질문을 삼가렴. 바쁘거든. 안전벨트를 확인해 주시기 바랍니다. 곧 로켓 추진력을 사용할 예정입니다."

우주선은 시속 수천 킬로미터의 속도로 달을 향해서 곧장 하강하기 시작했다. 속력을 줄이기 위해 로켓이 뿜어내는 불길이 아니었다면 지금 우주선이 하강하고 있다는 생각을 하기는 어려웠다.

오랜 시간 침묵 속에 있다가 갑자기 울려 퍼진 로켓 소리는 무척이나 인상적이었고, 거대한 모터가 다시 돌아가기 시작하면서 달은 더욱더 가까워져졌다. 갑작스레 다시 무게를 느낄 수 있게 되었고, 대프니는 의자 속으로 빨려 들어가는 느낌을 받았다. 그렇지만 이륙할 때처럼 그렇게 강하지 않아 곧 익숙해졌다.

그녀는 관측창을 통해서, 아직 수백 킬로미터 아래에 있는 달로 급격하게 추락하는 것을 막아 주는 백열 불기둥을 보았다. 우주선은 산으로 둘러싸인 거대한 반지 모양 땅의 중심부를 향해 하강하고 있었다. 이윽고 로켓의 작동 소음이 멈췄고, 거대한 봉우리들 중 일부는 이미 우주선 위로 솟아올라 있는 것처럼 보였다.

아래에는 평평하면서도 황량한 평원이 펼쳐져 있었고, 곧바로 대프니는 작은 원형 건물들을 볼 수 있었다. 다시 한 번 로켓이 섬광을 발하자 지상에 펼쳐졌던 광경들은 화염 속에 모습을 감췄고, 제트엔진 때문에 먼지구름이 일었다. 잠시 후 부드러운 충격이 있었고, 이윽고 침묵이 찾아왔다.

달에 도착한 것이다.

대프니는 지상의 바위 표면을 바라보았다. 당연하게도 아무도 없었다. 로켓이 작동하는 동안 지상에 있으면 무척 위험했고, 지상 정비원들은 피해 있다가 모습을 드러냈기 때문이다. 하강하는 동안 보았던 그 거대한 산들은 다 어디 있을까? 작은 언덕을 제외하고는 로켓이 서 있는 평원은 지평선까지 평평해 보였다.

이윽고 대프니는 지평선이 얼마나 가까이 있는지 알게 되었다. 달은 작은 별이었기 때문에(지구의 4분의 1이었나? 맞나?) 지표면은 매우 급한 곡선을 이루고 있었다. 분화구의 산자락들은 평원의 가장자리 아래 위치해 있었다.

이상한 모습을 한 운반 차량이 2킬로미터 떨어진 작은 언덕 뒤에서부터 자신들을 향해 다가왔다. 그들은 로켓 하단부까지 다가왔고, 이윽고 대프니는 커다란 기계 소리들을 들을 수 있었다. 작게 공기가 새어 나가는 소리가 났고, 천천히 선실 문이 열렸다.

조종사가 말했다.

"들어오세요. 엘리베이터처럼 내려갈 겁니다."

그의 말은 정확했다. 마틴 가족은 작은 원형 상자 안에 들어갔다. 기계 음성이 문에서 떨어지라고 말했고, 이윽고 지상으로 하강하는 느낌을 받을 수 있었다. 다시 문이 열리고 밖으로 나갔을 때, 놀랍게도 그곳은 거대한 버스 내부였다. 지붕은 두껍고 투명한 플라스틱판으로 완전히 덮여 있었다.

깜짝 놀란 대프니는 어떤 방식으로 이동한 건지 궁금했다. 이윽고 그녀는 작은 승강기가 다시 공중으로 올라가는 것을 볼 수 있었다. 그것은 마치 소방차의 대피 사다리처럼 길게 늘어난 팔로 로켓의 측면을 오르고 있었다. 잠시 후 조종사와 항해사가 내려왔고, 버스는 분화구 바닥으로 덜컹거리며 달리기 시작했다. 너무 상업적이고 기계적이어서 낭만적인 느낌은 하나도 들지 않았다.

"아빠가 어디 계실까?"

마이클이 소리쳤다.

"관측소에 계실 거야."

안전하게 짐이 도착하기를 바라면서 어머니가 말했다.

"봐, 저기 있잖아!"

그들은 언덕을 돌아 평평한 곳을 달렸고, 하늘을 배경으로 거대한 거미 모양의 금속 구조물이 보이기 시작했다. 대프니는 그것들이 망원경이라고는 상상도 하지 못했다. 왜냐하면 지구에서는 관측소를 상징하는 은색 돔이 그곳에는 없었기 때문이다. 물론 달에서는 돔이 필요 없었다. 여기서는 바람도 불지 않고 비도 내리지 않았기 때문에, 가장 정교한 과학 장비조차 아무 보호 장치 없이 야외에 나와 있었다.

그러나 천문학자들은 달 표면에서 15미터 아래 땅속에 조명 시설이 잘된 곳에서 살아야만 했다. 그쪽으로 가려면 버스가 깊게 깎인 길로 운전해 들어가 넓은 금속문 앞까지 가야 했다. 그들이 다가가자 문이 천천히 열렸다.

차량을 주차할 수 있을 정도로 큰 방이 나왔고, 등 뒤에서 문이 닫혔다. 공기가 새어 나가는 소리가 들렸다. 이윽고 전방의 문이 열리자 버스는 거대한 지하 주차장으로 미끄러져 나아갔다. 다시 주변에 공기가 생겼다. 대프니는 외부와 달리 밖에서 소리가 들린다는 차이를 느꼈다.

"저기, 아빠다."

마이클이 버스 창문 밖을 가리키면서 흥분으로 가득 차 소리쳤다.

마틴 교수는 주차장 구석에 있는 조그마한 환영단 한가운데 서서 식구들에게 손을 흔들어 보였다. 잠시 후 버스에 올라탄 그는 가족들을 반기는 뜻으로 포옹과 키스를 원 없이 주고받았다.

"음, 여행 즐거웠어? 우주 멀미 아무도 안 했지?"

숙련된 여행객들로부터 터무니없다는 반응이 쏟아져 나왔다.

"그렇다니 다행이군. 이제 내 방으로 갈까? 잠시 쉬고 뭔가 좀 먹어야겠지?"

5분 동안 대프니는 걷는 법을 새로 배워야 했다. 달의 중력이 낮아서 몸무게의 6분의 1만을 느꼈기 때문에, 발걸음을 뗄 때마다 공중으로 1미터씩 떠오르곤 했다. 그러나 이에 대한 해결책이 마련되어 있었다. 방문객들은 무거운 납이 부착되어 있는 넓은 벨트를 지급받았다. 이걸 착용해도 여전히 가벼운 느낌이었지만, 걷기는 그만큼 쉬웠다. 대프니는 더 이상 날아갈 듯한 기분은 들지 않았다.

마틴 교수가 말했다.

"여기에 익숙해지면 벨트는 벗어도 돼. 우리는 아무도 안 매고 있잖아? 이건 단지 연습 문제야. 그냥 너무 빨리 움직이지 않는 법을 배우면 되지. 그렇지만 원하면 뛰어다녀도 돼."

그는 힘들이지 않고 6미터 높이의 천장으로 솟구쳐 올라갔고, 몇 초 후에는 천천히 지상으로 내려왔다. 그가 주의를 줬다.

"그렇지만 익숙해지기 전까지는 혼자서 하지 않는 편이 나을 것 같아. 그러지 않으면 머리로 착륙하는 사태가 발생할 거야. 자, 이리 와서 직원들을 만나 봐."

비록 정확한 이유는 말할 수 없었지만, 대프니는 천문학자들이란 항상 망원경을 보아야 하기 때문에 꿈꾸는 듯한 표정을 한, 수염을 기른 늙은 사람들일 것이라고 생각했다. (아빠는 언제나 그렇지만 예외에 속했다.)

그러나 관측소 직원 중 단 한 사람도 생각했던 모습이 아니라는 것을 이내 알 수 있었다. 대부분은 20대나 30대였고 그중 절반은 여자였다. 그리고 젊은 사람들의 표정은 결코 꿈꾸는 사람의 그것이 아니라 오히려 정반대였다.

소개가 끝나고 그들은 마틴 교수를 따라서 넓은 복도를 따라 걸었다. 복도는 '중앙 방송실', '행정실3', '의료실', '거주 구역', 혹은 흥미를 자아내는 '위험! 접근 금지!'와 같은 표지판이 붙은 수많은 교차로로 갈라지고 있었다. 대프니는 지구의 거대한 건물 안에 있는 기분이었다. 며칠 지나면 의식 못하겠지만, 조명이 주는 이상한 느낌만이 다른 세상에 있다는 인식을 주었다.

마틴 교수의 개인 사무실은 달 기지의 거주 지역에 있는 방 네 개짜리 건물이었다. 지하에 있었지만, 방은 쾌적하고 바람이 잘 통하는 것 같았다. 마틴 부인은 장식물을 살펴보고는 손볼 곳이 많다고 생각했다.

얄팍하지만 편안한 의자에 앉자마자 마틴 교수는 담뱃불을 붙이고 천장을 향해 담배 연기를 뿜어냈다. 천장에 달린 공기 청정기가 재빨리 연기를 흡입했다.

"다들 보니 진짜 기뻐. 쌍둥이들에게는 미안하지만 우주선에 충분한 공간을 낼 수가 없었거든. 그리고 너무 어리기도 하고."

"여보, 우리한테 그런 설명 한 적 없잖아. 왜 당신이 지구로 내려오지 않았어?"

부인이 말했다. (그녀의 눈은 다소 험악해 보였다.)

마틴 교수가 신경질적으로 기침을 했다.

"그게 실은 정말 우연의 일치라고 할 수 있어. 이틀 전에 집에 가려고 하고 있었는데, 내가 일생을 두고서 기다렸던 일이 생겨 버렸지 뭐야. 초신성을 발견했단 말이지."

"아주 대단하게 들리는데, 도대체 그게 무슨 말이야?"

"초신성은 거대한 폭발을 일으켜서 갑자기 수억 배 이상 밝아지는 별이야. 사실 며칠 동안 우주 전체가 빛나는 것처럼 밝은 빛을 쏟아냈지. 우리는 무슨 이유로 이런 현상이 일어나는지는 몰라. 천문학의 난제 중의 하나라고 할 수 있지.

하여튼 아주 근처에 있는 별에서 일어난 일이고, 정말 끔찍할 만큼 운이 좋아서 폭발이 최고조에 달하기 전 초기 단계부터 파악할 수 있었단 말이지. 그래서 정말 놀라운 관찰을 할 수 있었지만, 지난 며칠간은 완전히 지쳐 버렸어.

이제 일을 정리해야만 해. 그러려면 몇 주 걸릴 거야. 신성은 지금 천천히 죽어 가고 있고, 정상적인 상태로 돌아오면 별에 어떤 일이 일어나는지 보고 싶어. 가장 밝은 상태일 때는 얼마나 휘황찬란한지 지구에서 낮에도 볼 수 있을 정도였어. 라디오로 소식 들었지?"

"기억이 나긴 해. 대충 넘겨들었지만 말이야."

마틴 부인이 모호하게 말했다.

마틴 교수는 짐짓 실망한 듯 손을 흔들어 보였다.

"500년 만에 발생한 일인데 주의를 기울이지 않았다니! 거대한 폭발로 태양이 통째로 날아갔을 거야. 어쩌면 주변 행성들까지 몽땅. 그런데 그게 당신에게 아무런 영향도 미치지 않았다고!"

"확실히 영향을 미쳤지. 내 휴일 전체를 망쳐 놓았고, 마주르카 대신 여기 달에 와야 했잖아. 그렇지만 뭐 신경 쓰지는 않아. 이것도 커다란 변화야?"

그녀가 웃으면서 말했다.

대프니는 조금 겁을 먹긴 했지만 황홀해하며 이 대화를 듣고 있었다. 별이 폭발하는 모습(태양이 통째로, 어쩌면 그 주위를 돌던 별들까지)을 머릿속에서 지울 수가 없었다. 그녀가 말했다.

"아빠! 여기서도 일어날 수 있는 일이에요?"

"무슨 말이야?"

"뭐라고 하셨죠? 그래, 초신성. 태양도 초신성이 될 수 있나요? 그리고 만약 그렇다면 무슨 일이 일어나죠? 지구가 녹아 버릴 것 같은데요."

"녹는다고! 이런, 그럴 만한 시간도 없어. 가스가 한번 휙 불고 지나가면 사라져 버리고 말 거야. 그렇지만 걱정하지 마. 그런 일이 생길 확률은 거의 없다고 봐도 돼. 다른 즐거운 이야기 좀 해 보자. 오늘 밤 댄스파티가 있는데, 모두 함께 갔으면 해."

"춤이라고요? 여기 달에서?"

"왜? 여기서도 할 수 있는 한 다양한 오락거리를 즐기면서 살려고 한다고. 극장도 있고, 작은 오케스트라도 있고, 훌륭한 극단도 있고, 스포츠클럽, 그리고 다른 것들도 많이 있어서 비번일 때는 항상 즐길 수 있지. 그리고 하루에 두 번씩 춤을 추기도 해. 정오하고 자정에."

대프니가 숨을 몰아쉬었다.

"하루에 두 번요? 도대체 일은 언제 해요?"

마틴 교수의 눈이 빛났다.

"내 말은 달에서의 하루 말이야. 지구에서는 거의 한 달에 해당한다는 것을 잊지 말라고. 지금은 거의 정오에 가까운 시간이라서 앞으로 7일간은 태양이 지지 않을 거야. 그렇지만 우리가 가진 시계와 달력은 지구 시간을 따르고 있어. 왜냐하면 인간은 2주간 잠을 잘 수도 없고, 2주간 휴식 없이 일만 할 수도 없거든. 처음에는 다소 혼란스럽지만 곧 익숙해질 거야.”

그는 반대편 벽에 높게 걸려 있는 시계를 바라보았다. 숫자는 몇 개 없었지만 시침과 분침이 세 쌍 있는 복잡한 시계였다.

“시계를 보니 생각나네. 이제 ‘리츠’에 가야 할 시간이야. 우리는 간이매점을 리츠라고 부르지. 점심이 준비됐어.”

그날 저녁 늦게야 대프니는 피곤하지만 만족스럽게 잠자리에 들 수 있었다. 댄스파티는 성황리에 끝났다. 처음으로 그녀는 솟구쳐 오르거나 질질 끌지 않으면서 파트너와 조화를 이뤄 가며 춤을 추는 법을 배웠다.

대프니는 예전에 오래된 영화에서 봤던 볼룸 댄스의 느린 동작이 생생하게 기억났다. 오늘 춤이 바로 그렇게 우아하면서도 움직임이 가벼웠다. 이제 지구에서 추는 춤은 아무런 재미도 없을 것 같은 생각이 들었다. 좋은 점이 하나 더 있었는데, 발이 조금도 아프지 않다는 것이었다. 무엇보다도 여기서는 10킬로그램 정도밖에 나가지 않으니까 말이다.

몸을 편하게 하고 자려고 했지만, 몸은 피곤해도 머리는 여전히 활기차게 움직이고 있었다. 짧은 하루에 엄청나게 많은 경험을 해 버린 것이다. 또한 아주 흥미로운 사람도 많이 만날 수 있었다. 대부분 대학을 졸업하고 바로 온 사람들이었는데, 젊은 천문학자 중의 어떤 사람들은 상당히 매력적이었고, 그들 모두가 내일 관측소를 구경시켜 준다고 자원했다. 그중에서 누군가를 선택하기란 쉽지 않았다……

마침내 잠이 들기 전 마지막으로 한 생각은 이 지하 세계나 여기서 일하고 노는 사람들과 무관한 것이었다. 대프니는 정오의 태양이 여전히 머리 위에서 광휘를 내뿜고 있는 고요하고 텅 빈 평원을 바라보고 있었다. 비록 여기 이 지하 세계의 시계가 그리니치 시간으로 밤 12시 30분을 가리키고 있었지만 말이다.

태양 옆에는 얇은 초승달 모양의 지구가 있었다. 앞으로 2주 동안 지구는 천천히 커지다가 마침내 매혹적인 원반이 돼 이 신비로운 땅을 한밤의 광휘로 물들일 것이다. 그리고 셀 수 없는 성단이 밤낮으로 끊임없이 빛을 내면서 검은 벨벳과 같은 하늘 위에 흩뿌려질 것이다.

이 중에 새롭게 모습을 선보였지만, 천천히 빛이 약해져 가는, 그렇지만 여전히 하늘에서 가장 빛나는 별 하나가 있었다. 아빠는 그 별을 토러스 신성이라고 불렀고, 그게 가까이 있다고도 말했다. 그 거대한 폭발은 엘리자베스 여왕이 권좌에 있었을 때 생긴 일인데, 이제야 그 빛이 초당 30만 킬로미터의 속력으로 지구에 다다른 것이다.

대프니는 상상도 할 수 없는 거대한 심연을 생각하고 조금 몸을 떨었다. 지구에서 달까지의 거리는 머리카락 한 올만큼도 되지 않는 셈이다.

"여기 검은 안경이 있어요. 로켓이 점화되면 바로 써 주세요."
노먼이 말했다.

대프니는 아무 생각 없이 안경을 받아 들었지만, 4킬로미터 떨어진 평원 위에 자리 잡은 빛나는 괴물에게서 눈을 떼지 못했다. 관측소가 있는 낮은 산등성이 정상에서는 로켓이 새로운 여행을 위해서 달을 떠나는 발사장 전경을 볼 수 있었다. 비록 자기도 우주선으로 여행을 해 봤지만, 실제로 이륙하는 광경은 처음 보는지라 느낌이 이상했다.

태양 빛에 달궈진 화산암 위에 서 있는 우주선은 지구에서 타고 온 로켓보다 훨씬 더 거대했고, 더 먼 곳을 탐사하기 위한 로켓이었다. 몇 초가 지나면 달을 떠나 하늘로 솟아오르며 지구도 태양도 아닌, 저 먼 화성을 향해서 긴 여행을 시작할 것이다. 1억 킬로미터도 훨씬 넘는 거리였다.

갑자기 우주선에서 불타는 백열의 화염이 뿜어져 나왔지만 어떤 소리도 나지 않았다. 거의 동시에 우주선은 평원에서 발생한 먼지구름에 가려 보이지 않게 되었다. 그 구름은 희미한 안개를 이뤘고, 그 안에서는 믿을 수 없을 정도로 밝게 빛나는 태양이 불타고 있었다. 놀랄 만큼 천천히 우주선이 지상에서 솟아올라, 별로 뒤덮인 하늘로 떠오르기 시작했다.

어느새 먼지구름은 사라졌고, 대프니는 왜 검은 안경을 써야 하는지 이유를 알 수 있었다. 로켓이 태양보다 더 뜨겁고 빛난다던 누군가의 말을 이해할 수 있었다.

검은 안경을 통해서 그녀는 우주선이 천천히 상승하는 모습을 보았다. 반사광으로 인해 지상의 풍경이 희미해지는 것을 확인할 수 있었다. 이제 로켓은 속력을 내기 시작했다. 1분 정도가 지났을 때는 이미 36킬로미터 이상 비행한 상태였다. 대프니는 안경을 벗고 별들 사이에서 점차 희미하게 보이다가 마침내 완전히 사라질 때까지 우주선을 바라보았다. 내연 기관들이 떨어져 나갔다. 그것들은 임무를 다했고, 그 거대한 로켓은 이제 모선의 화성 여행을 위해 조용히, 그리고 아무런 방해도 되지 않게 천천히 활강을 할 것이다.

노먼이 부드럽게 말했다.

"장관이죠? 아무 소리도 들을 수 없어서 더욱 인상적이었으리라는 생각이 드네요."

옳은 말이었다. 대프니는 이제 3일째 달에 머문 상태였다. 지금까지 자신이 알아 왔던 것과는 전혀 다른 세계의 변방에서 지내고 있다는 사실을 종종 잊곤 했다.

북적거리는 관측소 내부에는 공기와 일정한 기온, 그리고 소리도 있었다. 약해진 중력을 제외하고는 지구에 산다는 생각이 들 정도였다. 그럴 때는 달 표면에 있는 전망대로 가는 계단을 오르기만 하면 다른 세상에 있다는 것을 분명히 실감할 수 있었다.

자신과 황량한 달 풍경 사이에는 몇 센티미터 두께의 방풍 유리뿐이었고, 달의 절대적인 침묵은 손으로 만질 수 있는 담요처럼 그녀를 두르고 있었다. 대프니는 여기에서 외계인이자, 자신의 세계가 아닌 곳에 침입한 사람이었다. 그녀는 작은 공기 방울들에 감싸여 낯설고 위험한 지역을 여행하는 물거미가 된 느낌이었다.

그렇지만 가능하면 여기에 한 시간 정도 머물면서 평원을 바라보거나 서쪽에 보이는 산봉우리를 그려 보고 싶었다. 지구의 그 어떤 산맥보다도 더 높은 저 먼 봉우리들은 이른 오후의 태양 아래에서 이글거리고 있었다. 비록 그들 위로는 별들이 새까만 하늘 아래 휘황찬란하게 빛나고 있었지만 말이다.

대프니는 저녁 댄스파티에서 노먼 필립을 만났고, 자기 안내원으로 딱 좋다고 생각했다. 노먼은 젊은 지질학자(혹은 월학자, 정확하게 말하자면)였고, 원래는 달 반대편에 있는 두 번째 달 기지에서 근무하는

데, 잠시 휴가차 이곳 관측소에 머물고 있었다. 그가 비번이라는 점은 대프니에게 기꺼이 달 구경을 시켜 주려고 했던 다른 과학자들보다 상당한 장점으로 작용했다.

마틴 교수는 이를 허락했지만, 눈치 없이 마이클도 함께 가야 한다고 단서를 달았다. 노먼은 이 제안이 탐탁지 않았는데, 특히 마이클이 너무 말이 많고 모든 일이 어떻게 돌아가는지 알고 싶어 한다는 것을 알고 나서는 더욱 그랬다.

결과적으로 첫 번째 여행은 다소 느렸고, 대프니는 기계장치가 지겨워지기 시작했다. 다행히도 중앙 통제실에 마이클을 떼어 놓고 올 수 있었다. 마이클은 그곳에서 수석 기사에게 달라붙어 밥 먹는 시간에만 얼굴을 보였다.

대프니는 비로소 처음 느꼈던 혼란을 정리할 수 있었고, 관측소를 명확하게 그릴 수 있었다. 여하튼 그녀는 이제 혼자 있을 때도 길을 잃어버리지 않았다. 사람들은 거의 20년 동안 이곳 거대한 분화구 바닥 아래에 터널을 뚫고 굴을 만들었지만, 이 모든 것은 인간이 처음 달에 착륙한 지점으로부터 몇 킬로미터 안에서만 이뤄진 일이었다.

초기 개척자들은 살아남는 문제에 전력을 쏟아 부었다. 밤과 낮 사이에 존재하는 살인적인 기온차를 피해 지표면에 장비를 남겨 둔 채 지하로 몸을 숨겨야만 했다. 달 기지를 만드는 것은 우주여행 못지않은 대단한 성과였다. 공기, 물, 음식, 초기에는 이 모든 것들이 지구에서 38만 4000킬로미터 거리를 날아왔다.

그렇지만 오래지 않아 탐사 대원들이 광물 자원을 발견하면서 달은 보물을 쏟아내기 시작했다. 이제 기지는 스스로 공기를 만들어 낼 수 있었고, 여러 해가 지나자 필요한 모든 식량을 재배할 수 있게 되었다. 대프니는 지하에 있는 이상한 형태의 농장을 보았다. 넓은 지역에 걸쳐서 믿을 수 없을 정도로 빠르게 식물들이 자라고 있었는데, 이는 덥고 습한 대기와 엄청난 태양빛 덕분에 가능했다.

어느 날, 노먼이 대프니에게 공기가 없는 달 표면에서도 자라는 식물을 개발할 수 있다고 말해 주었다. 그렇게 되면 이 녹색 카펫이 세상의 모습을 바꾸면서 빈 평원 가득 퍼져 달의 모습을 바꿔 놓게 될 거라고 했다.

이제 그 초기 개척 시대가 끝났으므로, 달 기지의 삶은 그다지 금욕적이지만은 않았다. 비록 지구 기준으로 보자면 스파르타처럼 엄격했지만 말이다. 다목적 게임과 오락실이 있었고, 막사들도 작지만 아주 편안했다.

그러나 대프니가 가장 좋아한 것은 사람들이었다. 그들은 지구 사람들보다도 훨씬 더 친절했다. 자신이 감독관의 딸이기 때문만은 아닌 듯했다. 대프니는 그들이 한가족처럼 보인다는 인상을 받았다. 그들은 살아남기 위해서 함께 일해야 한다는 사실을 잘 알고 있었던 것이다.

노먼이 싱글거리며 말했다.

"지금 무슨 생각 해?"

대프니는 깜짝 놀라 백일몽에서 깨어났다.

"그냥 이런저런 생각하고 있었어요. 여기서 오래 살면 어떤 느낌이 들어요? 지구가 그립지 않나요? 별들로 가득 찬 하늘과 저 황량한 바위들이 지겹죠? 저것들이 무척, 음…… 눈부시다는 것은 알지만, 아무 변화도 없잖아요. 때로는 구름이나 초원, 또는 바다와 같은 것들이 그립지는 않나요? 저는 바다가 무척 그리워요.”

노먼은 웃음을 지어 보였지만, 어딘가 생각에 잠긴 표정이었다.

“그래, 때때로 그런 게 그리워지곤 하지. 그렇지만 대체로 그런 생각을 할 만큼 여유롭지 않아. 알다시피 흥분되고 멋진 일을 맡으면, 다른 데는 신경 쓰이지 않잖아. 게다가 2년마다 지구에 휴가를 가기도 하고. 집에 틀어박혀 있는 것보다 더 많은 것을 얻을 수 있는 이 늙은 행성이 고마운걸.” 그는 살짝 웃었다. “원할 때면 언제나 지구를 볼 수도 있잖아. 무엇보다도 지구는 하늘에 항상 걸려 있단 말이지. 달의 이쪽 면에서는 항상 고향을 볼 수 있어. 구름에 가려져 있지만 않으면 말이야. 아, 그러고 보니까 생각나네. 작은 망원경을 하나 보게 해 주려고 했는데. 망원경이 준비됐는지 한번 가 볼까?”

망원경을 준비하는 데 3일이나 걸린다니 이상한 일이었다. 망원경은 다양한 연구 목적으로 끊임없이 쓰이기 때문에, 그저 별을 보는 용도라면 준비하는 데 시간이 많이 걸린다는 게 이유였다. 게다가 거대한 망원경은 사진을 찍기 위해 한 곳에 고정되어 있었기 때문에, 여유가 있더라도 쓸 수 없었다.

노먼이 대프니를 데리고 간 곳은 달 표면 바로 아래에 있는 방으로, 중앙 관측소에서 그곳에 가려면 계단을 한 층 올라가야만 했다. 대프니에게 그곳은 기계장치가 무질서하게 뒤죽박죽 섞여 있는 작은 방으로 보였다. 나이 든 남자가 심각한 표정으로 복잡한 텔레비전 수상기처럼 보이는 기계 내부에 납땜을 하고 있었다. 그는 일을 방해받은 것이 영 탐탁지 않은 표정이었다.

그가 말했다.

"30분밖에 시간이 없습니다. 마틴 교수에게 이 분광 분석기를 18시간 안에 고정해 놓겠다고 약속했기 때문이죠. 뭘 보고 싶나요?"

"추천해 주세요."

"자, 봅시다. 행성 10개, 대략 50개의 위성들, 수백만 개의 성운들, 그리고 수십억 개의 별들. 선택하세요."

"30분 안에 볼 수 있는 것은 그다지 많지 않아. 어떻게 할까……. 그래, 안드로메다 성운을 보자."

천문학자는 시계를 보더니 머릿속으로 계산을 하고 버튼을 몇 개 눌렀다. 전기 모터가 작동하는 소리가 들렸고 불빛이 희미하게 비쳤다.

"어디를 봐야 하나요?"

망원경이라곤 한 번도 만져 본 적이 없는 대프니가 물었다.

"의자에 앉아서 이 접안경을 들여다봐. 오른쪽에 있는 손잡이로 초점을 맞춰. 이런 식으로 하는 거야. 알았지?"

대프니는 검고 밀도가 높아 보이는 원 안을 빠르게 가로지르는 별들을 바라보았다. 그 별들은 너무 빨리 움직여서 마치 가느다란 광선처럼 보였다. 머리 위에서 그 거대한 망원경은 하늘을 가로질러 도저히 믿을 수 없는 거리 너머에 존재하는 목표물을 찾아 움직이고 있었다. 갑자기 화면이 고정되고 별들이 바늘구멍처럼 작아 보이더니, 그들 중 일부는 별이 아닌 것처럼 떠돌아다니고 있었다.

눈으로 보고도 설명하기가 쉽지 않았다. 거대 성운이 별들의 장막 너머에서 유령처럼 희미하게 빛나고 있었다. 불타는 타원형의 안개

구름은 주위 어둠 속으로 지극히 조금씩 녹아 들어가 그 끝이 정확히 어디인지 아무도 알 수 없었다.

노먼이 조용히 말했다.

"우리 이웃이야. 바로 우리 은하 옆에 있는 우주야. 그렇지만 너무 멀리 있어서 지금 보고 있는 빛은 인간이 지구에 모습을 드러내기 전부터 여행을 시작한 빛이라고 할 수 있지."

"그게 무슨 말인데요?"

대프니가 속삭였다.

"음, 모든 별들이 거대한 원반 모양의 은하(어떤 사람들은 그것을 섬우주라고 부르기도 하지만)에 속해 있다는 것은 알고 있겠지? 은하 하나에는 수십억 개의 별이 있고. 우리는 그중 하나에 속해 있지. 그리고 저건 여기서 가장 가까이 있는 은하고. 그렇지만 너무 멀어서 별 하나하나를 보는 건 무리야. 비록 더 큰 망원경으로는 볼 수 있겠지만. 저 너머에 다른 우주가 우리 눈에 보이는 것만 수백만 개가 더 있어."

"그 중에 지구와 같은 세계도 있나요?"

"누가 알겠어? 저렇게 먼 거리에 있으니, 지구와 같은 행성은 말할 것도 없고 태양조차도 볼 수가 없잖아. 그렇지만 분명 많은 행성들이 저기에 있고, 그들 중 많은 별에 어떤 종류든 생명이 있을 거라고 생각해. 우리가 찾을 수 있는지 모르겠지만. 그렇지만 좀 더 가까이 옮겨 보자고. 이제 시간이 별로 없어."

대프니에게 이 30분이라는 시간은 놀라운 경험의 연속이었다. 그 거대한 망원경은 머리 위의 먼지와 조용한 평원 너머에 있는 천체의

신비를 모아 보여 주고 있었다. 무지개 색으로 빛나는 보석같이 아름
다운 별들, 형광색으로 빛나는 안개 같은 구름들, 알 수 없는 힘으로
인해 기이한 형태로 뒤틀린 것들, 목성과 그 위성들, 그리고 이들 중에
서 가장 경이로운 것은, 지구보다 8배나 더 크지만 오히려 섬세한 예술
작품처럼 보이는, 고리를 두르고서 평온하게 떠다니는 토성이었다.

이제 그녀는 천문학자들이 왜 산속의 맑은 하늘에 도취되는지, 그
리고 마침내 우주를 건너 달로 오는지 이해할 수 있었다.

천천히 지하 주차장 외부의 문이 열렸고, 버스는 달 표면으로 이어
진 가파른 경사로를 오르기 시작했다. 달의 유일한 이동 수단이 구식
버스라는 게 이상하다고 대프니는 생각했다. 그렇지만 달에서 맞닥뜨
린 이상한 일들이 대부분 그랬듯이, 이번에도 막상 설명을 들어 보면
합당한 이유가 있었다. 수백 킬로미터를 여행하기 위해서 로켓을 타
는 것은 지나치게 비용이 많이 들고, 또 대기가 없으니 비행기와 같은
이동 수단을 사용할 수도 없었던 것이다.

그 거대한 차량은 움직이는 호텔과도 같았다. 거의 12미터나 되는
높이로, 수십 명의 사람이 일주일 이상을 편안하게 지낼 수 있었다.
강력한 전기 모터로 움직이는 캐터필러 한 쌍으로 움직였으며, 운전
사는 전방에 약간 솟아오른 운전석에 자리를 잡았고 객실에는 밤에
는 침대로 변하는 편안한 의자가 비치되어 있었다. 후방에는 부엌과
저장소, 그리고 작은 샤워실도 있었다.

대프니는 함께 여행하는 승객들이 누군지 살펴보았다. 그들 가족
말고도 10명의 승객이 더 있었는데, 대부분 노먼처럼 제2기지에 있는

연구원들과 교대하러 가는 과학자들이었다. 이름은 몰랐지만 얼굴은 알고 있었기 때문에 여행 동료가 많다는 느낌을 받았다.

버스는 이제 덜컹거리면서 시속 65킬로미터의 속력으로 정북쪽을 향해 분화구 바닥을 달리고 있었다. 땅이 평평했고, 다른 장애물은 이미 그 거친 도로를 만들 당시 불도저로 밀어 버린 상태였기 때문에 속력을 내기는 어렵지 않았다. 대프니는 빨리 경치가 바뀌기를 바랐다. 가는 동안 줄곧 이런 식이라면 정말 단조로운 여행이 될 것 같았다.

대프니의 바람은 금방 실현되었다. 저 멀리 지평선에 들쭉날쭉한 봉우리가 모습을 드러내기 시작했고, 시간이 지남에 따라 그들은 점점 하늘 높이 올라가기 시작했다. 달 표면이 가파르게 굽어져 있기 때문에 처음에는 단조로운 구릉들이 다가오는 것처럼 보였지만, 이윽고 대프니는 그들 앞에 몇 천 미터에 이르는 산의 장벽들이 솟아 있는 것을 보았다.

통과할 수 있는 길이나 계곡이 있는지 살펴보았지만 없었다. 갑자기 구역질이 나는 느낌이 들어 바라보니, 버스는 그 거대한 장벽을 향해서 정면 돌파를 시도하고 있었다.

전방에는 지붕처럼 생긴 가파른 경사면이 불쑥 솟아올라 있었다. 모터가 돌아가는 소리가 갑작스럽게 들리더니 거대한 버스는 가늠할 수 없는 속력으로 마치 하늘에 있는 별에 다다를 듯 끝없이 뻗어 있는 바위 단층을 향해서 돌진했다. 대프니는 급변한 상황 때문에 의자에 털썩 주저앉으며 겁에 질려 낮은 신음 소리를 냈다. 마틴 부인 역시 불안해서 남편을 보려고 고개를 돌렸는데, 모두 기분 좋게는 보이지 않았다.

마틴 교수는 장난기 어린 눈으로 가족을 향해 살짝 웃음을 지어 보였다.

"걱정하지 마. 안전하다고. 중력이 낮아서 생기는 장점 중의 하나지. 앉아서 경치를 즐기기만 하라고."

정말 즐길 만한 가치가 있었다. 이윽고 그들은 현재 달리고 있는 거대한 평원 너머 저 먼 곳까지 볼 수 있게 되었다. 분화구가 점점 더 가까워지자 대프니는 분화구의 벽이 거대한 계단 형태로 이루어져 있다는 것을 알 수 있었다. 지금 그들은 분화구로 거의 다 올라와 있었다.

그들은 곧 산꼭대기에 올라섰고, 계곡으로 내려가는 대신 왼쪽 길을 따라가기 시작했다.

분화구의 바깥 가장자리까지 도달하는 데 거의 두 시간이 걸렸다. 거대한 계곡을 따라서 이리저리 다니고, 넘을 수 없을 것만 같던 경사면을 향해 돌진하자 두렵기도 했지만, 손에 땀을 쥘 정도의 흥분 속에서 두 시간이 지나갔다. 마침내 그 거대한 벽을 뒤로하고 울퉁불퉁한 언덕들을 마주했다. 이제는 더 빨리 여행할 수 있었다. 달의 다른 곳도 마찬가지이겠지만, 경사로가 분화구 내부보다 가파르지 않았기 때문이다. 그래도 내리막길이 끝나고 평지에 다시 접어들기까지 또 두 시간이 더 걸렸다.

시간이 흐르면 사람은 무엇에든 적응한다. 심지어는 달에서 버스를 타고 달리는 데도 적응한다. 아무런 특징도 없는 경치들을 하릴없이 바라보던 대프니는 마침내 잠에 빠져 들었다. 의자를 침상으로 바꾸는 손잡이를 움직이고 밤의 세계로 들어갔다.

몇 시간이 지나고 버스가 덜컹거려 다시 언덕길을 오르고 있을 때 그녀는 잠에서 잠시 깨어났다. 매우 깜깜했다. 벨벳처럼 검은 하늘에서 이글대는 태양 빛을 막기 위해서 블라인드가 내려져 있었다. 모두들 졸음에 시달리고 있었고, 대프니는 아무 말도 하고 싶지 않았다.

다시 잠에서 깨어났을 때는 블라인드가 올려져 있었다. 태양빛이 선실을 비췄고, 작은 취사실에서는 맛있는 냄새가 풍겼다. 버스는 낮게 이어진 언덕 꼭대기를 따라 천천히 움직이고 있었고, 대프니는 다른 승객들이 모두 뒷좌석에 있는 관측창에 모여 있는 것을 보고 깜짝 놀랐다.

대프니는 창문으로 다가가 밤새도록 달려온 길을 바라보았다. 마지막으로 봤을 때는 지구가 남쪽 하늘에 낮게 걸려 있었다. 그렇지만 지금은 어디에 있을까? 거대한 초승달 모양은 아주 작은 부분만 지평선 위에서 은빛을 발하고 있었다. 그녀가 잠을 자는 동안, 지구는 하늘 아래로 점점 가라앉은 것이다.

그들은 이제 지구가 보내는 빛이 결코 닿지 않는 달의 신비하고 비밀에 휩싸인 가장자리를 지나가는 중이었다. 이곳은 로켓이 달에 도착하기 전에는 한 번도 인간의 시선이 닿지 않은 곳이었다.

수백만 년 전 달의 비밀스러운 중심부로부터 솟아오르던 용암들이 응고해서 이 거대하고 주름진 평원을 형성했다. 그때는 어떤 것도 이 표면 위를 지나가지 못했다. 미세한 바람의 숨결조차 여러 별에서부터 수 세기에 걸쳐 날아와 쌓인, 운석이 만들어 낸 얇은 먼지 층을 휘젓지 못하였다.

이제 그곳에도 움직임이 생겼다. 중무장한 기이한 곤충처럼 태양빛을 받아 빛나는 거대한 차량이 자신의 목적지를 향해서 신속하게 이동하고 있었다. 제2기지는 보이지 않는 달의 부분을 탐사하기 위한 본부로, 5년 전에 생겼다. 지하에 지은 건 아니었다. 처음으로 제2기지의 건물들을 보았을 때, 대프니는 에스키모들이 사는 이글루가 바로 생각났다.

노먼이 말해 준 대로 건물은 풍선을 불어 놓은 것 같은 단순한 플라스틱 돔에 불과했고, 열을 보존하기 위해서 은색으로 칠해져 있었다. 각각의 건물에는 기밀식 출입구가 있었고, 짧은 연결관으로 이웃 건물과 이어져 있었다. 생명의 흔적은 안 보였지만, 기압이 일정하게 유지된 트랙터(현재 대프니가 타고 있는 기계와 같지만 그보다는 약간 작은 모델)가 거대한 호스같이 생긴, 사람도 걸어 다닐 만큼 넓고 유연한 연결 장치에 의해 돔 중 하나와 결합되어 있었다.

노먼이 말했다.

"저건 조 하그리브스의 트랙터야. 내가 떠나기 전에 수천 킬로미터에 달하는 순찰로를 돌기 시작했지. 뭔가 흥미로운 것을 발견했는지 궁금하네."

"그가 찾고 있는 것은 뭐예요?"

노먼이 씩 웃었다.

"흥미롭게 들릴지는 모르겠지만, 우리는 아주 정확한 달 지도를 작성하려고 하고 있어. 물론 우라늄처럼 특별한 광물들의 위치도 알려 줄 수 있지. 그래서 우리는 이 트랙터를 이곳저곳에 보낸 다음, 구멍을 뚫고 샘플을 채광해. 그렇지만 일이 끝나려면 수 세기가 걸릴 거야."

확실히 천문학자들의 일만큼 매력적이지는 않다고 대프니는 결론 내렸다. 그렇지만 이 일이 중요하다는 건 알고 있었다. 그리고 노먼은 이 일이 아주 흥미롭다고 생각하는 것 같았다. 왜냐하면 그는 버스가 돔에 연결돼 기밀식 출입구를 통과하여 걸어갈 때까지, 여전히 탐사의 매력과 그의 일이 가진 다른 신비로운 점들에 대해서 계속 이야기했기 때문이었다. 그 연결기는 정확하게 맞춰지지 않아서 가끔씩 공기가 새어 나가는 듯한 섬뜩한 소리가 들렸지만, 아무도 신경을 쓰지 않아 대프니도 별문제가 없다고 생각했다.

그들은 직경이 15미터에 달하는 거대한 돔 아래에 있었다. 평평한 바위 바닥은 상자들, 기계 부속품들, 그리고 이 황량한 세계에서 살아남기 위해 필요한 잡다한 물품들로 뒤죽박죽이었다. 그러나 인간의 모습은 어디에서도 찾아볼 수 없었다.

마틴 교수는 다소 귀찮다는 표정을 지어 보였다.

"도대체 다들 어디 있는 거야?" 그가 운전수에게 물었다. "우리가 가고 있다고 무전 보냈지?"

"다들 다른 돔에서 바쁘게 일하고 있겠지만 약간 이상하네요."

바로 그 순간, 키가 작고 백발인 남자가 헐레벌떡 객실로 뛰어 들어오더니 급하게 마틴 교수가 있는 곳으로 갔다. 그가 숨을 몰아쉬었다.

"교수님, 미처 맞을 채비를 못했습니다. 그렇지만 지금 놀라운 일이 벌어졌어요. 와서 여기, 저희들이 찾은 것을 좀 보세요."

노먼이 대프니에게 속삭였다.

"저분은 앤스테이 박사님이셔. 여기 담당이시지. 괜찮은 분이지만 항상 무슨 일에건 흥분을 잘하시곤 해. 지금이 바로 그런 때야."

그들은 흥분한 작은 과학자를 따라 연결 통로를 이용하여 옆 돔으로 이동하였다. 그들이 다가가자 방 안을 가득 메운 사람들이 그들을 바라보았고, 마틴 교수를 위해 자리를 마련해 주었다. 아버지를 따라서 방 한가운데로 들어갔을 때, 대프니는 방 안에 있는 평범한 책상 위에 결코 평범해 보이지 않는 물건이 놓여 있는 것을 보았다.

처음에는 태평양 산호초에서 떼어 온 형형색색의 산호 조각처럼 보였다. 아니, 아마도 빨갛고, 푸릇푸릇하고, 또 황금색을 발하는 석화된 선인장 조각에 더 가까워 보였다. 그것은 석순처럼 바위 조각에 뿌리를 내리고 서 있었다. 그렇지만 단순히 광물에 불과하다는 것을 알아채기는 그다지 어렵지 않았다.

그것은 여기 이 공기도 없는 황량한 달, 그렇게 오랜 세월 동안 텅 빈 불모지라고 여겼던 곳에 살고 있는 생명체였다. 사람들로 붐비는 조용한 방 안에 서 있으면서, 대프니는 달 탐사에서 가장 위대한 순간 중 하나를 보고 있다는 사실을 깨달았다.

이윽고 마틴 교수가 침묵을 깼다. 대프니가 방금 귀환한 대원들의 우두머리일 거라고 생각한, 지저분하고 면도하지 않은 사람을 향해 마틴 교수가 몸을 돌렸다.

"어디서 이걸 발견했나, 하그리브스?"

"북60 서155 지점에서 발견했습니다. 영원의 대양과 꿈의 호수가 만나는 바로 그 지점이죠. 폭 8킬로미터 너비 수 킬로미터의 계곡이 있는데, 무지개 색을 한 이런 것들이 수도 없이 널려 있었습니다. 몇 센티미터에서 2미터까지 크기도 다양했습니다."

마틴 교수는 앞으로 몸을 숙여 책상 위에서 아무런 움직임도 보이지 않는 그 신비한 물체를 신중하게 만져 보았다.

"그냥 돌 같은 느낌이 드는군." 그의 목소리에 실망감이 묻어났다. "수백만 년은 더 된 것 같아. 이미 화석이 되어 버린 것 같은데."

"전 그렇게 생각하지 않습니다." 세차게 머리를 흔들면서 하그리브스가 대답했다. "증명할 수는 없지만, 그 계곡에 있을 때 저는 이것들이(식물이든 뭐든) 여전히 살아 있으며 자라고 있다는 것을 알 수 있었습니다. 너무 늦게 자라서 이 정도 크기까지 자라려면 수천 년이 걸릴지도 모르죠. 저희가 지구에서 보아 온 것하고는 완전히 다르지만, 저는 살아 있다고 확신합니다."

"어쩌면 자네 말이 맞을지도 모르지. 이건 생물학자들이 풀어야 할 문제야. 여하튼 축하하네. 이 발견으로 자네는 불멸이 되었군. 생물학자들이 이름을 붙인다면, 분명히 자네 이름을 따서 부를 테니 말일세."

노먼이 싫어하는 기색으로 말했다.

"조에게는 행운이군. 이런 순찰 중에 흥분할 일이라곤 내 트랙터가 고장 났을 때뿐이었는데 말이지."

이 발견만 없었더라도 마틴 교수와 그의 가족의 방문은 이 작은 집단에서 커다란 일로 기록되었겠지만, 이제는 완전히 사소한 일이 되었다. 이윽고 일상이 재개되어 과학자들은 작업장으로 복귀했지만, 그 침묵에 쌓여 형형색색의 빛을 내는 존재를 계속해서 뒤돌아보곤

하였다. 이것은 그들이 지금껏 달에 대해 가지고 있던 생각을 완전히 바꿔 버린 사건이었다. 그들은 더 이상 달에 사는 유일한 생명체가 아니며, 이 신비한 세계의 알려지지 않은 곳에 다른 기이한 생명체가 살고 있지 않다고 누가 말할 수 있겠는가.

약간 늦은 감이 있었지만, 마틴 교수는 앤스테이 박사에게 자신의 가족을 소개했다. 그는 여전히 다소 흥분한 상태인 것처럼 보였다. 그가 건성으로 대답했다.

"만나서 정말 반갑습니다. 여기 얼마나 머물 예정이세요?"

"정기선이 떠날 때까지. 아마 사흘 후가 될 것 같군."

마틴 교수가 대답했다.

앤스테이 박사는 도취 상태에서 풀려나 주인의 본분을 되찾은 듯했다. 그는 마틴 부인에게 미안하다는 웃음을 지어 보였다.

"숙소가 다소 비좁아서 죄송합니다. 그렇지만 저희들은 최선을 다했습니다. 여기 달 반대편에서 손님을 맞이하기는 이번이 처음이거든요."

마틴 부인은 이제 돔의 비정상적인 주거 공간에 익숙해져, 구부러진 돔 천장 아래 만들어진 작은 방에 안내를 받아 들어가도 결코 놀라지 않았다. 벽 외부에는 작은 현창이 나 있어 남쪽으로 넓은 평원 중간 중간 뾰족한 언덕들이 솟아올라 있는 풍경이 보였다.

안도의 한숨을 내쉬고 마틴 부인은 압축공기가 든 팔걸이의자에 몸을 맡겼다. 모든 가구에 압축공기가 들어 있을 뿐만 아니라 건물에도 압축공기가 들어 있다는 것을 생각하면 다소 심란했다. 구멍이라도 나면 어떻게 되지? 아마도 바늘로 풍선을 찌른 것처럼 공기가 우주로

빠져나가 건물이 전부 무너져 버리고 말걸. 아, 걱정해도 쓸모없는 일
일 거야…….

아마도 대프니도 같은 생각에 사로잡혀 있었던 모양이다. 구부러진
벽에 다가가 손가락으로 꾹 눌러 보더니 확신에 찬 듯 다른 의자에
가 앉았기 때문이다.

대프니의 어머니는 이번 여행이 딸에게 어떤 영향을 미칠지 생각했
다. 마이클은 별 문제 없었다. 그 애는 신이 나서 즐거운 한때를 보내
고 있었다. 그러나 대프니는 알 수가 없었다. 그 애도 즐거워 보였다.
하지만 주변에서 끊임없이 발생하는 놀라운 사건들에 대해 아무 말
도 하지 않았다. 아마도 딸 세대의 다른 사람들처럼, 믿을 수 없는 것
들을 당연하게 받아들이는 교육은 확실히 받은 것 같았다.

공교롭게도 어머니의 짐작은 사실과 거의 달랐다. 달에서 본 것, 특
히 거대 망원경을 통해서 본 하늘에 떠 있는 그 셀 수 없이 많은 경이
는 대프니의 상상력에 불을 붙였다. 마침내 대프니는 과학이 무미건
조한 방정식도 지루한 교과서도 아니라는 것을 알았다. 그 안에는 시
와 마술이 들어 있었던 것이다. 눈 앞에 새로운 세상이 펼쳐져 있었
다. 그녀가 원하기만 하면 충분히 안으로 들어갈 수 있는 세상이었다.

마틴 교수가 별생각 없이 말해 주기 전까지 대프니는 얼마나 많은
유명한 여자 천문학자들이 있는지 깨닫지 못하였다. 그들 중에서 가
장 유명한 사람을 꼽아 보면, 캐럴라인 허셜이 있었다. 그녀는 잉크병
속의 잉크가 얼어 버릴 정도로 춥고 긴 겨울밤에 오빠인 윌리엄 경의
관찰 기록을 도왔다.

20세기에는 더욱더 많은 여성들이 과학이라는 급변하는 영역에 이

름을 올려놓기 시작했다. 어떤 분야에서는 남성들을 압도하고 있었다. 이런 모든 일들에 대해서 대프니는 아무것도 모르고 있었고, 이제 그들은 대프니의 새 야망에 불을 지피기 시작했다.

제2기지에서의 이틀은 순식간에 지나갔다. 대프니는 관측소와는 분위기가 너무 다르다고 생각했다. 아마도 하늘에서 지구를 더 이상 볼 수 없다는 사실은 단순히 빛이 비치고 안 비치고의 문제를 떠나 정신까지 영향을 미치는 것 같았다. 사실 이곳이야말로 진정한 개척지였으며 이런 곳에서 산다는 것은 정말 흥분되는 경험이라 하지 않을 수 없었다.

거의 매일 일정하게 기압이 유지된 트랙터가 아직 탐사가 안 된 달의 영역으로 떠나거나, 또는 초기 탐사를 마치고 귀환하고는 했다. 대프니는 1600킬로미터에 달하는 10일간의 탐사를 떠나는 사람들이 여는 브리핑에 참석했다. 대프니는 제2차 세계 대전 당시 폭격 요원들이 임무를 떠나기 전에 준비하는 것을 영화에서 본 적이 있었다. 노먼과 그의 동료들이 지도를 보면서 앤스테이 박사와 탐사로에 대해 논의하는 과정은 좀 더 과학적이고 효율적이었지만, 그래도 비슷한 느낌이 들었다.

이해하기에는 전문적인 용어가 너무 많이 쓰였지만, 대프니는 탐사가 진행될 지역들의 멋진 이름에 넋을 잃고 말았다. 달의 반대편을 조사할 때도 사람들은 기존의 반구를 조사할 때와 같은 방식을 고집했고, 그 거대한 평원에 생각할 수 있는 가장 시적인 이름을 붙였다. 반면 분화구들은 유명한 과학자들의 이름을 따서 불렀다.

노먼은 떠나기 전에 대프니에게 지구로 가져갈 기념품을 하나 주었다. 그것은 달의 어떤 이상한 바위에서 자라는 아름다운 빛깔의 수정 덩어리였다. 이름을 듣긴 했지만, 너무 길어서 기억할 수는 없었다. 넋을 잃고 바라보는 그녀에게 노먼이 설명을 해 주었다.

"아름답지? 달에서도 특정 지역에서만 나오는 것이야. '외로움의 만'이란 곳이지. 물론 지구에서는 찾아볼 수 없어. 그러니까 아주 귀한 거라고."

그리고 잠시 말을 멈추더니 서툴게 이어 말했다.

"너에게 달 구경을 시켜 줘서 너무 기분 좋았어. 이렇게 짧은 시간에 너처럼 달 구경을 많이 한 사람은 없었던 것 같아. 그리고…… 언젠가는 네가 다시 이곳에 돌아왔으면 좋겠어."

대프니는 돔에 나 있는 관측창을 통해서 노먼의 작은 트랙터가 미지의 남쪽 지역 끝으로 사라지는 것을 보면서 그의 말을 되뇌곤 하였다. 이번 탐사에서 그는 무엇을 찾게 될까? 하그리브스처럼 그도 운이 좋을까?

그들이 다시 관측소를 향해 떠났을 때도 달은 여전히 아침이었다. 마틴 교수는 업무를 마쳤고, 이제 더는 지체할 수 없었다. 우주선 시간에 맞춰야 했다. 이건 정말 자랑스러운 일이다. 기차나 비행기가 아니고 우주선이라니!

관측소에 도착했을 때 대프니는 자고 있었다. 버스의 규칙적인 진동이 멈추자 깜짝 놀라서 잠에서 깨어났고, 다시 한 번 그 거대한 지하 차고에 들어가는 것을 보고 깜짝 놀랐다. 졸음에 겨워 가방을 움켜쥐고는 마틴 부인을 따라 얼마 전에 묵었던 방으로 돌아갔다. 이윽고 대프니는 다시 잠에 빠져 들었다.

몇 분이 지나자 어머니가 어깨를 흔들어 깨우며 다시 일어나야 할 시간이라고 말했다. 달에서의 마지막 날이 온 것이다. 짐을 싸고 작별 인사를 해야 했다. 그리고 아무도 주의를 주지는 않았지만, 관측소의 위생 장교가 지켜보는 앞에서 알약을 복용해야만 했다. 그녀는 이제 몸에 익숙해진 중력보다 6배나 강한 곳으로 돌아가야만 했다. 정신 차리지 않으면 심각한 문제가 생길 수도 있었다.

심지어 마이클조차 우주선으로 가기 위해 마지막으로 주차장에 들어서자 한결 차분해졌다. 거대하게 빛나는 금속 기둥이 넓은 평원 위에 서 있었고, 지구의 반사광이 휘황찬란하게 빛나고 있었다. 트랙터는 우주선 하단부로 이동했고, 그들은 머리 위에 있는 에어록에 가기 위해서 엘리베이터에 타야 했다.

마틴 교수는 아내에게 작별 인사를 하고는 아이들에게 말했다. 그가 웃으면서 말했다.

"너희들과 함께 갔으면 좋겠구나. 그렇지만 이제는 아빠가 왜 여기에 오기로 했는지 이해하리라 믿는다. 생각을 정리할 시간이 있으면, 달에 대해서 어떤 생각이 들었는지 편지로 써서 보내 줄래? 아! 그리고 하나 더. 지구에 돌아가면 친구들에게 잘난 체하지 마."

이윽고 금속문이 그들을 조용히 갈라놓았고, 곧 우주선의 선실로 들어가야 했다.

대프니는 2주 전에 처음으로 지구라는 곳에서 이 선실에 들어와 봤다는 사실을 믿을 수 없었다. 그동안 정말 많은 일이 있었다. 여기서 보고 겪은 일은 대프니의 인생에 큰 영향을 주었다.

대프니는 다시 예전의 자신이 될 수 없다는 것을 알았다. 지구는 더 이상 전부가 아니었다. 우주의 중심은 더 더욱 아니었다. 단지 다른 여러 세계 중의 하나였고, 인간이 산 최초의 행성일 뿐이었다. 아마도 언젠가는 가장 중요한 행성의 위치를 내놓아야 할지도…….

로켓이 점화하면서 대프니는 공상을 멈추고 다시 현실로 돌아와야 했다. 의자에 파묻혀 무게가 증가하는 것을 느꼈다. 그리고 다시 한 번 사지가 갑자기 납처럼 흐느적거린다는 느낌을 받았다. 빛나는 조종장치가 안전하게 조절해 주는 수백만 마력의 힘이 대프니를 집으로 데려다주고 있었다. 차가우면서도 조용한 달의 아름다움으로부터 멀어지면서.

분화구의 고리들, 검은 계곡들, 마술적인 힘과 신비한 이름을 가진 거대한 평원들, 이 모든 게 우주선이 재빠르게 상승하면서 멀어지고 있었다. 몇 시간이 지나면 달은 우주에서 깜빡이는 구에 불과해질 터였다.

대프니는 언젠가 달로 돌아갈 운명이라고 느꼈다. 대프니의 집은 지구가 아니라 그곳에 있었다. 마침내 꿈을 찾은 것이다. 비록 아직은 누구에게도 말하지 않았고 앞으로 몇 년 동안 공부에 매진해야겠지만, 언젠가 대프니는 별의 비밀을 찾아 떠나는 모험에 합류하게 될 것이다.

이제 휴가는 끝났다.

지구의 빛 |Earthlight|

1951년 8월 《흥미진진하고 경이로운 이야기들》에 첫 수록.

나는 아폴로 15호의 승무원들이 달을 탐사하는 도중 지나간 분화구에 이 이름을 붙여 주었다는 사실을 자랑스럽게 생각한다. 지구로 귀환해서 그들은 나에게 아름다운 3차원 지도를 보내 주었는데, 거기엔 이런 말이 새겨져 있었다. "아폴로 15호 승무원들이 아서 C. 클라크에게 최고의 경의를 표하며, 그리고 우주에 대한 당신의 상상력에 무한한 고마움을 표하며."

I

콘래드 휠러는 음울하게 말했다.

"사실이 아니라면 무례한 얘기라고 하겠지만, 난 그 늙은이가 완전히 미친 것 같아. 달에서 만난 사람들은 어떤지 몰라도 난 별 인상도 못 받았다고."

그는 두 살이 더 많은 관측소 직원 시드 제이미슨을 처량하게 바라보았다. 제이미슨은 선량한 표정으로 웃어 보였다. 휠러가 던진 미끼는 물지 않았다.

"내가 그 노인을 알아 왔던 시간만큼 너도 알게 된다면, 특별한 이유 없이 이런 일을 할 사람이 아니라는 것을 깨닫게 될 거야."

"제대로 하는 게 좋을걸. 내 분광사진이 오늘 밤에 끝나기로 되어 있어. 그런데 망원경을 보라고!"

300미터 반사 망원경이 설치돼 있는 거대한 돔은 무질서 상태였다. 최소한 일반 방문객들은 그렇게 생각했다. 심지어 주민들조차도 그 혼란스러움에 섬뜩해했다. 한 무리의 기술자들이 거대한 망원경 하단에 모여들었다. 망원경은 지금 특정한 목적도 없이 하늘을 향해 고정돼 있었다. 관측소가 있는 돔이 닫혀 있을 뿐만 아니라 진공 상태에 대비해 밀봉해 뒀기 때문에 망원경이 특별히 필요가 없어진 것이다. 바둑판 위를 우주복도 입지 않고 걸어 다니는 사람들을 보거나, 아무런 소리도 들을 수 없는 곳에서 목소리가 울려 퍼지는 것을 들으면 이상한 기분이 들었다.

돔의 위쪽 가장자리에 있는 발코니에서 감독관이 마이크로 지시를 하고 있었다. 그의 목소리는 엄청나게 증폭돼 특별하게 제작된 스피커를 통해 울려 퍼지고 있었다.

"반사경 담당들, 물러서!"

망원경 주변에 있던 사람들이 종종걸음으로 피했다. 이윽고 침묵이 흘렀다.

"자, 이제 내려!"

제작하는 데 수십억이 든 거대한 수정 거울이 천장에서 망원경 아래 대기하고 있던 기이한 모양의 차량으로 아주 천천히 내려갔다. 30미터에 달하는 트럭의 작은 타이어 수십 개가 거대한 반사경의 무게에 짓눌렸다. 곧 승강기를 치웠고, 귀중한 짐을 실은 트럭이 엔진 소리를 내며 새롭게 단장한 공간을 향해 천천히 움직였다.

놀라운 광경이었다. 바닥에 흩어져 있던 사람들은 머리 위로 30미터가량 솟아 있는 거대한 망원경 격자 구조물에 비하면 난쟁이에 불과했다. 그리고 천장에서 내리쬐는 빛을 반사하는 지름 25미터 망원경은 마치 화염의 바다처럼 보였다. 마침내 망원경이 방을 빠져나가자 순간적으로 어둠이 내리는 듯했다.

휠러가 투덜댔다.

"이제 다시 망원경을 설치해야 할 거야. 시간이 더 걸리겠군."

활기차게 동료가 대답했다.

"맞아. 훨씬 더 걸리겠지. 왜 지난번에 우리가 망원경을 새롭게 꾸몄을 때……."

확성기 소리 때문에 휠러의 목소리가 들리지 않았다.

"4시간 26분. 그다지 나쁘지 않아. 좋아. 다시 가져오라고."

감독관이 50와트 출력으로 소리치며 끼어들었다.

그가 마이크를 끄자 딸깍 소리가 들렸다. 긴장감과 적의로 가득 찬 침묵 속에서 관측소 직원들은 그 땅딸막한 남자가 발코니를 떠나는 모습을 지켜봤다. 꽤 시간이 흐른 후에 누군가가 단호히 말했다.

"제기랄!"

수석 측량사의 보조로 있는 여자가 심술궂게 담배에 불을 붙이고는 그 신성한 바닥에 재를 떨었다.

"이런!"

휠러가 마침내 폭발했다.

"이게 무슨 일인지 말은 해 줘야 할 거 아냐! 아직 재정비할 시기도 아닌데, 저 큰 반사경이 여기 없는 동안 관측소 전체가 하던 일을 모두 멈춰야 한다니 말도 안 돼. 게다가 한마디 설명도 없이 망원경을 해체하자마자 다시 설치하라고 하는 건……."

그는 말끝을 흐린 채 동의해 달라는 표정으로 동료를 보았다.

"여유를 가져 봐."

제이미슨이 웃으며 말했다.

"그 노인이 완전히 망가진 것 같진 않아. 너도 알잖아. 그러니까 이렇게 하는 이유가 있을 거야. 또 그다지 비밀을 좋아하는 사람도 아니잖아. 조용히 있는 데는 그럴 만한 이유가 있기 때문일 거야. 거의 반란이 나기 직전인 걸 알면서도 이런 위험을 무릅쓰는 데는 합당한 이유가 틀림없이 있을 거야. 지구에서 온 명령이겠지. 일시적인 변덕으로 우리 연구를 멈추게 하지는 않을걸. 이봐, 저기 몰 노인이 온다. 뭐라고 말할까?"

'몰 노인'은 로버트 몰튼 박사의 별명이었다. 그는 사진 꾸러미를 들고 그들을 향해 터벅터벅 다가왔다. 그는 천문학자라는 일반적인 관념에 가장 잘 어울리는 유일한 관측소 직원이라고 할 수 있었다. 다른 사람들은 한눈에 보면 사업가라든지, 지적이기보다는 운동선수에 가까운 학부생이든지, 부유한 출판업자라든지, 언론인, 혹은 유망한 젊은 정치가처럼 보였다. 결코 천문학자라고는 말할 수 없었다.

몰튼 박사는 규칙을 증명해 보이는 예외적인 존재였다. 그는 두꺼운 테 없는 렌즈를 통해 세상과 그토록 사랑해 마지않는 사진판을 들여다보았다. 그의 옷은 항상 너무 단정했고 10년이 지난 구식 옷은 결코 입지 않았다. 비록 그의 관심사와 사고방식은 현대와는 동떨어진 몇 세대 이전의 것일지라도 말이다.

단춧구멍에 꽂는 꽃도 일정하게 정해져 있었지만, 달에서 재배되는 식물의 종류가 한정되어 있어서 지구에서 수입되는 조화에 만족해야 했다.

그는 옷 입는 문제에서는 천부적 재능과 나름의 기준이 있어서, 다른 직원들이 그가 옷을 입는 특별한 규칙을 찾아내느라 노력을 기울였지만 결국 아무런 소득도 없었다. 사실 매우 유명한 수학자가 한때 내기로 큰돈을 날린 적도 있었다. 왜냐하면 그의 뛰어난 통계적 자료에 따르면 장미를 꽂아야 하는 때에 박사가 카네이션을 꽂고 나타났기 때문이다.

"안녕하세요, 박사님. 도대체 무슨 일이죠? 박사님은 아시죠?"

휠러가 말했다.

그 노인은 잠시 멈추고는 의심스럽게 젊은 천문학자를 바라보았다. 그는 휠러가 자신을 놀리는 건지 아닌지 정확히 알아내진 못했지만, 대개는 그가 자신을 놀린다고 제대로 추측해 내곤 했다. 그는 그다지 신경 쓰지 않았다. 그는 무미건조한 성격으로 관측소에 있는 수많은 젊은이들과 잘 지내고 있었다. 아마도 그들을 보면 한때 젊고 야망에 차 있던 자신의 젊은 시절이 생각나는 것 같았다.

"왜 내가 알아야 하지? 맥로린 교수는 나에게도 내막을 알려 주지 않아."

"그렇지만 박사님이 생각하고 계신 것도 있잖아요."

"그렇지. 하지만 일반적인 것은 아니지."

"좋습니다, 박사님. 저희들보고 내려가라고 하지는 않으시겠죠?"

그 늙은 천문학자는 몸을 돌려 망원경을 바라보았다. 이미 반사경은 다시 올라갈 준비가 되어 있었다.

"20년 전에 이미 고인이 된 반 하든 감독관은 서둘러 반사경을 떼어내다가 지하실로 처박아 버리고 말았지. 그는 예행연습을 할 시간이 없었어. 그렇지만 맥로린 교수는 시간이 충분히 있지."

"그 말씀은……?"

"자네들도 알아야 하는 일인데도 보통은 잘 모르더군. 95년 정부는 금성 정부와 최초의 마찰을 빚었지. 상황이 너무 악화되어서 잠시 동안 우리는 달을 점령하려는 시도가 있기를 기대했어. 물론 전쟁까지는 아니었지만 거의 터질 지경이었던지라 불안불안했거든. 그때도 그 반사경은 인간이 만든 가장 귀중한 물건이었고, 반 하든은 반사경을 가지고 모험을 할 생각이 전혀 없었어. 내 생각에 맥로린도 그럴 거야."

"바보 같은 소리예요. 거의 반세기 이상 평화롭게 지냈잖아요. 설마 우주 연합이 뭔가 꾸밀 정도로 미쳤다고는 생각하지 않으시겠죠?"

"우주 연합의 속내를 누가 알겠어? 놈들은 우주에서 가장 위험한 물건을 상대하는 일이야. 바로 인간의 이상주의지. 저 화성, 목성과 토성의 위성에는 우주를 넘나드는 힘에 대한 감각과 자부심으로 가득 찬 영리한 녀석들이 살고 있다고.

우리처럼 지구에 발붙이고 땅 파먹고 사는 사람과는 달라. 그래, 나도 우리가 달에 있다는 건 알아. 그렇지만 달은 지구의 다락방이 아니고 뭐겠나? 40년 전에 달은 개척지였고 인간은 달에 도달하기 위해서 목숨을 걸었지. 그렇지만 오늘날 타이코 시에는 2000명 이상이 살고 있단 말이야.

천왕성 너머에 진정한 개척지가 존재하고, 명왕성과 페르세포네 위성이 영역으로 들어올 날도 멀지 않았다고. 아직 그들이 그곳에 도착하지 않았다면 말이지. 그렇다면 우주 연합은 다른 곳에 힘을 쓰게 될 것이고, 지구 개혁을 생각하겠지. 그게 정부가 두려워하는 거야.”

“이런, 박사님이 정치에 관심이 있다는 사실을 처음 알았네요. 시드! 박사님에게 연단 좀 갖다 드려라.”

“박사님, 신경 쓰지 마세요. 박사님 생각을 계속 듣고 싶어요. 무엇보다도 저희들은 우주 연합과 사이가 좋았잖아요. 연합의 과학 사절단이 다녀간 것도 몇 개월 전이고, 그 사람들은 아주 신사적이었어요. 전 화성에 초대도 받았고, 감독관이 허락하기만 하면 그곳에 가고 싶어요. 그들이 선전포고를 한다거나, 혹 그 비슷한 미친 짓을 할 거라고 생각하지 않으시죠? 도대체 지구를 박살낸다고 그들에게 좋아지는 게 뭐죠?”

제이미슨이 말했다.

“우주 연합이 그 정도로 생각 없는 사람들은 아니야. 기억하지? 내가 이상주의자라고 했잖아. 그렇지만 요새 지구가 자신들을 홀대한다고 생각하고 있는 것 같아. 바로 이 점이 개혁주의자들의 인내를 갉아먹는 요인 중의 하나지. 그렇지만 문제의 근본 원인은 우라늄 공급과 관련돼 있어.”

“그게 우리하고 무슨 상관이 있는지 모르겠는데요. 싸움이 일어난다면 그냥 달은 내버려 두면 좋겠는데요.”

휠러가 말했다.

“못 들었나?”

몰튼이 생각에 잠겨 물었다.

"뭘요?"

휠러는 질문을 하면서 모골이 송연해지는 불쾌한 느낌이 들었다.

"마침내 달에서 우라늄을 찾아냈다더군."

"그 이야기라면 오래전부터 하던 거잖아요."

"이번에는 뭔가가 있는 것 같아. 꽤 믿을 만한 정보통에게 들었다고."

"저도 그랬어요. 그거 혹시 존스톤의 위성 생성 이론과 관련 있는 것 아닌가요?"

제이미슨이 불쑥 말했다.

"그래. 자네들도 알다시피 지구는 가치 있는 우라늄이 있는 유일한 행성이지. 왠지 모르지만 지구는 우라늄의 농도가 비정상적으로 높아. 하지만 대부분의 우라늄은 행성 중심부로 수천 킬로미터를 내려가야 있기 때문에 아무도 그곳까지 도달할 수 없지. 그렇지만 달이 지구에서 쪼개져 나왔을 때, 그 중심부를 조금 가지고 왔다네. 그 잔재가 아직도 달 표면 가까운 곳에 있다는 거야. 드릴 구멍에 계수관을 내려 보내 탐색을 했는데, 지구에 있는 매장량 따위 하찮게 보일 정도의 우라늄을 발견했지."

"알겠어요. 만약 그게 사실이라면 우주 연합은 더 많은 우라늄 공급을 요구하겠네요."

휠러가 천천히 이야기했다.

"저 아래 지구에 있는 신경질적인 늙은 여자들은 그들이 조금이라도 가지는 것을 두려워할 거예요."

제이미슨이 불쑥 끼어들었다.

"왜 그럴 거라고 생각하지?"

"간단하죠. 지구에 필요한 양은 빤하지만 우주 연합이 식민지로 만드는 새로운 행성들이 계속 늘어나기 때문이죠."

"그럼 지구보다 먼저 우주 연합이 달에 있는 우라늄을 먼저 차지하려고 한다는 말이야?"

휠러가 끼어들었다.

"바로 그거야. 그리고 만약 우리가 그들이 하는 일에 방해가 된다면, 우리도 피해를 입게 되겠지. 양측 모두 화가 나겠지만, 우리에게는 아무런 보상도 없을 거야."

"이건 마치 150년 전에 지구에서 일어났던 일과 똑같아. 그때는 금과 다이아몬드가 중요한 자원이었어. 그들은 그걸 선취특권이라고 부르곤 했지. 웃기는 이야기야, 역사라는 건."

몰튼이 말했다.

"하지만 만약 우주 연합이 달을 점령한다고 해도 그렇게 멀리 떨어진 곳에서 그걸 유지할 수 있을까요? 요즘에는 남아 있는 무기가 없잖아요."

"두 차례 세계 대전을 치른 덕분에 이젠 무기를 만드는 데 그다지 오랜 시간이 걸리지 않을걸. 태양계의 뛰어난 과학자는 대부분 우주 연합에 속해 있지. 그 사람들이 포와 미사일이 있는 거대한 우주선을 만든다고 생각해 봐. 달을 완전히 장악될 테고, 지구는 그 자들을 밀어낼 수 없을 거야. 특히 그들이 우라늄을 장악하고 지구에 우라늄 공급을 중단하면 더욱 그렇지."

"박사님, 과학 소설을 쓰셔도 될 것 같아요. 우주 전함이니 뭐니. 살인 광선 이야기도 잊어버리지 마세요."

"지금은 웃을지 모르지만, 자네도 잘 알 거야. 원자력을 이용하면 큰 피해를 입힐 정도의 광선을 만들 수 있다는 걸. 우리가 아는 한 아무도 시도한 적은 없긴 해. 특별히 그럴 필요가 없었거든. 하지만 만약 누가 원하기만 한다면……."

"콘, 박사님 말이 맞아. 예전에 정부 연구소에서 무슨 연구를 했는지 우리가 어떻게 알 수 있겠어? 전에 생각해 본 적은 없지만, 좀 끔찍한 이야기야. 박사님, 정말 멋진 생각이에요."

"내 이론이 뭐냐고 물어서 그걸 대답해 준 것뿐이네. 그렇지만 난 여기서 이런 이야기나 하면서 하루 종일 있을 수 없어. 여기 중 누군가는 일을 해야만 한단 말일세."

그 늙은 천문학자는 사진판을 들고 사무실을 향해 터벅터벅 걸어갔다. 뒤에 남은 두 사람은 다소 혼란스러웠다.

제이미슨이 망원경을 우울하게 바라본 반면 휠러는 돔 밖에 있는 달의 풍경을 주의 깊게 살펴보았다. 휘어 있는 거대한 투명 플라스틱 벽을 별 뜻 없이 손가락으로 만져 보았다. 이 벽이 지탱하고 있는 압력을 생각하면 언제나 긴장감이 들곤 했다. 벽이 무너질까 봐 걱정되기도 했다.

관측소에서 바라보는 풍경은 태양계 전체에서도 유명했다. 관측소가 세워진 대지(臺地)는 초기 천문학자들이 알프스 산맥이라고 불렀던 거대한 달 산맥 중에서도 가장 높은 곳에 있었다. 남쪽으로는 비의 바다라는 적절치 않은 이름이 붙은 거대한 평원이 끝없이 펼쳐져 있었다.

동남쪽으로는 지평선 위로 화산으로 형성된 피코 산의 외로운 봉우리가 솟아 있었다. 동서로는 알프스 산맥이 뻗어 있었고, 관측소의 동쪽 측면에 있는 플라톤 평원의 장벽과 합쳐지고 있었다. 거의 자정에 가까운 시각, 거대한 장관은 보름달 모양의 지구가 비추는 휘황찬란한 은빛으로 빛나고 있었다.

휠러는 돌아서다가 비의 바다를 건너는 로켓에 시선을 빼앗겼다. 공식적으로는 어떤 우주선도 북반구를 항해할 수 없었다. 로켓의 분사가스 때문에 생기는 섬광이 몇 시간 혹은 며칠씩 하늘을 가득 채웠기 때문이다. 그렇지만 금지령은 잘 지켜지지 않았고, 관측소 중역들은 이 문제로 골치가 아팠다.

"저 녀석 누구야? 달에도 무기가 있으면 좀 좋아. 그럼 우리 계획을 망치는 녀석들을 잡을 수 있을 텐데."

휠러가 으르렁댔다.

"아주 자비로운 생각이라고 말하고 싶군. 아마 정비소에서 만들어 줄 거야. 뭐든지 다루는 만물상이잖아."

"때때로 내가 찾는 것만 제외하고 말이지. 지난달에는 힐거 광도 측정기를 구하려고 시도해 봤지. '미안합니다, 휠러 씨. 다음번 구매를 기대해 보시죠.'라고 말하더군. 감독관의 요주의 인물 명단에 올라 있지 않은지 살펴봐야겠어."

제이미슨이 웃었다.

"만약 뭔가, 그래, 개인적으로 5행시를 지어야만 한다면 다음번에는 활자화하지 않는 편이 나을 것 같아. 음유 시인 트루바도르와 같은 고대의 구비 전통에 충실하라고. 그게 훨씬 더 안전할 거야. 이봐, 저게 무슨 일이지?"

마지막에 그렇게 말한 이유는 저 멀리 있는 우주선의 움직임 때문이었다. 주동력 장치는 끊긴 상태에서, 수직 분사로 착륙의 충격을 흡수하면서, 천천히 고도가 낮아지고 있었다.

"착륙하려고 하네. 문제가 생기겠는걸."

"아니야. 안전해. 오! 완벽해. 저 조종사 뭐 좀 아는군."

우주선은 천천히 균형을 유지한 상태에서 산등성이 아래로 내려가 시야에서 사라졌다.

"안전하게 내려앉고 있어. 만약 그 반대라면 10초 안에 불꽃이 일어날 테고, 우리한테까지 그 충격이 전해지겠지."

불안과 암울함이 뒤섞인 상태에서 두 남자는 지평선에 눈을 고정한 채로 잠시 기다렸다. 이윽고 마음을 놓았다. 폭발도 없었고 땅이 흔들리지도 않았다.

"그래도 어려운 상황일 거야. 신호를 보내는 게 어떨까?"

"좋아. 가 보자고."

그들이 도착했을 때, 관측소의 전송기는 이미 작동하고 있었다. 누군가가 피코 산 너머 우주선이 착륙했음을 보고했고, 교환원이 달에서 쓰이는 일반 주파수로 신호를 보내고 있었다.

"피코 산 근처에 착륙한 우주선. 여기는 애스트론이다. 들리나, 오버."

상당한 시간이 흐른 뒤에 응답이 왔다. 그사이 신호는 몇 번이나 반복되었다.

"애스트론, 잘 들린다. 전할 말이 무엇인가, 오버."

"도움이 필요한가? 오버."

"아니다. 전혀 필요하지 않다. 이만."

"좋다. 이만."

교환원은 전원을 끄고 조금 당황한 듯이 다른 사람들을 향해 몸을 돌렸다.

"이런, 너무 공손한 대답인데. 우리말로 번역하면 이런 의미야. '당신 일이나 신경 쓰기 바란다. 다시는 신호를 보내지 않겠다. 이만.'"

"누구라고 생각해?"

"의심의 여지가 없지. 정부 우주선이야."

제이미슨과 휠러는 동시에 같은 추측을 하고는 서로를 바라보았다.

"아마도 박사님 말이 맞는 것 같아."

휠러는 동의한다는 듯이 고개를 끄덕였다.

"이봐, 잘 들으라고. 저 언덕 너머에 우라늄이 있는 거야. 그렇지만 거기에 없었으면 좋겠어."

II

이후 2주 동안 피코 산 너머에 끊임없이 우주선들이 착륙했고, 천문학자들은 처음에는 하나같이 무슨 일일까 추측했지만, 곧 더 이상 왈가왈부하지 않기로 했다. 분명히 아주 중요한 일이 바다에서 벌어지고 있었고, 더 나은 반론을 떠오르지 않자 사람들은 결국 우라늄 광산 이론을 받아들였다.

이내 관측소 직원들은 정력적으로 일하는 이웃의 존재를 받아들였고, 크게 신경 쓰지 않았다. 하지만 중요한 사진을 찍고 있을 때 로켓을 분사하며 방해하면, 직원들은 최대한 말을 아끼고 있는 감독관에게 벌떼처럼 몰려갔고, 그는 적당한 시기에 적당한 설명을 해 주겠다고 무마했다.

달의 긴 하루가 시작되었을 때, 제이미슨과 휠러는 밤 사이에 수집한 자료를 분석하는 지루한 작업을 하기 위해 막 자리를 잡은 상태였다. 다시 별들을 보고 새롭게 관찰을 하기까지는 14일이 걸렸다. 해야 할 일이 너무도 많았다. 천문학자들이 실제로 망원경을 갖고 작업하는 시간은 터무니없이 적었다. 그들 인생의 중요한 시간은 대부분 책상에 앉아 영감이 흐르는 데 따라 계산을 하거나 낙서를 해서 산더미처럼 종이들을 쌓는 일로 보냈다.

비록 휠러와 제이미슨이 젊고 영민하기는 했지만, 이런 나날이 계속되는 것은 너무도 버거웠다. 더디게 가는 달의 시간으로 인해 대부분 낮에는 신경이 소진되었다가 저녁이 오기 직전까지 관측소로부터 탈출하고 싶어지곤 했다.

관측소의 트랙터를 타고 피코 시로 탐사도 할 겸 여행을 가자고 제안한 건 휠러였다. 제이미슨은 비록 그 아이디어를 신선하게 받아들이지 않았지만 친구이니만큼 그래도 좋은 계획이라고 생각했다. 천문학자들은 동료들과 떨어져 있고 싶어질 때면 자주 비의 바다로 여행을 가곤 했다.

가는 도중 신기한 광물이나 식물들을 발견할 기회도 많았지만, 뛰어난 풍경을 볼 수 있다는 점이 가장 좋았다. 또한 그곳에서는 모험도 가능했고, 어쩔 때는 다소 위험하기도 했지만 그게 또 색다른 매력을 더해 줬다. 이미 적지 않은 트랙터를 잃은 바 있었다. 엄격하기 짝이 없는 예방 조치를 지켜야만 했지만, 일이 잘못될 가능성은 언제나 있었다.

달에 대기가 전혀 없기 때문에 경제적인 비행은 불가능했다. 이런 짧은 여행을 위해서도 로켓을 사용할 수 없었다. 그래서 짧은 달 여행에는 흔히 캐터필러, 혹은 간단히 '고양이(캣츠)'라고 부르는 강력한 전기 트랙터를 이용했다.

그들은 실제로는 넓은 캐터필러 위에 얹은 작은 우주선이라고 할 수 있었다. 섬뜩할 정도로 울퉁불퉁한 달 표면 위에서도 어디든 갈 수 있었다. 비교적 평탄한 지역에서는 시속 130킬로미터를 낼 수 있었지만, 일반적으로 그 절반쯤 되는 속도를 유지했다. 약한 중력 덕에 가파른 산기슭도 올라갈 수 있었고, 필요하다면 붙박이 윈치를 이용해서 깎아지른 절벽도 올라갈 수도 있었다. 내키면 수개월을 그 안에서 편안하게 보낼 수도 있었다.

제이미슨은 운전에 도사였고, 산 아래로 내려가는 길을 완전히 꿰뚫고 있었다. 달에 있는 고속도로 가운데 이 도로는 최고의 도로 중 하나였고, 관측소와 아리스틸루스 항구를 연결하여 많은 차량이 이용하는 도로였다. 그럼에도 처음 한 시간 동안 휠러는 곤두선 자신의 머리가 다시는 가라앉지 않을 거라고 느꼈다.

조심만 하면 산의 비탈길도 안전하지만, 달에 처음 온 사람들이 그 사실을 깨닫기까지는 오랜 시간이 걸린다. 아마도 제이미슨의 운전 방식이 무척 파격적이어서 경험 있는 여행객들조차 두려움에 떨게 만들었을 정도였기 때문에, 초보자인 휠러가 두려움을 느낀 것은 당연한 일이었다.

도대체 제이미슨이 왜 난폭하게 운전하는지 동료들 사이에서도 논란이 분분했다. 보통 때 그는 인내심이 많고 신중하고, 심지어 행동도 느릿느릿했다. 아무도 그가 화를 내거나 흥분하는 것을 본 적이 없었다. 많은 사람들이 그를 게으르다고 생각했지만, 그건 그에게 모욕이었다. 제이미슨은 이론 하나에 매달리면 완벽해질 때까지 몇 주를 보내기도 했다. 그러고는 옆에다 치워 두는 바람에 두세 달은 지나야 다른 사람들이 살펴볼 수 있었다.

그러나 조용하고 평화를 사랑하는 천문학자는 일단 고양이를 몰기만 하면 악마 같은 운전수로 돌변했다. 그는 아마도 북반구를 달려 본 그 어떤 트랙터 운전수보다도 더 훌륭한 기록을 보유한 인물이었을 것이다. 이는 아마도 신체적 결함 때문에 어린 시절 우주선 조종사가 되고 싶다는 꿈을 접어야 했던 데서 그 원인을 찾을 수 있을지도 몰랐다.

그들은 알프스 산맥의 마지막 자락을 지나쳤고 작은 모형 차처럼 비의 바다에 접어들었다. 저지대에 들어서자 휠러는 숨을 돌리고 절벽에 가까운 경사로를 벗어난 데 고마워했다. 제이미슨이 커다란 충돌을 일으키면서 도로를 벗어나 황량한 평원을 달리기 시작하자 그는 기분이 썩 좋지 않았다.

"이봐, 어디 가는 거야?"

휠러가 외쳤다. 그가 놀라자 제이미슨이 웃어 보였다.

"이곳이 황야가 시작되는 곳이라고. 도로는 여기서 남서쪽에 있는 아리스틸루스로 연결되어 있고, 우리는 피코로 가고 있잖아. 그래서 지금까지 수십 대의 트랙터만이 달려 본 길을 이제부터 우리가 가는 거야. 우리가 타고 있는 이 페르디난드 호도 그중 하나였다고 하면 기분이 좀 나아지려나?"

페르디난드 호는 시속 36킬로미터의 속력으로 이리저리 흔들리면서 날아가고 있었고, 휠러는 좀 난감해졌다. 만약 그가 선박이란 게 뭔지 아는 시대에 살았다면 좀 더 친숙한 기분이 들었을 것이다.

달에 있는 바다는 언제나 그렇듯 지평선이 가까이 있기 때문에 경치는 다소 실망스러웠다. 피코와 저 멀리 있는 산들은 모두 하늘 아래로 내려가 있었고, 앞에 보이는 평원은 불타는 태양 때문에 달갑게 보이지 않았다. 세 시간 동안 그들은 작은 분화구들과 깊이를 알 수 없는 지루한 계곡들을 건너며 끊임없이 달렸다.

제이미슨이 트랙터를 멈추자 두 사람은 우주복을 입은 채로 좋은 표본이라도 건져 보기 위해 차 밖으로 나갔다. 계곡의 너비는 거의 2킬로미터에 가까웠고, 하늘 높이 뜬 태양은 강렬한 빛을 그 위에 내리쬐고 있었다. 바닥은 마치 바위가 갈라질 때 용암이 저 아래서 솟아 올라와 굳어 버린 것처럼 아주 평평했다. 휠러는 바닥이 얼마나 멀리까지 펼쳐져 있는지 파악하기가 쉽지 않았다.

제이미슨의 목소리가 우주복을 통해 들려왔다.

"저 아래 바위 보이지?"

그는 초점을 맞추어 저 아래 부드러운 표면에 두드러진 표지들이 있는 것을 발견했다.

"그래. 보여. 저것들 뭐야?"

"저것들 얼마나 큰 것 같아?"

"모르겠어. 직경이 1미터 정도."

"흠. 측면에 있는 작은 것 보이지?"

"그래."

"그건 바위가 아니야. 저건 길을 잘못 든 트랙터야."

"저런! 어떻게? 여기 평평한데."

"그래. 그렇지만 지금은 한낮이잖아. 저녁이 되고, 태양의 고도가 낮아지면 계곡을 그림자로 잘못 보는 수가 있지. 그리고 그 반대의 경우도 있고."

휠러는 트랙터로 돌아가는 동안 말이 없었다. 어쩌면 산에 있는 편이 더 안전했는지도 몰랐다.

마침내 피코의 거대한 바위들이 다시 시야에 들어왔고, 주변이 모두 바위들로 가득 차 버렸다. 달에서 가장 유명한 지형 중의 하나가 바로 이 비의 바다에 솟아올라 있었다. 수 세기 전에 화산 활동으로 인해서 생긴 지형이었다. 지구에서라면 도저히 오르지 못할 것처럼 보였다. 지구의 6분의 1에 해당하는 중력에서도 단지 두 사람만이 정상에 올랐을 뿐이었다. 그중 한 명이 바로 여기에 있었다.

울퉁불퉁한 지역을 천천히 지나가면서 트랙터는 산자락을 따라 이동했다. 제이미슨은 절벽을 오를 만한 곳을 찾고 있었다. 위에 올라 바다의 아름다운 모습을 내려다보고 싶었다. 몇 킬로미터를 달린 후에 바라던 장소를 발견할 수 있었다.

"저 절벽을 오르자고? 절대 안 돼."

제이미슨이 자신의 계획을 설명하자 휠러는 간절하게 말렸다.

"왜냐고? 저 절벽은 수직으로 깎아지른 데다가 높이가 800미터라고."

"과장하지 마. 기울기는 10도 정도야. 그리고 여기서 올라가면 아주 쉬워. 우주복을 입고서도 말이야. 서로 몸을 묶어서 한 사람이 떨어지면 다른 사람이 한 손으로 끌어올릴 수 있거든. 시도해 보기 전까지는 알 수 없어."

"자살이 다 그런 거라고. 좋아. 네가 한다면 나도 해."

휠러는 마지못해 우주복으로 갈아입고 친구를 따라 에어록 밖으로 나갔다. 제이미슨은 작은 망원경과 기다란 나일론 끈, 그리고 몇몇 산악 장비를 지니고 있었다. 그는 이것을 휠러에게 걸어 주고는, 자신이 앞장설 테니 손에 아무것도 없는 편이 나을 것 같다고 핑계를 댔다.

가까이서 보니 절벽은 더욱 범접하기 힘들어 보였다. 단순히 수직일 뿐만 아니라 튀어나와 있어서 휠러는 어떻게 제이미슨이 올라갈 생각을 했는지 궁금했다. 그는 없었던 일로 했으면 좋겠다고 남몰래 생각했다.

그러나 그렇게 되지 않았다. 바위 표면을 잠시 살피더니 제이미슨은 밧줄의 한쪽 끝을 허리에 감고 절벽 표면에서 9미터 정도 떨어져 있는 튀어나온 곳으로 뛰어올랐다. 그는 한 손으로 그곳을 잡고는 손을 바꿔 잠시 경치를 보면서 매달려 있었다. 이런 장비를 몸에 두르고

도 겨우 20킬로그램 정도밖에 안 됐기 때문에 지구에서보다는 그다지
멋져 보이지 않았다. 그러나 휠러를 경악하게 만들기에는 충분했다.

　잠시 후 한 손으로 매달려 있기 힘들어진 제이미슨은 다른 손으로
매달리기 시작했다. 그는 믿을 수 없는 속도로 지상 30미터 높이까지
단숨에 절벽을 기어 올라갔다. 그곳에서 그는 불쑥 튀어나온 바위를
발견했다. 너비가 30센티미터 정도여서 등을 바위에 기대고 쉴 수 있
었다.

　그는 헤드폰의 주파수를 바꿔 아래에 있는 휠러를 불렀다.

　"어이! 올라올 준비 됐지?"

　"그래. 내가 어떻게 하면 되지?"

　"밧줄 잘 묶었지?"

　"잠시만. 좋아."

　"좋아. 위로 올라가자고."

　제이미슨은 밧줄을 당기기 시작했고, 갑작스럽게 공중으로 들어 올
려진 휠러가 놀라서 소리를 지르자 웃기 시작했다. 10미터 정도 올라
오자 휠러는 정신을 차리고 스스로 올라가기 시작했다. 둘이 합심하
자 휠러는 제이미슨이 있는 곳까지 순식간에 올라갔다.

　"쉽지, 그렇지?"

　"지금까지는. 그렇지만 아직 갈 길이 멀잖아."

　"그럼 그냥 올라가. 구경하지 말고. 다시 내가 부를 때까지 이거 잘
잡고 있어. 내가 준비가 될 때까지 움직이지 마. 내가 떨어지면 네가
나를 지탱해 주는 거야."

　30분 후 휠러는 너무도 높이 올라와 놀라지 않을 수 없었다. 절벽

자락에 있는 트랙터는 장난감처럼 보였고 지평선은 몇 킬로미터 떨어진 곳에 있었다. 제이미슨은 충분히 올라왔다고 생각하고 망원경으로 평원을 관찰하기 시작했다. 목표물을 찾는 데 그다지 오랜 시간이 걸리지 않았다.

16킬로미터쯤 떨어진 곳에 그들 모두 본 적이 있는 거대한 우주선이 태양빛에 반짝이며 서 있었다. 근처에는 평평한 평원에 솟아오른 거대한 구 모양의 구조물이 세워져 있었다. 망원경을 통해 인간과 기계장치가 기지 근처에서 움직이는 게 보였다. 때때로 먼지구름이 하늘로 솟아올랐다가 다시 땅에 내려앉았다. 마치 계속해서 폭파 작업이 진행되는 것 같았다.

"저기에 광산이 있는 것 같아."

오랫동안 관찰을 하더니 휠러가 말했다.

"광산 같지는 않은데. 저렇게 덮어 놓은 광산을 달에서는 본 적이 없어. 마치 새로 라이벌 관측소가 설치되는 것처럼 보여. 아마도 우리가 쫓겨날지도 모르지."

"30분이면 저기에 갈 수 있지. 가 볼까?"

"그다지 현명한 일 같지 않아. 우리가 접근하는 걸 바라지 않을 거야."

"걱정은 접어 두라고. 아직 전쟁이 시작된 것도 아니고, 우리가 다가가는 걸 막을 권리도 없어. 감독관은 우리가 어디에 있는지 알고 있고, 만약 돌아가지 않으면 야단법석이 날 거야."

"너는 안 돌아가도 돼. 그렇지만 네 말이 맞아. 내쫓기야 하겠어."

지구에서와는 달리 절벽을 내려가는 건 올라가기보다 훨씬 쉬웠다.

밧줄이 다할 때까지 교대로 상대를 내려 주었고, 그렇게 절벽에 붙어서 기어 내려갔다. 떨어져도 다른 사람이 쉽게 붙잡아 줄 수 있다는 것을 알았기 때문에 더욱 쉬웠다. 그들은 금세 다시 지상에 내려왔고, 충실한 페르디난드 호는 다시 한 번 평원을 가로질러 달렸다.

서로 사소한 잘못으로 시비를 가리다 길을 잘못 들어 한 시간이 지나서야 그들은 돔을 찾을 수 있었다. 전속력으로 그곳을 향해 돌진했고, 개인 주파수를 이용해 관측소에 무선 연락을 보내서 무슨 의도인지를 확실히 설명했다. 접근 금지 신호가 오기 전에 그들은 무선을 끊어 버렸다.

그들이 방문해 벌어지는 소란을 구경하자니 즐거웠다. 제이미슨은 막대기로 개미집을 파헤치는 것과 비슷하다고 생각했다. 금세 그들 주위로 트랙터, 울부짖는 기계들, 그리고 우주복을 입은 흥분한 사람들이 모여들었다. 엄청난 혼잡 때문에 그들은 페르디난드 호를 멈추지 않을 수 없었다.

휠러가 말했다.

"접대위원을 기다리는 편이 더 나을걸 그랬네. 저기 오는군."

우주복을 입고 있지만 중요한 인물처럼 보이는 키 작은 남자가 군중을 헤치고 다가왔다. 이윽고 그는 거만하게 에어록의 문을 두드렸다. 제이미슨은 버튼을 눌러 봉인을 열었고 잠시 후 접대위원은 선실에서 헬멧을 벗었다.

그는 나이가 많은 잘생긴 사람이었고 성격이 좋아 보이지는 않았다. 우주복을 벗자마자 그는 그들을 몰아세웠다.

"여기서 뭐하는 거요?"

제이미슨은 이런 비상식적인 태도에 놀라지 않을 수 없었다.

"당신들이 새로 왔는데 잘 적응하고 있는지 보러 왔습니다."

"당신들 누구요?"

"우리는 관측소에서 왔어요. 여기는 휠러. 나는 제이미슨 박사지요. 모두 천체 물리학자입니다."

"오!"

갑작스럽게 분위기가 바뀌었다. 접대위원은 친근하게 굴었다.

"정식으로 절차를 밟고 오셨으면 신원 확인이 더 쉬웠을 텐데요."

"뭐라고요? 달에서도 접근 금지 구역이 생겼단 말인가요?"

"미안하지만, 그렇게 됐습니다. 이쪽으로 오시죠."

두 명의 천문학자는 우주복을 입고 그를 따라 에어록으로 갔다. 휠러는 조금 걱정스러웠고, 이 여행을 제안하지 말았어야 했다고 생각했다. 이미 그는 모든 종류의 불쾌한 상황을 머릿속에 그려 보고 있었다. 예전에 읽은 스파이, 독방, 벽돌담 등에 관한 이야기들이 떠올랐다.

이론 과학자로서 가장 가치 있는 자산 중의 하나는 강력한 상상력이었지만, 그걸로 할 수 있는 일이 하나도 없을 때가 있었다. 인생에서 많은 부분을 이미 이런 문제를 겪을 고민으로 보내 버린 그였다. 이번 일도 그중 하나였다.

밖에 있는 사람들은 여전히 그들의 트랙터 주위에 모여 있었지만, 무선으로 지시를 내리자 재빨리 흩어졌다. 휠러와 제이미슨의 무전기는 관측소 주파수에 맞춰져 있어서 그들의 무선 내용을 들을 수 없었다.

그들은 거대한 돔의 벽에 자연스럽게 나 있는 문으로 다가갔고, 곧

반구 형태의 내벽으로 둘러싸인 실내로 들어갔다. 두 겹의 벽 사이에 정교한 투명 플라스틱 조직이 들어 있는 것 같았다. 심지어 바닥도 같은 재질로 이루어져 있었다. 자세히 들여다본 휠러는 그것이 전기 단열재라고 결론을 지었다.

안내자는 필요 이상으로 많은 것을 보여 주고 싶지 않다는 듯 종종걸음으로 그곳을 지나쳤다. 그들은 작은 에어록을 통해 내부 돔으로 들어갔고, 거기서 우주복을 벗었다. 휠러는 뚱한 얼굴로 언제쯤이나 이곳에서 벗어날 수 있을지 궁금해했다.

III

친숙한 냄새였지만, 공기에서 나는 냄새를 한 번에 알아차리지는 못했다. 제이미슨이 먼저 알아챘다.

"오존!"

제이미슨이 휠러에게 속삭이자, 그도 고개를 끄덕였다. 제이미슨은 고압 전류 장비에 대해 몇 마디 더 하려고 했지만 안내자가 의심스럽다는 듯이 뒤를 돌아보아서 그만둬야 했다.

에어록이 열리자 여러 문구와 숫자가 적힌 문들이 늘어서 있는 작은 복도가 나왔다. 문에는 이런 글들이 써 있었다. '개인실', '출입금지!', '담당 직원만 출입 가능', '존스 박사', '타자수', 그리고 '감독관'. 마지막 문 앞에서 그들은 멈췄다.

잠시 후에 '입장'이라는 표지판이 빛나기 시작했고, 문이 자동으로 열렸다. 방은 일상적인 사무실이었는데 커다란 책상 뒤에 앉은 단호한 표정의 젊은 남자가 완전히 장악하고 있는 듯했다.

"그래, 이 사람들 누구지?"

방문객이 들어서자 그가 물었다.

"관측소에서 온 천문학자 두 명입니다. 트랙터를 타고 방금 도착했습니다. 신원을 확인하는 게 좋겠다고 생각했습니다."

"당연하지. 이름이 뭐죠?"

15분 정도 감독관은 세세한 항목에 대해서 질문하고 서류를 작성하더니, 마침내 관측소에 연락을 취했다. 모든 일이 끝나고 신원 확인이 되자 제이미슨과 휠러는 안도의 한숨을 쉬었다.

멋진 책상에 앉아 있던 젊은 남자는 무전기를 끄고 조금 당황스럽다는 듯 두 침입자를 돌아보았다. 이윽고 찌푸렸던 미간을 풀고 그들에게 말하기 시작했다.

"아시겠지만 여러분은 좀 귀찮은 손님입니다. 이곳에 누군가가 오리라곤 생각 못했어요. 그렇지 않았다면 접근 금지라는 표지판을 세웠겠지요. 말할 필요도 없이 우리는 손님이 오면 추적할 수 있습니다. 당신들처럼 무작정 차량을 몰고 와도 말이죠.

여하튼 이미 와 버리긴 했고, 아직 아무런 피해는 입히지 않았죠. 아마도 이것이 정부 프로젝트의 일환이라는 것을 추측했을 겁니다. 저희들이 공공연하게 말하고 싶지 않은 부분이기도 하죠. 이제 여기에 오셨으니 조금 설명을 해야 할 것 같군요. 그렇지만 제가 말씀드리는 것을 다른 곳에 가서 되풀이하지는 않으리라 믿습니다."

두 명의 천문학자는 쑥스러운 듯 동의를 표했다.

“아시겠지만 외곽 행성과 통신을 하고 싶으면 여러 단계를 거쳐야 합니다. 예를 들어, 만약 우리가 토성의 타이탄 위성에 연락을 취해야 하는 경우가 생기면, 지구, 화성, 칼리스토 위성, 그리고 타이탄 위성, 이렇게 여러 행성과 위성에 있는 자동 중계 장치를 통해야 하고, 또 그 중간에 있는 다른 장치들을 여러 번 통과해야만 하죠. 저희들은 이런 절차를 없애고자 합니다. 지금 이곳은 태양계 전체의 통신 센터가 될 것이고, 이곳에서 다른 행성에 직접 연락을 취할 수 있게 될 것입니다.”

“페르세포네 위성까지라도 말입니까?”

“그렇습니다.”

“우주 연합 입장에서는 한 방 먹는 셈이겠네요? 지구 밖에 있는 모든 중계소를 차지하고 있으니까.”

감독관은 휠러를 날카롭게 쳐다보았다.

“음, 처음에는 환영하지 않겠지요. 그렇지만 결국 비용을 줄일 뿐만 아니라 모든 사람이 더 좋은 서비스를 누릴 겁니다.”

그도 인정하였다.

“우주 연합이 이 사실을 먼저 알게 되는 것을 막아야겠군요?”

감독관은 약간 당황스러워하면서 직접적인 대답을 피했다. 그는 난감하다는 태도를 취하고는 자리에서 일어났다.

“여러분, 그게 전부입니다. 다시 알프스 산맥으로 돌아가 즐거운 여행을 하시기 바랍니다. 동료들에게 비밀을 지켜 주세요.”

“솔직하게 이야기해 주셔서 감사합니다.”

제이미슨이 몸을 돌리면서 말했다.

"비밀로 하겠다고 약속합니다. 그렇지만 진실을 알게 되어서 기쁘군요. 요즘 너무 많은 뜬소문이 퍼지고 있거든요."

"어떤 거죠?"

"솔직히 말해서 누구나 다른 모든 이들처럼, 저희는 이곳이 신비로운 우라늄 광산일 것이라고 생각했습니다."

감독관은 바로 웃었다.

"광산처럼은 안 보이죠?"

"확실히 그렇군요. 자, 안녕히 계십시오."

"안녕히 가세요."

제이미슨과 휠러가 방을 나간 뒤에도 감독관은 한동안 음울한 침묵에 잠긴 채 서 있었다. 이윽고 버튼을 눌러 비서관을 호출했다.

"이거 녹음했나?"

"네."

"괜찮은 녀석들이야. 내가 조금 민망하더군. 그래도 그냥 보냈다면 동료들하고 이런 저런 얘길 떠들어 댔겠지. 그러다가 진실을 찾아낼지도 몰라. 지금은 진실을 안다고 생각하니까 호기심은 충족됐을 테고, 우리 비밀을 지켜 주겠지. 특히 약속도 받아 두었으니까. 교활한 속임수였지만 효과는 있겠지."

비서관은 자신의 상사에 대한 존경심이 새로 생겨났다.

"각하, 고대 로마 정치인에 대해서 하신 말씀이 생각나는군요. 제가 누굴 말하는지 아시죠?"

"아마 마키아벨리겠지. 사실 그는 로마 시대보다 조금 나중 사람이라네. 그런데 그 자들이 들어올 때 추적 장치는 제대로 작동했나?"

"네. 경보가 여러 번 울렸습니다."

"좋아. 그렇다면 경계를 더 세밀히 할 필요는 없겠군. 이제 할 일은 달에서 이 지역은 출입 금지라는 것을 공식적으로 발표하는 거야. 결코 사람들의 관심을 끌어서는 안 돼."

"관측소에 있는 다른 사람들은 어떻게 할까요? 더 많은 방문객이 몰려올 것 같은데요."

"맥로린에게 또 전화를 걸어서 사적인 방문은 피해 달라고 해야겠지. 그는 까다로운 늙은이지만 꽤 쓸모가 있어. 자, 이제 상황이 얼마나 진척되었는지 자료를 보자고."

제이미슨과 휠러는 곧바로 관측소로 돌아가지 않았다. 며칠 동안은 돌아가지 않아도 상관없었다. 게다가 아직도 탐사해야 할 곳이 많이 남아 있었다. 기지 방문은 아무래도 용두사미로 끝난 것 같았다. 그들은 비밀을 공유하고 있었다. 그 비밀은 가슴 뛰는 일이긴 했지만, 그렇게까지 일급비밀 같지는 않았다.

"이제 어디로 가지?"

지평선 밑으로 돔이 사라지자 휠러가 물었다.

제이미슨이 비의 바다를 찍은 대축척 사진 지도를 펼치고 검지 손가락으로 짚었다.

"지금은 여기야. 달의 경치를 구경할 만한 곳을 보여 주고 싶은데. 무지개 만이 360킬로미터 떨어진 곳에 있지. 지금 그리로 가려고. 거기 가면 평원 끝나는 곳까지 북쪽으로 올라가서 산을 따라 관측소로 돌아갈 계획이야. 내일이나 모레쯤 될 걸."

제이미슨이 바다를 가로질러 트랙터를 운전하는 4시간 동안 단조로운 풍경이 창문 밖으로 지나갔다. 때때로 그들은 작은 등성이도 넘고 수십 미터 높이의 작은 분화구도 지나쳤지만, 여행 내내 대부분 단조로운 평원을 가로질렀다.

잠시 후에 휠러는 풍경에 대한 관심을 접고 독서를 하려고 했지만, 트랙터가 덜컹거리는 바람에 매우 불편해서 이내 포기해야만 했다. 어쨌거나 트랙터에 있는 책이라곤 맥로린이 쓴 『다중 행성 시스템 공학』뿐인 데다 무엇보다도 지금은 휴가 중이었다.

갑자기 휠러가 말했다.

"시드, 우주 연합에 대해 어떻게 생각해? 넌 그쪽 사람들 많이 만나 봤잖아."

"그렇지. 난 괜찮던데. 마지막 손님들이 떠났을 때 네가 이곳에 없어서 유감이었어. 거의 수십 명이 우리 관측소를 방문해서 망원경을 설치하는 법을 배우고 갔지. 너도 알겠지만 연합은 토성의 위성 중 하나에 38미터짜리 반사 망원경을 설치하고 싶어 해."

"정말 큰 사업인데! 내가 항상 말하지만 우린 태양에 너무 가까이 있어. 그런데 다시 그 문제로 돌아가자고. 그쪽이 지구에 전쟁을 걸어 올 것 같아?"

"잘 모르겠어. 개방적이었고 우리와 친해지려고 했지만, 우리는 다 과학자들이고 자기들한테 도움을 많이 줬잖아. 우리가 만약 정치인이나 공무원이었다면 상황이 달랐을 거야."

"제기랄. 우리도 공무원이라고. 누가 우리에게 월급을 주지?"

"그렇지. 그래도 내가 무슨 말을 하는지 알지? 무척 정중하게 굴어서 티는 안 났지만, 그들은 지구에 별로 신경 쓰지 않는 것 같았어. 우라늄 문제로 신경을 곤두세우고 있는 건 확실했지만. 나도 종종 그들이 불평하는 걸 듣곤 했어. 추운 외계 행성을 탐사하려면 자기네들도 원자력 에너지가 필요하다더군. 그리고 지구는 대체에너지로 이런 문제를 쉽게 처리할 수 있고 말이야. 무엇보다도 지구는 수천 년 동안 잘해 왔잖아."

"어느 편이 옳다고 생각해?"

"나도 잘 모르겠어. 그렇지만 이건 말할 수 있지. 만약 더 많은 우라늄이 나온다면, 그리고 지구가 우주 연합에 더 많은 양을 제공하지 않는다면, 문제가 되리라는 거야."

"그런 일은 없을 것 같은데."

"너무 확신하지 말라고. 늙은이 몰이 말했듯이, 지구에는 우주 연합을 두려워하는 사람이 많고, 그들은 우주 연합이 더 이상 힘을 키우기 원하지 않아. 우주 연합도 처음에는 움켜쥘 수 있을지 몰라도 나중에는 문제가 발생하겠지."

"흠. 피코에 있는 친구들이 우라늄을 캐지 않는다니 정말 다행스러운 일이야. 아야! 운전 좀 잘 하라고!"

휠러가 생각에 잠긴 채 말했다.

"미안해. 하지만 운전하는 데 계속 말 시키면 길에 있는 걸 피할 수가 없다고. 자동차 서스펜션을 좀 조정해야 할 것 같아. 돌아가면 페르디난드를 반납해야겠어. 분해해서 검사해 보게. 저기 보이는 게 헬리콘 산이야. 앞으로 몇 킬로미터 동안 운전에 집중해야 하니까 말 걸지 마. 앞으로 좀 힘들어질 거야."

트랙터는 북쪽으로 방향을 돌렸고, 아름다운 무지개 만의 거대한 장벽이 지평선에서 천천히 솟아오르기 시작했다. 마침내 동서 어느 쪽에도 무지개 만의 모습만이 보였다. 휠러는 자연히 조용해졌고 36킬로미터를 가는 동안 한마디 말도 없이 앉아 있었다. 그동안 제이미슨은 전방에 있는 4.5킬로미터 높이의 절벽을 향해서 기계를 몰았다.

그는 오래전 지구에서 지름 5센티미터짜리 망원경으로 무지개 만을 처음으로 봤던 때가 기억이 났다. 이제 그 거대한 장벽 위를 달릴 수 있다는 사실은 믿기 어려웠다. 20세기가 이룩한 믿을 수 없는 변화였다. 20세기가 시작됐을 때만 해도 우주선은커녕 비행선도 없었다는 사실을 깨닫기란 쉬운 일이 아니었다.

2000년의 역사가 단 한 세기의 엄청난 과학적 성과와 두 번의 거대한 전쟁으로 인해서 모조리 그 속으로 빨려 들어간 것 같았다. 첫 4반세기 동안, 앞선 1000년 동안 정복을 시도했던 바다보다 더 완벽하게 하늘의 정복이 이루어졌다.

그리고 마지막 4반세기에 최초로 조잡한 로켓이 달에 도착했고, 인류의 장구한 고독의 시간은 끝이 났다. 한 세기 만에 집이란 단어가 지구의 파란 하늘과 초록색 평원만을 의미하지 않게 됐고, 내행성을 식민화하는 작업은 빠르게 진행되어 갔다.

역사는 결코 반복되지 않지만 역사적 상황은 반복된다고 흔히들 말한다. 어쩔 수 없이 새로운 식민지와 지구 사이의 관계가 악화되기 시작했다. 지구에 비하면 인구수가 절대적으로 부족했지만, 그들은 역사상 가장 명석하고 활동적인 정신의 소유자였다. 전통적으로 어깨를 짓누르던 짐에서 자유로워지자, 그들은 과거의 실수를 피할 수 있는 새로운 문명을 건설하고자 했다. 그들의 목적은 숭고했고, 어쩌면 성공할지도 몰랐다.

금성은 독립을 선포한 최초의 행성으로서 독자 정부를 수립했다. 잠시 엄청난 긴장감이 감돌았지만 낙관적인 생각이 퍼져 나갔고, 21세기가 시작하면서는 사소한 의견 불일치 정도가 두 정부 사이의 관계를 껄끄럽게 만들곤 했을 뿐이었다. 10년이 지나고 화성과 사람이 사는 목성의 네 위성, 즉 이오, 유로파, 가니메데, 그리고 칼리스토가 연합했고, 후에 이들은 외곽 행성 우주 연합이 되었다.

휠러는 이 외행성에 한 번도 가 본 적이 없었다. 사실 그가 지구를 떠나 본 것은 여기 달이 처음이었다. 비록 과학자로서 우주 연합의 과학적 성과를 존경했지만, 다른 대부분의 지구인들처럼 그도 우주 연합을 두려워했다. 그는 전쟁의 가능성을 믿지 않았지만, 만약 '사건' (초기 정치인들은 전쟁을 이런 식으로 지칭하곤 했다.)이 난다면 그는 지구에 충성을 다할 것이다.

트랙터가 멈췄다. 제이미슨은 제어판에서 몸을 일으켜 활짝 기지개를 켰다.

"음, 오늘은 이 정도면 충분해. 식인종이 되기 전에 뭐라도 좀 먹자고."

트랙터 한쪽에는 작은 취사실이 설치되어 있었지만, 그 둘은 요리를 하기엔 너무 게으른 탓에 관측소에서 준비해 온 스위치를 켜기만 하면 데워지는 음식으로 끼니를 때우고 있었다. 불필요하게 기운을 쓸 필요가 없었다. 만약 심리학자가 트랙터의 창고를 조사해 봤다면,

아마도 탑승자들이 굶주림에 대한 병적인 공포에 시달렸을 것이라고 결론을 내렸으리라.

자고, 먹고, 싸우고, 그리고 마음이 내키면 운전하고 하는 일들은 모두 낮에 이루어졌다. 거의 30시간 동안 그들은 무지개 만의 거대한 절벽 자락을 따라 천천히 전진해 나갔다. 가끔 우주복을 입고서 도보로 탐사 작업을 벌이기도 하였다. 그들은 미량의 광물을 발견했고, 휠러는 동료가 한 번도 본 적이 없는 특이한 빨간 이끼를 발견했을 때 무척 흥분했다.

아직 달에서 탐사가 자세히 이뤄진 부분은 드문 상태라 이것은 과학계에 아주 새로운 발견이었다. 휠러는 식물학계의 모든 영예를 누릴 수도 있다는 꿈을 꾸기도 하였다. 이러한 희망은 며칠 후에 수석 식물학자에 의해 산산이 깨져 버렸지만, 그들은 한동안 즐거웠다.

태양은 여전히 높이 솟아올라 있었지만, 정오는 한참 전에 지나 있었다. 초승달 모양 지구가 하늘에 모습을 드러내기 시작했을 때, 그들은 다시 알프스 산맥의 경사로를 달리고 있었다. 휠러는 이번 여행을 즐거워했지만 이 비좁은 차량에 다소 싫증이 나 있는 상태였다. 또한 최악의 지형을 달리느라 계속해서 차가 덜커덩거리는 바람에 고통이 쌓여 가고 있었다.

비록 언제나 똑같은 옛날 잡지들이 걸려 있고, 좋은 의자는 항상 같은 사람들이 독점을 하고 있지만, 북적대는 휴게실로 돌아가는 건 즐거운 일이었다. 그들이 없는 동안 아무 일도 일어나지 않은 듯했다.

주된 화제는 젊고 아름다운 감독관의 개인 비서가 가장 열렬한 구혼자인 수석 기사와 완전히 결별을 선언한 일이었다. 이 일 때문에 최근에 일어난 사건, 예를 들어서 아주 뛰어난 수학 실력을 발휘해 반 하든이 발견한 행성에 토성과 같은 고리 체계가 존재한다는 것을 발 견한 사건들도 하찮은 것이 되었다.

최근 지구 뉴스를 듣고서야 휠러와 제이미슨은 우주 연합이 우라늄 합의에 대해서 재고해 줄 것을 요청했고, 이 요청이 기각되었다는 사 실을 알았다.

"늙은이 몰이 흥분하게 생겼네."

휠러가 말했다.

"그래. 그 노인네가 정치에 관심이 있을 거라고 누가 생각이나 했 겠어. 노인네랑 이야기나 해 볼까?"

그 늙은 천문학자는 방 한쪽 구석에 있었는데, 젊은 물리학자 중 한 명과 한창 잡담을 하는 중이었다. 그는 그들이 다가가자 말을 멈췄다.

"그래, 돌아왔군. 바다에서 목이라도 부러진 줄 알았지. 달 송아지 라도 봤나?"

H. G. 웰스의 이야기에 등장하는 이 동물에 대한 언급은 달에 대한 농담 중에서도 꽤 오랫동안 살아남았고 지구에 있는 사람들은 실제 로 그 동물이 존재한다고 생각하곤 하였다.

"아니요. 발견했으면 식단에 새롭게 추가하려고 데려왔겠죠. 일은 어때요?"

"내가 아는 바로는 특별한 일은 없어. 그렇지만 여기 있는 레이널 드가 뭔가 새로운 것을 발견한 것 같군."

"생각해 보세요. 2시간 전에 기록들이 완전히 엉망이 되었다고요. 무슨 일이 일어났는지 알아내려 하고 있어요."

"어떤 기록들?"

"자기장 측정요. 자기폭풍이 있을 때를 제외하고 자기장은 항상 일정하고, 또 우리는 자기폭풍이 언제 발생할지도 잘 알고 있잖아요. 그렇지만 오늘 표시기에서 그래프 용지가 백지로 나오기에, 누군가가 전자기가 발생하는 지역에 다른 무엇인가를 작동시켰는지 살펴보려고 관측소 주위를 둘러보고 있었어요. 모든 요소를 다 확인했으니 외부 요인이 틀림없어요. 여전히 상황에 변화가 없어서 잠시 저는 숨을 돌리고 존스가 그것을 지켜보고 있어요."

"자기폭풍이 아닌 게 확실해? 지구에서 발생한 것인지도 확인해야 해. 충분히 영향을 미칠 수 있지."

"그것도 확인했어요. 어떤 경우에건 비정상적인 태양 활동은 없었기 때문에 그건 배제되었죠. 또한 너무 강력한데다가 인공적인 게 틀림없어요. 갑자기 생겼다가 사라지기를 계속하거든요. 마치 누군가가 스위치를 켰다 껐다 하는 것 같아요."

"참 신기하네. 아, 저기 존스가 오네. 얼굴 표정으로 봐서는 저 웨일스 신동이 뭔가 알아낸 것 같아."

다른 물리학자가 기다란 자료 테이프를 질질 끌면서 서둘러 방 안으로 들어섰다.

"알아냈어요. 여기 보세요."

그는 의기양양하게 소리쳤다. 그리고 근처 책상 위에 테이프를 펼쳐 놓았다. 브리지 게임을 하던 사람들의 성난 눈길이 그곳에 쏠렸다.

"이게 자기장 기록표입니다. 테이프에 아무것도 찍히지 않을 때까지 기록계의 감도를 줄여 봤어요. 그다음 무슨 일이 벌어졌는지 보세요. 이 지점에서 갑작스럽게 자기장이 평소 값보다 1000배나 높게 나타났어요. 몇 분간 지속되더니 정상 상태로 내려가더군요. 그래서……."

존스는 손가락으로 자기장의 변화를 따라가기 시작했다.

"두 가지 특이한 사항이 있어요. 어떤 경우건 자기장의 증가는 아주 짧은 순간에 일어나죠. 기하급수적인 증가예요. 이것은 전자석에 전류를 넣는 순간 발생해요. 그리고 감소도 마찬가지인데, 반면 이 사이 부분은 아주 평평하죠. 이건 분명히 누가 일부러 만들었다는 뜻이에요."

"이게 바로 내가 처음에 말했던 거야. 그렇지만 관측소에는 그럴 만한 전자석이 없잖아."

"잠시만. 아직 끝나지 않았어요. 보시다시피 꽤 일정한 간격으로 자기장이 증가하는 것을 볼 수 있죠. 그래서 시간을 조심스럽게 측정해 봤어요. 그런 다음 다른 장치에서도 같은 일이 동시에 얼어나는지 보려고 모든 자동 기록계의 테이프를 살펴보라고 직원들에게 시켰죠.

아주 많이, 아니 거의 모든 기록계가 얼마간 파동을 보이더군요. 예를 들어서 우주선(線)의 강도는 자기장이 발생하면 떨어지게 되어 있어요. 제 생각엔 모든 코일이 여기에 휘말려 우리가 수신을 못한 것 같아요. 그런데 이런 모든 것들 중에서 가장 이상한 것은 지진계입니다."

"지진계! 누구 달에서 자기 지진이 일어난다는 소리 들어 본 적 있어?"

"저도 처음에는 그렇게 생각했죠. 그렇지만 여기 보세요. 자세히 보시면 자기장이 발생한 1.5분 후에 정기적으로 미진이 일어난다는 사실을 알 수 있죠. 거의 빛의 속도로 이동하고 있어요. 잘 아시겠지만 파장은 달 암석을 통해 정말 빠르게 이동하잖아요. 거의 초속 1.6킬로미터의 속력으로 이동하죠.

그래서 결론을 내리기를, 약 160킬로미터 떨어진 곳에서 누군가가 인간이 지금까지 만든 것 중에서 가장 거대한 자기장을 일으키고 있다는 거예요. 너무도 거대해서 우리 장치를 망가뜨리고 있는데, 다시 말하자면 수백만 가우스로 기계를 돌리고 있다 이겁니다.

지진, 사실 월진이라고 해야겠죠. 월진은 부수 효과인 것 같아요. 여기 주변에 거대한 자성이 있는 바위가 있어요. 그래서 자장이 형성되면 엄청난 충격이 발생하는 거예요. 아마 진원지에 있다고 하더라도 느끼지 못하겠지만, 우리 지진계는 아주 고성능이라서 36킬로미터 이내라면 운석이 떨어지는 것도 측정할 수 있죠."

"내가 지금껏 본 중에서 가장 빠른 속도로 탐지할 수 있는 장치지."

"고맙습니다만 아직도 할 이야기가 더 있어요. 그런 다음 저는 통신소에서 뭔가 알아냈나 보러 갔어요. 다들 화가 잔뜩 나 있더군요. 자기장 측정기가 고장 난 바로 그 순간 그곳에 있는 장치도 모두 파괴된 거였어요. 그들은 제가 지적한 바로 이 자료 때문에 똑같이 열을 올리고 있었어요. 이건 피코에서 약 8킬로미터 남쪽으로 떨어진 곳에 있는 비의 바다에서 오는 것 같아요."

"이런! 왜 그 생각을 못했지."

휠러가 말했다.

두 명의 물리학자가 동시에 그에게 달려들었다.

"무슨 말이에요?"

약속이 생각난 휠러가 주저하며 도와달라는 듯 제이미슨을 바라보았다.

"우린 방금 피코에서 오는 길이거든. 거기는 정부 프로젝트가 진행되고 있는 곳이야. 극비라서 근처에 갈 수 없다고. 평원에 있는 거대한 돔인데 관측소의 두 배는 될 거야. 그들 말로는 그 안에 뭔가가 무지막지하게 많은 것 같아."

"그래서 바다 위로 우주선들이 가는 거였군요. 뭐 특이한 것이라도 보았나요?"

"아무것도."

"안됐군요. 우리도 한번 가 봐야 할 것 같아요."

"내가 너라면 안 갈 거야. 우리한테 예의는 지켰지만, 다음번에는 다를 것 같아. 손님이 안 왔으면 좋겠다고 하더라고."

"그럼 그 안에 들어가 봤겠네요?"

"그래."

"이런 말도 안 되는 일이. 다이너모와 트랜스의 차이도 모르는 바보 같은 천문학자 두 명이 다녀오는 바람에, 이제 우리는 들어가 볼 기회가 없잖아요."

"뭐, 언젠가 정부 프로젝트가 뭔지 알게 될 날이 오겠지."

IV

그들의 대화는 사람들의 예상보다 더 빨리 현실로 나타났다. 소문은 사실로 드러났다. 지금껏 발견된 중에서 최고로 많은 우라늄이 달에서 발견되었다. 그리고 우주 연합은 그 사실을 알아냈다.

역사 속에 묻혀 버린 사건들을 후세 사람의 관점에서 돌아보면, 양쪽을 동시에 살펴볼 수 있다. 지구의 통치자들은 우주 연합과 그들의 혁명적인 생각을 두려워했다. 비정상적인 두려움이었다. 지구의 개척 시대가 끝났고 미래는 이미 태양계 개척자들의 손에 넘어갔다는 무의식적인 자각에서 비롯된 두려움은 다른 행성들에 대한 무차별 공격 계획으로 이어졌다.

지구는 장구한 역사와 인접한 별들을 정복하려는 시도 끝에 지쳐 버렸다. 식민지였던 미국이 영국에 반기를 들었듯이, 인접한 별들은 납득할 수 없는 이유로 반기를 들기 시작했다. 두 경우 모두 같은 원인으로 반기를 들었고, 두 경우 모두 인류에게 이롭게 작용했다.

단 하나의 목표를 위해 지구는 여전히 싸움을 벌이고 있었다. 비록 구식이 되었지만, 지구가 알고 있는 유일한 삶의 방식을 보전하기 위해. 그러니 우주 연합의 힘이 증가하는 것을 두려워하여, 통제할 수 없는 힘을 가져다줄 자원을 사전에 빼앗으려 한 지도자들에 대해서 성급하게 판단하지 말도록 하자.

이 점에서 우주 연합도 비난받을 여지가 있다. 외계 행성의 성공 가능성에 이끌린 이상주의자와 과학자 중에서, 특히 언젠가는 지구와의 결별을 피할 수 없음을 잘 알고 있던 사람들 중 상당수가 무자비한 축에 속했다. 바로 순양함 아케론, 에리다누스, 그리고 훗날 초노급전함 플레게톤을 개발하려던 이들이었다.

이런 전함의 개발은 윌슨 드라이브나 비추진동력장치의 발견 덕분이었다. 오늘날 윌슨 드라이브는 너무도 보편적이어서, 태양계 내에서 이 장치의 존재가 10년 동안 완벽하게 비밀로 부쳐졌다는 사실을 알게 되면 사람들은 깜짝 놀라곤 한다. 그 동력장치 덕에 우주 연합은 3척의 전함과 병기들을 만들 수 있었다.

평원의 전쟁에서 쓰였던 무기에 대해서는 오늘날까지도 극히 일부만이 알려져 있다. 20세기에 이루어진 원자력과 전기 전자 기술의 발전 덕에 가능했던 일이었다. 그 누구도 이런 무시무시한 무기들을 사용할 생각은 없었다. 단순히 이런 무기가 있다는 사실만으로도 지구로부터 이권을 넘겨받을 수 있을 거라고 생각했던 것이다.

만약 지구에 우수한 정보기관이 없었다면 효과를 볼 수도 있었던, 다소 위험한 정책이었다. 하지만 드디어 우주 연합이 실력을 행사했을 때, 지구는 이미 대응책이 마련해 놓고 있었다. 게다가 지구는 적이 전혀 알지 못해 대비책도 세울 수 없는 무기를 만들 방사선 물리학의 한 분야를 운 좋게 발견한 참이었다.

저항을 예상하지 못했던 우주 연합은 적을 과소평가하는 구시대적 실수를 범하고 말았던 것이다.

관측소에 어둠이 내렸다. 업무에서 해방된 직원들이 모두 관측 창에 모여, 언제나 그랬던 것처럼 앞으로 2주간 보지 못할 태양에 작별 인사를 고하고 있었다. 가장 높은 산봉우리만이 기울어 가는 마지막 태양빛을 붙잡고 있었다. 이후 오랜 시간 계곡은 어둠으로 덮일 것이다. 태양은 이미 보이지 않았다. 시간이 지남에 따라 빛나는 산봉우리 위의 찬란한 광채는 떠나기 싫다는 듯 천천히 잦아들고 있었다.

그리고 이제 저 멀리 알프스 산맥의 보이지 않는 산자락 너머로 빛나는 산봉우리만이 보였다. 비의 바다는 오랜 시간 동안 어둠에 잠겨 있었지만, 다가갈 수 없는 피코의 꼭대기는 달 주위를 휩쓸고 있는 어둠의 봉우리 속에 잠기지 않았다. 외로운 등대처럼, 단지 그것만이 몰려오는 어둠과 맞서 싸우고 있었다.

침묵 속에서 적은 수의 남녀가 거대한 산자락을 휩쓴 어둠을 지켜보고 있었다. 지구와 사람들로부터 떨어져 있다는 외로움은 태양이 지는 것을 바라볼 때마다 느끼는 슬픔의 감정(이 감정은 인간 유전형질에 각인되어 있다.)을 더욱 강렬하게 만들었다.

빛은 서서히 멀어져 마침내 먼 산봉우리에서도 사라졌다. 긴 달의 밤이 시작된 것이다. 다시 14일이 지나 태양이 떠오르면 엄청나게 달라진 비의 바다를 비출 것이다. 그 천문학자들은 영원의 상징처럼 보이는 웅장한 산에 마지막 경의를 표했다. 새벽이 되면 그것은 영원히 사라지고 없을지도 모르는 일이었다.

다음 2주 동안 관측소 사람들은 거의 쉴 수가 없었다. 안드로메다 은하에 있는 변광성의 광도 곡선을 연구하던 휠러와 제이미슨은 30시간당 1시간씩 25미터 망원경 사용 시간을 할당받았다. 20개 가까운 연구 프로그램이 정교한 시각표에 맞춰 빽빽이 짜여 있었고, 허용된 시간을 넘기는 사람들에게는 제재가 가해질 수 있었다.

관측소의 돔은 별을 향해 열려 있었고 천문학자들은 움직이기에 불편하지 않도록 얇은 우주복을 입고 있었다. 한 쌍의 무선 통신기가 바쁘게 움직였을 때, 휠러는 동료가 기록한 광도계를 보고 있었다. 방송이 나오기 시작했다. 흔한 일인지라 그들은 이 방송이 누구를 지칭하는지 깨닫기 전까지 아무 주의도 기울이지 않았었다.

"제이미슨 박사, 즉시 감독관에게 보고 바람. 제이미슨 박사, 감독관에게 즉시 보고 바람."

휠러는 놀란 눈으로 동료를 바라보았다.

"이봐, 또 무슨 짓을 저지른 거야? 공용 주파수에다 대고 또 욕한 거야?"

그건 관측소에서 가장 흔히 있는 사건이었다. 우주복을 입으면 종종 무전을 받은 당사자만 그 무전을 듣는 것이 아니라는 사실을 잊게 된다. 대체로 경솔하게 굴어 생기는 일이라 이미 대부분의 사람들이 한두 차례 겪어 보았다.

"아니. 내 양심은 아주 깨끗하다고. 다른 사람 시켜서 이 일을 끝내. 나중에 봐."

스스로 확신은 했으나 제이미슨은 감독관이 다소 걱정하는 듯하면서도 친근하게 대하는 것을 보고서야 마음이 놓였다. 그는 혼자가 아니었다. 방금 막 도착한 듯한 옷차림에 서류 가방을 끌어안고 있는 중년 남자가 감독관 사무실에 앉아 있었다. 감독관은 즉시 형식적인 인사를 했다.

"제이미슨, 자넨 여기 최고의 트랙터 운전사야. 저기 비의 바다에 있는 새 기지에 다녀왔다고? 지금 가면 거기까지 얼마나 걸리지?"

"네? 지금요? 이 밤에?"

"그래."

제이미슨은 제안을 받고 정신이 멍해져 잠시 아무 말도 할 수가 없었다. 밤에 운전해 본 적은 한 번도 없었다. 한번은 태양이 지기 시작했을 때 운전해 봤는데 끔찍한 경험이었다. 새까만 어둠이 곳곳에 깔려 있어 계곡을 구별하기가 너무나 어려웠다. 그 속으로 운전해 들어가려면 엄청난 용기가 필요했다. 진짜 계곡이 그림자와 구별되지 않아서 더욱 심했다.

제이미슨이 주저하자 감독관이 말했다.

"자네 생각만큼 나쁘지는 않을 거야. 지구가 거의 찼으니 빛은 충분할 거라고. 조심하기만 하면 아무 위험도 없을 거야. 하여튼 플레처 박사가 3시간 안에 피코에 도착해야 하거든. 할 수 있겠어?"

제이미슨은 잠시 말이 없다가 입을 열었다.

"확신할 수 없지만 시도해 보죠. 무슨 일 때문인지 물어봐도 되나요?"

감독관은 가방을 들고 있는 남자를 바라보았다.

"저기, 박사님?"

그는 머리를 흔들어 보이더니 가라앉은 목소리로 조용히 대답했다.

"미안합니다. 가능한 한 빨리 그곳에 도착해야만 한다는 것 말고는 아무것도 말씀드릴 수가 없습니다. 저는 로켓을 타고 가던 중에 분사가 끊기는 바람에 아리스틸루스에 착륙할 수밖에 없었습니다.

우주선을 수리하려면 24시간이 걸립니다. 그래서 트랙터로 갈 계획을 세운 거죠. 여기까지 오는 데 3시간이 걸렸지만, 여기서부터 피코까지 가려면 관측소의 운전사가 필요하다는 이야기를 들었죠. 사람들이 당신을 지목했어요."

제이미슨은 격려와 칭찬에 얼굴이 살짝 상기해 있었다.

"아리스틸루스까지 가는 길은 달에 있는 단 하나의 고속도로라고 할 수 있죠. 저는 그 길을 수백 번은 다녀왔어요. 그렇지만 아시다시피 바다에서의 운전은 완전히 달라요. 낮에도 시속 50킬로미터 정도밖에 속력을 못 내거든요. 전 마음껏 달릴 수 있지만, 그다지 제 운전을 좋아하지 않게 될 거예요."

"그런 위험은 당연히 감수해야죠. 도와주셔서 감사합니다."

제이미슨은 감독관을 향했다.

"언제쯤 돌아올까요?"

"제이미슨, 그건 전적으로 자네에게 맡기겠네. 자네가 판단하기에 아침까지 머무르는 것이 최선이라고 한다면 그래도 상관없네. 그렇지 않다면 좀 쉬고 나서 바로 와도 돼. 누구랑 같이 가고 싶은가?"

동료 없이 혼자 관측소를 떠나는 건 규칙에 어긋났다. 사고가 일어날 수 있는 실제적인 위험은 둘째 치고 달의 침묵이 심리적인 면에 끼치는 영향이 상당히 커서, 아무리 강한 정신력을 가진 사람이라도 때때로 흔들리곤 했던 것이다.

"휠러랑 같이 갈게요."

"휠러도 운전할 수 있나?"

"그럼요. 제가 가르쳤어요."

"좋아. 그럼 행운을 비네. 안전하다는 확신이 들지 않으면 새벽 전에 돌아오지 말게."

제이미슨과 그 이방인이 트랙터에 도착했을 때 휠러는 이미 그 안에서 그들을 기다리고 있었다. 감독관이 그를 불러 지침을 확실하게 내린 게 틀림없었다. 그는 이미 제이미슨의 여행용 가방 한 개와 자신의 가방 두 개를 가지고 트랙터에 타고 있었기 때문이었다. 새벽이 오기 전까지 7일이라는 시간을 그곳에서 보내고 싶지 않았지만 준비는 갖추어야 했다.

트랙터 차고지인 '마구간'의 거대한 외문이 부드럽게 열리자 인공 조명이 도로를 비추기 시작했다. 에어록이 열리자 공기가 빠져나갔고 미세한 먼지 바람이 일었다. 이윽고 천천히 트랙터가 문 밖으로 나아가기 시작했다.

산 아래로 난 길은 무척 달라 보였다. 2주 전에는 불타는 태양빛에서 달궈진 콘크리트 띠 같은 모습을 하고 있었다. 지금은 배부른 반달 모양의 지구에서 나오는 청록색의 불빛 덕에 스스로 빛을 내는 것처럼 보였다. 지구가 별로 가득 덮인 하늘을 완전히 압도하고 있어서 다른 성운은 거의 아무런 빛도 내지 않는 것처럼 보였다. 서유럽의 해안선이 또렷이 보였지만 지중해 지역은 너무나 눈부셔서 쳐다보기 힘든 구름에 가려져 있었다.

제이미슨은 바깥 구경에 시간을 허비하지 않았다. 길은 완전히 꿰고 있었고 빛도 충분했다. 오히려 빛이 강하지 않아서 낮보다 더 안전해 보였다. 바다의 위험한 그림자 속에 있다면 상황이 달랐겠지만, 여기서는 안전하게 130킬로미터의 속력을 낼 수 있었다.

휠러는 산 아래 길로 내려가는 게 낮보다 더 끔찍하다고 생각했다. 괴물 같은 지구의 빛은 거리를 가늠하기 더욱 어렵게 만들었고, 주위

풍경들이 아찔할 정도의 속도로 스쳐 지나가고 있었다.

그는 매우 조용히 여행하고 있는 불청객을 바라보았다. 이제 안면을 터야 할 시간이 온 것이다. 게다가 자기가 왜 이런 일을 하고 있는지 알고 싶어 몸이 근질거렸다. 무심한 태도로 찔러 보는 것도 좋을 듯했다.

휠러가 말하기 시작했다.

"전에 이 길을 한번 지나간 것이 무척 도움이 된 것 같아요. 무선 기지국을 방문하고 아직 2주도 지나지 않았거든요."

"무선 기지국이라고요?"

너무 놀란 나머지 그 불청객의 목소리가 떨렸다.

휠러는 아무렇지도 않은 듯 대꾸했다.

"그래요. 지금 저희가 가는 곳 말이에요."

상대는 당황해하다가 조용히 물었다.

"그곳이 무선 기지국이라고 누가 그래요?"

휠러는 좀 더 연기를 해야겠다고 생각했다.

"아, 저희들이 거기에 갔을 때 이곳저곳 둘러볼 수 있었어요. 전 아스트로테크에서 전자공학 입문 수업을 들었거든요. 그래서 장비를 알아볼 수 있었지요."

왠지 모르게 휠러는 즐거워 보였다. 그가 막 뭐라고 하려는데 트랙터가 튕겨 올라 모두 공중으로 떠올랐다.

"자리에 꼭 붙어 있는 것이 좋겠어요."

어깨너머로 제이미슨이 말했다.

"이제 도로에서 벗어나기 시작했어요. 서스펜션이 충격을 흡수할 수 있을 거예요. 다행히 직전에 점검했거든요."

이후 몇 킬로미터를 가는 동안 휠러는 숨쉬기조차 어려워 더 말을 할 수가 없었지만, 그 승객이 보인 놀라는 반응에 대해서 생각할 시간은 있었다. 점차 의심이 들기 시작했다. 엄청난 자기장을 방출하는 무선 기지국이 있다는 이야기를 들어 본 사람이 누가 있겠는가?

휠러는 그의 마음을 읽으려는 듯이 승객을 다시 바라보았다. 3중 잠금장치로 단단하게 잠긴 서류 가방에 무엇이 들어 있는지 궁금했다. J. A. F. 이런 글자가 새겨진 것을 볼 수 있었지만 무슨 의미인지 알 수 없었다.

제임스 앨런 플레처 박사는 기분이 영 좋지 않았다. 그는 전에 한 번도 트랙터를 타 본 적이 없었고, 앞으로도 다시는 타지 않기를 바랐다. 얼마 전까지는 속이 괜찮았지만, 아까 두세 번 덜컹거리고 났더니 못 견딜 것 같았다. 다행히도 트랙터 안에는 이런 일에 대비한 용품이 마련돼 있었다. 어쨌든 다소 안심은 되었다.

제이미슨은 운전석에 집중하고 앉아서 도로를 벗어난 이후 한마디도 하지 않았다. 지형은 울퉁불퉁했지만 트랙터는 안전한 편이었었고, 평균 시속 80킬로미터의 속력으로 달리고 있었다. 곧 차량은 전방에 있는 낮은 언덕 지대로 들어갈 테고, 그러면 속도가 많이 줄어들 터였다. 지금까지도 제이미슨은 지구의 빛으로 인해 지상에 생기는 그림자들을 잘 피하고 있었다.

플레처는 창밖 풍경을 무시하기로 했다. 창밖은 무척 한적하면서도 압도적이었다. 어머니의 세상에서 오는 휘황찬란한 빛은 지구의 달빛

보다 50배나 더 밝았고, 이 끔찍한 추위가 더 춥게 느껴졌다. 플레처는 하얗게 빛나는 바위가 액체 공기보다 더 차갑다는 사실을 알고 있었다. 이곳은 인간을 위한 곳이 아니었다.

이와 대조적으로 트랙터 내부는 따스하고 편안했다. 그 안은 지구를 느끼게 해 주었다. 플레처는 벽에 걸려 있는 유명한 텔레비전 배우의 사진이 누구인지 궁금했다. 그의 궁금증을 알아차린 휠러가 집중하고 있는 제이미슨의 구부러진 등을 향해서 엄지손가락을 치켜들었다.

갑자기 암흑이 내려와 세 사람은 당황했다. 동시에 제이미슨은 트랙터를 급정거시켰다. 그는 쌍둥이 탐조등을 조정하여 전방 지상의 상태를 살피기 시작했다. 플레처는 낮은 언덕의 그림자 속으로 들어왔다는 것을 알 수 있었다. 처음으로 달의 밤이 어떤지 실감했다.

트랙터는 시속 8킬로미터에서 16킬로미터 사이의 속도로 천천히 조금씩 앞으로 나아가기 시작했고, 탐사등은 전방을 조심조심 샅샅이 살폈다. 20분 동안 그들은 필사적으로 천천히 나아갔다. 이윽고 트랙터는 작은 언덕 위로 올라섰고, 플레처는 전방의 바위에서 반사된 지구의 빛 때문에 눈을 가려야 했다. 다시 트랙터가 속력을 내기 시작하자 그림자는 점점 멀어졌고, 지구가 그들을 환영하는 것처럼 하늘에 모습을 드러냈다.

플레처는 시계를 보았고, 아직 50분도 지나지 않았다는 것을 알고는 놀라지 않을 수 없었다. 정각 2분 전이었고 그의 눈은 자동적으로 라디오를 향했다.

"뉴스를 들어도 될까요?"

"물론이죠. 마닐리우스 I에 채널이 고정되어 있어요. 원하신다면 지구에서 직접 송출되는 방송도 들을 수 있어요."

달의 거대한 중계소에서 나오는 방송은 거리가 먼 느낌 없이 선명하게 들렸다. 어둠이 내리면 달의 미약한 전리층은 완전히 사라진다. 따라서 반사된 신호가 지상의 신호를 간섭하지 않는다.

플레처는 트랙터의 크로노미터가 1초 이상 빠른 것을 보고 놀라지 않을 수 없었다. 라디오가 달의 시간에 고정돼 있으며, 지금 듣고 있는 방송이 대략 40만 킬로미터를 건너왔다는 사실도 깨달았다. 지구에서 그렇게나 멀리 떨어져 있다는 사실을 새삼 느끼자 섬뜩했다.

한동안 방송이 끊겨 휠러는 라디오가 계속 작동하는지 살펴보려고 볼륨을 높였다. 1분 후 아나운서가 감정을 억누르며 평정을 되찾으려고 필사적으로 노력하는 듯한 목소리로 말하기 시작했다.

"여기는 지구입니다. 지금부터 베른에서 온 소식을 전하겠습니다. 외곽 행성의 우주 연합이 달의 일부를 점령할 것이며 이에 저항하는 어떤 움직임도 모두 힘으로 제압하겠다는 의사를 지구 정부에 전달해 왔습니다.

이에 정부는 달의 보전을 위해 필요한 조처를 취하고 있는 중입니다. 가능한 한 신속하게 이와 관련된 소식을 전해 드리겠습니다. 현재 적함은 지구에서 최소 20시간 거리에 있습니다. 따라서 그 동안에는 전혀 위험하지 않다는 사실을 분명히 말씀드립니다. 지금까지 지구였습니다."

V

갑자기 조용해졌다. 반송파가 내는 소리와 저 멀리서 희미하게 들리는 잡음만이 스피커에서 흘러나왔다. 제이미슨은 트랙터를 멈추고 플레처를 보기 위해서 몸을 돌렸다.

"그래서 이렇게 서둘렀군요."

그가 조용히 말했다.

플레처가 고개를 끄덕였다. 천천히 그의 얼굴에서 핏기가 사라지고 있었다.

"이렇게 빨리 일이 벌어질 줄은 예상하지 못했습니다."

제이미슨은 트랙터를 출발시키지 않고 머뭇거렸다. 플레처는 신경질적으로 서류 가방을 손가락을 이용해 두드리고 있었다. 제이미슨이 물었다.

"지금 이 여행이 사태를 크게 바꿀 수 있나요?"

대답하기 전 플레처는 꽤 오래 제이미슨을 바라보았다.

"거기에 도착하면 이야기하죠. 제발, 이제 다시 출발합시다."

오랜 시간 다시 침묵이 흘렀다. 제이미슨은 조종석으로 몸을 돌리고 엔진을 다시 돌렸다.

"90분 후면 도착할 겁니다."

다시 여행을 하는 동안 그는 아무 말도 하지 않았다. 휠러는 자신의 결정이 어떤 결과를 초래할지 알고 있었다. 제이미슨의 충성심이 양분되기 시작했음을 그는 이해할 수 있었다. 우주 연합의 고귀한 이상을 공유하지 않는 과학자가 별로 없다는 사실은 그도 알고 있었기 때문이다. 제이미슨이 출발해서 기뻤지만, 만약 트랙터를 돌린다고 할지라도 제이미슨의 마음을 존중해 주어야 한다고 생각했다.

이제 라디오에서는 이해할 수 없는 암호들이 쏟아져 나오고 있었다. 뉴스는 다시 방송되지 않았고, 휠러는 달을 보호하기 위해 어떤 대책이 강구되고 있는지 궁금했다. 이미 실행에 옮겨진 계획에 대해 몇 시간 안에 강구할 수 있는 대비책이란 거의 없다고 해도 과언이 아니었다. 그는 플레처의 임무가 뭔지 의심스러웠다.

플레처가 서류 가방을 열었다. 그 안에는 극도로 복잡해 보이는 회로를 찍은 사진이 가득 들어 있었다. 굳이 그걸 감추려 들지는 않았다. 휠러는 그 복잡한 기호 덩어리들을 보고는 어차피 자기가 봐도 이해할 수 없으니 비밀로 할 필요도 없겠다고 생각했다. 플레처는 마치 마지막으로 점검이라도 하듯 여러 가지 수정 사항을 비교하며 확인하고 있었다. 휠러는 플레처가 단지 시간을 보내기 위해서 그러고 있다는 생각이 들었다.

플레처는 용감한 사람이 아니었다. 그는 인생에서 몸을 던져야 하는 용기가 필요한 경우를 거의 경험하지 못했다. 지금 위기가 닥쳐오고 있는데도 공포를 느끼지 않고 있다는 사실에 다소 놀라지 않을 수 없었다. 새벽이 오기 전에 자기가 죽을 수도 있다는 사실을 잘 알고 있었다.

이 사실은 무섭다기보다는 성가셨다. 이건 파동 전달에 관한 논문과 새로운 빔에 대한 모든 연구가 미완성으로 남게 된다는 뜻이었다. 그리고 비의 바다를 건너는 이 무시무시한 여행에 대한 보상으로 받아내려고 했던 두둑한 수당도 날아간다는 소리였다.

아주 오랜 시간이 지나 갑자기 휠러가 소리를 지르는 바람에 그는 몽상에서 깨어났다.

"다 왔다."

트랙터가 언덕 위에 올라섰다. 저 멀리서 지구가 비추는 빛을 받아 빛나는 금속 돔까지는 아직도 몇 킬로미터가 남아 있었다. 아주 황폐해 보였지만, 플레처는 그 안에서는 격렬한 움직임이 있다는 걸 잘 알고 있었다.

탐사등 불빛이 다가와 트랙터를 비췄다. 제이미슨은 천천히 앞으로 나아갔다. 그는 이런 절차가 형식적이라는 사실을 알고 있었다. 이미 수 킬로미터 밖에서부터 눈에 보이지 않는 탐지광이 그들을 주의 깊게 관찰하고 있었을 게 분명했기 때문이다. 그는 트랙터의 인식판을 반짝거렸고, 거의 평평한 땅을 전속력으로 나아갔다.

트랙터는 돔이 만들어 낸 괴물 같은 그림자 속에 멈춰 섰다. 사람들이 에어록 앞에서 기다리고 있었다. 플레처는 이미 우주복을 입고 있었고, 손은 트랙터가 완전히 멈추기도 전에 문을 잡았다.

"잠시 여기서 무슨 일이 있는지 보고 올 때까지 기다리세요."

휠러와 제이미슨이 말하기도 전에 이미 그는 문을 나서고 있었다. 그들은 그가 서둘러 몇 가지 지침을 주고는 돔으로 사라지는 모습을 지켜보았다.

5분 정도였을 뿐인데, 그들은 한 세대가 지나가는 것같이 느껴졌다. 갑작스럽게 그가 모습을 보이더니 등 뒤로 기밀식 출입문이 세차게 닫혔다. 헬멧을 벗으려고 너무도 서두르고 있었고 목소리는 플라스틱

판에 막혀 흐릿하게 들렸다. 플레처가 제이미슨에게 말했다.

"설명할 시간이 없었어요. 그렇지만 약속대로 말씀드리죠. 이곳에는 우주 연합이 원하는 만큼의 우라늄이 있어요." 말을 하면서 그는 돔을 가리켰다. "저기엔 연합이 원하는 우라늄이 있어요. 잘 보호하고 있죠. 우리 욕심 많은 친구들이 이 사실을 알면 놀라 자빠질 거예요. 하지면 공격용 무기도 있어요. 내가 직접 설계했고, 이번에 실제로 사용하기 전에 마지막 조정을 하려고 온 겁니다. 이게 이번 여행이 중요했던 이유죠.

지구는 여러분에게 갚을 수 없는 빚을 지게 된 셈이지요. 잠깐만 기다려요. 더욱 중요한 일이 있거든요. 24시간 동안은 안전할 거라는 라디오 방송은 거짓말이에요. 우주 연합의 함선이 하루 거리에 있는 건 맞아요. 하지만 속도가 지금까지의 그 어떤 우주선보다도 10배 빠른 속도로 이동하고 있어요. 여기 도착하기까지는 고작 한 시간 정도밖에 남지 않았어요.

여기에 머무를 수는 있지만, 여러분의 안전을 위해서는 관측소로 서둘러 돌아가시는 편이 나을 거라고 충고하고 싶군요. 여러분이 밖에 있는 동안 무슨 일이 일어나면 가능한 한 빨리 몸을 숨기는 편이 나을 거예요. 숨을 수 있을 만한 곳이면 어디로든 몸을 피해요. 계곡으로 들어가도 됩니다. 그리고 모든 일이 끝날 때까지 그곳에서 기다려요. 잘 가세요. 행운을 빌어요."

그 둘이 아무 말도 하지 못하는 사이 플레처는 다시 사라져 버렸다. 다시 한번 문이 닫히고 에어록이 닫혔음을 알리는 불빛이 들어왔다.

그들은 돔의 출입구가 열렸다가 플레처 등 뒤로 닫히는 것을 보았다. 트랙터만 홀로 거대한 건물의 그림자 속에 서 있었다.

주위에 생명체의 흔적은 아무 곳에서도 찾아볼 수 없었는데, 갑자기 트랙터가 진동하기 시작했다. 진동하는 주파수가 꾸준히 증가했다. 조종판의 계기가 미친 듯이 흔들렸고, 불빛이 희미해졌다. 그리고 잠시 후 멈췄다.

다시 모든 것이 정상으로 돌아왔지만, 거대한 자기장은 돔을 휩쓸고 지나가 이제는 우주로 점점 그 영역을 넓히고 있었다. 방출 신호를 기다리는 에너지는 그들에게 압도적인 인상을 남겼다. 그들은 플레처가 경고한 위급 상황을 이해할 수 있었다. 어떤 기대감이 황폐한 벌판을 팽팽하게 채우고 있었다.

트랙터는 재빨리 돔에서 멀어져 갈 길을 가기 시작했다. 쌍둥이 탐조등이 진동하는 평원을 비췄다. 곧 최고 속력으로 달의 빛 속으로 달렸다. 제이미슨은 돔과의 거리가 멀어질수록 관측소에 다시 돌아갈 가능성이 더 커진다는 사실을 알고 있었다.

첫 번째 방송이 관측소 사람들에게 충격을 안겨 줬을 때, 몰튼 박사는 25미터에 달하는 돔 안의 복도를 지나가고 있었다. 실내에 있는 스피커와 기지 내의 우주복에서 일제히 감독관의 목소리가 울려 퍼지고 있었다.

"다들 주목! 우주 연합군이 달을 공격할 예정이다. 관측원을 제외한 전 직원은 즉시 지하실로 갈 것. 반복한다. 즉시 움직일 것. 관측원은 즉시 반사경을 제거해 정비실로 옮길 것. 이상!"

관측소 내 수십 명의 사람들은 순간 심장이 얼어붙는 것 같았다. 이윽고 천천히, 그리고 장엄하게 1000톤에 달하는 돔의 덧문이 잎을 오므리는 꽃처럼 움직이기 시작했다. 망원경이 수직으로 움직이고 천장에서 반사경을 제거하는 작업이 시작되자 수백 개의 통풍구에서 건물 내부에 공기를 공급하기 시작했다.

달리기 시작하자 몰튼 박사는 다리가 물로 바뀌는 듯한 느낌이 들었다. 가장 가까운 사물함에서 대충 몸에 맞는 우주복을 고르는 그의 손은 떨리고 있었다. 비록 관측원은 아니었지만 비상사태가 발생한 돔에서 해야 할 일이 있었다. 그곳에는 중요한 보조 장비들이 있었다. 그걸 해체하고 안전한 곳으로 이동시켜야만 했다. 혼자 하려면 시간이 오래 걸릴 것 같았다.

다른 동료들과 함께 작업에 착수하자, 신경질적인 흥분이 곧 가라앉았다. 아마도 심각한 사태는 일어나지 않을 것이다. 20년 전에도 거짓 경보가 발령된 적이 있지 않은가. 틀림없이 우주 연합은 그렇게 어리석지 않을 것이다. 그는 얼굴을 찌푸리고, 2주 전에 논쟁이 시작되었을 때 휠러가 한 말을 곰곰이 생각해 보았다. 휠러의 말이 맞기를 그는 간절히 바랐다.

시간이 빠르게 흘러갔고 귀중한 장비가 지하실로 위치를 옮겼다. 거대한 반사경이 천장에서 내려오고 건물 골조에 지지대가 달렸다. 시간이 얼마나 흘렀는지 아무도 파악하지 못하고 있었다.

시계를 바라보면서 몰튼은 처음 라디오에서 경고 방송이 나온 이후 2시간이 흘렀다는 것을 알았다. 다음 뉴스가 언제 방송될지 궁금해졌다. 모든 일이 꿈만 같았다. 이 한적하면서도 평화로운 곳에서는 위험이란 먼 얘기였다.

반사경을 옮길 트럭이 망원경 아래에 있는 경사로의 지정된 위치로 소리 없이 올라가기 시작했다. 이 작업에는 2시간 15분이 걸렸다. 이는 한동안 깨지기 어려운 신기록이었다.

트럭은 이제 경사로를 반쯤 내려간 상태였다. 몰튼은 안도의 한숨을 내쉬었다. 그의 작업도 이제 거의 끝난 상태였다. 이제 분광기만 옮기면 상황은 끝이었다. 그런데…… 저게 뭐지?

건물 전체가 갑자기 심하게 요동쳤다. 거대한 망원경 지지대가 부르르 떨리기 시작했다. 잠시 동안 바닥에 모여 있던 우주복을 입은 사람들이 아무런 움직임도 없이 서 있었다. 그러다가 갑자기 관측소 창문으로 몰려들었다.

창문을 통해 볼 수는 없었다. 저 멀리 비의 바다의 상공에서 무엇인가가 상상 이상으로 눈부시게 빛나고 있었다. 이에 비하면 태양도 거의 보이지 않을 정도였다.

다시 건물이 흔들렸고 망원경의 거대한 지지대를 강한 파동이 스치고 지나갔다. 반사경을 옮기는 트럭은 이제 안전거리를 유지하며 단단한 바위 속에 있는 동굴로 내려가고 있었다. 어떤 위험도 그곳까지는 미치지 못할 터였다.

이윽고 빠른 망치질이 쉴 새 없이 이어졌다. 관측소의 창으로 들어온 빛이 돔의 바닥과 벽에 직사각형의 모양들을 그려냈다. 그것들은 마치 하늘 위에서 빛의 원천이 재빠르게 이동하고 있는 것처럼 여기저기로 움직이고 있었다.

몰튼은 시력을 손상시키지 않고 빛 속을 들여다보기 위해서 일광

여과기를 가지러 달려갔지만, 곧 걸음을 멈춰야 했다. 다시 한 번 스피커를 통해서 감독관이 외치는 소리가 들렸다.

"즉시 지하실로 대피할 것. 한 사람도 빠지지 말고 대피하라!"

돔을 떠나며 몰튼은 위험을 무릅쓰고 어깨너머로 돌아보았다. 마치 거대한 망원경이 불에 타고 있는 것처럼 보였다. 화염지옥 같은 건물 밖에서 창문을 통해 들어오는 빛은 너무도 휘황찬란했다.

이상하게도 몰튼이 지하실로 내려가면서 마지막으로 한 생각은 자신의 안전도 소중한 망원경도 아니었다. 그는 갑자기 휠러와 제이미슨이 비의 바다 어딘가에 있다는 것을 상기했다. 그들이 저 황량한 언덕 위 어딘가에서 들끓고 있을 지옥에서 피신할 수 있을지 궁금했다.

이유는 모르겠지만 몰튼은 휠러의 예의 그 미소를 떠올렸다. 상습적으로 업무상 불명예스러운 일을 할 때조차 휠러의 입가에서는 미소가 떠나지 않았다. 제이미슨 역시 무척 조용하고 조심스럽지만 친근하면서도 지적인 동료였다. 만약 그들이 귀환하지 못한다면 관측소 사람들은 그들을 몹시 그리워할 게 분명했다.

제이미슨이 운전을 시작해 돔에서 약 10여 킬로미터 이동했을 때 폭풍이 몰아쳤다. 다가오는 우주선의 속도를 완전히 과소평가했던 것이다. 지구의 광범위 탐지기는 유성의 움직임을 탐지하는 용도였다. 그러나 우주선은 태양계에 들어온 그 어떤 유성보다도 더 빨리 비행했다.

탐지기가 한 번 깜빡인 다음 우주선이 들이닥쳤다. 달 표면에서 불과 1600킬로미터 정도 떨어진 곳에 도달할 때까지 탐지기는 속도를 측정할 수도 없었다. 마지막 수 킬로미터의 비행경로를 남겨 두고 비가속 엔진은 50만G의 힘으로 함선을 멈췄다.

아무런 경고도 없었다. 갑자기 비의 바다의 회색 바위 지대는 역사 상 한 번도 경험한 적이 없는 광휘 속에서 불타올랐다. 강한 섬광 때 문에 신경이 마비된 제이미슨은 순간적으로 트랙터를 멈추고 다시 눈이 보일 때까지 기다려야 했다.

첫 번째 든 생각은 누군가가 트랙터에 탐조등을 비추고 있다는 것 이었다. 그리고 곧 그 빛이 저 멀리 하늘에서 왔다는 사실을 깨달았 다. 이제는 거의 소멸해 버린 것처럼 보이는 별을 배경으로 거대한 섬 광탄은 점점 약해지더니 마침내 사라졌다. 천천히 사라지는 불빛을 보고 있자니 별들이 차차 제 모습을 되찾아 갔다.

휠러가 경이로움으로 가득 차서 말했다.

"아, 바로 저게 그거야."

두 명의 천문학자가, 어쩌면 대부분의 사람들이 본 중에 가장 거대 한 세 대의 우주선이 은하수에 아무런 움직임 없이 걸려 있었다. 거리 는 알 수 없었다. 머리 위 16킬로미터 상공인지 32킬로미터 상공인지 구분할 수 없었던 것이다. 우주선이 너무도 거대해서 거리감을 완전 히 잃은 것 같았다.

몇 분 동안 그 거대한 우주선 세 대는 아무런 움직임도 보이지 않았 다. 다시 한 번, 그렇지만 이번에는 좀 더 합리적인 이유를 근거로, 제 이미슨은 돔의 그림자 속에서 느꼈던 어떤 기대감이 커져 가고 있다 는 사실을 알 수 있었다. 이윽고 또 한 번 별들 사이에서 섬광이 일었 고, 트랙터 밖 세계는 빛에 압도당한 듯했다. 그러나 여전히 우주선은 아무런 적대적 움직임을 보이지 않았다.

이미 전쟁을 피할 수 없다는 것을 알고 있었지만, 플레게톤 호의 사령관은 여전히 지구와 교신을 시도하고 있었다. 그는 무척 실망스러웠을 뿐만 아니라 자신이 보낸 최후통첩을 단호하게 거절하는 지구의 태도에 다소 당황하고 있었다. 그는 여전히 저 아래에 있는 건물이 광산에 지나지 않는다고 생각하고 있었다. 광산은 확실했지만 분명히 다른 비밀을 숨기고 있었다.

시한이 다 되었다. 지구는 최후통첩에도 아무런 응답이 없었다. 아래에 있던 두 명의 구경꾼은 거대한 우주선 중 한 대가 갑자기 선회하더니 뱃머리를 달로 향하는 광경을 볼 수 있었다. 그러더니 네 개의 불화살이 소리 없이 어둠을 가르고 평원으로 쏟아져 내렸다.

"로켓 어뢰야."

휠러가 숨을 몰아쉬었다.

"이제 움직일 때가 온 거야."

"그래, 우주복으로 갈아입어. 저 바위 사이로 트랙터를 옮기고 우리는 트랙터를 떠나는 게 낫겠어. 방금 계곡을 지나쳤으니 직격만 아니면 다른 공격으로부터는 안전할 거야. 항상 적어 두기는 했는데, 이렇게 빨리 사용하게 될 줄은 몰랐어."

우주복으로 갈아입는 도중에 강한 충격이 밀려왔다. 갑자기 트랙터가 지상에서 튕겨 올라가더니 큰 충격과 함께 지상으로 곤두박질쳐 그들은 허공으로 솟구쳐 오를 뻔했다.

휠러가 소리쳤다.

"만약 맞았다면 광산은 파괴됐을 거야. 여하튼 어떻게 응수하지? 거기에는 포가 하나도 없을 텐데."

"사실 우리도 정확히 못 봤잖아."

헬멧을 고쳐 쓰면서 제이미슨이 툴툴댔다. 그는 우주복의 무전기를 통해 말했다.

"준비됐어? 좋아. 밖으로 나가자."

휠러는 따뜻하고 안전한 트랙터를 떠나고 싶지 않았다. 제이미슨은 어떤 방향에서 공격해 오더라도 안전하게 보호받게끔 돌무더기로 엄폐물을 만들고 트랙터를 숨겨 두었다. 하늘에서 직접 공격을 퍼붓지 않는 한 아무런 피해도 입지 않을 터였다.

휠러는 갑자기 불안한 생각이 들었다.

"만약 트랙터가 공격을 받기라도 하면 우리는 끝장이야. 그래서 말인데, 왜 트랙터를 떠나야 하지?"

"우주복에는 이틀 정도 버틸 수 있는 공기가 있으니까."

등 뒤로 문을 닫으면서 제이미슨이 말했다.

"만약의 경우에는 걸어서 돌아가야 하잖아. 120킬로미터는 상당한 거리 같지만 달에서는 그렇지 않아."

휠러는 서둘러 트랙터를 떠나면서 더 이상 말하지 않았다. 120킬로미터를 걸어서 비의 바다를 지나간다는 건 우울한 일이었다.

"여긴 지난 번 전쟁 때 괜찮은 참호가 됐을 텐데."

작은 협곡 바닥에 있는 부서진 바위들과 용암 잔해 사이에 몸을 눕히며 휠러가 말했다.

"그렇지만 난 광산 상공에 무슨 일이 있는지 보고 싶어."

"나도 그래. 그렇지만 난 오래 살고 싶어."

제이미슨이 말했다.

"난 위험해도 해 볼래. 지금 너무 조용한 것 같아. 로켓어뢰 때문인 가 본데."

갑자기 휠러가 말했다.

그는 절벽 가장자리로 뛰어올라 밖으로 몸을 내밀었다.

"뭐가 보여?"

제이미슨이 물었다. 비록 단단한 바위로 완전히 막혀 있었지만 그의 목소리는 우주복의 저주파 무선을 통해서 휠러의 귀에 명확히 들렸다.

"잠시만. 더 잘 보려고 바위 위로 올라가는 중이야."

잠시 아무 말도 없었다. 이윽고 휠러가 놀라워하며 말하기 시작했다.

"돔은 아무런 피해도 받지 않은 것 같아. 모든 게 그대로야."

휠러로서는 첫 번째 경고 사격이 광산에서 수 킬로미터 떨어진 곳에 떨어졌다는 것을 알 수 없었다. 그가 시야를 확보할 수 있는 곳으로 옮기고 얼마 지나지 않아 두 번째 폭격이 이루어졌다. 이번에는 직접 폭격을 가했다. 휠러는 일련의 긴 광선이 계속해서 목표 지점을 향해 날아가는 것을 보았다. 잠시 후면 거대한 돔이 부서진 장난감처럼 폭발할 것이라고 그는 생각했다.

로켓어뢰는 결코 달의 표면에 도달하지 못하였다. 로켓어뢰는 돔에서 몇 킬로미터 떨어진 지점에서 동시에 폭발해 버렸다. 네 개의 거대한 광구가 별들을 배경으로 주위에 피어올랐다가 사라졌다. 휠러는 무의식중에 진공이라 결코 오지 않을 충격파에 대비해 몸을 감쌌다.

돔에서 이상한 일이 벌어지고 있었다. 처음에 휠러는 돔의 크기가 커진 것 같다고 생각했다. 이윽고 돔이 완전히 없어지고 그 자리에는 육안으로 거의 볼 수 없는 반구형의 빛이 흔들리고 있었다. 전에 한 번도 본 적이 없는 것이었다.

놀라기는 우주 연합의 우주선도 마찬가지였다. 몇 초 뒤 그들은 놀라운 가속도로 우주 공간 속으로 사라져 버렸다. 긴급히 회의를 열어 사용할 일이 있을 거라고는 전혀 생각하지 않던 무기를 점검하는 동안 위험을 감수할 생각이 없었다. 그 날 시간이 흐른 뒤 그들은 지구가 보였던 그 이상한 자신감을 이해했다.

그들은 잠시 동안만 모습을 감췄다. 사라질 때는 함께였지만 돌아올 때는 마치 광산의 보호 체계를 교란시키기라도 하려는 듯이 완전히 다른 방향에서 돌아왔다. 두 척의 순양함이 하늘 양쪽에서 직각으로 하강하기 시작했고, 다른 한 대는 분쟁 초기를 연상시키듯 피코 산 너머에 있는 지평선 위를 쓸고 지나갔다.

순양함이 갑자기 사라졌다. 동시에 돔도 일렁이는 광구 뒤로 사라졌다. 하지만 광구는 이미 기이한 오렌지 빛으로 빛나고 있었다. 휠러는 그게 일종의 방사능 막이라는 사실을 깨달았다. 다시 광산을 보았을 때, 학살은 시작되고 있었다.

평원 위에 있는 반구는 무지개 색으로 빛을 뿜고 있었고, 그 강도는 시간이 지남에 따라서 더욱 강해졌다. 외부에서 강한 힘이 그 위로 쏟아졌다. 가시광선 영역에서는 위험하지 않은 광선으로 변환된 힘이었다. 휠러는 이를 명확히 파악할 수 있었다. 그는 순양함과 광산 사이에 존재하는 공간 안에 보이지 않는 막대한 힘이 얼마나 오가고 있는지 궁금했다. 이미 주위는 대낮처럼 환해져 있었다.

천천히 그는 사태를 이해하기 시작했다. 20세기에는 상상으로만 존재했던 광선이 드디어 현실이 된 것이다. 우주 전함과는 달리, 느리지만 꾸준한 속도로 이 광선은 세상에 알려지기 시작했다. 70년 동안 지속된 평화 속에서 그들은 비밀리에 이런 광선들을 준비하고 완성했던 것이다.

평원에 있는 돔은 이전에는 상상도 할 수 없는 형태의 요새였다. 적의 공격이 돔에 가해지자마자 즉시 방어 체계가 작동했지만 몇 분이 지나도록 보복 공격은 감행되지 않았다. 아직까지도 그런 움직임은 보이지 않았다. 자신들을 지켜 주는 거대한 불타는 방어막 아래서 플레처와 그의 동료들은 우주 연합뿐만 아니라 시간과도 싸우고 있었다.

이윽고 휠러는 돔의 양쪽 측면에서 희미하게 방출되는 무엇인가를 보았다. 그러고는 그걸로 끝이었다. 그러나 순양함의 보호막은 체리처럼 붉게 빛났고, 다시 형광색으로, 그러고는 행성 위에서는 결코 보지 못하리라 생각했던, 거대한 항성 같은 연보랏빛이 되었다. 너무도 압도적인 광경이라 자신에게 닥친 위험은 생각할 수도 없었다. 위험이 직접 닥쳐오기 전까지는 움직일 수 없을 것 같았다. 어떤 위험을 감수하고라도 그는 전쟁의 마지막을 지켜보아야만 했다.

스피커를 통해서 다시 제이미슨의 걱정스러운 목소리가 들려 그는 정신을 차렸다.

"이봐, 친구. 무슨 일이 일어난 거야?"

"전투가 시작되었다고. 이리 와서 봐."

제이미슨은 천성적으로 신중한 성격 탓에 잠시 갈등했다. 이윽고 그는 절벽을 기어 올라왔고 두 명의 천문학자는 최고조에 달하기 시작한 역사상 최고의 전투를 볼 수 있었다.

VI

수백만 년 전에 녹아내린 바위가 굳어 비의 바다를 형성했고, 이제 전함에서 쏟아져 나오는 무기들이 그것을 다시 용암으로 변화시키고 있었다. 무방비 상태의 바위를 향해 공격자의 분노가 쏟아져 내릴 때마다 요새는 작열하는 증기 구름을 하늘 위로 세차게 내뿜고 있었다.

이따금 투하된 어뢰가 달을 향해 돌진했고, 평원에서 산 하나가 천천히 솟아올라 산산이 부서졌다. 어떤 물체도 목표물에 접근할 수 없었다. 왜냐하면 요새 주위에 펼쳐진 자기장이 굴절시켜 다시 우주 공간으로 되돌려 버리고 있었기 때문이다.

수비자의 광선에 많은 어뢰가 걸려 달 표면 상공에서 폭발했다. 폭발이 일어나는 순간 다가오는 침묵은 사람을 질리게 만들었다. 휠러는 달의 대기 상태에서는 결코 자신에게까지 다가오지 않을 폭발의 진동으로부터 계속해서 몸을 보호하려고 했다.

어느 쪽이 더 많은 피해를 입히고 있는지 구별하기란 불가능해 보였다. 번쩍이는 불빛이 하얀 강철 위를 훑고 지나갈 때면 보호막이 깜빡이곤 했다. 순양함들 중 하나에 이런 일이 일어나면 순간적으로 속도를 높여 위치를 변경했기 때문에 육안으로는 그들의 움직임을 따라잡을 수가 없었다. 그리고 요새에서 다시 순양함을 탐지해 내기까지 몇 초가 걸렸다.

요새는 전함들이 뿜어내는 그 모든 형벌들을 다 감내해야만 했다. 몇 분 동안 전투가 진행되고 나자 남쪽은 섬광으로 가득해 쳐다볼 수조차 없었다. 이따금 바위가 녹은 증기 구름이 하늘로 솟아올랐다가 빛나는 수증기처럼 달 표면으로 떨어지곤 했다. 그리고 그 사이 한 무리의 용암이 언덕을 밀랍 덩어리처럼 녹이면서 요새 바닥으로부터 기어 나왔다.

전투가 진행되는 동안 두 사람은 몇 마디 말만 주고받았다. 지금은 이야기를 나눌 때가 아니었다. 그들은 앞으로 수 세기 동안 사람들이 경이롭게 생각할 전투를 지켜보고 있다는 사실을 잘 알고 있었다. 비록 그들이 요새의 보호막에서 반사된 에너지에 맞아 죽는다고 할지라도 이런 장면을 목격하는 것은 그 자체로 가치가 있었다.

그들은 순양함을 보고 있었다. 왜냐하면 남쪽 하늘이 두 배는 더 밝아졌는데도 순양함은 가끔씩 빛에 가리지 않았기 때문이다. 아무런 행동도 취하지 않고 있던 전함이 피코 위로 날아와 가진 무기를 총동원하여 요새를 공격했다.

휠러는 자기 위치에서 전함의 뱃머리에 있는 함포의 입구를 살펴볼 수가 있었다. 그곳엔 마치 태양에서 파내 온 것 같은 작은 화염 덩어리가 있었다. 산봉우리가 광선에 맞았다. 산은 녹을 새도 없이 평평한 대지 위로 연기만 남긴 채 사라져 버렸다.

눈이 아파 오기 시작하자 휠러는 눈에 신경 쓰지 않을 수 없었다. 그는 제이미슨에게 몇 마디 설명을 하고는 트랙터를 향해 달려가 몇 분 만에 튼튼한 여과기를 가지고 왔다.

효과가 좋았다. 이제는 순양함의 보호막이 인공 태양처럼 보이지 않았고, 요새 쪽도 한층 더 잘 볼 수 있었다. 비록 전함이 쏘는 광선이 헛되이 번쩍거리는 모습만 볼 수 있었지만, 휠러가 보기엔 전투가 진행되면서 방어막이 초기의 균형을 잃어버리고 있는 것 같았다.

처음 그는 동력원 중 하나가 파괴됐다고 생각했다. 그리고 용암 호수가 적어도 1.6킬로미터는 퍼져 있었고 요새의 바닥이 모두 떠올라 있었다. 아마도 수비측은 이 사실을 거의 몰랐던 것 같다. 절연 장치는 태양열을 막는 용도였고, 녹아 버린 바위는 알아채지도 못하는 것 같았다.

그리고 이제 이상한 현상이 벌어지고 있었다. 전투에 쓰고 있는 광선이 눈에 보이기 시작했다. 요새 주위가 더는 진공이 아니었기 때문이다. 주위에서 끓어오르는 바위들이 엄청난 양의 가스를 방출하고 있어 광선들이 지나가는 길목이 안개 낀 저녁 지구에서 탐조등을 비추는 것처럼 명확히 보였다.

동시에 휠러는 자신의 주위에서 작은 입자들이 끊임없이 솟아오르는 것을 보았다. 잠시 그는 당황스러웠다. 이내 바위에서 나오는 수증기가 하늘로 솟아올랐다가 응축하기 시작했다는 사실을 깨달았다. 위험하다고 보기에는 가벼운 일이라 제이미슨에게는 말하지 않았다.

그다지 무겁지만 않으면 우주복이 충분히 감당할 수 있는 문제였다.

달의 영원한 침묵에 익숙한 그들이었지만, 소리 없이 머리 위에서 터지는 엄청난 광경은 사뭇 비현실적이었다. 가끔 요새의 자기장에 의해 튕겨 나온 어뢰가 터져 바닥에서 진동이 느껴지기도 했다. 그러나 대부분 침묵만이 흘렀고 하늘에서 한꺼번에 수십 개의 어뢰가 터져도 상황은 마찬가지였다. 소리가 나지 않는 텔레비전을 보는 느낌이었다.

그들은 요새가 주무기를 사용하기까지 왜 그렇게 오랜 시간을 기다려야 했는지 알 수 없었다. 플레처가 행동이 빠르지 못했거나 혹은 공격이 느슨해진 틈을 타서 방어막에 쓰는 에너지의 일부를 변환시키려고 하는 것인지도 몰랐다. 왜냐하면 폴라론 광선이 역사상 처음으로 사용된 것은 교전이 잠시 뜸해진 때였기 때문이었다.

두 명의 관찰자는 뒤집힌 번개처럼 번쩍거리는 폴라론 광선을 볼수 있었다. 단지 먼지와 가스층을 때문에 보이는 정도가 아니라 분명하게 전체적인 모습을 보여 주고 있었다. 그 짧은 시간에도 휠러는 광학 법칙을 벗어나는 현상을 파악할 수 있었고 그 영향이 어떨지 궁금했다. 오랜 시간이 지나서야 그는 폴라론 광선은 진행 방향의 직각으로도 에너지를 방출하기 때문에 진공 상태에서도 보인다는 사실을 깨달았다.

광선은 플레게톤 호를, 마치 그곳에 아무것도 없다는 듯 관통했다. 휠러는 인생에서 가장 끔찍한 장면을 목격했다. 플레게톤 호는 동력이 정지되면서 방어막이 갑자기 사라지고, 아무런 보호 장치도 없이 속수무책으로 하늘에 방치됐다. 요새의 2차 공격이 즉시 전함을 강타하자 층층이 쌓여 있던 전함의 장갑들이 녹아 없어지고 금속이 산산이 조각나 버렸다.

이윽고 전함은 선채의 수평을 유지한 채로 천천히 달을 향해 떨어지기 시작했다. 무엇이 추락을 막았는지는 영원히 알려지지 않았다. 생존자가 한 명도 없기 때문에 제어장치에 누전이 발생했으리라는 추측 외에는. 전함은 갑자기 서쪽 하늘로 긴 궤적을 그리며 날아가 버렸다.

그 무렵 외각은 대부분 녹아 없어지고 강철 뼈대가 거의 완전히 노출된 상태였다. 전함은 플라토 분화구 너머에 있는 산으로 곤두박질치더니 곧 완전히 부서져 버렸다.

휠러가 다시 순양함을 바라보았을 때는 거리가 너무 멀어 방어막이 작은 광점처럼 보일 정도로 축소돼 있었다. 처음에는 그들이 퇴각하고 있다고 생각했다. 그런데 갑자기 수직으로 가속하며 공격을 감행하자 방어막이 커지기 시작했다. 광선이 다시 쏟아져 내리자 요새 주위에 있던 용암들은 거세게 하늘로 치솟아 오르기 시작했다.

순양함들은 요새에서 약 1.6킬로미터 떨어진 상공에서 하강을 멈췄다. 움직임은 갑자기 멈췄다. 그러고는 동시에 다시 하늘로 솟아올랐다. 하지만 에리다누스 호는 심하게 피해를 입은 상태였다. 그러나 두 관찰자는 방어막 중 하나가 다른 것보다 더 천천히 축소되고 있다는 것만 알 수 있었다.

천문학자들은 항거할 수 없는 매혹을 느끼며 공격받은 순양함이 달로 곤두박질치는 광경을 지켜보았다. 36킬로미터 상공에서 보호막이 폭발하는가 싶더니 은하수의 우주 먼지 속에서 그림자처럼 보이는 매끄러운 검은 금속 어뢰가 달려 있을 뿐 순양함은 헐벗은 거나 다름없게 변했다.

그 즉시 요새에서 광선을 발사해 빛을 흡수하는 페인트를 칠한 장갑을 산산조각 내 버렸다. 거대한 우주선은 체리 빛으로 변했다가 다시 하얗게 변했다. 순양함은 심하게 흔들렸고 뱃머리를 달로 향한 채 마지막 항해를 시작했다.

휠러는 친구가 팔을 꽉 붙드는 것을 느꼈고, 제이미슨의 목소리가 스피커를 통해서 울려 퍼졌다.

"제기랄, 바위틈으로 달아나."

어떻게 제때 바위틈으로 달아났는지, 그리고 어떻게 그 안으로 들어갔는지 기억이 나지 않았다. 휠러가 본 마지막 장면은 남은 한 대의 순양함이 우주 공간으로 사라지고, 에리다누스 호가 돌진하는 유성처럼 자신을 향해서 추락하는 모습이었다. 그는 이게 마지막이구나 싶어 머리를 바닥으로 하고 납작 엎드렸다.

순양함은 8킬로미터 떨어진 곳으로 추락했다. 그 충격으로 휠러는 1미터 정도 지상에서 튕겨 올랐고 바위틈에는 돌멩이들이 날렸다. 지상의 바위들이 다시 제자리를 찾기까지 몇 초 동안 평원 표면이 심하게 흔들렸다.

휠러는 숨을 헐떡이며 몸을 돌려 그가 있는 곳에서 보이는 배부른 보름달 상태의 지구를 바라보았다. 지구에서 이 전투를 어떻게 생각할지 궁금했다. 달을 향하고 있는 반구에서 보면 무슨 일이 있는지 육안으로도 확인할 수 터였다. 그러나 무사히 벗어났다는 데 대한 안도감이 훨씬 컸다. 그는 최후의 폭발이 아직 오지 않았다는 사실을 몰랐다.

제이미슨의 목소리가 그를 다시 현실로 이끌었다.

"자네 괜찮아?"

"그래, 그런 것 같아. 두 대가 사라졌어. 그렇지만 세 번째 우주선이 다시 돌아올 것 같지는 않아."

"나도 그래. 1라운드는 지구가 이긴 것 같아. 트랙터로 돌아갈까?"

"잠시만. 저 위의 바위들이 왜 저러는 거지?"

휠러는 바위틈의 북쪽 면을 바라보았다. 그곳은 다른 면보다 몇 미터 높이 솟아 있었다. 노출된 바위 표면 위로 빛이 천천히 일렁이고 있었다.

제이미슨이 처음으로 그 원인을 알아냈다.

"저건 요새 주변에서 나온 용암 빛인 것 같아. 식으려면 한참 걸리겠는데."

"식기는커녕 더 밝아지고 있어."

처음에 휠러는 자신의 눈을 의심했지만 이제는 의심의 여지가 없었다. 바위는 단지 빛을 반사하고 있었던 것이 아니라, 체리 빛으로 변하고 있었고, 곧 맨눈으로 보기에는 너무도 밝게 변해 버렸다. 그는 자포자기의 심정으로 노출된 바위 표면에서 발하는 백열광을 바라보았다.

돌연 휠러는 섬뜩한 진실을 깨달았다. 난파한 우주선의 동력장치가 아직 폭발하지 않았고, 앞으로 몇 시간에 걸쳐 쉼 없이 전투를 치르는 동안 쏟아낼 에너지가 누출돼 재앙을 향해 빠르게 치달아 가는 중이었다. 과거에 있었던 어떤 종류의 원자폭탄도 지금 터질 일에 비하면 아무것도 아니었다.

이윽고 달이 잠에서 깨어났다. 평원이 스스로 산산 조각 나고 있는 것 같았다. 막대한 방사능이 머리 위를 휩쓸고 지나가는 소리가 들리는 듯했다. 강력한 진동이 다가오기 전 그가 목격한 마지막 장면이었다.

오랜 시간이 지나 휠러는 눈에 비친 지구의 반사광을 받으며 깨어났다. 한참을 조각난 기억을 맞추면서 반은 멍한 상태로 누워 있었다. 이윽고 지난 일을 떠올리고 친구를 찾기 위해서 주위를 둘러보았다.

토치램프가 부서진 것을 보고는 충격을 받았다. 지구의 빛에 의존하는 좁은 바위틈에서는 제이미슨의 흔적을 찾을 수 없었고, 불빛 없이 그늘 속을 탐사하기는 불가능했다. 누워 있으면서 이제 어떻게 하나 생각하고 있는데, 귓속으로 기이한 소리가 침투해 들어왔다. 기분 나쁘게 삐걱거리는 소리는 점점 강도를 더해 갔다.

어린 시절 집에서 멀리 떨어진 낯선 숲 속에서 밤을 맞았던 때 이후로 휠러는 지금처럼 진짜 공포를 느껴 본 적이 없었다. 여기는 공기도 없는 달이다. 소리가 들릴 수 없는 곳이다. 이윽고 혼미해진 정신이 명확해져 그는 반은 안도하고 반은 신경질적인 웃음을 터뜨렸다.

근처 어둠 속 어딘가에서 제이미슨이 여전히 의식이 없는 채로 마이크에 대고 거칠게 숨을 쉬고 있었다.

휠러의 웃음소리에 친구의 의식이 돌아온 게 분명했다. 갑자기 제이미슨이 스피커를 통해서 불렀던 것이다.

"이봐, 친구. 도대체 무슨 일이 일어난 거야?"

휠러는 마음을 가라앉혔다.

"괜찮아. 조금 현기증이 나는 것 같아. 괜찮아?"

"그래. 그런 것 같긴 해. 그런데 머릿속이 계속 웅웅거려."

"나도 그래. 지금 저 위로 올라가도 안전할까?"

"또 무슨 일이 있을지 모르지만 잠시 여기서 기다려야 할 것 같아. 저 바위를 봐."

머리 위 바위벽은 폭발로 인해서 부분적으로 잘려 나갔고 여전히 은은하게 빛나고 있었다. 바위가 너무 뜨거워서 만질 수 없었다. 한참이 지나서야 은신처에서 기어 나올 수 있었다.

둘 다 황량한 광경이 펼쳐져 있을 거라고 마음의 각오는 했지만, 현실은 그들의 막연한 공포 이상으로 처참했다. 주위에 화염지옥이 펼쳐져 있었다. 지평선에서 지평선까지 어디를 보건 도저히 알아볼 수가 없었다. 동쪽에 있던 피코 산도 이미 사라져 버렸다.

산이 있던 자리에는 작은 파편만이 짧고 부푼 그루터기처럼 남아 있었다. 아마도 그 무시무시한 폭발을 온몸으로 맞은 것 같았다. 평원 어디를 봐도 튀어나온 물체라고는 하나도 발견할 수 없었다. 요새는 흔적도 없이 사라졌다. 마지막에 있었던 믿을 수 없는 규모의 방사능 폭발로 인해서 평평해진 것 같았다.

휠러의 첫 느낌은 이랬으나 곧 틀렸다는 걸 알았다. 서쪽으로 8킬로미터 떨어진 곳에 2~3킬로미터 너비의 용암 웅덩이가 있었고 중심부가 반구 모양으로 부풀어 올라 있었다. 지켜보는 동안 그것은 녹은 바위 아래로 사라져 아무것도 남지 않았다.

뒤이어 호수 중심부에서 기이한 진동이 일더니 발밑까지 미세하게 울려 퍼졌다. 바다에서 모습을 드러내는 사악한 괴물처럼 거대한 용암 기둥이 천천히 별을 향해 솟구쳐 오르다가 천천히 떨어졌다. 그 움직임은 너무도 굼떠서 끝내 지상에 닿지는 못하고 떨어지는 도중에 굳어, 평원에 솟아오른 굽은 손가락 모양을 만들었다. 바로 에리다누스 호의 최후였다.

마침내 제이미슨이 오랜 침묵을 깼다.

"걸어갈 준비됐어?"

1000만 킬로미터 밖에서는 심하게 파괴된 아케론 호가 우주 연합의 조각난 꿈을 추슬러 절뚝거리며 화성으로 귀환하고 있었다. 목성의 두 번째 위성에서 창백한 얼굴을 한 사람들이 회의실에 앉아 있었고, 외곽 행성의 운명은 성급하게 달을 공격할 계획을 세웠던 사람들의 손을 떠나 다른 사람에게 갔다.

저 아래 지구의 정치인들은 마침내 현실을 직면했다. 그들은 윌슨 드라이브의 구현을 목격했고, 로켓의 시대가 끝났음을 깨달았다. 비록 엄청난 비용을 들여 1라운드에 승리하기는 했지만 우주 연합의 진보한 과학이 마침내는 자신들을 압도할 수준에 이르렀음을 깨달았다. 평화와 윌슨 드라이브는 둘 다 우라늄만큼이나 이 우주에서 가치가 있었다. 지구가 새로운 협상을 시작할 준비가 되었다는 소식과 함께 메시지 하나가 화성을 향해 날아갔다.

전쟁이 그 상태로 끝난 것은 인류에게 다행스러운 일이었다. 아케론 호가 다시 전투에 참가할 일은 없을 것이며, 그 누구도 비의 바다에 인류가 세운 건물이 있었다는 사실을 알지 못할 것이다. 양측은 모두 기력이 다한 상태였다.

만약 제이미슨이 요새로 가지 않겠노라고 했다면 전쟁은 우주 연합의 일방적인 승리로 끝났을 것이다. 그렇다면 그들은 성공에 들떠 새로운 모험을 감행하려 했을 것이고, 포이보스 조약은 결코 체결되지 못했을 것이다. 이런 사소한 결정이 세계의 운명을 좌지우지하기도 하는 것이다.

휠러는 산산이 파괴된 평원을 몇 시간이나 가로지르고 있었다. 머리 위에서 비추는 밝은 지구의 빛 덕분에 땅에 그림자가 드리워졌다. 그들은 좀처럼 말을 하지 않았다. 우주복 무선기의 배터리를 최대한 아끼고 싶었던 것이다. 달의 굴곡 때문에 관측소에 신호를 보낼 수 없었고, 아직도 80킬로미터는 더 걸어가야 했다.

상황은 그다지 낙관적이지 않았다. 트랙터에서 구호품을 하나도 챙겨 오지 못했기 때문이다. 트랙터는 녹은 금속 더미로 변해 있었다. 그러나 그들은 하늘에 박혀 길을 안내해 주는 지구 덕에 올바른 길로 접어들 수 있었다. 단지 자기 그림자 속으로 걸어 들어가기만 하면 됐다. 길을 따라 걷다 보면 알프스 산맥이 지평선에 모습을 드러낼 터였다.

휠러는 혼자만의 생각에 사로잡혀 제이미슨 뒤를 터덜터덜 따라가고 있었다. 그때 제이미슨이 갑자기 방향을 바꿨다. 조금 왼쪽으로 낮은 구릉 지대가 모습을 드러냈다. 그곳에 도달해 올라가 보니 15미터 높이의 언덕에 불과했다.

그들은 간절히 북쪽을 바라보았지만 알프스 산맥이 보일 기미는 없었다. 제이미슨이 라디오를 켰다.

"지평선 아래로 멀리 떨어져 있지 않을 거야. 모험을 해야겠는데."

"무슨 모험?"

"비상 전송. 정상 동력의 50배로 2분 동안 신호를 보낼 수 있어. 여기 있잖아."

그는 매우 조심스럽게 우주복 안에 있는 작은 제어판의 봉합을 뜯어내고는 단음 세 개, 장음 세 개, 그리고 단음 세 개로 된 모스 부호를 입력했다.

그들은 단조로운 북쪽 하늘을 주시하면서 응답을 기다렸다. 지평선 아래, 보이는 곳 너머, 또는 신호가 닿을 수 있는 곳 너머에 안전한 곳이 있었다. 그러나 관측소에서는 아무런 응답도 보내지 않았다.

5분이 지나 제이미슨은 다시 신호를 보냈다. 이번에는 기다리지 않왔다.

"자, 가자고. 다시 걷는 편이 나을 것 같아."

휠러는 우울하게 그 뒤를 따랐다.

산기슭을 절반 정도 내려왔을 때, 북쪽 하늘에서 황금빛 섬광이 솟아오르더니 별들 가운데서 천천히 폭발을 일으켰다. 큰 안도감이 퍼지면서 휠러는 몸에서 기운이 쭉 빠지는 듯했다.

그는 근처 돌무더기에 엉거주춤 앉아 하늘에 걸려 있는 그 아름답고 포근한 신호를 바라보았다. 그제야 구조 트랙터가 산기슭을 내려오고 있는 게 보였다.

그는 친구를 돌아보았다.

"저 봐, 저기. 이런 고마울 데가."

잠시 제이미슨은 아무 대답도 하지 않았다. 그 역시 하늘에 있는 별을 바라보고 있었다. 몇 시간 전에 그 길을 따라서 전함이 퇴각했더랬다.

"내가 옳은 일을 했다고 확신하고 싶어. 그들이 이겼다면……."

그는 중얼거렸다.

이윽고 그는 구름 아래서 눈부시게 빛나는 사랑스러운 지구를 바라보았다. 미래는 틀림없이 우주 연합의 몫이겠지만, 그들이 가진 대부분의 것은 어머니 세계 지구에서 물려받았다. 어떻게 이 둘 중 하나를 선택할 수 있단 말인가?

그는 어깨를 살짝 으쓱해 보였다. 이제 할 수 있는 일이란 아무것도 없었다. 그는 결연히 북쪽으로 몸을 돌려 평생 쫓아다닐 유명세를 받아들이기 위해 걸어 나갔다.

두 번째 새벽 |Second Dawn|

1951년 8월 계간 《과학 소설(Science Fiction)》에 최초 수록
『지구 탐사』에 재수록

"저기 오네."

에리스가 뒷발로 서서 긴 계곡을 내려다보며 위해 말했다. 그는 잠시 고통과 아픔에 대한 생각을 잊을 수 있었고, 다른 누구보다 에리스와 가장 가까웠던 제릴조차도 그의 고통과 아픔을 알아챌 수 없었다. 전쟁 전에 알고 지냈던 예전의 에리스를 생각나게 하는 부드러운 낮은 목소리가 가슴 아프게 들려왔다. 그는 너무도 멀고 어색하게만 느껴져 이제는 저 평원에 다른 사람과 함께 누워 있는 것 같은 생각이 들기도 했다.

검은 조수가 호기심이 넘치면서도 주저하는 듯이 순간적으로 멈췄다가 앞으로 튀어 오르며 계곡을 향해 몰려들었다. 조수의 가장자리에는 시커먼 무더기의 죄수들보다 무서울 정도로 적은 애슬레니 경비병들이 이루는 얇은 금빛 띠가 있었다. 그러나 그 정도면 충분했다. 사실 그들은 어디로 가야 하는지 모른 채 비틀거리는 물결을 인도하

기만 하면 됐다. 그러나 수천에 달하는 적의 모습을 보고 제릴은 몸이 떨렸고 본능적으로 금빛 바탕에 은빛이 어우러진 남편의 털가죽을 향해 몸을 구부렸다. 에리스는 제릴의 행동을 이해는커녕 알아채지도 못하는 듯했다.

검은 물결이 천천히 앞으로 움직이는 모습을 공포가 사라졌다. 상황이 어떤지는 들어왔지만 현실은 상상보다 더 끔찍했다. 죄수들이 가까이 다가올수록 그녀는 증오와 비통함이 마음속에서 썰물처럼 밀려 나가고 그 자리를 동정심이 대체하는 것을 느낄 수 있었다. 그녀의 종족 중 어느 누구도 이 정처 없이 헤매는 바보 같은 무리가 결코 도망갈 수 없는 계곡으로 이르는 통로로 들어가는 것을 보면서 두려움을 느낄 필요는 없었던 것이다.

경비병들은 '아직 자신들의 생각을 지각하기에는 너무 어린 아이들을 부르는 간호사들처럼' 죄수들로 하여금 아무런 의미도 없지만 용기를 북돋우는 고함을 지르도록 하는 것을 제외하고는 거의 아무 일도 하지 않았다. 긴장이 되기는 했지만 제릴은 아주 가까이서 움직이고 있는 이 수천의 무리들에게서 이성의 흔적을 찾을 수 없었다. 덕분에 다른 어느 것보다도 더욱 생생하게 승리의 감정, 그리고 패배의 감정도 절실히 느낄 수 있었다. 그녀는 무척 민감해서 의식의 가장자리에서 맴돌고 있는 아이들의 미세한 생각들까지도 감지할 수 있었다. 이 패배자들은 어린이조차 못 되는, 성인의 몸을 한 아기가 돼 버렸다.

이제 그 물결은 몇 발자국 아래를 지나가고 있었다. 처음으로 제릴은 미스래니 족이 자신의 동족들보다 얼마나 더 거대한지, 쌍둥이 태양빛이 그들의 검은 몸을 얼마나 아름답게 비추고 있는지를 깨달을 수 있었다. 에리스보다 머리 하나는 더 큰 거대한 놈 하나가 무리를 벗어나 그들을 향해서 머뭇거리며 걸어왔고, 몇 발자국 앞에서 멈춰 섰다. 그러고는 길을 잃고 두려움에 떠는 아이처럼 웅크리고 앉아서 마치 무엇인가 모르는 것을 찾는 것처럼 그 아름다운 머리를 이리저리 흔들고 있었다. 잠시 동안 그 거대하지만 텅 빈 듯한 눈이 제릴을 향했다. 제릴은 자신이 동족뿐만이 아니라 미스래니 종족들에게도 아름답게 보인다는 것을 알고 있었다. 그렇지만 그 텅 빈 표정 속에는 아무런 감정의 동요도 드러나지 않았고, 무엇인가를 찾고 있는 듯한 머리는 아무런 목적도 없이 계속해서 움직이고 있었다. 이윽고 분노에 찬 경비병이 원래 무리로 쫓아 버렸다.

"이쪽으로." 제릴이 간청했다. "더 이상 보고 싶지 않아요. 왜 날 여기로 데려왔죠?"

마지막 말에는 비난이 가득했다.

에리스는 높이 솟아 있는 잔디 기슭을 향해서 제릴이 발 맞춰 걷기 힘들 정도로 성큼성큼 걸어가기 시작했다. 하지만 제릴은 그 속마음을 알 수 있었다. 에리스의 마음은 온화했지만, 그 아래 깊이 숨어 있는 고통을 감출 정도는 아니었다.

"나는 모든 사람이, 물론 당신도 포함해서, 이 전쟁에서 우리가 이기기 위해서 무엇을 해야만 했는지를 보여주고 싶었어. 이제 우리 생애에서 더 이상 이런 일은 없을 것이라고 생각해."

힘들게 언덕에 오른 그는 기분을 새롭게 하며 언덕 마루에서 그녀를 기다렸다. 죄수의 물결은 이제 그 고통스러운 모습들을 자세히 볼 수 없을 정도로 멀어져 있었다. 제릴은 에리스 옆에 웅크리고 앉아 비옥한 계곡에서 추방해 여기에 듬성듬성 자리 잡은 풀을 먹기 시작했다. 제릴은 천천히 충격으로부터 회복되고 있었다.

"그렇지만 그들은 이제 어떻게 되는 거죠?"

그녀는 장엄하지만 무지한 거인이 이해하지도 못하는 포로 상태로 전락해 버린 기억을 떠올리며 그에게 물었다.

"그들에게 먹는 방법을 가르쳐야지." 에리스가 말했다. "계곡에는 반년 동안 먹을 수 있는 풀이 있어. 그리고 시간이 지나면 그들을 또 이주시켜야겠지. 우리가 가진 자원 상태를 보더라도 이는 심각한 압박으로 작용하겠지만, 우리는 도덕적인 책임이 있단 말이야. 그리고 우리는 평화조약도 체결을 했잖아."

"치료할 수는 없어요?"

"그래. 그들의 정신은 완전히 파괴되었어. 죽을 때까지 저 상태로 남아 있을 거야."

오랜 침묵이 흘렀다. 제릴은 언덕을 지나 대양의 가장자리에서 부드럽게 일렁이는 파도 위를 정처 없이 바라보았다. 언덕 너머에 신비하면서도 도저히 통과할 수 없는 바다가 만드는 푸른 선을 볼 수 있었다. 밤이 오면 그 파란색은 더욱 짙어질 것이다. 강렬한 하얀 태양이 지면 이윽고 하늘에는 그의 창백한 동료, 크기는 수백 배 더 크지만 빛은 훨씬 약한 붉은 태양만 하늘에 남아 있게 될 터였다.

"이래야만 했는지 잘 모르겠어요."

마침내 제릴이 말했다. 제릴은 속으로 생각하고 있었지만, 에리스가 엿들을 수 있을 정도로 생각을 조용히 내보였다.

"봤잖아." 그가 짧게 대답했다. "그들은 우리보다 더 크고 강하단 말이야. 비록 우리가 수적으로 그들을 압도했지만, 어쩔 수 없었다고. 마지막에는 그들이 이길 거라고 생각했었어. 우리가 한 이 행동으로 인해서 수천 명이 죽음이나 학살로부터 구원을 받을 수 있었지."

에리스는 비참한 기분이 들었고, 제릴은 감히 그를 쳐다보지 못했다. 그는 의식의 깊은 곳까지 보호막을 쳤지만 그녀는 에리스가 이제는 산산조각나서 상아색 뿌리만 남은 이마의 뿔에 대해서 생각하고 있다는 것을 알 수 있었다. 전쟁 후반부를 제외하고는 단 두 개의 무기만이 쓰였다. 거의 쓸모가 없지만 작고 날카로운 앞발굽과 유니콘의 뿔처럼 생긴 뿔. 에리스가 이 무기를 가지고 다시 싸우는 일은 없을 테지만, 상실감으로 인해서 에리스는 자신이 사랑하는 사람들의 마음을 상하게 하는 가혹한 면을 보이기 시작했다.

에리스는 누군가를 기다리고 있었고, 제릴도 그게 누구인지 알 수 없었다. 그녀는 에리스가 지금과 같은 상태에 있을 때는 방해하지 않는 게 현명하다는 것을 잘 알고 있었다. 그래서 그저 곁에서 조용히 있었고, 그녀의 그림자는 언덕 꼭대기까지 길게 뻗어 그의 그림자와 겹쳤다.

제릴과 에리스는 자연이 준 혜택으로 인해서 다른 어떤 종족보다 운이 좋은 종족 출신이었다. 비록 가장 위대한 능력 중에서 하나는 결여되어 있었지만 말이다. 그들은 몸과 정신력이 강력했고, 그들의 세계는 비옥하면서도 기후는 온화했다. 인간의 기준으로 보자면 생김새는 기이했지만 결코 역겨운 모습은 아니었다. 매끄럽게 털로 덮인 몸은 점점 가늘어져서 한번 도약에 약 10미터 정도를 뛰어오를 수 있는 힘이 있는 거대한 하나의 뒷다리로 이어졌다. 이에 비해 두 앞발은 훨씬 크기가 작았고, 주로 몸을 지탱하거나 균형을 유지하는 정도로 쓰였다. 그 끝은 날카로운 발굽 형상이었고 전투 중에는 치명적이었지만 다른 용도로는 쓰이지 않았다.

애슬레니 족과 그들의 사촌 격인 미스래니 족은 정신력이 강해서 상당히 진보된 수학과 철학을 발달시킬 수 있었지만, 물리적인 세계에 대해서는 실질적인 통치력을 가지지 못하고 있었다. 집, 연장, 의복과 같은 어떤 종류의 가공품들도 없었다. 손, 촉수, 혹은 물건을 조작할 수 있는 수단을 가진 종족들이 보기에 이들의 문화는 믿을 수 없을 정도로 제한적으로 여겨질 것이다. 그러나 적응력이 뛰어난 정신과 힘 덕분에 그들은 좀처럼 자신들이 가진 약점을 깨달을 수 없었고, 다른 형태의 생활을 상상하지도 못했다. 비옥한 평원 위를 무리를 지어 다니면서 먹을 것이 충분한 곳이 있으면 멈추고, 먹을 것이 다하면 이동하는 방식은 너무도 자연스러웠다. 이러한 유목적인 삶은 철학과 특정한 종류의 예술을 하기에 충분한 시간적인 여유를 가져다주었다. 텔레파시 능력으로 인해서 목소리가 사라진 건 아니었고, 오히려 다양한 종류의 음악과 심지어는 복잡한 안무까지도 발전시킬 수 있었다. 그들은 자신들의 사고력에 자긍심이 컸고, 수천 세대가 지나는 동안 그들은 신비한 형이상학의 무한정한 영역을 배회해 왔다. 그러나 물리학이나 다른 과학적인 문제에 있어서는 사실 아무런 지식도 가지고 있지 않았다. 심지어 그런 게 있는지도 몰랐다.

"누군가가 오고 있어요." 제릴이 말했다. "누구죠?"

에리스는 애써 그곳을 바라보지 않았지만, 그의 대답 속에는 긴장감이 서려 있었다.

"아레테논이야. 여기서 그를 만나기로 했어."

"기뻐요. 한때 친한 친구였잖아요. 그와 싸웠을 땐 정말 어쩔 줄 몰랐어요."

당황하거나 귀찮은 일이 있으면 흔히 하듯이 에리스는 초조하게 잔디를 앞발로 할퀴기 시작했다.

"제5차 대평원 전투에서 그가 나를 두고 떠났을 때 난 거의 제정신이 아니었어. 물론 그가 왜 가야만 했는지 알 수 없었지."

제릴은 놀라기도 하였지만 무엇인가를 알았다는 듯이 눈을 크게 떴다.

"그럼 그가 전쟁을 끝낸 광기와 무슨 관련이 있다는 거예요?"

"그래. 다른 어떤 사람도 정신에 대해서 그보다 더 잘 알고 있지 못하지. 그가 어떤 역할을 했는지 모르지만, 여하튼 중요한 일이었음은 확실해. 그가 그 얘기를 자세히 해 줄 거라고 기대하진 않아."

아직 상당히 멀리 있는 아레테논은 껑충껑충 뛰면서 언덕 위로 올라오고 있었다. 잠시 후에 그들이 있는 곳에 도착했고, 인사를 할 때 일상적으로 하는 방식으로, 본능적으로 에리스의 뿔에 부비기 위하여 몸을 구부렸다. 그러고는 당황해서 몸을 멈췄고 잠시 어색한 침묵이 흘렀다. 제릴이 일상적인 대화를 이끌면서 어색함은 누그러들었다.

에리스가 입을 열자, 제릴은 전쟁이 한창이던 시기에 잔뜩 화가 나서 헤어졌음에도 그가 다시 예전의 친한 친구를 기쁘게 만나는 것 같은 느낌을 받아서 마음이 놓였다. 그녀 역시 아레테논과 만난 지 오래였고, 너무도 변한 그의 모습을 보고는 놀라지 않을 수 없었다. 그는 에리스보다 나이가 많이 어렸지만 이제는 아무도 그렇게 생각하지 않을 것 같았다. 한때는 황금색으로 빛나던 그의 가죽은 나이가 들어 검은 색으로 변했고, 에리스가 예전에 자주 하던 농담처럼, 이제 머지 않아 사람들이 그를 미스래니 족과 구별할 수 없을 것 같았다.

아레테논이 웃었다.

"지난 몇 주간 그랬으면 훨씬 더 유용했을 거야. 난 그 나라에서 방랑자들을 처리하느라 이곳저곳을 돌아다녀야 했거든. 네가 예상하는 것처럼 우리는 그다지 인기가 좋지는 않아. 만약 그들이 내가 누군지 알았다면 여기 살아서 돌아왔을 것이라고는 생각하지 않아. 휴전이 성사되었건 아니건 간에."

"사실 광기에 대한 책임을 지고 있었던 것은 아니었지요?"

제릴이 호기심을 주체 못하고 물었다.

그녀는 아레테논의 정신을 두꺼운 안개 같은 것이 순간적으로 감싸 보호하는 것을 느낄 수 있었다. 마치 그가 하고 있는 생각 그 자체를 외부 세계로부터 보호하는 것처럼. 이윽고 기이하게 머뭇거리면서 대답을 했지만, 텔레파시로 접촉을 하는 경우 흔히 볼 수 없는 거리감이 느껴졌다.

"아니야. 사실 난 그다지 높은 지위에 있지 않았어. 그러나 나와 최고사령관 사이에는 딱 두 명이 더 있었지."

"물론 나는 평범한 병사이고 이런 일들을 이해하지 못해." 에리스가 성마르게 말했다. "그렇지만 난 네가 어떻게 했는지 알고 싶어." 그가 덧붙였다. "당연히 나나 제릴 아무도 다른 사람에게 말하지 않을 거야."

다시 그 장막이 아레테논의 생각을 덮는 것 같았다. 이윽고 다소 장막의 두께가 얇아졌다.

"내가 말할 수 있는 것은 무척 한정되어 있어. 에리스, 너도 알다시피 나는 항상 정신과 그 작용에 대해서 관심이 많았잖아. 내가 네 생각을 밝혀내려고 하면 너는 그것을 막기 위해서 최선을 다했던 놀이 기억나? 그리고 내가 때때로 너의 의지에 반해서 행동하게끔 만들었던 것도?"

"나는 네가 다른 사람에게도 그렇게 할 수 있다고 생각하지 않아. 난 그저 무의식적으로 네 생각에 맞춰줬던 거야."

"사실 그랬지. 그렇지만 더 이상 그렇지는 않아. 저기 계곡에 그 증거가 있어."

그는 경비병에 둘러싸여 있는 낙오병들을 가리켰다. 이제 그 검은 물결은 거의 사라졌고 곧 계곡의 입구가 닫힐 것이다.

"나이를 먹어 감에 따라서 난 정신이 작용하는 방식을 증명하기 위해서 많은 시간을 보냈지. 그리고 다른 이들은 단지 소리나 몸짓을 이용해서 의사소통해야 하고 항상 고립되고 동떨어져 있어야만 하는데 왜 우리 중 몇몇만 이렇게 쉽게 생각을 공유할 수 있는지 알아내고 싶었지. 그리고 난 아이들보다도 정신이 떨어지는 정신착란자 연구에 완전히 빠져들었어.

전쟁이 발발했을 때, 난 연구를 그만둬야 했어. 그리고 네가 아는 것처럼 어느 날 제5차 전투가 한창일 때 그들이 나를 불렀어. 지금까지도 누가 책임자였는지 잘 모르겠어. 난 여기서 상당히 멀리 떨어진 곳으로 불려갔고, 그곳에는 이미 내가 전부터 알고 지냈던 사람들이 많이 와 있었지.

계획은 무척 간단했지만 끔직했어. 우리 종족이 탄생한 이래 두세 명이 정신을 모으면 다른 사람의 정신을 통제할 수 있다는 것은 익히 알려진 사실이야. 마치 내가 너에게 했던 것처럼 그럴 의사가 있다면 말이지. 우리들은 고대부터 사람들을 치료하기 위해서 이 방법을 사용해 왔어. 이제 우리는 이 힘을 파괴용으로 쓰려는 것이지.

두 가지 중요한 문제가 발생했어. 하나는 우리의 정상적인 텔레파시가 미치는 한계와 관련돼 있지. 아주 드문 경우를 빼고는 우리는 이미 알고 있는 사람들과만 접촉을 할 수 있었고, 낯선 사람과 의사소통을 하기 위해서는 실제로 그들과 마주보고 있어야만 했지.

더 큰 두 번째 문제는 이 전에는 두세 명을 넘어서 더 많은 수의 정신을 모을 수 없었는데, 우리는 집단이 모여서 발휘하는 힘을 필요로 했다는 것이야. 어떻게 성공했는지는 기밀이야. 다른 모든 것처럼 일단 한번 성공하니까 무척 쉽더라고. 두 명의 정신이 모이면 한 사람의 정신보다 두 배 이상의 힘을 발하고, 세 명의 정신이 모이면 단 한 사람의 정신보다 세 배 이상의 힘을 낼 수 있어. 그 정확한 수적 상관관계는 아주 흥미로운 점을 가지고 있어. 그룹의 크기에 따라 그룹이 정렬되는 방법의 수가 얼마나 빨리 늘어나는지 알아? 아마 이번에도 같은 상황이 발생했을 거야.

그래서 마침내 우리는 집단정신을 가질 수 있었지. 처음에는 아주 불안정했고, 우리는 몇 초 동안만 이 상태를 유지할 수 있었어. 물론 아직도 이 일은 우리의 정신 에너지를 급격하게 소진 시키는 일이고, 지금까지도 우리는 단지 일정 시간만 이 상태를 유지할 수 있어. 뭐 그걸로도 충분하지만.

물론 이 모든 실험은 비밀리에 진행되었지. 만약 우리가 이것을 성공한다면, 미스래니 족들도 성공할 가능성이 있었거든. 그들도 우리처럼 뛰어난 정신력을 가졌으니까. 미스래니 족 죄수들이 몇 있어서, 그들을 실험대상으로 썼었어."

잠시 동안 아레테논의 생각 저 깊은 곳에 있는 장막이 떨리다가 사라지는 것 같았다. 이내 그는 다시 통제하기 시작했다.

"그건 가장 끔찍한 일이라고 할 수 있었지. 저 먼 곳까지 광기를 전파한다는 것은 정말 끔찍한 것이긴 하지만, 우리가 한 일의 결과를 우리 눈으로 직접 확인해야만 한다는 것은 더욱 끔찍한 일이기도 해.

우리가 이 기술을 완벽히 터득했을 때, 우리는 먼저 장거리 시험을 시작했어. 첫 번째 희생자는 저 죄수들 중의 한명으로 무척 잘 알려진 사람이었지. 정신을 지배해서 우리는 그가 누구인지 알아낼 수 있었고, 그와 우리 사이의 거리라는 것은 아무런 장애가 되지 않았어. 실험은 성공했지만, 누구도 우리가 그 일을 했다는 사실을 알지 못했지.

우리의 공격이 압도적이어서 단 한번의 공격으로 전쟁을 끝낼 수 있을 것이라는 확신이 들기 전까지는 쉽게 행동하지 않았어. 저 죄수들로부터 우리는 그들의 친구와 친척에 관한 상세한 정보들을 수집할 수 있었고, 그들을 선택해서 정신을 파괴할 수 있었지. 각각의 사람들의 정신이 파괴될 때마다 그들은 다른 사람에 대한 정보를 우리에게 넘겨주었고, 그래서 우리 힘은 더욱더 증가하게 되었지. 우리는 남자들만 공격을 했기 때문에 그 여파는 더욱 강력했어."

"그랬어요? 그렇게 자비로웠단 말이에요?"

제릴이 신랄하게 말했다.

"아닐지도 모르지. 그러나 이건 분명 우리 덕이야. 우리는 적들이 평화를 원하자마자 멈췄고, 무슨 일이 일어났는지는 우리밖에 몰라. 전쟁이 끝나고 우리가 입힌 피해를 복구하기 위해서 그들 나라로 갔지. 물론 작은 일이었지만."

긴 침묵이 흘렀다. 계곡은 이제 황량했고, 하얀 태양이 지기 시작했다. 차가운 바람이 누구도 지나가 본 적이 없는 언덕들 위를 스쳐지나 아무도 항해를 하지 않는 텅 빈 바다 위로 불어갔다. 에리스가 그의 생각을 아레테논의 정신 속으로 보냈다.

"넌 이걸 말하려고 나에게 온 게 아니야, 그렇지? 분명히 다른 무엇인가가 있어."

이는 질문이라기보다는 단언이었다.

"그래." 아레테논이 대답했다. "너에게 전해 줄 메시지가 있어. 아마 무척 놀라게 될 거야. 테로디무스로부터 온 것이야."

"테로디무스라고! 내 생각엔……."

"죽었다고 생각하겠지, 혹은 더 나쁜 경우에는 배신자가 되었든지. 그는 그 어느 쪽도 아니야. 비록 지난 20년 동안 적의 영토에서 살아왔지만 말이지. 미스래니 족들은 우리가 했던 것처럼 그를 대접했고, 그가 필요로 했던 것은 뭐든지 제공해 줬어. 그들은 그의 정신을 있는 그대로 받아들여 주었고, 전쟁이 지속되는 동안에 누구도 그와 접촉할 수 없었어. 이제는 그가 너를 만나고 싶어 해."

옛 스승에 대한 소식을 들은 에리스가 어떤 느낌을 받았는지, 그는 아무런 내색을 해 보이지 않았다. 아마도 그는 그의 젊은 시절을 회상하고 있을 것이다. 테로디무스가 다른 어떤 누구보다도 그의 정신 형성에 커다란 역할을 했다는 것을 기억하면서. 그러나 그의 이런 생각은 아레테논은 물론이고 제릴에게도 차단되어 있었다.

"지금까지 무엇을 하고 계셨지?" 마침내 에리스가 물었다. "그리고 왜 나를 보고 싶어 하지?"

"길고 복잡한 이야기야." 아레테논이 말했다. "그렇지만 테로디무스는 우리들이 했던 것과 같은 놀라운 발견을 했고, 그건 아마 더 놀라운 결과를 가져올지도 몰라."

"발견이라고? 어떤 종류의?"

아레테논은 계곡을 보면서 생각에 잠겨 잠시 말을 멈췄다. 정처 없이 방황하는 죄수들을 관리하기 위해 필요한 몇몇을 제외한 모든 경비병들이 귀환하고 있었다.

"에리스, 너는 내가 아는 것만큼 우리의 역사에 대해서 알고 있어." 그가 말하기 시작했다. "우리는 현재 우리의 위치에 도달하기 위해서 수백만 세대가 흘렀다고 믿고 있지. 정말 장구한 시간이야. 우리가 이룩한 거의 모든 진보는 우리의 텔레파시 능력 덕분이야. 이것이 없었다면 당황스럽게도 우리와 닮은 다른 동물들과 거의 아무런 차이를 보이지 않았을 거야. 우리는 우리가 이룩한 철학에 대해서 무척 자랑스러워하고 있잖아. 물론 음악, 수학, 그리고 무용까지도. 그렇지만 에리스, 이런 생각해 본 적 없어? 어딘가에 우리가 결코 꿈도 꾸지 못했던 다른 문화가 발전하고 있다고 말이야. 정신적인 것이 아니라 다른 종류의 힘을 가진 생명체가 우주에 있다고 말이지."

"무슨 이야기인지 잘 모르겠어."

에리스가 평이하게 말했다.

"설명하기가 어려워. 이것만 말할게. 너도 우리가 외부 세계에 대해서 얼마나 미약한 통제력을 가지고 있는지 알고 있지? 그리고 우리가 가진 이 사지가 얼마나 쓸모가 없는지도. 아니야, 잘 모를 수도 있지. 넌 아직 내가 본 것을 못 봤으니까. 그렇지만 이해할 수 있을 거야."

아레테논의 생각의 패턴이 갑자기 단조로 바뀌었다.

"옛날에 정말 아름다우면서도 이상하게 복잡한 형태를 띤 꽃 무더기를 본 적이 있어. 내부가 어떻게 생겼는지 보고 싶어서 그 꽃을 열어보려고 시도했지. 내 발굽으로 그것을 붙잡고 이빨로 하나씩 물어뜯었지. 계속 시도하고 또 시도했지만, 마침내 실패하고 말았어. 종국에는 나는 거의 반 미친 상태가 되어 버렸고, 꽃을 모조리 짓뭉개 버리고 말았어."

제릴은 에리스의 정신이 혼란에 빠진 것을 감지할 수 있었지만, 그가 관심을 보이고 있고 좀 더 알고자 한다는 것을 볼 수 있었다.

"나도 그런 기분이 든 적이 있어." 그가 인정했다. "그렇지만 우리가 무엇을 할 수 있겠어? 그리고 무엇보다도, 그게 그렇게 중요해? 이 우주에는 우리가 좋아하지 않는 것들이 엄청나게도 많이 있잖아."

아레테논이 웃었다.

"그래, 그 말이 맞아. 그렇지만 테로디무스는 이것을 어떻게 할 수 있는지 알아냈어. 가서 그를 한번 만나 볼래?"

"꽤 긴 여행이 되겠군."

"여기서부터 20일 정도 걸리고, 강을 건너야만 해."

제릴은 에리스가 몸을 떠는 것을 느낄 수 있었다. 애슬레니 족은 물을 싫어했다. 왜냐하면 수영을 하기에는 그들의 뼈가 너무도 무거웠고, 물속에 빠지기라도 하면 즉시 익사할 수밖에 없었기 때문이었다.

"적의 영역이잖아. 그들은 나를 좋아하지 않을 거야."

"그들은 너를 존경해. 그리고 네가 친근하게 대한다면 그곳에 가는 것도 훌륭한 생각이 될 수 있을 거야."

"그렇지만 이곳 사람들도 나를 원해."

"이곳에 있는 어떤 일도 테로디무스가 너에게 전해 주라고 한 그 메시지와 이 세상 전체에 비하면 중요하지 않아."

잠시 에리스는 마음의 빗장을 열고 순간적으로 그들이 자신의 생각을 볼 수 있도록 했다.

"생각해 볼게." 그가 말했다.

여행을 하는 동안 아레테논이 말을 거의 하지 않았다는 건 놀라웠다. 때때로 에리스는 그의 생각에 대해 반은 농담조로 공격하기도 했지만, 항상 성과 없이 끝나고 말았다. 전쟁을 끝낸 그 궁극의 무기에 대하여 그는 아무런 이야기도 하지 않았지만, 에리스는 그 무기를 휘두른 사람들이 아직 해산하지 않았고, 비밀스러운 곳에서 몸을 숨기고 있다는 것을 알 수 있었다. 아레테논은 과거에 대해 이야기를 하지 않았지만, 종종 미래에 대해서는 이야기했다. 그는 미래를 만들어 가도록 도와주는 사람들 특유의 긴박한 근심을 띠고 이야기했지만 자신이 하는 일이 옳은지에 대한 확신은 없었다. 자기 종족의 다른 이들처럼 자신이 하는 일에 도취돼 있었고, 때때로 죄의식에 시달리기도 했다. 종종 그런 말 때문에 에리스는 혼란스럽기도 했지만, 몇 년이 지나자 이때가 더욱 생생하게 기억나곤 했다.

"에리스, 우리는 역사의 전환점에 도달했어. 우리가 발견한 힘을 조만간 미스래니 족도 사용하게 될 것이고, 만약 다시 전쟁이 발발한다면 양쪽 모두 파괴되고 말 거야. 나는 정신력과 관련된 지식을 발전시키는데 한평생을 보냈어. 그렇지만 우리들의 힘으로는 제어할 수 없는 너무 파괴적이고 위험한 힘을 이 세상에 가져온 것은 아닌가 하는 생각이 들곤 해. 지금 우리가 온 길을 다시 되짚어 보기에는 너무 늦어 버렸어. 조만간 우리의 문명은 곧 우리가 발견한 것들을 모두 알아내겠지.

우리는 너무 심각한 딜레마에 빠져 버렸어. 이제 단 한 가지 방법만이 남아 있지. 과거로 돌아갈 수도 없지만 그렇다고 앞으로 나가면 엄청난 재앙만을 만나게 될 거야. 그래서 우리는 문명 그 자체를 근본부터 바꾸어 우리 뒤에 올 수백만 세대는 우리와 완전히 다른 세상에 살도록 만들어야만 해. 아마도 지금 너는 어떻게 그런 일을 할 수 있을지 상상조차 할 수 없을 거야. 나도 처음엔 마찬가지였어. 그렇지만 테로디무스를 만나 그의 꿈을 듣고 나서는 내 생각도 완전히 바뀌었지.

에리스, 정신이란 놀라운 것이야. 그렇지만 그 자체로는 이 물질계에서 아무런 도움도 되지 못해. 지금 우리는 무수히 많은 인자들을 동원해 뇌의 힘을 증폭시키는 법을 알고 있어. 아마도 우리는 수 세기 동안 사람들을 좌절하게 만들었던 그 많은 수학의 난제를 풀 수 있을지도 몰라. 그렇지만 우리가 개발한 집단정신이든 아니면 개인정신이든 단 하나의 사실만은 결코 바꿀 수 없어. 그 오랜 세월 미스래니 족과 우리가 끊임없이 전쟁을 해야만 했던 이유가 그것이지. 즉 인구수는 한정되어 있지 않아도 식량 생산은 한정되어 있다는 거야.”

둘이서 이 문제를 가지고 논쟁을 하고 있는 동안, 제릴은 그들의 생각에는 거의 관여를 하지 않고 단지 그들을 바라만 보고 있었다. 다른 활동적인 반추동물들과 마찬가지로 그들은 먹을 것을 찾아 많은 시간을 허비해야만 했기 때문에 논쟁을 하는 동안에도 계속해서 풀을 뜯고 있었다. 운 좋게도 그들은 아주 비옥한 땅 위를 움직이고 있었다. 사실 그 땅이 비옥해진 이유는 전쟁 때문이었다. 제릴은 에리스가 그의 옛날 모습으로 돌아오고 있어 기뻤다. 여러 달 동안 그의 마음을 가득 채우고 있었던 좌절의 아픔이 가신 건 아니지만, 전에 비하면 그 정도가 심각하지는 않았다.

여행을 시작한 지 22일째 되는 날 그들은 그 너른 평야를 뒤로 했다. 오랜 시간 동안 그들은 미스래니 영토 안을 여행하고 있었지만, 여행 중 만난 몇 안 되는 이전의 적들은 적대감보다는 호기심을 갖고 그들을 대했다. 마침내 목초지가 끝이 나고 태곳적 공포로 가득 차 있는 숲이 모습을 드러냈다.

“이곳에 육식동물이라고는 오직 한 종뿐이야.” 아레테논이 자신 있게 말했다. “그렇지만 우리 세 명에게는 상대도 되지 않아. 낮이 지나고 또 밤이 지나면 저 나무숲을 통과할 수 있을 거야.”

“밤을 저 숲에서 보내야 한다고!”

제릴이 공포에 사로잡혀 소리쳤다.

아레테논은 약간 부끄러웠다.

“전에는 말하지 않았지만, 사실 하나도 위험하지 않아.” 그는 사과했다. “나도 여러 번 혼자 저곳을 지나갔어. 그렇지만 무엇보다도 예전에 살았던 육식동물이 더 이상 저곳에 살지 않는다는 것이 중요해. 그리고 숲은 생각만큼 깜깜하지는 않아. 붉은 태양이 떠 있으니까."

제릴은 여전히 몸이 조금 떨렸다. 제릴의 종족은 수천 세대 동안 높은 구릉과 너른 평원에서 살면서 위험한 상황이 되면 전속력으로 달려 몸을 피해야만 했다. 제1태양이 지고 붉은 황혼이 희미하게 대지를 뒤덮는 그때 나무숲 사이를 지나가야만 한다는 생각이 제릴을 공포로 몰아넣었다. 또한 일행 중 유일하게 아레테논만이 싸움에 적합한 뿔을 가지고 있을 뿐이었다. (그렇지만 예전 에리스의 뿔처럼 길고 날카롭지는 않다고 제릴은 생각했다.)

아무런 일도 없이 숲 속을 지나가면서도 그녀는 결코 행복하지 않았다. 그들이 본 유일한 동물이라고는 작고 긴 꼬리를 가지고 있는 놈들뿐이었다. 그 동물들은 침입자들이 지나가자 화가 난 듯 찍찍거리며 무척 빠른 속도로 나무줄기를 오르락내리락 하고 있었다. 그들이 움직이는 모습은 나름 재미있는 구경거리였지만, 제릴은 밤에 숲 속을 지나간다는 게 즐겁지는 않다고 생각했다.

그녀가 느꼈던 두려움은 점차 현실이 되어 갔다. 그 강렬했던 백색 태양이 나무숲 아래로 사라지고 적색거성의 진홍빛이 세상을 뒤덮기 시작하자 완전히 다른 세계가 펼쳐졌다. 순식간에 정적이 숲을 휩쓸고 지나갔다. 멀리 떨어진 곳에서 갑자기 짐승이 울부짖는 소리가 들렸고 이내 정적이 깨졌다. 그들 세 사람은 본능적으로 타고난 경계심으로 마음이 떨리는 것을 느낄 수 있었다.

"저게 뭐지?" 제릴이 숨을 몰아쉬었다.

아레테논은 숨을 가쁘게 쉬었지만 차분한 목소리로 대답하였다.

"신경 쓸 것 없어." 그가 말했다. "멀리 떨어진 곳에서 나는 소리야. 정확히 뭔지는 나도 모르겠어."

그들은 교대로 보초를 섰고, 긴 밤은 천천히 지나갔다. 이따금 제릴은 어지러운 꿈에서 깨어나 기괴하고도 흉측한 나무들이 온통 주위를 휩싸고 있는 악몽 같은 현실로 돌아오곤 하였다. 한번은 그녀가 보초를 서고 있는 중이었다. 숲 속 저 먼 곳에서 거대한 물체가 움직이는 소리가 들린 적이 있었다. 그렇지만 가까이 다가오는 것 같지 않아 다른 사람들을 깨우지는 않았다. 마침내 학수고대하던 백색 태양의 광채가 하늘을 가득 채우기 시작했고 날이 다시 밝았다.

제릴은 아레테논이 겉보기보다 더 편안할 거라고 생각했다. 그는 아침 햇살이 비추자 머리 위에 늘어져 있는 나뭇가지에서 나뭇잎을 한입 뜯어 물고는 소년처럼 주위를 껑충껑충 뛰어다녔다.

"이제 반나절만 더 가면 돼." 그가 활기차게 말했다. "정오가 되면 숲을 빠져나갈 수 있을 거야."

그의 생각 한편에 숨어 있는 장난기로 인해 제릴은 다소 혼란스러웠다. 아레테논은 여전히 그들에게 무엇인가를 숨기고 있는 것 같았고 제릴은 그들이 넘어야 할 난관이 또 무엇이 있는지 궁금했다. 정오가 되자 그녀는 그것이 무엇인지 알 수 있었다. 거대한 강 하나가 마치 바다로 가기 위해 서두를 필요가 없다는 듯이 그들의 길을 막고 유유히 흐르고 있었다.

에리스는 숙련된 눈으로 강의 크기를 가늠해 보며 곤혹스럽게 강을 바라보았다.

"개천을 걸어서 건너기에는 너무 깊은 것 같아. 건너가기 위해서는 상류로 한참 걸어 올라가야만 할 것 같아."

아레테논이 웃음을 지어 보였다.

"반대로 우리는 하류로 내려갈 거야." 그가 활기차게 말했다.

에리스와 제릴은 놀란 눈을 하고 그를 바라보았다.

"너 미쳤어?" 에리스가 소리쳤다.

"곧 알게 될 거야. 그다지 멀리 갈 필요 없어. 지금까지 잘 왔잖아. 그러니까 앞으로 남은 여행기간 동안 계속해서 나를 믿어 보는 게 어때."

강은 천천히 폭이 넓어지면서 깊어졌다. 아까보다 두 배는 더 건너기 어려워졌다. 비록 위험하기는 하지만 때때로 나무가 쓰러져 있는 개천이 있어 나무줄기를 타고 강을 건널 수 있는 지역이 있다는 것을 에리스도 알고 있었다. 그렇지만 그 강을 건너기에는 나무 하나로는 불가능했고 하류로 내려갈수록 더 넓어지고 있었다.

"거의 다 왔어." 마침내 아레테논이 말했다. "정확히 어딘지 알고 있으니 걱정 마. 조만간 저기서 누군가 나올 거야."

그는 강 건너편 숲을 향해 머리 뿔을 가리켰다. 그 순간 건너편 둑에서 세 명이 모습을 드러냈다. 제릴이 보기에 두 명은 애슬레니 인이었고 다른 한명은 미스래니 인이었다.

제릴 일행은 이제 물가에 서 있는 커다란 나무를 향해 가고 있었다. 그렇지만 제릴은 신경을 쓰지 않았다. 그녀는 건너편 둑에 서 있는 사람들에 온통 관심이 쏠려 있어 다음에는 그들이 어떤 행동을 할 것인지 무척 궁금했다. 그래서 에리스가 벼락이라도 맞은 것처럼 너무 놀라워하는 것이 마음 깊은 곳으로 전달됐을 때 너무도 혼란스러워서 이유를 알아챌 수 없었다. 곧바로 그녀는 나무를 향해 몸을 돌려 에리스가 본 것이 무엇인지 파악할 수 있었다.

어떤 사람들이나 종족에게는 나무줄기에 매달려 있는 두꺼운 밧줄의 존재나 건너편 둑에 있는 나무로 가기 위해 물 위를 떠서 강을 건너는 일 같은 것들은 아주 평범하고도 자연스러운 일일 수도 있다. 그러나 제릴과 에리스는 알 수 없는 공포에 사로잡혔고, 한순간 제릴은 물에서 거대한 뱀이 솟아오르는 것은 아닌가 하는 상상을 했다. 이윽고 그녀는 그것이 생물이 아님을 알게 됐지만 여전히 공포심만은 남아 있었다. 그녀가 인공적인 물체를 본 것은 이번이 처음이었기 때문이었다.

"저것이 무엇인지, 그리고 어떻게 저곳에 매달려 있는지 걱정할 필요 없어." 아레테논이 안심을 시켰다. "건너편으로 우리들을 데려다 줄 거야. 금방 모든 일이 끝날 거야. 저거 봐! 누군가가 벌써 이쪽으로 오고 있잖아."

건너편 둑에 있던 사람 중 한명이 물 위로 몸을 낮추더니 밧줄을 따라 앞다리를 이용해 강을 건너오고 있었다. 가까이 다가오자 제릴은 그가 미스래니 족의 여성이라는 것을 알 수 있었으며, 몸의 윗부분에 고리 모양으로 된 훨씬 작은 두 번째 밧줄을 매고 있는 것을 볼 수 있었다.

오랜 연습을 통해 익힌 솜씨로 그 낯선 이는 물 위에 떠 있는 밧줄을 따라 강을 건너 물을 뚝뚝 흘리며 모습을 드러냈다. 그녀는 아레테논을 알고 있는 듯했지만 제릴은 그들의 생각을 파악할 수는 없었다.

"도움 없이도 혼자서 갈 수 있어." 아레테논이 말했다. "그렇지만 너희들을 위해 쉽게 가는 법을 보여줄게."

그는 어깨 위로 고리를 살짝 집어넣은 후 물 속으로 들어가 앞다리를 고정된 밧줄 위로 걸었다. 잠시 후 그는 무척 빠른 속도로 건너편 둑에 있는 다른 두 명의 사람들에 의해서 반대편으로 끌려갔다. 공포감에 사로잡힌 제릴과 에리스도 이윽고 아레테논이 있는 곳으로 갈 수 있었다.

그것은 철근콘크리트로 단단하게 만들어진 아치형 다리를 설계할 수 있는 수학적 능력이 있는 종족들에게서 기대할 수 있는 종류의 다리라고는 할 수 없었다. 그런 구조물을 만들 수 있다는 생각이 떠올랐을 때의 얘기겠지만. 그렇지만 그것은 충분히 용도에 맞았고, 일단 있으니 기꺼이 쓸 수는 있었다.

누군가가 만들었을 터. 하지만 누구였을까?

물방울을 뚝뚝 흘리며 안내자가 다시 건너왔을 때, 아레테논은 친구들에게 주의를 주었다.

"난 좀 걱정스러운 것이 있는데, 아마도 이곳에 머무르다 보면 충격 받을 일들이 무척 많이 있을 거야. 아마도 이상한 광경들을 많이 보게 되겠지만, 일단 알고 보면 조금도 혼란스럽지 않게 될 거야. 사실 조만간 당연하게 받아들이게 될 거야."

제릴이나 에리스가 생각을 읽을 수 없었던 낯선 이들 중 한 명이 아레테논에게 메시지를 전송했다.

"테로디무스가 우리를 기다리고 있어." 아레테논이 말했다. "그는 너를 무척 보고 싶어 했어."

"나도 그와 연락하려고 많이 시도했어. 그렇지만 성공할 수 없었어."

에리스가 투덜댔다.

아레테논은 약간 당황한 것처럼 보였다.

"그가 변했다는 것을 알 수 있을 거야." 그가 말했다. "무엇보다도 둘 다 오랜 시간 만날 수 없었잖아. 다시 완벽히 소통을 할 수 있기 전까지는 시간이 걸릴 거야."

길은 숲 속으로 굽이쳐 나 있었고, 때때로 이상하리만치 좁은 오솔길들이 여러 방향으로 나 있었다. 에리스는 테로디무스가 영원히 나무숲에서 살아가는 변화를 택했음에 틀림없다고 생각했다. 이윽고 길을 따라가다 보니 커다란 반원 형태의 개간지가 모습을 나타냈다. 그곳은 가운데를 가로질러 낮고 하얀 절벽이 솟아 있었다. 절벽 기슭에는 다양한 크기의 검은 구멍이 몇 개 나 있었는데, 동굴 입구가 분명했다.

에리스와 제릴은 생애 처음으로 동굴에 들어가게 되었는데, 썩 내키지는 않았다. 아레테논이 입구에서 기다리라고 말하고 혼자서 알 수 없는 노란 빛이 나는 심연 속으로 걸어 들어가자 그 둘은 마음이 다소 안정되었다. 잠시 후 에리스의 마음속에 희미한 기억들이 고동치기 시작했고, 완전하게 정신을 교감할 수는 없었지만 그의 옛 스승이 오고 있다는 것을 알 수 있었다.

어둠 속에서 무엇인가가 움직이더니 이윽고 테로디무스가 태양 빛 아래 모습을 드러냈다. 그를 보는 순간 제릴이 외마디 비명을 질렀고 이윽고 그녀는 에리스의 갈기에 자신의 머리를 파묻었다. 이전 전쟁에서 한 번도 떨어 본 적이 없던 에리스조차 굳건히 자리는 지켰지만 몸을 떨고 있었다. 테로디무스는 역사가 시작된 이래 그 누구도 본 적 없는 장엄한 빛을 내고 있었다. 그의 목에는 띠가 하나 둘려 있었는데 태양빛이 그 띠에 굴절돼 오색찬란한 빛이 뿜어져 나왔다. 또한 여러 가지 색을 띤 두꺼운 판 하나가 그의 몸을 두르고 있어 걸을 때마다 부드럽게 바스락거리는 소리가 났다. 더 이상 그의 뿔은 노란 상아가 아니었다. 어떤 마술로 인해 그의 뿔은 제릴이 보아 왔던 그 어떤 것 보다 더 멋진 자주색으로 변해 있었다.

잠시 테로디무스는 아무런 미동도 하지 않고서 그들이 놀라는 모습을 마음껏 감상했다. 이윽고 그의 환한 웃음이 그들의 마음속에 메아리쳤고, 그는 뒷발로 자리를 박차고 일어났다. 형형색색의 옷이 속삭이듯 땅에 떨어졌고, 머리를 제치자 번쩍이는 목걸이가 동굴 한쪽 구석에 무지개 같은 이치를 그리며 떨어졌다. 그렇지만 자주색 뿔은 여전히 그대로였다.

에리스는 깊게 갈라진 틈 한쪽 끝에 서 있고 테로디무스는 반대편에서 자신에게 신호를 보내고 있는 것 같은 느낌이 들었다. 서로 마음의 다리를 건설하려고 노력은 했지만 결코 성공할 수 없었다. 그 둘사이에는 반평생이라는 시간과 수많은 전쟁이라는 서로 공유할 수 없는 큰 경험의 간격이 존재했다. 테로디무스는 이 낯선 땅에서 오랜 시간을 보냈고, 그는 제릴과 결혼을 한 후 자식들을 잃어버리는 아픈 상처를 지니고 있었다. 비록 서로 얼굴을 맞대고 두세 걸음 떨어져 서 있었지만 서로의 생각을 다시 소통할 수는 없었다.

이윽고 아레테논은 자신의 모든 힘과 뛰어난 능력을 동원해 에리스가 결코 회상할 수 없었던 그 어떤 것을 에리스의 마음속에 불어넣었다. 에리스는 시간이 뒤로 흘러갔다는 것, 자신이 예전의 열정적이고 성실한 학생으로 되돌아갔다는 것, 그리고 테로디무스와 다시 생각을 소통할 수 있게 되었다는 것을 느낄 수 있었다.

지하에서 잠을 자는 것은 기이한 일이기는 하였지만 숲 속의 이름 모를 공포 속에서 잠을 자는 것보다는 덜 불쾌한 느낌이었다. 작은 동굴 입구 너머로 진홍색 그림자가 깊게 드리워지는 것을 보며 제릴은 흩어진 생각들을 한 곳으로 모으려고 노력했다. 그녀는 에리스와 테로디무스 사이에 있었던 일의 일부분만을 이해할 수 있었지만, 무엇인가 믿을 수 없는 일이 일어났다는 것을 느낄 수 있었다. 그녀의 눈은 그러한 것을 충분히 반영하고 있었다. 오늘 그녀는 자신들의 언어에는 존재하지 않는 어떤 것들을 보았다.

그녀는 그것들을 들을 수도 있었다. 동굴 입구 중 하나를 지나갈 때마다, 그녀가 알고 있는 그 어떤 동물도 낼 수 없는 "윙"하는 율동적인 소리가 나곤 했다. 그녀에게 그 소리는 중간에 끊기거나 멈추지 않고 계속 들려왔고, 심지어 이제 느릿한 그 리듬은 마음속에서 떠나지 않고 남아 있었다. 비록 놀라지는 않았지만 아레테논도 이를 알고 있을 것이라고 제릴은 믿고 있었다. 에리스는 테로디무스 일로 머리가 꽉 차 있었다.

그 늙은 철학자는 거의 아무런 말도 하지 않았고, 대신 밤에 편안하게 휴식을 취하고 있을 때 자신의 제국의 모습을 그들에게 보여주었다. 거의 모든 대화가 지난 몇 년 동안 고국에서 발생한 일들과 관련된 것들이었기 때문에 제릴은 다소 지루하다는 생각을 하였다. 그녀는 단지 한 가지 일에만 관심이 있었고 다른 일에는 거의 흥미가 없었다. 그녀가 관심을 가졌던 것은 테로디무스가 목에 차고 있던 휘황찬란한 크리스털 목걸이였다. 그것이 무엇이며 어떻게 만들어졌는지 그녀는 상상도 할 수 없었다. 그렇지만 그녀는 그것이 몹시 탐났다. 잠이 들었을 때, 제릴은 헛된 일이긴 하지만 다소 심각하게 그 멋진 목걸이를 자신의 가죽에 두르고서 마을에 돌아가면 벌어질 한바탕 소동에 대해서 생각하고 있었다. 그것은 늙은 테로디무스보다는 자신에게 훨씬 잘 어울리는 것 같았다.

아레테논과 테로디무스는 동이 트자마자 동굴에서 그들을 만났다. 그 철학자는 손님들에게 깊은 인상을 줄 필요가 있을 때에만 몸에 걸쳤던 권위의 표상들을 벗어냈고, 뿔마저도 노란색으로 평범하게 돌아와 있었다. 제릴은 이전에 즙액을 이용해 색을 바꿀 수 있는 열매들을 본 적이 있었기 때문에 뿔의 색이 바뀐 건 이해할 수 있었다.

테로디무스는 동굴 입구에 자리를 잡았다. 뜸도 들이지 않고 이야기를 시작했다. 에리스는 테로디무스가 이전에도 방문객들에게 이런 이야기를 많이 해주었음에 틀림없다고 생각했다.

"에리스, 나는 고국을 떠난 후 5년이 지나 이곳에 왔다. 너도 알겠지만, 난 언제나 낯선 곳에 관심이 있었다. 그런데 미스래니 인들에게서 내 호기심을 강하게 자극하는 소문을 듣게 되었다. 어떻게 그 소문의 진상을 파악하게 되었는지는 너무 길고 또 지금 중요한 문제는 아닌 것 같다. 어느 여름 수심이 낮았을 때 나는 상류 훨씬 위쪽을 통해 강을 건넜다. 강을 건널 수 있는 곳이 오직 한 군데 있는데 그것도 날이 아주 가문 해에만 건널 수 있다. 그 위로 가면 산맥 속에 강이 가려져 보이지 않는데, 마땅히 건널 수 있는 곳이 존재하지 않는다. 그래서 이곳은 미스래니 영토와는 완전히 단절된 실질적인 섬이라고 할 수 있다.

섬이긴 하지만, 사람들이 살지 않는 곳도 아니지. 여기 사는 사람들은 필레니 족이라고 불리는데 문화가 아주 독특해. 우리들의 문화와는 완전히 다르지. 그 중 일부는 이미 봤을 거다.

너도 알겠지만 이 세상에는 수많은 종족이 있다. 그 중에서 꽤 많은 종이 지능이 있다고 할 수 있다. 그렇지만 다른 동물들과 우리 사이에는 커다란 간극이 존재한다. 우리들은 우리가 유일하게 추상적 사고와 복잡한 논리적 추론을 할 수 있는 존재라고 생각해 왔다.

필레니 족은 우리에 비하면 어리면서 다른 동물과 우리의 중간 단계에 있는 존재라고 할 수 있다. 그들은 조금 커다란 이 섬에서 수 천 세대에 걸쳐 살아왔지만 그들의 발전 속도는 우리들에 비해 너무도 빠르다고 할 수 있다. 그들은 비록 우리들이 가지고 있는 텔레파시 능력을 가지고 있지도 않고 또 그것을 이해하고 있지도 못하지만 우리가 부러워할 만한 것을 가지고 있다. 그것으로 인해 그들은 지금의 모든 문명을 이룩할 수 있었고 믿을 수 없는 속도로 진보할 수 있었던 것이다."

테로디무스는 잠시 말을 멈추고는 천천히 발을 들어 올렸다.

"나를 따라오너라." 그가 말했다. "필레니 족을 보여 주마."

그는 그들을 이끌고 지난밤을 보냈던 동굴로 되돌아갔다. 그는 제릴이 기이하면서도 율동적인 윙하는 소리를 들었던 동굴 입구에서 걸음을 멈췄다. 이번에는 소리가 좀더 크고 분명하게 들렸는데, 에리스는 마치 처음 그 소리를 들은 듯했다. 이윽고 테로디무스가 고음의 휘파람을 불자, 즉시 윙하는 소리가 줄어들더니 조금씩 음이 낮아져 마침내 정적이 흘렀다. 잠시 후 반쯤 어둠으로 가득 찬 곳에서 무엇인가가 그들을 향해 다가왔다.

키가 그들의 반 정도밖에 안 되는 작은 동물이었다. 그들은 깡충 뛰어다니지 않고 얇고 연약해 보이는 두 개의 관절로 된 다리를 이용해 걷고 있었다. 거대한 둥근 머리는 세 개의 커다란 눈으로 가득 차 있었고, 그 눈들은 독립적으로 움직일 수 있도록 상당한 거리를 두고 있었다. 아무리 마음가짐을 좋게 한다고 하더라도 제릴은 그 모습에서 아무런 매력도 찾을 수 없을 것 같았다.

이윽고 테로디무스가 휘파람을 다시 불었고 그 생명체는 앞다리를 그들을 향해 들어올렸다.

"자세히 보거라." 테로디무스가 아주 부드럽게 말했다. "그러면 너희들이 가진 의문점을 풀 수 있을 것이다."

처음으로 제릴은 그 생명체의 앞발은 발굽이 나 있지 않았으며, 그녀가 보아 왔던 다른 어떤 동물과도 다른 모양을 하고 있다는 것을 알게 되었다. 대신 그것은 적어도 12개는 되어 보이는 얇고 유연한 촉수와 두 개의 구부러진 앞발로 나뉘어져 있었다.

"제릴, 다가가 보거라." 테로디무스가 명령했다. "너를 위한 것이 있다."

주저하며 제릴은 앞으로 나아갔다. 그녀는 그 동물의 몸이 검은 띠로 휘감겨 있는 것을 보았는데, 그 띠에는 알 수 없는 물체들이 붙어 있었다. 그 생명체는 앞발을 띠로 가져가 덮개를 열고는 빛나는 물체가 들어 있는 주머니 안을 보여주었다. 이윽고 그 작은 촉수들이 휘황 찬란한 크리스딜 목걸이를 쥐어들었다. 필레니 족은 제릴이 따라잡기에는 너무도 기민하면서도 능수능란한 동작을 통해 앞으로 나아가더니 그녀의 목 주위에 목걸이를 걸어 주었다.

테로디무스는 제릴이 느끼는 혼란과 감사의 마음을 짐짓 무시했지만, 영악한 노인은 속으로 무척 만족스러웠다. 이제 제릴은 그가 어떤 일을 계획한다고 하더라도 그의 충실한 협력자가 될 것이다. 그렇지만 에리스의 감정은 그렇게 쉽사리 흔들리지는 않을 것이고, 그와 관련해서는 단순한 논리로는 충분하지 않았다. 그의 옛 제자는 너무도 많이 변했고 과거에 상처를 깊게 받아 테로디무스는 성공할 수 있다는 확신이 없었다. 하지만 이런 어려움조차 그에게는 이익이 될 수 있도록 만들 계획이 있었다.

그는 다시 휘파람을 불었고, 필레니 족은 이상하게 손을 흔들며 동굴 속으로 사라졌다. 잠시 시간이 흐르자 그 이상한 윙하는 소리가 침묵을 깨고 들려오기 시작하였다. 그러나 이제 제릴의 호기심은 새로운 물건을 얻은 기쁨에 완전히 묻혀 버렸다.

"우리는 숲을 지나 가장 가까이에 있는 정착촌에 갈 것이다." 테로디무스가 말했다. "여기서 멀지 않은 곳에 있다. 펠레니 족은 우리처럼 평지에서 살지 않는다. 사실 그들은 상상할 수 있는 거의 모든 면에 있어서 우리와 다르다. 그들의 마음이 우리보다 훨씬 더 선하다는 사실은 유감스러운 일이다." 슬픈 표정으로 그가 말했다. "나는 언젠가 그들이 우리보다 더욱 지적인 생명체가 될 것이라 믿는다. 그렇지만 우선 내 계획을 너희들이 이해할 수 있도록, 그들에 대해 알게 된 것을 너희들에게 말해 주겠다."

어떤 종족의 정신적인 진화는, 그들이 사물의 자연스러운 질서의 일부라고 당연하게 받아들이는 물리적인 요인이 규정하거나 심지어 지배하기도 한다. 필레니 족은 놀랍도록 섬세한 손을 사용한 실험과 시험을 통해 그 행성의 다른 지적 생명체들이 순전히 추론을 통해서만 발견하려면 천배는 더 걸릴 사실을 알아낼 수 있었다. 필레니 족의 역사 초기에는 단순한 도구를 발명했다. 이를 바탕으로 그들은 천, 도기, 그리고 불을 사용할 수 있게 되었다. 테로디무스가 그들을 발견했을 때, 그들은 이미 선반과 도공용 물레를 발명한 상태였고, 이제 막 최초로 금속 시대와 금속 시대에 걸맞은 기술을 가진 시기로 들어가려는 찰나였다.

전적으로 지능이 주를 이루는 행성에서 그들의 진보는 빠른 편이 아니었다. 그들은 영리하면서도 솜씨가 좋았지만, 추상적인 사고를 싫어했으며 수학은 완전히 경험만으로 이루어져 있었다. 예를 들어 그들은 각 변이 3:4:5의 비율로 이루어진 삼각형은 직각삼각형이라는 것은 알고 있었지만, 그것은 훨씬 더 일반적인 법칙 중 특별한 한 가지 경우에만 해당된다는 것까지는 생각하지 못했다. 그들의 지식에는 이처럼 간극이 엄청나게 존재하였지만, 테로디무스와 그의 여러 제자들의 많은 도움에도 불구하고 그들은 서둘러 그 간극을 메우려 하지 않았다.

그들은 테로디무스를 신으로 숭배했고, 수명이 짧았음에도 2세대 동안 모든 면에서 그에게 복종했다. 테로디무스가 필요로 하는 것은 그들의 기술을 이용해 모두 만들어 주었고 그의 제안에 따라 새로운 도구와 장비들을 만들기도 했다. 마치 두 종족이 갑자기 구속에서 풀려난 것처럼 둘은 협력을 통해 믿을 수 없을 정도로 풍부한 결과물을 만들어 냈다. 뛰어난 손재주와 위대한 지적 능력이 하나로 융합되어 우주 전체에서 유일하다고 말할 수 있는 생산적인 연합체를 구성한 것이다. 그리고 통상 천년 정도의 시간이 걸려 이루어지는 진보를 그들은 10년도 걸리지 않고 이루었다.

에리스와 제릴은 이전에도 경이로운 광경을 많이 보았지만, 아레테논의 약속처럼 키 작은 필레니 기술공들이 일하는 모습이나 마술 같은 손놀림으로 천연 재료를 아름답고 유용한 물건으로 만들어 내는 모습을 보니 모든 게 이해가 됐다. 심지어 그들의 작은 마을과 원시적인 농장조차 그 경이로움을 상실하고 일상적으로 받아들여지는 사물의 질서의 한 부분이 되어 버렸다.

테로디무스는 그들이 이 이상하리만치 정교한 석기 시대의 문명과 관련된 모든 부분들을 볼 수 있을 때까지 마음껏 둘러보도록 해주었다. 그들 역시 다르게 알고 있지는 않았으므로, 젊은 미스래니 수학자의 지도를 받은 필레니 도공(그는 10 이상은 셀 수 없다.)이 복잡한 대수곡면을 만들어 내는 광경을 보고 어색한 점을 발견할 수 없었다. 다른 동족과 마찬가지로 에리스도 마음속에 사물을 형상화시키는 능력이 뛰어났지만, 만약 상상하던 모습을 실제로 볼 수 있다면 기하학이 훨씬 더 쉬워질 것임을 깨닫게 되었다. 비록 에리스가 추측하지는 못했지만, 이를 출발점으로 미래의 어느 날 문자라는 개념이 생겨나게 될 것이다.

다른 무엇보다도 제릴은 작은 필레니 여인이 원시적인 베틀로 천을 짜는 장면에 매혹되었다. 그녀는 베틀의 북이 움직이는 모습을 바라보며, 베틀을 써 보기를 바라면서 오랜 시간 자리에 앉아 있었다. 일단 한번 보기만 한다면─너무도 간단하고 분명해 보이기는 했지만─동족에게 있는 쓸모없고 서투른 앞발로는 완전히 불가능한 일이라는 사실도 알 수 있었다.

그들은 점차 자신들을 만족시키기 위해 열심히 노력하며, 동시에 애처로울 정도로 자신들의 손재주에 자긍심을 가지고 있는 필레니 족을 좋아하게 되었다. 이 새롭고 신선한 환경에서 매일 경이로운 것들을 새롭게 만나며 에리스는 전쟁으로 인해 마음속에 생긴 상처로부터 회복하는 듯했다. 그렇지만 제릴은 아직도 치유해야 할 것이 더 남아 있음을 알고 있었다. 때때로 제릴은 에리스가 정신을 숨기기 전 에리스의 마음속 깊은 곳에 남아 있는 분노에 가득 찬 쓰린 상처들을 만날 수 있었다. 그녀는 에리스의 부러진 뿔의 밑동처럼 그 상처 중 많은 부분이 결코 낫지 않을까봐 두려웠다. 에리스는 전쟁을 혐오했고, 전쟁이 끝난 방식도 여전히 그를 억누르고 있었다. 무엇보다도 그는 전쟁이 다시 일어날 수 있다는 공포에 사로잡혀 있다는 것도 그녀는 알고 있었다.

이런 문제에 대해 그녀는 자주, 이제는 호의를 품고 있는 테로디무스와 상의했다. 그녀는 여전히 그가 그들을 이곳에 부른 이유와 추종자들과 함께 무슨 계획을 하고 있는지 이해할 수 없었다. 테로디무스는 섣불리 자기 행동을 설명하지 않았다. 가능한 한 제릴과 에리스가 스스로 결론을 이끌어 내기를 바랐기 때문이었다. 그러나 마침내 그들이 도착하고 5일이 지나자 자신의 동굴로 그들을 불러 모았다.

"이제 이곳에서 너희들에게 보여주려고 했던 것은 모두 보여주었다." 그가 말하기 시작했다. "필레니 족이 무슨 일을 할 수 있는지 알았을 것이며, 그 기술로 만든 물건을 사용한다면 우리의 삶이 얼마나 풍요로워질지에 대해서도 생각해 보았을 것이다. 내가 오래 전에 이곳에 와서 처음 생각한 게 바로 그거였다.

그런 생각은 당연했지만 다소 순진한 면이 있었다. 그렇지만 그 생각은 이내 훨씬 더 근사하게 발전했다. 필레니 족을 더 잘 알게 되고, 짧은 순간에 그들의 정신이 무척이나 빨리 진보하는 것을 보면서 우리 종족이 얼마나 섬뜩할 정도로 불리한 여건에서 애를 써왔는지 깨닫게 되었다. 난 우리가 필레니 족처럼 물리적 환경을 지배하는 능력을 가지고 있었더라면 어느 정도 더 진보할 수 있었을지 궁금해지기 시작했다. 그것은 단순히 편리함이나 제릴이 하고 있는 목걸이처럼 아름다운 것을 만드는 능력과 관련된 것이 아니었다. 그보다는 뭔가 훨씬 더 심오한 문제와 관련되어 있었다. 그것은 무지와 지식, 허약함과 강함의 차이라고 할 수 있는 것이다.

우리는 더는 앞으로 나아갈 수 없을 때까지 정신만을 발전시켰다. 아레테논이 말했듯이 우리는 종족 전체를 위협하는 위험과 마주하고 있다. 우리는 어떤 방어 수단도 존재하지 않는 막강한 무기의 그늘 아래 있는 것이다.

말 그대로 해결책은 필레니 족의 손에 달려 있다. 우리의 세상을 재건하고 전쟁이 일어난 원인을 모두 제거하기 위해 그들이 가진 능력을 사용해야만 한다. 우리는 처음으로 돌아가 우리 문명의 기초를 새롭게 건설해야만 한다. 그렇지만 단순히 우리의 문명만을 바꾸어서는 안 된다. 필레니 족과도 문명을 공유해야만 하기 때문이다. 그들은 손이 될 것이며 우리는 머리가 될 것이다. 아! 나는 몇 세대가 지나면 지금 우리 주위에 있는 이 경이로운 것들이 유치한 장난감으로 치부되는 세상이 도래하기를 꿈꿔 왔다. 현명한 자가 많지는 않다. 나는 꿈보다는 실질적인 논쟁거리가 필요하다. 비록 지금은 확신할 수 없지만 언젠가는 궁극적인 논쟁거리를 발견하게 될 것이다.

에리스! 나는 너에게 이곳에 와 달라고 요청했다. 한편으로는 우리의 오래된 우정을 새로이 하기를 바랐기 때문이었고, 다른 한 편으로는 너의 말이 나의 말보다 훨씬 더 강한 영향력을 가지고 있기 때문이기도 하였다. 너는 우리 종족의 영웅이며 미스래니 족도 너의 말을 경청할 것이다. 나는 네가 필레니 족 몇 명과 그들이 만든 도구들을 가지고 돌아갔으면 좋겠다. 사람들에게 그들과 도구들을 보여주고 젊은이들이 우리를 도울 수 있도록 이곳에 보내 줄 것을 요청하기 바란다.”

잠시 이야기가 끊겼고, 그 동안 제릴은 에리스가 어떤 생각을 하고 있는지 짐작도 할 수 없었다. 이윽고 그가 주저하며 대답했다.

“그렇지만 전 여전히 이해할 수 없습니다. 필레니 족이 만드는 이런 물건은 뛰어나며, 그중 몇몇은 우리에게 무척 유용하게 쓰일 겁니다. 그렇지만 그게 어떻게 선생님의 생각처럼 깊이 있는 변화를 가져다 줄 수 있나요?”

테로디무스는 한숨을 쉬었다. 에리스는 현재를 가로질러 아직 오지 않은 미래를 바라볼 수는 없었다. 그는 테로디무스가 보았던 필레니 족의 손놀림과 연장 너머에 존재하는 미래에 대한 희망, 즉 기계의 등장이라는 희미한 가능성을 볼 수는 없었다. 아마도 그는 결코 이해할 수 없을지도 모른다. 그렇지만 그는 확신이 필요했다.

그의 마음속 깊은 곳에 있는 생각을 드러내며 테로디무스가 말을 이었다.

"에리스, 이것들 중에서 어떤 것들은 장난감에 불과할 수도 있다. 그렇지만 그것들은 네가 생각하는 것보다 훨씬 더 강력한 힘을 가지고 있다. 제릴은 지금 자신이 가지고 있는 것과 떨어지기 싫을 것이란 생각이 든다……. 아마 네가 확신을 가질 수 있는 것을 찾아낼 수 있을 것 같다."

에리스는 회의적인 생각이 들었고, 제릴은 그가 음울한 기분이라는 것을 알 수 있었다.

"저는 많이 의심스럽습니다." 그가 말했다.

"그렇다면 한 가지 보여주마."

테로디무스가 휘파람을 불었고, 필레니 족 한명이 뛰어나왔다. 둘은 짧게 말을 주고받았다.

"에리스, 나와 함께 가겠느냐? 시간이 조금 걸릴 것이다."

테로디무스의 요청에 의해 다른 사람들은 뒤에 남고 에리스만 그의 뒤를 따라갔다. 그들은 커다란 동굴을 떠나 필레니 족이 여러 가지 용도로 쓰고 있는 작은 동굴들이 줄지어 나 있는 곳으로 갔다.

귓가에 그 기이한 윙하는 소리가 크게 들려왔지만, 한동안 에리스는 소리의 원인인 희미한 기름 등잔을 알아보지 못했다. 이윽고 작은 필레니 족 하나가 탁자 위로 몸을 굽힌 모습과 다른 하나가 발판으로 돌리는 벨트에 연결돼 빠르게 돌아가는 물체가 탁자 위에 놓인 광경이 보였다. 그는 도공들이 이와 비슷한 장치를 사용하는 것을 본 적이 있었지만, 이건 달랐다. 찰흙이 아니라 나무의 모양을 바꾸는 도구로, 도공의 손가락 대신 날카로운 금속 칼날이 쓰였는데, 그 칼날로 인해 길고 가느다란 대팻밥들이 매끄러운 나선형의 모양으로 말려 나오고 있었다. 눈부신 햇빛을 싫어하는, 커다란 눈을 가진 필레니 족은 어둠 속에서 잘 볼 수 있었지만, 에리스는 상황을 파악하기까지 오랜 시간 이 걸렸다. 갑자기 그는 무엇인가를 깨달을 수 있었다.

다른 이들이 떠나자, 제릴이 말했다.

"아레테논, 왜 필레니 족은 우리를 위해 이런 일들을 하지? 그들은 그들끼리 행복하지 않아?"

아레테논은 이런 질문은 제릴이기에 가능하지 에리스는 결코 이런 질문을 하지 않을 것이라 생각했다.

"그들은 테로디무스가 말하는 것은 뭐든지 할 거야. 그렇지만 그 외에도 우리는 그들에게 다른 것들을 많이 줄 수 있어. 그들이 지닌 문제점에 관심을 기울였을 때, 우리는 그들이 결코 생각할 수 없는 방식으로 문제를 해결할 수 있다는 것을 알 수 있었어. 그들은 정말로 배우고자 했고, 우리는 이미 그들의 문명을 수 백 세대 진보시킨 게 분명해. 또한 그들은 육체적으로 매우 약해. 비록 우리는 그런 솜씨가 없지만, 강한 체력으로 그들이 결코 시도하지 못했던 일을 할 수 있었 어."

그들은 강가로 걸어가 잠시 동안 바다로 느긋하게 흘러들어 가는 강물을 바라보며 서 있었다. 이윽고 제릴이 상류 쪽으로 걸어가려 하자 아레테논이 그녀를 제지했다.

"아직 테로디무스는 우리가 그쪽으로 가는 것을 허락하지 않았어." 그가 설명했다. "그의 또 다른 사소한 비밀 중의 하나야. 준비가 되기 전까지 밝히고 싶어 하지 않아."

약간 화가 났지만, 그보다는 호기심이 더 컸던 제릴은 순순히 발걸음을 돌렸다. 물론 다른 사람이 주위에 없을 때 다시 이곳으로 올 것이다.

나무가 열기를 가두고 있는 이곳은 따사로운 햇볕이 있어 무척 평화로웠다. 비록 숲 속에서 완벽히 행복해 할 수는 없었지만, 제릴은 숲에 대해서 지녔던 공포를 거의 다 잊어버린 상태였다.

아레테논은 멍한 표정이었지만, 제릴은 그가 무슨 말을 하고 싶어 생각을 정리하고 있는 중이라는 사실을 알 수 있었다. 이윽고 그는 감정이 섞이지는 않아도 서로를 좋아하는 두 사람 사이에서만 가능한 자연스러움을 보이며 말했다.

"어려운 일이야, 제릴." 그는 이렇게 시작했다. "일생을 바쳐 해 오던 일에 등을 돌린다는 것 말이야."

"한때 나는 우리가 발견한 그 위대한 새로운 힘이 안전하게 쓰이기를 원했어. 하지만 지금 나는 적어도 여러 세대 안에는 불가능하다는 걸 알아. 테로디무스의 말이 맞아. 우리의 정신만으로는 앞으로 나아갈 수가 없어. 비록 우리 문화의 흐름에 결함이 있던 건 아니지만, 문제는 절망스럽게도 일방통행이었다는 거야. 필레니 족이 가지고 있는 물리 세계에 대한 통제력이 없다면, 전쟁과 평화에 관련된 근본적인 문제들을 풀 수 없어. 우리는 그들에게서 그걸 빌리고 싶은 거야.

우리가 무엇을 단념해야 하는지도 잊어버리게 만들 또 다른 위대한 모험이 있을지도 몰라. 우리는 종국에 자연에서 무엇인가를 배울 수 있을 거야. 불과 물, 나무와 돌의 차이가 뭐지? 태양은 무엇이며, 저 두 태양이 지고 나면 하늘에 희미하게 빛나는 저 수백만의 희미한 빛들은 또 무엇이야? 아마도 이런 모든 문제에 대한 해답이 우리가 경험하게 될 새로운 여행길에 놓여 있을지도 몰라."

그는 잠시 말을 멈췄다.

"우리가 결코 꿈꿔 보지도 못했던 새로운 지식과 지혜의 세계. 그건 우리가 만났던 위험으로부터 우리를 불러내 줄지도 몰라. 확실히 우리가 자연에서 배웠던 그 어떤 것도 우리의 정신적인 부분이 밝혀지면서 맞닥뜨렸던 위험만큼 거대한 위협이 되지는 않아."

아레테논의 사고 흐름이 갑자기 방해를 받았다. 다시 그가 말했다.

"에리스가 너를 보고 싶어 해."

제릴은 왜 에리스가 자신에게 직접 메시지를 보내지 않았는지 궁금했다. 또한 아레테논의 정신 속에 숨겨진 즐거움, 혹은 다른 무엇인지는 모르겠지만, 그것이 무엇인지도 궁금했다.

동굴에 다가가는 동안 에리스에게서는 아무런 연락도 받을 수 없었지만, 그는 그들을 기다리고 있었고, 그들이 입구에 도착도 하기 전에 햇빛 속으로 뛰어들었다. 순간 제릴이 무의식적으로 비명을 지르며 남편이 자신을 향해 다가오자 한두 발자국 뒤로 물러섰다.

왜냐하면 에리스가 다시 온전한 몸으로 돌아갔기 때문이었다. 그의 이마에 나 있던 부러진 밑동이 사라지고 없었다. 그가 잃어버리기 전처럼 멋있는 새롭고 빛나는 뿔로 바뀌어 있었다.

　뒤늦게 인사를 하기 위해 에리스가 아레테논과 뿔을 맞댔다. 그 후 그는 기뻐서 껑충껑충 뛰며 숲 속으로 사라졌다. 그렇지만 전쟁이 있기 전부터 으레 그랬듯 숲 속으로 사라지기 전에 제릴의 정신과 접촉했다.

　"가도록 내버려 두어라." 부드럽게 테로디무스가 말했다. "혼자 있고 싶을 것이다. 다시 돌아왔을 때 그는 자신이 다른 사람이 되어 있다는 것을 알 것이다." 그는 짧게 웃었다. "필레니 족은 영리해, 그렇지 않아? 아마도 지금 에리스는 그들이 만든 '장난감'에 무척 고마워하고 있을 거야."

　"나도 내가 참을성이 없다는 것은 안다." 테로디무스가 말했다. "그렇지만 이제 늙어 버렸기에 살아생전에 변화가 시작되는 것을 보고 싶을 뿐이다. 그래서 나는 적어도 일부는 성공할 거라는 염원에 이처럼 많은 일을 기획한 것이다. 그렇지만 다른 무엇보다도 바로 이 일이 내가 가장 염두에 두고 있는 일이다."

　잠시 그는 생각에 잠겼다. 자신의 종족 사람 중 한 사람도 완전히 그와 생각을 공유할 수 있는 사람이 없었다. 비록 지금은 그를 믿는 것 같기는 하지만, 에리스조차 정신이 아니라 마음으로만 그렇게 행동하고 있었다. 아마도 영특하고 예민한 아레테논(그는 자신이 이 세상에 가져온 그 힘들을 중화시키려고 필사적으로 노력하고 있었다.)만이 진실을 얼핏이나마 알고 있다고 할 수 있을 것이다. 그렇지만 그의 정신은 다른 모든 정신들에 비해서 본인이 마음을 열 때를 제외하고는 가장 다가가기 어려운 정신이었다.

강의 상류를 거닐며 테로디무스가 말했다.

"나처럼 너도 우리가 치른 전쟁의 원인이란 오직 하나의 이유, 즉 식량 때문이라는 것을 잘 알고 있을 것이다. 우리와 미스래니 족은 더 이상 식량의 공급을 증가시킬 수 없는 한정된 자원을 가지고 있는 대륙에 발목이 잡혀 있는 상태다. 우리는 언제나 기아라는 악몽을 바라보며 살아야 했고, 그렇게 자랑을 하던 지능을 가졌음에도 불구하고 그 문제를 해결할 어떤 방도도 가지고 있지 못하다. 아, 맞다. 우리는 앞발굽을 열심히 문질러 관개수로를 만들기도 했다. 그렇지만 그것은 별반 쓸모없는 것이었다.

필레니 족은 토지의 생산성을 몇 배로 증가시킬 수 있는 작물 재배법을 발견했다. 난 일단 우리가 그들의 연장을 우리가 사용할 수 있게 개조만 한다면 우리도 그것을 할 수 있을 것이라 믿는다. 이것이 우리의 처음이자 가장 중요한 임무이다. 그렇지만 이것이 내가 마음속에 두고 있는 일은 아니다. 에리스, 우리의 문제를 해결할 수 있는 최후의 해결책은 우리 종족을 이주시킬 수 있는 새로운 처녀지를 발견하는 것이다."

에리스가 놀라자 그는 미소를 지어 보였다.

"아니야. 내가 미쳤다고는 생각하지 말거라. 그런 곳이 존재한다는 것을 나는 확신하고 있다. 한때 나는 바닷가에 서서 바다 저 먼 곳에서 새들이 떼를 지어 육지로 날아오는 것을 본 적이 있다. 또한 그들은 분명한 목적을 가지고 바다 밖으로 날아갔는데, 난 그들이 다른 나라로 가고 있다는 것을 확신할 수 있었다. 그래서 난 생각을 통해 그들을 쫓아가 보았다."

에리스가 말했다.

"비록 선생님의 이론이 사실이라고 해도, 그리고 사실일 수도 있겠지만요, 그것이 우리에게 무슨 소용이 있나요?" 그는 주변에 흐르고 있는 강을 향해 몸을 돌렸다. "우리는 익사하고 말겠죠. 그렇다고 우리를 지탱해 줄 수 있는 밧줄을 만들 수도 없지……."

그의 생각은 갑자기 혼란스러워지며 뒤죽박죽이 되었다.

테로디무스가 웃음을 지어 보였다.

"이제 내가 하고 싶은 일이 무엇인지 짐작이 되느냐? 이제 곧 네가 제대로 생각했는지 살펴볼 수 있을 것이다."

그들은 평평하게 뻗어 있는 강둑으로 갔다. 그 위에서는 한 무리의 필레니 족들이 테로디무스 조수들의 감독 하에 부산하게 일을 하고 있었다. 물가에 이상한 물체가 하나 놓여 있었는데, 에리스는 많은 나무통이 밧줄에 의해 묶여 있다는 것을 알 수 있었다.

그들은 그 부산한 움직임이 막바지에 다다르고 있는 현장을 황홀하게 바라보았다. 힘차게 밀고 당기는 사이, 크게 물보라를 일으키며 뗏목이 육중하게 물 위에 떨어졌다. 젊은 미스래니 족이 강둑에서 뗏목에 뛰어올라 통나무 위에서 흥겹게 춤을 추기 시작하자마자 물보라가 사라졌다. 뗏목은 빨리 정박장에서 벗어나 강물을 따라 바다로 가고 싶어 참을 수 없다는 듯이 닻을 잡아당기고 있었다. 잠시 후 다른 이들도 새로운 요소를 숙달한 기쁨을 함께했다. 뗏목에 뛰어 오를 수 없었던 키 작은 필레니 족은 감독관들이 즐기는 동안 강둑에서 오랜 시간 그들을 바라보며 서 있었다.

비록 그 자리에 있던 사람들 중에서 자신들이 역사의 전환점에 있다는 것을 깨달은 사람은 거의 없었지만, 그 장면을 보고 있던 사람들은 누구라도 그것이 흥분되는 상황임은 알 수 있었다. 오직 테로디무스만이 다른 사람들과 거리를 두고 떨어져 자신만의 생각에 잠겨 있었다. 그는 이 원시적인 뗏목이 단지 시작에 불과하다는 것을 잘 알고 있었다. 먼저 강에서 시험을 해 보고, 이후 해안가에서도 시험을 해봐야만 했다. 그 작업은 몇 년이 걸릴 것이며, 그는 아직 추측 속에서만 존재하는 전설적인 그 땅에서 첫 번째 항해를 마치고 사람들이 귀환하는 것을 볼 수 없을 것 같았다. 그렇지만 일단 시작만 한다면, 다른 사람들이 그것을 끝마칠 것이다.

머리 위로 한 무리의 새들이 숲을 지나 날아가고 있었다. 테로디무스는 마음껏 육지와 바다를 넘나들 수 있는 그들의 자유를 부러워하며 날아가는 모습을 바라보았다. 그는 동족을 위해 물을 지배하는 작업에 착수했음에도, 저 하늘조차 언젠가는 정복할 수 있다고는 상상도 하지 못했다.

에리스가 테로디무스에게 작별 인사를 고했을 때, 아레테논과 제릴, 그리고 나머지 원정 대원들은 이미 강을 건넌 상태였다. 이번에는 물 한 방울도 몸에 묻히지 않고 강을 건널 수 있었다. 왜냐하면 뗏목이 강물을 타고 떠내려 와 나룻배로서 귀중한 임무를 수행하고 있었기 때문이었다. 초기 모델이 바다로의 항해에 적합하지 않다는 것이 마음 아프지만 명백한 사실이었기에 훨씬 향상된 새로운 모델이 이미 건설 중이었다. 설계자들은 이러한 초기의 어려움을 재빨리 극복할 수 있었다. 비록 석기 시대의 수준의 연장을 가지고 일을 해야 했지만, 경심, 부력, 그리고 고급 유체역학과 관련된 수학적인 문제는 쉽게 처리할 수 있었다.

"너의 임무는 간단하지 않다." 테로디무스가 말했다. "왜냐하면 여기서 네가 본 것을 우리 종족 사람들에게 다 보여줄 수 없기 때문이다. 우선 관심과 호기심을 불러일으키기 위해 씨를 뿌리는 일에 만족해야만 할 것이다. 특히 더 많은 것을 배우기 위해 이곳에 올 수 있는 젊은이에게 신경을 써라. 아마도 저항이 있으리라는 생각이 든다. 그러나 네가 이곳에 돌아올 때마다 새로운 것을 준비해 너의 입지가 더욱 강해질 수 있도록 할 것이다."

그들은 뿔을 맞댔다. 이윽고 에리스는 세상을 바꿀 지식을 가지고 길을 떠났다. 처음에는 천천히, 그리고 나선 점점 더 신속하게 세상이 바뀔 것이다. 일단 장벽이 허물어지고, 미스래니 족과 애슬레니 족이 자신들의 앞발에 부착할 수 있는 간단한 장비를 소유하고 도움 없이 스스로 사용할 수 있게 된다면, 진보는 순식간에 이루어질 것이다. 그렇지만 당분간 그들은 모든 것을 필레니 족에게 의존해야만 한다. 지금은 의존하는 이조차도 거의 없지만.

테로디무스는 매우 만족해했다. 그는 단지 한 가지 점에서만 실망스러웠다. 그는 자신이 가장 아끼는 제자였던 에리스가 후계자가 되기를 희망했다. 고국으로 돌아가는 에리스는 미래에 대한 희망과 사명을 가지고 있었기에, 그 이상 비참해지거나 강박관념에 시달리지 않을 수 있었다. 그렇지만 그는 이곳에서 필요로 하는 넓고 날카로운 시야는 가지고 있지 못했다. 테로디무스가 시작한 것을 이어갈 사람은 아레테논이 될 것이다. 그러나 그것은 어찌할 수 있는 일이 아니었고, 아직 그런 문제에 대해 생각할 필요도 없었다. 테로디무스는 너무 늙었지만, 앞으로도 여러 번 자신의 영토 입구에 있는 여기 이 강가에서 에리스를 만나게 될 것임을 알고 있었다.

이제 나룻배는 사라지고 없었다. 비록 예상은 했었지만, 에리스는 산들바람에 조금씩 흔들리는 폭넓은 다리를 보자 놀라움에 걸음을 멈췄다. 다리의 실제 모양(포물선 형태의 현수교를 만들기 위해 수학이 많이 쓰였다.)은 설계도와는 차이가 많았지만, 그것은 역사상 첫 번째로 만들어진 위대한 건축공학의 업적이라 할 수 있는 것이었다. 비록 나무와 밧줄로만 만들어지기는 하였지만, 미래에 선보일 거대한 금속 다리의 모습을 미리 보여 주는 것이다.

에리스는 강 중류에서 멈췄다. 그는 바다를 향해 건설된 조선소에서 연기가 피어오르고 있는 것을 볼 수 있었고, 해안 무역을 위해 건설된 새로운 함선의 돛대를 볼 수 있을 것이라 생각했다. 그는 처음 이 강을 건넜을 때 밧줄에 매달려 질질 끌려갔다는 사실을 도저히 믿을 수 없었다.

아레테논이 건너편 강둑에서 그들을 기다리고 있었다. 이제 동작은 다소 느렸지만, 그의 눈은 연륜과 열정이 만들어 낸 지성으로 밝게 빛나고 있었다. 그는 따뜻하게 에리스에게 인사를 했다.

"다시 와서 기뻐. 제때에 와 주었어."

에리스는 그 말이 의미하는 바가 무엇인지 정확히 알고 있었다.

"배들이 돌아왔어?"

"거의. 한 시간 전에 수평선에 모습을 드러냈어. 조만간 이곳에 도착할 거야. 그럼 우리는 수년간의 노력 끝에 마침내 진실을 알게 되겠지. 만약……."

그의 생각이 희미해졌지만, 에리스는 그 생각이 어떻게 이어지는지 알고 있었다. 그들은 테로디무스가 누워 있는, 돌을 쌓아 만든 거대한 피라미드로 갔다. 지금 그들이 보고 있는 이 모든 것들 뒤에는 테로디무스의 지성이 깃들어 있었지만, 테로디무스는 결코 자신이 가장 소중하게 생각했던 꿈이 진실인지 아닌지 알 수 없었다.

바다에서 폭풍이 밀려오고 있었고, 그들은 강가를 끼고 건설된 새 도로를 따라 길을 재촉했다. 에리스가 전에 보지 못했던 작은 보트가 이따금 곁을 지나쳤다. 미스래니 족이나 애슬레니 족은 자신들의 앞발에 부착된 나무 노를 이용해 보트를 움직이고 있었다. 에리스는 오래된 속박에서 종족을 자유롭게 해주는 새로운 전리품들을 보는 것이 언제나 즐거웠다. 그러나 때때로 이런 전리품들을 보고 있으면 갑자기 경이로운 새로운 세계에 놓인 아이들이 연상됐다. 그런 전리품이 유용하든 그렇지 않든, 그곳은 흥미롭고 흥분되는 일들로 가득 차 있었다. 그러나 그 전리품들 중에서 그의 종족이 더 좋은 항해사가 될 수 있도록 보증해 주는 것이라면 어떤 것이든 유용했다. 지난 10년간 에리스는 지능만으로는 충분하지 않다는 것을 깨닫게 되었다. 정신적인 노력을 아무리 들인다고 하더라도 도저히 습득할 수 없는 기술이 있는 것이다. 비록 그의 종족이 물에 대한 공포심을 상당 부분 극복했다고 하더라도, 아직은 대양에 나갈 능력은 가지질 못하였기에 필레니 족이 이 세상 최초의 항해사가 될 수밖에 없었다.

바다에서 천둥이 울리는 소리가 처음 들렸을 때 제릴은 걱정스럽게 주위를 둘러보았다. 그녀는 오래 전에 테로디무스가 주었던 목걸이를 아직도 차고 있었다. 그렇지만 이제는 그것만이 유일한 장신구는 아니었다.

"배가 무사해야 하는데." 그녀가 걱정스럽게 말했다.

"바람이 그다지 많이 불지 않았고, 그들은 이것보다 더 심한 폭풍에서도 항해해 봤을 거야."

동굴에 들어가면서 아레테논이 그녀를 안심시켰다. 에리스와 제릴은 그들이 없는 동안 필레니 족이 어떤 새로운 것들을 만들었는지 많은 관심을 가지고 주위를 둘러보았다. 그렇지만 언제나 그랬던 것처럼 비록 그런 것들이 있다고 하더라도 그들은 아레테논이 보여줄 준비가 되기 전까지는 숨겨 놓고 있었다. 그는 여전히 유치하게 놀랍고 신비스러운 이벤트를 좋아했다.

모임의 분위기가 건성으로 흘러 영문을 모르는 구경꾼이 보았다면 혼란스러울 수밖에 없었을 것이다. 에리스가 바깥세상에서 벌어지고 있는 변화와 필레니 족의 성공적인 정착, 그리고 그들의 종족에서 일고 있는 점진적인 농업 생산량의 증가에 대해서 이야기를 하고 있을 때, 아레테논은 정신이 반쯤 나간 상태로 이야기를 듣고 있었다. 그와 친구들의 생각은 이미 먼 바다로 나아가, 이 세상에 전해진 그 어떤 것보다 위대한 소식을 가지고 돌아오고 있을 배를 마중하고 있었다.

에리스가 보고를 마치자, 아레테논은 자리에서 일어나 방 안을 서성거리기 시작했다.

"넌 우리가 처음에 생각했던 것보다 훨씬 더 잘 하고 있어. 적어도 한 세대 동안 전쟁이 일어나지 않았잖아. 그리고 농업기술 덕택에 역사상 처음으로 인구보다 식량 공급이 더 많았어.”

젊었을 때는 그가 보고 있는 이 모든 것들이 전부 불가능하거나 심지어 아무런 의미도 없었다는 사실을 애써 떠올리며 아레테논은 방 안의 가구들을 흘끗 바라보았다. 그 당시에는 그의 종족의 지식 속에는 아주 간단한 도구조차 존재하지 않았었다. 이제 배, 다리, 그리고 집이 생겼고, 이는 시작에 불과했다.

“나는 아주 만족해.” 그가 말했다. “계획대로 우리는 문명의 거대한 줄기가 그 앞에 놓여 있던 위험을 피해 갈 수 있게끔 만들었어. 광기를 가능하게 만들었던 힘은 이제 곧 잊힐 거야. 우리 중 손으로 꼽을 수 있는 사람만이 그것을 알고 있고, 서로 비밀에 부치겠지. 아마도 우리의 자손들이 그것을 다시 발견했을 때는 그 힘을 올바르게 사용할 수 있을 정도로 현명해져 있을 거야. 그러나 우리는 이미 새로운 것들을 너무도 많이 발견했기에 우리들이 다시 정신으로 눈을 돌려 그 안에 갇혀 있는 힘을 꺼내려면 적어도 수천 세대는 지나야만 할 거야.”

갑자기 번개가 쳐 동굴 입구가 환해졌다. 비록 아직 가까이 오지는 않았지만 폭풍은 점점 다가오고 있었다. 납빛 하늘에서 성난 빗방울이 억수같이 내리기 시작했다.

아레테논이 불쑥 말했다.

“배를 기다리는 동안 다음 동굴에 가 지난 번 방문한 이후 보지 못한 새로운 것들을 보도록 하자.”

기이한 물건이 있었다. 다른 문명에서는 수천 년이 걸려야 만들어 낼 법한 연장과 발명품들이 긴 의자 위에 나란히 놓여 있었다. 석기 시대가 지나간 것이다. 청동과 철기 시대가 왔고, 미개척지를 없애는 실험을 위해 조잡한 과학 도구를 만들었다. 원시적인 증류기는 화학의 시초를 말해 주고 있었고, 그 옆에 세상에 처음 모습을 선보이는 렌즈가 있었다. 이를 통해 무한히 작거나 무한히 큰 미지의 세계가 모습을 드러낼 준비를 하고 있었다.

아레테논이 이 경이로운 새 물건들에 대한 설명을 끝냈을 때 폭풍은 바로 가까이 와 있었다. 마치 항구에서 전령이 오기를 기다리는 것처럼 때때로 그는 근심 어린 표정으로 동굴 입구를 바라보았다. 그러나 이따금씩 들려오는 천둥소리를 제외하고는 마음의 평온을 유지하고 있었다.

"중요한 것은 다 보여준 셈이야." 그가 말했다. "그렇지만 기다리는 동안 즐길 만한 것이 몇 개 있어. 전에 말한 것처럼 우리는 이곳저곳으로 탐험대를 보내 모을 수 있는 모든 종류의 바위들을 수집하고 분류했어. 뭔가 쓸모 있는 광석을 찾을 수 있을 거라는 희망에서 말이지. 그들 중 한명이 저것을 가지고 돌아왔어."

그가 불을 끄자 동굴은 칠흑처럼 어두워졌다.

"그걸 볼 수 있을 정도로 눈이 적응되려면 시간이 좀 걸릴 거야." 아레테논이 주의를 주었다. "저기 구석을 바라봐."

에리스는 어둠 속을 주시했다. 처음에 그는 아무것도 볼 수 없었다. 이윽고 천천히 희미한 파란 불빛이 뿌옇게 보이기 시작했다. 너무도 모호하고 흐릿했기에 초점을 맞출 수 없어 자연스럽게 앞으로 나아갔다.

"나라면 그렇게 가까이 가지 않겠어." 아레테논이 충고했다. "아주 평범한 광물 같지만, 이것을 발견해서 여기에 가져온 필레니 족은 이를 다루다가 이상한 화상을 입었어. 만져 보면 너무도 차가워. 언젠가는 비밀을 풀 수 있겠지. 그렇지만 그다지 중요한 것이란 생각은 들지 않아.”

거대한 번개가 하늘을 쪼개는 것 같았고, 잠시 반사광에 의해 이상한 그림자가 동굴 벽에 생기더니 동굴 안이 밝게 빛났다. 동시에 필레니 족 하나가 비틀거리며 동굴 입구에 오더니 가늘고 날카로운 소리로 아레테논을 불렀다. 그는 고대 전쟁터에서 조상들 중 한명이 했을 것 같은 승리의 함성을 커다랗게 질렀다. 이윽고 그의 생각이 에리스의 정신 속으로 흘러들어 왔다.

“육지야! 그들이 우리를 기다리고 있는 새로운 대륙, 육지를 발견했어.”

에리스는 샘에서 솟아나는 물처럼 내부에서 승리와 성공의 감정이 솟아나는 것을 느낄 수 있었다. 새롭고 영광에 찬 길이 뚜렷이 미래를 향해 나 있었다. 그들의 아이들은 자신들이 원하는 만큼 세상과 그 세상의 비밀을 모두 알아내며 그 길을 따라 나아갈 것이다. 테로디무스의 상상은 마침내 그들의 눈앞에 또렷이 모습을 드러낸 것이다.

그는 제릴이 자신의 기쁨을 함께 할 수 있도록 그녀의 마음을 더듬어 찾아보았지만, 그녀의 마음은 닫혀 있다는 것을 알 수 있었다. 어둠 속에서 그녀를 향해 몸을 기울이며 그는 그녀가 여전히 동굴 깊은 곳을 응시하고 있다는 것을 느낄 수 있었다. 제릴은 그 놀라운 소식도 듣지 못한 채 수수께끼 같은 불빛에서 눈을 뗄 수 없는 듯했다.

어둠 속에서 때늦은 천둥소리가 하늘에서 누가 달리기를 하는 것처럼 들려 왔다. 에리스는 제릴이 그의 곁에서 떨고 있는 것을 느끼고 위로를 하기 위해 생각을 보냈다.

"천둥소리에 놀라지 마." 그가 부드럽게 말했다. "이제 두려워할 것이 뭐가 있어!"

"나도 몰라." 제릴이 대답했다. "난 두렵기는 한데, 천둥 때문이 아니야. 아, 에리스! 우리가 해냈다니 놀랍지 않아? 테로디무스 선생님도 이곳에서 저걸 보셨으면. 그렇지만 이것은 우리를 어디로 이끌까? 우리의 이 새로운 길 말이야."

옛날부터 아레테논이 했던 그 말이 계속해서 떠나지 않고 남아 있었다. 그녀는 오래전 강가를 거닐며 아레테논이 자신의 희망에 대해 이야기하며 했던 말을 기억하고 있었다. "확실히 우리가 자연으로부터 배우는 그 어떤 것도 정신으로 인해 겪어야 했던 그 위협보다 더 위험하지는 않아." 지금 그 말은 그녀를 조롱하며 황금빛 미래에 그림자를 던지는 듯 보였다. 그러나 그녀는 그 이유를 알지 못했다.

이 우주에서 아마도 제릴의 종족만이 첫 번째 교차로를 지나지 않은 채 두 번째 교차로에 도달했을 것이다. 이제 그들은 과거에 놓쳤던 길을 따라 가야만 했다. 그리고 그 끝에 놓여 있는 역경을 마주해야만 했다. 이번에는 피할 수 없었다.

어둠 속에 있던 바위 속에서 죽어가는 원자의 희미한 불빛이 너울거렸다. 제릴과 에리스가 수 세기가 지난 후 먼지가 되어도 그 광석은 거의 똑같은 불빛을 발하며 계속해서 너울거릴 것이다. 그들이 세운 문명이 마침내 광석의 비밀을 알아냈을 때도 불빛은 거의 약해지지 않을 터였다.

과학의 패배 |Superiority|

1951년 《과학 소설과 판타지 소설(The Magazine of Science Fiction and Fantasy)》 8월
호에 최초 수록
『지구 탐사』에 재수록

영감이라는 말이 좀 주제넘기는 하지만, 「과학의 패배」는 독일의 브이2 로켓 프로그램에서 영감을 받은 작품이다. 사실 돌이켜 보면, 대륙간 탄도 미사일을 개발하고자 했던 독일 제국의 노력은 제2차 세계 대전 전세에 큰 영향을 끼치기에는 너무 늦은 감이 있었을 뿐더러 그 근원에 활기를 불어넣음으로써 오히려 연합군의 승리에 일조한 셈이 되고 말았다.

책이 출판되자마자 「과학의 패배」는 MIT 대학교의 공학부 교재로 채택되었다. 목적은 졸업생들에게 더 좋은 것은 종종 좋은 것의 적이 되기도 하며, 언제나 너무 늦게 알게 되지만 최상이라는 것은 좋은 것과 더 좋은 것 둘 다에게 적이 되기도 한다는 것을 알려 주기 위해서였다.

그리고 이 이야기에 등장하는 두 인물은 후에 좋은 친구가 된 베르너 폰 브라운 박사와 발터 도른베르거 장군을 염두에 두고 쓰였음을 밝히는 바이다. 정확히 말하자면 베르너는 많은 사람들이 생각하는 것처럼 닥터 스트레인지러브의 모습을 하고 있지는 않다. 그는 유머 감각이 뛰어난 사람이며 그 밑에서 일했던 부하들, 즉 미국인과 독일인 모두가 그를 무척 좋아했다.

이 진술서는 전적으로 나의 자유 의지에 의한 것임을 밝히는 바이다. 한 가지 분명하게 짚고 넘어가고 싶은 점은 이 진술서를 작성하는 이유가 단순히 동정을 얻기 위해서거나 법원에서 형량을 감해 주기를 바라는 마음에서 연유하지는 않았다는 사실이다. 내가 이런 수고를 하는 이유는 감옥에서 접할 수 있는 라디오와 신문에 난 거짓 기사를 정면으로 반박하기 위함이다. 신문과 라디오 기사는 우리가 실패한 이유를 너무도 잘못 기술하고 있다. 부대를 이끄는 지도자로서 전쟁을 끝내기로 결정한 이 마당에, 내 밑에서 싸워 준 부하들에 대한 비방에 맞서 그들을 대변하는 것이 나의 의무라는 생각이 들었다.

나는 또한 이 진술서로 인해 지금껏 두 번이나 법원에 청원을 한 진

정한 이유가 충분히 전달되어, 나의 청원을 거부할 어떤 명분도 찾을
수 없을 터이므로 결국 법원이 선처를 내려 줄 것이라 생각한다.

우리가 실패한 궁극적인 이유는 아주 간단하다. 지금까지 밝혀진
사실과는 정반대로 나의 부하들이 용기가 없었기 때문에 우리가 실
패한 것이 아니며, 또한 함대가 잘못을 저질렀기 때문도 아니다. 우리
는 단 하나의 이유로 인해 패배한 것이다. 그것은 바로 적의 과학기술
이 우리보다 열등했기 때문이다. 다시 한 번 말하지만, 적의 과학기술
이 우리보다 '열등했기' 때문이다.

전쟁이 발발했을 때, 우리는 의심의 여지없이 승리가 우리 것이라
생각했다. 우리 동맹국 연합 함대는 수나 화력 면에서 적보다 월등하
게 앞서 있었고, 군사력과 관련된 모든 분야의 과학기술에서 우위를
점하고 있었다. 우리는 이 우월함을 계속 유지할 수 있다고 확신했다.
아아, 우리의 믿음은 너무나 확고했다.

개전 초기에 우리의 주무기는 장거리 유도 어뢰였다. 구형 번개 모
양의 조종 가능한 어뢰로 클리돈 빔의 다양하게 변형해 이용했다. 적
함대도 같은 무기를 썼지만 일반적으로 우리보다 화력이 떨어졌다.
게다가 우리에게는 거대한 군사 연구 조직이 있었다. 처음부터 이렇
게 유리했기 때문에 지려야 질 수가 없었다.

다섯 개의 태양 전투 전까지 전쟁은 계획대로 흘러갔다. 우리는 물
론 이겼다. 하지만 적이 생각보다 강하다는 사실이 드러났다. 승리하
려면 처음 생각보다 시간과 노력이 더 들겠다는 생각이 들었다. 이에
따라 향후 전략을 논의하기 위해 최고 사령관 회의가 열렸다.

이 자리에 위대한 과학자, 말바르의 죽음으로 인한 공백을 메우기

위해 막 임명된 연구 총책임자 노든 교수·장군이 처음 모습을 나타 냈다. 무기의 효율성과 화력을 책임지던 말바르의 지도력은 다른 어 느 요소보다 중요했다. 그의 죽음은 심대한 타격이었지만, 아무도 후 계자의 영민함을 의심하지는 않았다. 비록 우리 중 다수는 그런 중요 한 자리를 이론과학자로 채운다는 결정에 의문을 제기했지만, 결국 우리가 밀렸다.

그 회의에서 노든이 어떤 인상을 주었는지는 생생하다. 군사 고문 들은 상황을 걱정하며 과학자에게 조언을 구했다. 유리함을 더 가져 가기 위해 지금 쓰는 무기를 개선할 수는 있는가?

노든의 대답은 예상 밖이었다. 말바르도 종종 같은 질문을 받았지 만, 그는 항상 우리 요구를 따랐다.

"솔직히 말씀드리자면 의심스럽습니다." 노든은 말했다. "현존하는 무기는 사실상 궁극에 이르렀습니다. 제 전임자나 지난 몇 세대 동안 연구원들이 해 놓은 일을 비판하고 싶지는 않지만, 거의 한 세기가 넘 게 무기에 근본적인 변화가 없다는 사실은 알고 계십니까? 안타깝지 만 보수적으로 변해 버린 전통 때문입니다. 연구원들은 너무 오랫동 안 옛 무기를 완벽하게 다듬는 데만 몸 바쳐 왔습니다. 새로운 무기는 개발하지 않고요. 적도 마찬가지라는 게 다행입니다. 하지만 언제까 지나 이런다는 보장은 없습니다."

다들 노든의 발언에 불편한 기색이었다. 애초에 그럴 작정이었던 게 분명했다. 노든은 재빨리 공세로 전환했다.

"지금 필요한 건 새로운 무기입니다. 이전과 완전히 다른 무기 말 입니다. 그런 무기를 만들 수 있습니다. 물론 시간은 걸리겠지만 전이미 몇몇 나이든 과학자를 젊은이들로 대체하고 장래성이 보이는 미개척 연구 분야 몇 개에 투입했습니다. 조만간 전쟁사에 있어 혁명적인 일이 닥칠 거라고 믿습니다.”

우리는 회의적이었다. 과장하는 듯한 노든의 말투 때문에 의심스럽게 들렸다. 당시 우리는 노든이 이미 실험실에서 완벽하게 만든 것 말고는 아무 약속도 하지 않았다는 사실을 깨닫지 못했다. 실험실에서—이게 중요했다.

노든은 한 달도 안 돼 ‘파멸의 구’라는 무기를 선보이며 자기 말을 증명했다. 이 무기는 반경 수백 미터 안에 있는 물질을 완전히 분해했다. 우리는 새 무기의 화력에 도취됐다. 그래서인지 한 가지 근본적인 결함을 간과하고 말했다. 그 무기의 화력 범위는 ‘구형’이며, 따라서 발동하는 동시에 무기 자체마저 파괴해 버리고 만다는 사실이었다. 이건 곧 전함에 싣고서는 쓸 수 없었고, 유도 미사일 형태로 이용해야 한다는 뜻이었다. 곧 우리는 모든 자동 유도 어뢰에 새로운 무기를 장착하기로 결정했다. 따라서 잠시 모든 공세를 멈춰야 했다.

지금에야 알게 되었지만 이것이 우리의 첫 실수였다. 그렇지만 지금 생각해 봐도 그때는 너무도 당연한 일이었다. 우리들은 모두 기존 무기가 하룻밤만 지나면 아무런 쓸모도 없어질 거라고 생각했다. 사실 우리들은 남아 있는 무기를 거의 원시적인 것들로 치부하고 있었다. 그렇지만 우리는 혁명이라고 할 만한 그 초강력 무기가 전장에 투입되기 위해 우리가 쏟아야 할 엄청난 양의 시간과 노력을 간과하고 말았다. 근 100년이라는 시간 동안 한 번도 이와 유사한 일이 발생하지 않아 우리는 스스로를 방어할 경험이 부족한 상태였다.

전환 배치 작업은 생각했던 것보다 훨씬 더 어려운 일임이 밝혀졌다. 기존 규격은 너무 작았으므로 새로운 종류의 어뢰를 개발해야 했다. 마찬가지로 무기를 발사하기 위해 더 커다란 함선이 필요했다. 그렇지만 우리는 그 정도의 불이익은 감수하기로 했다. 6개월이 지난 후 '파멸구'라는 중화기가 함대에 배치되었다. 시험 훈련에서는 만족스러운 결과를 얻을 수 있었다. 따라서 우리는 작전을 수행할 태세에 들어갔다. 노든은 이미 승리의 주역으로 찬사 받기 시작했고, 더욱 놀라운 무기도 개발할 수 있노라 반쯤 호언장담했다.

그때 두 가지 사건이 발생했다. 전함 한 대가 시험 비행 도중 사라졌다. 조사를 해 본 결과, 어떤 특정한 상황에서 함선의 장거리 레이더가 자동으로 '파멸구'를 발사하는 문제점이 있다는 것이 밝혀졌다. 이 결점을 바로잡는 것은 그다지 어려운 일은 아니었지만 한 달이나 작전이 늦춰질 수밖에 없었고, 이로 인해서 해군 사령부와 과학자들 사이에 석연찮은 감정이 쌓이게 되었다. 노든이 '파멸구'의 유효 범위가 10배나 늘어나 적 함선을 폭파할 수 있는 능력이 1000배 더 늘어났다는 발표를 했을 때 우리는 이미 작전을 수행할 준비를 끝마친 상태였다.

시간이 지연되더라도 그만한 값어치가 있다는 사실에 모든 사람이 동의하였기에 곧바로 개조 작업이 시작됐다. 그러나 더 이상의 추가 공격이 없자 적은 대담해져 곧바로 예기치 않은 총공격을 가해 왔다. 퇴역이 예정돼 공장에서 어뢰를 더 생산하지 않은 탓에 우리 함대는 어뢰가 부족한 상태였다. 그래서 우리는 키래인과 플로라누스 태양계, 그리고 램샌드론 요새까지 내줄 수밖에 없었다.

귀찮기는 해도 심각한 타격을 준 것은 아니었다. 왜냐하면 그들이 새로 정복한 태양계는 호의적이지 않아 통치하가 무척 까다로운 곳이었기 때문이었다. 우리는 새로운 무기가 실전에 배치만 되면 그곳을 다시 수복할 것이라는 확신이 있었다.

그렇지만 우리는 부분적인 성공에 그쳤다. 우리는 공격 체제를 새롭게 바꾸었지만, 실전에 배치된 '파멸구'의 수는 계획보다 적어서 우리는 완벽한 승리를 거둘 수 없었다. 그렇지만 이보다 다른 더 심각한 문제가 있었다.

우리가 그 강력한 무기를 가능한 한 많은 함선에 배치하려고 애쓰는 동안, 적은 놀라운 속도로 재건하기 시작했다. 구식 무기와 구식 함선으로 구성된 그들의 함대였지만, 그 수가 우리를 능가하기 시작했다. 우리가 작전에 투입되었을 때, 적의 함선의 수는 예상보다 100퍼센트나 많았다. 결과적으로 자동으로 적의 함선을 조준하도록 되어 있던 무기들이 혼란을 일으켰고, 예상했던 것보다 많은 손실을 입지 않을 수 없었다. 그렇지만 적의 손실은 우리보다 더 막대했다. '파멸구'는 일단 목표 지점까지 도달하기만 하면 여지없이 폭발을 일으켜 막대한 손실을 입혔다. 하나 우리가 기대했던 결과를 가져다주지는 못했다.

게다가 본대가 전투를 치르고 있는 상황에 적 함대는 대담하게도 방비가 소홀했던 에리스톤, 듀래너스, 카르마니도, 그리고 파라니돈 계를 공격해 모조리 정복했다. 결국 우리는 우리 행성에서 50광년 떨어진 곳까지 적에게 내주어야만 했다.

최고 사령관 회의에서 비난이 일기 시작했다. 대부분의 비난은 노

든을 향해 있었다. 택사리스 대장군은 특히 최강의 무기 때문에 우리
는 전보다 더 나쁜 전황을 맞이하고 있다고 지적했다. 그는 구식 무기
를 새로 생산해 수적 우세를 되찾아야 한다고 주장했다.

　노든 역시 화가 치밀어 해군 사령부에 있는 작자들이 은혜도 모르
는 무뢰한이라고 비난하였다. 그렇지만 우리와 마찬가지로 그 역시
예기치 않은 전황을 맞아 걱정하고 있음을 나는 알 수 있었다. 그는
상황을 신속하게 호전시킬 수 있는 방법이 있음을 넌지시 흘렸다. 지
금이야 오랜 시간 전투 분석가들의 연구를 통해 일을 진행해야만 한
다는 것을 알고 있지만, 그 당시에는 그의 말이 마치 신의 계시처럼
들렸다. 그래서 우리는 너무도 쉽게 그의 말을 좇아 함대를 움직이고
말았다. 노든의 말은 너무도 매혹적이었다. 그는 만약 적이 우리보다
두 배나 많은 함선을 가졌다 할지라도 우리가 전투 효율 면에서 두
배, 아니 세 배 그들을 능가한다면 아무런 문제도 없다고 주장했다.
수 세기 동안 전투에 영향을 미친 인자는 기계 공학적인 면이 아니라
생물학적인 면이었다. 3차원의 세계에서 빠르게 변화하는 복잡한 전
투 상황에 대처하는 것은 개인이건 집단이건 갈수록 어려운 일이 되
어 가고 있었다. 노든 휘하 수학자 한 명이 과거에 있었던 유명한 전
투들을 분석해, 우리들이 이기고 있는 상황에서도 효과적인 전투를
위해 이론상 필요한 전력의 절반도 쓰고 있지 않음을 보여 주었다.

　전투 분석기들은 작전 진행 인력을 전자계산기로 대체함으로써 이
러한 상황들을 송두리째 바꾸어 놓을 터였다. 이론상 새로울 것도 없
는 발상이었지만, 지금까지도 그것은 이상에 불과하다. 그런 일이 꿈
이 아니라고 믿는 사람은 거의 없다. 그렇지만 바보 같은 전투를 몇

번 치르고 났던 우리는 확신이 생기기 시작했다.

가장 큰 함선 네 척에 전투 분석기를 설치하여, 각각의 주함대에 한 척씩 전투 분석기 함선을 두기로 결정을 내렸다. 바로 이 부분에서 문제가 발생하기 시작했다. 비록 시간이 지나기 전까지 아무도 그것을 눈치 채지 못했지만 말이다.

전투 분석기는 거의 백만 개에 달하는 진공관과 이를 운용하고 정비할 500명의 기능공을 필요로 했다. 함선에 이들을 다 승선시킬 수 없어서 네 대의 분석기 각각에 한 척씩 정기선을 개조한 운송선을 배치해 비번인 기능공들을 수용해야만 했다. 설치 과정은 아주 지루하고도 느렸다. 그렇지만 엄청난 노력을 기울여 여섯 달이 지난 후 끝마칠 수 있었다.

절망적이게도 우리는 또 다른 위험에 처하게 되었다. 거의 5000명에 달하는 기술자들이 이 분석기들을 보조하기 위해 차출되었고, 이들은 기능 정비 학교에서 심도 있는 수업을 받아야만 했다. 7개월이 지나자 그들 중 10퍼센트는 신경쇠약에 걸렸고, 단지 40퍼센트만이 적합한 판정을 받았다.

다시 서로가 서로를 비난하기 시작했다. 노든은 연구소 사람들은 책임이 없다고 말해, 인사 담당관과 훈련 담당관은 노든에게 적의를 품게 되었다. 마침내 분석기를 네 대가 아닌 두 대로 줄이기로 결정하고 두 대는 나머지 인력의 훈련이 끝나는 즉시 설치하기로 했다. 낭비하고 있을 시간이 얼마 없었다. 적들은 끊임없이 공격을 계속해 댔고 그들의 사기는 치솟고 있었다.

첫 번째 전투 분석 함대는 에리스톤계를 탈환하는 임무를 맡았다.

전시에 존재하는 위험 요소 중 하나인 이동식 지뢰와 기능공들을 태운 정기선이 항해 도중 충돌하는 일이 생겼다. 전함이라면 살아남았겠지만 정기선은 회복 불능의 화물과 함께 완전히 파괴되고 말았다. 결국 작전을 포기하는 수밖에 없었다.

다른 원정은 처음에는 성공적인 듯했다. 전투 분석기는 제몫을 해냈고 첫 전투에서 적들은 심각한 피해를 보았다. 그들은 사프란, 류콘, 그리고 헥사네락스를 우리에게 넘겨주고 퇴각했다. 그렇지만 우리의 전략이 바뀌었다는 것과 전함들 사이에 반드시 정기선이 배치되어 있다는 것을 적의 정보부가 알아낸 것이 틀림없었다. 또한 우리의 첫 함대가 그와 비슷한 함선을 동반하고 있었고, 그 함선이 파괴되자 철수를 했다는 사실도 적의 수중에 들어간 것 같았다.

다음 전투에서 적들은 전투 분석함과 비무장 수행함에 무자비한 공격을 가하기 위해 엄청난 수의 함대를 동원했다. 우리는 그 함선들을 철저히 방비했지만 적들은 손실을 생각하지 않고 공격을 가해 왔고, 그 결과는 성공적이었다. 결과적으로 우리 함대는 사실상 전멸했다고 말할 수 있다. 왜냐하면 과거의 작전 방식으로 전환하기가 사실상 불가능함이 증명되었기 때문이다. 우리는 집중 포화 속에서 퇴각을 했고, 탈환했던 지역뿐만이 아니라 로리미아계, 이스마르누스계, 베로니스계, 알파니돈계, 그리고 시드니우스계마저 내주어야 했다.

대장군 택사리스는 자살을 통해 노든에 대한 분노를 표출했고 나는 최고 사령관직을 맡게 되었다.

심각함을 넘어 분노를 자아낼 만한 상황이었다. 완고하게 옛날 방식을 고수하면서 결코 상상력에 의존하지 않는 적들은, 구식이고 비효율적이긴 하지만 압도적으로 많은 함선을 이끌고 진군해 왔다. 새로운 무기를 개발하지 않고 과거의 무기만 생산했어도 훨씬 유리한 고지를 점하고 있었으리라는 사실을 깨달은 일은 무척 씁쓸했다. 신랄한 회의가 계속 진행되었는데, 노든은 여전히 과학자들을 두둔한 반면 다른 사람들은 모두 이번 사태에 대해 과학자들을 비난했다. 노든이 자신의 말을 모두 증명할 수 있었다는 것이 문제다. 그는 지금껏 발생한 일에 대해 완벽한 변명을 준비해 놓고 있었다. 그리고 이제 와서 다시 과거로 돌아갈 수는 없었다. 최강의 무기를 만들어야만 했다. 처음에는 전쟁을 빨리 끝내야겠다는 사치스러운 발상에서 진행되었던 연구다. 그렇지만 이제는 새로운 무기의 개발이 전쟁에서 이기기 위해 반드시 필요한 것이 되어 버렸다.

우리는 방어 체제로 들어갔고 노든도 그러했다. 그는 이전보다 더 확고히 자신과 과학자들의 명예를 회복하기 위해 노력했다. 그러나 이미 우리는 두 번이나 실망을 한 상태였기에 같은 실수를 반복할 수 없었다. 노든 휘하에 있는 2만 명의 과학자들이 새로운 무기를 만들어 낼 것에 의심을 품는 사람은 아무도 없었다. 그러나 우리는 그것에 무감각해질 것이다.

사실 우리가 잘못 생각했다. 최후로 그들이 만들어 낸 무기는 너무도 대단해서 지금도 그런 무기가 존재했다는 사실을 믿기 어려울 정도다. '기하급수장'이라는 촌스러우면서도 특징이 전혀 없는 이름의 그 무기는 겉으로는 그 위력을 쉽게 파악할 수 없었다. 노든 휘하에 있는 한 수학자가 우주의 특성을 연구하는 과정에서 완전히 이론적만 가지고서 그 무기를 발견하였다. 놀랍게도 그 결과는 물리적으로 타당하다고 밝혀졌다.

일반인들에게 장의 작용에 대해서 설명하는 것은 매우 어려운 일이다. 기술적으로 설명하자면 '기하급수장'은 우주 공간에 기하급수적인 상태를 만들어, 평범한 선형 우주 공간에 존재하는 유한한 거리를 무한히 확장되는 유사 거리로 만드는 무기였다. 노든이 우리가 흔히 아는 것에 견주어 그것을 설명해 주었다. 어떤 사람이 둥글고 평평한 고무판을 한 장 가지고 있다고 가정하자. 이 고무판은 일반적인 공간을 상징한다. 고무판의 중심을 무한히 늘리기 시작하면, 둘레는 아무런 변화가 없다. 그렇지만 지름은 무한히 확장될 것이다. 기하급수장은 바로 이러한 방식으로 공간에 작용하게 되는 것이다.

예를 들어서 기하급수장을 보유한 함선이 적의 함대에 둘러싸이게 되었다고 치자. 그때 함선이 기하급수장을 가동하면 각각의 적 함대, 특히 원의 끝부분에 있던 함선들은 갑자기 자신들이 허공 속에 있는 듯한 착각에 빠지게 된다. 원의 둘레에는 아무 변화가 없다. 그러나 그들이 중심을 향해 나아가기 시작하면 우주공간이 변형된 만큼 거리가 멀어져 그들은 무한히 중심을 향해 항해해야만 했다.

전황은 끔찍했지만, 그것은 아주 유용한 무기였다. 그 무엇도 기하급수장을 보유한 함선에 접근할 수 없었다. 적 함대는 우리 함선이 마치 우주의 반대편에 존재해 도저히 가까이 갈 수 없는 게 아닐까 생각하게 될 것이다. 물론 기하급수장을 끄지 않으면 우리도 공격할 수 없었다. 그렇지만 기하급수장은 방어뿐 아니라 공격에도 유용하게 사용될 수 있다. 파장기를 보유한 함선은 레이더망에 걸리지 않고 적 함대에 접근해 갑자기 함대 중앙에 모습을 나타낼 수 있는 것이다.

그 당시에 이 새로운 무기는 아무런 결점이 없는 것 같았다. 말할 필요도 없이 임무에 들어가기 전에 우리는 가능한 모든 문제점들을 살펴보았다. 다행스럽게도 단순한 구조였기 때문에 운용할 병력도 많이 필요하지 않았다. 많은 논쟁이 있었지만 우리는 서둘러 신무기를 생산하기로 결정했다. 왜냐하면 전황이 극도로 불리해져 우리에게 시간이 얼마 남지 않은 듯했기 때문이다. 우리는 전시 초기 보유하고 있던 영토의 대부분을 빼앗긴 상태였고, 적 함대는 이미 우리 태양계를 공격하기 시작했다.

새로운 함선이 제조되어 새로운 전투 시스템이 작동하기 전에 잠시 적을 묶어 둘 필요가 있었다. 기하급수장을 사용하기 위해선 적의 함대 배치를 정확히 알아 항로를 선택한 후 계산된 시간만큼 기하급수장을 작동하는 과정이 필요했다. 계산이 틀리지 않았다면 다시 함대는 적의 중심부에 위치하고 있어야 했다. 당연히 그 혼란한 틈을 타 적에게 막대한 피해를 줄 수 있을 것이고 필요하다면 같은 항로를 통해 퇴각도 할 수 있었다.

첫 작전은 성공적이어서 다들 기하급수장을 신뢰하게 되었다. 우리는 대대적인 공격을 감행했고, 병사들도 이 새로운 무기에 익숙해졌다. 나 또한 시험 비행에 그들과 함께했으며 기하급수장이 작동할 때 느낀 그 생생한 전율을 아직도 기억한다. 우리 주위를 에워쌌던 적 함선은 마치 팽창하는 비눗방울 표면에 달라붙어 있는 것처럼 가물거리더니 어느 순간 모습을 감추고 말았다. 행성도 마찬가지였다. 그렇지만 시간이 조금 지나자 우리는 함선 주위에 희미한 빛의 파장 형태로 은하가 모습을 드러내는 것을 볼 수 있었다. 유사 공간의 실제 반경은, 무한대라고는 말할 수 없지만 수십만 광년은 된다고 할 수 있다. 물론 우리 태양계 가장 끝에 있는 별까지의 거리는 크게 달라지지 않았지만, 가장 가까이에 있던 별들은 완전히 시야에서 사라져 버렸다.

그러나 이러한 시험 작전들은 작은 기술적인 문제가 곳곳에서 발생하면서 채 완료하지 못한 채 중지할 수밖에 없었다. 통신 회로에 문제가 있었던 것이다. 귀찮기는 해도 그다지 심각한 사태는 아니었다. 문제는 기지로 돌아가 다시 손을 봐야 한다는 점이었다.

바로 그 시점에 적들은 우리 태양계의 경계 지역에 있는 이톤 행성의 요새에 대한 총공격을 감행했다. 우리는 수리를 끝마치기도 전에 함대를 전투에 투입해야 했다.

적들은 우리가 이미 이 보이지 않는 신기술을 완벽히 터득했다고 생각한 것 같다. 우리 함대는 갑자기 보이지 않던 곳에서 나타나 잠시 동안 막대한 피해를 입혔다. 그런데 갑자기 도저히 설명할 수 없는 절망적인 일이 발생했다.

문제가 발생했을 때 나는 기함 히르카니아 호의 지휘를 맡고 있었다. 우리는 독자적으로 각각의 목표물에 대한 작전을 수행 중이었다. 탐지기로 적이 적당한 위치에 배열했음을 잡아내자, 항법 장교가 세밀히 거리를 쟀다. 우리는 항로를 정하고 무기를 작동시켰다.

우리가 적 함대의 중심부를 뚫고 지날 정확한 순간에 맞추어 기하급수장이 작동했다. 그런데 수 백 킬로미터 거리를 가서 보통 공간으로 솟아오른 바람에 우리는 대경실색하지 않을 수 없었다. 적의 모습이 보인 바로 그 순간 적들도 우리를 보고 말았다. 우리는 퇴각하지 않을 수 없었고 다시 한 번 시도를 했다. 이번에는 적에게서 너무 멀리 떨어져 버려 우리가 적을 발견하기도 전에 적들이 우리를 발견하고 말았다.

분명히 무엇인가 잘못되어 있었다. 문제가 된 발신기를 멈추고 다른 함선들도 같은 문제가 있는지 알아보려고 접촉을 시도했다. 하지만 그 역시 실패였다. 통신 장비는 정상 작동하고 있는 게 분명했기에 이번 실패는 도저히 원인을 파악할 수 없었다. 결국 함대의 나머지 함선들이 다 파괴되었다는 나름의 결론에 도달하지 않을 수 없었다.

그 당시 여기저기 흩어져 있던 우리 함대가 기지로 귀환하기 위해 고군분투하던 모습을 다시 회상하고 싶지는 않다. 사상자는 전무했지만 함대원들은 완전히 사기를 잃고 말았다. 서로 통신이 불가능했고, 거리 측정기에는 치명적인 오류가 있었다. 기하급수장이 꺼진 상태에서만 그랬음에도 불구하고 기하급수장이 바로 문제의 원인임은 분명한 일이었다.

문제가 무엇인지 해명할 수 있게 되었을 때는 전황은 이미 돌이킬 수 없는 상태에 이르렀다. 노든이 회생 불능이 되었다는 사실은 전쟁에서 패배한 우리들에게 그나마 작은 위안이 되었다. 전에도 설명했듯이 기하급수장은 우주 공간에 방사형 왜곡을 일으켜 가상의 유사 공간에 있는 물체가 중심으로 가까이 다가갈수록 더 멀어지게 만드는 기계다. 파장기의 작동을 멈추면 공간은 다시 정상으로 돌아온다.

그런데 정확히 그렇다고만은 할 수 없다. 정확히 처음 상태를 복구한다는 것 자체가 불가능했다. 파장기의 스위치를 끄고 켜는 일은 파장기가 장착된 함선을 늘리거나 줄어들게 만드는 것과 동일한 효과를 발생시킨다. 그렇지만 그 경우 소위 이력 현상이라는 것이 발생해, 초기의 상태로 복귀하는 것이 불가능하다. 파장기가 작동하는 동안 함선에는 무수한 진기적 상태 변화와 질량 이동이 생기기 때문이다. 비록 축적된 양은 1퍼센트에도 미치지 못하나, 이런 비대칭과 왜곡의 축적량은 미량이라도 충분했다. 즉 정밀 조준 장치와 통신 장비의 회로가 기하급수장의 사용으로 인해 완전히 조정 불가능한 상태로 변해 버린 것이다. 어떤 함선도 이런 변화를 직접 감지하지는 못했다. 오직 다른 함선들과 비교해 보거나 혹은 서로 통신을 시도한 연후에야 문제가 있다는 사실을 알 수 있었다.

이후 발생한 혼란은 말로 표현할 수도 없다. 한 함선에 있던 어떤 부품들도 다른 함선에 있는 부품들과 호환되지 않았다. 볼트와 너트조차 바꿔 끼울 수 없는 상태였다. 물론 새로운 부품을 공급받는다는 것도 불가능했다. 시간만 있었으면 충분히 문제를 해결할 수 있었겠지만, 적 함대는 이미 수 세기 전에 쓰던 구식 무기를 가지고 공격을 가해 왔다. 우리의 위대한 함대는 과학에 의해 불구가 된 상태로 최선을 다하여 전투에 임했으나 수에 밀려 항복할 수밖에 없었다. 기하급수장이 설치된 함선은 아직도 무적이다. 그렇지만 전투에는 아무런 쓸모가 없었다. 적 함대의 공격에서 벗어나기 위해 기하급수장을 작동하기만 하면 장비의 오작동이 더욱 심해졌다. 한 달이 지나고 모든 것이 끝났다.

이상이 우리가 패배한 진짜 이유이며, 나 자신을 변호하기 위해 그릇된 관점으로 사건에 대해 기술하지 않았음을 법 앞에 밝히는 바이다. 이미 밝힌 것처럼 내 부하들에 대해 비방의 말이 퍼지고 있는데

나는 그들의 입장을 변호하기 위해 이 글을 작성하는 것이다. 또한 우리의 불행의 근본 원인을 밝히고자 하는 바도 있다.

마지막으로 간청하건대 이 글이 경솔하게 쓰인 것이 아니므로 법원에서 나의 탄원을 받아들여 줄 것이라 희망하는 바이다.

지금 우리는 가택 연금 상태이며 끊임없는 감시를 받고 있다는 것은 법원도 잘 알 것이다. 그렇지만 나는 지금 이런 상황에 대해 말하고 있는 것이 아니다. 또한 두 명을 한 집에 동시에 감금한 것에 대해서 공간이 부족하다고 불만을 토로하는 것도 아니다.

그렇지만 만약 우리 군의 연구 소장이었던 노든 교수와 방을 함께 써야 하는 상황이 지속된다면 내가 어떤 행동을 하게 될지 장담할 수 없음을 밝히는 바이다.

잊혀진 이름, 푸른 별 지구
| If I Forget Thee, Oh Earth... |

1951년 《미래(Future)》 9월호에 최초 수록
『지구 탐사』에 재수록

상당히 여러 차례 쇄를 거듭한 이 이야기는 1950년 크리스마스에 쓴 것이다.
그로부터 18년이라는 시간이 지난 또 다른 크리스마스 날, 아폴로 8호의 승무원이 최초로 달에서 지구의 해돋이를 보았다.
이 교훈적인 이야기에 나오는 꼬마 아이처럼 우리가 지구의 해돋이를 바라보는 날이 오지 않기를 바란다.

마빈이 열 살 때, 아버지는 전력실과 행정실을 향해 난 텅텅 울리는 긴 복도를 지나서 채소들이 무럭무럭 자라는 푸른 농장이 있는 맨 꼭대기 층으로 그를 데려갔다. 마빈은 그곳이 좋았다. 거대하면서도 호리호리한 식물들이 태양 빛을 받기 위해 플라스틱 돔을 향해 눈에 보일 정도로 빠른 속도로 줄기를 뻗는 장면은 보기에 무척 재미있었다. 도처에서 생명의 냄새가 났다. 마빈은 마음속에 말로 표현할 수 없는 간절함이 솟아오르는 것을 느꼈다. 더 이상 거주층에 차 있는, 희미하게 쏘는 듯한 오존 냄새만을 제외하고 모든 냄새를 제거해 버린 건조하면서도 차가운 공기를 들이마시지 않아도 됐다. 마빈은 여기에 좀 더 있고 싶었다. 그렇지만 아버지는 그러지 못하게 했다. 둘은 한 번도 온 적이 없는 관측소 입구에 도달할 때까지 계속해서 걸어갔다. 그런데 거기서도 멈추지 않았다. 흥분이 몸을 감싸는 것을 느끼며 마빈은 이제 단 하나의 목적지만이 남아 있음을 알았다. 생전 처음으로 우주로 나가게 된 것이다.

거대한 격납고 안에는 여압실과 넓은 풍선 바퀴를 갖춘 지표 운행차 십여 대가 있었다. 도착하자마자 에어록의 거대한 둥근 문 옆에 대기하고 있던 작은 정찰차로 안내받은 점으로 보아 마빈의 아버지는 미리부터 예정해 둔 방문객인 모양이었다. 기대감과 긴장감을 동시에 느끼며 마빈은 아버지와 함께 비좁은 탑승실로 들어갔고, 아버지는 시동을 걸고 계기판을 점검하기 시작했다. 기압이 0으로 떨어짐에 따라 공기 펌프에서 울려 퍼지던 굉음이 서서히 사라져 갔다. 이윽고 "진공"이라는 신호가 떨어졌고 외부 문이 떨어져 나갔다. 순간 마빈 앞에는 아직 한 번도 들어서 본 적 없는 땅이 펼쳐졌다.

물론 사진을 통해 본 적은 있었다. 텔레비전을 통해 백 번이나 보아 온 광경이다. 그렇지만 이번에는 그것이 온통 그를 둘러싸고 있었다. 새까만 하늘 위를 너무도 천천히 가로지르는 강렬한 태양 아래 땅은 불타듯 이글거렸다. 눈이 멀 것 같은 태양에서 시선을 돌려 마빈은 서쪽을 바라보았다. 그러자 그곳에는 별이 있었다. 이야기는 많이 들었지만 한 번도 정말로 믿어 보지 못한 그대로 빛나고 있었다. 마빈은 그렇게 작은 것들이 어떻게 그렇게 밝게 빛날 수 있는지 놀라움에 가득 차 오랜 시간 별들을 바라보았다. 별들은 강렬하지만 번쩍거리지는 않는 점같이 보였다. 갑자기 아버지 책에서 본 적이 있는 한 구절이 생각났다.

반짝 반짝 작은 별
네가 누구인지 너무도 궁금해

사실 마빈은 별이 무엇인지 잘 알고 있었다. 저런 질문을 하는 사람은 정말 바보가 분명했다. 게다가 도대체 "반짝"이라니, 뭐람? 척 보기만 해도 모든 별이 일정하게 흔들림 없이 빛나는 줄 알 텐데. 마빈은 복잡한 문제를 제쳐 두고 주위에 펼쳐진 풍경에 눈을 돌렸다.

그들은 평지 위를 거의 시속 160킬로미터로 질주하고 있었다. 거대한 풍선 바퀴 뒤로 먼지가 일었다. 정착촌의 모습은 보이지 않았다. 마빈이 별을 바라보는 사이에 정착촌 위의 돔과 송신탑들이 지평선 밑으로 사라져 버린 것이다. 그렇지만 사람들이 살고 있다는 다른 표시는 있었다. 약 1.6킬로미터 전방 광산 상층부 주위에 이상한 형태의 건물들이 모여 있었다. 가끔 땅딸막한 굴뚝에서 한바탕 수증기들이 뿜어져 나오다가 이내 사라지곤 하였다.

그들은 순식간에 광산을 지나쳐 갔다. 어린이에게 든 생각치고는 이상했지만, 아버지는 마치 무엇인가를 피하려는 듯 부주의하게 운전했다. 이내 그들은 정착촌이 건설되어 있는 고원 가장자리에 닿았다. 그들 아래 대지는 가파르게 기울어져 있었고 고원 아래 자락은 그림자에 가려 잘 보이지 않았다. 시야의 한계 지점에는 분화구와 산맥, 그리고 계곡이 복잡하게 얽혀 있는 황무지가 놓여 있었다. 낮게 드리워진 태양이 걸린 산꼭대기들은 마치 어둠의 바다 위에서 홀로 불타는 섬들처럼 타오르고 있었다. 그 위로 별들은 언제나 그랬던 것처럼 굳건히 자리를 지키며 빛났다.

이제는 더 이상 앞으로 나갈 길이 없어 보였다. 그러나 실상은 그렇지 않았다. 정찰차가 경사면을 따라 기나긴 하강을 시작했을 때, 마빈은 두 주먹을 불끈 쥐었다. 그러나 산자락을 따라 희미하게 길이 나 있는 것을 보자 긴장이 좀 풀렸다. 전에도 누가 이 길을 따라 여행을 했던 듯했다.

그늘진 곳을 지나치자 태양이 고원 능선 아래로 곤두박질치며 충격적일 만큼 갑작스럽게 밤이 찾아왔다. 가동을 시작한 두 개의 탐조등에서 쏟아져 나온 차디찬 파란 불빛이 전방의 암석들을 비쳤다. 너무 빨라 불빛의 속도를 계산할 필요가 없을 정도였다. 오랜 시간 그들은 계곡을 따라 하강을 했고, 산꼭대기들은 마치 빗이 되어 별을 빗기라도 하는 것처럼 늘어져 있었다. 몇 개의 산자락을 지나면서 고지대로 들어서면 가끔은 태양빛에 노출되기도 했다.

오른편에 주름진 먼지 평원이 나타났고, 왼편에는 하늘 위로 솟아 있는 테라스와 성벽 같은 모양의 산맥이 세상의 끝까지 드리워져 마침내는 세상의 끝 너머로 산꼭대기가 가라앉고 있는 듯이 보였다. 이 땅에 사람이 발을 디뎠다는 흔적은 전혀 없었다. 하지만 한 번은 부서진 로켓 잔해를 지나쳐 갔다. 로켓 잔해 옆에는 위에 금속 십자가를 꽂은 돌 무더기가 쌓여 있었다.

마빈은 산맥이 세상 끝까지 영원히 뻗어 있다고 생각했다. 그렇지만 몇 시간이 지나자 옹기종기 모여 있는 작은 동산 위로 느닷없이 우뚝 돌출해 오른 가파른 높다란 끄트머리 봉우리를 마지막으로 산맥은 드디어 끝났다. 그들은 산맥 저편을 향해 거대한 호를 그린 야트막한 계곡으로 차를 몰고 들어섰다. 이 와중에 마빈은 서서히 전방에 있는 육지에 무엇인가 기이한 일이 일어나고 있다는 것을 알 수 있었다.

이제 태양은 낮게 기울어 오른쪽 언덕들 뒤로 숨어 버렸다. 그들 앞에 놓인 계곡은 캄캄한 어둠이었다. 그러나 그들이 차를 모는 위편의 울퉁불퉁한 바위 위로는 차가운 백색 복사광이 넘쳐났다. 그러다 한 순간, 눈앞에 평원이 탁 트이며 복사광의 원천이 그늘 앞에 모든 영광을 드러내었다.

모터가 멈추자 탑승실 내부는 무척 조용해졌다. 들리는 소리라고는 산소 연료통에서 나는 희미한 소리와 차체 외벽에서 열이 복사되는 과정에서 나는 간헐적인 삐걱거림이 전부였다. 먼 지평선 위에 낮게 떠 은색 초승달 모양으로 빛나고 있는 저 거대한 발광체에서 나오는 빛에는 열이 실려 있지 않았기 때문이다. 그 빛은 대지를 진주 빛으로 물들이고 있었다. 그것의 모습은 너무도 황홀해 마빈은 그 경이로움을 받아들이고 진정하고 바라볼 수 있게 되기까지 시간이 필요했다. 그렇지만 마침내 대륙의 전반적인 모습과 흐릿한 대기의 경계선, 그리고 하얀 구름 조각을 선명히 구별해 볼 수 있었다. 이렇게 먼 거리인데도 극지의 얼음에 반사되는 태양빛까지도 볼 수 있었다.

너무도 아름다웠고, 우주의 심연을 건너 심장을 끌어당겼다. 그 빛나는 초승달 행성에는 마빈이 결코 알지 못하는 경이가 깃들어 있었다. 해넘이를 맞는 하늘의 색조, 조약돌 해변에 철썩이는 바다의 소리, 후드득 떨어지는 빗소리, 그리고 천천히 하늘에서 내리는 눈의 축복. 이 모든 것 외의 또 다른 수천 가지가 모두 마빈의 몫이어야 했지만, 이미 그런 것들은 책이나 오래된 기록을 통해서만 볼 수 있다는 사실을 마빈은 잘 알고 있었다. 이런 생각이 들자 추방당한 자의 분노와 같은 감정이 그를 휩쌌다.

왜 돌아갈 수 없는 거지? 저 떠다니는 구름들 아래는 그저 평화로워 보이기만 했다. 그러다, 광채에 눈이 익은 마빈은 어둠에 가려 있어야 할 한 지역이 희미하지만 사악한 빛을 발하고 있는 것을 볼 수 있었다. 그러자 기억이 났다. 한 세계의 종말을 고한 불더미에서 나오는 빛이었다. 바로 아마겟돈이 끝나고 남은 방사능 잔해였다. 근 40만 킬로미터 떨어진 곳에서도 원자가 힘을 잃어 가며 내는 빛을 여전히 눈으로 볼 수 있었다. 잿더미가 된 과거를 상기시켜 주는 영원한 징표였다. 암석 사이에 남아 있는 그 치명적인 광채가 사라지려면 몇 세기가 걸릴 테고, 그런 이후에야 저 조용하고 텅 빈 세계에 다시 생명이 돌아올 수 있을 것이다.

이제 아버지는 마빈에게 이 순간 이전까지는 어린 시절 동화에 지나지 않던 이야기를 해 주었다. 이해할 수 없는 부분이 너무도 많았다. 지금까지 본 적도 없던 행성에 살았던 사람들의 복잡다단한 삶의 모습을 그려 보기란 어린 그에게 무리였을지도 모른다. 마침내 이곳의 정착촌을 제외한 모든 것을 파괴해 버린 힘에 관해서도 제대로는 이해할 수 없었다. 정착촌은 멀리 외떨어진 위치 덕택에 파괴되지 않고 유일하게 살아남았다. 그렇지만 마빈은 다시는 고향에서 선물을 실은 수송선이 별들을 배경으로 내려오는 일이 없으리라는 사실을 끝내 알게 된 정착촌 사람들이 최후의 날에 느꼈을 비통함을 공감할 수 있을 것 같았다. 송신소에서 들려오던 무전도 하나씩 끊어졌을 터였다. 어둠이 드리운 지구에서 빛나던 도시의 불빛이 서서히 줄어들고 꺼져 나가, 마침내 그들만이 남게 되었으리라. 이전에 어떤 이들도 느껴 보지 못한 고독 속에, 인류의 미래를 두 손에 쥐고 남겨졌던 것이다.

그 뒤로 여러 해 동안 절망의 세월이 뒤따랐고, 인간에게 적의를 품은 이 가혹한 세계에서 살아남기 위한 오랜 전투가 있었다. 가까스로였지만 그들은 그 싸움에서 승리했다. 이 조그마한 생명의 오아시스는 자연이 최악의 수를 꺼내 들더라도 그에 맞서 안전할 수 있는 장소였다. 그렇지만 추구해야 할 목적과 미래가 없었더라면 정착촌은 살아갈 의욕을 잃고 말았으리라. 그랬다면 어떤 기계나 기술, 과학의 힘으로도 그들을 구할 수 없었을 것이다.

마침내 마빈은 이번 여행의 목적을 이해할 수 있었다. 마빈은 아마도 잃어버려 전설이 된 저 세계의 강변을 걸어 볼 수도, 둥글둥글한 저 세계의 산 위로 울리는 천둥소리를 들어 보지도 못할 것이다. 그렇지만 언제가 될지 모르는 미래의 어느 날, 그의 손자의 손자들은 그들의 유산을 되찾기 위해 돌아가리라. 바람과 비가 그 불타는 대지의 독을 바다로 씻어내릴 테고, 깊은 바닷속에서 더 이상 생명체에 해를 끼치지 않게 될 때까지 독은 조금씩 사라져 갈 것이다. 그때가 되면 여기 이 조용한 먼지 평원에서 때를 기다리던 거대한 우주선들이 다시 한 번 우주로 떠올라 고향으로 가는 길에 오를 것이다.

그것은 꿈이었다. 그러나 마빈은 불현듯 깨달았다. 언젠가, 뒤로는 산맥이 늘어서 있고 하늘에서는 은광이 얼굴 위에 쏟아지는 바로 이곳에서 자신의 아들에게 이 꿈을 물려주게 될 것임을.

다시 집을 향한 여행을 시작했을 때, 그는 뒤를 돌아보지 않았다. 오랜 유형 생활을 하고 있는 동족과 합류하기 위해 가면서 그는 초승달 지구의 차가운 광채가 바위 틈새로 사라져 가는 것을 차마 이상 바라볼 수 없었다.

세상의 모든 시간 |All the Time in the World|

1951년 7월 《놀라운 이야기들(Startling Stories)》에 최초 수록
『하늘의 저편(The Other Side of the Sky)』에 재수록

이 이야기는 1952년 내 작품 중에서 처음으로 ABC 방송국에 의해서 각색된 작품이다. 비록 대본 작업을 하기는 했지만, 방영된 프로그램에 대해서는 전혀 기억이 나지 않을뿐더러, 비디오가 탄생하기 이전 시기에 어떻게 이런 작품이 만들어질 수 있었는지 도저히 상상이 가지 않는다.

조용히 문 두드리는 소리가 들렸을 때, 로버트 애시턴은 재빨리 무의식적으로 방 안을 살펴보았다. 그다지 화사하지 않지만 기품 있는 방 안 분위기가 무척 맘에 들었고, 누가 와도 틀림없이 맘이 편안해질 터였다. 경찰이 찾아올 만한 이유는 없었지만, 그렇다고 이 상황에서 빠져나갈 수도 없었다.

"들어오세요."

그는 책꽂이에 놓인 플라톤의 『대화편』을 빼 들기 위하여 잠시 시간을 두고 말했다. 약간 과장된 행동으로 보일지 모르지만, 고객들은 언제나 이런 그의 행동에 감명을 받곤 하였다.

천천히 문이 열렸다. 처음에 애시턴은 일부러 방문객은 쳐다보지도 않고 계속 책을 읽는 척했다. 미세하지만 가슴이 조여드는 느낌이 들면서 심장 박동수가 점차 빨라지는 것이 느껴졌다. 물론 경찰일 가능성은 거의 없었다. 누군가가 모자에 손을 대고 가볍게 인사를 하는 듯했다. 그렇지만 예고 없이 찾아오는 방문객은 예외적인 존재였고, 따라서 잠재적인 위험을 내포하고 있었다.

애시턴은 책을 내려놓고 문 쪽을 바라보고는 불분명한 목소리로 말했다.

"무슨 일이시죠?"

그는 몸을 일으키지 않았다. 그런 의례적인 인사치레는 상당히 오래 전에 그만두었다. 게다가 상대방은 여자였다. 지금 그가 만나는 부류의 사람 중에서 여자들은 보석이나 옷, 그리고 돈을 받는 일에 익숙해 있었지, 존경과는 거리가 멀었다.

그렇지만 지금 눈앞에 서 있는 여성에게는 자연스럽게 일어나도록 만드는 알 수 없는 무언가가 있었다. 단순히 그녀가 아름다웠기 때문만은 아니었다. 그녀는 기품이 있었고, 그가 사업상 만나는 화려하면서도 경박한 여자들과는 다른 차원의 당당함이 자연스럽게 몸에서 배어나고 있었다. 그녀의 차분하고 남을 평가하는 듯한 눈동자 뒤에는 분명한 목표와 총명한 두뇌가 자리하고 있었다. 애시턴은 그녀의 지성이 자신과 대등하다고 생각하였다.

그는 자신이 얼마나 그녀를 과소평가했는지 알지 못했다.

그녀가 입을 열었다.

"애시턴 씨. 피차 시간 낭비하는 일은 없도록 하죠. 저는 당신이 누구이며 어떤 일을 하고 있는지 잘 알고 있어요. 여기 제 신분증이 있어요."

그녀는 맵시가 있으면서 커다란 핸드백을 열더니 두툼한 서류 봉투를 꺼냈다.

"일단 견본으로 이것들을 살펴보세요."

애시턴은 그녀가 성의 없이 건네주는 서류 봉투를 받아 들었다. 그는 인생에서 지금껏 이렇게 큰돈을 만져 본 적이 없었다. 적어도 5파운드짜리 지폐가 100장은 족히 넘어 보였고, 모두 일련번호가 나란히 찍혀 있는 신권이었다. 손가락 사이에 끼우고 촉감을 느껴 봤다. 만약 위조지폐라 할지라도 참으로 훌륭하게 위조가 되어 돈을 쓸 때 아무 문제가 없을 듯했다.

그는 표시가 되어 있는 카드 다발을 찾기라도 하는 것처럼 돈다발 가장자리를 따라 엄지손가락을 움직여 보았다. 그러고는 조심스럽게 말했다.

"어디서 구했는지 알고 싶군요. 만약 위조지폐가 아니라면, 방금 출고된 것이니 시간이 조금 지나야 통용되겠네요."

"위폐 아니에요. 방금 전까지만 해도 영국 은행에 있었던 것이죠. 만약 쓸모없으면 불속에 던져 버리세요. 단지 사업상 할 일이 있다는 것을 보여 주기 위해서 가져온 거예요."

"계속하시죠."

그는 하나밖에 없는 의자를 그녀에게 양보하고 자신은 책상 모서리에 균형을 잡고 앉았다.

그녀는 커다란 핸드백에서 서류 뭉치를 꺼내 건네주었다.

"만약 여기 적힌 물품을 제가 원하는 시간과 장소에 안전하게 전달해 주시기만 한다면, 원하시는 만큼 수고비를 드리겠어요. 게다가 아무런 신변상의 위험 없이 저 돈뭉치도 쓸 수 있도록 보장해 드리죠."

애시턴은 목록을 보고 한숨을 쉬었다. 미친 여자였다. 그렇지만 비위를 맞춰 줄 필요가 있었다. 이 목록의 출처에는 더 많은 돈이 더 있을지도 몰랐다.

그는 부드럽게 말했다.

"이 목록에 있는 물품은 모두 대영박물관에 소장되어 있는 것 같군요. 그리고 대부분은 말 그대로 부르는 게 값이라고 할 만하지요. 즉 이 물품을 사는 것도, 또한 파는 것도 불가능하다는 거지요."

"그것들을 팔고 싶지는 않아요. 저는 골동품 수집상이에요."

"그렇겠지요. 이 물건들을 위해서 얼마나 지불하실 수 있나요?"

"말만 해요."

잠시 침묵이 흘렀다. 애시턴은 가능성을 타진해 보았다. 전문가로서 자기 일에 자긍심이 있었지만, 세상에는 돈 가지고도 안 되는 일이 있는 법이다. 그렇지만 돈을 얼마나 요구할 수 있을지 지켜보는 것도 즐거운 일이라고 생각했다.

"대략 100만 정도면 합당한 거래라고 생각합니다."

애시턴은 빈정대듯 말했다.

"제 말을 심각하게 받아들이지 않고 계시는 것 같아 유감이군요. 그 조건에 계약을 맺으시면 이 일을 반드시 처리해 주셔야 해요."

갑자기 불이 번쩍하더니 공중에서 불꽃이 반짝거리기 시작했다. 애시턴은 목걸이가 땅에 떨어지기 전에 얼른 낚아챘다. 자신도 모르게 그는 기쁨의 탄성을 질렀다. 그의 손가락 사이에서 엄청난 물건이 빛을 발하고 있었다. 가운데 자리 잡고 있는 다이아몬드는 지금껏 보았던 것 중에서 가장 거대했다. 아마도 세상에서 가장 유명한 보석 중에 하나이리라.

의뢰인은 그가 목걸이를 주머니에 넣는 것을 보고도 무관심한 것 같았다. 애시턴은 갑자기 자신이 심하게 흔들리고 있음을 알아차렸다. 그녀가 아무런 행동도 하고 있지 않다는 것을 그는 잘 알고 있었다. 그녀에게 그 보석은 설탕 덩어리와 별반 다르지 않았다. 이 일은 상상할 수도 없는 규모의 미친 짓이었다.

그가 말했다.

"일단 당신이 돈을 낼 수 있다고 칩시다. 그런데 물리적으로 당신이 요구한 것들을 실행할 수 있을지 상상이나 해 봤습니까? 이 목록에 있는 물건 중에서 하나라도 훔치는 순간, 대영박물관은 경찰들로 꽉 찰 겁니다."

주머니에 여전히 목걸이가 있기 때문에, 그는 솔직해지기로 했다. 게다가 이 놀라운 방문객에 대해서 좀 더 알고 싶은 마음도 들었다.

그녀는 뒷걸음치는 어린아이를 달래는 것처럼 다소 슬픈 웃음을 지어 보였다.

"만약 방법을 가르쳐 드린다면, 할 의향은 있으세요?"

그녀가 부드럽게 말했다.

"그럼요. 100만을 위하여."

"내가 여기 들어온 이후에 이상한 점을 하나도 느끼지 못했나요? 너무 조용하지 않나요?"

애시턴은 귀를 기울였다. 세상에! 그녀 말이 맞았다. 이 방은 한밤중에도 이렇게 조용한 적이 없었다. 지붕에서는 항상 바람 소리가 들렸는데, 모두 어디로 사라졌단 말인가? 멀리서 들리던 자동차 소리도 모두 멈춰 버렸다. 5분 전에는 도로 끝에 있는 조차장에서 옆 선로로 이동하는 기관차 소리를 저주하지 않았던가. 도대체 무슨 일이 일어났단 말인가?

"창문으로 가 보세요."

그는 아무리 통제하려고 해도 말을 듣지 않는 손가락을 이용하여, 그녀의 말대로 천천히 장식이 달린 커튼을 한쪽으로 젖혔다. 이윽고 그는 마음을 놓을 수 있었다. 거리는 아침이면 언제나 그렇듯이 텅 비어 있었다. 지나다니는 차가 없으니 당연히 소리가 들릴 턱이 없었다. 그는 조차장을 향해 줄 지어 서 있는 음침한 집들을 훑어보았다.

그가 놀라 몸이 뻣뻣해지는 것을 보고 방문객이 미소를 지어 보였다.

"애시턴 씨, 뭘 보셨나요?"

그는 창백한 얼굴을 하고는 침을 꿀꺽 삼키며 천천히 몸을 돌렸다.

"당신, 뭐야? 마녀야?"

그는 숨을 헐떡거렸다.

"바보 같은 소리 마세요. 아주 간단해요. 변한 것은 세상이 아니에요. 바로 당신이지."

애시턴은 믿을 수 없다는 듯이 조차장에 있는 기관차들, 그리고 기차에서 나온 증기 구름이 솜사탕처럼 차갑게 얼어붙은 모습을 바라보았다. 그는 구름조차 움직이지 않는다는 걸 깨달았다. 구름들은 하늘 위로 쏜살같이 질주하고 있어야 했다. 주위에 있는 모든 것들이 고속 촬영 사진처럼 기이하게 멈춰 있었다. 눈앞 풍경의 비현실성이 대번에 실감이 났다.

"비록 어떻게 이런 일들이 일어났는지 알 수는 없겠지만, 어떤 일이 일어났는지 정도는 충분히 알 수 있을 거라고 생각해요. 시간축이 변화했어요. 외부 세계의 1분이 이 방 안에서는 1년이라고 할 수 있겠네요."

다시 그녀는 핸드백을 열고 일련의 다이얼과 스위치가 장착된 은색 금속으로 만든 팔찌를 꺼내 놓았다.

"이건 개인용 동력기라고 불러도 될 것 같군요. 팔에 차게 되면, 천하무적이 되지요. 아무런 방해 없이 이곳저곳 드나들 수 있어요. 이 목록에 있는 것들을 모두 다 훔칠 수 있고요. 그리고 경비가 눈을 한 번 깜빡이기도 전에 저에게 그 물건들을 가져오실 수도 있지요. 일이 끝나고 나면 멀리 떠나 역장을 원래 상태로 돌려놓고 일상적인 삶으로 다시 돌아올 수 있어요.

이제 제 말을 주의 깊게 잘 듣고 제가 말하는 대로 하세요. 역장은 직경 2미터에 걸쳐 영향을 미쳐요. 그러니까 반드시 다른 사람과 2미터의 거리를 유지하셔야 해요. 두 번째로 일이 끝나, 제가 돈을 드리기 전까지는 절대로 스위치를 꺼서는 안 돼요. 이게 가장 중요한 사항이에요. 이제 제가 세운 계획을 설명해 드리지요……."

인류 역사상 그 어떤 범죄자도 이처럼 막강한 힘을 가지 적이 없었다. 무척이나 흥분되는 일이었다. 그렇지만 애시턴은 여전히 자신이 이 일에 익숙해질 수 있을지 궁금했다. 그는 적어도 일이 끝나 수고비를 챙기기 전까지는 이 현상을 이해하려는 시도를 포기했다. 아마도 그는 영국에서 멀리 떨어진 곳에서 풍족한 노년을 보내게 될 것이다.

방문객은 그보다 몇 분 일찍 집을 나섰지만, 그가 집 밖에 발을 내딛었을 때도 거리의 풍경에는 아무런 변화도 일어나지 않았다. 비록 사전에 짐작은 하고 있었지만, 그 놀라움은 여전히 당혹스러울 정도였다. 애시턴은 서두르고 싶은 충동이 일었다. 마치 기계가 멈춰 이 현상이 끝나 버리기 전에 일을 빨리 끝마쳐야만 할 것 같았다. 그렇지만 그는 그런 일은 없을 거라고 확신했다.

번화가에 이르렀을 때, 그는 얼어붙은 교통 흐름과 마비된 보행자들을 보기 위해 속도를 늦췄다. 경고 받은 대로 사람들이 그의 영역 안으로 들어오지 못하도록 일정한 거리를 유지하기 위하여 주의를 기울였다. 바보처럼 입을 반쯤 닫은 채로, 움직이고 있을 때의 우아함이 빠져나간 마비된 사람들의 모습은 무척 우스꽝스럽게 보였다.

도움을 구하는 것이 성미에 맞지는 않았지만, 이 일은 혼자 힘으로 하기에는 역부족이었다. 게다가 후하게 보상을 해 줘도 티도 안 날 만큼 돈도 두둑했다. 애시턴은 쉽게 겁먹지 않을 정도로 똑똑하거나, 모든 걸 당연하게 받아들일 정도로 어수룩한 사람을 물색하는 것이 가장 어려운 일임을 잘 알고 있었다. 그는 첫 번째 가능성을 시험해 보기로 하였다.

토니 마르체티가 있는 곳은 경찰서에서 아주 가까이 있는 골목이었기 때문에 친구들은 지나친 위장 작전이라고 생각했다. 골목 입구를 지나치면서 애시턴은 책상에 앉아 근무 중인 경관을 흘긋 보았고, 건물에 들어가 잠시 재미를 보고 싶은 유혹을 물리쳐야만 했다. 이런 종류의 일이라면 나중에 해도 되었다.

토니의 아파트 문에 다가서자마자 문이 열렸다. 이런 종류의 일은 정상적인 세계에서나 자연스럽게 일어나는 것으로, 애시턴은 금방 이 일의 의미를 깨달았다. 발전기가 고장 나기라도 했단 말인가? 서둘러

거리를 내다본 그는 얼어붙은 거리의 풍경을 보고 나서야 마음을 놓았다.

"이거 밥 애시턴 아닌가!" 친숙한 목소리가 들려왔다. "이렇게 아침 일찍 자네를 만나게 되다니. 이상한 팔찌를 차고 있네그려. 난 나 혼자 가지고 있는 줄 알았는데."

"안녕, 아람. 우리가 모르는 일들이 많이 발생한 것 같은데. 토니하고 계약했나? 아니면 아직도 그는 백수 신세인가?"

"미안하네. 잠시 동안 그를 바쁘게 만들 용건이 우리 둘 다한테 있는 것 같군."

"두말하면 잔소리지. 내셔널 갤러리나 테이트 갤러리에서의 일이지."

아람 알벤키안은 자신의 염소수염을 매만졌다.

"누구에게 들었나?"

"아무도. 그렇지만 자넨 미술상 중에서도 가장 교활한 사람이니, 무슨 일이 있는 것은 아닌가 생각하게 되었지. 키 크고 멋있는 금발의 여인이 그 팔찌하고 쇼핑 목록을 주던가?"

"왜 대답해야 하는지는 잘 모르겠지만, 대답은 '아니오'일세. 남자가 주더군."

애시턴은 잠시 놀라움을 금할 수 없다가 이내 어깨를 으쓱해 보였다.

"하나가 아니라 그 이상이 있을 거라고 추측해 봤어야 하는데. 배후에 누가 있는지 알고 싶군."

"그럴싸한 답이라도 있나?"

알벤키안이 신중하게 물었다.

애시턴은 상대방의 반응을 시험해 보려면 약간 정보를 흘리는 위험도 감수해야 하겠다고 마음을 먹었다.

"그들이 돈에 관심이 있지 않다는 것은 자명한 일이야. 그들은 자신들이 원하는 건 전부 가지고 있고, 이 기계를 이용해서 더 많은 것을 얻을 수 있지. 이걸 나에게 보여 준 여인은 자신이 골동품 수집상이라고 말하더군. 농담으로 받아들였는데, 이제 보니 꽤 진지했던 것 같아."

"그런데 왜 우리를 엮어 넣은 걸까? 스스로 못할 일도 아닐 텐데?"

알벤키안이 물었다.

"아마도 두려움 때문이거나, 아니면 우리의 특화된 지식이 필요한지도 모르지. 내 목록에 있는 일부 물품은 사전 조사가 끝난 것들이야. 추측건대 그들은 정신 나간 갑부의 대리인일 거야."

그다지 신빙성이 없는 이론이란 걸 애시턴도 알고 있었다. 그래도 알벤키안이 정보를 흘리지 않을까 기대하는 마음에서 한 말이었다.

"친애하는 애시턴." 상대방이 참을 수 없다는 듯 손목을 잡으면서 이야기했다. "이 작은 물건에 대해 설명할 수 있나? 비록 과학에 관해서는 아무것도 모르지만, 이 기계가 우리 기술력으로 꿈꿀 수 있는 것 이상이라는 건 나도 알고 있네. 추론할 수 있는 결론은 단 한 가지야."

"계속해 보게."

"이 사람들은 어딘가 다른 곳에서 온 사람들이야. 우리가 사는 이 세상은 체계적으로 약탈당하고 있고. 자네도 로켓이나 우주선에 관해 읽어 봤겠지? 그러니까 누군가가 이미 그것을 해낸 거야."

애시턴은 웃지 않았다. 그의 이론은 사실이라기보다는 조금 공상적
으로 들릴 뿐이었다.

"그들이 누구든 간에 자신들의 입장을 잘 알고 있는 것 같아. 몇 개
팀으로 이루어져 있는지 궁금하군. 루브르 박물관이나 프라도 미술관
도 지금 이 순간 살펴보고 있는지도 모르지. 날이 밝기 전에 세상은
충격에 휩싸일 거야."

그들은 우호적인 분위기에서 헤어졌지만, 자신들의 사업이 가진
중요성에 대해서는 어떠한 언급도 하지 않았다. 잠시 동안 애시턴은
토니를 매수할까 했지만, 알벤키안을 적으로 돌릴 필요는 없었다. 스
티브 리건을 만날 생각이었다. 그러자면 타고 갈 교통수단이 없으니,
1킬로미터 이상을 걸어가야 했다. 아마 버스가 목적지까지 데려다 주
기 전에 그가 먼저 늙어 죽을 것이다. 애시턴은 역장 발동기를 작동시
켜 놓은 상태에서 자동차를 운전하면 어떤 일이 생길지 알 수 없었다.
게다가 이걸로는 아무 실험도 하지 말라는 경고까지 받은 상태였다.

자타가 공인하는 저능아 스티브조차도 가속 장치를 침착히 다루는
것을 보고 애시턴은 깜짝 놀라지 않을 수 없었다. 스티브가 유일하게
읽는 연재만화에 뭔가 색다른 효과가 있는 모양이었다. 아주 간단한
설명을 하고 나자, 놀랍게도 스티브는 방문객이 아무런 언급 없이 주
고 간 여분의 팔찌를 손목에 찼다. 이윽고 그들은 큰 일을 치르기 위
해 박물관으로 향했다.

애시턴과 동료는 만반의 준비를 했다. 잠시 쉬기 위하여 공원 벤치
에 앉아 샌드위치를 먹으며 숨을 고르기도 했다. 마침내 박물관에 도

착했을 때, 그들은 모두 이 상태에 익숙해졌다.

그들은 박물관 출입문으로 함께 걸어 들어갔고, 현관에 이르는 거대한 돌층계를 올라갔다. 그들은 딱히 이유는 없지만 속삭일 수밖에 없었다. 애시턴은 어디로 가야 하는지 명확히 알고 있었다. 묘한 장난기가 발동한 애시턴은 조각상처럼 앉아 있는 직원들을 지나치면서, 멀찌감치 떨어져 박물관 이용권을 제시하였다. 그 거대한 방 안을 차지하고 있는 사람들은 가속 장치의 도움 없이도 항상 그랬듯이 일정한 모습을 유지하고 있었다.

목록에 있는 책을 수집하는 건 지루하고 단조로운 일이었다. 책들은 문학적인 내용뿐만이 아니라 미적인 취향에 따라서도 선택된 것처럼 보였다. 또한 그 일에 대해서 잘 알고 있는 누군가가 작성한 모양이었다. 애시턴은 그들 스스로 이 목록을 작성했는지, 아니면 자신을 매수했듯 다른 전문가들을 매수해서 목록을 작성했는지 궁금했다. 이 음모가 가져올 결과를 그들이 생각해 본 적이 있는지 궁금했다.

해야 할 일이 산더미처럼 쌓여 있었지만, 애시턴은 쓸모없는 책까지도 상하지 않게 하려고 조심스럽게 일했다. 옮기기 적당한 크기로 짐을 꾸리면, 스티브가 정원으로 이것들을 나르고 포석 위에 작은 피라미드가 만들어질 때까지 쌓아 올렸다.

잠시 가속 장치의 자기장 밖으로 나가는 건 별로 문제가 되지 않았다. 그들이 잠깐씩 모습을 드러내는 데 신경 쓸 사람은 없었다.

그들은 그들 시간으로 두 시간을 도서관에서 보냈다. 다음 일을 시작하기 전에 잠시 스낵을 먹기 위해 멈춰 섰다. 도중에 애시턴은 잠깐 사적인 볼일을 보았다. 홀로 장엄하게 서 있는 작은 상자 안에서 보물을 꺼내는데 유리판이 딸랑 소리를 냈다. 그러고는 『이상한 나라의 엘리스』의 원고가 그의 주머니 속으로 사라졌다.

골동품에 관해서는 이상하다고 느끼지 않을 수 없었다. 어떤 화랑에 가더라도 있을 법한 것을 목록에 적었을 뿐만 아니라, 때때로 왜 그런 것을 선택했는지 의심스러울 때도 있었다. 다시 한 번 알벤키안의 말을 떠올리며, 완전히 예술적 취향이 다른 이방인이 꼽은 목록이라는 생각이 들었다. 이번 목록은 몇 가지를 제외하고는 전문가의 도움을 받은 것 같지 않았다.

역사상 두 번째로 포틀랜드 화병의 케이스가 산산조각이 났다.(현존하는 로마의 유리 제품 중 가장 뛰어나다고 평가받는 포틀랜드 화병은 1845년 한 번 깨졌다가 복원되었다 ─ 옮긴이) 5초가 지나면 온 박물관에 알람이 울려 퍼지고 건물 전체가 야단법석을 부릴 것이라고 애시턴은 생각했다. 그리고 5초가 지나면 그는 저 멀리 떨어져 있을 것이다. 이런 생각에 그는 매혹될 수밖에 없었고, 계약을 완수하기 위해 신속하게 일을 하면서 자신이 제시한 액수를 후회하기 시작했다. 아직도 그다지 늦지는 않았다.

스티브가 밀덴홀의 유보(遺寶) 중에서 은쟁반을 정원으로 날라 거대한 꾸러미 옆에 놓는 것을 지켜보면서 그는 훌륭한 장인의 만족감을 느낄 수 있었다. 그가 말했다.

"그거면 충분해. 오늘 밤에 내가 다 정리할게. 이제 이 기계를 벗어버리자고."

그들은 하이홀본 가로 걸어 나와 근처에 행인들이 거의 다니지 않는 외진 골목으로 들어섰다. 애시턴은 그 기이한 버클을 풀고 움직이지 못하는 세상 속에 얼어붙어 버린 자신의 동료에게서 물러섰다. 스티브는 시간의 흐름 속에서 다른 사람들과 같은 상태가 되어 버렸다. 그렇지만 알람이 울리기도 전에 그는 런던의 군중 속에 파묻히게 될 것이다.

그가 다시 박물관 정원에 들어섰을 때, 이미 보물들은 사라지고 없었다. 보물들이 있던 자리에는 예의 그 방문객이 서 있었다. 도대체 얼마나 오랜 시간 동안? 그녀는 여전히 기품 있고 우아했지만 다소 피곤해 보인다고 애시턴은 생각했다. 그는 그들의 역장이 융합되는 지점까지 다가갔고, 마침내 그들은 침묵의 강을 건너 한자리에 서게 되었다. 그가 말했다.

"만족하셨길 바랍니다. 어떻게 그렇게 빨리 물건들을 치우셨죠?"

그녀는 자신의 팔목에 찬 팔찌를 가리키고는 희미한 미소를 지어 보였다.

"우리는 이것 말고도 다른 능력도 있어요."

"그렇다면 왜 제 도움이 필요했죠?"

"그건 기술적인 면과 관련 있어요. 우선 다른 물질로부터 우리가 원하는 물건들을 분리해야만 하거든요. 이런 방식으로 우리는, 뭐라고 할까, 우리의 한정된 운송 장치를 효과적으로 사용해서 원하는 것을 얻을 수 있죠. 그럼 이제 팔찌를 돌려주시겠어요?"

애시턴은 들고 있는 팔찌를 천천히 건네주었지만, 자기 것은 풀지 않았다. 분명 그의 행동에는 위험이 따르겠지만, 그건 위험이 발생하면 그 순간 포기하면 되는 것이었다. 그가 말했다.

"전 제가 원한 보수의 액수를 줄이고자 합니다. 사실 아무런 보상도 필요치 않아요. 대신 이것을 주세요."

그는 햇빛 아래서 반짝이고 있는 정교한 금속 밴드를 만져 보았다.

그녀는 깊이를 알 수 없는 모나리자의 미소를 띠고서 그를 바라보았다. (「모나리자의 미소」도 그가 탈취한 보물들과 함께 사라지게 될지 궁금했다. 그들은 루브르 박물관에서 얼마나 많은 보물을 탈취했을까?)

"저는 당신의 수고비를 줄이고 싶지 않아요. 이 세상에 있는 돈을 다 준다고 해도 이 팔찌 하나를 살 수 없어요."

"제가 당신에게 드린 보물들도 그렇죠."

"애시턴 씨, 당신은 탐욕스러운 분이군요. 당신은 이 가속 장치만 있으면 세상 모든 것을 차지할 수 있다는 사실을 너무도 잘 알고 있어요."

"그래서요? 이제 당신이 원하는 것을 얻었는데도, 아직도 우리 행성에 관심이 있나요?"

잠시 침묵이 흘렀다. 예기치 않게 그녀가 웃기 시작했다.

"그럼 당신은 제가 이 세상 사람이 아니라고 생각하나 보죠?"

"그럼요. 그리고 당신이 저 말고 다른 대리인을 두고 있다는 것도 알고 있어요. 화성에서 왔나요? 아니면 신분을 밝힐 수 없나요?"

"아니요. 기꺼이 말해 드리죠. 그렇지만 제가 대답하면 당신은 고맙다고 하지 않을걸요."

애시턴은 조심스럽게 그녀를 바라보았다. 도대체 무슨 말을 하는 거지? 자신도 모르게, 그는 팔찌를 보호하기 위하여 손목을 등 뒤에 감추었다.

"저는 화성에서 온 것도 아니고 당신이 들어 보지 못한 행성에서 온 것도 아니에요. 제가 무엇인지 이해할 수 없을 거예요. 그렇지만 이것만은 말해 드릴게요. 서는 미래에서 왔어요."

"미래라고요? 터무니없군요."

"그래요? 왜 왔는지 알고 싶지 않으세요?"

"만약 그런 일이 가능하다면, 우리의 과거는 시간 여행을 하는 사람들로 완전히 가득 차 버렸겠죠. 게다가 귀류법에 걸려요. 과거로 가는 것은 현재를 바꿀 것이고, 이는 수많은 역설을 만들게 되죠."

"비록 당신이 생각하는 것처럼 참신하지는 않지만, 아주 좋은 지적이에요. 그렇지만 이런 지적은 일반적으로 시간 여행에 대한 가능성, 그 자체에 대해 논박할 뿐, 지금 우리가 관계하고 있는 이런 특별한 경우에는 해당되지 않아요."

"그 특별한 경우란 무엇이죠?"

"아주 드물게 거대한 양의 에너지 방출로 인해서, 우리는 시간 내에 특이점을 만들어 낼 수 있어요. 이 특이점이 생성된 아주 짧은 시간 동안, 과거는 미래와 연결되죠. 하지만 아주 제한적이에요. 우리는 당신에게 정신을 보낼 수는 있어도 몸은 보낼 수 없거든요."

"그럼 지금 제가 보고 있는 당신의 모습은 빌린 것이란 말이에요?"

애시턴이 말했다.

"오! 당신에게 보답을 한 것처럼, 이 사람에게도 보답을 했어요. 이 몸의 소유주도 동의했고요. 우리는 이런 일을 할 때 아주 양심적이죠."

애시턴은 재빨리 머리를 굴리기 시작했다. 만약 이 이야기가 사실이라면 그는 커다란 이득을 챙길 수 있었다.

"그렇다면 당신은 물질에는 직접적인 통제권을 행사할 수 없고, 인간 대리인을 통해서만 일할 수 있다는 것이죠?"

"그렇죠. 이 팔찌도 여기에서 만들어진 것이에요. 물론 우리의 마인드 컨트롤을 통해서이지만요."

그녀는 자신의 약점을 모두 드러내면서 너무 많은 이야기를 해 버린 셈이었다. 애시턴의 마음속에서 경고등이 깜빡거리고 있었지만, 그는 물러서기에는 이미 너무 깊숙이 들어와 있었다.

그는 천천히 말을 이었다.

"그럼 이 팔찌를 당신에게 돌려주지 않더라도 강제력을 행사할 수 없겠네요."

"확실히 그렇죠."

그녀는 지금 그를 향해서 웃고 있었지만, 그 웃음 뒤에는 뼛속까지 사무치게 만드는 무엇인가가 담겨 있었다. 그녀가 조용히 말했다.

"애시턴 씨. 우리는 원한 살 만한 사람들도, 나쁜 사람들도 아니에요. 제가 지금 하려고 하는 일은 정의에 부합하는 일이에요. 당신은 그 팔찌를 달라고 했어요. 이제 당신에게 그게 얼마나 유용한 것인지 말씀드릴게요."

잠시 동안 애시턴은 가속 장치를 돌려주고 싶은 강한 욕망에 사로잡혔다. 그녀는 그의 생각을 읽었음에 틀림없었다.

"아니요, 너무 늦었어요. 저는 당신이 그것을 계속 가지고 있으면 해요. 그리고 한 가지, 확실히 하고 싶은 것이 있어요. 그것은 닳아 없어지지 않아요. 그건 당신이 살아가는 동안 계속 당신과 함께할 거예요. (그녀는 다시 예의 그 알 수 없는 미소를 지었다.)

잠시 산책할 수 있을까요, 애시턴 씨? 저는 여기 일을 끝마쳤거든
요. 그리고 이곳을 영원히 떠나기 전에 당신들 세상을 마지막으로 보
고 싶어요.”

그녀는 철문을 향해서 몸을 돌리고는 대답을 기다리지도 않았다.
애시턴은 호기심에 가득 차서 그녀를 따라갔다.

그들은 침묵 속에서 토튼햄 법원로의 얼어붙은 차들이 모습을 드러
낼 때까지 걸었다. 잠시 동안 그녀는 바빠 보이는 모습들이면서도 움
직이지 않고 있는 군중들의 모습을 바라보았다. 그러고는 한숨을 쉬
었다.

“저는 당신과 이들에게 미안함을 느낍니다. 당신이 어떻게 되었을
지 궁금하기도 해요.”

“무슨 말이죠?”

“애시턴 씨. 당신은 방금 미래는 과거에 침입할 수 없다고 했죠? 그
러면 역사가 완전히 바뀔 테니까. 맞는 말이지만 미안하게도 잘못 짚
었어요. 이미 당신의 세계는 바뀔 역사가 존재하지 않는답니다.”

그녀는 길 건너편을 가리켰고, 애시턴은 천천히 돌아섰다. 그곳에
는 신문 더미 위에 웅크리고 있는 신문팔이 소년만 있었다. 미풍 속에
서 벽보 하나가 커다란 곡선을 그리며 정지된 세상을 관통하는 바람에
날리고 있었다. 애시턴은 조잡하게 인쇄된 글씨를 어렵게 읽어 냈다.

오늘 초대형 폭탄 실험

자신의 목소리가 무척이나 먼 곳에서 들리는 것 같았다.

"시간 여행이 거대한 양의 에너지 분출을 요한다고 제가 말씀드렸
지요. 애시턴 씨, 그것은 단순히 폭탄을 하나 투하해서 되는 게 아니
에요. 그렇지만 그 폭탄이 뇌관으로 작용할 수 있죠……."

그녀는 발밑에 있는 단단한 대지를 가리켰다.

"당신은 당신 행성에 대해서 알고 있는 게 있나요? 아마도 아닐 거
라고 생각해요. 당신의 종족은 지식이 너무 얕아요. 그러나 당신 종족
의 과학자들조차 3600킬로미터 아래 밀도가 높은 액체 핵이 존재한
다는 사실은 알고 있죠. 그 핵은 압축된 물질로 만들어져 있고, 두 개
의 안정된 상태에서 존속할 수 있어요. 어떤 자극이 가해지면, 하나의
상태에서 다른 상태로 변화하는데, 마치 시소를 손가락 하나로 움직
일 수 있는 것과 같아요. 그렇지만 애시턴 씨, 그 변화는 당신들이 사
는 세상이 만들어진 이후로 지금까지 발생한 모든 지진을 합친 것만
큼의 에너지를 방출할 거예요. 대양과 대륙은 지구 밖으로 날아가 버
릴 것이고, 태양은 두 번째 소행성대를 가지게 되겠죠.

이 지각 변동은 수 세대에 걸쳐서 그 여파를 전달할 것이고, 우리로
하여금 당신들의 세상으로 올 수 있는 순간적인 틈을 주게 되겠죠. 이
순간 동안 우리는 당신 세상의 보물을 구하고자 노력한 거예요. 그게
우리가 할 수 있는 전부예요. 비록 당신의 동기가 이기적이며 완전히
부정직했다고 할지라도, 당신은 의도하지 않는 사이 당신 종족을 위
해 충분한 봉사를 한 거예요.

이제 저는 지금으로부터 수십만 년 뒤의 폐허가 된 지구에서 저를
기다리고 있는 제 우주선으로 돌아가야만 해요. 그 팔찌는 가져도 상
관없어요."

퇴각은 순간적으로 이루어졌다. 그녀는 갑작스럽게 자리에 얼어붙어 조용한 거리의 다른 동상처럼 변해 버렸다. 그는 완전히 혼자였다.

혼자라는 것! 애시턴은 그의 눈앞에 있는 빛나는 팔찌를 들어 올렸다. 그는 그 정교한 세공과 그것이 감추고 있는 힘에 매료되어 있었다. 그는 거래를 했고, 그것을 가질 수 있었다. 그는 자신에게 주어진 생을 다 살아갈 수 있었다. 다른 사람들이 결코 알지 못한 고독이라는 대가를 지불하고서. 만약 그가 역장을 꺼 버리면, 인류 역사의 마지막이 가차 없이 사라지고 말 터였다.

몇 초 만에? 사실 세상에는 그보다 더 짧은 시간만이 허락되어 있었다. 이미 폭탄이 터질 시간이 지났다는 사실을 알고 있었기 때문이다.

그는 포장 도로 가장자리에 앉아 생각하기 시작했다. 두려움에 빠질 필요는 없었다. 당황하지 말고 차분히 사태를 받아들여야만 했다. 무엇보다도 그에게는 많은 시간이 주어져 있었다.

세상의 모든 시간이……

90억 개의 이름을 가진 신
| The Nine Billion Names of God |

1953년 프레드릭 폴이 편찬한 『항성 과학 소설 1(Star Science Stories 1)』에 처음 수록.
작품집 『하늘의 저편』에 재수록

이것은 읽고 평가해 줄 만한 인물 중 최고의 권위를 지닌 이에게서 흐뭇한 반응을 이끌어 낸 이야기이다. 바로 달라이 라마 말이다.

"이건 다소 특이한 주문이로군요." 이 정도 절제력이면 칭찬받을 만하지 않는가 생각하며, 와그너 박사는 말했다. "티베트 수도원에 자동 연산 컴퓨터를 제공해 달라는 요청은 제가 아는 한 처음인 것 같습니다. 꼬치꼬치 캐묻기는 싫지만, 댁네……, 그러니까, 시설에서 그런 기계를 쓸 일이 있을 거라고는 도무지 생각하기 어렵군요. 그 기계로 뭘 하실 생각인지 설명해 주실 수 있겠습니까?"

"물론이죠." 조금 전까지 환율을 계산하는 데 사용한 산판을 조심스럽게 한쪽으로 밀어 놓고는 실크 승복을 가다듬으며 라마승이 대답했다. "당신의 마크 파이브 컴퓨터는 10자리수까지 반복적으로 수학 연산을 수행할 수 있는 것으로 압니다. 그러나 저희가 원하는 바는 수가 아니라 문자에 관련된 것입니다. 저희가 희망한 대로 출력 회로를 변형해 주신다면 기계는 일련의 숫자가 아닌 단어들을 출력하겠지요."

"잘 이해가 안 되는데요…….”

"이 작업은 저희가 지난 3세기 동안 추진해 온 일입니다. 사실 라마 사원이 처음으로 설립된 이후부터죠. 당신네들 사고방식에 비추어 본다면 다소 기이한 일일지 모릅니다만, 마음을 열고 제 설명을 주의 깊게 들어 주시길 바랍니다.”

"물론입니다.”

"아주 간단한 이야기입니다. 저희는 신의 이름일 가능성이 있는 이름 전부를 담은 목록을 작성하는 중입니다.”

"네?”

침착하게 라마승이 말을 이었다.

"그 이름들은 모두 저희가 고안한 알파벳 상 아홉 글자를 넘지 않는 선에서 쓸 수 있다고 믿을 만한 근거가 있습니다.”

"그래서 그 일을 3세기 동안이나 해 왔단 말씀이십니까?”

"네. 저희들은 이 작업을 완수하는 데 대략 1만 5000년 정도 소요될 거라고 생각했지요.”

"오!" 와그너 박사는 약간 당황한 기색이었다. "이제 저희 기계를 사용하기로 하신 이유를 알 것 같습니다. 그런데 이 계획의 목적은 정확히 무엇인가요?”

라마승은 몇 초 동안 주저했고, 와그너 박사는 라마승의 기분을 상하게 하지는 않았는지 궁금했다. 설사 그랬다 할지라도, 답변에는 거북해하는 기색이 없었다.

"제의적이라고 하셔도 상관없습니다, 하지만 이는 저희들의 믿음에 있어 아주 근본적인 요소입니다. 신, 여호와, 알라 등등, 최상의 존재를 부르는 그 수많은 이름들은 모두 인간이 지어 붙인 이름표일 뿐입니다. 다소 난해한 철학적 문제가 그 지점에 존재합니다만 굳이 토론은 하지 않도록 하지요. 그러나 가능한 문자 조합들 중 어딘가에는 신의 진짜 이름이라 할 만한 것들이 들어 있을 것입니다. 저희는 문자의 순열을 이용하여 이런 이름들을 모두 목록화하고자 노력하고 있지요."

"알겠습니다. 그럼 여러분은 AAAAAAA……에서 시작하여 ZZZZZZZ……까지 진행해 가시겠군요."

"그렇습니다. 다만 저희 고유의 특수한 문자를 사용해서 하는 것입니다만. 물론 이 문제에 대처하기 위해 전자식 타자기를 변형하는 것이야 별일이 아니겠죠. 그보다 흥미를 가질 만한 문제는 우스운 조합들을 제거할 수 있는 적당한 회로를 고안하는 것이지요. 예를 들자면 같은 문자가 연속해서 세 번 이상 나와서는 안 됩니다."

"세 번? 두 번을 말씀하시는 것이겠죠."

"세 번이 맞습니다. 설령 박사가 저희 언어를 이해하신다고 해도, 그 이유를 설명하자면 시간이 너무 오래 걸릴 것 같군요."

"당연히 그럴 거라 믿습니다." 와그너 박사가 황급히 말했다. "말씀 계속하시지요."

"다행스럽게도 박사의 자동 연산 컴퓨터를 이 일에 맞게끔 개조하는 것은 간단한 일일 겁니다. 일단 프로그램만 올바르게 작성하면 각각의 문자들을 차례차례 순열로 배치하여 결과를 인쇄할 테니까요. 저희가 1만 5000년 걸려 할 일을 기계는 100일이면 할 수 있을 것입니다."

와그너 박사에게는 저 아래 맨해튼의 거리에서 들려오는 희미한 소음들이 거의 들리지 않았다. 그는 다른 세상에 와 있었다. 인간이 만든 세계가 아닌 자연의 세계, 산 속에 와 있는 기분이었다. 이 수도승들이 대를 이어 끈기 있게 의미 없는 단어들의 목록을 작성하기에 매진하고 있는 높은 산 위 오지의 수도원에 말이다. 인간의 어리석음에 과연 한계가 있을까? 그러나 마음속 생각에 귀를 기울여서는 안 된다. 고객은 항상 옳으니까…….

박사가 대답했다.

"물론 이 이름들을 출력하도록 저희가 마크 파이브를 개조할 수 있고말고요. 그보다는 기계를 설치하고 유지하는 문제가 더 염려되는군요. 요즘 같은 때에는 국외로, 티베트로 물건을 반출하는 일이 녹록치 않아서요."

"그 문제는 처리할 수 있어요. 부품들이 작으니 비행기로 운송할 수 있지 않습니까? 박사의 기계를 선택한 이유가 바로 그것입니다. 일단 부품들을 인도로 보내 주실 수만 있다면 그 다음부터는 저희가 운송편을 제공하겠습니다."

"저희 쪽 기술자 두 명을 고용하고 싶으세요?"

"네. 프로젝트가 진행되는 석 달 동안요."

"그 건은 인사과에서 처리해 주리라 확신합니다." 와그너 박사는 책상 위의 메모지 뭉치에 무엇인가를 적었다. "그럼 이제 의논할 것은 딱 두 가지 남았습니다만……."

말을 끝마치지도 않았는데 라마승이 가느다란 종잇조각 하나를 꺼냈다.

"여기 아시아 은행의 제 계좌 잔고 확인 서류입니다."

"고맙습니다. 오, 이 정도면 충분한 것 같습니다. 두 번째는 너무도 사소한 일이라 말씀드리기가 쉽지 않군요. 그렇지만 종종 너무도 분명한 문제들이 간과되는 일이 발생하지 않습니까? 전력은 어떤 것을 쓰시나요?"

"110볼트에 50킬로와트의 전력을 생산하는 디젤 발전기를 사용합니다. 약 5년 전에 갖춘 설비로서 퍽 신뢰할 만합니다. 라마 사원의 생활을 무척 편하게 만들어 주었죠. 그렇지만 물론 그 발전기는 회전식 기도 통에 전기를 공급하기 위해 설치한 것입니다."

"당연히 그러시겠지요." 와그너 박사가 대답했다. "저도 그럴 것이라 생각했습니다."

벼랑 위에서 보이는 풍경은 현기증을 일으킬 만했지만, 사람은 무엇에든 결국 적응하게 마련이다. 3개월이 지나자, 조지 핸리는 600미터나 곤두박질치는 절벽 밑 심연이나 저 멀리 골짜기 아래 자리 잡은 바둑판 모양의 농지를 보고도 아무런 감흥이 일지 않았다. 그는 바람에 매끈하게 깎인 돌에 몸을 기대고 굳이 이름을 알아내려 한 적도 없는 먼 산들을 침울하게 바라보았다.

조지는 이 일이 자신에게 일어난 일 중에서 가장 말도 안 되는 일이라고 생각하였다. '샹그리라 프로젝트'라고 본국 연구실의 재치꾼 하나가 이름을 붙여 주었다. 몇 주 동안 마크 파이브는 뜻도 알 수 없는 글들로 가득 찬 종이를 몇 메이커 분량이나 쉬지 않고 쏟아내고 있었다. 컴퓨터는 아주 냉정하면서도 끈기 있는 자세로 가능한 모든 조합마다 다음 조합으로 넘어가기 전 할 수 있는 모든 배열을 만들어 냈다. 자동 전지 출력기에서 종이 띠가 쏟아져 나오는 대로 라마승들은 조심스럽게 한 장 한 장을 뜯어 엄청난 크기의 책들에 붙여 넣었다. 천만다행으로 일주일만 있으면 작업은 끝이 날 것이다. 그 어떤 아리송한 계산의 결과로 라마승들이 10개나 20개, 어쩌면 100개의 문자까지는 배열해 볼 필요가 없다고 생각하게 되었는지 조지로서는 모를 일이었다. 그는 계획이 수정되는 악몽을 밤마다 되풀이하여 꾸었다. 아무래도 어울리지 않는 이름이지만 다른 라마승들이 자연스럽게 샘 자페라고 부르는 대라마가 나와서 프로젝트를 2060년까지 연장한다고 선언하는 꿈이었다. 그들은 능히 그럴 수 있는 사람들이었다.

조지가 서 있는 벼랑 위 난간으로 척이 걸어 나오자 육중한 나무문이 바람 탓에 쾅 소리를 내며 닫혔다. 언제나 그랬던 것처럼, 척은 라마승들에게 많은 인기를 얻게 해 준 담배를 한 대 피워 물었다. 라마승들은 삶에 존재하는 커다란 기쁨들 중 대부분과 사소한 즐거움 전부를 기꺼이 받아들이려 하는 사람들 같았다. 그건 그들이 가진 장점이었다. 그들은 미쳤을지 모르지만 청교도적인 사람들은 아니었다. 가령, 그들이 종종 마을을 방문할 때면…….

"이봐 조지!" 척이 갑작스럽게 말했다. "아무래도 문제가 발생한 것 같아."

"왜? 기계가 제대로 안 돌아가?"

그거야말로 조지가 상상할 수 있는 최악의 상황이었다. 그렇게 되면 귀국이 늦어질 텐데 그보다 더 끔찍한 일이 있을까! 지금 조지에게는 텔레비전에 나오는 상업 광고조차 하늘에서 내려 주신 양식 같왔다. 적어도 그것은 고향과 그를 연결해 주는 고리로 작용하고 있었던 것이다.

"아니, 그런 문제가 아니야." 척이 난간에 자리를 걸터앉아 말했다. 보통 때는 떨어질까 봐 하지 않는 행동인데 별일이었다. "지금에야 뭘 위해 이 일을 하는 건지 알게 되었단 말이지."

"무슨 소리야? 그건 이미 아는 일이잖아."

"물론 그렇지. 라마승들이 뭘 하려고 하는지는 우리도 알아. 그렇지만 왜 그 일을 하는지는 모른단 말이지. 완전히 정신 나간 일이야……."

"새로운 것이 있으면 말해 봐." 조지가 으르렁거렸다.

"사실 저 샘 영감이 방금 나에게 실토를 했거든. 너도 그가 줄줄이 밀려 나오는 종이 무더기를 보러 매일 오후 시찰을 한다는 건 알지? 그게, 오늘은 아무래도 흥분한 기색이더라고. 아무튼 그 늙은이로서는 최대한 흥분한 것 비슷했어. 지금 우리가 거의 마지막 조합을 처리하는 도중이라고 말을 하자, 그는 귀여운 영어 발음으로 나에게 그들이 어떤 일을 이루려 하는지 궁금하진 않았는지 물어보더군. 내가 물론 궁금하다고 말하니까 얘기를 해 줬어."

"계속해 봐. 들어 줄 테니까."

"흠, 저 작자들은 자기들이 신의 이름을 전부 목록화하면……, 저이들이 믿기로는 대략 90억 개에 달한다고 하는데……, 그 이름들의 목록을 다 만들면 신의 목적이 성취된다는 거야. 이 일을 하기 위해 창조된 인류가 그것을 완수하고 나면 더 이상 살아갈 이유가 없어진다는 거야. 사실 이 생각은 신성 모독이지 싶지만."

"그럼 어쩌자는 건데? 자살이라도 해야 하나?"

"그럴 필요도 없지. 목록이 완성되기만 한다면 신이 모습을 드러내 간단히 모든 일을 다 마무리하실 테니……, 땡!"

"아, 알았어. 우리 일이 끝나면 세상이 끝나게 되는 것이로군."

척은 다소 신경질적인 웃음을 터뜨렸다.

"나도 샘에게 그 말을 했지. 그런데 그가 어떤 반응을 보였는지 알아? 그는 마치 학급 내 바보라도 되는 것처럼 날 이상한 눈으로 쳐다보더니 이렇게 말하더군. '그런 것은 아주 사소한 일일 뿐이에요.'"

조지는 잠시 그 문제에 대해서 생각해 보았다.

"그게 바로 문제를 넓게 바라본다는 것이지." 이윽고 그가 말했다. "그런데 우리가 뭘 어떻게 하자는 거지? 그런들 우리한테야 뭐 하나 달라질 것도 없잖아. 아무튼, 저 작자들이 제정신이 아닌 줄은 벌써부터 알고 있었고."

"그래. 그렇지만 무슨 일이 일어날지 상상이 되지 않아? 목록이 완성되었는데 최후의 나팔에서 아무런 소리도 나지 않는다면, 혹은 그들이 바라는 것이 무엇이든 그 일이 일어나지 않는다면, 아마 우리가 그 책임을 지게 될 거야. 그들이 지금 사용하고 있는 건 우리 기계라고. 난 그런 상황은 절대 사양이야."

"알았어." 조지가 천천히 말했다. "네 말에 일리가 있어. 그렇지만 이런 일들은 전에도 많이 일어난 일이야. 내가 루이지애나에서 살던 어린 시절, 우리 동네에 정신 나간 전도사가 한 명 있었는데 돌아오는 일요일에 이 세상이 멸망할 것이라고 했지. 수 백 명의 사람들이 그의 말을 믿었고 심지어는 집까지 팔아 치웠지. 그렇지만 아무 일도 일어나지 않자 네 생각과는 달리 사람들은 화를 내지 않았어. 그들은 전도사의 계산이 잘못되었다고 단정하고 계속해서 그 말을 믿었어. 아마 지금까지 믿고 있는 사람들도 있을걸.”

“글쎄. 네가 확실히 알고 있는지 모르겠지만 여긴 루이지애나가 아니야. 우리는 단둘이고 라마승은 수 백 명이나 된다고. 난 저 작자들이 맘에 들고 샘 영감의 평생 숙원이 그의 뒤통수를 칠 일이 안타까워. 그렇지만 그건 그거고 난 역시 여기 말고 어디 다른 곳에 있었더라면 싶어?”

“나도 몇 주째 그 마음이야. 그렇지만 계약이 끝나고 우리를 실어내 줄 비행편이 도착할 때까지는 우리가 할 수 있는 일이란 아무것도 없잖아.”

척이 생각에 잠겨 말했다.

“그래도 태업은 할 수 있잖아.”

“말도 안 돼! 그럼 상황이 더 나빠질 거야.”

“그런 뜻이 아니야. 잘 생각해 봐. 지금처럼 하루에 20시간씩 작업을 한다 치면 기계는 지금부터 나흘 후에 작동을 그칠 거야. 교통편은 일주일 있어야 들어오지. 그렇다면 됐어……, 우리가 할 일은 정비 시간에 교체해야 할 부품을 발견하는 것뿐이야. 하루이틀쯤 작업을 중지시킬 만한 걸 찾는 거지. 물론 수리를 해야겠지. 그렇지만 너무 빨리 끝내지는 않을 거야. 시간 조절만 잘 한다면 마지막 이름이 산출되었을 때 우리는 저 아래 비행장에 내려가 있을 수 있어. 그렇게 된다면 붙잡힐 염려가 없지.”

“마음에 들지 않는데.” 조지가 말했다. “난 이전에는 일을 하다 말고 꼬리를 뺀 적이 없다고. 게다가 그런 짓을 하면 의심을 살걸. 안 되겠어. 난 그냥 이곳에 버티고 앉아 결과를 받아들일 거야.”

“난 지금도 이게 마음에 안 들어.” 일주일 후, 몸집이 작은 산지 조랑말 등에 올라 굽이굽이 난 길로 산을 내려가면서 조지가 말했다. “내가 겁이 나서 꽁무니를 뺀다고 생각하진 마. 난 그냥 저 산 위의 딱한 늙다리들이 불쌍할 뿐이야. 자기네들이 얼마나 멍청이였는지를 깨닫게 될 때 그 옆에 서성거리고 싶지 않아서 이러는 거라고. 샘이 결과를 어떻게 받아들일지 궁금하지 않아?”

“우스운 소리일지 몰라도 말이야.” 척이 대답했다. “그렇지만 작별을 고할 때 그 영감은 우리가 아주 떠나는 것인 줄 분명 알고 있다는 느낌을 받았어. 그렇지만 개의치 않는 것 같았지, 기계가 잘 돌아가고 있고 작업이 곧 끝날 테니까. 작업이 끝난 후에는……, 아니야, 그 영감에게야 물론 그 후란 게 아예 없겠지…….”

조지는 안장 위에서 몸을 돌려 산길을 찬찬히 올려다보았다. 지금 있는 이곳에서 조금만 더 가면 라마 사원의 모습을 이렇게 뚜렷이 볼 수 없게 된다. 땅딸막하게 각진 건물들이 해넘이 후의 놀빛을 배경으로 검은 윤곽을 드러내었다. 원양 정기선의 측면에 나 있는 둥근 창문처럼, 군데군데 새어나오는 불빛들이 보였다. 전깃불이고, 물론 마크 파이브와 배선을 공유하고 있는 것들이었다. 저 불빛들이 앞으로 얼마 동안 마크 파이브와 함께할 수 있을까? 조지는 궁금했다. 라마승들이 화가 나거나 실망을 해 컴퓨터를 파괴할까? 아니면 조용히 앉아 처음부터 전부 다시 셈을 시작할까?

그는 지금 이 순간 산 위에서 어떤 일이 일어나고 있는지 정확히 알 수 있었다. 대라마와 그 보조자들이 비단 옷을 걸치고 앉아 어린 라마승들이 출력기에서 가져다주는 종이 묶음을 살펴보고는 풀을 칠해 거대한 책에 붙여 넣고 있을 것이다. 그 누구도 어떤 말도 하지 않을 것이다. 들리는 소리라고는 출력기의 키들이 종이를 치는 끝없는 타닥타닥 소리뿐일 것이다. 왜냐하면 마크 파이브 본체는 초당 수 천 번의 연산을 하면서도 아무런 소음도 내지 않기 때문이다. 그 가운데서 3개월을 보내면 그 어떤 사람이라도 벽을 기어오르고 싶어질 것이라고 조지는 생각했다.

"저기 있다!" 계곡 아래를 가리키며 척이 말했다. "정말 죽여주는군."

조지는 그 말이 옳다고 생각했다. 낡은 DC3 비행기가 활주로 한끝에 작은 은제 십자가 모양으로 내려앉아 있었다. 앞으로 2시간이면 저 비행기가 정신이 바로 박힌 자유로운 세상으로 데려다줄 것이다. 그런 생각만으로도 질 좋은 리큐어를 한잔 하는 기분이었다. 조랑말이 착실한 걸음으로 비탈길을 내려가는 동안 조지는 연신 그 생각을 즐겼다.

신속히 닥쳐오는 히말라야 고산지대의 밤이 거의 그들을 덮어 오는 참이었다. 다행히 길은 그 지역의 길이 그렇듯이 상태가 좋았으며 그들은 둘 다 토치를 가지고 있었다. 살을 에는 추위를 제외하고는 불편한 점도, 조금의 위험 요소도 존재하지 않았다. 하늘은 구름 한 점 없이 완벽하게 맑았고 친숙한 별들이 환히 빛났다. 조종사가 기상 문제로 인해서 이륙을 하지 못하는 사태가 발생할 일은 없다고 조지는 생각했다. 이는 조지가 아직까지 걱정하고 있던 단 한 가지였다.

그는 노래를 부르기 시작했지만, 얼마 안 가 그만두고 말았다. 흰 두건을 쓴 유령들처럼 빛을 발하는 산봉우리들이 사방 전체를 둘러싼 이 광대한 산맥 가운데서 그런 식으로 흥을 내기가 쉽지 않았다. 이윽고 조지는 시계를 보았다.

"저기까지 한 시간이면 가겠지." 고개를 돌려 어깨 너머로 척을 부르며 그가 말했다. 그러고는 뒤늦게 생각이 미쳐 한마디 덧붙였다. "컴퓨터가 작업을 끝마쳤는지 궁금하군. 지금쯤 끝날 시간인데."

척은 아무런 대꾸도 하지 않았다. 그래서 조지는 안장 위에서 또다시 몸을 돌렸다. 척의 달걀 모양 얼굴이 하얗게 질린 채 하늘을 향하는 것을 조지는 가까스로 볼 수 있었다.

"저기 봐."

척이 소곤거렸고, 조지는 눈을 들어 하늘을 보았다. (모든 일에 마지막이 있는 법이다.)

머리 위로, 아무런 동요도 없이, 별들이 서서히 꺼져 가고 있었다.

사로잡힌 영혼 |The Possessed|

1953년 3월 《진취적인 과학 소설들(Dynamic Science Fiction)》에 최초 수록
『내일을 향해』에 재수록

「사로잡힌 영혼」은 사람들이 일반적으로 생각하는 것처럼 나그네쥐가 자살을 하는 동물이 아니라는 이유로 비판의 대상이 되어 왔다. 그러나 주기적으로 발생하는 개체의 폭발적 증가로 인해 실제로 무수한 수의 나그네쥐가 바다에서 자살을 하는 관계로 이에 대하여 사과의 글을 기재하지는 않겠다.

태양에 가까이 다가갔다가 태양에서 방출된 태양풍에 휩쓸리면서 스왐은 다시 우주의 어둠 속으로 내몰리고 있었다. 이제 스왐은 더는 태양에 가까이 다가갈 수 없을 것이다. 스왐이 타고서 별에서 별 사이를 움직였던 빛줄기는 더 이상 그 근원과 마주할 수 없게 된 것이다. 만약 빠른 시간 안에 새로운 행성을 찾아 행성의 그림자가 제공하는 평화로움과 안전함에 몸을 맡기지 못한다면, 이전에 다른 많은 태양이 그랬던 것처럼 이 태양도 스왐에게 버림을 받게 될 터였다.

이미 6개의 차가운 외행성들이 탐사되었고 이내 버려졌다. 생명체가 살지 모른다는 희망마저 사라진 그 행성들은 얼어붙어 있거나 혹은 스왐의 입장에서는 아무런 쓸모도 없는 존재들로 가득 차 있었다. 살아남으려면 스왐은 저 멀리 고향에 남겨 두고 온 것과 별로 다르지 않은 숙주를 찾아야만 했다. 수백만 년 전에 스왐은 태양의 폭발로 인하여 우주를 떠돌기 시작했다. 지금까지도 잃어버린 고향에 대한 기

억이 너무도 생생하여 아픔은 결코 사그라지지 않았다.

전방에는 화염이 휩쓸고 지나간 어둠 속에서 원뿔 모양의 그림자를 길게 드리우고 있는 행성이 하나 있었다. 스왐은 이제 자신이 긴 여행을 통해 충분히 성장해 새로운 세계를 향해 손을 뻗고 있다고 느꼈다.

행성의 검은 그림자가 태양을 가리기 시작하자, 무자비하게 들끓던 복사에너지가 잦아들기 시작했다. 중력장 안으로 자유롭게 낙하한 스왐은 행성의 대기권 가장자리에 다다를 때까지 신속하게 하강했다. 행성의 대기권으로 진입하는 바로 그 순간 스왐은 최후를 맞이하는 것 같았다. 그러나 이내 오랜 기간을 거쳐 무의식적으로 익힌 기술로, 희박한 물질로 이루어진 몸을 수축시켜 작고 촘촘한 공 모양의 형태로 변했다. 그리고 천천히 속도를 낮춰 마침내 대지와 대기 사이에 아무런 움직임 없이 떠다닐 수 있는 상태에 이르렀다.

오랜 시간 동안 스왐은 남극에서 북극에 이르는 성층권에서 불어오는 바람을 타고 이동했으며, 때로는 소리 없이 새벽에 불어오는 바람에 떠밀려 떠오르는 태양의 반대편으로 이동하기도 했다. 도처에서 생명체의 모습을 발견할 수 있었지만, 지능을 가진 생명체는 어느 곳에서도 발견할 수 없었다. 기고, 날고, 뛰어다니는 생명체들은 있었지만, 말을 하거나 건물을 지을 수 있는 생명체는 없었다. 이후 1000만 년의 시간이 흘러갔고, 마침내 스왐이 사로잡아 목적에 맞게 이용할 수 있는 정신을 가진 생명체가 생겨났다. 지금은 그와 관련된 표지를 찾을 수 없었다. 이 행성에 살고 있는 그 수많은 형태의 생명체들 중에서 어느 종이 미래의 주인이 될 것인가를 추측하기란 불가능해 보였으며, 숙주로 쓸 만한 것이 없다면 아무런 도움도 되지 않았다. 그

것은 스왐이 단순한 형태의 전하(電荷), 행렬, 그리고 혼돈 속에 펼쳐
져 있는 우주에 대한 자각만을 가진 존재였기 때문이었다. 본질적으
로 소유하고 있는 자원을 제외하고는 그들은 외부 대상에 대한 물리
적 지배력을 가지고 있지 않았지만, 일단 지각이 있는 종의 정신 속에
침투해 들어가기만 하면 그들의 힘을 능가할 수 있는 것은 아무것도
없었다.

우주에서의 행성 관찰이 지금처럼 특별하면서도 긴급하게 이루어
진 적은 한 번도 없었지만, 이번이 처음도, 그렇다고 마지막도 아니었
다. 스왐은 심각한 딜레마에 빠졌다. 그들은 자신들이 원하는 환경을
찾을 수 있다는 궁극적인 희망을 가진 채로 새롭게 고달픈 여행을 시
작할 수도 있었고, 이곳에서 최후까지 자신들이 원하는 종이 탄생하
기를 기다릴 수도 있었다.

그들은 원하는 곳까지 이동하기 위해 바람에 몸을 맡긴 상태로 어
둠 속을 안개처럼 움직였다. 이 신생 행성의 둔하면서도 기이한 형태
의 파충류들은 스왐이 이동하는 것을 결코 볼 수 없었지만, 반대로 스
왐은 그것들을 관찰하고, 기록하고, 분석하고, 그들의 미래를 파악하
기 위하여 애쓰고 있었다. 이 모든 생명체 중에 선택할 만한 존재는
거의 없었다. 단 하나의 생명체도 의식이 있어 보이지 않았다. 그렇지
만 만약 다른 행성을 찾아 이 세계를 떠나야 한다면, 그들은 시간이
다하는 순간까지 헛되이 우주를 어슬렁거려야 할지도 몰랐다.

마침내 그들은 본능에 따라 두 가지 대안을 모두 충족할 수 있는 결
정을 내렸다. 스왐의 대부분은 항성 간 여행을 다시 시작하고, 대신
작은 부분만이 이 행성에 남아 미래를 위해 뿌려진 종자가 돼 뿌리를

내리기로 한 것이다.

스왐이 축을 중심으로 회전하자 빈약한 몸체가 원판 모양으로 납작해지기 시작했다. 이윽고 가장자리가 떨리기 시작하더니, 흡사 창백한 유령이나 희미한 도깨비불 같이 보이던 스왐이 갑작스럽게 크기가 다른 두 개로 나뉘었다. 회전이 천천히 멈추기 시작했다. 스왐은 본래의 욕망과 욕구를 모두 기억하고 있는 두 개의 개체로 나뉘었다.

일란성 쌍둥이와 같은 부모와 자식 사이에 마지막 의사소통이 이루어졌다. 만약 이 둘이 모두 생존에 성공한다면, 먼 미래의 어느 날 이 산속 계곡에서 재회하게 될 것이다. 이 행성에 남는 쪽은 대를 이어가며 정기적으로 이 지점으로 돌아올 것이다. 탐사를 위해 떠나는 쪽은 만약 더 좋은 세계를 발견하게 된다면 사절단을 파견할 것이다. 그러면 그들은 다시 합체할 테고, 더 이상 그 무심한 별들 사이로 정처 없이 피난을 다닐 필요가 없어질 터였다.

아버지 스왐이 태양과 조우하기 위해 몸을 솟구쳤을 때, 새로 생성된 산맥 위로 새벽빛이 쏟아지기 시작했다. 스왐은 대기권 가장자리에서 다시 한 번 태양풍에 몸을 맡겼고, 이내 행성 밖으로 떠밀려 그 끝없는 탐사를 다시 시작하게 되었다.

남아 있는 쪽은 떠난 쪽과 마찬가지로 희망 없는 임무를 다시 시작해야만 했다. 스왐은 희귀종을 선택할 수 없었다. 질병과 사고로 멸종할 가능성이 있거나 너무 작아 전 세계에 지배력을 행사할 수 없는 종은 아무 쓸모가 없었기 때문이다. 또한 그 종은 번식력이 좋아 가능한 한 빨리 진화가 이루어져야만 했다.

오랜 탐사와 심사숙고 끝에 마침내 숙주를 찾을 수 있었다. 메마른 대지에 빗물이 스며들듯이 스왐은 작은 도마뱀의 몸으로 들어갔고, 자신들의 운명을 맡겼다.

이 일은 죽음을 모르는 이들에게도 중대한 사안이었다. 도마뱀은 수 세대가 지나서야 조그마한 종의 진보를 보이기 시작했다. 그리고 언제나 그랬듯이 약속 시간이 되면 스왐은 산속 계곡으로 귀환하곤 했다. 그렇지만 언제나 허탕이었다. 우주에서는 더 나은 생명체가 있다고 알려 주는 어떤 소식도 오지 않았다.

수백 년은 수천 년으로 변했고, 수천 년은 다시 영원으로 바뀌었다. 지질학적 시간을 표준으로 삼는다면 도마뱀은 급격하게 변하고 있었다. 이윽고 그들은 더 이상 도마뱀이 아닌 항온 동물이면서 모피로 몸이 덮인 생명체로 변하였으며, 살아 있는 새끼를 낳게 되었다. 여전히 작고 미약하며 정신이 초기 단계에 머물러 있었지만, 그들은 거대한 미래의 씨앗을 품고 있었다.

그러나 살아 있는 생명체만 시간이 지남에 따라 변하는 건 아니었다. 대륙은 갈가리 찢기기 시작했고, 산맥은 지치지 않고 쏟아 붓는 비에 깎여 나갔다. 이런 변화의 시기에도 스왐은 자신의 임무를 수행해 나갔다. 그리고 언제나 그랬듯이 약속 시간이 되면 오래전의 약속 장소로 가, 오랜 시간을 기다리다 돌아오곤 했다. 어쩌면 아버지 스왐은 여전히 탐사를 계속하고 있는지도 몰랐다. 때로는 그가 어떤 알 수 없는 운명에 이끌려, 한때 자신들이 지배했던 종족에 의해서 파괴되었는지도 모른다는 끔찍하고도 소름 끼치는 생각이 들곤 했다. 그렇지만 이 행성의 우둔한 생명체가 지능을 가지기를 기다리는 것 말고는 할 수 있는 일이 아무것도 없었다.

그리고 그렇게 시간이 영원히 흐르기 시작했다…….

진화의 복잡한 미로, 그 어느 곳에서 스왐은 치명적인 실수를 했고, 그 결과 잘못된 길로 들어섰다. 그들이 지구에 도착한 지 벌써 수백만 년이라는 시간이 흘렀고, 스왐은 이제 지칠 수밖에 없었다. 죽지는 않겠지만 퇴화가 이루어질 것이다. 먼 고향에 대한 기억과 그들의 운명은 점차 사라질 것이다. 숙주의 지능이 정점에 올라 자아에 눈을 뜨기 시작하는 사이, 스왐의 지능은 쇠약해졌다.

언젠가 이 세상에 찾아올 지성적 존재를 위하여 스왐은 역설적이게도 스스로를 소모하고 있었던 것이다. 마침내 스왐은 기생의 마지막 단계에 도달했다. 더 이상 숙주로부터 분리될 수 없게 된 것이다. 이제 더는 자유롭게 바람과 태양에 몸을 맡기고 하늘 위로 떠다닐 수 없었다. 고대에 약속했던 장소에 가기 위해 스왐은 천천히 이동해야 했으며 고통스럽게 수천 마리의 몸을 빌려야만 했다. 그렇지만 실패의 쓴맛을 볼수록 더욱 격렬하게 불타오르는 재회의 욕망에 이끌려 스왐은 그 오래된 관습을 반복했다. 아버지 스왐이 귀환해 자신들을 흡수해 준다면 그들은 새로운 삶과 활력을 찾게 될 것이다.

빙하기가 지나갔다. 시들어 가는 외계의 지성이 깃들어 있는 작은 생명체는 기적적으로 빙하의 손아귀에서 벗어날 수 있었다. 대양이 육지를 뒤덮었지만, 여전히 그 종은 살아남았다. 번식을 하기도 했지만 더 이상 진전은 없었다. 세상은 과거의 유산에 머물지 않았다. 이미 다른 대륙의 심장부에서는 원숭이 중 일부가 나무에서 내려와 호기심 어린 눈으로 별을 바라보고 있었다.

스왐의 정신은 수백만 개의 몸으로 산산이 쪼개져 더 이상 하나로 합칠 의지를 보이지 않았다. 응집력을 잃게 된 것이다. 스왐의 기억은 이제 사라졌다. 적어도 100만 년 안에 모두 사라질 것 같았다.

그렇지만 한 가지만은 남아 있었다. 기이한 변형으로 인해 그 주기가 짧아진 맹목적인 충동은 그들을 더 이상 존재하지 않는 계곡으로 계속 이끌고 있었다.

조용히 달빛을 타고서 증기선 한 척이 등을 깜박이며 섬을 지나 피오르드 속으로 들어갔다. 무척 조용하면서도 사랑스러운 밤이었다. 금성은 페로스 제도 너머 서쪽으로 사라졌고, 항구의 불빛은 저 먼 잔잔한 바다 위에서 잔잔하게 반짝이고 있었다.

닐스와 크리스티나는 무척 만족스러웠다. 뱃전에 나란히 서 손가락을 걸고서 그들은 숲으로 우거진 비탈길을 조용히 지켜보았다. 커다란 나무는 달빛 아래 미동도 없이 서 있었으며, 나뭇잎은 미세한 바람결에도 바스락거리지 않았다. 호리호리한 줄기는 검은 웅덩이 속에서 하얗게 솟아올라 있었다. 세상이 모두 잠들어 있었다. 단지 항해를 하고 있는 배들만이 어둠의 마법에 걸린 주문을 용감히 깨뜨리며 나아가고 있었다.

이때 갑자기 크리스티나가 숨을 헐떡이기 시작했고, 닐스는 그녀가 자신의 손가락을 꽉 쥐는 것을 느낄 수 있었다. 그도 그녀가 바라보는 곳을 따라가 보았다. 그녀는 바다 건너 조용한 삼림 경비원들을 향해 눈길을 돌렸다.

"당신, 무슨 일이야?"

그가 걱정스럽게 물었다.

"저기 봐! 저기, 소나무 숲 아래."

그녀는 닐스가 거의 들을 수 없는 목소리로 속삭였다.

닐스는 그곳을 바라보았고, 이내 밤의 아름다움이 사라지며 알 수 없는 태곳적 공포가 스멀스멀 기어 나오기 시작했다. 숲 아래 육지가 살아 있는 것 같았다. 얼룩덜룩한 갈색 조류가 비탈길을 따라 내려오다가 검은 바다 속으로 사라져 버렸다. 어둠을 뚫고서 달빛이 온전하게 비치는 곳이 한 군데 있었다. 그가 바라보자 그곳마저도 모습이 변하고 있었다. 마치 바다와 합쳐지기 위하여 떨어지는 느린 폭포처럼 지표면이 잔물결을 일으키며 떨어져 내리고 있었다.

이윽고 닐스가 웃어 보이자 세상은 다시 제정신으로 돌아왔다. 크리스티나는 여전히 혼란스러웠지만, 믿음을 가지고 그를 바라보았다. 그가 킬킬거렸다.

"기억 안 나? 오늘 아침 신문에서 관련 기사를 읽었잖아. 몇 년에 한 번, 그리고 항상 밤에 저렇게 행동하잖아. 여러 날 동안 저렇게 한다고 하더군."

지난 몇 분간 지속된 긴장감을 떨쳐 버리고 그는 그녀를 놀려 댔다. 크리스티나는 얼굴에 옅은 미소를 띠고서 그를 바라보았다.

"알아. 나 바보 같지."

그녀는 육지를 향해 몸을 돌렸다. 마음이 여린 그녀는 슬픈 생각이 들었다. 그녀는 한숨을 쉬었다.

"불쌍한 것들. 왜 저럴까?"

닐스는 무심하게 어깨를 으쓱해 보였다.

"아무도 모르지. 그냥 여러 미스터리 중의 하나에 불과해. 더 생각하지 말자고. 곧 항구에 들어갈 거야."

그들은 자신의 미래가 놓여 있는 항구의 불빛을 향해 몸을 돌렸다. 크리스티나는 달빛 아래 여전히 비극적으로 흐르고 있는 무리를 향해 잠시 고개를 돌렸다.

결코 그 의미를 알 수 없는 강압에 못 이겨, 나그네쥐들은 파도 아래 놓인 망각의 기억을 향해 움직이고 있었다.

기생충 |The Parasite|

1953년 《에이번 과학소설과 판타지 소설(The Avon SF & F Reader)》에 최초 수록
『내일을 향해』에 재수록

이 이야기는 스티븐 백스터와 함께 출간한 소설 『다른 나날의 빛(The Light of Other Days)』의 잠재적 근간으로 작용했다.

"자네가 할 수 있는 것은 없어, 아무것도. 왜 나를 따라와야 하지?"

코널리가 말했다. 그는 이탈리아로 흐르는 고요한 푸른 바닷물 저편을 바라보면서 피어슨을 등지고 서 있었다. 왼편에 닻을 내린 어선 뒤로 태양은 지중해의 진홍색 육지와 하늘 사이에 떠 있었다. 그러나 어느 누구도 주위의 아름다운 광경을 제대로 인식하지 못했다.

피어슨은 자리에서 일어나 작은 카페의 그늘진 현관을 나와 기울기 시작한 햇빛 속으로 걸어 들어갔다. 그는 코널리 옆에 있는 벽 근처에가 멈췄지만, 그에게 가까이 가지 않게 조심했다. 평상시에도 코널리는 다른 사람이 자신을 만지는 것을 싫어했다. 어떤 형태의 결벽증이든 간에 지금 그 때문에 그는 더욱더 민감해졌다.

피어슨이 다급하게 말하기 시작했다.

"들어 봐, 로이. 우리는 20년이나 친구였어. 이번만은 자네를 그냥 이 상태로 놔두지 않을 거라는 걸 잘 알아야 해. 게다가……."

"나도 알아. 루스에게 약속했지?"

"그래. 뭐가 문제야? 루스는 네 아내잖아. 무슨 일이 일어났는지 알아야 했다고."

그는 잠시 말을 멈추고 주의 깊게 단어를 골랐다.

"로이. 루스는 지금 걱정하고 있어. 다른 여자들이 걱정하는 것보다 훨씬 더."

그는 '또다시'라고 말하려고 했지만, 하지 않기로 마음을 고쳐먹었다.

코널리는 위쪽이 평평하게 다듬어진 화강암 벽에 시가를 비벼 끄고는 하얀 필터를 바다 위로 날려 보냈다. 마침내 하얀 필터는 수백 미터 아래 바다 속으로 휘감아 돌며 떨어졌다. 그는 친구를 향해서 몸을 돌렸다.

"잭, 미안하네."

코널리가 말했다. 옆에 서 있는 이방인의 몸속 어딘가에 숨어 있는 그 친숙한 성격이 잠시 나오는 것 같다고 피어슨은 생각했다.

"나도 자네가 도와주려 한다는 사실을 잘 알아. 고맙게 생각하네. 그렇지만 나를 따라오지 말았으면 좋겠네. 상황만 더 나쁘게 만들 거야."

"나에게 확신을 준다면 기꺼이 사라지겠네."

코널리는 한숨을 쉬었다.

"자네가 추천해 준 심리학자 이상으로 자네에게 확신을 줄 수는 없어. 불쌍한 커티스. 그분은 호인이야. 그분에게 사과한다고 전해 주게. 그럴 수 있겠나?"

"나는 심리학자도 아니고, 또 자네를 치료하려는 것도 아니네. 치료라니 무슨 말인지 잘 모르겠지만. 지금 자네 모습이 맘에 든다면, 그건 나와 상관없는 일이네. 그렇지만 자네는 우리에게 무슨 일이 일어났는지 말해 줘야만 해. 그래야 우리가 거기에 맞게 계획을 세울 것 아닌가?"

"내가 정신병자인지 확인하게?"

피어슨은 어깨를 으쓱했다. 진짜 의도를 숨기기 위하여 짐짓 무심한 척 행동하는 자신의 의중을 코널리가 꿰뚫어 보고 있는지 궁금했다. 다른 모든 방법이 실패한 지금 할 수 있는 거라곤 전혀 관심 없는 척 행동하는 것뿐이었다.

"난 그렇게 생각하지 않아. 실제로 몇 가지 걱정스러운 부분이 있어. 계속해서 여기 있을 예정인가? 자넨 사이렌에서조차 돈 없이는 살 수 없잖아."

"내가 원하기만 한다면, 클리포드 론스리의 빌라에서 살 수 있어. 자네도 알겠지만, 그는 내 아버지의 친구야. 하인들을 제외하고는 집은 거의 비어 있는 상태고, 하인들도 귀찮게 굴지 않거든."

코널리는 기대고 있던 난간에서 몸을 일으켰다. 그가 말했다.

"어둡기 전에 언덕을 올라갈 거야."

갑작스러운 말이었지만, 피어슨은 홀로 남겨지지 않을 것임을 잘 알고 있었다. 그가 원한다면 따라갈 수 있을 것이고, 이 사실 덕에 그는 코널리를 찾아낸 이후 느꼈던 만족감이 지속되었다. 비록 작은 승리였지만 그에게는 그런 것이 필요했다.

산을 오르는 동안 그들은 이야기를 하지 않았다. 사실 피어슨은 그럴 여력이 없었다. 코널리는 무척 빠른 속도로 산을 올라 마치 고의로 그를 탈진시키려는 것처럼 보였다. 저 아래 섬이 멀어져 가고 있었고, 작은 빌라는 그늘진 계곡 속에서 유령처럼 어렴풋이 모습을 드러내고 있었다. 하루 일을 마친 작은 낚싯배들은 항구에서 휴식을 취하고 있었다. 그리고 주위는 모두 검은 바다로 둘러싸여 있었다.

피어슨이 코널리를 따라잡았을 때, 코널리는 경건한 섬 주민들이 사이렌 섬의 가장 높은 곳에 건설한 사당 앞에 앉아 있었다. 낮에는 발아래 펼쳐진 멋진 광경에 넋을 잃거나 사진을 찍는 관광객들이 있었지만, 지금은 아무도 없었다.

코널리는 힘들게 숨을 몰아쉬고 있었지만, 다소 긴장이 풀어진 듯했고, 그 순간만은 평온해 보이기도 했다. 정신에 드러워졌던 그림자가 사라지자 그는 피어슨을 향해 예전에 보여 주던 매력적인 웃음을 지어 보였다.

"잭, 그는 운동을 싫어한다네. 항상 질색하곤 하지."

"그가 누군데? 자넨 아직 소개도 시켜 주지 않았잖아."

코널리는 친구의 유머에 웃음을 지어 보였다. 그때 갑자기 그의 얼굴이 침통하게 변했다.

"잭, 말해 보게. 자넨 내 상상력이 지나치다고 생각하나?"

"아니. 자네 상상력은 평범한 수준이야. 확실히 나보다 좀 빈약하다고 할 수 있지."

코널리는 천천히 끄덕였다.

"잭, 자네 말이 맞네. 그렇다면 나를 좀 믿어 줄 수 있지 않은가? 내 빈약한 상상력으로는 나를 괴롭히고 있는 이 생명체를 만들어 낼 수 없으니까. 그렇지만 그는 진짜 존재한다네. 난 지금 과대망상이라든가, 혹은 커티스 박사가 이야기하는 이름 모를 어떤 것으로 인해 고통받고 있는 것이 아니네.

모드 화이트를 기억하지? 이 모든 일은 그녀한테서 비롯했어. 대략 6주 전 데이비드 트레스코트가 열었던 파티 중 하나에서 그녀를 만났어. 그는 각기 다른 목적으로 파티를 열었지만 누구도 그 이유를 알지 못했지. 끊임없이 무엇인가를 갈망하지만, 언제나 실망하는 돈 후안처럼. 그럴 수밖에 없는 이유는 그가 찾고자 하는 것은 요람 속이나 무덤 속에만 존재하지, 그 둘 사이에는 존재하지 않기 때문이야.

나를 괴롭힌 게 무엇인지 알게 되면 아마 실소를 금치 못할 거야. 정말 하찮지만 지금껏 내 인생에 일어났던 그 어떤 일도 이보다 더 끔찍하진 않을 거야. 난 언제나 그랬던 것처럼 그날도 칵테일 캐비닛으로 가 술잔에 술을 채우고 있었어. 모드에게 술잔을 건네주고 나서야 이미 술잔을 세 번이나 채웠다는 사실을 깨닫게 되었어. 내가 하고 있던 행동이 너무도 자연스러워서 아무런 주의도 기울이지 않았던 거지. 그러다가 갑자기 모드가 어디에 있는지 보려고 고개를 돌려 방 안을 살펴보았어. 바로 그때 난 방 안에 다른 사람이 있다는 걸 깨달았지. 하지만 그때부터 난 어떻게인지 그 사람이 사람이 아니라는 점을 알고 있었다. 그 사람은 바깥 세상 어디에도 없어. 내 머릿속 깊숙한 곳에 숨어 있었지……."

그날 밤은 너무도 고요했다. 단지 저 아래 마을에 있는 카페에서 흘러나온 음악 소리가 밤하늘의 별까지 울려 퍼지고 있었고, 떠오르는 달이 바다 위를 비추고 있었다. 머리 위 어둠 속에서는 십자가가 검은 윤곽을 드리우고 있었으며, 일몰 후 어스름이 오면 하늘가에서 반짝이던 금성은 태양을 따라 서쪽으로 지고 있었다.

코널리가 여유를 찾도록 피어슨은 느긋하게 기다렸다. 그가 하는 말은 무척이나 기이했지만, 코널리는 이성적이고 멀쩡해 보였다. 비록 패배를 시인한 뒤 나타나는 고요함일지는 몰라도, 그의 얼굴은 달빛 속에서 고요하게 빛나고 있었다.

"그러고는 침대에 누워 있던 게 기억나. 모드가 내 얼굴을 닦아 주고 있었어. 무척 놀란 듯했지. 기절해서 쓰러지다가 이마에 커다란 상처가 생긴 것 같았어. 주위는 온통 피범벅이더라고. 그렇지만 그건 아무런 문제가 되지 않았어. 정말 나에게 커다란 공포를 안겨 준 것은 내가 미쳐 버렸나 하는 생각이었지. 좀 우스운 일이야. 지금은 오히려 지나치게 정신이 말짱해서 무섭거든.

내가 정신을 차렸을 때도 여전히 그 사람은 있었어. 그 이후로 줄곧 그곳에 있어. 비록 쉽지는 않았지만 모드를 떨쳐 버리고, 나에게 무슨 일이 벌어졌는지 이해하려고 무척이나 노력했지. 잭, 말해 봐. 자넨 텔레파시를 믿나?"

갑자기 질문을 받자 피어슨은 몸을 사리지 않을 수 없었다.

"글쎄, 별로 생각해 보지 않았는데, 관련된 증거는 충분히 있다고 생각해. 그럼 자네는 누군가가 자네 마음을 읽고 있다고 생각하는 거야?"

"그렇게 간단한 문제가 아니야. 지금 내가 자네한테 이야기하는 이것들을 이해하는 데도 오랜 시간이 걸렸어. 대개 꿈을 꾸거나 술에 살짝 취한 상태에서 느낀 것들이야. 지나친 생각이라고 할지 모르지만,

나는 생각이 다르네. 처음에는 그렇게 해야만 오메가와 나를 갈라 놓는 장벽을 무너뜨릴 수 있었네. (나중에 그를 오메가라 부른 이유를 설명해 주겠네.) 그렇지만 지금은 아무런 장벽도 없어. 그는 여전히 그곳에 있고, 언제나 내가 마음을 열고 그를 받아 주기만을 기다리고 있네. 밤이건 낮이건, 술에 취했건 정신이 온전하건, 난 그의 존재를 느낄 수 있다고. 지금 같은 상황에서는 무척 조용하지만, 곁눈질을 하면서 나를 살펴보고 있지. 내 유일한 희망은 그가 기다리다 지쳐서 다른 희생자를 찾아 떠나는 거야.”

지금껏 차분했던 코널리의 목소리가 갑자기 커지기 시작했다.

“이 사실을 알았을 때, 내가 느꼈을 공포를 상상해 보게나. 자네 마음속을 스쳐 지나가는 그 모든 욕망, 생각 그리고 행동이 감시를 받고 다른 누군가와 공유되고 있다는 사실을 알았을 때를 생각해 보란 말이야. 당연히 내 일상적인 삶은 완전히 끝장나고 말았지. 난 루스와 헤어져야 했지만, 아무 설명도 하지 못했어. 더 괴로운 것은 모드가 나를 뒤쫓아 왔다는 거야. 그녀는 날 혼자 두려고 하지 않았고, 엄청난 양의 편지와 전화 공세를 퍼부었어. 지옥이나 다름없었지. 난 그들 둘 다를 상대로 싸움을 벌일 수 없었거든. 그래서 도망쳤네. 그러고는 생각했지. 사이렌에서는 그가 나를 괴롭히지 않아도 될 만한 것들을 찾아낼 수 있을 거라고.”

“이제 알겠군. 그게 바로 상대의 목적이었던 거야. 텔레파시를 이용한 관음증. 단순히 바라보는 것만으로는 만족하지 못하는…….”

피어슨이 부드럽게 말했다.

“나를 달래 주려고 하나?”

분노하는 기색도 없이 코널리가 말했다.

"그렇지만 난 신경 쓰지 않네. 그리고 언제나 그렇듯이 자네는 나름대로 훌륭하게 정리를 한 것 같아. 그가 노리는 것이 무엇인지를 깨닫는 데 상당히 오랜 시간이 걸렸어. 처음 느꼈던 전율이 사라지고 난 후, 논리적으로 상황을 파악하려고 노력했지. 첫 번째 인식이 있고 나서 역으로 상황을 파악해 봤다네. 그리고 마침내 갑작스럽게 일어난 일이 아님을 알아낼 수 있었어. 그는 오랜 시간 동안 내 옆에 있었어. 너무도 잘 숨어 있어서 상상도 할 수 없었던 거야. 내가 자네를 잘 알아서 하는 말인데, 아마 지금 자네는 나를 비웃고 있을지도 몰라. 그렇지만 여하튼 난 여자들하고 한 번도 편하게 지낸 적이 없어. 심지어는 잠자리를 함께할 때도 그랬어. 지금에야 그 이유를 알 것 같아. 오메가는 항상 그곳에 있었고, 그는 더 이상 자신의 육체로는 경험할 수 없는 그 열정을 나와 공유하면서 흡족해하고 있었던 거야.

나 자신을 통제할 수 있는 유일한 방법은 그를 붙잡아 녀석의 존재를 파악할 때까지 싸우는 것이었어. 그리고 마침내 난 성공했네. 그는 저 멀리 떨어진 곳에 있고, 그의 능력에도 한계가 있다는 사실을 알았어. 아마도 최초에 그와 접촉했던 것은 우연이었던 것 같아.

잭, 자네가 지금까지 들었던 말들을 믿기 어려울지도 몰라. 그렇지만 지금부터 내가 자네에게 해 줄 말에 비하면 그것들은 아무것도 아니야. 그리고 기억해 둬. 자네도 동의한 것처럼 난 그다지 상상력이 풍부한 사람은 아니야. 그러니 내가 하는 이야기에 결점이 있는지 잘 봐 주게나.

텔레파시는 시간과 별개로 작동한다는 것을 암시하는 증거들을 자네가 읽어 본 적이 있는지 모르겠네. 그렇지만 난 정확히 알고 있다네. 오메가는 지금 이 세상 사람이 아니야. 현재와는 아주 멀리 떨어진 미래를 살고 있지. 한동안 난 그가 최후의 인류 중 하나가 아닐까 생각했네. 그래서 이름을 오메가라고 지었던 거야. 그렇지만 지금은 잘 모르겠어. 어쩌면 이 우주에 무수히 퍼져 있는 인류 중의 하나일 수도 있겠지. 어떤 종족은 여전히 흥하고 있지만 또 다른 종족들은 쇠락의 길을 걷고 있을 수도 있어. 그들이 사는 장소와 시간에 상관없이, 이미 그들 종족의 문명은 정점에 달했다가 인간만이 이해할 수 있는 파멸의 나락으로 떨어져 버린 것 같아. 잭, 그 녀석에게서는 악의 냄새가 나. 우리가 살고 있는 이 세상에서는 결코 경험해 보지 못한 진짜 악한의 냄새. 그렇지만 때때로 그가 가엾기도 해. 왜냐하면 그럴 수밖에 없는 그의 상황을 이해할 수 있기 때문이지.

잭! 자네는 과학이 발견할 수 있는 모든 것들이 다 발견되고, 더 이상 탐사할 별이 남아 있지 않고, 그리고 별이 가진 모든 신비가 밝혀진다면, 인류가 할 수 있는 일이 무엇일지 생각해 본 적이 있나? 오메가가 바로 이 질문에 대한 답이라고 생각해. 그렇지만 난 그가 내 생각에 대한 유일한 답이라고 믿고 싶지는 않아. 만약 그렇다면 우리가 하고 있는 이 모든 것들이 다 헛된 것이 되고 말 테니까. 난 그와 그의 종족이 이 건강한 우주에 존재하는 고립된 암세포와 같기를 바라네. 그렇지만 확신할 수는 없어.

그들은 육체가 망가질 때까지 쾌락을 즐기다 너무 늦게 자신들의 실수를 깨닫고 말았어. 어쩌면 그들은 다른 사람들이 생각했던 것처럼 육체 없이 정신으로만 살아갈 수 있다고 생각했는지도 몰라. 어쩌

면 그들은 영생불멸의 존재인지도 몰라. 그것이 그들에게 내려진 최
고의 저주였겠지. 오랜 시간 동안 그들의 정신은 참을 수 없는 권태로
부터 해방시킬 무엇인가를 추구해 왔지만, 연약한 신체 속에서 점차
쇠퇴의 길을 걷고 있었던 것 같아. 마침내 그들은 활기 넘치는 먼 과
거의 세대로 자신들의 정신을 보내 다른 사람의 감정에 기생하기 시
작한 거야.

난 그들이 얼마나 많은지 궁금해. 아마도 그들은 사람이 뭔가에 홀
리는 현상을 설명해 줄 수 있을 거야. 허기를 채우기 위해 어떻게 과
거의 사람들을 갉아먹었는지 말이야. 네로나 칼리굴라, 그리고 티베
리우스 같은 사람들의 정신 속을 이리저리 옮겨 다니면서 부패해 가
는 로마 제국 주위에 몰려다니는 까마귀 떼가 눈앞에 그려지지 않아?
아마도 오메가는 그 풍부한 먹이들을 놓쳐 버린 것 같아. 혹은 선택의
여지가 없어 시대에 상관없이 접촉할 수 있는 어떤 대상이든 접촉했
다가 기회가 닿는 대로 이곳저곳으로 옮기는 것인지도 몰라.

물론 이 사실을 알아내는 데 꽤 오랜 시간이 걸렸지. 내가 자신의
존재를 알고 있다는 사실도 그에게는 또 다른 즐거움인 것 같아. 내
생각엔 그도 자신을 가로막는 장애물을 없애려고 무척 노력하고 있
는 것 같아. 왜냐하면 마침내 나도 그를 볼 수 있게 되었거든."

코널리는 말을 멈췄다. 피어슨은 주위를 둘러보고 언덕 위에 다른
사람들이 있다는 사실을 알게 되었다. 젊은 연인이 손에 손을 잡고 십
자가를 향해 길을 오르고 있었다. 그들은 섬사람들 사이에서 쉽게 찾
아볼 수 있는 평범한 육체적 아름다움을 소유하고 있었다. 그들은 자
신들을 둘러싸고 있는 어둠과 구경꾼에 아랑곳하지 않는 듯했고, 마

침내는 아무 낌새도 알아채지 못하고 사라졌다. 떠나는 그들의 모습을 보면서 코널리는 쓴웃음을 지어 보였다.

"창피한 일이지만, 오메가가 저 남자를 따라갔으면 좋겠다고 생각했네. 그런 일은 없을 거야. 내가 더 이상 그의 상대가 되어 주지 않는다고 할지라도, 그 녀석은 여전히 무슨 일이 일어나는지 나를 관찰할 거야."

"그가 어떤 모습을 하고 있었는지 말해 주려던 참이었잖아."

갑작스럽게 방해를 받아 마음이 상한 피어슨이 말했다. 코널리는 시가에 불을 붙이고는 대답하기 전에 숨을 길게 들이마셨다.

"벽이 없는 방을 상상할 수 있겠나? 그는 계란 모양에 속은 텅 비어 있는 공간과 같아. 주위는 언제나 푸르스름한 안개에 둘러싸여 있는데, 그 방은 구부러지고 휘어지기도 하지만 위치는 변함이 없어. 그 안개를 문제 삼지 않는 한, 그곳은 입구도 출구도 없고 중력도 없는 곳이었을 거야. 왜냐하면 그는 방 한가운데 떠 있었고, 그 주위로 홈이 파인 작은 실린더들이 무더기로 천천히 허공에서 맴돌고 있었기 때문이야. 내가 보기엔 그의 뜻대로 움직이는 기계 장치 같더군. 그의 몸에는 거대한 타원형의 물체가 매달려 있었는데, 완벽하게 아름다운 사람의 팔 형상이 나와 있었지. 로봇이 틀림없었지만, 손가락과 손은 꼭 살아 있는 것 같았어. 어린아이처럼 밥도 먹여 주고 마사지도 해 주더군. 끔찍한 것은……

여우원숭이나 안경원숭이를 본 적이 있나? 그런 원숭이와 비슷했어. 끔찍한 인간의 모조품이었지. 악의로 가득 찬 거대한 눈을 하고 말이야. 그렇지만 이상한 점도 있었어. 사람들이 생각했던 진화의 방향과는 반대로 그는 매끄러운 털로 덮여 있었어. 마치 그가 살고 있는 푸른 방처럼. 내가 볼 때마다 그는 잠자는 어린아이처럼 반쯤 몸을 웅크리고 항상 같은 곳에 있더군. 다리는 확실히 퇴화된 것처럼 보였어. 아마 팔도 마찬가지일 거야. 유일하게 그의 뇌만이 먹잇감을 찾아 수천 년의 시간 위를 분주히 옮겨 다니고 있었지.

이제는 자네도 우리가 할 수 있는 일이 아무것도 없다는 사실을 이해할 거라 생각하네. 만약 내가 제정신이 아니라면 자네의 심리 치료사들이 나를 고칠 수 있을 거야. 그렇지만 오메가를 상대할 만한 과학은 아직 발명되지 않았다네."

코널리는 잠시 말을 멈춘 뒤, 쓴웃음을 지었다.

"난 정신이 멀쩡하기 때문에 자네가 나를 믿어 줄 거라고 생각하지는 않아. 그러니 우리가 생각을 공유할 만한 근거는 하나도 없는 셈이야."

피어슨은 지금껏 앉아 있던 바위에서 몸을 일으켰다. 몸이 가볍게 떨렸다. 날이 점점 추워지고 있었지만 코널리의 이야기를 들으며 느낀 무력감에 비하면 하찮은 문제에 불과했다.

천천히 피어슨이 입을 열었다.

"로이, 솔직하게 말하겠네. 물론 난 자네를 믿지 않네. 그렇지만 자네가 자네 안에 오메가가 있다고 믿는 한, 그는 실존하는 것이며, 나 또한 그 한도 안에서 그의 존재를 받아들이고 자네와 함께 싸우겠네."

"위험한 게임이 될지도 모르네. 그가 궁지에 몰리면 무슨 일을 할지 몰라."

"그게 바로 기회야."

언덕을 내려가기 시작하면서 피어슨이 대답했다. 코널리는 아무런 대꾸도 하지 않은 채 그의 뒤를 따랐다.

"그런데 자네는 이제 무엇을 할 텐가?"

"쉬어야지. 감정에 휩싸이지 않고, 무엇보다도 여자를 멀리하고. 루스, 모드, 그리고 다른 모든 여자들. 이게 가장 어려운 일이었어. 평생토록 가져온 습관을 없앤다는 건 쉬운 일이 아니네."

"나도 잘 알아. 지금껏 성과는 있었나?"

피어슨이 무미건조하게 대답했다.

"그럼. 자네도 알다시피 내가 여자들과 잠자리를 함께하는 생각을 할 때마다 자기혐오와 메스꺼움이 몰려와 그는 목적을 이루지 못했어. 세상에. 내가 그렇게 비웃던 호박씨 까던 인간들과 같은 부류의 인간이 되어 버리고 말았다니."

순간 피어슨은 사태의 본질을 꿰뚫어 볼 수 있었다. 코널리 자신은 결코 믿지 않겠지만, 그는 과거에 대한 죗값을 치르는 중이었다. 오메가는 그의 죄의식이 의인화되어 나타난 양심의 소리에 불과했다. 만약 코널리가 이것을 깨닫기만 한다면, 그는 이 상태에서 벗어날 수 있을 것이다. 환각의 놀라운 속성과 관련해 살펴보면, 이런 현상은 인간의 마음이 자신을 속이기 위해 고안한 속임수의 한 예에 불과했다. 강박관념이 이런 특이한 모습을 띤 합당한 이유가 있겠지만, 그건 부차적인 사안에 불과했다.

피어슨은 마을에 도착할 때까지 다소 장황하게 코널리에게 자신의 생각을 설명해 주었다. 코널리가 너무도 참을성 있게 그의 이야기를 들어주자 피어슨은 놀림을 당하고 있다는 생각에 마음이 불편했지만 마지막까지 설명을 마쳤다. 그가 말을 마치자 코널리는 짧지만 서글픈 웃음을 지어 보였다.

"자네 이야기는 내 이야기처럼 논리적이긴 해. 그렇지만 우리는 누구도 서로의 입장을 명확히 입증할 수 없어. 만약 자네 이야기가 맞는다면 머지않아 난 정상으로 돌아올 거야. 자네는 내가 오메가를 얼마나 명확한 존재로 느끼는지 상상하지 못하네. 그는 자네보다도 더 명확히 존재해. 내가 눈을 감으면 자네는 사라지지. 그렇지만 그는 여전히 그곳에 있네. 그가 지금 기다리고 있는 게 뭔지 알 수만 있다면! 난 이제 과거는 과거로 남겨 두었네. 그가 그곳에 있는 한, 내가 다시 과거의 나로 돌아갈 수 없다는 것을 그도 잘 알고 있어. 도대체 나에게 들러붙어서 얻고자 하는 것이 뭐란 말인가?"

그는 열정적인 모습으로 피어슨을 바라보았다.

"잭, 내가 두려워하는 것이 바로 이거네. 그가 내 미래가 어떻게 될지 알고 있다고 확신할 수 있어. 내 인생이란 그에겐 한갓 자신이 원하면 펼쳐 볼 수 있는 책에 불과하지. 그러니 아직 내 인생엔 그가 탐미할 만한 무엇인가가 남아 있는 셈이야. 때때로 그것이 내 죽음이 아닐까 생각해."

마을 가장자리에 이르자 집이 한두 채 보이기 시작했고 그들 앞에서는 사이렌 섬의 밤의 흥취가 한창 무르익고 있었다. 주위에 사람들이 나타나기 시작하자 코널리의 태도에 약간의 변화가 생겼다. 산마루에 있을 때 코널리는 평소 모습과는 달랐지만 그래도 상냥했고 대화를 하려고 했다. 그러나 흥에 겨워하는 사람들의 모습을 보자 그는 자기 안으로 움츠러드는 것 같았다. 피어슨이 앞장서서 걷고 그는 뒤로 처지기 시작하더니 더 이상 앞으로 가려 하지 않았다.

"왜? 호텔에 가서 나와 함께 저녁을 먹을 거지?"

피어슨이 물었다.

코널리는 고개를 저었다.

"그럴 수 없네. 너무 많은 사람을 만나게 될 거야."

항상 파티와 사람들 속에서 즐거움을 찾던 남자에게 이런 말을 들으니 피어슨은 놀라지 않을 수 없었다. 다른 어떤 것도 그를 바꿀 수 없었는데, 이 말을 통해서 코널리가 얼마나 변했는지 잘 알 수 있었다. 피어슨이 미처 적당한 대답을 생각해 내기도 전에 코널리는 발길을 돌려 황급히 샛길로 사라졌다. 불쾌하기도 하고 걱정도 돼서 피어슨은 그를 쫓아갔지만 곧 쓸모없는 일임을 알게 되었다.

그날 저녁 피어슨은 루스에게 자신이 확신하고 있는 바를 적어 장문의 전보를 보냈고, 피곤에 지쳐 이내 잠자리에 들었다.

그러나 그는 거의 한 시간이 지나도 잠을 이룰 수 없었다. 그의 육체는 녹초가 되었지만, 뇌는 여전히 활기차게 움직였다. 코널리가 흘긋 본 그 먼 미래 시대에도 여전히 가차 없이 흐르고 있을 시간의 흐름을 형상화한 듯한 벽지 위로 달빛이 비치는 모습을 보면서, 그는 자리에 누워 있었다. 물론 그건 망상에 불과했다. 그렇지만 피어슨은 자신의 의지와는 상반되게 오메가를 살아 있는 위협적인 존재로 받아들이고 있었다. 그리고 어떤 면에서 오메가는 실존하고 있었다. 우리의 의식 속에 존재하는 에고나 잠재의식처럼 말이다.

피어슨은 코널리가 사이렌에 돌아온 게 현명한 행동이었다고 생각했다. 비록 지금처럼 중요한 일은 아니었지만 전에도 이와 비슷한 상황이 닥친 적이 있었는데, 심리적으로 불안정한 상황에서 코널리의 반응은 언제나 한결같았다. 그는 언제나 이 사랑스러운 섬으로 돌아오곤 했다. 자애롭고 연약했던 부모님이 자신을 낳아 준, 그리고 젊음을 보냈던 바로 이 섬에. 코널리의 인생에서 단 한 시기에만 느낄 수 있었던 만족감, 헛되이 루스와 그에게 매달렸던 사람들의 품에서 찾고자 했으나 실패한 만족감을 찾아 이곳에 왔다는 사실을 피어슨은 너무도 잘 알고 있었다.

피어슨은 그의 불행한 친구를 비난할 마음은 없었다. 그는 쉽게 판단을 내리는 사람이 아니었다. 단지 빛나는 눈과 따뜻한 관심을 가지고 살펴볼 뿐 관대함은 깃들어 있지 않았다. 왜냐하면 관대하려면 내적 기준이 엄격하지 않아야 하는데, 그는 결코 너그럽지 않았기 때문이다.

잠 못 이루던 밤이 지나고 피어슨은 깊이 잠든 탓에 평소보다 한 시간 늦게 잠에서 깨어났다. 방에서 아침을 먹고 안내 창구에 내려가 루스에게서 답장이 왔는지 확인했다. 밤이 되자 한 사람이 호텔에 들어왔다. 두 개의 여행 가방을 든 영국 사람처럼 보이는 여자가 현관 한쪽에서 짐을 옮겨 줄 직원을 기다리고 있었다. 헛된 호기심에 사로잡혀 피어슨은 동포 여성의 이름을 보기 위해 가방을 흘끗 살펴보았다. 너무도 놀라 허겁지겁 주위를 둘러보고는 서둘러 프런트로 다가갔다.

"언제 저 영국 여자 분이 도착하셨나요?"

그가 초조하게 물었다.

"아침 배를 타고 한 시간 전에 도착하셨어요."

"지금도 투숙하고 있나요?"

직원은 잠시 주저하다가 정중히 대답했다.

"아니에요. 무척 서두르고 있었는데, 코널리 씨를 어디서 찾을 수 있는지 물어보더군요. 그래서 제가 대답해 드렸어요. 맞게 가르쳐 드린 거면 좋겠는데."

피어슨은 나지막하게 욕을 했다. 결코 맞서 싸우고 싶지 않은 불운에 기습당한 듯한 충격이었다. 모드 화이트는 코널리가 이야기해 준 것보다 훨씬 더 심지가 굳은 여자 같았다. 어떤 식으로든 그녀는 코널리가 도망친 곳을 찾아냈고, 자존심이든 욕망이든, 혹은 그 둘 다 때문이든 그를 쫓아왔던 것이다. 그녀가 이 호텔을 찾아온 것은 놀라운 일이 아니었다. 사이렌 섬을 처음 방문한 영국인이라면 당연히 이 호텔을 찾아올 수밖에 없었다.

빌라가 있는 언덕을 향해 길을 오르면서 피어슨은 자신이 쓸모없는 사람이라는 생각에 시달려야 했다. 코널리와 모드를 만났을 때 무엇을 해야 할지 아무 생각도 나지 않았다. 그는 단순히 도움이 되는 존재이기를 바랄 뿐이었다. 만약 모드가 빌라에 도착하기 전에 그녀를 따라잡을 수만 있다면 코널리가 환자라는 사실, 그리고 그녀가 방해한다면 그의 상태가 더 나빠질 거라는 사실을 확신시킬 수 있을 것 같았다. 그렇지만 그게 정말 사실이란 말인가? 사실 코널리와 모드, 둘 사이에 이미 감동적인 화해가 이루어져 아무와도 만날 필요가 없을지도 몰랐다.

피어슨이 정문을 지나 몸을 돌렸을 때, 그 둘은 이미 빌라 앞 아름다운 잔디 정원에서 이야기를 나누고 있었다. 그는 숨이 멎었다. 코널리는 야자수 아래 철제 의자에 앉아 쉬고 있는 반면 모드는 이리저리 서성이고 있었다. 그녀는 빠르게 이야기를 하고 있었다. 피어슨은 그녀가 하는 말을 들을 수 없었지만, 그녀의 억양을 통해 코널리에게 간청하고 있음을 알 수 있었다. 무척 난감한 상황이었다. 피어슨이 주저하고 있는 동안 코널리가 그를 알아봤다. 그의 얼굴은 아무런 표정도 없는 가면과 같았다. 분노의 표정도 환영의 표정도 보이지 않았다.

방해를 받았다고 생각한 모드는 훼방꾼을 보기 위해 몸을 돌렸고, 피어슨은 처음으로 그녀의 얼굴을 살짝 볼 수 있었다. 무척 아름다운 여인이었지만, 절망과 분노로 얼굴이 뒤틀려 있어 마치 그리스 비극에 나오는 등장인물처럼 보였다. 그녀는 놀림당한 듯한 기분과 코널리가 왜 자신을 피하는지 이유를 모른다는 고통에 괴로워하고 있었다.

피어슨이 오는 바람에 그녀의 억눌렸던 감정이 폭발하기에 이르렀다. 모드는 돌연 피어슨에게 등을 돌리고 생기 없는 눈동자로 그녀를 보고 있던 코널리를 바라보았다. 잠시 동안 피어슨은 그녀가 무엇을 하는지 볼 수 없었다. 그러고는 공포에 질려 소리쳤다.

"로이, 조심해!"

마치 황홀경에 빠져 있다 순간적으로 깨어난 사람처럼, 놀라운 속도로 코널리가 몸을 움직였다. 그는 모드의 팔목을 비틀었고, 잠시 옥신각신 몸싸움을 벌였다. 뒤로 물러선 코널리는 자신의 손바닥에 놓여 있는 물체를 넋이 나간 사람처럼 바라보면서 그녀에게서 떨어졌다. 부끄러움과 공포로 몸이 굳어진 모드는 손으로 입을 가리고 그 자리에 얼어붙어 움직이지 못하고 있었다.

코널리는 오른손으로 권총을 쥐고는 왼손으로 살짝 쳐 보았다. 모드의 입에서 짧은 탄식이 흘러나왔다.

"로이, 그냥 겁만 주려고 했던 거야. 믿어 줘!"

"난 괜찮아. 네 맘 잘 알아. 걱정할 필요 없어."

코널리가 부드럽게 말했다. 그의 목소리는 너무도 평온했다. 그는 피어슨을 향해 몸을 돌리고 늙은이 같은 미소를 지어 보였다.

"오메가가 원한 것이 이런 것이로군, 잭. 그를 실망시킬 순 없잖아."

"안 돼. 로이, 제발! 멈춰."

피어슨이 하얗게 겁에 질려 소리쳤다.

그러나 코널리는 이미 친구의 간청을 듣기에는 너무 멀리 가 버린 상태였고, 총구는 코널리의 머리를 향해 있었다. 바로 그 순간 피어슨은 너무도 분명히 오메가의 존재를 느낄 수 있었고 오메가가 새로운 숙주를 찾고 있다는 사실도 알 수 있었다.

그는 총이 발사되는 것을 볼 수도, 폭발음도 들을 수도 없었다. 자신이 알고 있던 세상이 눈앞에서 사라지면서 파란 방 안에 흩날리는 연기에 감싸인 자신의 모습을 발견할 수 있었다. 방 가운데에 눈꺼풀이 없는 커다란 두 개의 눈(그 긴 시간 동안 수많은 사람들을 관찰해 왔던 그 눈)이 있었다. 그 눈은 잠시 만족스러워했지만, 그 시간은 극히 찰나에 불과했다.

제5위성 |Jupiter Five|

1953년 5월 《만약에(IF)》에 최초 수록
『내일을 향해』에 재수록

1962년 난 이렇게 논평한 적이 있다. 내가 이 작품을 쓸 수 있을 것이라 단 한 번도 확신한 적이 없었다고. 이 작품에는 20장에서 30장에 달하는 궤도에 대한 연산 자료가 포함되어 있는데 이는 당연히 G. C. 맥비티 교수의 업적이다. 그는 응용수학에 있어 내 첫 스승이라고 할 수 있다. (미리 말해 두지만 그는 이 이야기에 등장하는 교수와 아무 관련이 없다.)
이 작품은 폴 프로이스에 의해서 쓰인 『아서 클라크의 비너스 프라임 5(Arthur C. Clarke's Venus Prime)』의 근간이 되었다.

포스터 교수는 체구가 너무 작아 우주복을 특별 주문 제작해야 했다. 그렇지만 이런 경우 흔히 그렇듯이 그는 신체적으로 부족한 점을 강한 결단력과 추진력으로 보완하고 있었다. 내가 그를 만났을 때, 그는 20년이라는 시간을 꿈을 좇는 일에 허비하고 있었다. 좀 더 정확히 말하자면 그는 고집불통 사업가들로 가득 찬 세계 평의회 소속 위원들과 과학 자문 단원들을 모조리 설득해 자신의 경비를 대신 부담하고 함선을 한 척 장만하도록 했다. 이후 일어난 모든 일에도 불구하고 난 여전히 그의 최고의 업적은 그들을 설득한 일이라고 생각한다…….

아널드 토인비 호가 처음으로 지구를 떠날 때는 6명의 승무원이 타고 있었다. 교수 자신을 제외하고 수석 비서관인 찰스 애시턴, 세 명이 한 팀으로 이루어진 항해사, 조종사, 기계공, 그리고 두 명의 대학원생(나와 빌 호킨스)이 탑승하고 있었다. 우리 중 그 누구도 우주로 나가 본 적이 없었다. 그때까지 우리는 너무 흥분한 상태여서 다음 학기 전까지 지구로 귀환할 수 있는지 없는지도 신경 쓰지 않았다. 우리 지도교수조차 같은 생각을 하고 있었다는 의심이 든다. 교수가 우리에게 제시한 기준은 모호하기 그지없었다. 하지만 화성어 문헌을 갓 읽기 시작한, 문장 하나만 겨우 쓸 수 있는 사람도 손가락으로 꼽을 정도였기 때문에 우리는 그 일을 맡을 수 있었다.

우리가 교수의 이론을 꽤 의심하고 있었음에도 불구하고, 화성이 아니라 목성을 향해 항해한다는 사실을 생각해 보면 교수의 이러한 자격 제한은 다소 불분명했다. 지구를 떠나고 10일이 지나자 우리의 의혹은 부분적으로 사실로 밝혀졌다.

교수는 호출을 받고 온 우리들을 주의 깊게 살펴보았다. 중력이 없는 곳에서도 그는 언제나 위엄을 갖추고 있었다. 반면 우리는 주위에 있는 손잡이에 달라붙어 있거나 해초처럼 이리저리 떠다녀야만 했다. 내 생각이 틀렸을지도 모르지만, 그는 빌과 나를 번갈아 바라보면서, '내가 이런 대접을 받을 만한 짓을 했던가?'라는 생각을 하고 있는 것처럼 보였다. 이윽고 '이제는 너무 늦어 버렸어.'라는 식의 한숨을 내쉬고는 무엇인가를 설명할 때면 언제나 그랬던 것처럼 예의 그 느리고 참을성 있는 말투로 이야기하기 시작했다. 아니, 방금 생각났는데, 적어도 우리에게 말을 할 때는 항상 그런 식……. 아니다, 신경 쓰지 말자.

"지구를 떠나온 이후 난 자네들에게 이번 탐사의 목적에 대해 충분히 설명할 시간을 갖지 못했네. 아마 이미 짐작하고 있을 것이라 생각하네만."

그가 말했다.

"제 나름의 생각은 있습니다."

빌이 말했다.

"그렇다면 한번 말해 보게."

특유의 눈웃음을 지으며 교수가 대답했다. 빌을 저지시키려고 할 수 있는 일을 다 했지만, 자유 낙하 상태에서 사람을 발로 차 본 적이 있다면 그 결과를 알 수 있을 것이다.

"교수님은 외계 문명의 확산 이론에 대한 몇 가지 증거, 아니 더 많은 증거를 찾고자 하는 것이 아닙니까?"

"그럼 왜 목성으로 가고 있는지도 아는가?"

"사실 정확히는 모르겠습니다. 혹시 목성의 위성 중에서 무엇인가를 찾고자 하는 것 아닌가요?"

"훌륭해, 훌륭해. 목성에는 15개의 위성이 있지. 전체 면적은 지구의 절반 정도이고. 몇 주의 시간이 있다면 어디서부터 탐사를 시작하겠나? 좀 알고 싶군."

교수가 빈정거리고 있다고 생각하면서 빌은 의심스러운 눈으로 교수를 바라보았다.

"전 천문학에 대해서는 잘 모릅니다. 그렇지만 4개의 커다란 위성이 있지 않나요? 전 그곳부터 시작하겠습니다."

"정보를 주자면, 이오, 에우로파, 가니메데, 칼리스토는 각각 그 크기가 아프리카 정도라고 할 수 있지. 그럼 알파벳순으로 그곳을 탐사할 건가?"

"아니오." 빌이 대뜸 대답했다. "목성에서 가까운 곳에서 시작해 먼 곳으로 탐사해 나갈 겁니다."

"자네의 추론을 따라가면서까지 시간을 낭비하고 있을 수는 없네." 교수가 한숨을 쉬었다. 그는 연설을 하고 싶어서 안달이 나 있었다. "여하튼 자넨 잘못 생각했네. 그 커다란 위성에 갈 생각은 추호도 없네. 이미 우주 공간에서 사진 촬영을 끝마쳤고 대부분의 지역에 대한 표면 탐사도 이루어져 있네. 고고학적으로 탐사해 볼 만한 흥밋거리가 하나도 없더군. 지금까지 한 번도 탐사한 적이 없는 곳으로 갈 계획이네."

"목성은 안 됩니다!"

난 놀라서 숨이 막혔다.

"절대 아니지. 목성처럼 끔찍한 곳이 또 어디에 있다고. 그렇지만 그 어떤 사람보다도 더 가까이 목성에 다가갈 거네." 그는 잠시 생각에 잠겼다. "자네들, 이건 정말 놀랍지 않은가? 아니 자네들은 놀라지 않을지도 모르겠군. 가까운 거리에 있는 목성의 위성 간 이동이 행성 간 이동만큼이나 어렵다니. 이는 목성의 중력이 너무 강해 위성이 빠른 속도로 움직이기 때문이지. 가장 안쪽에 있는 위성은 지구와 거의 같은 속도로 빠르게 이동하기 때문에 가니메데에서 그곳까지 가려면 지구에서 금성까지 가는 데 드는 연료와 같은 양의 연료가 필요하다네. 비록 시간은 하루하고 반나절이면 되지만 말일세.

우리가 하려는 것이 바로 이 일이네. 이런 막대한 비용에 합당한 충분한 근거를 찾지 못해, 지금까지 아무도 이 일을 하려고 하지 않았지. 목성의 제5위성은 직경이 30킬로미터 정도여서 아무도 관심을 가지지 않았지. 심지어 탐사하기 쉬운 바깥쪽 위성들조차도 연료비를 이유로 탐사된 적이 없었어.”

“그렇다면 왜 우리만 연료를 허비해야 하나요?”

조급한 마음에 물어보지 않을 수 없었다. 비록 흥미로운 것이 발견되거나 아무 위험도 도사리고 있지 않다고 하더라도 그따위 일엔 신경 쓰고 싶지 않았다. 헛수고만 한다는 생각이 들었다.

사실 고백할 것이 있다. 다른 많은 사람들이 그랬던 것처럼 나도 아무 말 하고 싶지 않았지만, 이번만은 포스터 교수의 이론을 전혀 믿을 수 없었다. 물론 그가 자기 분야에서 아주 뛰어난 사람임을 난 잘 알고 있다. 그렇지만 난 그의 허황된 생각과 어느 정도 선을 그어 놓고 있었다. 무엇보다도 증거가 너무도 빈약했고, 결론이 비약이 심해 누구나 의심하지 않을 수 없었다.

아마도 여러분은 최초 화성을 탐사했을 당시 고대 문명의 잔재가 하나가 아닌 두 개였다는 사실을 발견하고 깜짝 놀랐던 일을 잘 기억하고 있을 것이다. 둘 다 고도의 문명을 건설했지만 이미 500만 년 전에 멸망했다. 그 이유는 여전히 의문으로 남아 있다. 전쟁으로 파멸한 것처럼 보이지는 않았다. 그 두 문명은 서로 우호적으로 지낸 것처럼 보였다. 한 종족은 곤충과 흡사했고, 다른 한 종족은 파충류와 흡사했다. 곤충류가 화성 토착종이었다. 파충류 인간들은 흔히 X문명이라고 일컬어졌는데, 나중에 화성에 도착했다.

적어도 포스터 교수는 이렇게 생각했다. 그들은 우주여행의 비밀을 알고 있었는데, 왜냐하면 그들 고유의 십자형 도시의 폐허가 수성에서도 발견되었기 때문이었다. 포스터 교수는 그들이 작은 행성들을 식민화하려고 했는데, 지구와 금성은 중력이 커서 제외되었다고 생각했다. 포스터 교수는 달에서 X문명의 흔적을 찾을 수 없다는 사실에 크게 실망했지만, 흔적을 찾는 것은 시간문제라고 생각하고 있었다.

기존의 X문명 이론은 다음과 같다. 그 문명은 작은 행성이나 위성에서 기원해 태양계에서 지구를 제외하고는 유일하게 지적 생명체가 살고 있는 화성에 건너와 화성인들과 평화 협정을 체결하였고, 화성 문명이 멸망함과 동시에 멸망하였다. 그렇지만 포스터 교수는 이것보다 더 거창한 견해를 갖고 있었다. 그는 X문명이 태양계 밖 다른 우주에서 유입된 것으로 확신하고 있었다. 비록 소수의 편에 서 있었을 때 행복감을 느끼는 종류의 사람이었지만, 그래도 아무도 이 사실을 믿지 않자 그는 다소 신경질이 나 있었다.

포스터 교수가 계획을 설명하고 있을 때, 내가 앉은 자리에서 현창 (舷窓)을 통하여 목성이 보였다. 아름다운 광경이었다. 적도 구름대가 보였고, 목성 옆에 붙은 작은 별처럼 생긴 세 개의 위성이 보였다. 우리의 최초 통신 기지가 될 가니메데가 어느 것인지 궁금했다.

교수는 계속해서 말을 이었다.

"만약 잭이 겸손하게 귀를 기울인다면, 왜 우리가 이 먼 곳까지 오게 되었는지 자네들에게 설명해 주겠네. 내가 오랜 시간 수성의 어스름 지대에 있던 폐허 속을 파헤치고 다녔다는 사실을 잘 알 거라 생각하네. 내가 이 문제와 관련해 런던 정경대에서 발표한 논문을 읽어 봤겠지? 자네들도 그곳에 있었을지 모르겠군. 발표장 뒤에서 한바탕 소동이 일어났었지.

아무에게도 말하지 않은 사건이 하나 있었는데, 수성에서 탐사를 하는 도중 난 X문명의 기원에 관한 중요한 단서를 발견할 수 있었다네. 비록 허튼 박사 같은 머저리들이 내가 치른 희생을 하찮다고 놀려대는 바람에 말해 버리고 싶은 유혹을 받았지만, 끝내 그 사건에 대해서는 입을 다물었지. 이번 탐사를 기획하기 전 다른 사람들이 이곳에 오는 위험을 감수하고 싶지 않았다네.

내가 수성에서 발견한 유물 하나는 태양계를 엷게 새긴 부조(浮彫)였는데, 보존 상태가 아주 양호한 축에 들었어. 그렇지만 내가 발견한 게 최초는 아니었어. 알다시피 토착 화성인과 X문명인의 예술 세계에서 천문학은 가장 널리 퍼져 있던 주제라고 할 수 있지. 그렇지만 화성과 수성을 포함해서 다른 행성과 대비되는 특별한 기호들이 존재하더군. 난 그 문양들이 과학사와 관련된 특별한 중요성을 내포하고 있다고 생각하네. 그리고 가장 궁금한 점은 다른 위성에 비해서 아무런 중요성을 가지고 있지 않은 목성의 제5위성이 미술품에서는 가장 주목을 받고 있었다는 점이야. 그래서 난 X문명과 관련된 문제들을 풀 수 있는 어떤 열쇠를 제5위성에서 찾을 수 있다고 확신하네. 그래서 지금 그곳으로 탐사 여행을 하는 것이지."

내가 지금 기억하기로는 그 당시 빌과 나, 어느 쪽도 교수의 이야기에 특별한 감명을 받지 않았다. 혹 X문명 사람들이 제5위성에 특별한 목적을 가지고 유물을 남겨 놓았을 수도 있었다. 그걸 발굴한다면 무척 흥미로운 일일 터였다. 그러나 교수가 생각했던 것처럼 그렇게 중요한 것 같지는 않았다. 우리가 별다른 반응을 보이지 않자 교수는 약간 실망한 듯했다. 만약 그랬다면 그건 교수 잘못이었다. 우리도 나중에 알게 되었는데, 그는 여전히 무엇인가를 비밀로 하고 있었기 때문이다.

일주일이 지나고 우리는 가장 커다란 위성인 가니메데에 착륙했다. 가니메데는 영구 기지가 있는 유일한 위성이었다. 그곳에는 50명의 연구원들이 상주하고 있는 관측소와 지구물리학 연구소가 있었다. 그들은 방문객이 오자 무척 반겼지만, 연료를 충전하고 나자 떠나고 싶어 안달이 난 교수의 성화 때문에 우리는 오래 머물 수 없었다. 우리가 제5위성으로 간다는 사실은 사람들 사이에서 큰 관심거리가 되었지만 교수님이 아무런 언급도 하지 않아 우리도 입을 다물어야 했다. 그는 우리 행동을 주의 깊게 살펴보았다.

그렇지만 가니메데는 무척 흥미로운 곳이었다. 우리는 귀향길에 가니메데에 대해서 더 많은 것을 볼 수 있었다. 그렇지만 이미 다른 잡지에 이와 관련된 기사를 쓰기로 이미 결정을 했기 때문에 이쯤에서 이 이야기는 접어야 할 것 같다. (관심이 있다면 《전국 천체 항법》 봄호를 관심 있게 지켜보길 바란다.)

가니메데에서 제5위성으로 비행하는 데 하루 반나절이 걸렸다. 다가갈수록 마치 하늘을 가득 채울 것처럼 한 시간 단위로 거대해지는 목성을 보는 것은 그다지 유쾌한 일이 아니었다. 비록 천문학에 대해선 잘 모르지만, 우리를 끌어당기는 거대한 중력에 대해서 생각해 보지 않을 수 없었다. 어떤 일도 손쉽게 어긋날 수 있었다. 만약 연료가 바닥난다면 우리는 다시는 가니메데로 귀환할 수 없는 것은 물론이고 목성으로 곤두박질칠지도 몰랐다.

머리 위에서 성난 폭풍대가 휘감아 돌고 있는 거대한 천체를 본다는 것이 어떤 기분인지 정확히 묘사할 능력이 있으면 좋겠다. 사실 시도해 봤지만 내 초고를 읽어 본 문학 종사자 친구들은 결론 부분을 삭제하라는 충고를 해 주기도 했다. (그들은 다른 충고들도 엄청나게 많이 해 주었는데, 진실성이 있는 충고인지 의심스럽기는 했다. 왜냐하면 만약 내가 그들 충고대로 하면 이야기라고 할 만한 부분이 하나도 남지 않았기 때문이다.)

다행히 요즘은 목성을 근접 촬영한 컬러 사진들이 많이 나와 그 중 상당수를 이미 많이 보았을 것이라 생각한다. 나중에 설명하겠지만, 우리가 겪은 모든 문제의 원인이 되었던 '그것'도 아마 보았을 것이다.

마침내 목성이 더 이상 커져 보이지 않았다. 우리는 제5위성의 궤도 속으로 돌진해 들어갔다. 목성 주위를 도는 그 조그마한 위성을 막 따라잡을 찰나였다. 우리 모두 난생 처음 마주하는 목표물을 보기 위해서 통제실에 빼곡히 모여 있었다. 적어도 통제실에 들어올 수 있는 사람은 한 사람도 빠지지 않았다. 빌과 나는 사람들에 밀려 복도로 쫓겨나 다른 사람의 어깨너머로만 밖을 볼 수 있었다. 항해사인 킹슬리 설은 차분히 통제석에 앉아 있었다. 기계공인 에릭 풀톤은 조심스럽게 콧수염을 씹으며 연료 계기판을 바라보고 있었다. 토니 그로브스는 항해표를 이용해 무엇인가 복잡한 작업을 하는 것 같았다.

교수는 망원경 접안렌즈에 찰싹 달라붙어 있었다. 갑자기 그가 신호를 주었고 숨을 들이쉬면서 나오는 휘파람 소리가 났다. 잠시 시간이 흐른 뒤 그는 한마디 말도 없이 설에게 신호를 보냈다. 망원경을 본 설은 교수와 정확히 똑같은 행동을 했고, 이내 풀톤에게 자리를 넘겨주었다. 그로브스도 똑같은 행동을 되풀이 했다. 그래서 우리는 천천히 기어 들어가 약간의 반대에도 불구하고 망원경을 차지했다.

난 정확히 무엇을 봐야 하는지 알지 못했다. 그래서 처음에는 실망할 수밖에 없었다. 불룩 튀어나온 작은 위성이 우주 공간에 떠 있었다. 밤이라고 추정되는 부분에 미세하게 목성의 광채가 반사되어 빛나고 있었다. 그게 전부인 것처럼 보였다.

망원경을 꽤 오래 들여다보고 있으면 흔히들 하는 것처럼 나도 점점 다른 것들을 보기 시작했다. 위성 표면에 십자 모양의 미세한 선들이 보이는가 싶더니, 문득 전체적인 형태가 한눈에 들어왔다. 그건 하나의 문양이었다. 지구를 나누고 있는 위선과 경선처럼 그 선은 기하학적 정확성으로 제5위성을 덮고 있었다. 놀라움에 휘파람을 불었던 것 같다. 왜냐하면 빌이 나를 밀치고 망원경을 낚아챘기 때문이다.

우리가 집중포화를 퍼부어 대자 포스터 교수는 시치미를 뗐다.

그가 설명하기 시작했다.

"물론 자네들은 놀랐겠지만 나까지 놀라게 할 만한 건 아니네. 내가 수성에서 찾아낸 증거 외에도 다른 단서가 저곳에 있지. 지금 가니메데 관측소에는 비밀을 지키기로 약속한 친구가 한 명 있다네. 지난 몇 주간 엄청난 압력을 받고 있지. 천문학자가 아니더라도 그 관측소에서 위성들에 별로 신경 쓰지 않는다는 걸 알면 다들 놀랄 걸세. 그 거대한 기구들은 외계 은하의 성운을 관찰하는 데 쓰이고, 작은 기구들은 오로지 목성만을 관찰하는 데에 쓰이고 있지.

제5위성과 관련해서는 고작 직경을 재고 사진 몇 장 찍는 정도라네. 그 정도로는 우리가 보았던 문양을 파악할 수 없어. 만약 파악할 수 있었다면 틀림없이 탐색이 이루어졌겠지. 그렇지만 친구 로튼에게 부탁해 1미터 반사 망원경을 통해 관찰한 결과, 오래 전에 파괴된 게 틀림없는 흔적을 보았네. 제5위성은 직경이 겨우 30킬로미터지만 크기에 비해 지나치게 밝은 빛을 내고 있지. 빛을 반사하는 힘을 비교해 본다면……. 그게 뭐지? 알테…….”

“알베도요.”

“그래, 고맙네. 토니. 다른 위성들의 알베도와 비교를 해 보면 제5위성의 반사도가 지나치게 크다는 사실을 알게 될 거야. 사실 바위라기보다는 광택을 낸 금속처럼 보이지.”

“그렇군요. 틀림없이 X문명인은 수성에 건설했던 것보다 훨씬 더 큰 돔을 제5위성 지표에 건설한 거예요.”

내가 끼어들자 교수는 다소 불쌍하다는 표정으로 나를 바라보다가 말했다.

“아직도 감을 잡을 수 없단 말인가?”

사실 이건 좀 불공평하다고 생각한다. 솔직히 이런 상황에서 어떻게 더 머리가 잘 돌아갈 수 있겠는가?

세 시간 후 우리는 거대한 금속 평원에 착륙했다. 현창을 통해서 보았을 때도 그랬지만, 나는 주위 환경에 압도되어 난쟁이가 된 느낌이었다. 아마 거대한 석유 탱크 위를 기어 다니는 개미라면 그 느낌을 알 것이다. 머리 위에서 어른거리는 거대한 목성도 별 도움이 되지 않았다. 심지어 포스터 교수가 으레 하는 잘난 척까지도 경외의 눈으로 보게 되었다.

평원은 황량하지만은 않았다. 평원을 가로질러 이곳저곳에 거대한 금속판이 모여 있는 광활한 띠 모양의 지대가 보였다. 이 십자형 띠가 바로 우주에서 본 것들이었다.

200미터 전방에 작은 언덕이 하나 있었다. 적어도 자연에서 언덕이라고 부를 만한 것이었다. 우리는 우주에서 이 작은 위성을 주의 깊게 관찰한 후 이곳을 우리 목적지로 결정한 상태였다. 그 언덕은 6개의 돌출부 중 하나였는데, 4개는 가운데를 중심으로 일정한 간격으로 배치되어 있고, 다른 2개는 양끝에 있었다. 이 돌출부를 통해서 금속 보호막 아래 있는 세상으로 들어갈 수 있다는 추측을 쉽게 할 수 있었다.

어떤 사람들은 우주복을 입고 저중력 상태의 행성을 걸어 다니는 일이 꽤 재미있는 줄로 알 것이다. 그렇지만 사실은 그렇지 않다. 생각해야 할 것, 확인해야 할 것, 그리고 지켜야 할 규칙이 너무 많아 정신적 피로가 우주의 아름다움을 압도한다. 적어도 난 그렇게 생각한다. 그렇지만 사실 나도 이번만은 인정하지 않을 수 없다. 에어록을 열고 밖으로 나왔을 때, 난 엄청나게 흥분한 나머지 그 순간만은 이런 복잡한 문제들에 대해 전혀 신경 쓰지 않았다.

제5위성은 중력이 아주 미약해 걷기가 불가능했다. 우리는 등산가처럼 로프로 서로 몸을 엮고 반동총의 미약한 폭발을 이용해 금속 평원을 가로질러 갔다. 풀톤이나 그로브스와 같은 숙련된 우주 비행사들이 줄의 양끝을 맡아 가운데 있는 사람들이 혹시라도 얼빠진 행동을 하는 걸 막았다.

몇 분이 채 지나지 않아 우리는 목적지에 도달했다. 둘레가 적어도 1킬로미터에 달하는 광대하면서도 그다지 높지 않은 돔 모양이었다. 우리 목적지에 우주선이 들어갈 만한 입구가 있을지 의문이 들었다. 만약 우리가 운이 좋지 않았다면 틀림없이 들어가는 입구를 찾지 못했을 것이다. 제어 시스템이 더 이상 작동하지 않았고, 만약 작동하고 있었다고 해도 어떻게 작동하는지 알아낼 방법이 없었기 때문이다.

역사상 가장 위대한 유물을 발견하고도 굳게 잠겨 있어 들어가지 못하는 것보다 더 안타까운 일을 상상하기란 쉽지 않을 것이다.

돔을 4분의 1 정도를 돌고 나서야 금속 보호막이 열려 있는 공간을 발견할 수 있었다. 그곳은 지름이 2미터 정도로 아주 작았고, 둥근 모양을 하고 있어 처음에는 무엇인지 알 수 없었다. 이윽고 토니의 목소리가 무전기를 통해 들려왔다.

"인공적으로 만들어진 게 아니야. 운석에 감사라도 해야겠는걸."

포스터 교수가 반박했다.

"말도 안 돼. 너무 정연한 모양을 하고 있잖나."

토니가 고집을 부렸다.

"빗나가지 않는 한 운석의 일격은 언제나 둥근 구멍을 만들어 내지요. 그리고 저 가장자리를 좀 보세요. 폭발 흔적 같은 게 있잖아요. 아마도 운석과 금속 보호막이 부딪쳐 기화된 것 같아요. 전혀 파편이 없잖아요."

킹슬리가 끼어들었다.

"그런 일이 있었을 법도 하지. 얼마나 오랜 시간 이것이 이곳에 있었을까? 500만 년? 사실 이 같은 흔적을 더 찾지 못한 게 놀랍네."

"아마 자네 말이 맞을 거야. 여하튼 내가 먼저 들어가겠네."

논쟁할 필요가 없어지자 교수가 기쁜 목소리로 말했다.

"그러시죠. 20미터짜리 로프를 가져가세요. 전 여기 구멍에 앉아 무선 연락을 계속 취하죠. 이렇게 하지 않으면 이 금속 보호막이 교수님이 보내는 신호를 차단하거든요."

항해사로서 이런 문제에서 최후 발언권을 가진 킹슬리가 말했다.

결국 포스터 교수가 제5위성에 들어가는 첫 번째 사람이 되었다. 마땅히 그럴 자격이 있었다. 우리는 모두 킹슬리 주위에 모여 그가 전하는 포스터 교수의 소식을 들었다.

교수는 그다지 멀리 간 것 같지 않았다. 우리 예상처럼 외부 보호막 안에 또 다른 보호막이 하나 더 있었다. 포스터 교수는 이 두 개의 보호막 사이에 똑바로 설 수 있었다. 손전등 빛이 닿는 곳엔 하나같이 대들보와 버팀목이 즐비하게 서 있는 길이 뻗어 있었고, 다른 통로는 찾아볼 수 없었다.

조금이라도 더 전진하기까지 24시간이라는 엄청난 시간이 흘러야 했다. 24시간이 거의 다 지나갈 무렵 포스터 교수에게 폭발물을 가져오지 않은 이유를 물어봤던 기억이 되살아났다. 그는 나를 날카롭게 바라보았다.

"우리 모두를 재로 만들기에 충분한 양의 폭발물이 우주선에 실려 있다네. 그렇지만 다른 방법이 있다면, 난 다칠 염려가 있는 일은 하지 않을 걸세."

참 대단한 인내심이라고 말했지만, 난 포스터 교수의 생각을 이해할 수 있었다. 무엇보다도 이미 20년이라는 시간이 흘러갔는데, 며칠 더 지나간다고 무슨 차이가 있겠는가?

처음 우리가 생각했던 통로를 포기했을 때 다른 입구를 발견한 것은 빌 호킨스였다. 위성의 북극 근처에서 그는 거대한 운석 구멍을 발견해 냈다. 지름은 수백 미터에 달했고, 이미 발견한 두 겹의 보호막이 모두 뚫린 상태였다. 그 아래에도 보호막이 하나 더 있었는데, 마침 영겁의 세월 동안 좀 더 작은 다른 운석이 하나 더 날아와 그 보호막까지 뚫어 주는 우연이 일어난 모양이었다. 가장 안쪽의 보호막에도 우주복을 입은 사람 하나가 겨우 들어갈 정도인 구멍이 뚫려 있었다. 우리는 한 번에 한 명씩 머리부터 들이밀었다.

이보다 더 기이한 경험은 앞으로 겪을 수 없으리라. 우리는 성 베드로 성당의 천장에 매달린 거미 같았다. 우리가 떠돌고 있는 이 공간이 무척 광활하다는 건 잘 알고 있었다. 그렇지만 얼마나 광활한지 정확히 말할 수는 없었다. 우리가 가진 전등으로는 거리를 잴 수 없었기 때문이다. 물론 공기도 없고 먼지도 없는 이 동굴과도 같은 곳에서는 탐사등 불빛이 제대로 보이지 않았다. 다만 천장에 빛을 비추면 타원형의 빛이 춤추며 멀어지다가 마침내는 그 형체조차 알아볼 수 없을 정도로 희미해졌다. 전등을 아래로 향하면 아득히 멀리서 희미하게 얼룩이 보이긴 했지만 아무 형체도 보이지 않았다.

중력이 아주 미약하게 작용하는 이 세계에서 우리는 아주 천천히 안전 로프의 상태를 확인하며 하강하기 시작했다. 머리 위로 우리가 들어왔던 곳을 통해 아주 미세하게 빛나는 반점을 볼 수 있었다. 그 반점은 멀리 떨어져 있었지만 확실히 보였다.

어둠 속에서 주위의 동료들은 작은 별처럼 가물가물 빛을 발하고 있었다. 무한 왕복 운동을 하는 시계추처럼 안전 로프 끝에 매달려 천천히 이리저리 움직이고 있는데, 갑자기 뇌리를 스치는 생각이 하나 있었다. 나는 통신 회로가 열려 있어 모두 듣고 있다는 것을 잊어버리고 순간적으로 소리쳤다.

"교수님! 아무리 봐도 위성 같지 않은데요. 이건 우주선이에요."

곧바로 바보 같은 짓을 했다는 생각에 입을 다물지 않을 수 없었다.

짧은 침묵의 순간이 지나자 이쪽저쪽에서 반박의 말들이 쏟아져 나왔다. 갑론을박의 소란을 잠재우고 포스터 교수의 목소리가 들려왔다. 그 목소리는 놀라면서도 즐거운 듯했다.

"잭, 바로 그거야. 이 위성은 X문명 사람들이 태양계에 타고 온 우주선이야."

믿을 수 없다는 듯 에릭 풀톤의 목소리가 떨렸다.

"놀랍군요. 직경이 30킬로미터에 달하는 우주선이라."

평소와 달리 교수가 부드럽게 말했다.

"그 이상이지. 한 문명이 행성간 여행을 한다고 생각해 보게. 갖가지 난관을 어떻게 헤쳐 나갈 수 있겠는가? 아마 그 문명은 수 세기에 걸친 작업을 통해 우주 공간에 움직이는 소행성을 건설하려고 하겠지. 수 세대의 사람들을 먹여 살리려면 우주선은 완벽히 자급 능력을 갖추고 있어야 할 것이고, 그렇다면 이 정도 크기는 되어야 했을 거야. 그들이 우리 태양을 발견해 자신들의 탐색이 끝났다고 결정하기까지 얼마나 많은 태양을 탐사하고 다녔을지 궁금해. 분명 그들은 행성을 발견하면 행성으로 내려갈 때 탈 조그마한 탐사선을 많이 보유하고 있었을 것이고, 물론 모선은 우주 어딘가에 남겨 두어야 했을 걸세. 그래서 그들은 가장 커다란 행성인 이 목성 궤도에 모선을 정박한 것이지. 영원히 안전하게 보관할 수도 있고, 필요하다면 또 꺼내 쓸 수도 있으니까. 가장 이상적인 장소였던 걸세. 만약 그들이 태양 궤도에 모선을 정박시켰다면, 다른 행성들의 인력이 모선의 궤도를 변화시켜 찾을 수 없게 되었을걸. 여기라면 그런 일이 일어나지 않지."

누군가가 말했다.

"말해 주세요, 교수님. 출발 전에 이런 일들을 다 생각하고 계셨던 거예요?"

"생각했다기보다는 그러길 바랐다는 편이 더 맞겠지. 내가 가진 증거들을 종합해 보니 이런 결론에 도달하더군. 비록 아무도 알아채지 못했지만, 제5위성에는 참으로 기이한 게 많다네. 다른 작은 위성과 달리 왜 이 위성만 7배나 목성에 더 가까이 있을까? 천문학적인 관점에서 말하자면 이는 이치에 맞지 않아. 여하튼 수다는 이쯤에서 그만두기로 하지. 할 일이 아직도 많아."

내 생각에 그 말은 교수가 이번 세기에서 가장 몸을 사린 발언 중 하나였다. 우리 7명은 역사상 가장 위대한 고고학 유물을 마주하고 있었다. 아주 작고 인공적인 세상, 그렇지만 여전히 그 자체로 하나의 세상인 유물이 우리의 탐사를 기다리고 있는 것이다. 우리가 할 수 있는 건 수박 겉핥기식 탐사뿐이었다. 이곳엔 수 세대에 걸쳐 탐사해야 할 유물들이 있을 터였다.

가장 먼저 할 일은 우주선과 연결된 전력선에 강력한 투광 조명을 설치하여 밑으로 내려보내는 것이었다. 투광 조명은 국지적으로 위성의 내부 표면을 비추는 역할 외에 신호등과 등대 역할도 할 터였다. (지금도 마음 한구석에서는 제5위성을 우주선으로 인정할 수 없다.) 그 다음에는 전선을 두 번째 표면으로 내려보냈다. 대략 1킬로미터를 떨어지는 셈이었다. 중력이 약해서 전선을 그냥 떨어뜨려도 안전했다. 부딪칠 때 생기는 가벼운 충격은 그때를 위해 가져온 충격 완화 장치로 충분히 흡수할 수 있었다.

제5위성의 경이로움을 묘사하는 데 지면을 할애하고 싶은 마음은 없다. 이미 이와 관련된 사진, 지도 그리고 책이 많이 발간된 상태다. (내가 쓴 책은 내년 여름 시지웍과 잭슨에 의해 출간될 예정이다.) 대신 나는 이 이상한 금속 세상에 첫발을 디딘 소감을 이야기하고 싶다. (지금 내가 하려는 말을 믿기 어려울지도 모르지만) 이런 말을 해서 미안하지만, 난 사실 거대한 버섯 모양의 입구를 지나가면서 느꼈던 감정을 기억할 수 없다. 너무 흥분했을 뿐만 아니라 그 경이로움에 압도되어 다른 모든 것을 완전히 잊어버리고 있었던 것 같다. 그렇지만 사진으로는 도저히 느낄 수 없는 그 거대한 규모는 생생히 기억할 수 있다. 중력이 낮은 행성의 사람들이 흔히 그렇듯이 이 세계를 건설한 사람들은 인간보다 4배는 큰 거인이었음이 분명했다. 우리는 그들의 유물 속으로 기어들어 가는 난쟁이에 불과했다.

최초 위성 탐사에서 우리는 내부 깊숙이 들어갈 수 없었기 때문에, 후에 발견된 그 위대한 과학 유물들은 거의 보지 못했다. 그렇지만 그것만으로도 충분했다. 그들이 살았던 주거 지역만 둘러보는 데도 족히 몇 세대의 노고가 필요할 정도였다. 우리가 탐사한 지역은 우주로 대기가 유출되는 것을 방지하기 위하여 세 겹의 층으로 둘러싸여 있었는데, 그곳에서 쏟아져 나오는 인공 햇빛으로 불을 밝혔던 것 같다. 이곳 표면층에 그 목성인들(X문명 사람들을 일반적으로 지칭하는 표현을 쓰지 않을 수 없다.)은 수 세기 전 떠나온 자신들의 고향과 똑같은 환경을 만들어 놓았던 것이다. 아마도 이곳엔 여전히 밤과 낮이 존재하고, 계절이 바뀌고, 비가 오거나 안개가 끼기도 할 것이다. 그들은 심지어 피서를 할 수 있는 작은 바다까지 만들어 놓았다. 직경 3킬로미터의 호수가 얼어붙은 채로 여전히 그곳에 있었다. 운석 구멍이 복구되는 대로 이곳에 전기를 공급하여 제5위성 안에서도 숨 쉴 수 있는 대기를 공급할 계획을 세우고 있다는 이야기를 들었다.

우리는 500만 년만에 잠에서 깨어난 유물을 보면 볼수록 이런 문명을 만든 사람들이 좋아졌다. 비록 외행성에서 온 거인들이지만 인간과 흡사한 점이 무척 많았다. 우주적 규모로 보자면 아주 작은 차이로 인해 그들과 우리가 엇갈려 만날 수 없었다는 것은 비극이라고 할 만하다.

우리는 역사상 그 어떤 고고학자보다도 운이 좋았다. 우주라는 진공 상태로 인하여 부식되지 않고 보존이 잘 돼 있으며, 목성인들이 태양계를 식민지화하기 위해 모선을 버리고 떠나면서 보물들을 다 두고 갔다는 것도 커다란 행운이었다. 제5위성 내부에 있는 것들은 모두 오랜 여행이 끝났을 때의 모습 그대로였다. 아마도 탑승객들은 이 함선을 자신들의 잃어버린 고향에 대한 기억의 전당으로 보존하고 있었거나, 혹은 언제라도 다시 이 함선을 사용할 수 있을 거라 생각했는지도 모른다.

이유야 어찌 되었든 모든 것은 만든 사람들이 남겨 둔 모습 그대로 남아 있었다. 때때로 이 사실이 두렵기도 했다. 빌의 도움으로 어느 거대한 벽에 새겨진 조각의 사진을 찍던 중 나는 그 장소에 깃들인 순수한 영원성에 큰 충격을 받았다. 거대한 형체가 뾰족한 문을 통해 들어와 잠시 중단했던 그들 본연의 임무를 다시 시작하지 않을까 하는 생각에 나는 불안스레 주위를 두리번거리곤 했다.

4일째 되는 날 우리는 화랑을 발견했다. 화랑 외에는 다른 이름을 붙일 수 없었다. 남반구를 재빨리 돌고 온 그로브스와 설이 화랑 발견

소식을 전했을 때, 우리는 그곳에 총력을 기울이기로 했다. 사람들이 이야기하는 것처럼 예술 작품은 정신을 보여 주는 만큼, 우리는 그곳에서 X문명을 이해할 단서를 발견할 수 있을지도 모르는 일이었다.

화랑은 거인이 건설했다는 사실을 감안해도 정말 어마어마했다. 제5위성에 있는 다른 모든 건축물처럼 금속으로 만들어지긴 했지만, 차갑거나 기계적이지 않았다. 건물 꼭대기의 첨탑은 저 멀리 위성의 덮개 중반부까지 뻗어 있었고, 자세히 보지는 못했지만 멀리서 보면 마치 고딕 양식의 성당 같았다. 우연히 비슷한 데가 있어서 후에 몇몇 작가들은 이곳을 사원이라고 부르기도 하였다. 물론 우리는 목성인에게서 종교와 관련된 어떤 흔적도 찾아볼 수 없었다. 그렇지만 그곳에 붙은 이름은 왠지 잘 어울렸다. '예술의 전당.' 이름을 너무도 적절하게 붙여 이제는 누구도 그 이름을 바꿀 수 없다.

이 건물 한 채에만 인간보다 더 오랜 역사를 가진 종족의 역사 전부를 담고 있는 1000만~1200만 점의 전시품이 있었다. 이곳에서 나는 첫눈에 회의장 같이 생긴 동그란 작은 방을 하나 발견할 수 있었는데, 방 주위로 6개의 복도가 나 있었다. 난 혼자 그곳에 있었고, 교수의 지시를 어기지 않기 위해 동료들에게 돌아가려고 최단거리를 골라 발걸음을 옮기고 있었다. 탐사등에서 나오는 빛이 천장에서 춤을 추고 있었고, 발걸음을 옮기자 검은 벽들이 내 주위에 떠다니는 것처럼 보였다. 천장은 깊게 새겨진 문자로 덮여 있었다. 나는 익숙한 문자를 찾느라 정신이 팔려 때때로 바닥에는 신경도 쓰지 않았다. 그때 동상 하나가 눈에 들어와 탐사등을 비춰 보았다.

사람이 위대한 예술 작품을 처음 접하면 두 번 다시는 느끼기 힘든 커다란 충격을 받기 마련이다. 그때 나를 강렬히 사로잡은 것은 그 동상의 대상이었다. 내가 목성인의 생김새를 처음으로 본 사람이 된 것이다. 바로 이곳에 위대한 예술적 기교와 독창성으로 실물을 본떠 만든 조각이 서 있었다.

파충류의 길쭉한 머리가 똑바로 아래를 내려다보고 있었고, 초점 없는 눈동자가 나를 꿰뚫어 보고 있었다. 모든 것을 체념한 듯 양손은 가슴 위에 포개져 있었다. 그리고 나머지 두 손은 아직 용도를 알 수 없는 무기를 쥐고 있었다. 몸의 균형을 잡는 용도로 보이는 캥거루 꼬리 모양의 길고 탄탄한 꼬리가 지상 위에 길게 늘어져 있어, 평화롭고 안락한 느낌을 주었다.

조각상의 얼굴과 몸에서는 인간의 흔적을 전혀 찾아볼 수 없었다. 예를 들어 콧구멍은 없었지만 아가미 같은 구멍이 목에 나 있었다. 그렇지만 나는 그 자태에 깊은 감명을 받았다. 이 예술품을 만든 이는 상상도 할 수 없는 방식으로 시간과 문명의 장벽을 뛰어넘고 있었다. '인간이 아닌, 그러나 인간적인'이 포스터 교수가 내린 결론이었다. 이 세계를 건설한 이들과 공유할 수 없는 것이 많았지만, 중요한 것들은 공감할 수 있었던 것이다.

개나 말처럼 익숙한 동물의 얼굴 표정은 못 읽어도 외계인의 얼굴 표정에 나타나는 감정은 읽어 낼 수 있는 것처럼, 나는 눈앞에 서 있는 이 존재의 감정을 느낄 수 있었다. 그의 표정에는 지혜와 위엄이 서려 있었다. 마치 조반니 벨리니의 초상화 「총독 레오나르도 로레단」에서 보이는 것 같은 엄숙함과 자신감이 그 안에 서려 있었다. 그렇지만 그 안에는 슬픔도 묻어 있었다. 이루 헤아릴 수 없이 노력했지만 결국은 헛수고로 돌아간 종족에게서 보이는 슬픔.

우리는 아직도 목성인들이 이 작품을 제외하고는 자신들의 모습을 재현한 작품을 만들지 않은 이유를 모른다. 이처럼 진보한 문명에서 자기 자신의 모습을 금기시하는 터부를 발견하기란 쉽지 않다. 아마도 벽에 새겨진 글을 해독하는 순간 그 해답을 발견할 수 있을지도 모르겠다.

그렇지만 난 이미 이 조각상의 용도를 명확히 파악할 수 있었다. 이 조각상은 시간의 다리 역할을 하는 것으로, 언젠가 다른 존재가 나타났을 때 그들에게 인사를 하기 위해 만든 것이다. 아마도 이런 이유로 실제보다 훨씬 작은 크기의 조각상을 만들었을 것이다. 지구인이나 금성인, 그들보다 왜소한 존재가 미래를 지배하리라는 예측을 했던 게 틀림없다. 그들은 시간만이 아니고 크기도 장애물이 되리란 사실을 잘 알고 있었다.

몇 분 후 내 발견을 교수에게 이야기하려는 충동에 휩싸여 동료들과 함께 귀환하고 있을 때였다. 제5위성에 도착한 이후 포스터 교수가 하루 평균 4시간 이상 잠을 잤다고 생각하지는 않지만, 그래도 그는 마지못해 이따금씩 휴식을 취하고 있었다. 일행이 외부층을 벗어나 다시 한 번 별들 위로 몸을 솟구쳐 나갔을 때, 목성에서 뿜어져 나오는 황금빛이 거대한 금속 평원 위로 홍수처럼 쏟아져 들어왔다.

"이봐! 교수님이 우주선을 이동시켰어."

빌의 목소리가 무선 통신기를 통해 들려왔다.

"말도 안 돼. 우리가 떠났던 곳에 그대로 있는걸!"

내가 소리쳤다.

곧바로 고개를 돌려 우주선을 보니 왜 빌이 그런 착각을 했는지 알 수 있었다. 방문객이 와 있었던 것이다.

새로 온 우주선은 2킬로미터 정도 떨어져 있었고, 비전문가의 눈으로 보기에 두 우주선은 복사본처럼 닮아 있었다. 서둘러 에어록을 열고 들어가자 이미 교수는 눈을 가늘게 뜨고 무척 즐거워하고 있었다. 놀랍게도(기분 나빴다는 건 전혀 아니고) 세 명의 방문객 중 한 명은 무척 매력적인 검은 머리의 여자였다.

"이분은 과학소설가 랜돌프 메이스 씨야. 이 분 이야기는 들어 봤겠지."

약간 지친 기색으로 포스터 교수가 말했다.

"그리고 이 분은……. 이름이 뭐였죠?"

교수가 메이스 씨에게 몸을 돌렸다.

"제 조종사인 도널드 홉킨스이고, 이쪽은, 비서인 메리앤 미첼이에요."

비서라는 말을 하기 전 아주 잠깐 머뭇거렸지만, 그 순간 나는 미세한 무엇인가를 감지해 냈다. 찌푸리지 않으려고 신경 쓰는데, 빌이 흘끗 나를 보더니 말은 직접 안 했지만 이런 표정을 지었다.

'너도 설마 내 생각과 같냐? 민망하게.'

메이스 씨는 키가 크고 수척했으며, 머리카락이 무척 가늘었다. 온화한 성품으로 보였지만 쉽게 속이 들여다보였다. 그에게서 풍기는 온화함은, 많은 사람들에게 친절해야만 하는 사람이 자신을 보호하기 위해 쳐 놓은 위장술 같은 것이었다.

"이 방문이 저뿐만이 아니고 당신에게도 놀라운 일이길 바랍니다."

그는 다소 불필요할 정도로 친근하게 말했다.

"제가 오기 전에 아무도 이곳을 방문하지 않았죠? 여러분이 이곳에 이렇게 있을 거라곤 생각 못했어요."

"무슨 일로 오셨죠?"

의심하는 기색을 보이지 않으려고 조심하며 애시턴이 말했다.

"지금 교수님께 말씀드리고 있었어요. 메리앤, 그 서류철 좀 건네줘요. 고마워요."

그는 아주 정교하게 그려진 일련의 천체 그림을 꺼내 주위 사람들에게 건네주었다. 아주 평범한, 위성에서 그린 행성의 모습이었다.

메이스 씨가 말했다.

"전에 이런 것들을 많이 봤을 거라 믿어요. 그렇지만 이건 조금 달라요. 이 그림들은 거의 100년 전에 그려졌죠. 체슬리 보네스텔이라는 화가가 그렸는데, 1944년 아직 우주여행이 시작되기 전《라이프》라는 과학 잡지에 기재한 것이에요. 제가 이렇게 이곳에 오게 된 것도, 태양계를 둘러보고 이 상상도와 현실이 얼마나 유사한지 살펴봐 달라는 부탁을《라이프》라는 잡지에서 받았기 때문이에요. 잡지사는 100주년 기념으로 실제 사진을 곁들여 책을 출간하고 싶어 해요. 멋있지 않나요?"

그럴듯한 말이긴 했지만 사실 그의 작업은 우리 일을 더 복잡하게 만들 뿐이었다. 또한 교수의 생각이 어떤지도 알 수 없었다. 난 다시 한쪽 구석에서 점잔을 빼며 서 있는 미첼 양을 바라보았다. 나름대로 보상이 될 만해 보였다.

다른 경우라면 다른 탐사자를 만나는 것은 기쁜 일임에 틀림없었다. 그렇지만 지금은 먼저 고려해야 할 문제가 있었다. 메이스 씨는 분명히 원래 임무를 잊은 채 필름을 다 써 버린 뒤 가능한 빨리 지구로 돌아가려고 할 터였다. 그가 돌아가는 걸 막기 쉽지 않을 텐데, 사실은 우리로서도 막고 싶어질지 알 수도 없었다. 우리는 공공의 지지와 후원을 받고 싶지만, 우리 방식을 고수하면서 지금 할 수 있는 일을 하고 싶었다. 포스터 교수가 얼마나 기지를 발휘할지 궁금하면서도 최악의 상황에 대한 불안감은 여전히 남아 있었다.

그렇지만 첫 번째 외교적 만남은 부드럽게 잘 끝났다. 교수님은 메이스 씨 일행 한 명에 우리 측 인원을 두 명씩 붙이는 기지를 발휘했다. 우리는 자연스럽게 안내를 해 주면서 동시에 감시도 할 수 있었다. 더군다나 탐사할 수 있는 인원이 더 늘어나 일도 더 많이 할 수 있었다. 우리는 커다란 위험을 감수하면서 혼자 일하는 불편을 감수하고 있었던 것이다.

메이스 씨 일행이 도착한 다음 날, 포스터 교수는 우리에게 그의 의중을 알려 주었다.

"난 우리가 모두 잘 지낼 수 있을 거라 믿네."

약간 걱정스럽다는 듯이 그가 말을 이었다.

"내가 아는 한 그들은 원하는 곳은 어디든 갈 수 있으며 어디든 사진 촬영을 할 수 있네. 단 우리가 지구에 가기 전까지 아무것도 가져가지 못하고 어떤 기록도 지구에 가져가지 못한다는 전제에서만 말일세."

"그렇지만 어떻게 그들을 막을 수 있나요?"

애시턴이 반문했다.

"글쎄, 이렇게까지는 안 하려고 했는데, 난 제5위성에 권리를 설정해 놓은 상태야. 어젯밤 가니메데에 전송을 했고, 지금쯤은 헤이그에 도착해 있을 거야."

"그렇지만 그 누구도 천체에 대한 개인적인 권리를 주장할 수 없어요. 이미 지난 세기에 달과 관련된 문제로 그렇게 결정이 났지요."

포스터 교수는 다소 기이하게 웃어 보였다.

"기억하게. 난 천체에 대한 권리를 주장하려는 것이 아니야. 난파선에 대해 주장하는 거지. 그리고 이 권리 행사는 세계과학기구의 명의 아래 이루어지는 것이지. 만약 메이스 씨가 제5위성에서 뭐라도 가지고 나간다면, 그건 세계과학기구의 재산을 훔치는 거라고. 뭔가 딴생각을 하고 있을지도 모르니, 내일 메이스 씨에게 이 문제를 친절히 설명해 줘야겠어."

사실 제5위성을 난파선으로 보기는 좀 무리였기 때문에, 지구에 돌아가면 법적 분쟁이 뒤따를 것 같았다. 그렇지만 포스터 교수의 조치 덕에 당분간 우리는 안전장치를 얻었고, 메이스 씨는 신이 나서 기념품 수집에 나설 터였다. 우리는 낙관적으로 내다보았다.

조를 정하기 위해 거쳐야 할 일들이 많이 있었지만, 여하튼 나는 어쩌어찌 메리앤과 한 조가 되어 제5위성의 내부를 함께 둘러볼 수 있었다. 메이스 씨는 그다지 신경 쓰는 것 같지 않았다. 그럴 이유가 하나도 없었다. 제기랄! 지금까지 고안된 그 어떤 여성 보호장치도 우주복만큼 효과적이지 않을 것이다.

물론 내가 처음으로 그녀를 데리고 간 곳은 화랑이었고, 그곳에서 내가 발견한 걸 보여 주었다. 조각상에 불을 비추자 그녀는 한참이나 뚫어져라 조각상을 바라보고 서 있었다.

마침내 숨을 내쉬며 그녀가 말했다.

"놀라워요. 수백만 년이라는 시간을 이 암흑 속에서 누군가를 기다리며 서 있었다니! 이름 정도는 지어 줘야 하는 것 아니에요?"

"그렇죠. 이미 지어 놨어요. '대사'라고."

"왜요?"

"글쎄요. 제 생각에 이 조각상은 외교 사절 역할을 하는 것 같아요. 우리에게 인사를 건네는 존재라고나 할까요? 이 조각상을 만든 사람들은 언젠가는 누군가가 이곳을 찾아내리라는 사실을 잘 알고 있었던 것 같아요."

"당신 말이 맞는 것 같군요. '대사.' 그래요, 참 현명하군요. 그 말속에 아주 고귀하면서도 서글픈 뭔가가 있어요. 당신도 그렇게 생각하나요?"

이 말을 통해 메리앤이 무척 지적인 여자라는 사실을 알 수 있었다. 그녀가 내 생각을 정확히 꿰뚫고 있다는 것과, 내가 보여 준 모든 것에 관심을 보인다는 사실이 무척 놀라웠다. 그렇지만 무엇보다도 '대사'에 가장 끌렸음에 틀림없었다. 그녀는 시간이 날 때면 그곳으로 다시 돌아가곤 했다.

"잭, 그거 아세요? 이 조각상 꼭 지구로 가져가세요. 이 조각상이 일으킬 엄청난 파장을 상상해 보세요."

그녀가 말했다. (메이스 씨가 그 조각상을 본 다음 날이었던 것 같다.)

난 한숨을 쉬었다.

"교수님도 그러고 싶어 해요. 그렇지만 족히 1톤은 나갈걸요? 그만

한 연료가 없어요. 다음 여행을 기약해야겠죠."

그녀는 다소 혼란스러워 보였다.

"그렇지만 여기서는 무게를 거의 느낄 수 없잖아요."

그녀가 반론했다.

"그건 다른 문제예요. 질량도 있고, 관성도 있죠. 그 둘은 완전히 달라요. 이곳에서 관성은…… 아니에요. 신경 쓰지 마세요. 어쨌든 가져갈 수 없어요. 항해사 설이 그렇게 말했어요."

"참, 안타깝네요."

우리가 그곳을 떠나기 전날 밤까지 난 우리가 나눈 대화에 대해 완전히 잊고 있었다. 우리는 장비를 꾸리느라 분주한 나날을 보내고 있었다. (물론 후일을 위해 많은 장비들을 그곳에 남겨 두고 왔다.) 우리가 가진 사진 장비는 모두 다 쓴 뒤였다. 찰리 애시턴이 말한 것처럼, 만약 그때 살아 있는 목성인을 만났더라도 그 사실을 기록하지 못할 지경이었다. 우리는 모두 숨을 쉴 공간, 그리고 이 외계 문명과의 조우 끝에 몸을 추스르고 긴장을 늦출 계기를 간절히 바라고 있었다.

메이스 씨의 우주선 헨리 루스 호는 이륙 준비가 거의 끝난 상태였다. 메이스 씨 일행이 홀로 제5위성에 남는 것을 못 미더워했던 교수의 조정 작업으로 우리는 그들과 동시에 떠날 준비가 되어 있었다.

기록들을 확인하다가 촬영한 필름 6통이 사라진 걸 발견했을 때는 모두 준비가 끝난 상태였다. 예술의 전당에서 찍은 사진 전부가 사라졌던 것이다. 한참을 생각한 끝에 그 필름은 내 담당이라 나중에 챙겨 갈 심산으로 전당의 선반 위에 조심스럽게 올려놨던 일이 떠올랐다.

이륙까지는 아직 충분한 시간이 남아 있었고, 교수님과 애시턴은 밀린 잠을 자고 있었다. 놓고 온 물건을 돌아가서 가져오지 않을 이유가 없었다. 만약 그곳에 남겨 두고 떠난다면 한바탕 야단법석이 일어날 것이고, 정확히 어디 놓고 왔는지 알고 있었으므로 30분 정도면 충분히 귀환할 수 있었다. 만일을 대비해 빌에게 사정을 설명하고 길을 떠났다.

물론 투광 조명은 더 이상 작동하지 않고 있었고, 제5위성의 보호막 내부에는 어둠이 무겁게 깔려 있었다. 그렇지만 난 입구에 휴대용 신호기를 남겨 두고 손전등이 낙하 지점을 알려 줄 때까지 자유롭게 하강하기 시작했다. 다행히 10분 후 놓고 왔던 필름을 찾을 수 있었다.

난 당연히 마지막으로 대사님에게 존경을 표하러 갔다. 내가 다시 그 조각상을 보려면 몇 년이 지나야 할 터였다. 고요한 수수께끼의 그 조각상은 내 안에 기이한 매력으로 자리 잡아 가고 있었다.

그렇지만 불행하게도 그 매력은 이제 더 이상 나 혼자만의 것이 아니었다. 그 방은 텅 비어 있었고 조각상은 사라지고 없었다.

돌아가 아무 말도 하지 않으면 귀찮은 일을 피할 수 있지 않을까 하는 생각도 했다. 그러나 나는 너무 화가 나서 신중하게 생각할 수가 없었다. 돌아오자마자 교수를 깨워 사태를 설명했다.

교수님은 눈을 비비며 침대에 걸터앉더니 메이스 씨와 그의 동료들에게 욕설을 퍼부었다. 굳이 그 욕설을 여기에 옮겨 적을 필요는 없는 것 같다.

"제가 이해할 수 없는 것은, 정말 그들이 그랬다면 어떻게 그걸 옮길 수 있었느냐는 것이죠. 우리가 못 볼 수 없잖아요."

설이 말했다.

"숨길 장소는 널리고 널렸어. 선체로 옮기기 전 주위에 사람들이 없을 때까지 그곳에서 기다리고 있었겠지. 이렇게 중력이 적은 곳에서도 쉽지 않은 일이었을 거야."

경이롭다는 듯 에릭 풀톤이 말했다.

"되짚어 보고 있을 시간이 없네." 교수가 차디차게 말했다. "생각할 시간이 5시간 정도 있어. 그 전에는 그들도 이륙할 수 없지. 왜냐하면 가니메데는 목성 반대편에 있거든. 그렇지 않나, 킹슬리?"

킹슬리 설이 고개를 끄덕였다.

"그렇죠. 합리적이고 경제적인 항로를 택하려면 이행 궤도에 들어가기 전에 목성 반대편으로 돌아가야만 하죠."

"좋아. 시간을 좀 벌었군. 다들 무슨 좋은 생각이 있나?"

이렇게 말해서 유감이지만, 지금 돌아보면 그때 우리가 했던 행동은 하나같이 비합리적이고 야만스러웠다. 몇 달 전이었다면 우리 중 그 누구도 그런 일을 할 생각을 못했을 것이다. 그러나 우리는 초조했고 뭔가에 씐 사람처럼 행동했다. 인류와 떨어져 있다는 사실도 우리를 변하게 만들었다. 여기엔 그 어떤 법도 존재하지 않았기 때문에, 우리는 스스로 법을 만들 수 있었던 것이다…….

"그들이 여기서 빼내 가는 것을 막을 수 없나요? 가령 그들 로켓을 고장 낸다든지?"

빌이 물었다.

설은 빌의 의견이 마음에 들지 않은 듯 말했다.

"난폭한 짓은 안 했으면 해요. 게다가 도널드 홉킨스는 제 좋은 친구이기도 해요. 만약 제가 그 우주선에 피해를 입힌다면, 그 친구는 결코 저를 용서하지 않겠죠. 고장 내는 것 자체가 위험한 일이기도 하고요."

"그럼 연료를 훔치죠."

그로브스가 짧게 말했다.

"좋아! 모두 자고 있겠지? 선실에 전등 하나 켜져 있지 않을 테고. 우리는 그냥 우주선만 연결해서 연료를 빼내면 돼."

내가 끼어들었다.

"좋은 생각이에요. 그렇지만 우리는 2킬로미터나 떨어져 있어요. 우리가 가진 연료 파이프가 얼마나 길죠? 100미터는 되나요?"

사람들은 모두 대답할 가치조차 없다는 듯 나의 말을 무시하고는 착착 계획을 세웠다. 5분이 지나자 계획이 수립되었다. 우리는 그저 우주복으로 갈아입고 시키는 일만 하면 됐다.

포스터 교수 탐사팀에 처음 합류했을 때, 난 모험 이야기에서나 나오는 아프리카 짐꾼처럼 머리에 짐을 이게 될 줄은 결코 상상도 하지 못했다. 더군다나 그 짐은 우주선의 6분의 1에 해당했다. (포스터 교수는 키가 너무 작아 아무 도움도 되지 못했다.) 연료 탱크를 절반 정도 비우고 나자 우주선의 무게가 200킬로그램 정도로 줄었다. 우리는 우주선 아래 모여 힘껏 들어 올렸다. 마침내 우주선이 아주 천천히 나아가기 시작했다. 관성이 변하지 않고 있었기 때문에 가능한 일이었다. 이윽고 우리는 행진을 하기 시작했다.

이동하는 데 꽤 시간이 걸렸다. 우리가 생각한 것보다 상당히 어려웠다. 그렇지만 이윽고 두 함선이 나란히 서게 되었고, 아무도 우리 존재를 알아채지 못했다. 헨리 루스 호에 있는 사람들은 모두 곤히 자고 있었다. 사실 우리도 그들과 마찬가지로 잠을 자고 있어야 마땅한 상황이었다.

다소 숨을 헐떡이고는 있었지만, 설과 풀톤이 기갑에서 송유관을 꺼내 이웃 함선에 연결하는 것을 보자 모험을 즐기는 초등학생처럼 짜릿함이 몰려왔다.

"이 작전이 근사한 이유는 우주선 안에 있는 사람들이 우리를 저지할 방법이 하나도 없다는 것이지."

작업이 진행되는 것을 지켜보면서 그로브스가 말을 이었다.

"그들이 밖으로 나와 로프를 풀지 않고서는 말이야. 5분만 지나면 연료를 다 빼낼 수 있어. 잠에서 깨어나 우주복으로 갈아입는 시간만 해도 2분 30초는 족히 걸린다고."

갑자기 무서운 생각이 고개를 쳐들었다.

"만약 그들이 로켓의 시동을 걸고 여길 벗어나려고 한다면?"

"그렇다면 양쪽 모두 파괴되겠지. 아냐, 그들은 틀림없이 밖으로 나와 무슨 일이 있는지 점검하려고 할 거야. 아, 펌프가 돌아간다."

송유관이 압력을 받은 소화 호스처럼 딱딱해지기 시작했다. 연료탱크에서 연료가 쏟아져 나오는 신호라는 것을 알 수 있었다. 여하튼 조만간 헨리 루스 호에 경보 장치가 작동할 것이고 놀란 승무원들이 허둥지둥 밖으로 나와 볼 것이다.

그렇지만 그들이 아무런 반응도 보이지 않자 용두사미격으로 흥미가 반감되었다. 틀림없이 펌프가 작동하는 진동도 느끼지 못할 정도로 깊은 잠에 빠져 있는 모양이었다. 일이 다 끝난 후에도 아무 일도 일어나지 않았다. 우리는 바보처럼 멍하니 서로만 바라보며 서 있었다. 설과 풀톤이 조심스럽게 송유관을 빼서 에어록 안에 다시 집어넣었다.

"이제 어쩔까요?"

우리는 교수에게 묻지 않을 수 없었다. 그는 잠시 생각하는 것처럼 보였다.

"다시 우주선 안으로 들어가자고."

그가 말했다.

다들 우주선에 들어가 우주복을 벗고 통제실에 모여들었다. (이번에도 빌과 나는 통제실 밖 복도에 서 있어야 했지만.) 바로 그때 교수가 통신기를 켜 비상 신호를 송출했다. 만약 헨리 루스 호의 자동 수신기가 비상 신호를 받는다면, 몇 초 후 이웃 함선의 승무원들이 잠에서 깨어날 것이다.

스크린이 작동하기 시작했다. 놀랍게도 랜돌프 메이스 씨가 모습을 드러냈다.

"안녕하세요, 포스터 씨. 무슨 문제라도 있으신가요?"

그가 짤막하게 말했다.

"여기는 아무런 문제도 없어요. 그렇지만 뭔가 중요한 것을 잊어버리고 있는 것 같은데요. 연료 눈금을 한번 보세요."

시치미를 떼며 포스터 교수가 대답했다.

순간 화면이 어두워졌다. 이윽고 여기저기서 소란스럽게 떠드는 소리가 스피커를 통해 들려왔다. 마음을 가라앉히려고 최대한 애를 쓰면서 메이스 씨가 짜증난다는 듯 화면 속에 모습을 나타냈다. 그가 화를 내며 물었다.

"무슨 일이죠? 뭔가 아시는 게 있을 듯한데요?"

포스터 교수는 잠시 속 좀 끓여 보라는 듯 머뭇거리다 대답했다.

"이쪽으로 건너와 잠시 이야기하는 편이 낫겠습니다. 거기서 그다지 멀리 않거든요."

메이스 씨는 잠시 교수를 노려보다가 응답했다.

"내가 갈 거라고 확신하나 보죠?"

화면이 꺼졌다.

"오지 않을 수 없을걸. 다른 방법이 없잖아."

빌이 활기차게 대답했다.

"자네가 생각하는 것처럼 그렇게 간단하지만은 않아. 정말 어리석게 굴려고 마음먹는다면, 주저앉아 가니메데에 연락해 연료가 오기만을 기다려도 되거든."

풀톤이 주의를 줬다.

"그래 봤자 이득 볼 건 없잖아. 며칠이고 기다려야 하는 데가 돈도 엄청 드니까."

"그렇지. 하지만 만약 조각상을 진심으로 빼돌리고 싶어 한다면, 조각상만은 충분히 지킬 수 있잖아. 돌아가서 우리를 고소하면 돈도 받아 낼 수 있을 테고."

에어록의 신호등이 깜빡이더니 이윽고 메이스 씨가 방 안에 모습을 드러냈다. 놀랍게도 그는 아주 친근하게 굴었다. 이곳으로 건너오면서 많은 생각을 한 모양이었다.

"자, 자. 이런다고 뭐 좋은 일이 있겠어요."

그가 상냥하게 말했다.

"잘 아시는군요. 분명히 말씀드렸을 텐데요. 제5위성에서는 아무것도 가지고 나갈 수 없어요. 지금 당신은 타인의 물건을 훔쳐 달아나려고 하고 있어요."

포스터 교수가 차갑게 대꾸했다.

"자, 좀 더 이성적으로 생각해 보자고요. 이 물건의 소유주가 누구죠? 이 행성에 있는 것이 당신 소유라고 주장할 수는 없잖아요."

"이건 행성이 아니에요. 우주선이지. 난파선과 관련된 법을 따르죠."

"솔직히 논쟁거리가 될 만한 사안이군요. 그렇지만 법률가들로부터 판결을 받을 때까지 기다려야 한다고 생각하지 않으세요?"

포스터 교수는 얼음처럼 친절함을 가장하고 있었지만, 엄청난 긴장감에 시달리고 있어 여차하면 폭발할 것 같았다. 싸늘할 정도로 침착하게 교수님이 말을 이었다.

"메이스 씨, 잘 들어 보세요. 지금 당신이 탈취한 물건은 저희가 이곳에서 발견한 가장 중요한 유물이에요. 당신이 한 행동에 대해 사과하지 않는 점, 그리고 나와 같은 고고학자들의 입장을 이해하지 못하는 점은 덮어 두겠습니다. 조각상을 본래 있던 장소에 가져다놓으면, 연료를 돌려주고 앞으로 이 문제로 일절 언급하지 않겠어요."

메이스 씨는 생각에 잠겨 턱을 쓰다듬었다.

"다른 것들도 많은데, 왜 그 조각상 때문에 이렇게 큰 소동을 일으키는지 알 수 없군요."

바로 그 순간 포스터 교수가 좀처럼 보기 드문 실수를 했다.

"당신은 마치 루브르 박물관에서 「모나리자의 미소」를 훔치고는,

다른 그림도 많이 있으니 아무도 신경 쓰지 않을 것이라고 말하는 도둑 같네요. 이 조각상은 지구의 예술 작품이 흉내 낼 수 없는 유일한 것이에요. 제가 이 조각상을 지구로 가져가려는 이유도 그것이죠.”

흥정을 할 때 상대방에게 자신의 간절한 마음을 들켜서는 안 되는 법이다. 난 메이스 씨가 탐욕스러운 눈을 번뜩이는 것을 보았다. ‘이런! 흥정하기 어렵겠네.’ 난 속으로 혼잣말을 하지 않을 수 없었다. 풀톤이 가니메데에 연락해 연료를 요청할 수 있다고 한 말이 생각났다.

“30분 정도 생각할 시간을 주세요.”

에어록 쪽으로 몸을 돌리며 메이스 씨가 말했다.

“좋습니다. 30분입니다. 더 이상은 안 돼요.”

재빨리 포스터 교수가 답했다.

메이스 씨가 머리 회전이 빠른 사람임을 인정하지 않을 수 없었다. 5분도 지나지 않아 그의 함선에서 무선 안테나가 가니메데와 연락을 취하기 위해 움직이는 것이 보였다. 당연히 우리는 도청하려고 했지만, 그들도 도청 방지용 주파수 변환기를 가지고 있었다. 이 신문사 사람들은 서로에 대한 믿음이 부족함에 틀림없다.

시간이 조금 지나자 응답이 왔다. 물론 도청이 방지되어 있었다. 다음 상황을 기다리고 있는 동안 비상 작전 회의를 하지 않을 수 없었다. 포스터 교수는 고집을 부리며 아무거나 닥치는 대로 하려 했다. 자신이 실수했다는 것을 깨닫자 미친 듯이 성질을 부리기 시작했다.

메이스 씨는 다소 걱정스러웠던 듯, 돌아올 때 지원병을 데리고 왔다. 조종사 도널드 홉킨스와 함께 왔는데, 그도 걱정스러운 표정이었다.

메이스 씨가 밉살스럽게 말했다.

"교수님, 문제를 해결할 수 있을 것 같아요. 시간이 조금 걸리겠지만, 마음만 먹으면 특별한 도움 없이도 원상 복귀할 수 있어요. 물론 서로 거래가 잘 이루어지면 시간과 돈을 절약할 수 있다는 것도 잘 알고 있습니다. 제 제안을 들어 보세요. 연료를 돌려주시면, 제가 수집한 기념품들을 돌려드리지요. 그렇지만 「모나리자의 미소」만은 제가 보관하고 있겠습니다. 다음 주 중반까지 가니메데에 귀환하지 못하게 되더라도요."

갑자기 포스터 교수가 저 깊은 우주를 걸고 수많은 맹세를 하기 시작했다. 그렇지만 여러분에게 자신 있게 말하지만, 그가 한 맹세는 우리가 흔히 하는 저주와 별로 다르지 않았다. 한바탕 저주의 말을 쏟아놓자 마음이 다소 진정되는 것처럼 보였다. 이윽고 그는 더할 나위 없이 친절하게 상대방을 대하기 시작했다.

"친애하는 메이스 씨, 당신은 정말 어찌할 수 없는 사기꾼이군요. 따라서 저도 아무런 양심의 가책 없이 당신을 대할 수 있겠네요. 법이 저를 옹호해 줄 것이라 믿기에 당신에게 무력을 행사할 준비가 돼 있습니다."

메이스 씨는 다소 놀라는 기색이었지만 크게 당황하지 않았다. 우리는 전략적으로 중요한 위치인 입구를 차단했다.

"신파조로 굴지 마세요. 지금은 1800년 서부 개척 시대가 아니고 21세기란 말이에요."

그가 오만하게 말했다.

"1880년이죠."

정확한 것에 목을 매는 빌이 말했다.

교수가 말을 이었다.

"앞으로 어떻게 할지 결정하는 동안 당신을 구금하지 않을 수 없군요. 설, 이분을 B선실로 모시고 가도록."

신경질적인 웃음을 지어 보이며 메이스 씨가 따라 나갔다.

"교수님, 이건 너무 유치한 일이에요. 교수님은 절 강제로 억류하지 못해요."

그는 헨리 루스 호의 선장에게 지원을 바라는 눈길을 던졌다. 하지만 도널드 홉킨스는 있지도 않은 제복의 먼지를 터느라 분주해 보였다.

"전 어떤 종류의 사건에도 엮이고 싶지 않습니다."

그가 당사자들에게 책임을 떠넘기며 한마디 했다.

메이스 씨는 험상궂게 그를 쳐다보고는 어쩔 수 없다는 듯 항복했다. 메이스 씨는 읽을거리를 충분히 가지고 있었다. 우리는 그를 가뒀다.

메이스 씨가 사라지자 포스터 교수는 부럽다는 눈으로 연료계기를 보고 있는 홉킨스 씨에게 눈을 돌렸다.

"당신의 고용주가 저지른 부정한 행위에 말려들고 싶지 않다고 생각해도 될까요?"

교수가 정중히 물었다.

"저는 중립적인 위치에 있어요. 제 업무는 함선을 조종해 집으로 귀환하는 것이죠. 당신들끼리 싸우는 것은 상관없어요."

"고맙습니다, 선장님. 선장님과 저는 서로의 입장을 잘 이해하고 있다고 생각되는군요. 함선으로 돌아가 상황을 잘 설명해 주시면 좋겠습니다. 조만간 연락을 취하도록 하죠."

홉킨스 선장은 천천히 문을 향해 걸어갔다. 막 떠나려고 하는 찰나 설을 향해 몸을 돌렸다.

"그런데 킹슬리. 고문에 대해 생각해 본 적이 있나? 생각이 있다면 나에게 연락하기 바라네. 아주 흥미로운 생각이 하나 떠올라서 말이야."

그는 이런 말을 남기고 우리의 인질을 뒤로하고 떠나갔다.

포스터 교수는 조각상과 메이스의 직접 교환을 바라고 있었다. 그러면 고집불통 메리앤을 상대하지 않아도 되기 때문이다.

메리앤은 이렇게 말했다.

"랜돌프가 그런 처분을 받는 것은 당연하다고 생각해요. 그렇지만 상황은 달라지지 않아요. 사실 당신네 함선에서 머물러도 불편할 것 하나 없고, 그 사람을 어떻게 할 수도 없잖아요. 그를 붙잡아 두는 데 신물이 나면 알려 주세요."

완전히 막다른 골목에 다다른 느낌이었다. 우리는 너무 머리를 굴려 이제는 더 쓸 머리가 없었다. 메이스 씨를 붙잡고 있었지만, 아무런 소용도 없었다.

포스터 교수는 처량하게 창밖을 내다보며 우리에게 등을 돌리고 서 있었다. 거대한 목성은 지평선 위에 균형 있게 떠올라 하늘을 온통 뒤덮고 있었다.

"우리가 비열한 짓을 할 수도 있다는 걸 그 여자가 알아야 해." 그가 말했다. 그러더니 갑자기 나에게 몸을 돌렸다. "그 여자가 그런 불한당 같은 놈을 진짜 좋아한다고 생각하나?"

"음, 놀랍지도 않죠. 정말 좋아한다고 생각해요."

포스터 교수는 깊은 사색에 빠진 것처럼 보였다. 이윽고 설에게 말했다.

"내 방에 오게. 끝낼 이야기가 있어."

그들은 꽤 오랜 시간을 방에서 보냈다. 돌아왔을 때는 둘 다 즐거운 기대감으로 가득 차 있었고, 포스터 교수는 숫자가 씌어 있는 종이 뭉치를 들고 있었다. 무전기에 다가가 헨리 루스 호에 연락을 취했다.

"여보세요." 마치 우리를 기다리기나 한 것처럼 메리앤이 재빨리 응답했다. "없던 일로 하기로 결정하셨나요? 너무 지겨워서요."

포스터 교수는 엄숙하게 그녀를 바라보았다.

"미첼 양. 우리가 진지하다는 것을 잘 모르는 모양이군요. 그래서 당신을 위해, 뭐랄까, 다소 끔찍하지만 눈에 확 들어올 만한 일을 하나 준비했어요. 여기 이곳에 당신의 고용주를 모셔 올 텐데, 아마 가능한 한 빨리 그를 데려가고 싶어질 거예요."

"설마요."

메리앤이 애매하게 대답했다. 나는 그녀의 목소리에서 불안감의 흔적을 쉽게 느낄 수 있었다.

포스터 교수가 부드럽게 말을 이었다.

"저는 메리앤 양이 우주의 이론적 원리에 대해서 알리라고는 생각지 않아요. 모른다고요? 안됐군요. 그렇지만 내 말이 무슨 뜻인지 선장이 확실히 설명해 줄 거라고 믿어요. 그렇지 않나요, 홉킨스 씨?"

"계속해 보세요."

화면 뒤에서 침착하려고 애쓰는 목소리가 들려왔다.

"그렇다면 주의 깊게 들어 보세요, 메리앤 양. 먼저 이 위성에 있는 우리의 다소 기이한, 아니 다소 불안정한 상태에 대해서 상기시켜 드려야 할 것 같군요. 목성과 아주 가까이 있다는 건 창밖을 한번 내다보면 금방 알 수 있을 거예요. 그렇다면 목성의 중력장이 다른 행성보다 강력하다는 사실까지 굳이 상기시킬 필요는 없겠지요. 제 말 이해하시겠어요?"

"그래요."

더 이상 자기만의 세계에 빠져 있을 수 없다는 듯 메리앤이 말을 이었다.

"계속하세요."

"좋습니다. 저희가 있는 이 조그마한 위성은 정확히 12시간에 한 번씩 목성 주위를 돌고 있죠. 만약 한 물체가 궤도를 이탈해 인력권의 중심을 향해 떨어지기 시작한다면, 공전 주기의 0.177배 안에 낙하가 끝나게 된다는 유명한 공리가 있죠. 다른 말로 하자면, 여기서 목성으로 떨어지는 물체는 그 무엇이든 2시간 7분이 지나면 목성의 중심에 도달하게 되죠. 홉킨스 선장이 증명해 줄 거라고 생각되는군요."

오랜 침묵이 흘렀다. 이윽고 홉킨스 씨의 설명이 들렸다.

"물론 정확한 숫자는 저도 알 수 없어요. 그렇지만 대충 맞아요. 어찌되었든 그렇게 움직이게 되어 있어요."

"좋아요."

포스터 교수가 마음껏 웃어대면서 말을 이었다.

"이제 행성의 중심으로 떨어진다는 게 무척 이론적인 얘기라는 사실을 좀 깨달았겠지요. 만약 어떤 것이든 여기서 떨어지면 생각보다 짧은 시간 안에 목성의 대기권 상층부에 도달하게 될 거예요. 지루하지 않으시죠?”

“아니에요.”

다소 희미하게 메리앤이 대답했다.

“그럼 다행이군요. 여하튼 설 선장이 저를 위해 정확한 시간을 계산해 줬어요. 몇 분의 오차는 있지만, 여하튼 1시간 35분이 걸린다고 하는군요. 정확도는 장담할 수 없네요, 하하하!

그럼 이 위성의 중력이 심하게 약하다는 사실을 충분히 숙지하고 있다고 믿어도 되겠지요? 초당 10미터의 속도만 내면 이 위성을 탈출할 수 있어요. 어떤 물체든 그 속도로 날아가면 다시는 이곳에 돌아오지 못하죠. 맞나요, 홉킨스 씨?”

“틀림없어요.”

“그렇다면 본론으로 들어가서, 이제 저희는 메이스 씨를 모시고 우주 밖을 산책시켜 드리다가 목성 아래 도착하면, 그의 우주복에 있는 반동총을 발사해 저 멀리 보내 드리려고 합니다. 당신들이 빼돌린 물건을 돌려주시기만 한다면 저희는 바로 그를 보내 드릴 의향이 있어요. 이제 시간이 생명 유지에 얼마나 중요한 것인지 충분히 이해하셨으리라 믿습니다. 1시간 35분은 정말 짧은 시간이지 않나요?”

“교수님! 절대 그러면 안 돼요!”

내가 숨을 몰아쉬며 말했다.

“입 닥쳐! 자, 메리앤 양, 어때요?”

교수가 고함쳤다.

메리앤은 공포와 불신이 뒤섞인 혼란스러운 눈으로 그를 바라보다가 울부짖었다.

"허세 부리지 마세요. 그런 짓을 할 리 없어요. 당신 우주선의 선원들이 용납하지 않을 거예요."

포스터 교수가 한숨을 쉬었다.

"안됐군요. 설 선장, 그로브스, 이 죄수를 데려가 지시에 따라 행동하게."

"알겠습니다."

설이 엄숙하게 대답했다.

메이스 씨는 기겁했지만 완고했다.

"도대체 무슨 짓을 하려는 거지?"

우주복을 받아든 그가 소리쳤다.

설이 반동총을 꺼내 들었다.

"우주복이나 입으시지. 이제 산책하러 갈 시간이거든."

그때 교수가 진정으로 원하는 것이 무엇인지 알 수 있었다. 이 모든 일은 전부 엄청난 허풍에 불과했다. 당연히 메이스 씨를 목성에 던져버리지는 않을 터였다. 그리고 설 선장이나 그로브스도 절대 그런 일을 할 사람들이 아니었다. 그리고 확실히 메리앤은 우리가 허세를 부리고 있다는 것을 금방 알아차릴 것이고, 그러면 우리는 천하에 둘도 없는 바보가 되는 것이다.

메이스 씨는 도망칠 수도 없었다. 반동총이 없다면 그는 아무 힘도 쓰지 못하기 때문이다. 두 선원이 양 옆에서 팔을 잡아 마치 풍선처럼 매달고는 지평선을 향해, 목성을 향해 앞으로 나아갔다.

이웃 우주선을 건너다본 나는 메리앤이 관측창을 통해 세 명이 우주선을 떠나는 모습을 지켜보고 있다는 것을 알 수 있었다. 물론 포스터 교수도 이를 눈치 채고 있었다.

"메리앤 양, 내 부하들이 빈 우주복을 들고 귀환하지 않기를 바랍니다. 망원경으로 상황을 잘 살펴보면 어떨까요? 조만간 지평선에 도달하겠지만, 당신은 메이스 씨가 지평선 위로 떠오르기 시작해야만 볼 수 있을 거예요."

스피커에서는 고집스럽게도 침묵만이 흘러나오고 있었다. 긴장된 시간이 너무 오래 지속되는 것 같았다. 정말 메리앤은 포스터 교수가 어떻게 나오는지 더 지켜볼 작정이란 말인가?

그때까지 난 쌍안경을 들고 어처구니없이 가까이 있는 지평선을 훑쓸며 관찰하고 있었다. 그때 갑자기 거대한 목성을 배경으로 작은 섬광이 터지는 것이 보였다. 난 재빨리 초점을 맞췄고, 세 명이 동시에 우주 공간으로 솟구쳐 오르는 것이 보였다. 지켜보고 있자니 세 명이 따로 흩어졌다. 그중 두 명은 반동총을 사용해 제5위성을 향해 하강하기 시작했다. 다른 한 명은 불길하게도 거대하게 떠 있는 목성을 향해 하염없이 솟아오르고 있었다.

나는 공포와 불신에 가득 차서 교수를 향해 몸을 돌렸다.

"정말이었어요? 난 그냥 허풍이라고만 생각했는데."

내가 소리쳤다.

"메리앤 양, 제가 말씀드린 대로죠?"

마이크가 울리지 않게 하려는 듯 포스터 교수가 조용히 말을 이었다.

"상황의 긴박함에 대해 언급할 필요는 없다고 생각해요. 전에 한두 번 말씀드렸던 것처럼 이곳 궤도에서 목성의 표면까지 도달하는 데는 1시간 35분이라는 시간이 걸려요. 그렇지만 만약 그 시간의 절반이 지나가면 그때는 상황이 너무 늦어 버리는…….”

그는 잠시 뜸을 들였다. 이웃 우주선에서는 아무런 응답도 없었다.

교수님이 말을 이었다.

“그럼 전 이제 수신기를 끄겠습니다. 더 이상 논쟁할 필요가 없으니까요. 대화를 재개하기 전까지 조각상과 메이스 씨가 부주의하게 언급했던 다른 유물이 제자리에 돌아오기를 기다리고 있겠습니다. 그럼 이만.”

10분이라는 시간이 불편하게 흘렀다. 난 메이스 씨의 흔적을 놓쳤고, 우리 손으로 살인을 저지르기 전에 교수를 제압해 그를 구해야 하지 않을까 심각하게 고민하고 있었다. 그렇지만 우주선을 조종할 수 있는 사람들은 지금 밖에서 죄를 짓고 있는 바로 그 사람들뿐이었다. 어떻게 생각해야 할지 알 수 없었다.

이윽고 헨리 루스 호의 에어록이 천천히 열렸다. 우주복을 입은 사람 두 명이 이 모든 분란의 근원을 사이에 두고서 등장했다.

“무조건적인 항복이군.”

만족스러운 한숨을 내쉬며 교수가 중얼거렸다.

“우리 함선으로 들어오시죠. 에어록을 열도록 하지요.”

교수가 무전기를 통해 말했다.

그는 전혀 서두르는 기색이 없었다. 난 초초하게 계속 시계를 보았다. 이미 15분이 지나가 버렸다. 이윽고 에어록에서 쿵쾅거리는 소리가 들리더니 안쪽 문이 열리고 홉킨스 선장이 들어왔다. 피 묻은 도끼만 손에 쥐고 있다면 남편을 죽인 그리스 신화 속 여인 클리타임네스트라처럼 보일 메리앤이 그 뒤를 따르고 있었다. 그 여자의 눈을 피하려고 최선을 다했지만, 교수님은 창피하지도 않은지 조용히 서 있었다. 그는 에어록으로 걸어가 도난품이 돌아왔는지 확인하고는 손을 비비며 돌아왔다. 교수가 활기차게 말했다.

"바로 그거예요. 자, 이제 마주 앉아서 불쾌했던 일은 모두 잊어버리고 술이나 한잔하죠."

난 분노에 차서 시계를 가리키며 소리쳤다.

"당신 미쳤어요! 지금쯤 목성까지 중간 거리는 갔을 거란 말이에요."

포스터 교수가 다소 언짢은 표정으로 나를 보았다.

"젊은이들은 참을성이 없어서 문제야. 서두를 이유가 없어."

메리앤이 처음으로 입을 열었다. 정말로 겁에 질린 것처럼 보였다.

"그렇지만 약속했잖아요."

갑자기 교수가 항복했다. 잠시 농담을 하긴 했지만 남의 고통을 계속 지속시키고 싶지는 않은 모양이었다.

"메리앤 양, 그리고 잭. 지금 바로 말해 드릴게요. 지금 메이스 씨는 저희보다 더 안전한 곳에 있답니다. 우리가 원하면 언제든 그를 데려올 수 있어요."

"그럼 저에게 거짓말을 했다는 말씀이세요?"

"아니요. 제가 말한 것은 모두 진실이에요. 메리앤 양이 혼자 잘못된 결론에 도달한 것이죠. 물체가 여기서 목성까지 가는 데 1시간 35분이 걸린다고 이야기했을 때, (일부러) 중요한 말을 빼먹었지 뭐예요. '정지한 물체'라는 말을 덧붙였어야 했거든요. 메이스 씨는 이 위성과 같은 속도로 운동하고 있기 때문에, 저희랑 같이 움직이고 있어요. 초당

26킬로미터의 속도로 말이에요, 메리앤 양.

물론 저희들이 메이스 씨를 목성을 향해 던져 버린 건 사실이에요. 그렇지만 아주 낮은 속력으로 밀었어요. 그는 여느 때처럼 같은 궤도 안에서 움직이고 있어요. 움직일 수 있는 범위라고 해봤자 기껏해야 이 궤도에서 100킬로미터 안쪽이에요. 이것도 선장인 설에게 시켜 계산해 뒀어요. 12시간이 지나 제5위성이 목성 주위를 한 바퀴 돌면 가만있어도 처음에 있던 그곳에 와 있을 거예요."

정말 오랜 침묵이 흘렀다. 메리앤의 얼굴은 좌절, 안도, 그리고 놀림감이 된 대한 불쾌감으로 굳어 있었다. 이윽고 메리앤이 홉킨스 선장을 향해 몸을 돌렸다.

"다 알고 있었죠? 왜 말해 주지 않았나요?"

홉킨스는 상처받았다는 듯이 말했다.

"안 물어봤잖아요."

한 시간이 지나 우리는 메이스 씨를 끌어내렸다. 그는 20킬로미터 상공에 있었고, 우주복의 조명을 보고 쉽게 위치를 확인할 수 있었다. 무전기는 연결이 끊겨 있었다. 그는 자신이 위험하지 않다는 사실을 쉽게 파악할 정도로 머리가 좋았으므로 만약 무전기가 작동하고 있었다면 자신의 우주선에 연락을 취했을 것이고, 그렇다면 우리의 허풍도 들통이 났을 것이다. 나였다면 아무리 안전하다고 하더라도 이런 일이 일어나지 않기를 바랐을 것이다. 정말 저 위는 끔찍하게 외로울 것이다.

놀랍게도 메이스 씨는 내 우려와는 달리 화를 내지 않았다. 아마도 우리가 작은 로켓을 이용해 이 좁고 아늑한 선실로 데리고 돌아오자 마음이 놓였던 것 같다. 어쩌면 그는 공정한 싸움에서 져 아무런 미련이 없었는지도 모르겠다. 아무래도 후자가 더 타당한 설명인 것 같다.

우리가 제5위성을 떠나기 전 속임수를 하나 더 썼다는 것을 빼고는 더 이상 할 말이 없다. 메이스 씨에게는 연료가 실제로 필요한 양보다 많았다. 우주선의 하중이 줄었으니 당연한 일이었다. 우리는 남는 연료를 가지고 가니메데까지 '대사'를 운송할 수 있었다. 물론 우리가 빌린 연료에 대해 포스터 교수는 메이스 씨에게 대가를 지불했다. 모두 합법적이었다.

아직 하나 더 있다. 대영박물관의 새 화랑이 개장한 다음 날 나는 '대사'를 보기 위해 그곳을 찾았다. 사실은 바뀐 환경에서도 여전히 전처럼 위용을 자랑할지 확인하고 싶었다.(솔직히 말하자면 그렇지는 않았다. 비록 그 조각상은 여전히 거대했고 대영 박물관이 있는 블룸스베리는 내게 이제 예전과는 다른 의미로 다가오겠지만.) 거대한 인파가 화랑 앞에 장사진을 이루고 있었고, 그 대열 안에 메이스 씨와 메리앤의 모습도 보였다.

우리는 홀본에서 아주 유쾌하게 점심을 먹고 헤어졌다. 난 메이스 씨가 아무런 유감도 품고 있지 않다고 말하고 싶다. 그렇지만 메리앤에 대해서는 다소 마음이 아프다.

그리고 솔직히 메리앤이 왜 그 사람을 만나는지 이해를 할 수 없다.

여명의 조우 | Encounter in the Dawn |

1953년 6월과 7월에 걸쳐 『놀라운 이야기들(Amazing)』에 수록
『지구 탐사』에 재수록

이 이야기는 영화 「2001 스페이스 오디세이」의 초반부에 영감을 주었다. '달을 바라보는 자' 역을 했던 대니얼 리처는 한 생에 만에 유인원에서 LA 행정직으로 변신한 사람이다. 난 아직도 그가 할리우드에서 작업을 하면서 뼈로 만든 곤봉의 유용함을 잘 파악하고 있을 것이라 확신한다.

제국은 이미 최후의 시절로 접어들고 있었다. 그 작은 우주선은 고향에서 너무 멀리 떨어져 있었고, 은하수 가장자리에 드문드문 존재하는 별들 사이를 헤치며 탐색하고 있는 거대한 모선과도 대략 100광년 떨어져 있었다. 그렇지만 이곳에서도 그 우주선은 문명의 그늘에서 벗어나지 못하고 있었다. 어둠의 장벽 아래에서 이따금 일을 멈추고 저 멀리 있는 고향을 생각하면서, 은하 연구소의 연구원들은 영원히 끝나지 않는 노동을 하고 있었다.

그 우주선에는 단 세 명이 타고 있었지만, 그들은 과학적 지식과 인생의 절반을 우주에서 보내면서 쌓은 풍부한 경험이 있었다. 별과 별 사이의 긴 밤이 지나고, 앞쪽에 위치한 별에서 쏟아져 나오는 열기를 향해 가면서 그들은 생기를 되찾기 시작했다. 그 별은 이제는 어린 시절 추억이 되어 버린 고향별보다 조금 더 진한 황금빛을 띠고 있었으며 미세한 차이지만 조금 더 밝게 빛나고 있었다. 과거의 경험에 비춰 볼 때 이 별 주위에 행성이 돌고 있을 확률이 90퍼센트 이상이었다. 잠깐이나마 그들은 발견의 흥분으로 다른 모든 것을 잊어버릴 수 있었다.

첫 번째 행성에서는 짧게 머물 수밖에 없었다. 그곳은 일반적으로 볼 수 있는, 거대하지만 너무 추워 원형질체의 생물이 살기에 적당하지 않은 행성으로 안정된 지표면도 없었다. 그래서 그들은 별을 향해 탐사를 계속했고 곧 충분한 보상을 받을 수 있었다.

그들이 발견한 세상은 전부 섬뜩할 정도로 고향과 닮은 곳이었다. 그러나 고향과 꼭 같을 수는 없었다. 그들은 고향 생각에 가슴이 아팠다. 파란 바다 위에 거대한 육지 덩어리가 두 개 떠 있고, 양극은 얼음으로 덮여 있었다. 불모지대도 있었지만 대부분은 비옥했다. 멀리서 보아도 풀이 자라고 있음을 쉽게 알 수 있었다.

대기권을 통과해 한낮의 아열대를 향해 나아간 그들은 눈앞에 펼쳐진 광경을 걸신 들린 듯 샅샅이 훑었다. 우주선은 구름 한 점 없는 하늘을 지나 거대한 강을 향해 곧바로 하강하기 시작했다. 엄청난 힘으로 소리 없이 하강하다 물가 긴 풀숲 위에 내려앉았다.

아무도 움직이지 않았다. 자동장치가 일을 끝마치기 전까지는 할 수 있는 일이 아무것도 없었다. 이윽고 부드럽게 종이 울렸고, 제어판의 전등이 일정한 순서로 복잡하게 깜박이기 시작했다.

알트만 선장이 자리에서 일어나 안도의 한숨을 쉬었다.

"운이 참 좋았어. 세균 탐색이 만족스럽게 끝난다면 보호장비 없이도 밖으로 나갈 수 있을 거야. 베르트론드, 어떤 지형을 골라 착륙했지?"

"지질학적으로 안정된 곳입니다. 적어도 활화산은 없어요. 도시의 흔적을 찾아볼 수는 없었지만, 아직은 모르는 일이죠. 만약 이곳에 문명이 있다면 그 정도 수준은 이미 벗어났을 거예요."

"아직 그런 수준에 도달하지 않았을 수도 있나?"

베르트론드는 어깨를 으쓱해 보였다.

"둘 다 가능하죠. 이 정도 크기의 행성이라면 둘러보는 데 시간이 걸립니다."

"우리에게 있는 것보다 더 많은 시간이 걸리겠지."

모선, 즉 위험에 처한 은하계의 중심부와 그들을 연결해 주고 있는 통신기를 바라보면서 클린더가 말했다. 잠시 우울한 침묵이 흘렀다. 갑자기 클린더가 통제판으로 걸어와 숙련된 솜씨로 일련의 키를 눌렀다.

잠시 삐걱거리더니 선체의 한쪽 부분이 열리고 네 번째 승무원이 금속 팔다리와 보조 연동장치를 새로운 행성의 낯선 중력에 맞추어 가면서 행성으로 첫발을 내딛었다. 우주선 안에서는 화면이 작동하기 시작하더니 바람에 흔들리는 풀숲의 원경, 조금 떨어진 곳의 나무들, 그리고 큰 강의 모습을 언뜻언뜻 보여 주었다. 클린더가 버튼을 누르자 로봇의 머리가 방향을 바꿨고, 화면도 따라서 움직였다.

"어디로 갈까?"

클린더가 물었다.

"저 나무들 좀 보자. 동물이 있다면 저곳에 있겠지."

알트만이 대답했다.

"저기 봐! 새가 있어!"

베르트론드가 외쳤다.

클린더의 손가락이 키보드 위에서 물결치기 시작했다. 화면 왼쪽에 갑작스럽게 모습을 드러낸 조그마한 점에 초점이 맞춰졌고, 로봇의 망원렌즈가 작동하자 확대되기 시작했다.

"맞았어. 깃털, 부리. 높은 진화 단계에 도달한 모습이야. 이 지역엔 뭔가 있을 것 같아. 카메라를 작동시켜야겠어."

로봇이 앞으로 걸어가자 화면이 흔들렸지만 그들의 관심은 여전히 한 곳에 집중되어 있었다. 이런 상황에는 오래전부터 익숙해져 있었다. 그렇지만 기계 장치를 이용하는 이런 종류의 탐사로는 만족할 수 없었다. 그들은 우주선 밖으로 뛰쳐나가 풀숲을 뛰어다니고 얼굴을 스치고 지나가는 바람을 느끼고 싶은 충동을 억누르기 힘들었다. 그렇지만 그런 행동은 지금 이 행성처럼 안전해 보이는 곳에서조차 너무 위험했다. 자연이 보여 주는 최고의 웃음 뒤에는 언제나 무시무시한 해골이 숨어 있는 법이다. 야수, 맹독 파충류, 늪 등등, 죽음은 수천 가지 모습으로 부주의한 탐사자를 기다리고 있는 것이다. 그리고 이중에서도 가장 최악은 보이지 않는 적, 바로 세균과 바이러스이다. 이들의 공격을 막을 수단이 수천 광년 떨어진 고향에만 있는 경우도 있었다.

로봇에게는 이런 종류의 위험은 우스웠다. 이따금 로봇을 파괴할 정도의 강력한 야수가 나타나기도 했지만, 파괴된 로봇은 곧바로 수리가 가능했다.

풀숲을 지나고서는 어떤 생명체와도 접촉할 수 없었다. 만약 로봇이 가는 길에 작은 동물이 있었다 해도 로봇의 시야에서 벗어나 있었

을 것이다. 로봇이 나무숲에 다가가자 클린더는 속도를 늦췄고, 우주
선에 있던 관찰자들은 나뭇가지가 눈앞을 스치고 지나가는 듯한 착
각에 무의식적으로 뒤로 움찔 물러섰다. 화면이 잠시 흐릿해지더니
약한 잔상이 사라지면서 정상으로 돌아왔다.

숲은 다양한 생명으로 가득 차 있었다. 생명체는 땅속에 숨어 있거
나 나뭇가지 사이로 기어오르거나 공중으로 날아올랐다. 어떤 생명은
로봇이 다가가자 나무 사이에서 연신 지저귀었다. 그동안 자동카메라
는 화면을 가득 채운 영상을 처음부터 끝까지 저장했다. 우주선이 기
지로 귀환하면 생물학자들이 분석할 자료들을 모으는 작업이었다.

나무가 갑자기 가늘어지자 클린더는 안도의 한숨을 쉬었다. 여기저
기서 부딪치는 장애물을 피해 숲을 헤쳐 나가도록 로봇을 조종하는
일은 무척 피곤한 작업이었다. 그렇지만 평야에 들어가면 로봇도 쉴
수 있었다.

갑자기 화면이 망치로 맞은 것처럼 떨리기 시작했다. 삐걱거리는
금속성 소리가 나더니 로봇이 넘어지면서 화면이 급격하게 위로 치
솟았다.

"저게 뭐야? 걸려 넘어진 거야?"

알트만이 소리쳤다.

"아니, 뒤에서 뭔가 로봇을 공격했어. 제발…… 아, 이제 됐다."

클린더가 키보드를 열심히 두드리며 암울하게 대답했다.

그는 로봇을 앉게 한 후 로봇의 머리를 돌렸다. 문제의 원인을 찾는
데는 시간이 얼마 걸리지 않았다. 몇 미터 떨어진 곳에서 거대한 네발
짐승이 꼬리를 몹시 흔들며 광포하게 이를 드러내고 있었다. 분명히

다시 공격하겠다는 신호였다.

천천히 로봇이 자리에서 일어나자 그 거대한 야수는 뛰어오르려고 웅크리기 시작했다. 클린더의 얼굴에 미소가 스쳤다. 이런 경우 효과적인 방법이 있었다. 그는 엄지손가락으로 자주 사용하지 않는 '사이렌'이라는 버튼을 눌렀다.

숲은 로봇의 스피커에서 울려 나오는 끔찍한 굉음으로 요동쳤고, 로봇은 팔을 휘두르며 적을 향해 앞으로 나아갔다. 깜짝 놀란 야수는 몸을 돌리려다 거의 넘어지다시피 했고, 이윽고 시야에서 사라졌다.

"숨어 있는 것들이 모습을 드러내려면 몇 시간은 기다려야 할 것 같아."

수심에 찬 베르트론드가 말했다.

"동물 심리에 대해서는 잘 몰라. 그렇지만 낯선 물체를 공격하는 일이 흔한가?"

알트만이 끼어들었다.

"어떤 동물은 움직이는 것마다 모두 공격하기도 하지만, 일반적인 일은 아니야. 보통은 먹기 위해서나 위협을 느꼈을 때나 그러지. 무슨 생각 해? 이 행성에 다른 로봇이 있다고 말하고 싶어?"

"아니, 그렇지만 저 육식 동물은 우리 로봇이 먹을 수 있는 두발짐승이라고 착각했던 것 같아. 이런 정글에 이런 공터가 있다니 약간 이상하다고 생각하지 않아? 여긴 길일지도 몰라."

클린더가 재빨리 말했다.

"그럼 그 녀석을 쫓아가 알아내면 돼. 난 슬슬 숲에 싫증나기 시작했거든. 그렇지만 다시 공격당하지는 않았으면 좋겠네. 신경이 곤두

서서 말이야."

잠시 후, 베르트론드가 말했다.

"맞아, 알트만. 분명 길이 있어. 그렇지만 그것이 곧 지적 생명체가 만든 거라고는 생각지 않아. 무엇보다도 동물은……."

말을 하는 도중 그가 갑자기 말을 멈췄고, 클린더가 로봇을 정지시켰다. 길이 넓어지더니 순간 보잘것없는 오두막으로 둘러싸인 개간지가 나타났다. 적을—지금 그들은 아무 악의가 없었지만—막겠다는 듯이 나무로 둘러싼 울타리가 서 있었다. 문은 활짝 열려 있었고, 거 주민들은 평화롭게 살고 있었다.

한참 동안 세 명의 관찰자는 침묵 속에서 화면만 응시했다. 이윽고 클린더가 몸을 살짝 떨더니 한마디 했다.

"불가사의한 일이야. 수십만 년 전의 우리 별이 틀림없어. 시간을 거슬러 올라간 것 같아."

"놀랄 필요 없어. 우리는 이미 우리 같은 생명체가 사는 행성을 족히 100개는 발견했잖아."

합리적인 알트만이 말했다.

"맞아, 전 은하에 100개. 우리가 그런 일을 해 왔다는 게 여전히 놀라워."

클린더가 말했다.

"글쎄, 누구나 할 수 있는 일이야. 그렇지만 일단은 어떻게 저들을 만날 것인지 생각해 봐야 해. 로봇이 마을 안으로 들어가면 공포에 떨 테니까."

다소 철학적으로 베르트론드가 말했다.

“아주 정확한 지적이야. 우선 원주민을 붙잡아 우리가 친절한 사람들임을 보여 줘야지. 클린더, 원주민들의 눈에 띄지 않게 마을을 관찰할 수 있는 곳에 로봇을 숨겨. 일주일쯤 인류학적인 관찰을 해 보는 것이 좋겠어.”

생물학 실험이 끝나 우주선 밖에 나가도 안전하다는 결론이 나온 것은 사흘이 지나서였다. 베르트론드는 혼자 가겠다고 우겨댔다. 사실 로봇이라는 든든한 동반자를 염두에 두면 혼자라고 말할 수 없지만 말이다. 로봇과 함께 가는 한 그는 거대한 야수를 두려워할 필요가 없었고, 그의 면역 체계는 이곳의 미생물들을 이겨 낼 수 있었다. 적어도 분석 결과는 그렇게 나왔다. 사실 작업의 복잡성을 감안해 볼 때, 분석기는 거의 실수를 하지 않는다고 할 수 있었다.

즐기면서도 주의 깊게 그는 한 시간 동안 밖을 돌아다닐 수 있었고, 동료들은 부럽다는 눈으로 그를 지켜보았다. 베르트론드를 따라 밖으로 다녀도 안전하다고 판단하기까지 또 사흘이라는 시간이 걸렸다. 반면 그들은 이런 와중에도 마을을 관찰하는 로봇의 렌즈를 살펴보고 가능한 한 모든 것을 기록에 남기기 위해 카메라로 녹화하며 바쁜 나날을 보내고 있었다. 밤이 되면 그들은 우주선을 숲 속 깊이 옮겨 숨었다. 준비가 되기 전에 발각되고 싶지 않았기 때문이었다.

반면에 고향에서는 점점 더 나쁜 소식만 날아왔다. 비록 우주의 변방에 외따로 떨어져 있어서 충격이 덜하긴 했지만, 그런 소식은 그들의 의식 깊숙이 자리를 잡아 갔고, 때때로 그들은 쓸모없는 일을 하고 있다는 허탈감에 사로잡히곤 하였다. 궁지에 몰린 제국이 마지막 자원까지 끌어모으면, 조만간 귀환 신호가 떨어질 터였다. 그렇지만 그

때까지 그들은 순수한 지식을 찾아 자신들의 임무를 계속할 것이다.

착륙하고 일주일이 지나자 실험 준비가 끝났다. 마을 사람들이 사냥 나갈 때 사용하는 길을 알아낸 베르트론드는 그중 덜 지나다니는 길을 택했다. 그리고 길 한가운데 의자를 단단히 세워 놓고 자리에 앉아 책을 읽었다.

물론 말처럼 쉬운 일은 아니었다. 베르트론드는 가능한 한 모든 것에 신경을 썼다. 45미터 정도 떨어진 곳에 숨어 있는 로봇이 망원렌즈를 통해 주위를 감시했다. 손에는 작지만 치명적인 무기까지 들려 있었다. 우주선에서는 클린더가 로봇을 조종하기 위해 키보드에 손을 올려놓고 대기 중이었다. 계획이 어긋날 때를 대비하는 것이었다.

계획이 순조롭게 진행될 경우를 위해 다른 조치도 취해 놓았다. 그 길로 지나가는 사냥꾼에게 충분한 선물이 되도록 작고 뿔이 나 있는 동물의 시체를 베르트론드의 발아래 내려놓았다.

두 시간이 지나자 옷에 부착된 무전기에서 경고음이 울렸다. 베르트론드는 혈관을 따라 피가 세차게 용솟음치기 시작했지만, 아주 침착하게 책을 내려놓고 길을 살펴보았다. 확신에 찬 원주민이 오른손에 든 창을 흔들며 힘차게 걸어오고 있었다. 원주민은 베르트론드를 보고 잠시 머뭇거리더니 조심스럽게 다가왔다. 두려워할 필요가 없다고 생각한 모양이다. 이 이방인은 체구가 왜소했고 무기도 들고 있지 않았기 때문이다.

6미터 전방에 원주민이 다가오자 베르트론드는 안심시키려고 웃음을 지어 보이며 천천히 자리에서 일어났다. 몸을 굽혀 동물의 시체를 집어 들고 선물의 표시로 원주민의 앞에 가지고 갔다. 그의 행동은 세상의 어떤 생명체라도 이해할 수 있는 것이었으며, 이곳에서도 마찬가지였다. 원주민은 앞으로 나와 동물을 받아 들고는 손쉽게 짊어졌다. 그는 잠시 베르트론드의 눈을 형언할 수 없는 표정으로 응시하더니 곧 몸을 돌려 마을로 돌아갔다. 그는 베르트론드가 따라오는지 확인하기 위해 세 번이나 돌아보았고, 그때마다 베르트론드는 미소를 지어 그를 안심시켰다. 이 모든 일은 채 1분도 안 되어 끝났다. 점잖기는 했지만 두 종족 사이에 이루어진 첫 번째 만남은 극적인 데라곤 조금도 없었다.

베르트론드는 원주민이 시야에서 사라질 때까지 미동도 하지 않았다. 이윽고 그는 긴장을 풀고 무전기를 통해 이야기했다. 그가 활기차게 말했다.

"시작치고는 꽤 좋았어. 전혀 놀라지도 않았고, 심지어 의심의 눈초리도 보내지 않더군. 다시 만나게 될 거라고 확신해."

알트만의 목소리가 들려왔다.

"그렇다고 하기에는 지나치게 상황이 좋아. 겁을 먹거나 공격적인 모습을 보였을 수도 있는데, 그럴 생각도 안 했어. 자네 같으면 이방인이 주는 분에 넘치는 선물을 덥석 받겠어?"

베르트론드는 천천히 우주선으로 귀환했다. 로봇이 경계를 풀고 몇 발자국 뒤에서 그를 보호해 주고 있었다. 그가 말했다.

"그렇지 않겠지. 하지만 난 문명사회에 사는 사람이야. 야만인들은 과거에 어떤 경험을 했느냐에 따라 우리와는 완전히 다른 반응을 보일 수 있어. 이 종족이 한 번도 적과 대면한 적이 없다고 생각해 봐. 이런 거대한 행성의 인구가 매우 적다면 가능한 일이잖아. 그럼 이상

하긴 해도 두려워할 필요는 없어."

더 이상 로봇을 조종할 필요가 없어진 클린더가 말했다.

"만약 이 사람들에게 적이 없다면, 왜 마을 주변에 울타리를 쳤을
까?"

"내가 말하는 적은 인간이야. 만약 정말 그렇다면 우리 임무는 무
척 쉬워질 거야."

"돌아올 거라고 생각해?"

"물론. 만약 내 생각대로 그가 진짜 인류라면, 호기심과 탐욕 때문
에 돌아올 수밖에 없어. 며칠이 지나면 맘이 맞는 친구를 사귀게 될
거야."

활기차 보이지는 않았지만 그들은 근사한 일상을 보내고 있었다.
클린더는 매일 아침 로봇을 움직여 사냥을 나갔다. 로봇은 이 정글에
서 가장 무서운 존재 같았다. 베르트론드는 얀(그게 그 원주민에게 가
장 어울리는 이름 같았다.)이 자랑스럽게 모습을 드러낼 때까지 기다
리고 있었다. 그는 매일 같은 시간에 왔고 언제나 혼자였다. 조금 이
상한 일이었다. 이 위대한 발견을 혼자만 차지하고 싶은 것일까? 그
래서 사람들에게 자신의 용맹한 사냥 솜씨를 인정받고 싶은 것일까?
만약 그렇다면 그들에게서 생각지도 못한 교활함과 인식력을 발견하
게 되는 셈이었다.

처음에 얀은 사냥감만 가지고 즉시 떠났다. 이런 근사한 선물을 주
는 사람이 마음을 바꿀까 봐 걱정이 되는 모양이었다. 그렇지만 베르
트론드가 마술을 보여 주고 형형색색의 옷감과 유리구슬을 보여 주
자, 이내 얀은 그의 바람대로 어린아이처럼 기뻐하며 그것들을 받아

들고는 좀 더 오래 머물기 시작했다. 마침내 베르트론드는 그와 오랜 시간 대화를 나눌 수 있었다. 물론 이 모든 상황은 잠복한 로봇이 렌즈를 통해 기록하고 있었다.

언젠가 문헌학자들이 이 자료를 분석할 것이다. 베르트론드가 할 수 있는 최선은 동사와 명사의 뜻을 조금 알아내는 것뿐이었다. 사실 이 일이 어려웠던 것은 얀이 한 가지 사물을 지칭하는 데 여러 단어를 사용하는 것 말고도, 때때로 한 단어를 가지고 다양한 사물을 지칭하곤 했기 때문이었다.

매일 이런 인터뷰를 하는 동안 우주선은 행성을 좀 더 자세히 탐사하기 위해 먼 곳까지 다니며 대기와 육지에 대한 조사가 진행되었다. 다른 인류의 서식지를 발견하기도 했지만, 베르트론드는 그들과 접촉을 시도하지 않았다. 그들도 얀의 종족과 같은 문화적 수준에 머물러 있었기 때문이다.

베르트론드는 이런 시기에 은하계 안에서도 극히 드문 진정한 인류를 발견한 것은 운명이 던져 준 가장 질 나쁜 농담 같다고 종종 생각하곤 했다. 얼마 전까지만 하더라도 이런 종류의 발견은 매우 중요했다. 그러나 지금은 이제 막 문명과 역사의 새벽에 들어선 야만의 사촌들에게 관심을 보이기엔 너무 상황이 좋지 않았다.

베르트론드는 얀이 자신과의 만남을 일상적으로 받아들였다고 생각하자 로봇을 소개해 주었다. 베르트론드가 얀에게 만화경 속의 패턴을 보여주고 있을 때, 클린더가 로봇을 조종해 방금 잡은 사냥감을 금속 팔에 매달고 풀숲을 헤치며 달려오게 했던 것이다. 처음에 얀은 공포와 비슷한 감정을 보였다. 그렇지만 베르트론드가 마음을 편하게 해 주자 여전히 그에게 다가오는 괴물을 경계하면서도 다소 마음을 놓는 듯했다. 로봇이 거리를 두고 멈춰 섰고, 베르트론드가 앞으로 마중을 나갔다. 그가 다가가자 로봇이 팔을 들어 죽은 동물을 건네주었다. 그는 단단히 받아 들었지만 짐을 지는 것에 익숙하지 않아 다소 비틀거리며 얀에게 돌아왔다.

만약 얀이 선물을 받고 무슨 생각을 했는지 알 수만 있었다면 베르트론드는 뭐라도 지불했을 것이다. 얀은 로봇이 주인인지 종인지 알고 싶어 했을까? 어쩌면 주인과 노예라는 개념을 아직 이해할 수 없을지도 몰랐다. 얀은 로봇이 다른 사람, 베르트론드의 동료라고 생각했을지도 몰랐다.

로봇의 스피커를 통해 평소보다 조금 큰 클린더의 목소리가 들려왔다.

"우리를 이렇게 평온하게 받아들인다니 놀랍기만 해. 그를 겁줄 만한 것이 있기나 할까?"

"계속 네 기준으로 얀을 평가하고 있군. 기억해. 그의 심리 상태는 우리와 완전히 다를 뿐더러 훨씬 더 명료하지. 이제 나에 대한 확신이 있으니 나와 관련된 어떤 것도 두렵지 않을 거야."

베르트론드가 대답했다.

"얀의 종족 사람들도 마찬가지일까. 표본 하나로 전체를 판단하는 것은 위험한 일이야. 로봇을 마을에 보내면 어떤 일이 일어날지 궁금해."

알트만이 말했다.

"이봐! 얀이 놀랐어. 다른 목소리가 나오는 걸 처음 본 거야."

베르트론드가 소리쳤다.

"우리를 만나면 그가 사실을 알게 될까?"

클린더가 물었다.

"아니. 그에게 로봇은 마술 그 자체야. 그렇지만 불이나 천둥 또는 이미 당연하게 여기는 다른 강력한 것들만큼 경이롭지는 않을 거야."

"글쎄. 다음엔 뭘 하지? 우주선으로 데려올 생각이야, 아니면 먼저 마을을 방문할 거야?"

알트만이 더는 못 참겠다는 듯 묻자, 베르트론드가 멈칫했다.

"너무 빨리 많은 일을 하고 싶지는 않아. 이상한 종족을 만나 서두르다 사고가 났던 것 기억하지? 이 일에 대해 생각해 보게 내버려 둬야겠어. 내일 다시 와서 얀을 설득해 로봇을 마을로 데리고 가게 할 생각이야."

숨겨 둔 우주선 안에서 클린더가 로봇을 재작동시켜 움직이도록 명령을 내렸다. 알트만과 마찬가지로 클린더는 너무 조심성 있게 일을 진행하는 것이 불만족스러웠다. 그렇지만 외계 생명체와 관련해서는 베르트론드가 전문가였으므로 그의 결정에 따를 수밖에 없었다.

클린더는 지금과 같은 시기에는 차라리 로봇처럼 아무 감정 없이, 나뭇잎이 떨어지는 것이나 세상이 멸망하는 것이나 똑같이 거리감을 두고 바라보는 게 낫겠다고 생각하곤 했다.

얀이 정글에서 커다랗게 울부짖는 소리를 들었을 때는 이미 해가 많이 기운 상태였다. 인간의 목소리는 아니었지만 얀은 즉시 소리의 정체를 파악할 수 있었다. 친구가 자신을 부르는 소리였다.

잠시 정적이 흐르자 마을 전체가 숨을 죽이는 것 같았다. 어린아이들조차 놀이를 멈췄다. 갑작스러운 침묵에 놀란 아이의 작은 울음소리만이 정적을 깨고 있었다.

얀이 천천히 오두막으로 들어가 입구 옆에 서 있는 창을 집어 들자, 사람들의 눈이 모두 그에게 쏠렸다. 밤에 마을 주위를 어슬렁거리는 맹수를 막기 위해 울타리가 곧 닫히겠지만, 그는 점점 길어지는 그림자 속으로 발을 내딛으면서도 두려워하지 않았다. 다시 한 번 그 거대한 소리가 그를 불렀을 때 이미 그는 문을 통과하고 있었다. 언어나 문화의 그 어떤 장벽도 뛰어넘는 긴박함을 명확히 느낄 수 있었다.

마을에서 얼마 떨어지지 않은 곳에서 여러 사람의 목소리로 말을 하는 그 빛나는 거인이 그를 맞이해 따라오라는 신호를 보냈다. 베르트론드의 기척은 어느 곳에서도 찾을 수 없었다. 2킬로미터 정도 걸어가니 강가에서 그리 떨어지지 않은 곳에서 그들을 기다리는 베르트론드를 볼 수 있었다. 그는 천천히 흐르는 검은 강 건너를 응시하고 있었다.

얀이 다가가자 그가 몸을 돌렸지만, 상당히 오랜 시간 동안 얀의 존재를 느끼지 못하는 듯했다. 이윽고 베르트론드가 빛나는 거인에게 사라지라고 명령을 내리자 거인은 먼 곳으로 몸을 감췄다.

얀은 기다렸다. 비록 말로 표현할 수는 없었지만 얀은 참을성이 많았으며 이런 상황이 매우 만족스러웠다. 베르트론드와 함께 있을 때면 그는 동족 사람들이 수 세기 동안 이룩할 수 없었던 초자아의 상태와 초이성적 경건함을 느낄 수 있었다.

무척 인상적인 장면이었다. 강가에 두 남자가 서 있다. 한 사람은 작고 정교한 기계가 부착된, 몸에 꼭 맞는 제복을 입고 있다. 다른 남자는 동물 가죽으로 만든 옷을 입고 돌촉이 달린 창을 들고 있다. 그들 사이에는 만 세대, 그리고 셀 수 없는 무한한 거리의 장벽이 놓여 있었다. 그렇지만 그들은 모두 인류였다. 영겁의 세월을 그래 왔던 것처럼 자연은 가장 기본이 되는 패턴을 반복하고 있었다.

이윽고 베르트론드는 평소 습관처럼 잰걸음으로 이리저리 움직이면서 말하기 시작했다. 그의 목소리에는 슬픔이 묻어 있었다.

"이제 모든 것이 끝났어, 얀. 우리가 가진 지식으로 너희들이 야만의 상태에서 10여 세대는 뛰어넘게 도와주고 싶었어. 그렇지만 이제 너는 이 정글에서 홀로 싸워 이곳을 벗어나야 할 것 같아. 아마 수백만 년이 걸리겠지. 미안해. 우리가 도와줄 일이 정말 많았는데. 지금도 난 이곳에 머물고 싶어. 그렇지만 알트만과 클린더는 계속해서 임무를 수행해야 한다고 말하고, 그 친구들 말이 맞는 것 같아. 우리가 할 수 있는 일은 거의 없겠지만, 고향에서 우리를 부르고 있어. 명령을 거역할 수 없거든.

얀, 나를 이해해 주길 빌어. 내 말 이해하지? 이 장비들을 남겨 줄게. 어떤 것들은 사용법을 터득할 수도 있겠지. 비록 한 세대가 가기도 전에 잊히거나 잃어버리는 것도 있겠지만. 이 칼날로는 무엇이든 쉽게 자를 수 있어. 이와 비슷한 것을 만들려면 아마 오랜 시간이 걸리겠지. 그리고 이건 잘 보관해 줘. 이 버튼을 누르면, 잘 봐! 만약 아껴서 잘 쓰면 몇 년은 빛이 날 거야. 비록 시간이 조금 지나면 꺼지겠지만. 다른 것들은 얀이 직접 사용법을 알아내도록 해.

동쪽에 첫 별들이 모습을 드러내는군. 얀, 저 별을 전에도 본 적이 있어? 저 별이 어떤 것인지 알아내기까지 얼마나 많은 시간이 걸릴까? 또 그때 우리는 어떻게 되어 있을까? 얀, 저 별이 바로 우리 고향이야. 그렇지만 우리는 저 별을 구할 수 없었어. 이미 많은 별들이 사라졌어. 폭발이 얼마나 거대했는지 나도 지금 네가 상상하는 것 이상으로는 상상할 수 없어. 수십만 년이 지나면 너희들 세상에도 우리 고향별이 화염 속으로 사라지며 남긴 빛이 도달하겠지. 그럼 무슨 일인지 너희들도 궁금해지겠지. 그때가 되면 아마 너희 동족도 다른 별에 갈 수 있을 거야. 우리가 한 실수에 대해 경고해 주고 싶어. 우리는 모든 것을 다 잃어야만 했거든.

얀, 너의 종족이 우주의 변방에 있다는 것은 무척 다행스러운 일이야. 너희는 아마 우리에게 닥친 운명을 피해 갈 수 있을 거야. 언젠가 너희 우주선은 우리가 했던 것처럼 다른 별들을 탐사하고 다니겠지. 그러면 아마 폐허가 된 우리 별을 발견하게 될 것이고, 우리가 누구인지 궁금할 거야. 그렇지만 여기 이 강가에서 아직 문명의 여명에 있는 너희와 우리가 만난 적 있다는 사실을 그 누구도 알지 못하겠지.

저기 내 친구들이 온다. 더 이상 시간이 없다고 말하러 오나 봐. 안녕, 얀. 내가 준 도구 잘 사용하길 빌어. 너희들에게 가장 중요한 보물이 될 거야.”

하늘에서 무엇인가 거대하면서도 빛나는 것이 스쳐 지나갔다. 비록 땅에는 닿지 않았지만 지표 바로 위에 멈추더니 조용히 빛나던 정사각형의 한쪽 면이 열리기 시작했다. 어둠 속에서 빛나는 거인이 모습을 드러냈고 황금빛 문 밖으로 걸어 나왔다. 베르트론드는 그 거인을 따라가다가 문턱을 넘기 전 얀에게 손을 흔들어 주려고 걸음을 멈춰 섰다. 곧 등 뒤로 어둠이 내려앉았다.

장작불에서 하늘로 치솟는 연기처럼 그렇게 순식간에 우주선은 사라졌다. 너무 작아져 손으로 잡을 수 있을 것만 같은 찰나, 우주선은 별들 속으로 한 점 기다란 빛이 되어 사라졌다. 빈 하늘에서 울리는 천둥소리가 잠자는 대지 위로 퍼져 나갔다. 마침내 신이 사라져 다시는 돌아오지 않을 것임을 얀은 잘 알고 있었다.

얀은 천천히 흐르는 물가에 오랫동안 서 있었다. 그의 마음속에는 결코 잊을 수 없는, 그리고 결코 이해할 수 없는 그 어떤 것에 대한 상실감이 밀려들었다. 이윽고 얀은 경외하는 마음으로 베르트론드가 남기고 간 선물을 조심스레 모으기 시작했다.

별들 아래 한 외로운 사람이 이름 없는 땅을 지나 마을을 향해 걸어가고 있었다. 그 뒤에는 바다로 잔잔히 흘러 들어가는 강이 흐르고 있었고, 10만 년이라는 세월이 흐른 뒤 얀의 후손은 그 강이 굽이쳐 흐르던 비옥한 평야 위에 바빌론이라는 도시를 건설했다.

옮긴이 _ 심봉주

연세대학교 인문대학 영어학부 석사. 『아서 클라크 단편 전집 1937~1950』,
『아서 클라크 단편 전집 1950~1953』을 번역하였다.

환상문학전집 ● **29**

아서 클라크 단편 전집 1950-1953

1판 1쇄 펴냄 2011년 5월 20일
1판 2쇄 펴냄 2021년 2월 26일

지은이 | 아서 C. 클라크
옮긴이 | 심봉주
발행인 | 박근섭
편집인 | 김준혁
펴낸곳 | **황금가지**

출판등록 | 2009. 10. 8 (제2009-000273호)
주소 | 06027 서울 강남구 도산대로 1길 62 강남출판문화센터 5층
전화 | 영업부 515-2000   편집부 3446-8774   팩시밀리 515-2007
홈페이지 | www.goldenbough.co.kr

값 13,000원

ISBN 978-89-94210-86-5 04840
ISBN 978-89-6017-200-5 04840 (세트)

*(주)민음인은 민음 그룹의 자회사입니다

*황금가지는 (주)민음인의 픽션 전문 출간 브랜드입니다.